죽음을 해부하는 의사

The Seven Ages of Death: A Forensic Pathologist's Journey Through Life
by Dr. Richard Shepherd

Original English language edition first published by Penguin Random House UK.
Copyright © Dr Richard Shepherd 2021
The author has asserted his moral rights.
All rights reserved.

Korean translation copyright © Gimm-Young Publishers, Inc. 2023
This edition published by arrangement with Penguin Random House UK through EYA co., Ltd.

이 책의 한국어판 저작권은 (주)이와이에이를 통한 저작권사와의 독점 계약으로 김영사에 있습니다.
저작권법에 의해 한국 내에서 보호를 받는 저작물이므로 무단전재와 무단복제를 금합니다.

죽음을 해부하는 의사

1판 1쇄 인쇄 2023. 9. 12.
1판 1쇄 발행 2023. 9. 21.

지은이 리처드 셰퍼드
옮긴이 김명주

발행인 고세규
편집 윤정기 디자인 지은혜 마케팅 윤준원 · 백선미 홍보 최정은
발행처 김영사
등록 1979년 5월 17일(제406−2003−036호)
주소 경기도 파주시 문발로 197(문발동) 우편번호 10881
전화 마케팅부 031)955−3100, 편집부 031)955−3200 | 팩스 031)955−3111

값은 뒤표지에 있습니다.
ISBN 978−89−349−1104−3 03840

홈페이지 www.gimmyoung.com   블로그 blog.naver.com/gybook
인스타그램 instagram.com/gimmyoung   이메일 bestbook@gimmyoung.com

좋은 독자가 좋은 책을 만듭니다.
김영사는 독자 여러분의 의견에 항상 귀 기울이고 있습니다.

죽음을
해부하는
의사

리처드 셰퍼드

–

김명주 옮김

김영사

나를 이렇게 행복하게 해준 나의 멋진 가족들,

특히 수많은 방법으로 나를 구원한

아내 린다에게 바칩니다.

THE SEVEN AGES OF DEATH

차례

작가의 말

전작《닥터 셰퍼드, 죽은 자들의 의사Unnatural Causes》에서 나는 내가 거론한 각 사례의 이름과 신상 정보를 바꾸는 것이 얼마나 어려운 일인지 설명했다. 이 일을 하면서 나는 정확성을 기하기 위해 부단히 노력했지만, 동시에 유족의 고통을 덜어주기 위해 노력했다. 비록 어려운 결정이었지만 나는 결국 이름과 신상 정보를 바꾸기로 했다. 독자가 책 속에서 가족과 친척을 알아보고 어두운 과거를 다시 떠올리는 것을 원치 않기 때문이다. 이 책에서도 마찬가지다. 너무 유명해서 위장하기 어려운 사례는 이름을 그대로 사용했지만, 그 밖의 모든 사례에서는 관련 사실을 유지하되 기밀을 유지하기 위해 개인 정보를 변경했다. 이 책이 죽음에 대한 책이라는 점도 유의하자. 이 책에는 유아부터 노인까지 자연적·비자연적 원인으로 숨진 사람들에 대한 민감하지만 가감 없는 묘사가 들어 있다. 부디 불편하지 않기를.

이 세상은 다 무대입니다. 세상 남녀는 그저 배우이고요.
등장도 하고 퇴장도 합니다.
한 사람이 생전에 여러 역을 하는데, 인생은 7막입니다.

맨 처음은 어린애, 유모 품에 안겨 칭얼대며 토악질을 합니다.

다음은 구시렁거리는 학생, 책가방을 둘러메고 환한 아침 같은 얼굴로 달팽이
처럼 느릿느릿 마지못해 학교에 갑니다.

다음은 사랑에 빠진 역할, 용광로처럼 한숨을 내쉬며 애인의 눈썹을 찬미하는
애처로운 연시를 짓습니다.

다음은 군인, 희한한 장담을 늘어놓고, 표범 같은 수염을 하고, 명예라면 양보
를 모르며, 걸핏하면 싸우려 하고, 물거품 같은 명성을 위해서 대포 아가리에라
도 뛰어듭니다.

다음은 법관, 좋은 고기를 먹어 배는 근사하게 불룩 나오고, 엄한 눈초리에 수
염은 격식대로 깎았습니다. 각종 격언과 진부한 문구에 막힘이 없습니다. 그렇
게 남자는 자신의 배역을 해냅니다.

여섯 번째 단계는 슬리퍼를 끄는 빼빼 마른 노인네로 바뀝니다. 콧잔등에 안경
을 걸치고 허리에 돈 주머니를 찼습니다. 젊었을 때 입던 바지는 잘 아껴뒀지만
정강이가 줄어들어 헐렁헐렁, 사내다웠던 우렁찬 목소리는 다시 새된 애들 목
소리가 되어 피리나 호루라기 소리처럼 삑삑거립니다.

이 파란만장한 인생 연극을 종결짓는 마지막 장면은 제2의 유년이자, 완전한
노망의 단계입니다. 이도 없고, 보이지도 않고, 입맛도 없고, 아무것도 없지요.

_윌리엄 셰익스피어, 〈뜻대로 하세요〉 2막 7장

죽음을 해부하는 의사

프롤로그

죽어가는 아버지를 지켜보며 나는 그의 손을 살며시 잡은 뒤 꼭 쥐었다. 바쁘게 움직였던 그의 손가락이 얼마나 가늘어졌는지. 그리고 지금은 얼마나 고요한지. 게다가 이런 식으로 그를 만지는 것이 얼마나 어색하게 느껴졌는지. 아홉 살 때 어머니가 세상을 떠난 뒤로 그는 내게 아버지이자 어머니였다. 비록 나는 그를 깊이 사랑했고 어릴 때 그의 무릎 위에 긴 다리를 웅크리고 앉곤 했지만, 우리가 화기애애한 가족이었다고 말하진 않을 것이다. 하지만 지금 나는 그의 부드럽고 따뜻한 손을 만지며 어린 시절을 떠올린다.

우리 전후 세대와 아버지 세대 사이에는 상당한 간극이 있다. 그들은 빅토리아 시대에 어린 시절을 보냈고, 제1차 세계대전의 대재앙에 직격탄을 맞았으며, 세계적 불황의 한가운데서 청춘을 보냈고, 제2차 세계대전 때 전쟁터에 나갔던 사람들이니 당연히, 모든 걸 가진 세대인 우리 베이비부머들과는 달랐다.

　나는 그의 몸을 보았다. 그는 베개를 받치고 있었다. 눈은 감고 있었다. 가슴이 천천히 박자를 맞추어 들썩거렸다. 나는 그 박자가 곧 멎을 것임을 알았다. 그가 평생 행동해온 방식, 그의 행동이 인간성과 타인에 대한 존중을 어떻게 보여주었는지 생각했다. 그의 조용한 인생과 작은 승리들, 취미, 그가 라디오에서 음악을 녹음한 다음 그 카세트테이프들을 회계사의 방식으로 질서정연하게 차곡차곡 정리하던 방식, 우리가 집을 떠난 후 일요일마다 전화를 걸고 한 주간의 가족 소식을 보내주던 과시적이지 않지만 의심할 여지 없는 사랑, 점점 다가오고 있는 견딜 수 없는 부재의 시간.

　나는 작별인사를 했다. 당신이 얼마나 멋진 아버지였는지, 우리를 정성껏 보살핀 당신을 오래 전 죽은 어머니가 얼마나 자랑스러워할지 말했다. 하지만 사랑한다는 말은 하지 않았다. 그는 그것을 알고 있었고, 그의 세대는 사랑한다는 말을 듣는 것보다 아는 것이 더 편했다. 나는 호스피스를 떠나며 이제 다시는 그를 보지 못할 것임을 알았다. 화창한 9월이었다. 눈물로 흐려진 눈으로도 데번의 가을이 얼마나 아름다운지 알 수 있었다. 나는 눈물이 흐르게 두었다. 이는 죽음이 우리가 사랑하는 것을 데려갈 때 우리가 하는 일이다. 우리는 울고 또 운다. 그밖에 무엇을 할 수 있을까?

　나는 런던으로 돌아와 소송과 부검에 몰두했고, 나와 교대한 형이 데번에 도착해 임종을 지켰다. 그 주 후반 전화벨이 울렸을 때 나는 누구 전화인지 직감했고, 수화기 너머의 목소리가 무슨 소식을 전할

　　　　　　　　　　　　　　　　죽음을 해부하는 의사

지 예감했다.

평화로운 죽음이었다. 한 인생의 소박한 끝. 물론 그 평화는 호스피스 직원들이 잘 관리해준 덕분이었다. 고통은 없었고 형이 침상 곁을 지켰다. 아버지는 마지막 며칠 동안 우리 모두를 보았고, 우리의 존재는 그를 안심시켰다. 우리는 당신을 사랑하며, 당신이 어떻게든 확립하려고 했던 안정된 삶을 살고 있다는 것을 확인시켜 주었다. 그는 자신이 떠나고 나면 이 세상에 어떤 일이 일어날지 걱정하지 않고 생의 마지막 발걸음을 내딛을 수 있었다. 그는 무신론자였지만 그럼에도 언젠가는 어머니와 만날 것이라고 믿었고 또 바랐다. 그리고 이제 떠날 때가 되었다는 사실을 받아들였다. 그는 평화롭게 떠났다.

전화를 받은 후 나는 책상 앞에 앉았다. 처음 느껴보는 멍한 느낌이었다. 정신적으로도 육체적으로도.

파일 하나가 내 앞에 펼쳐져 있었다. 살인 사건 파일이었다. 책상 위 여기저기에 흩어져 있는 사진들은 내게 삶의 아주 다른 결말을 보여주었다. 죽은 자를 조사하는 것이 내 직업이고, 내가 마주치는 대부분의 죽음은 느닷없이, 청천벽력처럼 찾아온다. 아버지의 편안한 죽음이 표준이라는 것을 잊기란 얼마나 쉬운가.

장례를 치른 다음 날 나는 그런 다른 종류의 죽음을 다루기 위해 일터로 돌아왔다.

맨 처음은 어린애,
유모 품에 안겨 칭얼대며 토악질을 합니다.

1

신념을 버리는 일

교과서는 어디 갔는지 안 보이고, 운동화 한 짝은 식탁 아래 굴러다니고, 아이들은 영국 전역의 라디오에서 흘러나오는 만화주제가를 부르고 있었다. 말다툼을 하느라 음정을 놓쳤지만, 노래는 그럼에도 불구하고 후렴구에 이르렀고, 샌드위치는 이제 겨우 반쯤 완성되었다. 나는 점점 허둥대기 시작했다. 월요일 아침이었다.

　나는 평소보다 5분 늦게 아이들을 학교 앞에 내려주었다. 아이들은 문을 열고 튕겨나가듯이 내렸다. 나는 아이들을 지켜보았다. 차 안에 찾아온 고요함이 반가운 동시에 아이들의 소란이 그리웠다. 아이들은 얼마나 빨리 자라는지. 내년 겨울에는 새 외투가 필요할 것이다. 딸이 갑자기 뒤를 돌아보았다. 딸은 무언가를 보며 웃고 있었다. 아마 여전히 노래를 부르고 있었을 것이다. 내가 아직 떠나지 않은 것을 보더니 딸은 손을 열렬히 흔들었다. 오직 아이들만이 손짓에 그런 열정을 담을 수 있다. 딸의 행동을 본 아들이 고개를 돌려 나를 보더니 한쪽 입꼬리를 내리며 씩 웃어보였다. 나는 팔을 들어 손을 흔들었지만 아이들은 이미 가버린 뒤였다. 어딘가에서 종이 울리고 있었다.

나는 일터로 향했다. 자동차 라디오를 켰더니 아이들이 좋아하는 그 노래가 또 흘러나왔다. 이런. 하지만 나는 라디오를 끄지 않았다. 오늘 아침에만 적어도 열 번을 들었지만 그 노래는 나를 미소 짓게 했다. 아이들이 그 노래를 부를 때 짓는 우스꽝스러운 표정이 떠올랐다.

시체안치소에 도착하니 이미 경찰차 두 대가 와 있었다. 이제 다른 세계로 들어갈 시간이다.

곧 한 무리의 형사들과 검시관실 경찰관이 부검실 밖에서 수술복을 입은 채 서성이는 것이 보였다. 그들의 부검용 부츠가 소독액으로 반짝였다. 그들은 나를 기다리고 있었던 게 아니라 단지 들어가고 싶지 않았을 뿐이다. 그리고 들어가고 싶지 않은 건 죽음이 일상인 나도 마찬가지였다. 모두가 이곳에서 아기를 보는 순간을 싫어한다.

우리는 아기들에게 부드러운 파스텔 색깔 옷을 입히며 온화한 세계를 선물한다. 그리고 삶의 가혹함과 추위로부터 보호하기 위해 그들을 부드러운 것으로 감싼다. 털 담요, 털 장난감, 포근한 옷. 여기서는 그 모든 것이 제거된다. 그래서 부검실 안으로 들어가 테이블, 트롤리, 냉장고에 비하면 한없이 작은 아기가 딱딱한 금속 위에 누워 있는 모습을 볼 때, 그리고 차갑게 번쩍이는 그 삭막한 장소에서 토실토실한 뺨과 조막만한 손가락을 볼 때…. 우리는 아무리 마음을 다

죽음을 해부하는 의사

잡았어도 잠시 동안 이 장면을 합리화하기 위한 고통스러운 과정을 거쳐야 한다.

그 시간은 오래가지 않았다. 곧 경찰관들이 트롤리 주위에 조용히 자리를 잡았다.

경위의 시선이 아기에서 시체안치소 직원들이 한쪽으로 치워둔 말랑말랑한 장난감으로 미끄러져 갔다. 그 곰인형은 아기의 부모가 새롭고 낯선 곳에서 아기를 사랑하고 안전하게 지켜줄 친구가 되란 의미로 남긴 장례 제물이었다. 분명 더 많은 장난감이 아기와 함께 묻힐 것이다. 인간은 역사 내내 이런 제물을 바쳤지만, 곰인형은 투탕카멘의 무덤에서 발견된 황금보다 더 가슴을 아리게 한다.

"괜찮으세요, 반장님?" 형사들 중 한 명이 경위에게 물었다. 그녀의 입꼬리가 움찔거렸다. 그녀는 고개를 끄덕였다.

"우리는 여기에 이 아기를 위해, 연민과 과학적 발견의 정신에 따라 임무를 수행하기 위해 왔습니다." 나는 단호한 목소리로 말했다. 부검실의 깨끗한 바닥으로 눈물이 떨어지는 것을 막을 만큼 활기차게 들리기를 바랐다. 이곳은 감정을 허락하지 않는다. 그러면 어떻게 되겠는가?

경위는 목이 메었다. "아기 부모는…."

"반장님은 작년에 아기를 낳았어요." 그녀의 동료가 말했다. 그는 경위의 큰 슬픔을 변명하려고 했지만 이런 상황에서 변명은 필요 없었다.

"저는 아이가 둘인데 부검실에서 아이를 보면 우리 아이들을 떠올리지 않기가 매우 어렵습니다." 나는 말했다. "하지만 당신의 아기는 안전하고 건강하며, 퍼거…." 나는 노트를 뒤적였다. "퍼거슨 벨의 부모를 위해 우리가 할 수 있는 최선의 일은 아이가 왜 죽었는지 알아내는 겁니다."

경위는 무겁게 고개를 끄덕이며 퍼거슨의 주검을 살폈다.

아이는 생후 6개월이었다.

"통통하고 작은 뺨이군요." 젊은 형사가 말했다.

"네, 토실토실한 아이예요." 검시관실 경찰관이 고개를 끄덕였다. "저 배 좀 봐요."

"6개월치고는 크군요." 나도 동의했다. "하지만 팔다리에 부종이 있는 것 같아요. 그리고 복부에는…."

나는 아기 배에 손가락 두 개를 대고 두드렸다. 모두가 텅텅거리는 작은 북소리에 귀를 기울였다. 나는 위치를 옮겨 다시 두드렸다. 이번에도 텅텅거리는 소리가 났다. 위치를 한 번 더 옮겼다. 텅텅거리는 소리가 계속되었다.

"가스예요." 내가 말했다. "딱딱한 물질은 아니에요. 그리고 이제 보니 아이 얼굴이 괜찮지가 않네요."

"왜 그렇죠, 박사님?"

나도 정확한 이유는 몰랐다.

"좀 부은 것 같기도 하고."

우리는 촬영을 하고 나서 옷을 벗겼다. 아기를 살리려고 시도했던 구급대원이 벗기다 남겨놓은 옷이었다. 우리는 조심스럽게 옷을 벗

　　　　　　　　　　　　　죽음을 해부하는 의사

겼다. 부모들이 종종 아이가 죽을 때 입고 있던 옷을 돌려달라고 요청하기 때문이다.

그러고 나서 나는 기저귀를 벗겼다.

"맙소사!" 서장이 숨넘어가는 목소리로 말했다.

"이것 좀 봐요!" 검시관실 경찰관이 말했다.

"말도 안 돼!" 젊은 형사가 중얼거렸다.

나는 지난 수년 동안 많은 경찰들에게 수많은 끔찍한 손상들을 보여주었다. 온갖 종류의 무기가 남긴 손상, 치정부터 진짜 실수에 이르기까지 온갖 종류의 이유로 가해진 손상을…. 하지만 이런 비명을 듣는 일은 좀처럼 없다. 그러면 무엇이 이런 반응을 불러일으켰을까?

기저귀 발진이었다. 배부터 허벅다리까지 발진이 퍼져 있었고, 대부분이 아물지 않은 채 빨갛고 피가 났다. 사진사가 조용히 사진을 찍었다. 하지만 경찰들은 조용히 있을 수 없었다.

"크림만 잘 발라주어도 괜찮았을 텐데." 경위가 말했다. "왜 아무도 그렇게 하지 않았을까요?"

"변명의 여지가 없어요." 검시관실 경찰관이 동의했다.

"제 말은, 너무 쉽잖아요. 돈도 별로 안 들고…. 크림만 바르면 순식간에 깨끗해지는데."

"기록에는 아이가 죽기 전에 많이 울었다고 되어 있어요." 형사가 보고했다.

"죽기 전에 얼마나요?" 내가 물었다

"어… 3주 정도요."

"무려 3주를!" 경위가 한숨을 쉬었다. "3주 동안이나 울었다니!"

나는 말했다. "기저귀 발진으로 죽은 아기는 없어요. 하지만 장에 왜 가스가 차 있는지는 설명이 되는군요. 아이가 아파서 계속 울었다면, 먹지 않고 공기만 삼켰을 테니까요…. 아니면 몸에 가스가 가득 찬 다른 이유가 있을 수도 있어요."

형사가 말했다. "병원에서는 사인으로 유아돌연사증후군을 제시했어요."

그럴지도 몰랐다. 아이들은 방치된 집에서 특별한 이유 없이 갑자기 사망할 가능성이 높다. 그리고 이 기저귀 발진이 무언가를 말해준다면 그건 방임이었다. 기저귀의 상태는 훌륭한 지표가 될 수 있다. 충격적이게도, 나는 갓난아기들의 장에서 종이기저귀를 발견한 적도 있다. 자기 기저귀를 먹을 정도로 배가 고팠던 것이다.

방임에는 여러 이유가 있고, 그중 일부는 복잡하다. 나는 이 사건에 대한 정보가 더 있었으면 좋겠다고 생각했고, 부모에 대해서나 상황에 대해 뭔가를 듣고 싶었지만, 늘 그렇듯 이 단계에서는 맥락이 너무 부족했다.

"집에는 가봤어요?" 나는 형사에게 물었다.

"네, 제가 가장 싫어하는 일이죠."

"어때요?"

"별거 없었어요. 괜찮은 연립주택이고, 형편도 나쁘지 않고요. 중산층 동네였어요."

"집이 어수선하지는 않았어요?" 아기가 있는 집이 깔끔할 순 없다.

하지만 과음하는 사람이 사는 집에는 특유의 혼돈이 있다. 먼지 쌓인 운동 기구, 널브러진 아기 장난감, 기저귀 봉지들, 빨래 더미, 그리고 수많은 빈 병들로 발 디딜 틈이 없다.

"아뇨, 아주 깔끔했어요."

"술도, 마약도 없고요?"

"그런 흔적은 없었어요. 솔직히 저도 의심스럽지만요. 아기가 울음을 그쳐서 그들은 아기를 침대에 눕혔고, 한 시간 후 아기 어머니가 아기가 죽은 것을 발견했어요. 구급차를 불렀지만 너무 늦었죠. 이게 우리가 아는 전부예요."

"부모는 직업이 있어요?"

"네. 어머니는 비서인지 관리자라고 했고, 아버지는… 의사라고 했던 것 같아요."

"의사라고요?" 경위가 말했다. "의사라는 사람이 어떻게 기저귀 발진이 저 지경이 될 때까지 둘 수 있었을까요!"

"의사라고 다 좋은 부모가 되는 건 아니니까요." 나는 이렇게 말하고, 퍼거슨을 조사하는 동안 그 점에 대해 너무 깊이 생각하지 않으려고 노력했다.

"면담할 때 아이 아버지가 마음에 들지 않았어요." 형사가 말했다. "뭐랄까… 좀 적대적이었어요."

"크게 의미 둘 필요 없어요." 검시관실 경찰관이 말했다. "사람들은 비극을 당하면 이상한 방식으로 행동해요. 경찰이 와서 질문을 해대면 마치 모든 게 자기 탓인 것처럼 느껴지죠."

형사가 그를 돌아보며 똑바로 쳐다보았다.

"그들 탓이죠, 가끔은." 형사가 말했다.

나는 방임의 또 다른 흔적이 있는지뿐만 아니라 학대의 흔적도 세심하게 살펴봤지만 아무것도 없었다. 타박상도, 화상도, 베인 상처, 긁힌 자국도 없었다. 구급대원들이 심폐소생술을 시도했음을 보여주는 증거뿐이었다. 기저귀 발진과 부풀어 오른 복부 외에, 퍼거슨의 몸에 딱 한 가지 눈에 띄는 특징이 있었다. 창백함이었다. 사람들은 쇼크 후의 백인 얼굴을 '죽은 사람처럼 하얗다'라고 묘사하지만, 죽었다고 해서 꼭 살았을 때보다 더 창백해지는 건 아니다. 하지만 퍼거슨은 눈에 띄게 창백했다.

몸을 절개할 때가 되자 부검실이 쥐 죽은 듯 조용해졌고 경위는 고개를 돌렸다. 평소처럼 나는 그들에게 생물학에 대해 설명했다. 혐오감을 한쪽으로 치워둘 수 있다면 인체는 정말이지 매혹적이다. 나는 공포에 질린 관찰자들에게 그 점을 납득시키려고 노력한다. 물론 항상 성공하는 건 아니지만.

나는 아기와 어린아이들에게 사용하는 방법으로 절개를 했다. 아이들에게는 일반적인 Y자 모양 대신 T자 절개를 사용한다. 목에 실밥 자국을 남기지 않기 위해 가슴 앞쪽을 가로질러 수평으로 절개선을 내는 것이다. 모든 절개는 시신을 보겠다고 요청하는 유족에게 최소한의 고통을 주는 방법으로 실시된다. 그러니 부검 후의 시신을 회피하지 말라. 당신이 기억하는 사랑하는 사람이 거기서 당신을 기다리고 있을 테니.

죽음을 해부하는 의사

나는 경위가 숨 돌릴 새도 없이 빠르게 절개를 마쳤다. 그러고서 폐를 노출시켰다. 흉강의 많은 부분에 체액이 차 있었다. 너무 많이 차서 한쪽 폐의 일부가 바람 빠진 풍선처럼 무너져 있었다. 나는 샘플을 채취했다.

"이것 때문에 죽은 건가요?" 경위는 이제 혐오감을 느끼기보다는 흥미로운 표정을 짓기 시작했다. "폐허탈 때문에요?"

"글쎄요. 폐가 이렇게 된 것은 흉곽에 체액이 가득 차서 폐가 들어갈 공간이 없었기 때문일 거예요. 그리고 이 액체로 우리가 알 수 있는 건, 심장이 서서히 기능을 멈추었다는 것뿐이에요. 하지만 이유는 몰라요."

"서서히라고요? 그렇다면 유아돌연사증후군은 아니란 말씀이군요." 그 형사가 말했다. 다른 사람들도 고개를 끄덕였다.

"아직 확신하긴 일러요." 나는 그에게 말했다. 사실 유아돌연사증후군에 대해서는 누구도 확신할 수 없다. 우리가 할 수 있는 건 그밖의 모든 가능성을 배제하는 것뿐이다.

나는 주검의 나머지 부분을 열었다. 경위를 흘깃 보니 눈을 감고 있었다.

"이 작은 몸 안의 기적을 보려고 노력해보세요." 나는 말했다.

퍼거슨은 우리가 아직 모르는 어떤 이유로 태어난 지 6개월 만에 죽었지만, 태어난 모든 아이는, 심지어 이렇게 짧게 살다 간 아이조차 자연의 눈부신 위업이다. 출발선상에 오르는 것만도 대단한 행운이다. 우리 삶이 시작되기 훨씬 전에, 우리 부모의 정자와 난자는 전구 세포들로부터 만들어진다. 이때 감수분열이라고 하는 특별한 과정을 거친다. 그것이 왜 특별할까? 정자와 난자는 단순히 부모 세포의 복제본이 아니기 때문이다. 감수분열은 정자와 난자가 결합해 하나가 될 수 있도록 정자와 난자의 염색체를 반으로 쪼개는 과정이다. 그리고 감수분열은 교차라는 다소 위험한 과정을 추가로 거친다. 교차가 일어나는 동안, 함께 쌍을 이룬 염색체들끼리 DNA를 섞는다. 지금까지 화가가 캔버스에 각각의 색깔을 조심스럽게 칠해왔다면 이제부터는 붓을 팔레트에 놓고 빙글빙글 돌리며 완전히 새로운 색깔을 만든다. 이것이 감수분열의 독특한 부분이다. 그 결과 여성의 난자에 있는 DNA는 그 어머니의 DNA와 정확히 똑같지 않다. 따라서 세대 간 차이는, 정자와 난자가 만나 최종적으로 DNA가 합쳐지기 훨씬 오래 전에 확립된다.

하지만 붓으로 많은 색상을 섞는 것은 아름다움을 창조할 뿐 아니라 질서를 어지럽힐 수도 있기 때문에, 교차 단계는 염색체 이상이 발생하는 중요한 순간이기도 하다. 그리고 여성의 경우, 이 사건은 미래의 아이에게 큰 영향을 미치게 되며, 아이를 임신하기 오래 전에 일어난다. 실제로 교차는 예비 엄마가 아직 자기 어머니의 자궁 속에 있을 때, 즉 할머니의 임신 초기 몇 주 동안 일어난다. 할머니의 삶에서 일어나는 일들이 그 자궁 속 아기의 난자에 영향을 줄 수 있다는 사실을 믿기 어려울 수 있다. 감수분열에 환경 요인과 신체적 요인이 어느 정도까지 영향을 미치는지에 대해서는 많은 논쟁이 있지만, 예

죽음을 해부하는 의사

를 들어 1986년에 발생한 체르노빌 원전 사고가 2세대가 지난 지금까지도 영향을 미치고 있을 수 있다고 누군가 주장한다면 이를 무시할 수는 없을 것이다.

일단 정자와 난자가 수정되면, 대사의 측면에서 핵폭발과 같은 일이 일어난다. 임신이 이루어지는 순간, 즉 각 부모에게서 온 '반쪽' DNA가 결합하는 순간 세포분열과 발생이라는 질주가 시작된다. 이 과정은 정말 장관이다. 이때부터는 정자와 난자를 만들 때와 같이 DNA를 섞는 것이 아니라, 세포들이 분열하여 자신과 정확히 똑같은 사본을 만드는 유사분열(체세포분열)이 일어난다.

그러나 이처럼 빠른 속도는 유사분열이 또 하나의 위험한 영역이라는 것을 의미하며, 이때 실수가 발생하면 태어나기 훨씬 전에 생명이 끝날 수 있다.

선천적 질환(아기가 태어날 때 안고 있는 장애)에는 여러 가지 원인이 있다.

첫째, 외부 요인들이 있다. 그중 일부는 신체적 요인일 수 있다. 예를 들어 태아를 보호하는 역할을 하는 양수가 부족하면 신체의 일부가 눌리거나 눌린 상태를 유지하게 된다. 또 어머니가 (어쩌면 할머니가) 방사능이나 수은과 같은 위험 물질에 노출되거나, 어머니가 알코올 같은 위험 물질에 아기를 직접 노출시킬 수도 있다. 또 하나의 외부 위협은 바이러스다. 예를 들어 1918년에 유행한 스페인 독감은 세계적으로 5,000만~1억 명의 목숨을 앗아갔고, 특히 아이들이 많이 감염되었다. 미국에서는 임신 중이거나 가임기인 여성의 약 3분의

1이 감염되었다. 미국에서 어머니가 독감에 걸렸을 당시 뱃속에 있었던 아이들을 대상으로 장기적 건강 상태를 조사한 연구는 이들이 수년 후 건강상의 문제를 겪을 수 있다는 결론을 내렸다. 어머니가 임신 초기에 독감에 걸린 경우 자녀는 이후 당뇨병에 걸릴 위험이 높았다. 임신 초기에서 중기까지 독감에 감염된 경우는, 중년 이후 노년까지도 심장병에 걸릴 확률이 크게 높아졌다. 그리고 임신의 마지막 몇 달 동안 독감에 감염된 경우, 그 자녀가 중장년기에 이르러 신장 질환에 더 취약한 것으로 나타났다.

독감 바이러스가 태아에게 스트레스를 준 것으로 추정되고, 그런 스트레스 상황에서는 태아를 보호하기 위해 혈액 공급이 중요한 기관들에서 뇌로 전환된다는 가설(여러 가설 중 하나)이 있다. 이것은 태아의 생존을 보장하기 위한 조치이지만, 그것이 50~60년 후나 더 나중에 특정 장기에 장애가 발생하도록 사전 프로그래밍할지도 모른다. 물론 임신 기간에 따라 발생하는 장기가 다르기 때문에 임신부가 독감에 걸리는 시점이 중요할 것이다.

최근에 유행한 전염병도 비슷한 영향을 미치지 않을지 걱정하는 사람들이 있을 것이다. 하지만 코로나19는 이 시기에 임신되거나 태어난 아기의 장기적 건강에 영향을 미치지 않을 것이다. 스페인 독감은 아이들이 많이 걸렸지만, 코로나는 일반적으로 노인을 표적으로 삼았기 때문이다. 정확한 것은 장기적 연구를 해봐야 알겠지만, 안타깝게도 내가 그 연구 결과를 접할 수는 없을 것 같다.

마찬가지로 불행한 결과를 초래하는, 선천성 질환의 두 번째 원인은 집안 내에 대물림되는 유전자다. 어떤 유전자는 수년간 잠자코 있다가 나중에 질병이나 죽음을 일으키기 때문에 태어날 때는 장애를 식별하지 못할 수도 있다. 대부분의 유전 질환은 생후 몇 년 안에 증상이 나타나지만, 헌팅턴병은 40~50년, 심지어는 60년 동안 잠자고 있기도 한다.

유전적 오류는 선천성 질환의 세 번째 원인이자 가장 흔한 원인이다. 유전적 오류는 정자가 만들어지는 동안(겨우 몇 주 전에 일어난 과정) 또는 난자가 만들어지는 동안(훨씬 오래전인 할머니의 자궁에서 일어난 과정) 일어날 수 있다. 또 임신 후 빠르게 세포 분열이 일어나는 동안 문제가 발생할 수도 있다. 실제로, 임신 중 실수가 일어난다면, 유전적 오류가 일어날 가능성이 가장 높은 시기는 첫 4주 동안이다. 아직 형태를 갖추지 못한 장기들이 서로 매우 가깝게 놓여 상호 의존적으로 발생하기 때문에, 이 단계에서의 오류는 대개 치명적이다. 설령 태아가 유산되지 않고 출산 시점까지 생존한다 해도, 이런 초기 오류는 뇌나 심장에 심각한 결함을 일으키기 때문에 아기는 오래 살지 못한다.

반면에 임신 후기의 오류가 일으키는 선천적 결함은 당장 눈에 띄지 않고, 영원히 발견되지 않을 수도 있다. 나는 노인을 부검할 때 종종 선천성 심장 결함을 본다. 그것은 사망이나 질환의 원인이 아니었으며, 그 사실을 아무도 몰랐을 수 있다.

아기가 세상에 무사히 도착한다고 해서 위험한 여정이 끝나는 건 아니다. 무사히 태어난 아기들도, 아직 그들 인생에서 가장 위험한 해가 될 수 있는 1년을 눈앞에 두고 있다. 그 1년이 지나면 사망 위험이 현저하게 떨어지고, 55세가 될 때까지는 첫 해의 위험에 다시 근접하지 않는다. 그러다 55세의 시점이 오면 파괴적인 습관, 노화와 관련된 질환, (아마도 늙으면 능력이 저하된다는 사실을 인정하지 못해서 발생하는) 사고(늙으면 능력이 감소한다는 것을 인정하지 않거나, 오염이나 배우자에 의해 죽임을 당하거나, 그동안 드러나지 않았던 선천적 결함이 나타나면서 일어나는 일들) 등, 모든 것이 치명적인 타격을 가하기 시작한다.

나는 처음 퍼거슨 벨을 보았을 때 방임의 증거라고는 신기하게도 기저귀 발진뿐이었는데도 아이가 방임되었다고 생각했다. 하지만 그의 창백한 피부 빛깔과 복부 팽만을 보았을 때 그에게 선천적 문제가 있다는 것을 꽤 확신했다. 아기 어머니가 걸렸던 바이러스가 원인일까? 아니면 잘못된 유전자? 그것도 아니면 자궁에서 세포분열이 일어나는 동안 생긴 실수? 원인이 무엇이든 증상은 대부분의 아기가 젖을 떼는 나이에 나타났다.

퍼거슨의 장은 부풀어 있었다. 한쪽 폐를 무너뜨린 체액으로 인해 모든 조직이 수건처럼 흠뻑 젖어 있었다. 이는 아이가 사망하면서 심장 기능을 잃는 동안 삼투압 변화가 일어났다는 뜻이고, 그렇다면 선천성 심장 결함을 가지고 있었을지도 모른다.

하지만 심장이 원인이 아니라면?

체액의 영향에도 불구하고 퍼거슨의 몸 내부는 흠이 없어 보였다. 그것은 9개월 동안 만들어졌지만, 사실 수천 년에 걸쳐 완성된 놀라운 풍경이다. 나는 이 풍경을 볼 때마다, 사실 수천 번도 더 보았지만,

장기들이 올바른 공간에 올바른 방법으로 놓여 살아 있는 몸을 위해 제 몫을 정확하게 해내도록 설계되어 있는 것을 보며 감탄한다.

아기의 몸에서 가장 아름다운 기관은 뇌다. 아기의 뇌는 완벽한 형태를 갖추고 있지만 아직 고정되지 않는다. 두개골을 열면, 뇌가 그 위를 덮고 있는 뇌막들의 뿌연 창을 통해 보일락 말락 한다. 창 밑으로 노란빛이 도는 회색 물질이 있다. 어떤 부위는 반투명하며, 매혹적인 패턴의 붉은 혈관들로 싸여 있다. 뇌의 가장 바깥층은 띠 모양의 피질로 덮여 있다. 이 피질 띠는 고급 가죽의 연한 갈색이지만 두께가 훨씬 얇다. 이것을 부활절 달걀을 싸는 포일에 비유하는 사람들도 있지만, '띠'와 '포일'은 산과 계곡으로 구불구불한 뇌의 오래된 지형을 꿋꿋하게 헤쳐 나가는 피질 띠의 순례를 미화하는 표현이다.

그 띠 밑으로 보이는 아이의 뇌는 말랑말랑한 젤리 같다. 겉모습은 호두와 비슷하지만 크기, 색깔, 굳기는 호두와 다르다. 호두 안에 든 아기의 뇌는 창백하지만, 단단해지면서 흰색이 될 것이다. 단단해진다는 건, 앞으로 25년 동안 미엘린이 계속해서 신경세포를 감싼다는 뜻이다. 그리고 아주 깊은 곳으로 들어가면 더욱 짙은 회색의 뇌를 볼 수 있다. 그것은 깊이 파묻힌 원시 뇌다. 이 원시 뇌는 우리의 바쁜 의식이 잊고 지내는 부분이지만, 더 접근하기 쉬운 기능들이 우리를 실망시킬 때도 계속 작동한다. 심장을 계속 뛰게 하고, 폐를 계속 숨 쉬게 하고, 면역계가 침입자를 공격하게 하고, 호르몬들이 균형을 이루게 하고, 눈을 깜박이게 하는 등, 많은 일을 하는 눈에 보이지 않는 든든한 친구다. 이 자율 시스템은 조용하지만 쉴 틈이 없다.

퍼거슨의 뇌는 아름다웠고 눈에 띄는 문제가 없었다. 사실 그의 모든 장기들은 건강해 보였다. 딱 하나만 빼고는. 간이 너무 큰가? 간은 큰 기관이고, 아기의 경우는 특히 커 보인다. 색깔은 흙빛과 같은 진한 적갈색을 띠고, 복부 오른쪽 상단에 위치하지만 크기가 너무 커서 왼쪽으로까지 뻗어 있다. 무작정 자리를 잡고서 다른 장기들을 가로질러 철퍼덕 주저앉은 모습이 햇빛이 잘 드는 명당자리에 누운 큰 고양이를 떠올리게 한다.

"이거 재미있겠는데요…." 나는 경찰들에게 말했다.

내가 퍼거슨의 간을 검사할 동안 그들은 목을 길게 빼고 지켜보았다. 내가 확신을 굳힌 건, 간을 절개한 다음에 부검실 불빛 아래서 메스를 돌렸을 때였다. 그건 나의 오래된 습관이다. 칼이 예상만큼 빛나지 않을 때 나는 알았다. 기름이었다. 퍼거슨은 지방간을 가지고 있었다.

이 경우는 비대한 지방간의 가장 흔한 원인인 과음을 배제할 수 있다. 음주는 이 놀라운 장기를 학대하는 행위지만 간은 그것을 눈감아준다. 나이든 사람의 간은 하룻밤 진탕 마시는 것으로도 기름이 끼지만, 한동안 금주하면 스스로 회복한다. 하룻밤 음주가 쌓이고 쌓여 습관이 되면 지방이 버터로 변한다. 습관적으로 과음하는 사람의 간을 푸아그라 덩어리라고 생각해보라. 이쯤 되면 간에 심한 과부하가 걸리고, 지방이 덕지덕지 붙은 세포들이 기능을 멈추고 죽기 시작한다. 이 세포들은 결합조직으로 대체된다. 그것이 바로 우리 대부분이 알고 있는 '흉터'다. 흉터는 혈액 공급을 차단하고 왜곡시켜 남은 간세포에 산소가 제대로 전달되지 못하게 한다. 그 결과 더 많은 흉터가

　　　　　　　　　　　　　　죽음을 해부하는 의사

생긴다. 실제로 알코올중독자의 경우, 금주해도 간경변이라는 진행성 질환을 막을 수 없는 티핑포인트가 있다. 이렇게 해서 마침내 우리는 더이상 불룩하지 않고 버터처럼 노랗고 기름지지만 오히려 표면이 딱딱하고 오톨도톨한 작고 일그러진 절인 오이를 연상시키는 간을 갖게 된다.

퍼거슨의 간은 매끈하고 아름다웠지만, 술집에서 저녁을 보낸 모든 흔적을 보여주었기 때문에 알코올 검사를 실시했다. 이런 검사를 수년에 걸쳐 해본 결과, 많은 부모들이 이런 방식으로 아기가 울음을 그치게 만든다는 사실을 알게 되었다. 하지만 퍼거슨은 그 경우가 아니었다. 이제 나의 의심은 더 강해지고 있었다. 창백함, 부종, 지방간. 나는 그가 결함 있는 유전자를 물려받은 불운한 경우임을 거의 확신했다.

나는 고개를 들었다.

"선천성 대사 이상에 판돈을 걸겠습니다."

경위가 눈을 깜박였다.

"그게 뭔데요?"

"수십 가지 종류가 있어요. 하지만 언제나 부모에게서 유전되죠. 몸이 음식 속의 어떤 성분을 대사할 수 없어서 그 성분이 엄청난 해를 끼칠 때까지 쌓이는 거예요."

"처음 들어봐요." 검시관실 경찰관이 말했다.

"땅콩 알레르기 같은 건가요?" 형사가 물었다.

"알레르기는 아니지만, 아마도 퍼거슨이 먹은 음식과 관련이 있을 거예요. 즉, 아이가 특정 음식을 먹었을 때 어떤 성분이 제대로 처리되지 않았다는 뜻이에요."

"하지만 겨우 6개월짜리가 뭘 먹을 수 있었을까요?" 경위가 물었다.

"젖을 떼고 고형식을 막 시작하지 않았을까요." 경위는 석연치 않은 모양이었다.

"그러면, 왜 아이 어머니는 고형식을 서서히 시도해서 아기가 소화시키지 못하는 것이 무엇인지 알아내려고 하지 않았을까요?"

나는 내 일로 돌아왔다. 모든 설명되지 않는 죽음에는 조사할 것도, 주의해서 봐야 할 것도 많은 법이다. 하지만 충격적인 기저귀 발진을 본 뒤로 경위는 아이 부모가 못마땅한 눈치였다. 우리는 정보가 더 필요했다. 부모뿐 아니라 우리 동료들에게도 알아낼 게 있었다. 이것은 전문가를 필요로 하는 사건이었기 때문이다. 선천성 대사 이상은 무슨 종류든 드물게 발생하지만, 종류가 많아서 소아과에서 매우 바쁜 분과다.

아기의 혈액과 소변 검사 결과가 나왔을 때 나는 그것을 소아과 의사에게 가져갔다. 문제를 밝혀내기 위해 내가 소속된 '런던 세인트 조지 병원'의 관련 전문의 대부분을 만났다.

처음에는 퍼거슨이 바이러스에 감염된 것처럼 보였다. 그의 간에서 파르보 바이러스에 대한 형광면역반응이 나타났기 때문이다. 하지만 바이러스학자들이 추가 조사를 실시한 결과, 거짓 양성 반응으로 확인되었다. 내가 예상했던 대로 우리는 곧 유전학 분과로 돌아왔고, 나는 요즘 급증하고 있는 선천성 대사 이상 전문가들에게 둘러싸

죽음을 해부하는 의사

였다.

광범위한 검사가 이루어졌고 많은 논의가 벌어졌다. 실제로, 퍼거슨이 진단되지 않은 선천성 대사 결함을 가지고 있었다는 사실에 모든 전문가가 동의하기까지 약 다섯 달이 걸렸다. 대사 결함이 드러난 것은 아기가 고형식을 시작했을 때였다. 퍼거슨의 몸은 과당을 대사할 수 없었다. 과당은 과일에 들어 있는 천연 당이고, 가장 일반적인 물질은 설탕이다.

과당은 세포의 에너지원으로 전환되는 당 가운데 하나다. 우리 몸은 에너지를 글리코겐이라는 화학물질의 형태로 (과당의 경우 주로 간에) 저장하고 에너지가 필요하면 글리코겐을 분해해 에너지원을 방출하는데, 이때 효소가 없으면 글리코겐을 분해할 수 없다. 그래서 간이 술을 많이 마신 사람처럼 비대해지고 지방질이 될 수 있다.

대사 전문가는 의학이 이렇게 발전한 세계에서 아기가 이 희귀한 질환으로 죽을 수 있다는 사실에 놀라움을 표했다. 그런 질환은 발견될 수 있고 발견되어야 했다. 그래서 아기가 위험에 처하기 전에 식이를 조정했어야 했다.

그러면 퍼거슨은 뭐가 문제였을까? 그건 일련의 사건들이 맞물려 일어난 매우 불행한 결과였다. 너무나 불행한 결과여서 경위는 반드시 기소하겠다고 마음먹었다.

퍼거슨의 부모는 광범위한 심문을 받았다. 나는 경위가 작성한 기록을 읽었을 때 아이가 부모에게 큰 사랑을 받았다고 느꼈다. 부모는 아기에게 자신들이 옳다고 믿는 것을 하고 있었다. 아이 아버지는 의사가 아니라 대체의학을 하는 치료사였고, 부모는 둘 다 일반 의사들에게 깊은 불신을 품고 있었다. 이 때문에 아이는 태어난 뒤 어떤 종류의 전문가에게도 진찰받은 적이 없었다. 보건원이 집을 방문한 적도, 정기적으로 체중을 측정한 적도, 정기검진을 받은 적도 없었고, 당연히 예방접종도 맞지 않았다.

아이가 젖을 떼기 시작했을 때, 퍼거슨의 부모는 자신들의 믿음에 따라 아이를 위해 최대한 자연적이고 적합하며 안전하고 몸에 좋은 식단이라고 생각하는 것을 고안했다. 식단에는 당밀, 사과식초, 꿀, 두유, 과일과 채소가 포함되었다. 부부는 자신들이 심사숙고해서 짠 식단이 아들을 죽일지 몰랐다. 퍼거슨은 과일을 대사할 수 없었고, 아마 당밀, 꿀, 두유의 성분들도 대사할 수 없었을 것이다. 아이에게 이 모두를 먹임으로써 그들은 자신들도 모르게 아이에게 끔찍한 설사를 일으키고 있었다. 이는 흉측한 기저귀 발진을 일으켰다. 그리고 그들은 아들의 간 기능 또한 심각하게 손상시키고 있었다.

아들이 울음을 그치지 않자 뭔가 문제가 있다고 생각한 아버지는 퍼거슨을 동종요법 치료사 동료에게 데려갔다. 그 동료는 퍼거슨 부부에게 일반 내과에 가보라고 강력히 권했다. 그리고 아기의 기저귀 발진이 매우 심하다고 지적하며 약국에서 파는 크림을 사용해 빨리 발진을 없애야 한다고 다그쳤다. 상담은 무척 힘들었다. 퍼거슨이 내내 소리를 지르는 데다 아이 아버지가 동료의 제안을 오해했기 때문이다. 그는 격분해서, 자신은 기존 의사들을 믿지 않으며, 약국에서 파는 크림을 바르지 않을 것이라고 주장했다. 그는 그런 크림은 "발

죽음을 해부하는 의사

진이 밖으로 나오는 것을 막는" 억제제라고 생각했다.

이 대목을 읽으며 나는 자식을 잃은 남자에 대한 동정심이 조금씩 사라지기 시작했다. 그런데 발진이 정말 내가 기억하는 것처럼 심했나? 나는 부검 때 찍은 사진을 꺼냈다. 기억하는 그대로였다. 발진은 광범위했고, 아물지 않았으며, 피투성이였다. 치료사 동료의 충고를 거부한 지 2주 후 아이는 사망했다. 물론 아이를 죽인 건 발진이 아니라 유전 질환이었다. 하지만 나는 경위가 분명히, 젖을 떼는 동안 아이가 그렇게 괴로워하는데도 부모가 의사를 찾아가지 않았으며 식단조차 수정하지 않은 것은 아이를 방치한 것이나 마찬가지라고 생각할 것이라고 확신했다.

경위가 내게 보낸 편지에는 그런 생각이 담겨 있었다. "벨 씨의 뿌리 깊은 신념이 육아에 대한 판단에 영향을 미쳤을 겁니다." 실제로 이런 종류의 유전성 질환은 보통 내과의사에게 발견되어 신속하게 치료된다. 대사 장애는 종류가 많고, 대부분 드물기 때문에 정확한 결함을 확인하는 것이 늦어지는 경우도 간혹 있다. 하지만 결함을 확인하면, 식단을 조정하는 간단한 조치만으로 문제가 해결된다. 내가 짐작했던 대로 경위는 이 점을 지적하며 벨 부부를 기소하겠다고 말했다.

나는 영국검찰청CPS이 경위의 의견에 동의하지 않아서 다행이라고 생각했다. 벨 부부는 퍼거슨이 아프다는 것을 알았을 때 의사를 찾아갔어야 했지만, 어쨌든 자신들의 신조에 따라 아이를 위해 최선의 일을 했다. 그들은 퍼거슨이 1만 명 중 한 명, 또는 10만 명 중 한 명꼴로 발생하는 질환을 가지고 있다는 것을 알지 못했다. 나는 퍼거슨의 부모에게 아직 동정심을 느꼈고, 벨 부부에 대한 소식을 기대했다. 하지만 내가 그들의 소식을 다시 듣게 되었을 때는 내 인생의 사건과 묘하게 겹쳐지며 내게 예기치 않은 파장을 낳았다.

*

대부분의 의사들과 달리 내 직업은 죽음을 막는 것이 아니라 죽음을 충실하게 파헤치는 것이다. 법의병리학자가 불려가는 순간은 돌연한 죽음 또는 원인 미상의 죽음이 발생했을 때다. 때로는 사건 현장으로 직접 불려가고, 언제나 시신 앞으로 불려간다. 나는 아마 고인들과 특별한 관계를 맺을 것이다. 많은 사람들이 시신을 보러갈 때 느끼는 두려움이나 혐오감이 내게는 없다. 망자는 아픔을 느낄 수 없다. 그리고 모든 주검은 생명이 자연적 원인으로 끝났든 비자연적 원인으로 끝났든, 내게 인간의 취약한 면모를 보여준다. 망자는 내게 연민을 불러일으킨다. 벌거벗은 채 가만히 누워 있는 그들은 자신을 변호하거나 타인을 공격할 수 없다. 아무리 복잡한 인생이었든 이제는 단순하고, 어떤 비밀이 있었든 이제는 발가벗겨지며, 무엇이 중요했든 이제는 중요하지 않다.

나의 근본적 질문은 이것이다. 이 사람이 왜 죽었는가? 진실을 발견하는 과정은 관련된 사람들에게 긴 여정이 될 수 있다. 시신이 발견된 장소에서 시작하고, 그다음에는 부검실로 간다. 그리고 거기서부터 의사들뿐 아니라, 파리 전문가, 꽃가루 전문가, 혈흔 전문가, 범

　　　　　　　　　　　　죽음을 해부하는 의사

죄심리학자 등 다양한 전문가들을 거치고, 이어서 법의학 실험실로 간다. 그곳에서는 아주 적은 양의 DNA도 분석할 수 있고, 발사체의 경로를 재구성할 수도 있다.

때때로 최선의 노력에도 불구하고 진실은 손에 잡히지 않고 죽음은 미스터리로 남는다. 밝혀야 할 진실이 너무 많을 때도 있다. 부정행위가 명백한 경우 우리는 기소가 이루어져 적어도 공정한 재판이 이루어지기를 바란다. 내 경우, 부검에서 시작한 일이 법정 증인석에서 끝나기도 한다. 그곳에서 변호인과 검사는 내 의학적 소견을 몇 시간 동안 (때로는 며칠에서 심지어 몇 주까지) 해석하고 재해석하고 그것에 대해 이의를 제기한다.

그래서 나는 직업상 익사한 주검, 부패한 주검, 불에 탄 주검, 불운한 주검, 지독히 불행했던 주검, 살해된 주검과 매우 밀접하게 접촉한다. 그러다 보니 하루라는 시간 동안에도 매혹과 당혹 그리고 엄청난 슬픔을 오갈 수 있다.

때때로 도피 수단은 필수다. 즉 우리가 아무리 초연해지려고 해도 주검을 다루는 사람들에게 고인이 자기도 모르게 얹어놓은 짐, 그 엄청난 감정적 부담을 내려놓고 회복할 수 있는 방법이 필요하다는 뜻이다. 나는 그 무렵 휴가에서 위안을 얻었다. 우리 가족은 그리스와 터키처럼 뜨거운 모래가 펼쳐진 휴양지들을 다녔다. 하지만 집만 한 곳은 어디에도 없었다. 내게는 무엇보다 장인장모의 집이 그랬다. 그곳은 맨섬(Isle of Man)에 위치한 큰 주택이었다. 자체 농장으로 둘러싸여 있었고, 바다와 바다를 가로질러 폭풍이 다가오는 멋진 풍경을 볼 수 있었다. 해변이 무수히 많았고, 산도 많았으며, 황무지 산책길이 있었다. 하지만 장인장모인 오스틴과 매기의 환대에 비할 건 아무것도 없었다. 우리는 그들의 따뜻한 정에 흠뻑 젖었다. 그들은 우리를 반겨주었고 우리의 두 아이와 함께 시간을 보냈다. 그리고 그들은 맛있는 식사, 훌륭한 몰트위스키, 또는 타오르는 모닥불을 우리가 원하기도 전에 만들어주는 경이로운 능력을 지니고 있었다.

삶을 진정으로 풍요롭게 해주는 사람들은 소수에 불과하다. 오스틴과 매기는 내게 그런 사람들이었다. 맨섬에서 나는 처음으로, 멸균된 부검실에서 하루 종일 주검을 조사한 후 우리 집의 조용한 일상으로 돌아가는 내 생활이 어쩐지 쓸쓸하다는 생각을 했다.

오스틴과 매기는 매우 활발한 사회생활을 했다. 그들과 함께 머물 때면 우리는 칵테일파티를 위해 옷을 차려입고 나가서 그들의 친구들과 함께 웃고 떠들었고, 그다음에는 만찬을 위해 다른 곳으로 이동하곤 했다. 우리 가정의 일상과는 너무나도 달랐다. 바쁜 의사 부부는 칵테일파티는 고사하고 저녁 파티를 즐길 시간도 없었다. 이따금 이웃들을 초대해 식사를 하기도 했지만, 매기와 오스틴을 보면서, 내가 얼마나 형편없는 호스트이며 손님들에게 환대를 베푸는 데 얼마나 서툰지 깨달았다.

우리가 맨섬에서 흥겹고 시끌벅적한 휴가를 보내고 있던 그해, 그리고 때마침 내가 퍼거슨 벨 사건에 몰두하고 있었을 때 우연찮게도 사촌 제프가 맨섬에서 금융사업을 하고 있었다. 제프는 내 유년기, 특히 어머니가 죽기 전의 한 시기와 특별한 인연이 있었다. 제프의 어

죽음을 해부하는 의사

머니는 내 어머니의 언니였고, 그래서 나는 성인이 되어서도 이모의 표정이나 말투를 접할 때면 친밀감이 밀려오곤 했다. 이모, 형제, 사촌은 가끔이나마 내가 잃어버린 매우 중요한 사람, 어머니를 느낄 수 있게 해주었다.

마치 그 연고만으로는 충분하지 않다는 듯 제프와 나는 학창 시절에 절친한 친구로 지냈다. 내가 의대생이었을 때 우리는 런던에서 자주 만났다. 그 뒤로는 그가 호주로 이민을 가서 거의 만나지 못했지만, 나는 가족 소식통으로부터 그가 어떻게 지내는지 전해 들었다. '서핑을 한다' '농사를 짓는다' '호텔을 운영한다' 그리고 'DJ가 되었다'까지 듣고 나서 소식이 끊겼다. 그래서 그가 여러 번 결혼했다는 것과 그 사이에 태어난 자식들의 이야기를 몰랐다. 물론 그 무엇도 놀랍지 않았다. 제프는 항상 나보다 관습에 얽매이지 않는 사람이었다. 나는 공부만 하는 모범생이었다. 제프는 심지어 중등학교 시험도 치르지 않았다. 그는 시험을 보러 가는 길에 텔레비전 가게 쇼윈도 너머로 본 영상에 정신이 팔려 시험장에 너무 늦게 도착하고 말았다.

나는 맨섬에 그가 나타나 일종의 문화 충돌을 일으킬까봐 걱정했다. 대안적 생활방식을 추구하는 호주인과, 전통을 고수하는 식민주의자들의 만남이랄까. 하지만 나는 매기와 오스틴을 과소평가했으며 제프의 스스럼없는 매력을 잊고 있었음을 깨달았다. 몇 시간도 지나지 않아 그들은 마치 수년 동안 알고 지낸 사이처럼 어울렸고, 나 역시 다시 소년으로 돌아가 웃고 떠들었다. 제프는 해변에서 크리켓을 즐기고, 호주 생활의 믿기지 않는 이야기들을 들려주고, 농장 울타리를 고치고, 오늘 밤 요리는 자신이 하겠다고 우기며 부엌에서 매기를 내보내고, 아이들과 개들을 매료시켰다.

함께 지내는 사흘 동안 제프와 나는 함께 산책을 몇 번 했다. 우리는 가족과 지난날에 대해 이야기했다. 그는 내게 호주 오지에서 지낸 일을 들려주었다. 그는 원주민 문화에 큰 존경심을 품고 있었는데, 서양 의술을 쓰지 않고도 환자에게서 놀라운 결과를 얻어내는 다양한 치료사들을 만났다. 제프는 놀라운 결과를 좋아했다. 소년 시절 우리 둘이서 시험 삼아 머릿기름을 발라본 일이 기억났다. 기름은 당연히 제프가 얻어온 것이었다. 그것을 바르면 머리카락이 평소보다 두 배 빨리 자란다고 했다. 그 시절 긴 머리는 젊은이들에게 선망의 대상이었고 어른들에게는 눈엣가시였다. 내게는 효과가 없는 듯했지만, 제프는 자신의 머리카락이 일주일 만에 몇 센티미터나 자랐으며 심지어 머리색깔이 더 밝아졌다고 했다.

우리는 해안산책로를 걷다가 한 바위 옆에서 걸음을 멈추었다. 그곳은 해발고도가 상당히 높아서 밑에서 철썩이는 파도소리조차 들리지 않았다. 제프는 자기 목에 혹이 생겼고 호주로 돌아가자마자 치료사 친구에게 치료받을 예정이라고 말했다.

나는 제프에게 내가 살펴봐주기를 원하는지 물었다.

그는 대수롭지 않게 스웨터를 끌어내리고 내 손가락을 자신의 목 쪽으로 가져갔다.

"이 일이 그 머릿기름 때문은 아니었기를 바라." 내가 말했다. 하지만 제프는 웃지 않았다. "놀라운 기름이었지. 좀 보관해둘 걸 그랬어!"

내 손가락이 그의 귀 밑에서 아래턱으로 꺾이는 부분(하악각)에서 멈추었다. 나는 혹을 쉽게 감지할 수 있었다. 그것은 단단하고 탱글탱글했다.

"아파?" 내가 물었다.

"아니."

"다른 데도 있어?"

제프는 그답게 옷을 훌렁훌렁 벗기 시작했다. 그는 팔을 올리며 내 손가락을 털이 무성한 자신의 겨드랑이로 가져갔다. 결절이었다. 역시 단단하고 탱글탱글했다.

"여기도 있어."

그는 바지를 벗으려 했지만 내가 말렸다.

"더 안 봐도 돼…. 사타구니에도 있지?"

"응. 치료사 말로는 은을 복용해야 한대. 은은 땅의 기운을 불어넣어 준대. 내가 요즘 과거에 대한 생각을 너무 많이 해서 혹이 생긴 거래. 그래서 현재에 발을 디딜 필요가 있다고…."

그는 옷을 다시 입었다. 갈색으로 그을린 그의 가냘픈 몸이 구름을 배경으로 윤곽을 드러냈다. 아래쪽 바다는 푸르디푸르렀다. 맨섬을 뒤덮은 옅은 해무를 부르는 그 지역 사람들만의 이름이 있다. '만난난의 망토'. 지금 만난난의 망토와 같은 것이 내 머릿속을 뒤덮었다. 실제로 볼 수는 없지만 확실히 느낄 수 있었다. 그건 슬픔이었다. 그리고 슬픔의 잔인한 쌍둥이인 상실감.

내 사촌이자 오래된 친구가 나를 빤히 쳐다보고 있었다. "딕, 왜 그래?"

"그… 치료사 말이야. 의사가 아니지?"

"당연히 아니지. 그는 그런 것들을 믿지 않아."

"원주민의 민간 의술에 심취한 사람이야?"

"절대 아니야! 그 사람은 원주민과 함께 지내며 연구를 하긴 했지만, 자기만의 이론을 발전시켰어. 홀로 호주 오지에 들어가서 명상을 했고, 많은 깨달음을 얻어 돌아왔어. 아는 게 엄청 많아. 네가 그를 만나보면 좋을 텐데, 딕."

나는 그 치료사를 만날 일이 없다는 사실이 내심 기뻤다. 향수를 불러일으키는 생각 때문에 혹이 생겼다고 믿고 은이 그것을 치료해줄 것이라고 주장하는 사람이라면.

"제프, 일반 의사를 찾아가볼 생각은 없어?"

"없어."

"내 부탁을 들어주면 안 돼? 딱 한 번만? 호주로 돌아가면 병원에 가본다고 약속해줄래?"

제프는 자신의 치료사를 전적으로 신뢰한다고 말하며 저항했지만, 나를 위해 가달라고 설득하자 결국 그러겠다고 했다.

나는 너무 걱정이 되어 그가 호주로 돌아가자마자 그에게 연락했다.

"너도 알잖아. 의사란 사람들이 어떤지, 딕. 너도 그럴지도 모르지. 별것도 아닌 것을 말하면서 왜 그렇게 어려운 단어들을 줄줄이 늘어놓는지."

죽음을 해부하는 의사

그 어려운 단어들은 "확산성 거대 B세포 림프종"이었다. 그리고 별것도 아닌 것은 암이었다. 나도 그가 림프종 또는 백혈병에 걸렸다고 의심하고 있었다. 하지만 둘 다 분명히 치료 가능한 병이었다. 그래서 나는 그의 암을 완치하거나, 오랫동안 억제할 수 있다고 확신했다. 어디까지나 그가 치료사의 말을 그만 듣기로 한다면.

"의사는 진행이 느린 암이라고 말했어. 그럼 급하지 않다는 말이니까 브라이언에게 맡겨봐도 될 것 같아."

"브라이언?"

"응, 내 영적·육체적 치료사 말이야."

브라이언은 치료사 이름치고는 평범해 보였다.

"그래서 그 브라이언이라는 사람이 은을 처방하겠대?"

"응, 이미 치료를 시작했고 잘 되고 있대. 실제로 혹이 약간 줄어든 것 같아."

"제프, 그건 치료할 경우에만 느린 암이야. 치료하지 않으면…."

"치료하고 있다니까. 은으로 치료하고 있어. 브라이언이 알아서 할 거야."

제프는 채 1년도 살지 못했다. 나는 맨섬에서 그를 만나서 기뻤다. 그게 마지막이 된 것이 안타까울 뿐이다. 그의 죽음은 불필요하게 빨랐고, 나는 그 브라이언이라는 사람에게, 그리고 은 나부랭이와 그가 지껄인 헛소리에 엄청난 분노를 느꼈다. 특히 조의를 표하고 제프에 대해 이야기하려고 제프의 미망인에게 전화를 걸었을 때, 그들이 치료비를 마련하느라 농장까지 팔았다는 말을 듣고는 참을 수가 없었다.

"기존 의학은 시도해보지 않았어요?" 내가 신경질적으로 물었다.

"마지막에는 마지못해 해봤지만 소용이 없었죠." 미망인이 말했다.

"너무 늦었으니까요!"

하지만 내 말이 곧이들리지 않을 터였다.

"브라이언은 우리가 병원 의사들 때문에 시간을 낭비하고 있다고 경고했어요. 그리고 늘 그렇듯 그가 옳았어요. 제프가 죽어가고 있을 때 브라이언이 와서 산소마스크를 쓰고 있는 걸 보더니 이렇게 말했어요. '이따위 것은 당장 끄세요. 그를 독살하는 거예요.'"

나는 더 할 말이 없었다. 이제 와서 브라이언을 사기꾼이라고 부른들 역효과만 부를 터였다. 제프가 나름의 치료를 받고 있는 동안 제프에게 몇 번 전화를 건 적이 있었는데, 그때 나는 분명히 알았다. 그는 이미 치료사에게 심리적으로나 철학적으로나 너무 많은 투자를 했기 때문에 자신의 신념을 포기할 수 없다는 것을. 그가 할 수 있는 일은 도박중독자처럼 점점 더 판돈을 늘리는 것뿐이었다.

제프는 신념을 위해 목숨을 희생했다. 그 신념은 어떠한 타당한 증거도 없었으며, 도덕적이거나 정치적인 것도 아니었다. 그건 단순히 개인적인 신념이었고, 이미 그의 일부나 다름없어서 포기하는 게 불가능했다. 그리고 제프가 죽은 직후 퍼거슨 벨과 관련하여 다시 한 번 더 연락을 받았을 때, 나는 벨 씨도 마찬가지였음을 깨달았다. 그의 경우는 아버지의 철학 때문에 무력한 아들이 목숨을 잃어야 했지만. 퍼거슨의 사례를 조사한 대사 전문가들 중 한 명에게 전화를 받았을 때 내가 벨 가족에 대한 동정심이 덜 생겼던 것은 그래서였는지

죽음을 해부하는 의사

도 모른다.

벨 부부에게는 새 아들이 생겼고, 이번에는 국립보건원의 감시망을 벗어나지 못했다. 전문가는 둘째 아이에게도 퍼거슨과 똑같은 문제가 있는지 꼭 검사해봐야 한다고 생각했다. 부모 모두 열성유전자를 가지고 있는 것이 틀림없었고, 따라서 둘째 아이가 대사 결함을 물려받거나 보인자일 확률이 75퍼센트였다. 퍼거슨의 동생이 어느 쪽인지는 과당 불내증 검사를 하면 금방 확인할 수 있었다.

하지만 검사를 하려면 병원에 가서 의사를 만나야 했다. 그리고 정맥주사도 필요했다. 아이 아버지는 기존 의학을 완강히 거부했고, 그것에 맞서 열심히 싸우고 있었다. 아버지의 반대를 수용하면서도 아이를 지키는 방법은 두 아이의 DNA 염기서열을 분석해서 퍼거슨과 그의 동생이 똑같은 과당 불내증을 가지고 있는지 확인하는 것이었다. 이건 그 당시만 해도 만만한 일이 아니었지만 한 연구실이 흔쾌히 해주겠다고 제안했다. 그래서 내게 전화를 건 전문가는 죽은 퍼거슨의 조직 샘플을 가지고 있는지 물었다. 그럴 경우 불내증 유전자를 분리할 수 있을 터였다.

나는 퍼거슨의 조직 샘플을 가지고 있었고, 둘째 아들은 보인자로 판명되었다. 이는 그 아이가 언젠가 자기 자식들에게 그 형질을 물려줄 수 있다는 뜻이었다. 그리고 자식들이 운이 나빠서 같은 형질을 지닌 어머니를 갖게 된다면, 그들도 과당을 대사할 수 없을 것이다. 하지만 그 소년 본인은 영향이 없었다.

이 슬픈 이야기는 좋게 끝나는가 했지만, 대체의학에 대한 아이 아버지의 계속된 맹신으로 인해 약간 훼손되고 말았다. 많은 사람들이 기존 의학에 건강한 불신을 품고 있지만 막상 병에 걸려 치료가 필요하면 자제한다. 주류 의학에 대한 벨 씨의 공개적 경멸은 아들이 죽은 후에도 바뀌지 않았다. 자식을 잃은 부모라는 점에서 그에게 품었던 내 동정심이 완전히 증발한 것은, 벨 씨가 자격도 없이 자기 이름 앞에 '닥터'라는 직함을 붙이고 자기 방식으로 암환자와 중환자를 치료할 수 있다고 말하고 다닌다는 사실을 알았을 때였다. 아마 지금도 그러고 다닐 것이다. 그는 자신의 관점을 공유하는 사람들에게, 항암 치료나 방사선 치료, 또는 기타 공인된 암 치료 방법을 거부하고 대신 자신의 식이요법을 하라고 권한다. 그에게 치료받는 사람들은 적어도 선택권은 있다. 내 사촌 제프도 선택권이 있었고, 그는 죽기를 선택했다. 하지만 벨 씨의 어린 아들은 선택권이 없었다. 그리고 퍼거슨 벨 사례의 핵심은, 기존 의학을 거부할 벨 부부의 권리가 퍼거슨의 생존 권리와 충돌했다는 점이다. 모든 부모가 아이에게 예방접종을 맞힐지 말지 결정할 때 비록 직접적이지는 않아도 이런 선택에 직면한다. 나는 잘못된 정보가 아니라 제대로 된 정보를 갖고 있는 사람이라면, 홍역이 사망이나 심각한 합병증을 일으켜 자기 아이뿐 아니라 사회 전반에 끼치는 위험이 예방접종의 위험보다 훨씬 크다고 판단해야 한다고 생각한다. 하지만 많은 부모들이 예방접종을 하지 않기로 선택한다.

신념을 버리기란 얼마나 어려운 일인가. 자칭 의사인 벨 씨가 자기 아들의 문제를 기존 의학으로는 치료할 수 있지만 자기 방법으로는

죽음을 해부하는 의사

치료할 수 없다는 사실을 인정하기란 얼마나 어려웠을까. 그가 그것을 인정하려면 자신의 신념을 단지 흔드는 것에 그치지 않고 재평가해야 했을 것이다. 하지만 그는 자신의 생각에 그런 근본적인 변화를 일으킬 준비가 되어 있지 않았다. 신념을 버렸다면 아마 자기가 누구인지 알 수 없었을 것이다. 우리는 사는 동안 자신을 계속 재정의해 나간다. 그리고 마침내 노년에 이르면, 이따금 기억이 사라지면서 그 정의도 함께 사라진다. 그때 우리는 누구일까?

나는 제프의 죽음을 계기로 벨의 사례에 대해 다시 한 번 깊이 생각해보게 되었고, 마음을 바꾸게 된 것 같다. 지금은 경위가 기소에 성공했기를 내심 바라고 있다.

비극의 희생양

퍼거슨의 불필요한 죽음은 임신 전 과정과 임신 과정이 얼마나 복잡하고 오류가 발생하기 쉬운지 보여줄 뿐만 아니라, 일단 아이가 태어나면 우리가 제공하는 보살핌의 질이 아이의 안전을 결정하는 동시에 아이의 행복을 가장 크게 위협할 수 있다는 것을 보여준다. 이런 의존성 때문에 아이는 양육자가 아무리 좋은 의도를 품고 있다 해도 양육자의 미숙함, 특이성, 어리석음, 또는 약점의 희생양이 될 수 있다. 이 때문에 사랑은 이따금 분노만큼이나 위험하다. 나는 그런 사례들을 셀 수 없이 많이 보았다. 이 사례들은 엄청난 불운과, 고의적 방임이라고 할 수 있을 정도로 극단적인 부주의 사이의 어딘가에 놓인다.

이층침대에 누워 있다가 벽과 매트리스 사이로 미끄러져 질식한 아기. 방열기 뒤로 떨어져 화상을 입고 죽은 아기. 요람 위에 걸어둔

야간조명 전선에 목이 졸린 아기. 술에 취해 계단에서 굴러 떨어진 아빠의 팔에 안겨 있던 아기, 도시락을 목에 걸고 혼자 있다가 줄에 목이 졸린 아기, 아기를 안고 있던 엄마가 반려견에 걸려 넘어지면서 딱딱한 금속제 스피커 위로 떨어진 아기, 부모가 전화를 받으러 간 사이에 욕조에서 익사한 아기, 약물 과다복용으로 죽은 아버지와 함께 단둘이 아파트에 있다가 탈수와 굶주림으로 죽은 아기…. 목록은 끝이 없고 끔찍할 정도로 다양하다. 이 아기들을 죽이려고 의도한 사람은 아무도 없었다. 하지만 사실상 이 아기들 대부분이 정도의 차이가 있을 뿐 보살핌 소홀로 죽었다.

그러면, 실제로 누군가의 의도로 죽은 아기들은 어떤가? 수많은 기적 끝에 이 세계에 무사히 도착했지만 이제는 아무도 원치 않는 아기들이 있다. 아기를 괴롭히거나 죽이는 사람들은 아기를, 살기 위해 누군가에 의존해야 하는 보잘것없는 인간으로 여기지 않는다. 소수이긴 하나 가학을 즐기는 사람도 있다. 남편이 딸을 해치는 동안 아기 울음을 듣지 않으려고 이불 밑에 숨었던 아내는 법정에서 이렇게 진술했다. "남편에게 당신은 사디스트라고 말했어요. 그랬더니 그는 사람들에게 고통을 주는 것이 즐겁다고 인정했어요…. 아기가 자신을 짜증나게 하고 괴롭힌다고 말했죠."

하지만 가학에서 쾌락을 느끼는 사람들은 영아살해자들 중 소수다. 수많은 인터뷰를 읽어본 바로는, 아이를 죽이는 양육자는 아이의 그치지 않는 울음과 요구를, 뭔가가 필요하다는 표현이 아니라 화를 돋우기 위한 계산적이고 의도적이며 악의적인 행동으로 해석한다.

신기하게도 그런 집에서 먼저 태어난 또 다른 아이는 양육자의 분노를 피해간다. 왜냐하면 그 집의 양육자는 유독 이 아기만이 자신을 화나게 하려는 악의적 의도를 품고 있다고 믿기 때문이다. 그리고 일부 부모들에게 아기 울음소리는 아기의 무력함을 상징하는 것 이상의 의미가 있다. 그들은 아기의 욕구 표현에서 자신들의 충족되지 않은 욕구를 떠올릴지도 모른다. 아기의 완고한 요구 앞에서 그들은 타인이 자신에게 하는 수많은 완고한 요구들을 떠올릴지도 모른다. 어쩌면 부모에게 아기는 억제할 수 없는 분노를 안전하게 풀 수 있는 유일한 희생양일지도 모른다. 어쩌면 아기 울음은 그 가족이 가진 구조와 관계의 약점을 파고드는 것인지도 모른다. 아기의 탄생은 희망을 상징하지만, 현실에서 아기의 요구는 부모를 고립시키고 모든 즐거움을 앗아갈 수 있다. 물론 누구나 아기의 그치지 않는 울음 앞에서 인내심의 한계에 도달해본 적이 있고, 가난과 극단적인 스트레스 상황에서는 확실히 상황이 악화된다. 하지만 고립은 누구에게나 똑같은 영향을 미칠 수 있으며 부유한 환경에서조차 마찬가지다. 그렇다 해도 영아 살해에는 변명의 여지가 있을 수 없다. 그렇다면 이 범죄를 시인하는 사람들이 뭐라고 말하는지 들어보자.

나는 두개골 골절과 경막하 출혈로 사망한 생후 4주 여아를 부검했다. 아이의 손상은 심한 구타의 결과임이 분명했다. 나는 머리, 얼굴, 목에 있는 멍을 보았고, 이것이 움켜쥐어서 생긴 손상이라고 판단했다. 갈비뼈도 여러 개 부러져 있었다. 나는 이 골절이 10일 전에 발생한 것으로 추정했다. 이 아이는 지속적인 학대 후 사망에 이른 것

죽음을 해부하는 의사

이 분명했다.

부부에게는 돌이 갓 지난 딸이 하나 더 있었는데 그 아이는 멀쩡해 보였다. 이 가족의 상황이 바뀐 것은 최근에 아이 아버지인 아론이 은행에서 해고되면서부터였다. 첫 심문에서 부부는 혐의를 부인했다. 경찰 앞에서뿐만 아니라 스스로도 부인했던 것 같다. 딸의 얼굴에 있는 멍에 대해 설명해달라고 했을 때 아버지는 다음과 같이 말했다.

아버지   음, 우리가 생각할 수 있는 유일한 이유는, 아기에게 트림
         을 시키려고 꽉 잡아서인 것 같아요…. 그 자국은 며칠 동
         안 사라졌다가 다시 생기곤 했어요. 하지만 우리는 그게
         뭔지 알 수 없었죠. 엇비슷한 곳에 자국이 계속 생기는 것
         을 보고 이상하다고만 생각했지, 왜 그런지는 알 수 없었
         어요. 우리는 더 이상 그런 식으로 트림을 시키지 않았거
         든요.

심문관   아이 뺨에 멍이 어떻게 생겼는지 설명할 수 없다는 건가
         요?

아버지   네, 이해할 수가 없어요!

심문관   부검에서 병리학자가 갈비뼈가 부러진 걸 발견했어요.

아버지   오, 정말이요?

심문관   어떻게 부러진 건지 설명해주실 수 있을까요?

아버지   아뇨, 나는 몰랐어요. 어떻게 갈비뼈가 부러졌는지 정말
         모르겠어요.

심문관	여섯 개가···.
아버지	말도 안 돼!
심문관	앞쪽에는 한쪽에 6개, 다른 쪽에 4개가 부러졌고, 뒤쪽에는 한쪽에 8개, 다른 쪽에 3개가 부러졌어요.
아버지	오 맙소사!
심문관	혼자서 그랬을 리는 없어요.
아버지	그렇죠. 그런데 우리는 아이를 트림시키려고 자주 토닥거렸지만, 때린 적은 없어요. 단지 등을 쓰다듬었을 뿐이에요···. 아이가 잘 때 울었지만 우리는 악몽을 꾸었나 보다 생각했을 뿐이에요. 어떻게 그런 일이 일어났는지 정말 모르겠어요.
심문관	제 생각에는 알고 계신 것 같은데요.
아버지	모르겠어요, 제가 왜 거짓말을 하겠어요?
심문관	갓 태어난 아기의 아버지가 된다는 건 쉽지 않은 일입니다. 상황을 감당하기 힘들었을 수도 있죠. 용기를 내 털어놓으시기를 바랍니다.
아버지	아니, 아무리 화가 나도 아이들에게 화풀이를 하진 않습니다···.
심문관	부검에서 두개골 골절도 발견됐습니다.
아버지	어떻게··· 어떻게 그런 일이 일어났죠?
심문관	제가 묻고 싶은 말입니다.
아버지	제 딸이고, 저는 딸을 사랑했어요···. 제가 잘못을 했다면

죽음을 해부하는 의사

감추거나 거짓말할 이유가 없어요.

그는 자백하지 않았다. 그럼 아이 어머니는 어땠을까? 그녀는 병원 예약일에 왜 아이를 데려가지 않았는지 설명해달라는 질문을 받았다.

어머니   제가 아론에게, 멍든 아이를 병원에 데려가면 우리가 아이를 때리고 학대한 줄 알 거라고 말했어요.

심문관   그렇게 말했어요?

어머니   네, 그랬어요. 하지만 전 단지… 사람들이 우리가 아이를 학대하는 줄 알까봐 그랬어요. 우린 그러지 않았거든요.

심문관   당신이 때린 게 아니면 다른 누군가가 때린 게 틀림없잖아요.

어머니   저는 안 그랬고, 아론이 그랬다는 증거도 없어요. 저는 때리는 걸 본 적이 없어요.

심문관   하지만 아론이 아기를 때렸다고 생각했나요?

어머니   아뇨, 때린 게 아니라, 아론이 다시 그런 식으로 트림시키기 시작해서 멍이 다시 생겼을 거라고 생각했어요.

심문관   하지만 남편에게 아기를 어떻게 트림시켰는지 물어봤고 남편이 설명했다고 했잖아요. 그러니 실제로는 아기를 트림시키다가 멍이 생겼다고 생각했을 리가 없어요.

변호사   실례지만, 제 의뢰인은 생각한 것을 말하고 있을 뿐입니다.

어머니   아론이 때렸나 하는 생각을 잠시 하긴 했지만, 그 생각을 지우려고 했어요.

심문관	지우려고 했다고요?
어머니	직접 보지 않았으니까요. 직접 들은 것도 아니고…. 아론은 아이들과 잘 지냈어요. 그런 생각이 잠시 스쳤지만 그뿐이에요.

그날 저녁 아버지가 다시 심문을 받았다. 그는 딸의 손상에 대해 물어보자 지난번과 똑같이 놀란 어조를 취했다. 심문은 갑자기 끝났다. 다음 날 아침 그는 다시 한 번 심문을 받았다.

심문관	아론, 당신은 어젯밤에 심문을 중단해달라고 요청했어요.
아버지	생각할 시간이 필요했어요.
심문관	또한 변호사와 이야기를 하고 싶었을 거예요. 이제 생각할 시간을 드렸으니, 우리에게 하고 싶은 말이 있나요?
아버지	아기를 다치게 한 건 저였어요. 그런데… 이렇게 말하면 끔찍하게 들리겠지만, 저는 제가 무슨 짓을 하고 있는지 몰랐어요. 변명이 아닙니다. 변명 같을 테지만, 저는 직장을 잃어서 일종의 공황 상태였고 약간 우울했어요. 가끔 너무 힘들어서 미친 듯이 화를 냈어요. 하지만 자세한 건 기억나지 않아요…. 나중에 느낀 건 후회뿐이었어요. 어떻게 설명해야 할지 모르겠어요. 그냥 정신이 나갔어요.
심문관	아기가 많이 울었어요, 그렇죠?
아버지	아이가 울기 시작하면 저는 미친 듯이 화가 났고 그럴 때

죽음을 해부하는 의사

는 정신이 나간 것 같았어요⋯. 뭐랄까⋯ 회까닥 돌아서 화를 냈어요. 구체적으로 어떻게 했고, 왜 그랬는지는 기억나지 않아요. 나중에 기억나는 건 죄책감뿐이었어요.

심문관 아기의 갈비뼈가 부러진 게 약 열흘 전이었어요. 어떻게 된 일인지 말씀해주시겠어요?

아버지 저도 잘 모르겠어요. 솔직히 언제 일어난 일이라 해도 이상할 게 없어요. 저도 제가 무슨 짓을 하고 있는지 몰랐어요.

심문관 갈비뼈가 어떻게 부러졌다고 생각합니까?

아버지 제가 아기를 때렸거나, 너무 세게 껴안았거나, 짓눌렀을지도 몰라요. 음, 짓누른 게 아니라 울음을 그치게 하려고 꽉 쥐었어요. 아이를 해칠 의도는 없었어요.

심문관 하지만 그렇게 어린 아기는⋯.

아버지 저는 아이를 사랑했어요.

심문관 아기에게 어떻게 그런 손상이 생겼는지 정확히 알아야 합니다, 아론. 말해줄래요?

아버지 아마 제가 아이를 때렸을 거예요.

심문관 때렸다고요?

아버지 제가 때린 게 틀림없어요. 그건 인정해요. 하지만 언제 때렸는지도 기억이 안 나고 왜 때렸는지도 기억이 안 나요.

심문관 어떻게⋯?

아버지 일부러 그런 게 아니에요. 울음을 그치게 하려면 때려야 해, 이렇게 생각한 게 아니에요. 저는 그런 사람이 아니에요. 저를 회까닥 돌게 만드는 일이 일어났고… 사는 게 벅차고 걱정되고 직업도 잃고 그래서 제가 좀 이상해지고 있었던 것 같아요. 하지만 그런 일을 한 기억은 없어요.

심문관　하지만 아이를 다치게 할 때마다 죄책감을 느꼈다고요?

아버지　그런 다음에는 아이를 진정시키고 달래려고 했어요. 그런 짓을 한 건 기억나지 않고, 나중에 죄책감을 느낀 것만 기억나요.

심문관　하지만 처음에는 얼굴에 멍이 들었고, 그다음에는 갈비뼈가 부러졌고, 그다음에는 두개골이 부러졌어요…. 그런데도 기억이 나지 않아요?

아버지　아이를 다치게 한 짓은 절대로 하지 않았을 거예요. 제가 무슨 짓을 하고 있는지 알았다면…. 하지만 몰랐죠.

심문관　당신은 친구에게 아이가 밉다고 말했어요.

아버지　아뇨, 그건 사실이 아니에요.

심문관　미워하지 않았어요?

아버지　아이가 울면 밉다기보다는 원망스러웠어요.

심문관　당신 친구는 당신이 '밉다'라는 단어를 사용했다고 말했어요.

아버지　그랬을지도 모르죠.

　생존한 딸은 즉시 부부에게서 분리되었고, 매우 험난한 소송 끝에 (부모 둘 다 법정에서 아이의 부상에 대해 아무것도 인정하지 않았기 때문

　　　　　　　　　　　　　　죽음을 해부하는 의사

에) 아버지는 살인과 아동학대죄로, 어머니는 아동학대죄로 유죄 판결을 받았다.

심문 내용을 보면, 아이의 아버지는 자식을 사랑하는 성인으로서 어떻게 행동해야 하는지 잘 알고 있었다. 그리고 자신이 어떻게 행동했는지도 알고 있었다. 그는 폭력적으로 행동했다. 자신이 원하는 모습과 실제 모습 사이의 이 이상한 간극을 어떻게든 관리하며 아이를 계속해서 해칠 수 있었을 것이다. 모든 부모는 이 간극을 잘 알 것이다. 아론은 극단적인 경우이고 그 결과는 비극이었다.

또 다른 사례를 보자. 사라는 젊은 어머니로 딸은 태어난 지 4개월 만에 죽었다. 사라가 심문에서 보인 인지부조화는 아론의 경우와 비슷했지만, 그녀의 처신은 아론과 매우 달랐다.

사라의 어머니가 사라의 이력을 경찰에 설명하며, 사라가 초등학교 시절 문제 행동을 보였고, 이후 학습 장애 진단을 받았다고 말했다. 중학교에서는 심한 학교 폭력을 당했고, 14세가 되자 성性적으로 매우 활발해졌다. 실제로 두 번의 임신 중절을 겪은 후 17세 때 짧은 연애 중에 케이티를 임신했다. 사라는 아기와 단 둘이 임대주택에서 살았다. 남자친구가 방문했고, 그녀를 도와주는 가족이 근처에 살았다.

케이티의 시신을 부검했을 때, 아기의 심장 조직에서 심각한 림프구 침윤이 보였다. 바이러스성 심근염이 강하게 의심되었다. 나는 부검감정서의 첫 번째 초안에 이렇게 적었다. "심장의 바이러스 감염은 치명적일 수 있지만 많은 사람들이 그런 감염에서 회복하며 많은 경우 명백한 임상 효과가 나타나지 않는다. 따라서 바이러스성 심근염이 사인일 수 있지만 반드시 그렇지는 않다."

바이러스로 인해 케이티를 살해한 범행이 발각되지 않거나, 증명되지 않았을 수도 있다. 하지만 케이티의 어머니 사라는 다음 날 아침 자신의 어머니와 함께 경찰서에 가서 케이티를 죽였다고 자백했다. 그녀는 즉시 체포되었다.

심문관	경찰서에 오기로 결심한 계기가 무엇인가요, 사라?
사라	죄책감입니다.
심문관	어떤 죄책감이죠?
사라	제가 한 짓이요.
심문관	힘들겠지만, 무슨 일이 있었는지 말씀해주시겠어요? 어제 아침부터 말씀해주실래요?
사라	케이티가 하루 종일 고형식을 먹지 않았어요. 하루 종일 울면서 찡찡거렸죠. 저는 스트레스가 극에 달해서 결국 아이를 침실에 놔두고 울게 내버려뒀어요….
심문관	당신은 어디 있었죠?
사라	거실에요. 담배를 피우며 생각하고 또 생각했죠. 화를 주체할 수 없었어요.
심문관	그래서 어떻게 했나요?
사라	저는 스트레스를 견디다 못해 침실로 들어갔어요. 아이의 울음을 그치게 하려고 아이를 요람에서 꺼내 침대에 눕혔

죽음을 해부하는 의사

어요. 그리고 시트를 가져와서 아이를 감싸고 얼굴에 씌웠어요.

심문관 어떻게 했는지 직접 보여주시겠습니까?

사라 (재연) 오른손을 코에 대고 엄지손가락을 입 밑에 대서 숨을 못 쉬게 했어요.

심문관 케이티가 어떻게 했죠?

사라 아무것도요.

심문관 발버둥을 쳤나요?

사라 네, 발로 걸어찼어요.

심문관 얼마나 오랫동안 이 자세를 유지했나요?

사라 몇 초요. 아이를 죽일 정도로 오래 있진 않았던 것 같아요.

심문관 그때 무슨 생각을 하고 있었나요?

사라 그냥 너무 스트레스를 받았고, 아무 생각도 안 했어요.

심문관 그래서 어떻게 됐나요?

사라 음, 아이가 발길질을 멈추자 시트를 벗겼어요. 아이가 입을 벌리고 있는 것을 보고 입을 닫았는데, 몇 주 전에 있었던 일이 떠올라 소생시키려고 했지만 숨을 쉬지 않았어요.

심문관 몇 주 전에 무슨 일이 있었나요?

사라 앉아서 TV를 보고 있었는데 좀 이상한 느낌이 들었어요. 원래 케이티를 계속 확인하지는 않는데, 이번에는 감이 안 좋았어요. 아이가 그렇게 자는 걸 좋아해서 엎드려 재웠는데, 확인하러 들어가 보니 오른손이 파랬어요. 그래서 아이를 안았는데 몸이 차가웠어요. 아이를 흔들어봤지만 축 늘어져서 마치 죽은 것처럼 보였어요.

심문관   그래서 어떻게 했어요?

사라   엄마에게 급히 전화를 걸었고, 엄마는 구급차를 부르라고 했어요. 그래서 그렇게 했고, 구급대원들이 뭘 해야 하는지 알려줬어요. 심폐소생술을 하라고 했죠. 저는 그렇게 했고, 성공했어요.

심문관   그렇군요.

사라   하지만 불행히도 어제는 성공하지 못했어요.

심문관   다른 사람은 없었어요?

사라   없었어요, 하지만 마이크가 8시쯤 돌아온다는 걸 알고 저는 계획을 세웠어요. 끔찍하게 들리겠지만, 너무 무서웠어요. 그래서 아이를 요람에 다시 눕히고 나서, 이렇게 하면 마이크가 아이를 봤을 때 저를 의심하지 않을 거라고 생각했어요.

심문관   그래서 그렇게 됐나요?

사라   그가 들어오자 제가 말했어요. "케이티 보고 싶어?" 그는 "응. 자고 있어?"라고 말했어요. 저는 말했죠. "나도 몰라. 보고 싶으면 불을 켜봐." 그러고 나서 저는 정리를 하고 있는데, 안에 들어간 마이크가 말했어요 "뭔가 이상해." 그래서 저는 말했어요. "걔는 원래 그렇게 자." 그는 아이를 안아 무릎 위에 앉히며 말했어요. "사라, 아이가 날 똑바로

           죽음을 해부하는 의사

보지 않아." 그래서 저는 방으로 가서 충격을 받은 것처럼 행동했고, 그가 저를 의심하지 않도록 마시고 있던 찻잔을 바닥에 떨어뜨렸어요. 그리고 나서 그에게서 아이를 빼앗아 소생시키려고 했어요.

심문관 아이가 죽은 지 얼마나 지나서 마이크가 들어왔나요?

사라 5분에서 10분 정도요. 아이 몸이 아직 따뜻해서, 저는 아이가 아직 살아있다고 생각했어요.

심문관 그렇군요.

사라 저는 아이를 살리기 위해 모든 것을 했어요.

심문관 아이가 살아 돌아오길 원했나요?

사라 그랬어요. 제가 왜 그랬는지 모르겠어요.

심문관 당신이 한 말이 모두 사실입니까?

사라 유감스럽게도 그렇습니다. 다 말하고 나니 시원해요. 그리고 끔찍하네요.

심문관 더 하실 말씀 있으세요?

사라 일부러 그런 게 아니었다는 말을 하고 싶어요. 아이는 제게 전부였어요. 아이를 죽일 생각은 없었어요. 아이가 죽을 정도로 오래 눌렀는지 몰랐어요. 몇 초밖에 안 된 것 같았어요. 저는 아이를 매우 사랑했고, 아이가 그리워요. 오늘 아이를 보았을 때 저는 아이가 눈을 뜨고 울기를 바랐어요.

심문관 손으로 그랬다면서요, 왜 시트를 사용했죠?

사라   아이의 얼굴을 보고 싶지 않았으니까요.

사라의 자백을 듣고 나는 즉시 주검을 다시 살펴보았다. 점상 출혈이 없었다. 점상 출혈의 붉은 점은 어디에나 나타날 수 있지만, 특히 눈이나 얼굴에 나타날 경우 질식을 암시한다. 하지만 아기 몸에서 점상 출혈이 거의 발견되지 않았다. 입술이나 잇몸, 또는 코에는 손상의 흔적이 없었다. 케이티가 질식했을 가능성을 가리키는 것은 실제로는 아무것도 없었다. 아이 어머니의 증언을 입증하기는 불가능했다. 그래서 나는 이렇게 썼다.

사라는 "몇 초밖에 지나지 않은 느낌이었다"라고 말했다. 내 생각으로는 이런 상황에서 죽음이 몇 초 안에 일어날 가능성은 극히 낮다.
사인으로는 두 가지 가능성이 있다. 하나는 바이러스성 심근염이다. 이 경우는 자연사다. 다른 하나는 질식으로, 자연사가 아니다. 세 번째 가능성은, 케이티가 바이러스 심근염 때문에 질식에 더 취약했을 수 있다는 것이다. 내가 확보한 증거로는 이 가능성들 중 어느 것이 맞는지 결정할 수 없고, 따라서 나는 정확한 사인을 제시할 수 없다. 결론은 다음과 같다.

'사인 불상.'

한 소아 전문 법의병리학자가 자문 의뢰를 받고 의견을 전해왔다.

그는 바이러스의 존재를 확인했고, 그것이 이따금 죽음을 초래할 수 있다는 점에 동의했다. 그러고서 그는 어머니의 자백을 고려해 이렇게 썼다.

특히 부드러운 소재를 사용해 입과 코를 막거나, 가해진 힘이 과도하지 않은 경우, 질식은 영아에게 확실한 병리학적 증거를 남기지 않을 수 있다. 정황을 고려할 때 케이티가 질식으로 사망했을 가능성을 배제할 수 없다. 나는 병리학적 결과만으로는 이 사건의 진정한 사인을 결정할 수 없다는 세퍼드 박사의 의견에 동의한다.

사라는 또 다른 심문에서 아이의 숨을 막기로 결심할 때 무슨 생각을 하고 있었느냐는 질문을 다시 받았을 때, 케이티가 울고 있는 동안 옆방에 앉아서 담배를 피우며 마음을 진정시키려던 상황을 묘사했다. "나는 생각했어요. 오 맙소사, 울음을 그쳐. 제발 그쳐. 나한테 이러지 마. 제발 그만해. 나는 조용히 살고 싶어. 나도 내 인생이 필요하다고!"

이것은 많은 영아 살해자가 공통적으로 보이는 특징이다. 즉, 자신을 아이의 손아귀에 놀아나는 피해자로 생각하는 것이다. 아기가 실제로 악한 동기를 가지고 있다는 그들의 생각이 옳을까? 나는 그렇게 생각하지 않지만, 일단 아기가 움직이고 질문하고 생각할 만큼 크면, 몇 세부터 범죄가 인정될까?

영국 대부분 지역에서 10세 이상부터 범죄가 인정된다. 스코틀랜드에서는 범죄 인정 연령이 최근에 12세로 상향 조정되었다. 하지만 다음 사례에서 나는 세 살짜리가 살인을 저지를 수도 있음을 마지못해 인정할 수밖에 없었다. 물론 세 살짜리가 욕조에서 아기에게 수영을 가르치거나, 아기를 씻기겠다고 세탁기에 집어넣다가 실수로 동생을 죽이기도 한다. 하지만 그것은 살인이 아니다. 살인은 피해자의 죽음뿐만 아니라 가해자의 살인 의도가 필요한 범죄다.

나는 한 어촌 마을에서 사망한 생후 5개월 된 아기를 부검하기 위해 데번으로 갔다. 아기는 미숙아로 태어났기 때문에 나이에 비해 다소 작았지만, 그 밖에는 병도 없었고 손상도 없었다. 머리만 빼고는. 머리가 많이 손상되어 있었다. 두개골 한쪽에는 다발성 골절이 있었고, 안에는 많은 출혈뿐만 아니라 광범위한 멍과 열상이 보였다. 뒤통수에는 광범위하게 멍이 들어 있었고, 윗입술이 찢어져 있었다.

처음에는 이 멍들이 손아귀에 잡혀서 생겼다고 생각했다. 나는 성인이 커다란 손으로 아기 얼굴을 움켜잡았을 가능성을 제시했다. 더 끔찍한 손상들은, 상당한 힘으로 가해진 외상인 '둔기 외상'의 경우와 일치했다.

그 후 경찰이 내게 가해자로 추정되는 사람과의 면담 기록을 보여주었다. 그들은 용의자가 겨우 세 살이라고 설명했다. 나는 아장아장 걷는 아이가 그 정도로 끔찍한 범죄를 저질렀을 가능성도, 그런 범죄에 필요한 힘을 발휘했을 가능성도 거의 없다고 생각했다. 그때 경찰이 내게 상황을 알려주었다. 사건은 마을의 놀이학교에서 발생했다. 어머니들이 돌아가며 도왔고, 이 놀이학교에 큰아이가 다니는 죽은 아기의 엄마는 유모차에서 잠든 아기를 옆방에 들여놓고 문을 닫은 후 소매를 걷어붙이고 크레용과 가루 페인트로 수업을 시작했다.

아기는 바닥이 딱딱한 콘크리트인 사무실 같은 방에 있었다. 그 방에는 파일 캐비닛과 각종 도구를 보관하는 찬장이 있었다. 유모차에 아기를 앉히고 나서 안전띠를 맸는지, 띠를 맸다면 그것이 효과가 있었는지 여부에 대해 약간의 논쟁이 있었다.

수업을 하는 동안 아기 엄마와 감독관 그리고 여러 도우미들이 아기의 잠을 방해하지 않고 필요한 물건을 가지러 사무실을 들락거렸다. 아기 엄마를 빼고는 대부분 너무 바빠서 아기를 쳐다보지도 않았다고 말했다.

아기가 방에 남겨진 지 두 시간 후, 감독관이 그 사무실 방으로 들어왔다. 그런데 이번에는 아기를 보지 않을 수 없었다. 아기가 바닥에 쓰러져 피를 많이 흘리고 있었다. 감독관은 세 살짜리 제이미가 아기 위로 몸을 기울이고 있었다고 보고했다. 구급차가 신속하게 도착했지만 아기는 부상을 이기지 못하고 곧 숨졌다.

나는 경찰 수사의 세부 사항에는 관여하지 않았다. 그들이 몇 명이나 심문했는지, 그 방을 드나든 사람들의 움직임을 얼마나 잘 분석했는지 나는 알지 못한다. 주요 목격자는 제이미의 네 살배기 형으로, 그는 놀이학교에 다니지는 않았지만, 제이미가 자신에게 아기를 유모차 밖으로 던져 머리를 깨지게 했다고 몰래 말했다고 증언했다.

제이미와 형은 아이들을 심문하는 전문가에게 별도의 질문을 받았다.

심문관은 처음에는 장난감으로 가득 찬 방에서 제이미와 이런저런 놀이를 했고, 점차 장난감을 이용해 제이미가 놀이학교에서 있었던 일에 대해 이야기하도록 설득했다. 이윽고 심문관은 중대한 질문을 했다. 이탤릭체로 적힌 부분은 심문관의 메모다.

심문관   제이미, 아기가 어떻게 유모차에서 떨어졌지?

제이미   엄마가 그렇게 가버리고 아기가 떨어졌어요.

제이미는 장난감 구급차를 들고 있었는데 그것을 넘어뜨렸다.

제이미   아기가 죽었어요.

심문관   아기가 죽었다는 걸 어떻게 알아?

제이미의 대답은 분명하지 않았다. 그는 '플레이도(찰흙)'를 가지고 놀았다. 나는 제이미에게, 보육원에서 외투를 벗어서 걸었는지 물었고, 제이미가 배트맨 망토를 발견했다고 들었다고 말했다.

제이미   난 망토를 입고 있었어요.

심문관   망토가 어디서 났지?

제이미   찬장에서요.

심문관	어느 찬장이었지?
제이미	선생님 거요.
심문관	찬장은 제이미가 플레이도를 가지고 놀던 방에 있는 거야, 아니면 다른 방에 있는 거야?
제이미	다른 방이에요.
심문관	그 방에는 다른 사람이 있었어?
제이미	아기만요.
심문관	아기한테 인사했어?
제이미	아기가 유모차에서 떨어졌어요.
심문관	아기가 어떻게 유모차에서 떨어졌지?
제이미	엄마가 넘어뜨렸어요.
심문관	거기에 엄마만 있었어, 아니면 다른 사람들도 있었어?
제이미	다른 사람들도 있었어요.
심문관	누구누구였지?
제이미	선생님들요.
심문관	바닥에 있는 아기 봤어, 제이미?
제이미	아니요.
심문관	그런데 아기가 유모차에서 떨어졌다는 걸 어떻게 알아?
제이미	엄마가 넘어뜨렸어요.

그때 제이미는 장난감에 정신이 팔려 있었다.

심문관	배트맨 망토를 가지러 갔을 때 이런 일이 일어난 거야?
제이미	네.
심문관	제이미가 방에 들어갔을 때 거기 아기가 있었어. 제이미와 아기 둘만 있었어?
제이미	선생님이 아기를 밀었어요.
심문관	네가 떨어진 아기를 안으려고 했어?
제이미	아니요.
심문관	제이미가 유모차를 밀었어?
제이미	엄마가 밀었어요.
심문관	엄마가 넘어뜨렸어? 아니면 엄마가 아기를 안았어?
제이미	엄마가 안아서 손에서 놓았어요.
심문관	아기가 울었어, 제이미?
제이미	아니요.
심문관	아기는 어디를 다친 것 같았어?
제이미	외투 근처요.
심문관	거기가 아기가 머리를 부딪친 곳이야?

여기부터는 불분명한 답변이 많았다.

제이미	아기가 피를 흘렸어요.
심문관	피가 어디서 났지?
제이미	입에서요.

죽음을 해부하는 의사

심문관	엄마는 네가 거기 있는 걸 알았어? 아니면 엄마가 널 못 봤어?
제이미	못 봤어요.
심문관	제이미는 어디 있었지?
제이미	숨어 있었어요.
심문관	어디에?
제이미	구석에요.
심문관	누가 유모차를 넘어뜨렸는지 모르겠구나, 제이미.
제이미	엄마가요.
심문관	선생님들이 아니라 엄마가?
제이미	선생님들 중 한 명이 들어와서 아기를 돌봤어요.

이것은 매우 길고 종종 모순되고 불분명한 인터뷰를 편집한 것이다. 세 살짜리 아이에게서 이성적인 대답을 얻으려고 시도해본 사람이라면, 훈련된 아동 면접관에게조차 그것이 얼마나 어려운 일인지 알 것이다. 그럼에도 제이미의 인터뷰는 네 살배기 형의 모호한 증언과 함께 검시관 법정에 전달되었다.

검시관은 사인 불상 평결을 내렸고, 경찰은 지역 신문에 아기의 죽음을 '세 살배기 소년이 연루된 비극적인 사고'라고 묘사했다. 기사는 아주 작게 실렸다.

나는 그때도 그렇고 지금도 그 아이가 유죄라고 완전히 믿을 수 없다. 보육원에 있던 다른 어른들이 누구였는지, 그들의 동선이 어떻게 되고 아이를 다치게 한 사람의 동기가 무엇이었는지 전혀 알 수 없고, 아이의 가족에 대해서도 아는 바가 없다.

얼굴에 있는 멍이 손으로 움켜쥘 때 생긴 손상과 매우 흡사해보였기 때문에 나는 처음에는 그 아기를 살해한 힘이 성인에게서만 나올 수 있다고 확신했지만, 부검 소견에 대한 두 번째 초안을 작성하기 전에 경찰이 전화를 걸어왔다. 그들은 보고서를 언제 받을 수 있는지 물으며, 아이가 어린 아기를 딱딱한 바닥에 던지면 그런 손상을 일으킬 수 있다는 사실을 포함하라고 상기시켜 주었다.

나는 그 가능성을 인정했다. 비록 희박해도 그런 가능성은 존재했다. 아기를 죽인 사람이 누구든 최소한 아기를 해칠 의도가 있었다고 확신했다. 아무리 활기찬 놀이라도 놀이로는 그런 손상을 입힐 수 없었을 것이다. 하지만 마음속으로는 제이미가 그런 손상을 입힐 만한 힘이 있었는지 확신할 수 없다. 그리고 지금 그 부검 소견을 다시 읽어보면서 내가 도달한 결론은 범죄가 성립되는 최초 나이가 세 살은 아니라는 것이다.

죽음을 해부하는 의사

다음은 구시렁거리는 학생,
책가방을 둘러메고 환한 아침 같은 얼굴로
달팽이처럼 느릿느릿 마지못해 학교에 갑니다.

생명의 리듬

어느 겨울 밤이었다. 잠이 막 들 무렵 전화벨이 울렸다. 수화기 너머의 목소리는 내게 켄트로 와달라고 했다. 한 아이가 병원에서 사망했는데 상황이 미심쩍다고 했다.

나는 질문을 더 하지 않은 채 옷을 입고 차를 탔다. '미심쩍은 상황'은 긴박감을 자아내는 표현이지만, 죽은 자는 급할 게 없다. 남쪽으로 차를 달리는 동안 나는 시체안치소에 아이가 있을 것이라고 짐작했다. 사망이 병원에서 일어났으므로, 아마 불운한 부모가 밤늦게 아기가 숨을 쉬지 않는 것을 발견하고 앰뷸런스를 불렀지만 모든 소생 시도가 실패했을 것이다. 유아돌연사증후군은 자연적으로도 충분히 일어날 수 있는 사건이지만 당시는 늘 '미심쩍은 상황'으로 간주되었다.

지치고 잿빛으로 변한 경찰의 얼굴들이 나를 기다리고 있었다. 우

죽음을 해부하는 의사

리는 접견실에 앉았고, 조수가 내게 뜨거운 차가 담긴 머그잔을 건넬 때 형사가 죽은 사람은 7세 소녀라고 설명했다. 초저녁에 소녀가 실종되었다는 신고가 들어왔고 수색이 펼쳐졌다. 이윽고 밤 9시 30분에 공원에서 경찰견에 의해 소녀의 시신이 발견되었다. 경찰견 조련사는 즉시 구급대원에게 연락했고, 구급대원들이 푸른 사이렌을 번쩍이며 많은 응급 장비를 싣고 도착했다. 소녀는 병원으로 이송되었지만 모든 소생 시도가 실패로 돌아갔다. 경위는 아이가 발견된 시점에는 이미 사망한 것이 거의 확실하다고 구급대원들이 보고했다고 말했다.

나는 소녀가 소생할 수 없는 경우라면 사건 현장에 그대로 두었으면 좋았을 것이라고 생각했다. 현장에서 찍은 사진조차 없었다.

형사는 내게 시신의 위치를 알려주는 그림을 보여주었다. 소녀를 발견한 경찰견 조련사가 그린 것이었다. 그림은 아주 형편없어서 개가 그렸나 의심스러울 정도였다.

"이게 뭡니까?" 나는 아이 몸으로 보이는 작은 막대기 위에 걸쳐진, 한 줄의 들쭉날쭉한 이빨처럼 보이는 것을 보며 물었다.

"부러진 가지예요. 나무에서 부러진 건데, 소녀가 발견된 장소 근처에 떨어져 있었어요.

"아. 그러면… 이것으론 잘 모르겠는데…. 소녀가 길에 있었나요? 아니면 관목들 속에 있었나요?

한 경사가 구급차보다 빨리 현장에 도착했다.

"관목 사이에 있었어요, 박사님. 틀림없어요."

"이건 세상에서 가장 큰 콜라캔 같은데요?" 경찰견 조련사는 원근법을 표현하는 그림 실력이 부족했다.

"네, 찌그러진 채 소녀 밑에 깔려 있었어요. 그냥 쓰레기일 거예요. 어쨌든 법의학팀이 가져갔어요."

"소녀가 정말 부러진 가지 밑에 있었어요?

"네, 그런 셈이죠."

"가지가 소녀의 몸 위로 떨어졌을 가능성은 없나요?"

"네, 그럴 가능성은 없어요. 가지가 이미 떨어져 있었고, 소녀가 그 밑으로 기어들어간 것처럼 보였어요."

"소녀가 숨어 있었다고요?"

"5시 30분경 소녀의 어머니가 실종 신고를 하면서 전에도 그런 적이 있다고 말했어요."

"뭘 했다고요?"

"가출이요. 소녀는 작은 가방을 쌌어요. 보세요, 여기 소녀 옆에 개 조련사가 그려놨어요."

그는 작은 보물상자처럼 보이는 이상한 모양을 가리켰다.

"집에서 얼마나 멀리까지 갔대요?"

"약 2분이요."

나는 웃었다. 내 딸도 가출하겠다고 협박한 적이 있었는데 정원에 있는 창고로 도망친 것이 고작이었다.

"자, 정리해보면, 소녀는 부러진 나뭇가지 아래로 기어들어간 것처럼 관목 아래 누워 있었어요. 그리고 소녀의 가방이 옆에 있었고요?"

"네."

"하지만… 소녀는 등을 대고 반듯하게 누워 있었죠?"

"네."

나는 뭔가 잘못되었다고 느꼈다. 형사들은 지쳐 보였다. 그들은 누군가가 클레어 로메릴을 죽였는지, 아니면 사고가 일어난 것인지 확신하지 못했다. 우리가 부검실에서 만났을 때, 나는 형사들은 이 사건이 사고였기를 바라고 있을 것이라고 생각했다. 그래야 살인 사건 조사를 시작하는 대신 집에 가서 잘 수 있었으니까. 통계적으로 보면 그들이 옳을 가능성이 높았다. 통계 수치는 자연사가 아닌, 일곱 살짜리 소녀의 죽음 중 가장 흔한 원인은 사고임을 말해준다.

클레어 로메릴의 상체는 여전히 심전도 검사 탭, 심폐소생술을 했던 흔적 그리고 정맥주사 자국으로 덮여 있었다. 나는 주검의 온도를 쟀다. 소녀는 오후 10시에 병원에서 사망 선고를 받았지만 그보다 몇 시간 전에 사망한 것이 분명했다.

"몇 시에 사망했을까요?" 경사가 날카롭게 물었다. 나는 한숨을 쉬었다. 사망 시간은 경찰에게는 가장 긴급한 질문이고 법의병리학자에게는 가장 싫은 질문이다. 사망 시간을 추정하는 것은 어렵고 대개는 불가능하다. 경찰은 왜 우리가 그런 단순명쾌한 질문에 단순명쾌한 답을 할 수 없는지 이해하지 못한다. 고려해야 할 변수들이 뒤엉켜 있다는 것을 설명해봤자 소용없다.

하지만 나는 클레어가 아이였고 따라서 주검이 더 빨리 식었다는 사실, 소녀가 뚱뚱하지는 않았지만 통통한 점, 겨울치고 추운 저녁이 아니었지만 오직 분홍색 운동화와 속옷, 'My Little Pony'라고 적힌 티셔츠와 분홍색 치마만 착용하고 있었다는 사실 그리고 어젯밤 바람이 불었으며 몇 차례 비가 내렸을 때 기온이 떨어졌다는 점을 모두 고려한 다음 병리학자들이 사망 시간 추정에 사용하는 무시무시하게 복잡한 도표(이는 생김새와 정확성에서 점성술 표와 비슷하다)를 참조한 후 마침내 소녀의 사망 시간을 오후 5시에서 7시 사이로 추정했다.

"흠." 경사가 말했다. "소녀는 5시 30분에 실종 신고가 되었어요."

그는 경위와 곤란한 표정을 주고받았다. 그들은 미심쩍은 표정이었다. 그들은 나만큼이나 그 도표를 별로 신뢰하지 않았다.

나는 주검의 외부를 조사하기 시작했다. 겉모습에서는 소녀가 잘 먹었고 보살핌을 잘 받았다는 것 외의 사실을 암시하는 흔적이 전혀 없었다. 나는 소녀가 성폭행을 당하지 않았기를 모두가 바라고 있다는 것을 알 수 있었다. 소녀는 성폭행을 당하지 않았다. 물론 확실히 하기 위해 면봉으로 샘플을 채취했지만, 질이나 항문에 멍이 들거나 다친 흔적은 없었고, 나는 경찰들에게 그렇게 말했다. 부검실에 있던 모든 사람이 일제히 안도의 한숨을 내쉬었다. 만일 클레어가 살해당했다면 성폭행이 유력한 동기였을 것이다. 그런데 성폭행이 없었으니, 이제 소녀의 죽음이 사고사임에 틀림없다는 모든 사람들의 믿음에 더욱 힘이 실렸다. 우리 모두가 입을 모아 말하듯, 아이는 어른들의 시야에서 사라지면 낭패를 당하기 십상이다.

나는 소녀의 목걸이를 뺐다. 끈에 작은 파란 돌멩이를 달아놓은 것에 불과했다. 어린 소녀들이라면 누구나 착용할 것 같은 종류였다. 돌

죽음을 해부하는 의사

펜던트가 소녀의 목에 깊은 자국을 남겼다. 따라서 이제 목걸이가 소녀의 죽음에 책임이 있다는 것이 모두에게 분명해졌다. 목걸이 밑에 선명하고 깊은 붉힌 자국이 나 있었다. 진실을 알고 있는 그 선은 한쪽 귀 밑에서 다른 쪽 귀밑 사이를 가로지르고 있었고, 목걸이와 마찬가지로 폭이 3밀리미터였다.

따라서 클레어의 목걸이가 어떤 식으로든 소녀의 목을 조른 것이다. 명백한 사인을 찾았으니 짐을 싸서 집으로 가면 좋으련만, 부검은 아직 시작도 하지 않았다. 나는 주검이 우리에게 무엇을 더 말해줄 수 있는지 살펴봐야 하고, 죽음에 기여할 수 있는 다른 자연적 질환이 없다는 것을 확인해야 한다. 모든 장기를 살펴봐야 하고, 몸 외부뿐만 아니라 몸 안에 있는 모든 멍 또는 자국을 조사해야 했다. 밤이 늦어서야 부검이 끝날 것이다.

내가 작업을 하고 있는 동안, 형사들은 클레어가 관목 밑으로 기어들어갈 때 삐죽삐죽한 잔가지가 많이 달린 부러진 나뭇가지에 목걸이가 걸려 목이 졸렸을 것이라고 추측했다.

"그러기 쉽죠." 나는 동의했고, 고개를 들지 않았지만 형사들이 끄덕이는 것을 알았다. 그들은 이제 확신했다. 클레어의 죽음은 사고였다. 나는 소녀의 얼굴과 눈에 나타난 질식의 전형적인 징후들을 지적했다. 바로 우리가 '점상출혈'이라고 부르는 작고 붉은 점들이다.

사인이 끈졸림사란 것은 이제 의심의 여지가 없었다. 남은 질문은 이것이었다. 다른 사람이 연루되었는가? 그리고 병리학자로서 그것을 판단할 수 있는 유일한 방법은 폭력의 흔적, 즉 실랑이나 방어 시도를 보여주는 흔적을 찾는 것이었다.

클레어의 왼쪽 윗팔에 대수롭지 않은 멍이 있었고, 얼굴에 오래된 찰과상의 흔적이 있었다. 다리 아래쪽에도 치유되고 있는 오래된 멍이 몇 개 있었다. 원기 왕성한 아이에게는 드문 것이 아니었고, 클레어는 아마도 원기 왕성한 아이였을 것이다. 그녀는 '문제아'로 낙인찍혀 있었고 클레어의 어머니는 아이가 잊을 만하면 가출했다고 말했다. 나는 그때 왜 그랬을까 궁금해지기 시작했다.

내가 등을 살펴보기 위해 소녀의 작은 몸을 뒤집었을 때 형사들 중 한 명이 말했다. "이럴 수가. 저것 좀 봐요. 누군가가 소녀를 호되게 때린 게 틀림없어요." 실제로 정중선 근처에 손 크기의 푸른 얼룩이 있었다.

"굉장히 큰 멍이군요." 검시관실 직원이 동의했다.

하지만 그건 멍이 아니라, 아이들의 몸에서 흔히 볼 수 있는 청색 모반이었다. 위치가 중요하다. 등의 정중선, 특히 등 아래쪽은 청색 모반이 잘 나타나는 부위다. 그것은 대개 둥그스름한 파란 점으로 나타나지만, 단순히 피부의 한 부위가 변색된 것처럼 보이기도 한다. 이 경우 경험이 풍부한 병리학자들도 흔히 멍과 혼동한다.

"그건 일종의 점이에요." 내가 말했다. "청색 모반이라고도 불러요. 몽고반점이란 말도 있고요."

"마치 농장에 사는 뭔가처럼 들리는군요. 닭의 일종." 검시관실 직원이 말했다. 형사들은 대답하지 않았다. 그들은 나를 의심스러운 표정으로 보고 있었다.

죽음을 해부하는 의사

"색소가 더 깊이 침착되어 파란색으로 보이는 것뿐이에요." 나는 덧붙였다.

"제 눈에는 멍처럼 보이는데요." 경사가 잠시 뜸을 들인 후 말했다.

"멍이 아닙니다." 나는 힘주어 말했다. 내가 옳다는 것을 알고 있었다. 하지만 부검실의 분위기가 조금 변했다. 나는 경위를 흘긋 보았다. 그의 표정에서 그가 나를 의심하기 시작했다는 것을 알 수 있었다. 그는 내가 대수롭지 않게 넘길까봐, 다른 멍이나 폭력의 흔적을 주시했다. 나는 그의 의심에 신경을 곤두세우지 않으려고 애썼다.

클레어의 모든 장기는 정상이었다. 보통 크기였고 어린아이답게 건강했다. 견고하고 붉은 간은 오용으로 인한 흉터가 전혀 없었고, 단단하고 작은 심장은 잘 뛰고 있었으며, 노인들처럼 막히거나 부풀어 오르거나 딱딱해진 곳이 전혀 없는 동맥과 정맥으로는 혈액이 자유롭게 흘렀을 것이다. 피부는 햇빛이나 사고, 알코올의 흔적이 없는 어린아이의 깨끗함을 간직하고 있었다.

두피에는 손상의 흔적이 없었고, 두개골 골절도 없었으며, 뇌는 요람 속의 아기처럼 두개골 안에 안전하게 놓여 있었다. 일곱 살이 되면 뇌는 아기 뇌의 말랑말랑한 젤라틴 같은 느낌을 잃는다. 물론 뇌는 더 커지지만 몸의 나머지 부분처럼 일생동안 자라지는 않는다. 태어날 때 뇌의 무게는 성인 뇌 무게의 25퍼센트쯤 된다. 이 때문에 아기 머리가 항상 몸에 비해 지나치게 큰 것이다. 두 살이 되면 뇌는 성인 뇌의 75퍼센트가 된다. 클레어 같은 일곱 살짜리의 뇌는 성인 뇌 크기에 가깝다.

뇌가 커지는 이유 중 하나는 미엘린이 증가하기 때문이다. 신경세포들은 뇌 안팎으로 지시를 전달하는데, 미엘린은 우리가 성탄절에 와인 병을 포장하듯 신경 세포의 길고 가느다란 섬유(축삭)를 감싸는 지방 물질이다. 만일 여러분이 같은 병을 25년 동안 계속 포장한다고 가정해보라. (그리고 그것을 아무에게도 주지 않고 마시지도 않는다!) 그러면 나중에는 포장이 100겹이 될 수도 있다. 그것이 바로 미엘린을 감싸는 세포들이 25년 동안 달성할 수 있는 것이다. 이 세포들을 '슈반세포'라고 부른다. 이들은 신비로운 세포들이고 우리는 슈반세포의 많은 기능들을 아직 완전히 이해하지 못하지만, 신경 섬유를 따라 시속 320킬로미터로 돌진하는 전기 메시지를 전달하는 데 도움을 주는 건 확실하다. 이 신경 섬유는 척추를 따라 내려가면서 몸의 나머지 부분과 연결된다. 어떤 섬유는 길이가 매우 길다. 예를 들어, 손가락을 움직이라는 지시가 척추에 도달하면, 길이가 1미터가 넘는 신경섬유 하나가 이 지시를 손가락에 전달한다. 신경세포(뉴런) 다발에서 섬유는 양방향으로 작용한다. 감각 뉴런이 손가락이 뜨겁다고 뇌에 알리면, 운동 뉴런은 손을 불에서 멀리 치우라고 지시할 것이다.

슈반세포들은 25세가 되어야 모두 제자리를 잡지만, 7세가 되면 이미 전기 메시지가 신경섬유를 통해 목적지에 확실하게 도착할 수 있도록 포장 작업이 잘 이루어진다. 그중 하나는 클레어 로메일에게 매우 중요했다. 그것을 밝히는 것이 이제부터 내가 할 일이었다.

나는 삭흔(끈 자국) 주변을 조심스럽게 절개하고 나서 피부를 벗겼다. 목 안쪽에서 근육에 멍이 있는지 살펴야 했다. 아니나 다를까, 나

죽음을 해부하는 의사

는 붉게 충혈된 분명한 선 모양의 자국을 발견했다. 이제 나는 더 깊이 들어가서 어떤 추가 손상이 있는지 살펴봐야 했다.

환자가 살아있을 때 이 부위를 수술하는 외과의사는 손을 떨지 않아야 한다. 목은 작은 근육들로 가득해서, 한 번의 작은 실수도 환자의 발성이나 삼킴 기능에 극적인 영향을 미칠 수 있다. 그 깊이에 도달하기 위해 나는 길을 막고 있는 거대한 근육을 제거해야 했다. 그 근육은 목 기부(목덜미)에서부터 귀로 이어지고, 누군가 고개를 회전시킬 때 뚜렷하게 부각된다. 어린아이조차 그것은 직경이 5센티미터에 이른다. 나는 그 근육의 밑부분 근처를 절개한 다음, 칼의 뭉툭한 쪽을 사용해 그것을 거미줄에서 분리했다.

몸은 이런 거미줄들로 가득하다. 기관, 근육, 신경, 혈관 등, 우리 몸 안에 있는 사실상 모든 것이 정교하고 복잡하게 짜인 결합조직에 의해 제자리에 느슨하게 고정되어 있다. 이 짜임은 작고 성실한 거미가 짠 것과 비슷하게 생겼고 거미줄처럼 약하다. 결합조직은 탈지면처럼 푹신해서, 교통사고를 당하는 순간에 아무것도 고정해주지 못하지만, 살아 있을 때 신체적 외상이 없다면 그것은 혈관, 신경 그리고 장기들을 적당한 탄력으로 부드럽게 설득해 있어야 할 자리에 머물게 만든다. 메스를 대거나 단지 손가락을 대기만 해도 이 작은 조직면을 뚫고 근육을 쉽게 풀어낼 수 있다. 외과 의사들은 살아있는 환자를 수술할 때 이 작업을 해야 한다. 그리고 수년이 지나 만일 내가 같은 환자를 죽은 후 보게 된다면, 그 거미줄이 없는 상태에서 혈관과 장기가 달라붙어 고정되어 있는 것을 발견할 수 있을 것이다.

그 커다란 흉쇄유돌근(목비근)을 부드러운 조직 면에서 떼어내었을 때, 나는 그 근육을 한쪽으로 부드럽게 옮길 수 있었다. 나는 인체의 위대한 성삼위일체들 중 하나를 향해 목구멍 깊숙한 곳으로 들어가고 있었다. 바로 경동맥, 경정맥, 미주신경이다.

정맥, 동맥, 신경이 함께 껴안고 있는 것을 신경혈관다발이라고 하고, 이것은 경동맥초(목혈관신경집carotid sheath)라고 하는 매우 느슨한 구조 안에서 함께 결합되어 있다. 초sheath는 오해를 불러일으키는 이름이다. 그렇게 부르면 강한 가죽 재질의 칼집을 연상시키지만, 실제로 이 세 개의 관은 티슈쯤 되는 것으로 감싸여 있다.

그 티슈 안에서 경정맥은 우람한 권투선수처럼 보이고, 경동맥은 하얗고 우아하지만 좀 통통한 여자 친구이며, 그 사이에 반쯤 숨어 있는 거의 존재감이 없을 정도로 가느다란 미주신경은 그것 없이는 경정맥과 경동맥이 아무것도 할 수 없는 충실한 하인이다.

몸의 부위별로 색깔이 지정되어 있는 건 아니지만(그렇다면 수술이 엄청나게 쉬워서 우리 모두가 할 수 있을 것이다), 생물학 책들은 동맥을 붉은색으로 표시하고, 정맥을 푸른색으로 표시한다. 경정맥은 직경이 약 9밀리미터 정도로 클 수 있지만, 1밀리미터 두께의 얇은 벽 안에 감싸여 있을 뿐이다. 그래서 자르기 전의 경정맥을 볼 때면 나는 그 위를 날며 얇은 구름을 뚫고 안을 보고 있는 느낌이 들었다. 그리고 그 속으로 검푸른 혈액이 보였다. 모두가 알고 있듯이 정맥은 산소가 제거된 혈액을 운반한다. 그래서 색깔이 파란 것이다. 죽으면 피가 특히 파래지는데, 이는 죽어가는 몸이 산소의 마지막 한 톨까지 끌어다

죽음을 해부하는 의사

쓰기 때문이다.

경동맥은 산소가 함유된 붉은 피를 실어 나르지만, 이번에는 동맥 혈관의 흰 벽을 열어야 그것을 볼 수 있다. 쉴 새 없이 뛰는 심장이 혈액을 온몸으로 펌프질하기 때문에, 동맥은 정맥보다 훨씬 높은 압력을 견뎌야 한다. 그 결과 동맥벽은 두껍고 탄력적이며 혈관 전체가 어느 정도 유연성을 갖고 있다. 실제로 경동맥을 보면 나는 집에서 포도주를 담그다 망한 일이 떠오른다. 뜨거운 물에 씻을 때 내가 사용한 흰색 플라스틱 호스는 상당히 유연했다. 경동맥을 흐르는 피의 색깔은 고무처럼 탄력적인 벽 안에 감추어져 있지만, 환자가 살아 있을 경우 그 동맥이 생명의 리듬(즉 심장 박동)에 맞추어 팽창하고 수축하는 모습을 볼 수 있다.

물론 클레어의 몸에서는 이 모든 것이 정지했다. 나는 동맥을 길이에 따라 해부하고, 언제나 그렇듯이 손상이 있는지 확인했다. 특히 속에 있는 민감한 내막을 유심히 살펴보았다. 그것을 보면, 얼마나 강한 힘이 그녀의 사망을 초래했는지 알 수 있었다. 멍은 없었다.

나는 경동맥을 약간 옆으로 옮겨 (거미줄이 좀 더 부서졌다) 미주신경을 완전히 노출시켰다. 슈반세포에 감싸인 미주신경은 경동맥보다 더 하얗다. 둘을 비교하면 경동맥은 크림색처럼 보인다. 미주신경은 직경 약 1밀리미터의 철사처럼 생겼고 미세하게 반짝인다. 그리고 긴 여정을 따라 우아하게 구불구불 흘러간다. 두개골 밑부분에서부터 심장까지. 하지만 미주신경은 거기서 멈추지 않는다. 계속해서 복부로 이어져 결장에서 멈춘다. 미주신경은 마치 일직선으로 이동하기를 좋아하는 것처럼 보이지만 다른 신체 시스템들의 방해를 통 크게 수용한다. 그래서 필요한 곳에서는 아주 미세하게 구부러진다.

나는 클레어의 미주신경 주변을 면밀히 살피며 깊은 멍을 찾았다. 이번에도 나는 힘이 가해진 흔적을 찾고 있었다. 하지만 이번에도 아무것도 찾을 수 없었다. 미주신경은 조금도 다치지 않은 것처럼 보였다. 하지만 나는 미주신경이 이 아이의 죽음에 책임이 있을지도 모른다고 생각했다.

미주신경은 자율신경계의 일부다. 이는 미주신경이 우리에게 자문을 구하지 않는다는 뜻이다. 미주신경은 우리가 굳이 생각하지 않는 것들, 예를 들어 심장 박동 같은 것들을 통제한다. 클레어가 목이 졸렸을 때 미주신경은 심장에 메시지를 보내 뛰는 속도를 줄이라고 지시했다. 왜 이런 잘못된 지시를 내렸을까? 팔꿈치에 있는 척골 끝부분을 치면 새끼손가락이 찌릿찌릿한 것과 같은 이유다. 목에 압박이 가해지면 미주신경이 자극된다. 팔꿈치의 척골신경과 달리, 미주신경은 자극을 받으면 치명적인 반사반응을 일으켜 심장 박동을 늦춘다. 클레어의 경우, 미주신경의 반사반응으로 심장 박동이 너무 느려져 심장이 멎었고 결국 사망했다.

무술 전문가들은 잘 알고 있듯이 미주신경을 한 번만 가격해도 즉사할 수 있지만, 왜 그런 일이 일어나는지 정확한 메커니즘에 대해서는 약간의 논쟁이 있다. 미국 병리학자들은 영국에서 정설로 인정받는 교살 이론에 거의 동의하지 않는다. 아마 그들은 클레어가 죽은 이유는 목 졸림이 미주신경이 아니라 경동맥 주위의 센서를 자극했기 때문이라고 주장할 것이다. 이 센서들은 뇌에 신호를 보내 혈압이 너무 높으니 심장이 뛰는 속도를 늦추라고 경고한다. 다른 사람들은 경동맥과 미주신경 오보의 결합으로 사망이 일어난다고 주장한다. 일각에서는 경정맥 압박도 한 역할을 한다고 말한다. 왜 목의 특정 부위를 압박하면 10초 내에 죽을 수 있는지 그 이유를 알고 있다고 확신하는 사람들이 있지만, 우리가 확신할 수 있는 것은 그런 일이 일어난다는 것뿐이다. 그리고 그 일이 클레어 로메릴에게 일어났다.

소녀가 끈으로 목이 졸려 사망했다는 것은 명백했다. 경찰이 내가 말해주기를 기다리고 있었던 정보는 이것이다. 클레어가 나뭇가지 밑으로 기어갈 때 실수로 나뭇가지에 목걸이가 걸려 신기한 미주신경 반사가 일어났고 그 결과 심장이 멈추어 사망한 것인가? 아니면 누군가가 클레어의 목을 조른 것인가?

폭력이나 투쟁의 흔적은 없었다. 나는 목 근육들에서 다른 멍을 더 발견하지 못했다. 제3자의 개입을 암시하는 찰과상이나 방어흔도 없었다. 나는 경찰의 질문에 답할 수 없었고, 우리가 부검실을 떠날 때 경위는 나를 보며 극도로 좌절한 표정을 지었다.

우리 뒤로 시신 수습을 준비하는 시체안치소 조수들이 부산하게 움직이는 소리가 들렸다. 그들은 이제 자신들의 위대한 재능을 이용해, 클레어의 주검을 클레어를 사랑했던 사람들이 알고 있던, 애도할 수 있는 상태로 돌려놓을 것이다. 부검은 정의상 침습적인 절차다. 그것은 죽은 자와 뒤에 남겨진 자들의 이익을 위해 실시되고, 그리고 불법 행위를 발견하게 되면 더 넓은 사회의 이익에 기여한다. 모든 부검은 존중하는 마음으로 행해진다. 그리고 때로는 한 번 이상 행해지기도 한다.

"며칠 후 다시 와야 할 것 같아요." 나는 말했다. "피부 밑 어딘가에 있는 멍이 아직 나오지 않았을 가능성이 있어요."

"아이는 죽었어요." 경위가 슬픈 목소리로 말했다. "멍은 이제 생기지 않아요."

"장담하는데 분명히 생깁니다." 내가 말했다.

그는 다시 한 번 의심스러운 표정을 지었다. 말다툼을 할 수도 있었지만 나는 가야 할 다른 곳이 있었다.

죽음을 해부하는 의사

4

탐험의 결과

아침이 밝았다. 시체안치소 밖은 교통이 혼잡했다. 경찰관들은 모두 집으로 돌아갈 테지만 나는 아직 정신이 말짱했고, 이 기회를 틈타 클레어의 시신이 발견된 장소에 가보기로 했다.

경위가 방문을 승인해주었다. 그는 말했다. "서장님이 거기 계십니다. 박사님이 간다고 말씀드릴게요."

나는 공원으로 차를 몰았다. 공원의 대부분이 폐쇄된 상태였다. '경찰 – 들어가지 마시오'라고 적힌 파랑, 하양 테이프가 나무 사이에 걸려 있었다. 사실, 겨울이었음에도 이곳은 매우 쾌적한 장소였다. 한때 이곳은 큰 저택의 광범위한 부지였다. 저택은 허물어졌지만 그 세계를 이루던 완만한 잔디밭과 관목으로 무성한 넓은 땅은 아직 그대로였다.

경사가 나를 데리고 테이프를 넘어갔다.

"부검에서 쓸 만한 정보가 나왔나요?" 그가 물었다.

"클레어는 교살당했어요." 나는 그에게 말했다.

그는 나를 곁눈질로 보았다.

"우리가 이미 짐작했던 바예요, 박사님. 우리 모두 클레어의 목을 봤거든요."

"이 단계에서는 더 드릴 수 있는 말씀이 없습니다." 내가 말했다. 그는 시선을 돌렸다. 순간 나는 병리학자가 자신들의 범죄를 해결해 줄 수 없을 때 경찰들이 항상 느끼면서도 드러내지 않는 실망감을 읽었다.

그는 나를 서장에게 소개했다. 그녀는 어젯밤에 잘 잔 얼굴이었다.

"방금 현장에 왔어요." 그녀가 쾌활하게 말했다. "저는 제 일을 사랑해요. 아침에 출근하면 무슨 일이 기다리고 있을지 모르거든요."

"클레어 로메릴에 대해 뭐라도 아는 게 있으신가요?" 내가 물었다. 부검에 참석한 경찰들이 정보를 얼마간 제공했지만, 나는 지금쯤이면 좀 더 많은 정보가 있을 것이고 서장은 도착하기 전에 충분히 보고를 받았을 거라고 짐작했다.

서장은 클레어의 친부가 얼마 전 친모와 이혼했고 이미 경찰이 친부를 면담했다고 말했다. 친부는 아이가 사라진 날 오후에 동네 축구장에 있었으며, 저녁에는 다른 축구팬들과 함께 나갔다. 그래서 클레어의 사망 시점에 그가 축구팬들과 있었음을 확인해줄 사람들이 많았다. 수사관은 클레어의 집에서 최근 몇 주간 분노에 찬 싸움이 빈

죽음을 해부하는 의사

번했고 클레어의 계부인 조지 로메릴이 집을 나갔다는 사실도 파악했다. 클레어가 죽은 날 저녁 계부는 친부와 똑같은 축구장에 있었고 그 사실을 확인해줄 훨씬 더 많은 친구들이 있었다.

로메릴 부인은 그날 엄청나게 화가 나 있었다. 클레어는 사망 당일 유난히 속을 썩였다. 부인은 클레어를 몇 번이나 야단쳐야 했다. 확실히 가출을 계획하고 있었던 클레어는 곧바로 자겠다고 선언했다. 클레어 밑으로 딸이 하나 더 있었던 로메릴 부인은 두 소녀를 일찍 재운 후 자신은 목욕을 하러 들어갔다. 하지만 목욕을 마치고 딸들이 잘 있는지 보러갔는데 클레어가 사라지고 없었다.

나는 경찰견 조련사가 제공한 현장 스케치를 꺼냈다.

"시신을 움직여서 유감이에요." 나는 말했다. "발견 시점은 죽은 지 시간이 좀 지났을 때예요."

"얼마나요?" 서장이 물었다.

"5시에서 7시 사이에 사망한 것 같아요."

"그렇게 일찍이요?"

"그런 것 같아요. 하지만…." 그다음 이야기를 경찰관에게 하고 나서 그들의 풀죽은 표정을 본 것이 그동안 몇 번이었던가? "…사망 시간을 정확히 추정하기는 매우 어렵습니다."

서장과 나는 좁은 길을 따라가다가 방향을 돌려 또 다른 경찰 테이프 밑을 통과했다. 서장이 클레어가 발견된 장소를 가리켰다. 나는 손에서 스케치를 이리저리 돌리며 눈앞의 현장과 맞춰보았다.

"이곳이 확실합니까? 쓰러져 있는 저 나무 밑이 아니고요?"

"관목들 아래인 것 같아요."

그 관목들에는 부러진 가지가 없었고 실랑이가 일어난 흔적도 없었다. 지난밤에는 바람이 불었고 한두 차례 비가 내렸다. 하지만 시신이 누워 있었던 젖은 땅에는 인적이 거의 없었다. 응급요원들이 그 길을 따라 들락거렸다는 사실에서 예상할 수 있는 것 외의 발자국은 확실히 없었다.

"아하." 내가 말했다. "콜라캔이 있었던 자리가 여기군요."

법의학팀이 콜라캔을 가져갔지만, 젖은 흙에는 움푹 파인 자국이 아직 선명했다. 클레어의 목걸이에 달린 작고 파란 돌멩이가 그녀의 목에 자국을 남긴 것과 마찬가지로.

희미한 겨울 태양이 얼굴을 드러냈다. 내가 직접 현장을 둘러보는 것이 법의학적으로 안전했기에 그렇게 했다. 나는 몸을 웅크리고, 나무와 튼튼한 가지들을 살펴보고, 관목들을 조사하고, 목걸이가 걸릴 만큼 낮은 가지가 있는지 살펴보았다. 하나도 찾을 수 없었다.

"충분히 보셨어요?" 내가 길로 돌아가자 서장이 물었다. 그녀는 경찰서로 돌아가기 전에 신발에 묻은 진흙을 축축한 풀에 비벼서 털고 있었다. 나도 똑같이 했다. 하지만 진흙은 잘 떨어지지 않았다.

그때 나는 생각했다. 뭔가 잘못되었다. 나는 클레어의 옷가지를 떠올렸다. 마이 리틀 포니 티셔츠, 스커트, 분홍색 운동화.

나는 말했다. "클레어가 제 발로 여기 오지 않았을 수도 있어요."

서장은 신발을 터느라 바빴다.

"무슨 뜻이에요?"

나는 신중해야 했다. 자신의 생각을 말하는 병리학자들을 경찰들이 항상 반기는 건 아니다.

"클레어가 여기서 살해당했다고 잠시 가정해봅시다. 그렇다면 아이가 버둥거렸을 텐데 옷에 진흙이 묻지 않을 수가 있을까요? 특히 신발에요."

서장이 나를 뚫어지게 보더니 자신의 코트자락을 단단하게 여몄다. 오늘은 날씨가 갰지만 어제만큼 바람이 불었다.

"그래서 우리가 이 사건을 사고사라고 생각하는 거예요." 그녀가 지적했다. "저항이 없었기 때문이죠."

"목걸이가 머리 위 가지에 걸렸다고 하는데, 이 스케치를 보면 소녀는 손을 옆구리에 둔 채 등을 대고 누운 모습으로 발견되었어요. 확실한 건 모르지만요."

"맙소사, 누가 사진을 찍기만 했어도." 서장이 한숨을 쉬었다.

"그리고 서장님의 신발을 좀 보세요."

서장은 비참한 얼굴로 시선을 아래로 내렸다. "차에 휴지가 좀 있을 거예요."

"하지만 클레어의 운동화는 깨끗했어요." 내가 말했다.

서장이 나를 다시 올려다보았다.

"아, 하지만 클레어는 그곳에 기어들어 가자마자 질식했을지도 몰라요." 서장이 말했다. "그렇다면 운동화에 진흙이 많이 묻지 않았을 거예요."

"클레어가 다른 곳에서 살해당한 후 이곳으로 옮겨졌어도 진흙이 전혀 묻지 않았을 거예요. 운동화는 물론이고 다른 어느 부위에도."

서장은 생각에 잠겼다. 당시 나는 여전히 담배가 사고 과정에 필수적인 도구라는 생각을 고수하고 있었다. 그래서 담뱃갑에서 담배를 꺼내 서장에게 한 개비 주었다. 태양이 다시 모습을 드러냈다. 우리는 바람을 피해 담뱃불을 붙이려고 태양을 등졌다가 다시 돌아섰다. 이제 태양의 온기가 얼굴에 닿았다. 바람이 담배 연기를 휙 날려보냈다. 잠시 동안 우리는 말없이 담배를 피웠다. 담배는 타인의 죽음이 불러일으키는 슬픔을 달래줄 수 있다. 그리고 우리 자신의 죽음에 대해서는 뭐랄까, 그것을 생각하지 않게 해준다. 하지만 우리는 이 아이러니를 알아채지도 못한다.

서장은 클레어의 어머니에 대해 이야기하기 시작했다. 로메릴 부인은 화가 났지만 심하게 화가 나지는 않았던 것 같다. 사실 서장은 사건에 대한 부인의 설명이 다소 불만족스러웠다. 계부는 축구경기를 보러갔지만 그 집에는 하숙생이 있었다. 그 하숙생은 전날 저녁에 친구들과 카드놀이를 하며 집에 있었다. 그들은 마리화나를 많이 피웠기 때문에 그들의 진술은 법정에서 효력이 없을 터였다. 그리고 다른 이유들도 있어서 아무리 잘해도 반박당할 뿐이고 최악의 경우 날카로운 피고 측 변호사에게 인격 살인을 당할 수 있었지만 그들의 이야기는 적어도 일치했다.

하숙인은 로메릴 부인과 클레어의 관계가 위태위태했다고 묘사했다. 그 아이는 걸핏하면 문제를 일으켰고 어머니는 걸핏하면 화를 냈다. 그날 오후 하숙인과 그 친구들은 고성과 울고불고하는 소리를 들

죽음을 해부하는 의사

었다고 보고했다. 야단법석이 끝나자 로메릴 부인은 두 딸을 거칠게 침대에 눕혔다. 그러고 나서 그녀는 욕조에 물을 받으며, 카드놀이를 하던 사람들에게 자신이 이제 몸을 담그고 쉴 거라고 말했다. 그러고는 사라졌다. 그들은 부인이 목욕을 하고 있다고 생각했지만, 약 30분 후 그녀가 다시 등장했을 때, 하숙생과 친구들 모두는 그녀가 샤워 후 입을 법한 샤워 가운 또는 홈웨어를 입고 있지 않다는 것을 알아챘다. 그녀는 완전한 외출복 차림이었다. 그리고 아웃도어 신발을 신고 있었다.

"음, 우리는 부인의 신발을 압수했어요. 진흙과 꽃가루를 확인해서 부인이 공원에 다녀갔는지 알아보려고요." 서장이 내게 말했다. "여기에서는 비슷한 발자국조차 발견할 수 없는 것 같지만요."

꽃가루는 봄에만 날리는 것이 아니다. 그것은 먼지처럼 미세하고 사시사철 언제나 존재한다. 만일 로메릴 부인이 공원에 다녀갔다면 그녀의 신발에 그것을 증명해줄 꽃가루와 진흙이 묻어 있을 것이다. 겨울이라 해도 말이다.

우리는 이제 서로를 처다보았다. 어머니가 일곱 살짜리 딸을 죽였을지도 모른다고? 그런 일은 매우 드물어서 그게 사실이라면 이 사건은 통상적 확률에서 크게 벗어난 사건에 속할 것이다. 경찰의 의심은 거의 항상 남성에게 집중된다. 아버지나 계부, 남자친구, 하숙인, 아니면 또 다른 중요한 남성.

"물론 우리는 남자들의 알리바이를 확인하고 있어요. 하지만 지금까지는 알리바이가 꽤 확실해요." 서장이 말했다.

하지만 클레어의 깨끗한 운동화만큼은 죽음이 다른 장소에서 일어났을 가능성을 가리켰다. 아니 그럴 가능성이 높았다. 그렇다면 이건 살인 사건이었다.

아버지, 의붓아버지, 그리고 어머니가 모두 집중적인 심문을 받았지만 아무도 체포되지 않았다. 충분한 증거가 없었기 때문이다.

나흘 후 나는 두 번째 부검을 하기 위해 시체안치소로 돌아갔다. 그런 상황에서는 흔히 있는 일이다. 형사의 의심에도 불구하고, 살아 있을 때뿐만 아니라 죽었을 때도 멍이 보이는 데는 시간이 걸릴 수 있다. 아니나 다를까, 나는 클레어의 목 뒤쪽을 가로지르는 변색된 띠를 발견했다.

의심했던 형사가 그 자리에 있다가 말했다. "그럴 줄 알았어요. 첫 번째 부검에서도 그 멍을 볼 수 있었을 거예요."

나는 대답할 가치를 느끼지 못했다. 이제야 끈 자국의 원이 완성되었다는 게 '팩트'였다. 끈 자국은 목의 앞, 옆, 뒤에 있었다. 따라서 사건의 성격이 변했다. 수사는 살인 사건으로 전환되었다. 나뭇가지에 걸린 목걸이가 목의 앞쪽을 눌러 질식한 것과, 목걸이가 목둘레에 너무 팽팽하게 감겨서 죽는 건 전혀 다른 문제다. 확실하지는 않지만, 후자는 다른 사람의 개입을 강력히 암시한다.

경찰은 아버지, 의붓아버지, 하숙인, 하숙인의 친구들을 용의선상에서 배제했다. 하지만 클레어의 운동화를 다시 조사한 결과 진흙이 발견되지 않았다. 그리고 공원에서 묻은 꽃가루의 흔적도 거의 없었다. 하지만 로메릴 부인의 신발 밑창에는 마른 진흙과 함께 그 공원

죽음을 해부하는 의사

에서 온 것이 확실한 매우 특징적인 꽃가루가 묻어 있었다. 클레어가 발견된 장소 바로 옆에는 희귀한 떡갈나무가 있었다.

큐 식물원의 전문가는 흥분을 감추지 못했다.

"전국에 몇 개밖에 없는 나무예요." 그 전문가는 말했다. "그리고 이곳에서 백 마일 내에는 없어요. 대저택을 방문했던 빅토리아 시대 식물 사냥꾼이 남긴 것이 틀림없어요."

로메릴 부인은 공원 옆 아파트에 살고 있기 때문에 그곳에 자주 갔다고 말했다. 실제로 클레어가 죽은 날 오후 부인은 두 딸과 함께 그 희귀한 나무 옆에 왔었다.

클레어의 운동화는 클레어가 살해당한 후 공원으로 옮겨졌음을 암시했지만, 죽은 일곱 살짜리 소녀는 꽤 무겁다. 부검에서 소녀의 몸무게는 22.1킬로그램이었고, 그래서 경찰은 다시 한 번 남성의 개입을 고려하기 시작했다. 어쩌면 클레어가 작은 가방을 메고 집을 나갔을 때 낯선 살인마를 마주치는 몹시 불행한 일이 일어났을지도 모른다.

이런 사건은 거의 항상 언론의 주목을 받고, 그래서 그 지역의 모든 부모를 공포에 빠뜨린다. 통계적으로, 어떤 아이에게든 이런 일이 일어날 가능성은 지극히 낮다. 그럼에도 불구하고, 언론이 대서특필하면 경찰은 해당 지역의 모든 남성을 심문하면서 범인 수색에 나설 수밖에 없었다.

"얼마나 많은 남성들이 자신들이 축구 경기를 보러갔다는 사실을 증명할 수 있는지 박사님은 믿지 못할 거예요." 서장이 몇 주 후 전화 통화에서 지친 목소리로 말했다.

이런 경우 대개 그렇듯이 두 번째 병리학자가 불려왔고, 이제 클레어의 시신에서 또 다른 멍이 나타났다. 전지전능한 그 형사라면 첫 번째 부검에서 그것도 알아차렸을 테지만. 멍은 컸다. 오른쪽 견갑골에 있었고, 강한 압박이 가해졌음을 암시했다. 목 졸림 흔적이 양쪽 귀 뒤에서 위쪽으로 약간 확장된 것을 눈여겨본 이 병리학자는 끈이 뒤에서 잡아당겨졌고 위쪽으로 끌어올려졌을 거라고 말했다. 그는 목걸이가 아닌 다른 확인 수단이 있었을 수도 있다고 제안했다. 나는 두께가 3밀리미터인 또 다른 끈이 사용되었을 가능성은 낮다고 봤지만, 가해자가 클레어 뒤에 있었고 압력이 가해질 때 아이는 아마 서 있었거나 반쯤 서 있었을 거라는 말에는 동의했다.

클레어가 살해당했다는 점에 일말의 의혹이 남아 있었더라도 추가로 발견된 멍이 그것을 확실하게 뿌리 뽑았다. 하지만 대대적인 수사에도 불구하고, 살인자는 여전히 정체불명이었다. 클레어 로메릴 사건은 미결로 남을 것처럼 보였다.

얼마 후 나는 미국 법의학아카데미의 연례 학회에 참석했다. 나는 가능할 때마다 대서양을 건너 이 학회에 참석한다. 새로운 아이디어, 새로운 정보, 새로운 사고방식을 직접 만날 기회이기 때문이다. 물론 옛 친구들도. 각자의 가장 흥미로운 사건파일을 챙겨가서 호텔 바에서 밤늦도록 토론하는 것이 우리의 낙이다. 이렇게 함으로써 우리는 서로를 돕고, 이따금 우리가 얼마나 똑똑한지 자랑하며 인간적 약점을 드러낸다. 첫째 날 저녁에는 조심한다. 우리가 다루는 주제가 그것을 우연히 엿듣는 직원이나 다른 손님들에게 얼마나 끔찍한지 알기

죽음을 해부하는 의사

때문이다. 하지만 학회가 진행될수록 점점 더 거리낌이 없어진다. 우리는 범죄현장 사진들을 서로 건네고, 큰 소리로 질문하고, 아이디어를 교환하고, 이따금 지혜를 구하고, 때로는 깨달음을 주고받는다.

리처드 월터는 배타적인 모임인 비독 소사이어티의 창립 멤버였다. 비독 소사이어티는 저명한 형사들과 법의학 전문가들의 모임이다. 그들은 수년 동안 매달 만나서 어려움에 부딪힌 경찰들이 건네준 미결 사건들을 풀기 위해 자신들의 대단한 재능을 모았다. 할리우드와 미국의 많은 신문들은 그들을 "셜록 홈스의 후예"라고 불렀다.

나는 그날 저녁 리처드와 함께 사건을 공유하고 있었다. 우리가 와인 잔을 세 번째로 채웠을 때쯤 내가 로메릴 파일을 꺼냈다. 나는 상황을 설명했고, 리처드는 파일을 살펴보고 경찰 보고서를 훑어보았다. 바는 연기로 자욱했다. 우리는 모두 담배를 피웠고, 리처드는 누구보다 많이 피웠을 것이다. 그의 손에는 멘톨 담배와 화이트와인 잔이 들려 있었다. 그는 이 시간에 두 가지 없이 눈에 띄는 일이 좀처럼 없었다.

그는 사건 파일에 있는 스케치와 사진들을 가늘고 민첩한 손가락 사이에 끼고 조심스럽게 다루었다. 리처드는 실험 연구원으로 경력을 시작했다가, 심리학 학위를 받은 후 미시건의 교도소들에서 근무하며 수많은 수감자들을 면담했다. 또한 그는 FBI의 연쇄살인범 분석에도 참여했다. 그는 미국 최고의 법의심리학자였고 지금도 그렇다. 그가 나를 지그시 볼 때면, 나는 을씨년스러운 조명 아래 놓인 실험실 표본처럼 몸을 비비 꼬게 된다. 범인들뿐 아니라 인간 전반의 행동을 읽는 그의 능력은 타고나기도 했지만 오랜 경험을 통해 갈고닦은 것이었다.

그는 로메릴 파일을 덮고, 담배에 불을 붙이며 와인 잔을 가득 채웠다.

"경찰은 뭘 찾아야 하는지 모르는 것 같아요." 내가 말했다. "공원의 미친놈이나…"

"아이 엄마."

나는 그를 보며 놀란 눈을 깜빡였다. 로메릴 부인에 대한 의혹과, 마리화나를 피우는 하숙인들이 "욕조에 오래 몸을 담근" 직후에 신은 것치고는 어울리지 않는 신발을 신고 있었다고 보고한 사실은 아직 말하지도 않았다. 또한 꽃가루 전문가가 그 신발에 묻은 진흙이 그 공원에만 있는 나무에서 채취한 것과 일치한다고 말했다는 점도.

리처드는 나 쪽으로 몸을 기울였다.

"가방 안에 뭐가 들어 있었지?"

나는 뭐라고 말해야 할지 몰라서 망설였다.

"가방이요?"

"아이의 가방 말일세."

그렇다. 아이가 집을 나갈 때 메고 간 가방이 있었다. 나는 파일을 다시 꺼내 넘겨보았다. 경찰이 내게 준 몇 쪽짜리 기록의 맨 뒤에 가방의 내용물이 적혀 있었다. 나는 그것이 이 사건과 무관해 보였기 때문에 지금까지 제대로 살펴본 적이 없었다.

나는 큰 소리로 읽었다. "분홍색 양말 한 켤레. 6세용 팬티 두 장.

녹색 스웨터. 휴지 한 팩, '마이 리틀 포니'라는 반짝이 글자가 새겨진 분홍 티셔츠….'"

낮은 목소리로 껄껄거리는 괴상한 소리가 들렸다. 그러더니 또 들렸다. 소리는 커다란 화이트와인 잔 뒤에서 나고 있었고, 딸꾹질 소리가 아니었다.

"뭐가 그렇게 재미있어요?" 내가 물었다. 리처드는 이를 드러내며 노골적으로 웃고 있었다.

"일곱 살짜리 꼬마가 가방에 그런 걸 쌌다고? 집을 나가는데? 보통은 자기가 가장 아끼는 플라스틱 말을 챙기지. 보라색 갈기가 달린 말 같은 것. 그리고 크리스마스 크래커를 쌌던 리본. 바비 인형 찻잔 세트에 있는 노란색 컵과 접시. 컵을 넣을 자리가 없다면 접시만이라도. 그리고 조개껍데기가 담긴 작은 상자라든지, 분홍색 반짝이 펜. 아이는 그런 걸 가방에 싸지."

그의 말이 맞았다. 내 딸이 어릴 때 가족 휴가가 끝나고 짐을 싸서 나가겠다고 선언한 적이 있었다. 딸의 가방에는 해초, 모래, 웰링턴 부츠를 포함한 해변용 물건들이 가득했다.

나는 부검실에서 내가 조사한 작은 소녀가 집을 나가는 가방에 넣을 깨끗한 양말과 속옷을 꼼꼼하게 챙기는 모습을 상상해보려고 애썼다. 터무니없었다. 말도 안 되는 장면이었다.

"아이를 위해 그 가방을 싼 사람이 아이를 죽였어." 리처드가 말했다. "어디까지나 내 생각이지만."

그는 와인 잔을 비우고 또 다른 담배에 불을 붙였다. 이제 내 차례라고 생각했다. 하지만 나는 계속 로메릴 사건을 생각하고 있었다.

"부인은 아마 뒤에서 목걸이를 움켜잡았을 거예요." 내가 천천히 말했다. 그건 거침없이 타오르는 불에 장작을 넣는 것과 같았다. 나는 그가 이 정보 조각을 곧 태워버릴 것을 알았다.

"그렇지, 아이 엄마는 딸에게 미친 듯이 화가 났고, 아이는 뉘우치는 기색을 보이는 대신 곧바로 돌아서서 나가지. 그건 부모로서 참을 수 없는 행동이야. 엄마는 아이 뒤를 따라가 아이를 붙잡아. 아이는 목걸이를 하고 있어. 엄마는 아이를 죽이려 했을 수도, 그렇지 않았을 수도 있어. 어쩌면 엄마는 아이가 나가는 걸 가로막고 그냥 몇 대 때리고 싶었을지도 모르지. 하지만 갑자기 엄마의 손에 미주신경 반사가 일어나 딸이 죽은 거야."

내 눈은 그의 담배 끝에서 타는 오렌지색 불빛에 고정되었다. 나도 담배에 불을 붙이지 않고는 이것을 해결할 수 없을 것 같았다.

"고의는 아니었다고 생각하세요?

"고의였을지도 모르지."

"하지만 고의가 아니었는데 딸이 죽은 것을 갑자기 깨달았다면 엄마는 뭘 해야 할까…?" 나는 아직도 그에게서 한참 뒤쳐져 있었다.

"아이를 살리려고 할까?" 누런 이빨을 드러내는 섬뜩한 웃음이 그의 얼굴에 번졌다. "아니, 그녀는 잽싸게 머리를 굴려. 판단은 빨랐어. 은폐하기로 결심하지."

"그러니까… 딸이 자기 발밑에서 죽어 있고, 엄마는 마치 딸이 가출한 것처럼 꾸미려고 결심한다? 그리고 당장 가방을 싸고? 하숙인

죽음을 해부하는 의사

에게는 목욕을 할 거라고 말하고? 그리고 물을 받고…?"

"그런 다음에 여자아이와 그 가방을 들고 나가지만 그리 멀리 가지는 못해. 왜냐하면, 알잖아, 아이는 엄청나게 무겁지."

"아무도 자신을 보지 않기를 바라면서?"

"겨울이었어, 어두웠고. 그리고 모두가 축구경기장에 갔다고 말하지 않았나?"

맞다. 서장은 온 동네 사람들이 거기 있었던 것 같다고 말했다.

"그녀는 공원의 한 관목 아래 딸을 밀어 넣었어. 만일 그녀의 DNA가 딸의 온몸에 있다면 범인은 엄마일 거야."

"그렇다면… 대단히 침착한 사람이네요." 내가 말했다. "만일 그녀가 정말로 클레어를 죽이려고 계획한 게 아니라면."

"맞아. 이 여자는 범죄의 달인이나 업계 수장처럼 똑똑하고 생각이 빨라."

나는 로메릴이 사는 볼품없는 70년대 아파트를 떠올렸다. 서장이 밖에서 내게 그 아파트를 보여주었다. 그 건물은 희망 없음과 가난을 소리 내어 외치고 있었다. 그런 장소에 이런 대단한 두뇌가 살고 있다고 누가 생각이나 했을까?

이제 리처드가 자신의 파일에 손을 뻗었다.

"좋아 이제 자네 차례야." 그가 말했다. "작은 섬이고, 농가가 드문드문 흩어진 농촌이야. 열네 살짜리 소녀가 교회 모임을 끝내고 집으로 걸어가고 있어. 다음 날 아침 동네 남자가 도로에 묻은 핏자국을 발견해. 하지만 시신은 없었지. 경찰 수색에서 결국 어린 소녀의 시신이 발견돼. 100미터 떨어진 곳인 언덕 위에서. 강간당했어. 소녀의 머리 옆에는 피 묻은 돌멩이가 있었어. 하지만 땅에 피가 튀지는 않았지." 그는 내게 일련의 사진들을 던졌다. "이것을 해결해, 딕."

나는 영국으로 돌아와 서장에게 전화를 했다.

"클레어 로메릴 사건 얘기라고요?" 그녀가 지친 목소리로 말했다. 클레어 사건은 벌써 한참 전 사건이었고, 서장은 이제 책상에서 그 파일을 치우고 싶은 단계에 이르렀다.

나는 서장에게 리처드 월터가 제안한 가설을 들려주었다.

"세상에나!" 서장은 한동안 말이 없었다. "음, 리처드라는 분이 저명한 심리학자인데 그렇게 말했다는 말씀이죠…. 그 말이 맞는 것 같아요. 가방도 그렇고 모든 게. 우리는 아이 엄마를 이미 여러 번 심문했지만 한 번 더 해보죠. 문제는 그녀가 자백하지 않는 한 아무것도 증명할 수 없다는 거예요. 그리고 친구 분 말이 맞아요. 그녀는 영리한 사람이에요. 검찰청이 기소할 수 있을 만큼 충분한 증거가 없어요."

결국 충분한 증거는 나오지 않았다. 클레어를 살인한 혐의로 체포된 사람은 지금까지 아무도 없다. 검시관은 살인 평결을 내렸다. 어머니가 여러 번 심문을 받았다는 신문 보도를 의식한 그는 재판부에, 어머니가 자신의 일곱 살 난 딸을 냉혹하게 죽였을 가능성을 인정할 수 없다고 말했다. 로메릴 부인은 무죄를 선고받았다.

하지만 그러고 나서 얼마 지나지 않아 나는 그 지역 당국으로부터 연락을 받았다. 그들은 클레어의 여동생을 로메릴 부인의 품에서 분

죽음을 해부하는 의사

리하고 싶었고, 그래서 내게 가정법원에 증거를 제출해달라고 요청했다. 그들은 승소했다. 부인을 합리적 의심의 여지가 없는 살인죄로 기소할 만큼 충분한 증거는 없었다. 하지만 더 낮은 수준의 증거를 사용하는 가정법원은 확률적으로 따져볼 때 부인이 클레어의 죽음과 관련이 있다(또는 어떤 식으로든 딸의 죽음에 연루되었다)고 판결했다. 부인의 생존한 딸은 안전하게 보호받기 위해 엄마로부터 분리되었다.

이 사건은 유년기 외인사에 대한 많은 사실을 말해준다. 그 이면에는 흔히 불우하고 문제 있는 가정사가 있으며, 피해자는 아이를 감당할 자원이나 능력이 부족한 부모에게 복지를 의탁하는 어린이다. 이 경우는 확실히 지적 능력이 부족한 경우는 아니었지만 말이다. 그리고 클레어의 사례는 유년기와 양육에 대한 우리 자신의 태도와 관련해 무언가를 가르쳐준다. 우리는 아이가 일곱 살이 될 무렵 세상을 접하기 시작할 것으로 기대한다. 부모가 아무리 최선의 노력을 기울여도 이 탐험의 결과가 이따금 비극적일 수 있다는 사실을 우리는 안다.

통계적으로 살인은 이 연령대 여자아이의 주요 사인으로 등장조차 하지 않지만(남자아이들은 다른 문제다) 사고사는 상대적으로 흔하다. 그리고 우리는 처음부터 클레어의 죽음을 흔쾌히 사고사라고 불렀다. 게다가 그 후 언론은 아이가 혼자 집에서 도망쳐 낯선 사람에게 납치되었다고 믿을 만반의 준비가 되어 있었다. 2007년에 포르투갈의 한 휴양지에서 세 살짜리 매들린 매캔이 낯선 사람에게 유괴되는 사건이 발생했고, 이 책을 집필할 당시 독일 경찰은 소아성애자를 유력한 용의자로 지목했다. 또 몇 년 전에는 여덟 살짜리 사라 페인이 서식스 시골에 있는 조부모님 집 밖에서 놀다가, 성범죄 전과자에게 납치되었다. 사라의 시신은 몇 주 후 얕은 무덤에서 발견되었다.

사라 페인의 사례, 어쩌면 매들린 매캔의 사례에서도 그렇듯이, 생면부지의 사람에게 유괴당하는 사건은 거의 항상 성적 동기를 수반한다. 하지만 클레어는 성폭행이나 강간을 당하지 않았다. 우리는 성적이든 그렇지 않든 학대가 통계적으로 집 밖에서보다는 집 안에서 일어나기 훨씬 쉽다는 것을 알고 있다. 우리는 그 위험을 알지만 범인이 남성이라고 생각한다. 실제로 어머니가 자식을 죽일 가능성은 (비록 어머니가 유아 살해의 범인으로 인식되기는 하지만) 미미하다. 그리고 우리가 어머니를 아동살해자로 간주하기는 거의 불가능하다. 나는 로메릴 부인이 클레어의 죽음으로 재판을 받지 않을 수 있었던 것은 이 보편적 믿음에, 자신을 지키려는 욕구와 빠른 두뇌 회전이 더해진 결과라고 생각한다.

클레어 로메릴, 사라 페인 그리고 매들린 매캔의 운명은 충격이지만, 유년기를 달리 보내는 경우도 많다는 사실이 가려져서는 안 된다. 그런 사건은 드물다는 점을 다시 한 번 강조한다. 생후 1년의 위험한 시기가 지나면 유년기 사망률은 96퍼센트 이상 급감한다. 네 살쯤 되면 선천성 이상이 이미 나타났을 것이고, 감염성 질환에도 덜 취약해진다. 그 결과 5세부터 9세까지는 일생에서 가장 안전한 시기다. 그리고 10세부터 14세까지의 시기가 그 뒤를 바짝 따른다.

그렇다면 아이들은 어떻게 죽을까? 물론 감염 위험이 있다. 수막

죽음을 해부하는 의사

염, 패혈증 그리고 점점 증가하는 홍역은 여전히 치명적이다. 감염병은 2018년에 아동 사망의 약 6퍼센트를 차지했다. 사고와 예기치 않은 불행한 사건이 약 15퍼센트를 차지했는데, 이는 아마도 아이가 성장함에 따라 호기심이 위험에 대한 인식을 능가하기 때문일 것이다. 하지만 더 자주는 보행할 때나 자전거를 타다가 다친다. 그렇더라도 자동차는 가장 큰 아동 사망 요인이 아니다. 그건 단연코 암이다. 소아암은 1960년대 이후 세계적으로 꾸준히 증가하는 추세로, 2000년부터 2017년까지 약 11퍼센트 증가했다.

1960년대 이후 보고와 진단이 확실히 개선되었지만, 그것만으로는 이런 극적인 수치를 설명할 수 없다. 그래도 한 가지 사실에 대해서는 폭넓은 합의가 이루어져 있다. 즉, 원인은 적어도 부분적으로는 환경 요인일 수 있으며, 우리가 해롭지 않다고 잘못 생각하는 현대 생활의 일부 측면, 어쩌면 산모가 사용하는 화학물질이나 기술과 관련되어 있을 것이다.

가장 흔한 소아암은 급성림프모구백혈병이다. 이것은 골수에서 백혈구세포가 지나치게 많이 생산되는 병으로, 아무짝에도 쓸모없는 미성숙한 백혈구 세포들이 무제한적으로 생산되는, 일종의 마법사 견습생 과정이다. 이런 병적인 세포들이 정상적인 적혈구와 백혈구 세포들뿐만 아니라 혈액 응고를 돕는 작은 세포들인 혈소판까지도 수적으로 압도한다. 그 결과 가장 먼저 나타나는 확연한 증상은 멍과 빈혈이다.

백혈병은 이따금 유전적 요인이 있을 수 있지만 전반적으로 유전병으로 간주되지는 않는다. 우리는 가장 큰 원인이 무엇인지 모른다. 연구자들은 생후 첫 1년 동안 어린이집에 다닌 아이들이 백혈병에 걸릴 가능성이 낮다는 흥미로운 관찰을 했다. 그런 아이들은 공동 환경에서 기침, 감기, 바이러스 및 박테리아에 노출되었다. 반면에 백혈병에 걸린 아이들은 아기 때 감염 환경에서 대체로 분리되었을 것이다.

요즘에 나온 한 연구에 따르면, 인생 초년에 감염에 노출되는 것이 보호 효과를 줄 수 있다고 한다. 우리 면역계는 '마중물'이 필요하다. 즉 외부 환경에 무엇이 있는지 배우는 방법이 필요하다. 그래야 나중에 같은 감염을 만날 때 훨씬 신속하게 대처할 수 있기 때문이다. 물론 이것이 예방접종의 주된 원리이며, 현재 정기적인 유아 백신 접종이 백혈병에 어느 정도 방패를 제공할 수 있다는 증거가 있다. 아마이 병은 유전자, 식생활, 운, 그리고 우리가 알지 못하는 그 밖의 다른 변수들의 조합으로 발생할 것이다. 다만 만약 서구 사회의 깨끗한 현대식 주택이 행동방식의 변화를 상징한다면, 우리의 면역계는 작년의 먼지 한 톨을 그리워하고 있을지도 모른다.

현재 서구 사회에 천식 발생률이 급증하는 추세에 대해서도 같은 이론을 적용하는 의사들이 있다. 천식은 면역계가 제대로 작동하지 않아서 생기는 병으로, 영국에서만도 100만 명 이상의 어린이가 치료를 받고 있다. (영국천식협회에 따르면 어린이 11명당 한 명 꼴로 천식이 발병한다) 데이티는 변동이 있지만, 발병률이 안정된다 해도 인구 증가를 고려하면 현재 천식 진단을 받은 어린이가 1960년대보다 세 배 이상 증가했다. 위생 이론은 천식을 앓는 어린이와 그들의 부모들에

　　　　　　　　　　　　　　　　죽음을 해부하는 의사

게(그뿐 아니라 집안일을 싫어하는 모든 사람에게) 희망을 주지만, 백혈
병에 걸린 사람들에게 특히 고무적인 소식이다. 면역에 대한 우리의
접근방식을 바꿈으로써 유년기를 괴롭히는 가장 큰 괴물에 대적할
하나의 무기를 가질 수 있음을 의미하기 때문이다.

다음은 사랑에 빠진 역할,
용광로처럼 한숨을 내쉬며
애인의 눈썹을 찬미하는 애처로운 연시를 짓습니다.

5

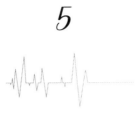

캠핑장의 미스터리

여름이었지만 휴가는 끝나고 나는 다시 느닷없고 부자연스런 죽음이 기다리는 어두운 세계로 돌아왔다. 원래는 아침 비행을 하며 천천히 몸을 풀 계획이었다. 그건 나만의 개인적인 탈출구다. 중력과 지상의 속박에서 벗어나 저 높은 곳에서 희박한 공기를 가른다는 것이 언제나 마음에 들었다. 하지만 실제로 내가 직접 비행기를 조종할 수 있을 거라고는 생각하지 못했다. 그러던 어느 날, 메트로폴리탄 경찰 비행 동호회 덕분에 놀랍게도 실제로 비행을 할 수 있게 되었다.

하늘이 맑고 산들바람이 부는 날 누군가는 해변이나 황야 또는 언덕을 떠올릴지도 모르지만, 나는 그 일요일에 오직 한 가지만을 꿈꾸었다. 바로, 작은 비행기의 조종석에 앉아 푸른 하늘을 나는 것이었다. 하지만 날이 밝자 날씨가 나빠져 내가 고대하던 비행은 취소되었다. 그래서 경찰에게 관광 명소 근처의 캠핑장으로 와달라는 연락을 받았을 때, 나는 가는 길에 약간의 고독을 즐기면 되겠다고 생각하고 바로 출발했다.

8월이었지만 날씨는 겨울 같았고 대서양에서 때 아닌 폭풍이 밀어닥치자, 나는 오래된 비행 속담을 떠올렸다. '공중에서 땅에 있기를 바라는 것보다 땅에서 공중에 있기를 바라는 편이 훨씬 낫다.' 나는 비바람이 차를 뒤흔드는 가운데 큰길을 달려 시골로 향했고, 나중에 후방도로(뒤쪽으로 난 길)에서는 젖은 나뭇잎이 빽빽이 달린 떨어진 나뭇가지를 한쪽으로 치우기 위해 두 번이나 차에서 내려야 했다.

캠핑장이라고는 하지만 농장의 보호구역에 불과한 장소였고, 시설도 거의 없었다. 현재 쳐진 텐트가 두 개뿐인 걸로 보아 입장은 텐트 몇 개로 제한한 것이 분명했다. 두 개의 텐트는 야영지 구석진 곳에 서로 멀리 떨어져 있었다. 하지만 캠핑객이 더 많았을지도 모른다. 악천후, 경찰차와 추적견, 과학수사팀, 기자 그리고 이제는 병리학자들까지 도착하기 전에는. 이 중 어느 것도 행복한 휴가에는 도움이 되지 않으니까.

맨 구석에 있는 작은 파란색 텐트에 이목이 집중되었다. 주위에 둘러쳐진 폴리스 라인 테이프가 강풍에 휘날렸다. 경찰은 텐트 주변으로 출입하는 발걸음을 되도록 막기 위해 텐트로 향하는 출입구를 좁게 만들어놓았다.

한 경찰관이 경찰차를 몰고 정문을 통과하려고 했지만, 차량에 짓밟혀 길이 진창이 되어 있었기 때문에 몇 명의 경찰관이 차를 밀어야

죽음을 해부하는 의사

했다. 차바퀴가 진창과 싸우는 동안 차가 굉음을 냈다. 모두가 춥고 축축해 보였다. 나는 땅이 단단해 보이는 먼 곳에 차를 주차했다.

구식 볼보 에스테이트를 몰고 다니면 골동품상, 그것도 수상한 작자로 오해받을 수 있다는 것을 알고 있었다. 하지만 자동차 뒷좌석으로 들어가 보호복으로 갈아입을 수 있는 자동차가 과연 얼마나 될까? 내가 보호복을 입는 동안 경위가 와서 자기소개를 했다. 그는 이미 머리부터 발끝까지 흰색 보호복을 입고 있었다. 그리고 경찰에게도 제공되는 특수 부츠를 신고 있었다.

"제게는 이게 웰링턴 부츠죠." 그가 내 부츠로 손을 뻗으며 말했다. 그것이 부러운 모양이었다.

내가 살인 현장은 늘 진흙투성이라는 인상을 주었을지도 모른다. 이 책을 위해 선택한 사례들이 그런 오해를 불러일으킬 수 있기 때문이다. 하지만 대부분의 범죄 현장은 시내에 있고 신발 밑바닥에 '경찰'이라고 찍힌 흰색 부츠 정도면 보통 적절하다. 그런데 오늘은 그렇지 않다. 경위의 부츠는 캠핑장의 가혹한 환경을 잘 견디지 못했다.

"안에서 여자애가 죽었어요. 우리는 남자친구를 찾고 있어요." 텐트로 향하면서 경위가 말했다. 귀청을 찢을 듯한 굉음을 내는 경찰 헬리콥터가 우리 머리 위를 구름 바로 밑을 스치듯 낮게 맴도는 동안 그는 잠시 말을 멈추었다. 나는 오늘 비행하는 조종사가 부러웠다. 틀림없이 덜커덩거릴 텐데도 말이다. 머리 위에서 사건 현장을 찍는 사진사는 그런 덜컹거림이 전혀 반갑지 않을 것이다.

경위가 결국 소음을 덮으며 큰 소리로 말했다. "금요일 저녁에 텐트 밖에서 목격된 게 마지막이었어요. 그러니 이미 멀리 갔을 수도 있어요."

"여자애는 언제 발견됐죠?" 내가 물었다.

"오늘 오후에요. 금요일 밤에는 날씨가 건조했어요. 사람들은 그들이 밖에 앉아 이야기를 나누며 먹는 모습을 봤어요. 그리고 토요일에는 인기척이 없었지만, 아무도 주시하지 않았고 아무도 신경 쓰지 않았어요. 오늘이 되어서야 누군가 텐트가 여전히 닫혀 있고 자전거가 그대로 저기 문에 체인으로 묶여 있는 것이 좀 이상하다고 생각했죠."

"그들이 자전거를 타고 여기 왔나요?" 나는 놀라서 물었다. 자전거 타기와 캠핑 휴가는 우리 부모님이 젊었을 때 떠났던 일종의 저렴한 휴가였다. 1930년대 후반에 부모님은 2인용 자전거를 타고 프랑스 북부를 일주했다. 그들은 사랑에 푹 빠져 서로의 모습밖에는 아무것도 눈에 들어오지 않았다. 그들이 쓴 일기에는 전쟁이 터지기 일보직전이라는 사실도 적혀 있지 않다.

"음, 두 사람은 여기서 그리 멀지 않은 곳에 살아요." 경위가 말했다. "둘 다 이 지역 학교에 다녀요."

"이름은 알아냈어요?"

"넵, 전화번호도요. 여자애는 열여섯이고 남자애는 열일곱이에요. 우리는 남자애가 여자애를 죽였다고 생각해요."

십 대 소년이 십 대 소녀를 죽이는 것은 아주 드문 일이다. 나는 장화를 신고 캠핑장을 가로지르는 동안, 경위의 신발이 신으나 마나인 흰 부츠에서 빠져나오며 바지의 발목 부위가 점점 젖어드는 것을 보

죽음을 해부하는 의사

면서 살인과 캠핑 휴가가 얼마나 어울리지 않는 조합인지 생각했다. 하지만 경위는 자신감을 보였다. 나는 살인이 때로는 따분할 정도로 예측 가능하지만 놀라움으로 가득할 수 있음을 직업적 경험으로 알고 있었다.

텐트에 도착해 마스크와 장갑을 꼈다. 텐트의 덮개 하나가 열려 있었지만, 그곳을 통해 들어오는 신선한 공기에도 불구하고 나는 시신 옆 공간으로 기어들어가면서 내부 공기가 퀴퀴하다는 것을 알아차렸다. 공기에서는 시큼한 냄새가 났다.

죽은 소녀의 얼굴은 분홍빛이었고 피부는 주름 하나 없었으며 뺨은 어린아이처럼 토실했다. 검은 머리카락이 땅바닥에 나뒹굴었다. 내 딸이 집에서 안전하게 잠든 모습을 나는 얼마나 자주 내려다보았던가? 하지만 이 소녀는 잠든 것이 아니었다.

구급대원들이 소녀의 시신이 놓인 침낭을 잘라놓았고 그 파편이 땅에 널려 있었다. 나는 소녀를 꼼꼼히 살펴보았다. 이 남녀가 성적인 의도로 이곳에 왔다면 추위가 그것을 가로막았을 것이다. 소녀는 두툼한 파자마와 스웨터를 입고 양말을 신고 있었다. 나는 소녀의 옷을 뚫고 가해진 손상이 있는지 살펴보았다. 없었다. 혈흔도 발견하지 못했다. 하반신은 잘 가려져 있었다. 팬티의 고무밴드 밑으로 잠옷이 집어넣어져 있었다. 따라서 폭력적이거나 원치 않는 성행위의 징표는 없었다.

텐트 안에서 일어서는 건 불가능했다. 나는 소녀의 옆에서 계속 무릎을 꿇고 기어가면서 텐트 안을 둘러보았다. 1미터쯤 떨어진 곳에 두 번째 침낭이 있었다. 누군가가 침낭에서 빠져나온 흔적이 공 모양으로 남아 있었다. 배낭 하나, 옷 몇 벌, 뒤엉킨 운동화가 보였다. 운동화는 진흙이 묻지 않은 것으로 보아 날씨가 나빠져 신지 않은 것 같았다. 그리고 구석에는 재가 가득 담긴 은색 쟁반이 있었다. 싸구려 일회용 바비큐 석쇠였다. 나는 텐트 밖으로 기어 나왔다.

경위와 그의 동료들이 멀찌감치 떨어진 캠핑장 입구 근처에 세워진 CSI 승합차 그늘에서 나를 기다리고 있었다.

나는 장갑과 마스크를 벗었다.

"금요일 밤은 날씨가 맑았지만 꽤 추웠던 것 같은데요?" 내가 물었다.

우리 식구는 그날 저녁 따뜻한 휴가지에서 집으로 돌아왔다. 차에서 내리자 북극에 온 것 같았다. 형사들이 모두 고개를 끄덕였다.

"아이들에게 야외 수영장에서 놀라고 했지만 들어가려고 하지 않았어요." 한 형사가 말했다.

"어떻게 된 일인지 감이 좀 잡히세요?" 경위가 내게 물었다.

나는 말하려고 입을 달싹이다가, 젊은 경찰관이 내 눈길을 끌려고 하는 것을 보았다. 그녀가 무슨 말을 하고 싶어 하는 것이 분명했다.

"박사님, 바비큐 석쇠와 관련이 있나요?"

나는 고개를 끄덕였다.

그 신참 형사가 동료들을 둘러보았다. "내가 그렇다고 했잖아요!"라는 말을 실제로 하지는 않았지만 그녀의 얼굴이 그것을 대신 말해 주었다.

　　　　　　　　　　　　　　　　죽음을 해부하는 의사

"형사님 추측이 아마 맞을 거예요." 내가 말했다. 그 남녀가 숯이 담긴 쟁반을 어떻게 자전거에 싣고 왔는지는 모르지만. 아마 농부가 팔았거나, 내가 1.6킬로미터쯤 전에 지나쳐온 동네 가게에서 샀을 것이다. "확실한 건 부검을 해봐야 알겠지만, 일단 그들이 텐트 안을 덥히려고 석쇠를 텐트 안으로 가져갔을 가능성이 있어요."

"일산화탄소 중독이에요!" 신참 형사는 도저히 참을 수가 없었다. 나는 고개를 끄덕였다.

신참이 영리한 생각을 하면 기특하게 여기는 상사도 있지만 반감을 품는 상사도 있다. 이 여성 상사는 후자의 범주에 속했다.

"그렇다면 여자는 죽고 남자는 죽지 않았다는 사실은 어떻게 설명합니까?" 그가 오직 나만을 쳐다보며 차갑게 말했다.

일산화탄소는 이상한 기체이고 치명적이다. 사실 그것은 냄새가 나지 않기 때문에, 몇 년 전 공급업체들은 가스 누출을 냄새로 쉽게 알 수 있도록 당시 가정용으로 썼던 석탄 가스에 불쾌한 양파 냄새를 첨가했다(오늘날 천연가스도 마찬가지다. 그 안에 일산화탄소는 없지만). 일산화탄소가 유독한 이유는 헤모글로빈을 좋아하기 때문이다. 일산화탄소는 우리 적혈구 세포에 있는 이 중요한 화학 물질에 달라붙는다. 적혈구 세포가 운반해야 하는 산소보다 적어도 250배는 더 강력하게 달라붙는다. 따라서 공기 속의 일산화탄소는 혈액 속 산소를 대체하면서 혈액이 주로 일산화탄소만 운반할 때까지 축적된다. 그러면 몸의 조직에는 산소가 부족해진다. 공기 속에 일산화탄소가 소량(0.1퍼센트 정도)만 있어도 몇 시간 내에 혈중 농도가 치명적인 지점에 도달할 수 있다. 그리고 더 높은 농도(예를 들어, 차고 문을 닫은 채로 시동을 걸어둔 자동차 배기가스에서 나오는 것처럼)에서는 10분 이내에 사망에 이를 수 있다.

혈액 내 일산화탄소 포화도에 대한 민감성은 사람마다 큰 차이가 있다. 대부분의 건강한 성인은 혈중 농도가 50퍼센트이면 치명적이지만, 모두가 그렇지는 않다. 그리고 노인이나 동맥 또는 호흡기 질환을 앓는 사람들은 젊고 건강한 사람들보다 확실히 일찍 굴복할 것이다. 석탄 가스 설비가 제대로 규제되지 않았던 시절, (불행히도 일부 국가의 휴가지 숙박업체들에서는 아직도 그렇다) 방에 있는 모든 사람이 일산화탄소 중독으로 사망한 채 발견되기도 했다. 사망자들의 혈중 일산화탄소 포화도는 저마다 엄청나게 달랐다.

증상은 은밀하다. 어떤 희생자들은 두통과 가벼운 메스꺼움 정도를 겪다가 코마에 빠져 죽는다. 약 40퍼센트의 포화도에서는 메스꺼움을 심하게 느낄 수 있어서 아마 구토를 할 것이고, 온몸에 힘이 없어지다가 코마에 빠질 것이다. 반면에 30퍼센트의 포화도에서는 술에 취한 것처럼 보일 수 있다.

나는 경찰관들에게 이것을 설명했다. 그러자 한 명이 곧 자신의 노트를 펼쳤다.

"날이 어두워지고 있을 때 한 커플이 동굴에서 돌아오던 중 이 두 사람을 지나쳤다. 두 사람 중 한 명이 이렇게 말했다고 한다…. 불을 피우자, 불을 피워." 경찰관은 행인의 목격담을 무덤덤하게 읽었다. "나는 불을 꺼뜨리는 것을 보고 그들이 바보 같다고 생각했다. 둘 다

죽음을 해부하는 의사

너무 추워 보였다. 하지만 그들은 말다툼을 하느라 우리를 본 척도 안 했다."

"그럼 그들은 왜 석쇠를 텐트 안에 들여놨을까요? 불이 꺼져서 몸을 덥혀주지도 않았다면요?" 누군가가 물었다.

"석쇠가 젖을까봐?" 열정이 넘치는 신참이 의견을 말했다. "다음 날 그것을 다시 사용하고 싶었을 거예요."

"하지만 불이 확실히 꺼졌다면 그것 때문에 죽지는 않았겠죠." 또 다른 경찰관이 말했다.

"숯불은 마치 꺼진 것처럼 보여도 서서히 타면서 일산화탄소를 생산합니다." 내가 말했다.

신참 경찰관이 한마디 거들고 싶어서 안달이었다.

"남자애는 숯불의 성질을 알았던 게 틀림없어요!" 그녀는 고개를 돌려 동료들 중 한 명을 보았다. "그가 A 레벨 1●을 위해 과학을 선택했다고 제가 말했잖아요? 그는 일산화탄소가 얼마나 위험한지, 그리고 여자 친구가 연기를 마시고 죽을 수 있다는 사실을 알았을 거예요. 그는 여자 친구가 잠들기를 기다렸다가 재빨리 빠져나간 거예요."

그녀의 상사는 그녀를 쳐다보지 않았다. 그는 눈동자만 굴릴 뿐이었다.

나는 말했다. "그가 밤중에 잠에서 깼고, 연기에 취해서 여자 친구

● 대학 입학 자격 시험.

를 깨우지 못하고 도움을 구하러 밖으로 나갔을 수도 있죠. 일산화탄소에 중독되면 심하게 아프고, 이상한 행동을 하기도 합니다."

경위는 고개를 저었다. "밖으로 나갔다면 곧 머리가 맑아졌을 거예요. 안 그런가요, 박사님?"

소년이 단지 머리가 아프고 속이 메스껍고 혼란스럽기만 했다면, 연기를 피해 시원한 밤공기 속으로 나갔을 때 증상이 서서히 누그러졌을 가능성이 있다. 하지만 그렇게 되기까지는 시간이 좀 걸렸을 것이다. 다른 한편으로, 그의 뇌는 산소가 너무 부족해서 뇌 손상으로부터 회복하지 못했을 가능성도 있다.

"만일 그가 밖으로 걸어 나갈 정도로 멀쩡했다면 경찰에 전화를 걸 수 있었어요!" 경위가 주장했다. "그 대신 그는 도망을 쳤어요. 자전거와 옷 그리고 여자 친구를 두고 그가 어디로 갔는지는 아무도 모르죠."

논쟁해봐야 아무 소용이 없었다. 남자애를 찾아야 했다. 경찰은 분명히 범인 검거나 살인 수사를 중단할 의도가 없었다.

과학수사팀이 작업을 마치고, 아직 꽃무늬 침낭 안에 포근하게 누워 있는 소녀를 다른 가방에 넣는 것을 지켜보았다. 비정해 보이는 흰색 시신 가방. 그는 지퍼를 채웠다. CSI는 가방 겉면에 펠트펜으로 '신원미상 여성 – 프렌차이 농장'이라고 썼다. 나는 검시관실 경찰관에게 소녀의 시신을 부검할 수 있도록 가능한 한 빨리 현지 시체안치소로 옮겨달라고 요청했다. 그리고 잠시 후 경위는 내 옆에 서 있었다. 그의 발과 바지가 축축했다. 우리는 시신 가방이 영구차 안으로

죽음을 해부하는 의사

미끄러져 들어가는 것을 지켜보았다. 경위는 우리가 시체안치소에서 시신을 보면 목이 졸린 흔적이나 그밖에 자신의 이론을 입증하는 어떤 증거가 나올 거라고 기대하고 있는 것 같았다. 하지만 나는 아무 증거도 나오지 않을 것이라고 꽤 확신했다.

얼마 후 경위에게 다시 연락이 왔다. 나는 시체안치소에서 막 수술복으로 갈아입고 있었다. 그가 어디로 갔는지 궁금하던 참에 내 전화가 울렸다.

그는 인사도 생략하고 다짜고짜 말했다.

"선생님, 소년을 찾았어요!"

"잘됐군요. 어디 있어요?"

"채석장에요. 바로 근처예요."

"소년이 뭐라고 말하던가요?"

잠시 침묵이 흘렀다.

"죽었어요."

나는 수술복으로 갈아입지 않았다면 좋았을 것이라고 생각했다.

"아직 부검을 시작하지 않으셨죠?" 그가 물었다.

"네, 기다리고 있었어요."

"지금 바로 와서 그를 좀 봐주실 수 있을까요?"

"채석장이 얼마나 먼가요?"

"캠핑장 바로 뒤 숲에 있어요. 그가 여자 친구를 죽이고 자살한 것 같아요."

물론 옷을 다시 갈아입었을 때 나는 부검실에서 대기하고 있던 시체안치소 조수들에게 부검이 지연된 이유를 설명해야 했다. 그들은 초과근무를 하는 중이어서, 내가 캠핑장으로 돌아가는 동안 차를 마시고 초콜릿 비스킷을 먹으며 오후에 TV에서 방영되는 로맨틱 코미디를 볼 수 있게 된 것을 기뻐했다.

나는 해달라는 대로 했지만 약간 불안했다. 경찰들은 비극적인 사고처럼 보이는 사건을 살인 사건으로 변모시키려고 매우 열심이었다.

길은 진흙탕이었다. 나는 가능한 한 천천히, 가능한 한 멀리 운전한 다음 우아하게 멈추었다. 웰링턴 부츠를 다시 신고 철벅철벅 소리를 내며 CSI 밴으로 걸어갔다.

경위가 나를 기다리고 있었다. 그는 나를 데리고 캠핑장으로 올라간 다음 소녀의 시신이 놓인 텐트를 지나 작은 문을 통과했다. 길은 좁았고 숲이 울창했으며 꽤 어두웠다. 그는 신발 위에 새로 마련한 흰색 부츠를 신고 있었다. 그 부츠도 오래 견디지 못할 것임을 알 수 있었다.

약 300미터를 걸어간 후 우리는 멈추었다. 경위는 길 양쪽에 폴리스 라인이 있는, 발자국이 거의 없는 길을 따라 내려가 자신의 오른쪽을 가리켰다.

"소년이 저 길로 내려간 것 같으니 이리로 곧장 가야 합니다."

우리는 빽빽한 잎을 헤치며 사암 절벽 가장자리까지 계속 걸어갔다. 왼쪽으로 길이 꺾여 내리막길이 되었다. 오른쪽에는 작은 소풍 장소가 있었는데 푸른색 테이프로 경계가 쳐져 있었다. 절벽을 타고 올라오는 바람에 테이프가 나부꼈다.

죽음을 해부하는 의사

숲은 지역 명소였다. 그곳에는 그런 절벽들이 많았고 몇몇 절벽에는 동굴도 있었다. 그 동굴들에는 20세기 초까지만 해도 사람들이 살고 있었다. 이제 그곳을 드나드는 사람들은 과학수사팀뿐이었다. 그들은 무릎을 꿇고 수색을 하고 있었다. 들어오라는 제스처를 보내는 그들의 얼굴은 많은 것을 시사했다. 거기에 '행복'이라는 단어는 포함되어 있지 않았다.

이 지대는 전망대로 조성되어 있었다. 풀은 최근에 베어져서 짧고 삐죽삐죽했다. 소풍 테이블 하나와 고정된 벤치들이 있었고, 소풍객들과 절벽 가장자리 사이에는 커다란 통나무 하나만 있었다. 머리 위로 우거진 나무들이 지금은 비를 막아주지만 8월에는 내내 그늘을 제공했을 것이다. 그리고 정면을 바라보면 몇 킬로미터 떨어진 시골까지 볼 수 있었을 것이다. 하지만 오늘은 그렇지 않았다. 낮게 드리운 잿빛 구름이 우리를 향해 몰려오고 있었다. 아래쪽에서 자라고 있는 나무들이 시선 높이에서 흔들렸고, 새들이 가지에 옹기종기 모여 있었다. 확실히 비행에 적합한 날은 아니었다. 그리고 절벽에 서 있기에 적합한 날도 아니었다.

"CSI는 소년이 그곳에서 어슬렁거리다가 담배 몇 개비를 피웠다고 말했어요." 경위가 말했다.

이 순간에도 사진사는 짓밟힌 풀과 담배꽁초들을 찍고 있었다.

"그런 다음에 뛰어내린 것 같아요. 낭떠러지 저 밑으로 그가 떨어진 곳을 볼 수 있어요. 여기…."

맞다. 벼랑 끝이 흐트러져 있었고, 가장자리 부분에 최근에 드러난 사암이 보였다.

"고소공포증이 없다면 아래쪽을 내려다보시죠."

높은 곳을 두려워하지 않는 나는 원래 오늘 900미터 상공에서 아래를 내려다보고 싶었다. 나는 앞으로 한발 내디뎠다. 절벽은 단단하게 느껴졌다. 틀림없이 튼튼할 것이다. 그렇지 않다면 사람들을 막기 위해 통나무 하나만 두지는 않았을 것이다.

밑으로 그리 멀지 않은 곳에(아마 높이가 15미터쯤이었을 것이다)관목숲이 있었고, 그 밑에서 하얀 유령들이 왔다갔다했다. 또 다른 과학수사팀이 작업 중이었다.

그들이 활동하는 곳 가운데에 얼굴을 아래로 하고 나뭇잎에 반쯤 가려진 채 쭉 뻗은 시신이 있었다. 분명 젊은 남자였다. 그는 절벽에서 꽤 가까운 곳에 누워 있었다. 팔은 뒤틀려 있었고 다리는 짝짝이로 펼쳐져 있었다. 검은 포니테일이 마치 아직도 공기를 가르며 떨어지고 있는 것처럼 그의 머리 한쪽으로 날렸다.

우리는 나무들 사이를 지나 큰길로 되돌아갔고, 그 길을 따라 내려갔다. 구불구불한 노선은 유모차나 휠체어가 다닐 수 있도록 설계되었지만, 그 길은 덤불 사이로 파란색 테이프가 승인된 경로를 표시하고 있는 장소로 우리를 데려다주었다. 우리는 이제 절벽 아래에 있었다. 깎아지른 절벽 위로 절반쯤 올라간 곳에, 동굴일 가능성이 있는 움푹 패인 곳이 보였다.

나는 소년의 시신에서 눈을 들어 동굴을 올려다보았다. 절벽 면에 있는 우묵한 곳에 가기 위해 절벽 면을 기어 내려갔을 가능성은 없

죽음을 해부하는 의사

을까?

나는 다시 장갑을 끼고 마스크를 썼다. 그리고 다시 시신으로 다가 갔다. 하지만 이번에는 죽은 이가 평온해 보이지 않았다. 그는 뒤틀리고 일그러져 있었고, 그의 주변에는 피가 홍건했다. 나는 그의 손톱을 살펴보았다. 부러지지 않았고, 그가 절벽 면을 기어오르려고 했거나 떨어지지 않으려고 필사적으로 매달렸다면 남아 있을 법한 사암 얼룩도 없었다.

"뛰어내린 거 맞죠? 떨어졌을 가능성은 없죠?" 경위가 나를 쳐다보며 물었다.

나는 얼굴을 찡그리며 아무 말도 하지 않았다. 그것은 의학이 확실하게 풀 수 없는 미스터리 중 하나였기 때문이다. 대답이 없자 그 형사는 자신의 생각을 내놓았다.

"담배를 피우기 위해 일단 멈췄다면 그가 뛰어내렸다고 추정할 수 있어요."

그의 생각이 옳을지도 모른다. 낭떠러지에서 담배를 피우고 그 후에 절벽에서 추락하는 것은 드문 일이니까. 하지만 불가능한 건 아니다. 특히 머리에 일산화탄소가 가득한 채 어둠속에 있었다면.

"제가 생각하는 시나리오는 이거예요." 경위가 말했다. "남자가 여자 친구와 함께 식은 바비큐 석쇠를 텐트 안으로 들여놨어요. 비 예보가 있었기 때문에 들여놓아야 한다고 말하면서. 여자 친구가 잠들자 그는 신속하게 빠져나와요. 앞으로 무슨 일이 일어날지 아니까요. 그는 숲으로 가서 앉아서 생각하다가 담배 한 대를 피우죠. 그러고는 뛰어내려요."

"살인 후 자살이라고 생각하는군요."

"넵."

"그럴 가능성이 있어요." 나는 인정했다. "하지만 다른 가능성도 있어요. 그와 여자 친구가 텐트 안으로 들어갔고 그들은 너무 추워서 석쇠를 텐트 안으로 들여놓았어요. 온기가 약간 남아 있었으니까. 소년은 밤중에 깼지만 여자 친구를 깨울 수는 없었어요. 일산화탄소에 중독되어서 정신이 없었을 테니까. 어쩌면 둘이 다퉜을지도 몰라요. 그래서 소년은 자신이 여자 친구를 죽였을지도 모른다고 생각해요. 정신이 없고 아무것도 기억나지 않으니까. 그는 비틀거리며 숲으로 걸어가다가 절벽 밑으로 떨어졌어요."

경위가 눈을 반짝였다.

"그럼 소년이 왜 여기서 담배를 피웠을까요?"

"그 꽁초가 소년이 버린 것이 확실해요?"

"과학수사팀이 밝히겠지만 우리는 그의 주머니에서 담뱃갑을 발견했어요, 박사님."

소년을 부검해보는 수밖에 없었다. 하지만 나는 오늘 두 젊은이의 시신이 비밀을 다 털어놓지는 않을 거라는 예감이 들었다.

우리는 정보를 업데이트하기 위해 시체안치소에 다시 모였다. 경찰관들이 작은 회의실을 가득 메웠다. 테이블 위에는 찻잔이 널려 있었고, 경위는 신발이 젖어 불편했다.

"좋아요." 방금 도착한 한 경찰관이 말했다. "이 커플에 대한 흥미

죽음을 해부하는 의사

로운 인터뷰가 있어요. '제이'부터 시작하죠. 그의 부모는 확실히 부유하고, 아버지는 제약회사에서 꽤 높은 직책을 맡고 있어요. 어머니는 약사고요. 그는 외동아들이고 공부를 잘했어요. 여자 친구인 '아멜리아'는 대가족 출신이고 부모가 모두 교사예요. 아버지는 교감이고요. 어느 모로 보나 소년은 아멜리아에게 푹 빠져 있었어요. '집착'이라는 단어가 한 번 이상 나왔어요. 이를테면 그는 아멜리아의 사진을 찍어 여러 장을 출력한 다음 침실 한쪽 벽면을 그녀의 사진으로 도배했어요. 그리고 페이스북에는….'"

"그만요, 악마의 미망인devil's widow에 대해서는 듣고 싶지 않아요." 경위가 말했다. "아멜리아가 친구들에게 소년에 대해 뭐라고 말했나요?"

"똑똑한 아이라고 했던 것 같아요. 아멜리아는 지난 9월에 그에게 반했지만, 아멜리아의 절친한 친구 말에 따르면 아멜리아는 그 관계를 약간 숨 막혀 했다고 해요. 아멜리아는 자신이 임신한 줄 알았다는데, 박사님이 그 점을 확인해주시겠죠."

꼭 그렇지는 않다. 임신이 아주 최근에 일어났다면 불가능하다. 하지만 경찰관은 멈추지 않았고, 나는 기꺼이 침묵을 지켰다. 이 팀은 곧 법의학의 한계를 절실히 깨닫게 될 테니까.

"어쨌든 아멜리아의 친구들은 아멜리아가 제이와의 관계를 끝내고 싶어 했다고 말해요. 그는 점점 험상궂어졌고 집착이 강해지기 시작했어요. 아멜리아는 같은 반의 다른 친구를 좋아했어요. 그들은 이 캠핑 여행을 몇 주 전에 약속했어요. 그들의 부모가 모두 집을 비울 예정이었기 때문이죠. 아멜리아는 약속을 취소할 수 없다고 생각하고 이 기회를 이용해 부드럽게 결별을 고하려고 계획했어요." 그는 고개를 들더니 특정인을 보지 않은 채 이렇게 말했다. "잘 됐는지는 모르겠지만."

상사는 고개를 끄덕였다. 모든 정황이 그의 가설을 뒷받침하고 있었다.

나는 텅 빈 머그잔들을 둘러보았고 누군가가 자리에 없다는 것을 깨달았다.

"그 총명한 순경은 어디 갔어요?" 나는 그녀의 상사에게 물었다.

잠시 말이 끊겼다. "다른 사건에 투입되었어요." 나는 아무 말도 하지 않고 일어섰다.

"그럼 이제 시작해봅시다." 나는 말했다. "곧 부모님이 아멜리아의 신원을 확인하러 올 것 같으니 소년부터 시작합시다."

그들은 고개를 끄덕였고 우리는 옷을 갈아입기 위해 우르르 나갔다.

죽음을 해부하는 의사

6

자신을 잃어버린다는 것

제이는 부검실에서 우리를 기다리고 있었다. 나는 그의 주검을 주의 깊게 바라보며 외부 손상이 있는지 살폈다. 물론 일산화탄소 중독의 징후도 찾았다. 백인들에게 가장 흔히 나타나는 징후는 건강한 상태로 착각하기 쉬운 분홍빛 피부다. 사실 나는 얼마 전에 뜨거운 햇볕 아래서 휴가를 보냈고, 돌아와서 처음 며칠 동안은 내 얼굴이 심각한 일산화탄소 중독이 초래할 수 있는 체리핑크색처럼 보일까봐 걱정했다.

제이의 몸은 체리핑크색이 아니었다. 사실 그는 핑크색이 전혀 아니었다. 물론 나는 그의 혈중 일산화탄소 농도를 확인하기 위해 혈액 샘플을 채취했지만, 그의 겉모습만으론 결과를 짐작할 수 없었다. 그는 얼굴을 대고 엎드려 있었고, 그래서 사망했을 때 적혈구 세포들이 이동한 결과, 우리가 혈액 침강이라고 부르는 통상적인 피부 변색을 일으켰다. 내가 보기에는 그의 변색된 피부가 예상보다 조금 더 밝고 더욱 분홍색을 띠는 것 같았다. 하지만 확실한 건 혈액 분석이 나와 봐야 알 수 있다.

훨씬 더 분명한 것은 두 개의 손상 부위였다. 그 손상들은 그가 떨어지는 동안 절벽 면에서 앞쪽과 왼쪽을 부딪쳐 튕겨져 나갔고, 마지막으로 얼굴을 아래로 하고 떨어졌다는 것을 알려주었다. 그의 왼쪽 팔과 양쪽 다리에도 골절이 있었다.

얼마나 많은 장기가 파열되었는지 보기 위해 내가 그의 몸을 열기 전에, 사진사가 그의 긁히고 멍든 앳된 얼굴을 촬영했다.

나는 큰 연민을 품고 그를 보았다. 열일곱은 서투른 나이다. 제이는 키가 컸고 매우 말랐으며 그의 이목구비는 아직 완전히 형성되지 않았다. 나는 그가 몇 년을 더 살았다면 잘생긴 남성으로 성장했을 거라고 생각했다. 그는 사랑에 푹 빠져 있었다. 그것은 유년기에서 성인기로 넘어가는 것을 뜻하는 사랑이었다. 그런 첫 경험이 얼마나 압도적일 수 있는가. 그리고 어른이라기보다는 아직 아이에 가까운 사람에게 그런 과도한 경험이 얼마나 버거운 것이던가. 물론 어떤 병리학자도 인간의 심장에서 사랑의 증거를 발견하는 데 성공한 적이 없다. 우리는 생리학적 설명을 위해 사랑의 집요한 쌍둥이인 '섹스'를 향해 남쪽, 즉 복부를 바라봐야 한다.

제이의 간과 심장이 추락으로 인해 치명적으로 파열된 것을 확인한 후, 나는 그의 남성 생식기로 이동했다. 이것은 사실 우리가 항상 하는 일상적인 조사다. 몸의 내부는 남성 생식기가 놓이기에 너무 뜨겁기 때문에, 자궁 안에서 태아가 8개월쯤 자라면 고환이 음낭으로 내려간다. 그렇지 않다면 보통 출생 직후에 내려간다. 성 발육은 1960년대부터 태너 척도로 측정되었다. 태너 척도는 1차 및 2차 성징인 유방 크기, 고환 크기, 음모를 기준으로 성 발육을 판단한다. 이 것은 매우 광범위한 가이드인데, 모든 사람이 조금씩 다른 속도로 발달하기 때문이다. 대개 11세에서 17세 사이에 성숙에 이르지만 반드시 그런 건 아니다. 제이는 태너 척도뿐만 아니라 내 눈으로 보기에도 성적 성숙에 도달한 상태였다.

그의 하복부 왼쪽에 깊은 열상(찢어진 상처)이 있었다. 그곳으로 반짝이는 반투명 포장에 싸인 작은 부위가 드러났다. 나는 티슈처럼 포개진 하얀 조직들로 이루어진 그 관을 열었다. 안에는, 포장에 싸인 곳에서 흔히 볼 수 있는 혈관 다발이 들어 있었다. 혈관 다발은 두 개의 혈관과 신경으로 구성된 일반적인 것이 아니었다. 여기에는 정맥, 동맥, 신경은 물론 정관이라는 가느다란 밧줄도 있었다.

정자는 고환에서 만들어지고 저장되며, 항상 준비되어 있다. 오르가슴이 임박하면 근육 수축이 일어나 정관을 통해 정자를 전립선으로 밀어 올린다. 정관은 직경이 약 1.5밀리미터인 상당히 큰 관으로 어렸을 때 아버지가 내게 주었던 파이프 클리너●를 연상시킨다. 나는 그것을 동물 모양으로 구부렸다. 그 파이프 클리너들은 말랑말랑

●　철사를 꼬아 섬유로 만든 털을 단 것, 배관 세척 용구.

하고 솜털이 달려 있지만, 정관은 물론 그렇지 않다. 그것은 매끈하고 하얗다. 하지만 단단함과 유연함을 섞어놓은 독특한 촉감을 지니고 있다. 나는 눈을 감고도 그것을 식별할 수 있을 것이다.

각각의 고환은 정관을 가지고 있고, 정관은 골반뼈 앞에서 구부러져 복막(복강을 감싸는 내막)의 주름을 통과한다. 제이의 열상으로 노출된 부분은 바로 이곳, 정관이 전립선으로 올라가는 서혜부 공간이었다. 이 나이의 젊은 남자는 자신의 전립선에 대해 잘 모르고 신경도 쓰지 않는다. 하지만 그가 50년쯤 더 살았다면 아마 그것에 대해 너무나도 잘 알게 되었을 것이다. 우리 대부분이 그렇듯이.

전립선은 방광 밑에 위치하고 정액을 생산한다. 정액은 정자를 보호하기 위해 약간의 항균 성분을 함유하고 있고, 정자가 여행하는 동안 연료로 쓰기 위해 약간의 염분과 당분이 들어 있다. 이 여행은 이미 정관을 통과하며 인상적인 오르막길을 거쳤다. 이제 오르가슴 쓰나미가 밀려와서 정액이 요도를 따라 음경을 거쳐 질로 들어가면, 정자는 훨씬 더 열심히 일해야 한다. 일단 질에 이르면, 정자는 자궁으로 가기 위해 자궁 경부를 찾아야 한다. 그리고 마침내 나팔관에 이르면 정자는 최종 목적지인 난자로 돌진한다. 강을 거슬러 올라가는 연어를 생각해보라.

계속해서 앞으로 추진되는 정자는 작은 DNA 어뢰로, 난자에 가장 먼저 도달하기 위해 여성의 점액 흐름을 거슬러 헤엄치도록 설계되어 있다. 이 스포츠에 2등은 없다. 사정된 정액 1밀리리터에는 대개 약 2억 개의 정자가 있고, 한 번의 사정에서 2~8밀리리터 사이의 정

죽음을 해부하는 의사

액이 배출된다. 따라서 약 10억 개 정자가 출발선에 서는 셈이다. 하지만 실제로는 극소수, 아마도 6개 정도만이 나팔관까지 간다.

수정은 난자 하나를 차지하기 위해 권투 글러브를 끼지 않고 맨주먹으로 싸우는 시합 같다. 룰은 없으며, 단지 힘과 속도만이 중요하다. 하지만 기회의 문은 아주 좁다. 수정은 다윈주의 이론의 기본을 보여주는 장이다. 가장 강하고 가장 적합하고 가장 빠른 정자가 승리한다. 작은 정자, 느린 정자, 꼬리가 없는 정자, 자궁경관점액cervical mucous의 어딘가에서 길을 잃은 정자, 잘못된 길로 헤엄치거나 나팔관의 엉뚱한 곳으로 헤엄치는 정자는 모두 패자들이다. 이들이 결승선을 가장 먼저 끊을 가망은 전혀 없다. 그 경주의 선두에는 극소수만이 남고 마침내 하나의 정자가 난자와 결합한다. 그 즉시 난자의 막에 변화가 일어나 다른 정자의 침투를 막고, 격렬한 경쟁은 끝이 난다.

여성은 매달 방출할 수 있도록 모든 난자들을 가지고 태어나지만, 남성은 사춘기부터 죽을 때까지 지속적으로 정자를 만든다. 할머니 자궁 속의 여성들에게 일어나는 중요한 진화적 사건인 감수분열은 DNA를 반으로 나누고, 독특한 새로운 사람을 준비하기 위해 DNA를 약간 섞는다. 남성의 경우 감수분열의 결과 10억 개 정자가 준비되고, 그 정자들은 (대개) 기능을 할 수 있을 뿐 아니라 놀랍게도 저마다 유전적으로 약간 다르다.

정자 제조에는 약 세 달이 걸리며 적절한 남성 호르몬의 존재에 의존한다. 어느 한 시기에 다양한 발달 단계에 있는 수십억 개, 심지어 수천억 개의 정자가 존재한다. 제이 나이의 남성의 생산라인은 왕성하게 돌아간다. 하지만 일단 사정된 정자는 유통기한이 있다. 이 정자들은 고환에서 호출을 기다린다. 만일 성적 활동이 없어서 2주 내에 호출이 오지 않으면, 분해되기 시작한다. 과잉 공급된 정자들을 어떻게 해야 할까? 검소한 몸은 그것을 재활용한다. 사용되지 않은 정자들은 화학적 구성성분으로 분해되어 재사용된다. 아마 새로운 정자를 만드는 데 쓰일 것이다. 아니면 피부를 만들거나 손톱을 만들지도 모른다.

제이의 전립선은 부러울 정도로 옹골찼고, 바람직한 골프공 크기였다. 그것은 강하고 건강해 보였다. 남성의 규칙적이지 않은 노화 과정이 진행되면서 생길 수 있는 울퉁불퉁함 따위는 조금도 없었다(노화는 확실히 매끈한 과정은 아니다).

전립선은 방광 바로 아래에 있다. 나는 이제 그것을 열어 어떤 흐트러짐이 있는지 확인할 것이다. 전립선은 연분홍색 풍선이다. 복잡하게 짜인 강한 근육 띠들로 이루어져 있고, 그 사이로 섬유질이 교차한다. 방광은 단단하게 느껴지고, 가위로는 자를 수 있지만 핀셋으로 찌르면 두꺼운 벽을 뚫지 못한다. 이러한 견고함 때문에 방광을 다루는 일은 바쁘게 움직이는 또 다른 근육 기관인 심장을 다루는 것과는 다르다. 심장은 오른쪽이 부드럽고 왼쪽이 약간 단단하지만, 방광은 부드러운 심장의 어떤 부분보다 비열한 거리에 잘 준비되어 있다.

소변이 배출되는 길인 요도는 정자가 배출되는 길과 똑같다. 이 가느다란 관은 방광에서 시작해 전립선 한가운데를 지나 음경으로 간다. 전립선에 문제가 생기면 왜 첫 번째 희생자가 방광이 되는지를 쉽게 알 수 있다. 만일 장애물이 있으면, 방광은 소변을 배출하기 위해 더 많은 노력을 해야 하고, 그런 추가적인 노력을 하면 방광이 팽창할 수밖에 없다.

전립선에 어떤 장애물이 있을 수 있을까? 남성 세 명 중 약 한 명이 전립선 비대를 겪게 된다. 이 비대증은 전립선을 통과하는 요도를 압박해 소변의 출구를 막기에 충분하다. 이것은 나쁜 배관 설계다. 남성 8명 중 1명(나도 그중 하나다)이 전립선암이라는 착하지 않은 비대증으로 진단받는다.

내 앞에 누워 있는 이 젊은 남성은 그런 문제에 직면할 만큼 오래 살지 못했다. 사실 죽어서조차, 이렇게 심하게 부서졌음에도 제이의 온몸은 젊음으로 충만했고, 더 이어져야 했을 인생을 암시했다. 그의 죽음은 끔찍한 사고였을까, 아니면 경찰이 믿는 것처럼 더 불길한 동기가 있었을까? 그런 갑작스럽고 극적인 죽음이 젊은이에게 일어나면, 이것이 극심한 개인적 위기의 종착점이라는 결론을 피하기 어렵다.

십 대 때 법의병리학 책을 우연히 만난 나는 얼마나 행운이었던가. 그 책은 내가 갈 길을 보여주었다. 나는 법의병리학자가 되기 위한 첫 번째 이정표인 의대 입학에 도달하기 위해서도 학교에서 공부를 잘해야 한다는 것을 알았다. 나는 목표에서 이탈하고 싶지 않았고, 그래서 내 보트를 해안 가까이로 저어가기 위해 최대한 열심히 노력했다. 나를 이렇게 신중하게 만든 건 어머니의 죽음이었을까? 운이었을까? 아니면 야망이었을까? 교육의 중요성에 대한 아버지의 신념이 내게 영향을 미쳤을까? (아버지는 노동자 계급 가정에서 최초로 대학에 들어간 것을 몹시 자랑스러워했다.) 아니면 나를 거의 혼자서 키운 이 남성에 대한 나의 극진한 사랑, 또는 극도의 두려움 때문에 (사랑과 두려움은 공존할 수 있다) 모범생이 되어 그를 기쁘게 해주고 싶었던 걸까?

나는 제이를 다시 보았다. 어떤 전압이 내 몸을 관통했다. 낮지만 지속적인 전압을 가하는 오래된 고통. 그 위기감. 날카롭고 젊은 그의 얼굴을 보며 나는 나 자신의 청춘만이 아니라 다른 누군가의 청춘을 떠올렸다. 학창 시절 나의 절친한 친구였던 사이먼을.

십 대 시절 사이먼은, 팔다리가 다 있지만 어찌할 줄을 모르는 망아지 같았다. 그는 O레벨 시험●을 거의 힘들이지 않고 무난하게 통과했고, 그런 다음에 A레벨●●을 향해 미끄러지듯 나아갔다.

부모가 둘 다 전문직으로 일하는 것이 꽤 특이했던 시절에 그의 어머니는 의사였고, 그의 아버지는 엔지니어였다. 할머니가 그들과 함께 살면서 사이먼과 그의 여동생을 돌봤다. 나는 자주 그의 집에 놀러 갔고 그곳을 좋아했다. 그 집은 우리 집과 정반대였기 때문이다. 서가는 책으로 가득했고, 책들 사이에는 골동품과 가족사진이 채워져 있었다. 깨끗하지 않아도 아무도 신경 쓰지 않는 것 같았다. 겨울에는 난방이 항상 켜져 있었고, 그래서 난로 앞에서 떨 필요가 없었다. 사이먼은 원할 때마다 고급 오디오에 레코드판을 올려놓았고, 우리는

● 고등 교육 과정을 이수했다는 증빙 시험.
●● 대학 입학 자격시험.

죽음을 해부하는 의사

푹신한 소파에 느긋하게 앉아 귀를 기울였다.

친구 집에서 우리 집으로 돌아왔을 때 우리 집이 얼마나 휑하게 느껴졌던가. 누나들은 집을 떠나고 나는 아버지와 단둘이 살았다. 그러다 의붓어머니가 들어왔다. 아버지는 훗날 자신이 왜 조이스와 결혼했는지 아직도 모르겠다고 털어놓았다. 남동생, 여동생 그리고 나도 그것이 궁금했다.

조이스가 오기 전에 우리는 어머니 없는 집에서 일종의 평형상태에 도달했다. 처음에 누나가 결혼해서 집을 떠났을 때, 우리 집은 대개 여성들이 채우는 공간이 많이 비어 있는 남성적인 가정이었다. 어머니는 내 인생의 대부분 동안 아팠기 때문에 어머니가 살아 있을 때 나는 집이 활기와 혈색으로 가득 차 있었다고 말할 수 없었지만, 누이들은 어머니가 한때는 활기와 혈색의 화신이었다고 했다. 우리 집은 언제나 텅 비어 있고 그것을 채우는 것이 있었다 해도 그건 어머니의 병이었다. 그 병은 내가 모르는 어떤 가능성을 내포하고 있었다. 모두가 말하기를 꺼렸던 그 가능성은 어머니가 죽을지도 모른다는 사실이었다.

어머니가 죽었을 때 집 안의 공간은 훨씬 더 커졌다. 의붓어머니는 결코 불쾌하거나 불친절하지 않았지만, 나는 조이스가 아이들과 지내는 방법을 몰랐다는 것을 뒤늦게 알았다. 특히 어머니를 여읜 아이들, 특히 남자 아이들과 지내는 방법을. 조이스는 나와 지내는 것이 너무 어려워서 차라리 벽지가 되기로 했던 것 같다. 그래서 의붓어머니는 집에 있어도 있는 게 아니었다. 나는 조이스가 마치 입주 가정

부인 것처럼 그녀와 상당히 잘 지냈다고 생각한다. 하지만 확실히 친구를 데려오고 싶지는 않았다.

조이스와 아버지 사이에는 대체로 긴장감이 감돌았다. 그것은 정적에 휩싸인 집 안을 상처와 분노로 웅웅거리게 만들었다. 그 웅웅거림이 참을 수 없는 지경이 되면 조이스는 데본에 있는 친정으로 갔다. 나는 이 방 저 방을 돌아다니며 정적의 색다른 분위기를 만끽했다. 팔걸이의자에 털썩 주저앉아 물건을 집어 들었다 내려놓았다 했고, 아무도 내게서 빼앗은 적이 없는 무언가를 되찾았다. 그러고 나서 아버지는 충분한 시간이 지났다고 생각했을 때 의붓어머니를 다시 데려왔다. 나는 그가 틀림없이 이번에는 다른 결과를 바라고 있었다고 생각한다. 하지만 똑같은 주기가 다시 시작되었을 뿐이다.

사이먼의 집은 지내기에 훨씬 쾌적한 장소였다. 물리적으로만이 아니라 정서적으로 더 따뜻했기 때문이다. 그곳은 수다와 웃음이 가득했고, 나는 내가 아버지가 되면 이런 가정을 꾸려야겠다고 결심했다. 그리고 수년 후 그렇게 했다. 우리 부부가 아이들을 낳았을 때 우리 집은 곧 그 시기 바쁜 중산층의 모든 특징을 갖추었다. 일간지, 〈내셔널 지오그래픽〉과 〈사이언티픽 아메리칸〉 구독, 가족 식사시간에 정치, 예술, 과학 그리고 의학에 대해 활발하게 이야기하기. 그리고 부모로서 나는 사이먼의 부모님과 또 다른 공통점이 있었다. 보람 있는 직업을 얻기 위해 공부를 잘하는 것이 중요하다는 신념이었다. 그것은 런던의 버스 노선이 도시의 중심부를 향해 설계되어 있듯이 우리 가족이라는 건축물의 일부였다.

　　　　　　　　　　　　죽음을 해부하는 의사

그런데 사이먼은 자기 가족의 건축물을 무너뜨렸다. A레벨에서 실패한 것이다.

그의 부모님은 깜짝 놀랐다. 충격을 받았다. 사실 그들은 망연자실한 것 같았다. 어떻게 이런 일이 일어날 수 있었을까? 그는 의사가 되기 위해 필요한 성적을 받기로 예정되어 있었다. 유니버시티 칼리지 런던에서 의학을 공부하기 위한 자리가 그를 기다리고 있었다.

사이먼의 실패는 너무나도 충격적이었기 때문에 그의 부모님은 즉시 그를 주입식 학교에 넣었다.

"공부한 게 아니면 매일 밤 방에서 뭘 한 거니?" 그들이 사이먼에게 물었다.

"저글링을 연습했어요." 그가 말했다. 내게는 놀라운 사실이 아니었다. 우리 친구들 사이에서 사이먼은 저글링 실력으로 유명했다. 지우개, 컵, 공, 실 등 무엇으로도 저글링을 할 수 있었다.

사이먼의 어머니와 아버지는 내게 어떻게 된 일인지 아느냐고 묻기까지 했다. 나는 사이먼이 정신이 말짱할 때만 저글링을 할 수 있었다는 말은 차마 할 수 없었다. 사이먼은 저글링을 발견했을 뿐만 아니라 술을 발견했고, 종종 방에서 조용히 술에 취했다. 이따금 우리도 그와 함께 불법 사과술병을 놓고 둘러앉았다. 지금보다 술 판매가 훨씬 엄격했던 당시 그가 술을 파는 점원을 어떻게 설득했는지는 모른다. 대체로 우리는 멈출 때를 알았다. 하지만 사이먼은 멈추지 않았다. 그가 할머니와 부모님에게 들키지 않고 이 습관을 유지했다는 사실을 도무지 믿을 수 없지만, 분명히 그랬던 것 같다.

내 친구는 무엇 때문에 술에 손을 대게 되었을까? 피오나였다. 그녀는 여자 고등학교에 다녔고, 사이먼은 댄스파티에서 그녀와 속절없는 사랑에 빠졌다. 모두가 그랬지만 사이먼은 정신을 차리지 못했다. 피오나는 그 지역에서 가장 아름다운 소녀였고, 장담하는데 남자 고등학교에 다녔던, 지금은 나이 지긋한 많은 남자들이 당시 그녀가 교문을 나설 때 머리를 흔들어 긴 금발머리카락을 바람에 흩날리던 모습을 여전히 기억하고 있을 것이다.

피오나는 사이먼의 대단하고 압도적인 사랑에 화답하지 않았다. 그녀는 사이먼과 데이트를 몇 번 했지만 항상 다른 사람들과 함께 만났고, 그의 숭배가 노골적일수록 그것을 경멸하는 것처럼 보였다. 그녀는 건장한 럭비선수들을 더 좋아했다. 사이먼은 똑똑하고 마른 타입으로, 걸핏하면 뭔가에 부딪쳤다. 그건 피오나가 주변에 있을 때 그가 안경을 벗은 탓도 있었다.

사이먼의 부모는 사이먼의 A 레벨 결과를 알고 학교에 분노했다. 그들은 왜 이런 일이 일어날지도 모른다고 알려주지 않았는지 따졌다. 그리고 가정교사를 고용해 과외를 시켰다. 사이먼의 부모님은 내게 그가 정말로 수업을 듣고 있는지 물었다. 나는 잘 듣고 있다고 말했다. 물론 그곳에는 몸만 있었다. 그의 영혼은 이미 없어진 지 오래였다.

2년 동안 나는 내가 아는 사이먼이 돌아오기를 기다렸다. 이따금 그는 예전 모습으로 돌아왔지만 빈도가 점점 줄었다. 우리는 비행에 대한 관심과 열정을 공유했다. 내 경우 그건 지상에서 떠오르는 비행

죽음을 해부하는 의사

기를 보며 몽상하는 것을 의미했다. 아버지는 지금은 '홈캉스'라고 불리는 여행의 열렬한 신봉자였다. 하지만 사이먼은 여름마다 해외로 휴가를 떠났고, 나는 그에게 비행기가 이륙할 때와 착륙할 때 느낌이 어떤지, 그리고 비행기가 선회할 때, 순항할 때, 아니 무엇을 할 때든 느낌이 어떤지 묻곤 했다.

우리는 히스로 공항으로 가는 비행경로 아래 살았고, 가장 종잡을 수 없는 방법으로 비행기를 관찰했다. 즉, 우리는 그냥 자주 하늘을 올려다보며 비행기를 찾았다. 그리고 나서 우리가 17살이 되었을 때 놀라운 일이 일어났다. 온 나라가 콩코드•에 매료되었다. 그것은 V자 모양의 특별한 비행기로 개발에 수년이 걸렸고, 음속보다 빨리 날 수 있었다. 곧 그것이 레드 애로••와 함께 런던 중심부 상공을 비행할 예정이었다. 나는 항로를 알아냈다. 그리고 항로에는 왓퍼드(영국 잉글랜드 남동부)가 포함되었다!

나는 그곳에서 토요일마다 아르바이트를 했다(굳이 궁금하다면, 존 루이스에서 카펫을 판매했다). 하지만 그날 나는 그 상점 옥상에서 콩코드를 기다렸다. 이것 때문에 해고되어도 상관없었다. 그보다 더 중요한 일은 없어 보였다. 우리 둘은 머리를 맞대고 지도와 비행시간을 탐독했다. 사이먼도 자기 집에서 지켜보고 있을 것이라고 확신했다.

• 영국과 프랑스가 공동 개발한 초음속 여객기. 1969년 첫 비행 후 1976년에 취항했다.
•• 영국 공군의 곡예 비행단.

콩코드(양옆에 작은 레드 애로를 끼고 날렵한 대형을 이루어 비행하는 거대하고 하얗고 눈부신 비행기)가 내 오른쪽 어깨 너머로 투명한 하늘을 가르며 런던 중심부를 향해 방향을 트는 그 순간을 나는 영원히 잊지 못할 것이다. 이보다 더 완벽할 수는 없었다. 눈부신 아름다움. 눈에 눈물이 맺힐 정도로 완벽했다. 나는 비행기들이 엄청난 속도로 지나가며 점점 더 작아지는 것을 지켜보았다. 레드 애로가 완전히 사라지고 콩코드조차 작은 점이 될 때까지. 나는 비행기들이 남겨놓고 떠난 하늘을 계속 응시했다. 그 비행기들이 정말 지나갔었나? 내가 정말 그것을 보았던가? 흥분이 가라앉으려면 적어도 일주일은 걸릴 터였다. 그리고 나는 내가 실제로 곧 비행기를 타야 한다는 사실을 알았다.

그날 집으로 돌아오는 길에 나는 사이먼의 집에 들렀다.

"정말 멋졌어!" 사이먼이 문을 여는 순간 나는 이렇게 외쳤다.

사이먼은 최근에 생긴 멍하고 초연한 표정을 하고 있었다.

"뭐가?" 그가 물었다.

나는 믿을 수 없다는 듯 그를 쳐다보았다.

"아 맞다." 그가 어깨를 으쓱하며 말했다. "콩코드. 깜박했어."

내 앞에 있는 사람이 내 친구 사이먼이라는 것을 믿기 어려웠다. 그의 목소리에는 감정이 없었다. 세상에 아무런 흥미가 없는 목소리였다. 어디서 그런 목소리가 나왔을까? 나는 그가 A레벨에 실패했을 때 사실 놀라지 않았다. 그에게 그 시험은 이미 안중에도 없었으니까.

우리 대부분은 원하는 점수를 받지 못했다. 그건 당연히 우리 모두

죽음을 해부하는 의사

가 여자애들을 생각하는 데 너무 많은 시간을 보내거나, 방에서 트랜지스터라디오 앞에 웅크리고 있었기 때문이다. 나는 집 안을 채우는 신성불가침한 정적을 깨지 않기 위해 긴 선이 달린 커다란 헤드폰을 썼다. 라디오 캐롤라인, 라디오 룩셈부르크, 케니 에버렛, 데이브 캐시. 우리는 우리 방에서 도망자들처럼 BBC의 모든 단어, 모든 음, 모든 광고를 들이마셨다. 그때는 1960년대 말이었고 우리는 문화가 천지개벽하고 있다는 것을 알았다. 음악적 자유가 찾아왔기 때문이다! 몸에 전율이 흘렀다. 방정식과 화학 공식은 책상 위에 버려졌다.

관계에 대해 말하자면, 물론 휴대폰은 없었고, 우리 집에는 다른 많은 집들과 마찬가지로 검은색 베이클라이트Bakelite 전화기뿐이었다. 꼬불꼬불한 갈색 전화선을 가진 그 전화기는 거실 선반 위에 놓여 있었다. 내게 여자 친구가 생겼을 때도 저녁 내내 그녀와 용건도 없이 달콤한 말을 사적으로 속삭이는 건 불가능했다. 2분 후면 아버지가 거실로 나와 전화요금을 누가 내는지 아느냐고 야단쳤다. 나는 그녀를 집으로 데려와, 약간 못마땅하게 생각하는 아버지와 언제나 존재했지만 거의 존재감이 없었던 조이스를 소개시켰던 것 같다. 하지만 내 여자 친구는 내 다른 삶, 집 밖의 삶에 속했다. 사이먼도 또 다른 삶을 개발했지만, 그의 것은 부모님이 쌓은 네 벽 안에 있었다. 아니 더 정확히는 그의 머릿속에 있었다.

몇 년이 지난 후에야 떠오른 생각이지만, 사이먼은 심각한 우울증을 앓고 있었던 게 틀림없다. 나는 엉뚱하게 모든 것을 피오나 탓으로 돌렸다. 그녀는 원인이 아니었고, 단지 사이먼 안에 이미 묻혀 있던 폭탄이 터지게 만든 방아쇠였을 뿐이었다. 당시 '사춘기 우울증'은 보편적으로 쓰이는 표현이 아니었고, 심지어 인정받는 진단도 아니었다. 우리는 여전히 많은 면에서 전후 시대에 속했고, 경직된 태도는 일반적이었다. 심지어 높은 성취를 이룬 사이먼의 부모님조차도 그런 것을 기대했다. 그들은 아들이 자신들을 실망시켰다고 느꼈다. 그리고 매우 좋은 부모였음에도 불구하고 그들은 그런 실망을 감추지 못했다.

수업시간에 사이먼이 멍한 표정을 하고 있었던 것, 학창시절의 일탈 수준을 넘어선 비밀 음주 그리고 내 자신만만한 친구가 세상과 거의 어울리지 못하는 사람으로 변한 것이 모두 우울증 때문이었음을 나는 이제야 알게 되었다.

나의 A 레벨 결과는 뛰어나지는 않았지만 의대 조건부 지원에 필요한 점수를 맞출 수 있었다. 긴장된 며칠이 지난 후 나는 유니버시티 칼리지 런던으로부터 추가 모집에 합격했다는 연락을 받았다. 나는 내가 사이먼이 갔어야 할 자리에 들어간 건 아니기를 바랐다. 나는 사이먼 때문에 슬프고 미안했지만, A 레벨을 망친 사람이 내가 아닌 것에 은근히 안도했다. 아버지가 어떻게 반응할지 솔직히 무서웠다. 나는 좋지도 나쁘지도 않은 평범한 결과에 아버지가 베수비오 화산이 폭발하는 것처럼 반응할 거라고 예상했지만, 다행히 그는 내가 추가 모집을 통과한 것을 지지해주었다.

그렇게 나는 유니버시티 칼리지로 가서 기나긴 의학 훈련을 시작했다. 사이먼도 결국 UCL(유니버시티 칼리지 런던University College

London)에 합격했지만, 이상한 길로 빠져 극심한 불행과 정신건강 위기를 겪은 후였다. 그는 누가 봐도 예전 같지 않았다. 무언가에 의해 정서적으로나 학업적으로나 발판을 잃었다. 우리가 학생 바에서 만날 때면, 그는 양쪽에 사람들을 두고 두 그룹과 함께 술을 마시고 있었다.

나는 내가 그를 걱정하고 있음을 깨달았다. 결국 나는 존경받는 교수님을 찾아가 친구에 대한 걱정을 털어놓았다. 교수님은 고개를 끄덕였다. 이 교수님의 전율이 흐르는 강의 중 하나에 사이먼이 술에 취해 주정을 하며 온 적이 있었다. 그래서 교수님은 그 문제를 알고 있었다.

"걱정하지 말게." 교수님이 잠시 후 털어놓았다. "나도 그 일을 알고 있고 우리는 상황을 통제하고 있네. 나는 사이먼에게 시험에 통과하면 위스키 한 병을 주겠다고 약속했지."

그가 교수였기에 그의 의심스러운 논리에 감히 반박하지 못했다.

내 앞에 놓인, 주검이 된 젊은 남성의 무언가가 지금 내게 사이먼을 떠올리게 했다. 나는 이 나이에 자신을 잃어버린 누군가가 여기 있다는 생각이 들었다. 그러면 텐트 안의 소녀는 또 다른 피오나였을까?

제이의 시신을 수습하고 부검실을 철저히 소독하는 동안 우리는 잠시 뒤로 물러났다. 그 후 아멜리아가 접견실에서 부검실로 들어왔다. 우리가 제이를 부검하는 동안 아멜리아의 부모가 도착해 딸의 신원을 확인했다. 어머니가 건물을 떠날 때 복도를 따라 멀리서 흐느낌이 메아리쳐 들려왔고, 우리는 침묵에 빠졌다. 교대한 시체안치소 직원들이 휴식과 차 한잔을 위해 들어왔을 때, 우리는 깨끗한 수술복으로 갈아입은 후 부검실로 돌아왔다.

아멜리아는 쳐다보기 고통스러울 정도로 젊고 사랑스러웠다. 과거에 12살 미만의 소녀들에게서 임신한 사실을 확인한 적이 있었기 때문에 나는 아멜리아와 제이 사이에 성관계가 있었다고 추정했지만 내가 잘못 생각했을지도 모른다는 생각이 들었다. 우리는 조금도 섹시하지 않은 그녀의 플란넬 잠옷을 조심스럽게 벗겼다. 잠옷에는 테디베어가 수놓아져 있었다. 추운 날씨 때문에 어떠한 성행위도 할 수 없었을지도 모른다. 아니면 이 파자마를 챙기면서 아멜리아는 성적 관심이나 기대가 별로 없다는 것을 알리려 했을지도 모른다.

맨 몸의 그녀는 훨씬 더 어려 보였다. 작은 가슴, 마른 허리, 체모도 거의 없었다. 그녀의 가느다란 어린아이 같은 몸에 사후경직이 이미 지나간 뒤였지만, 그녀의 몸은 값싼 인형 또는 일산화탄소 희생자가 띠고 있는 분홍빛을 그대로 간직하고 있었다. 그녀의 혈중 일산화탄소 포화도가 높을 것이란 데는 의심의 여지가 없었다. 내가 독극물 검사를 위해 채취한 혈액 샘플조차 보통의 탁한 빨강이 아니라 부자연스러운 바비 핑크였다.

아멜리아에게 기저 질환이 없다는 것을 확인하기 위해 나는 늘 하는 대로 몸의 모든 시스템과 내장 기관을 주의 깊게 조사했다. 방광에서 일상적인 소변 샘플을 채취한 후 그녀의 자궁을 살펴보았다. 임신이 된 자궁이라면 태아가 들어 있을 테지만.

경위가 몸을 앞으로 숙였다. 그는 임신을 기대하고 있었다. 나는 그것이 이 두 죽음에 대한 그의 이론을 어떻게 뒷받침할지 알 수 없었다.

자궁은 바닷가 바위에 붙어 있는 조개의 차가운 갈색을 띠고 있다. 하지만 조개보다 훨씬 더 작다. 엄지와 검지로 원을 만들면 그 안에 쏙 들어올 것이다. 하지만 자궁은 조개와 똑같이 뚜렷한 삼각형 형태를 띠고 있다. 조개 비유는 여기서 끝이다. 자궁은 조개껍데기처럼 딱딱하지 않기 때문이다. 그러나 단단하다. 어떤 다리 근육보다도 단단하다. 심지어는 달리기가 습관인 사람의 다리 근육보다도 단단하다.

그 삼각형 모양이 몸 안에 거꾸로 들어 있다. 남쪽을 가리키는 꼭짓점이 자궁경부다. 말 그대로 자궁의 목이며, 만일 그 주인이 아이를 가진 적이 있다면 길이가 약 3센티미터가 될 수도 있다. 경부는 자궁을 질과 연결한다.

언뜻 보면 자궁 안의 빈 공간은 가느다란 트임에 지나지 않은 것 같다. 단단한 근육 벽으로 둘러싸여 있는 것처럼 보이지만 실제로는 매우 특수한 세포층인 자궁 내막으로 둘러싸여 있다. 이 세포들은 월경 주기의 전반기에 성장하고 두꺼워져, 나선형 동맥들로 굽이치는 말랑말랑하고 수분이 많고 안정된 침상을 만든다. 수정된 난자가 착상할 경우에 대비하는 것이다. 착상이 이루어지지 않으면 호르몬 수치가 떨어지고 내막이 떨어져 나와 월경이 일어난다.

자궁벽의 근육은 출산에 분명한 역할을 하지만, 그 이전 아홉 달 동안은 성장과 이완이 동시에 이루어져야 한다. 내부 공간을 충분히 확장함으로써 성장하는 태아를, 그리고 마침내 약 3킬로그램의 아기를 수용하기 위해서다. 조개가 어떻게 그렇게 쉽게 농구공으로 변할 수 있을까? 그리고 출산 후에는 어떻게 정확히 조개는 아니더라도 테니스공만 한 크기로 다시 돌아갈 수 있을까? 이것은 임신의 많은 기적 중 하나일 뿐이다.

또 다른 기적은 어머니가 성장하는 배아의 침입을 허용한다는 것이다. 태아는 따지고 보면 이물질이다. 그밖의 모든 상황에서는 타인의 조직을 이식할 경우 신체의 면역계가 그것을 공격해 파괴한다. 이는 왜 장기 이식 수술이 복잡한 면역억제 치료를 받아야만 성공할 수 있는지 설명해준다. 따라서 나는 어머니가 배아를 거부하지 않는 것은 놀라운 기적이라고 생각한다. 물론 슬프게도 예외는 있다.

자궁 꼭대기에 있는 나팔관은 직선이 아니라 바이올린의 우아한 곡선을 그리며 난소로 향한다. 신기하게도, 나팔관은 실제로 난소와 연결되어 있지 않다. 난소를 건드리지 않고 어루만질 수 있도록, 단지 난소 바로 위와 주변에 작은 손가락들을 올려놓고 있을 뿐이다. 나팔관과 이 작은 손가락들의 내막은 섬모로 뒤덮여 있는데, 이 섬모는 난소에서 방출된 난자를 나팔관으로 퍼내거나, 가볍게 떠내려보내는 역할을 한다. 이런 떠내려보내기에는 약간의 불확실함이 있다. 마치 운에 따르는 것처럼 보인다. 대부분의 경우 그 시스템은 효율적으로 작동하지만 항상 그렇지는 않다. 방출된 난자들은 나팔관을 찾는 데 실패해 복강에 이를 수 있고, 실제로 그런 일이 일어난다. 복강에 이른 난자는 사용되지 않은 정자처럼 재흡수되어 재활용된다.

정자가 지나치게 민첩하거나 난자가 조금 늦으면, 난자가 나팔관

죽음을 해부하는 의사

으로 들어가기도 전에 수정될 수도 있다. 대부분은 그대로 여정을 계속하여 자궁의 포근한 벽에 도착한다. 간혹 길을 잃기도 하는데 이 경우 수정란은 대개 복부에서 사라져버린다. 하지만 아주 드물게, 수정란이 복부 내막인 복막, 난소 또는 심지어 장의 내벽을 자극하면, 충분한 혈관이 생성되어 수정란이 산소와 양분을 계속 공급받을 수 있다. 따라서 임신이 지속되지만, 대개는 아주 짧은 기간 동안만 유지된다. 그런 곳은 성장하는 태아에게는 살기 힘든 장소이고, 어머니에게는 치명적인 결과를 부를 수 있는 장소이기 때문이다.

좀 더 흔한 또 다른 불상사는 수정된 난자가 나팔관을 따라 자궁으로 향하다가 중간에 막혀 꼼짝 못하게 되는 것이다. 이 경우 나팔관에서 성장을 시작한다. 자궁 밖에서 임신이 지속되는 것을 '전위'라고 부르고, 이 경우 빠르게 산부인과 응급상황으로 치달을 수 있다. 다행히 현재 선진국에서는 그런 경우를 빠르게 찾아내 처리한다. 하지만 자연의 이 설계 결함 때문에 산모가 출혈 과다로 사망에 이르는 경우가 전 세계 곳곳에서 일어나고 있다.

난소는 자궁 꼭대기의 동쪽과 서쪽에 위치하고, 엄밀히 말하자면 복강 바로 안쪽에 위치한다. '강 cavity'이라는 말은 메아리가 울릴 것 같은 거대하고 텅 빈 방 같은 인상을 줄 수 있지만, 실제로는 전혀 그렇지 않다. 이른바 강이라는 것은 물건으로 꽉 찬 여행가방에 더 가까워서 장기, 근육, 신경, 혈관으로 가득하다. 그리고 물론 약 9미터의 장도 어딘가에 자리를 잡아야 하는데, 위와 아래의 15센티미터를 빼고는 모두 복강에 있다. 이렇게 꽉 찬 여행가방 안에 난소가 들어 있어서 생기는 한 가지 중요한 불이익은, 나이든 여성의 조용한 살인자인 난소암이 눈에 띄지 않게 성장해 복강을 통해 쉽게 퍼질 수 있다는 점이다. 따라서 종양이 몸 안의 많은 다른 부위에 빠르게 퍼질 수 있다.

고환이 정자를 저장하듯 난소는 난자를 저장한다. 하지만 난소와 고환의 유사성은 여기까지다. 여성은 태어날 때 가지고 있는 것 이상의 난자를 만들 수 없다. 따라서 난자는 감소하는 자산이다. 여성 태아는 600~700만 개의 난자를 가지고 있지만, 출생 시 여아는 겨우 100만 개를 갖는다. 사춘기에 이르면 대부분이 퇴화하고, 25만 개만 남는다. 그리고 이 난자들은 방출되려면 40년 이상을 기다려야 할지도 모른다. 그동안 고환은 남성의 긴 생식 기간 동안 지속적으로 정자를 생산하느라 바쁘다.

사춘기까지 남아 있는 난자들은 각기 난소 내의 '난포'라고 불리는 작은 포장 안에 저장된다. 폐경이 될 때까지 호르몬 수치의 변동에 따라 대략 28일마다 한 개의 난포가 난자를 성숙시킨다. 난자가 성숙하면 난포가 터진다. 난소에서 방출된 난자는 대개는 바람직하게 나팔관으로 흘러간다.

이 귀한 난자를 보관하는 난소는 자궁보다 색이 더 붉고, 크기는 호두만 하다. 여성이 나이가 듦에 따라 난소 표면이 점점 더 울퉁불퉁해진다. 매달 난포가 터시면서 난소 표면에 구멍과 흉터가 생기는 것이다. 하지만 아멜리아의 매끈하고 둥근 난자는 확실히 그렇지 않았다.

나는 아멜리아의 자궁을 외부에서 보면서 임신하지 않았다고 생각했다.

형사들의 얼굴에 실망이 떠올랐다.

"자궁이 커져 있지 않아요. 그리고 여성이 임신하면 자궁이 말랑말랑해집니다. 그리고 혈관이 많이 생기죠…. 어쨌든 내부를 살펴봅시다." 내가 말했다.

나는 자궁을 열었다. 육안으로는 태아가 보이지 않았다. 그리고 틈새처럼 보이는 자궁에는 임신했을 때처럼 두껍고 혈관이 많은 내막도 없었다.

"뭔가를 볼 수 있으려면 임신한 지 얼마나 돼야 합니까?" 경위가 물었다

"타이머를 언제 누르느냐에 따라 다릅니다. 병리학적으로는 임신 몇 주가 되면 무언가를 찾을 수 있습니다… 이 소녀가 생리 주기의 어디쯤 있었는지를 알려주는 어떤 징후가 있는지 봅시다."

나는 난소를 살펴보았다. 하나가 다른 하나보다 크고 한쪽으로 약간 치우쳐 있었다. 난소를 열자, 큰 진주처럼 박혀 있는 노란 구가 있었다. 황체였다. 알의 노른자 색깔이 내가 절개한 단면의 절반 이상을 채우고 있었다. 그것은 몸이 보여주는 가장 놀라운 광경 중 하나다.

"아." 내가 말했다.

경찰관들이 모두 아멜리에게 향했던 시선을 거두고 일제히 나를 보았다.

약 19일 전 황체는 파열되어 난자를 내보낼 준비가 된 칙칙한 난포였을 것이다. 난자가 방출된 직후, 난포는 부풀어 오르며 밝은 황금색

옷을 입는다. 이렇게 황체로 변한 난포는 일시적으로 경이로운 호르몬 분비샘이 된다. 황체 외에 이런 색을 볼 수 있는 장소는 오직 한 곳, 부신뿐이다. 이곳은 또 다른 호르몬 생산지다. 노란색은 음식 속에 함유된 카로틴에서 온다. 예를 들어 당근, 토마토, 호박에 들어 있다.

이 경우 방출된 난자가 정자와 수정되지 않았다. 따라서 황체가 초기 임신을 유지하는 데 도움이 되는 호르몬을 분비함으로써 보모 역할을 할 필요가 없었다. 태반이 충분히 커져서 호르몬 생산과 양분 제공을 담당할 때까지 황체가 이 역할을 한다. 만일 이 경우와 같이 임신이 이루어지지 않으면, 황체는 서서히 화려한 황금색을 벗고, 작고 회색빛을 띠는 할 일 없는 보모로 퇴화한다. 이때 자궁이 내막을 떨어뜨려, 월경이 일어나며 또 다른 주기가 시작된다.

"아멜리아가 임신했을 리가 없다고 생각해요." 내가 말했다. "이 화려한 노란색은 아멜리아가 마지막으로 방출한 난자가 수정되지 않아서 생리를 막 끝낸 후 다음 주기를 시작했다는 것을 알려줍니다."

"그래도 아멜리아가 죽기 전에 두 사람이 성관계를 했는지 확인하실 거죠?" 경위가 물었다.

"네. 질에서 샘플을 채취했으니, 결과가 나오면 정액이 있는지 알 수 있을 겁니다."

나는 그의 가설을 뒷받침하는 어떤 증거도 제공하지 않았지만, 부검을 지켜보던 경위는 자신의 가설을 확신하는 것 같았다.

"좋아요. 이 사건은 살인 후 자살일 거예요." 그가 단호하게 말했다.

"이 연령대에서 살인 후 자살은 매우 이례적이에요." 내가 그에게 말했다. "그건 주로 중년과 관련이 있어요."

그는 내 말을 소화하지 못했다.

"두 사람이 언제 죽었나요?" 그가 물었다.

내가 대답할 틈도 없이 그가 자신이 생각하는 답을 반쯤 내놓았다.

"제 생각에는 분명히 여자애가 먼저 죽었어요. 하지만 그러고 나서 얼마 후에 남자애가 몸을 던진 것 같아요?"

언제나 그렇듯이 이건 대답하기 쉽지 않은 질문이다. 지금은 일요일 밤이었고, 이 남녀는 금요일 밤에 사망한 것으로 보였다. 의학은 그 정도 간격에서 각각의 사망 시간을 파악할 수 있을 정도로 정확하지 않다.

"이제 알아보려고요." 나는 말했다. 그리고 나중에 집에서 도표와 공식을 가지고 그렇게 했다. 하지만 만족스러운 결론에 도달할 수 없었다. 아무리 연필을 물어뜯고 머리를 긁적여도 이미 내가 짐작했던 사실을 다시 한 번 확인할 뿐이었다. 즉 그들은 둘 다 금요일 오후 9시에서 토요일 오전 9시 사이에 사망했다. 이것이 내가 추정할 수 있는 가장 가까운 시간이었다.

혈액검사 결과가 나왔을 때, 아멜리아는 혈중 일산화탄소 포화도가 58퍼센트였다. 그녀가 일산화탄소 중독으로 죽었다는 것은 놀라운 일이 아니었고, (아마 여전히 따뜻하고 은밀하게 연기가 나오고 있는) 바비큐 석쇠를 텐트 안에 들여놓았기 때문에 그런 일이 발생한 것이 분명해 보였다.

물론 경찰 가설처럼 제이가 결별 통보를 받았고 그래서 아멜리아의 죽음을 고의적으로 도모했는지 여부는 아무도 확실히 알 수 없었다. 하지만 경찰은 제이의 혈중 일산화탄소 포화도 결과에 내심 기대를 걸고 있었다. 그의 일산화탄소 포화도가 낮을수록 그들은 자신들의 가설이 옳다고 믿을 것이다. 그들이 실제로 원한 것은 포화도 0이었다. 이는 제이가 아멜리아를 바비큐 석쇠가 있는 곳에 홀로 두었으며, 자신은 텐트 안에 들어가지도 않았음을 가리키기 때문이다.

다음 날 제이의 결과가 나왔고 일산화탄소 수치는 29퍼센트였다. 비슷하게 젊고 건강한 두 사람이 동시에 똑같은 정도로 노출되었다면 이것은 큰 차이라는 것을 나는 인정해야 했다. 하지만 제이는 일산화탄소에 노출된 후 밖으로 나가 절벽에서 맑은 공기를 마셨고, 아멜리아는 텐트 안에 머물다 사망했다. 따라서 이 포화도 차이는 설명이 필요했지만 놀라운 것은 아니었다.

나는 아멜리아의 죽음이 살인이었다는 경찰 가설을 개인적으로 별로 신뢰하지 않았다. 물론 17세 소년들은 살인을 저지르고, 확실히 살해당한다. 하지만 이런 일은 대개 통제할 수 없는 분노나 격정이 터져 나오는 상황에서 일어나거나, 패싸움에서 의리를 지키다가 발생한다. 나는 십 대가 여자 친구를 이렇게 별나고 계획적이고 냉혹한 방법으로 살해한다는 것이 상상이 되지 않았다. 둘 중 하나가 바비큐 석쇠를 살인 무기로 사용했을 가능성보다는 둘 다 식어가는 바비큐 석쇠가 사람을 죽일 수 있다는 것을 몰랐을 가능성이 훨씬 더 높아 보였다.

얼마 후, 절벽 꼭대기에서 발견된 담배꽁초들이 모두 제이가 피운

죽음을 해부하는 의사

게 아니라는 흥미로운 법의학적 증거가 나왔다. 담배꽁초에서 아멜리아의 DNA도 발견되었다. 독극물 검사 결과 몇 개의 담배꽁초에서 그리고 제이와 아멜리아의 몸에서 니코틴과 마리화나가 검출되었다.

나는 이 남녀가 사망하기 훨씬 전에 절벽 꼭대기의 그 장소를 발견하고 그곳에서 담배 몇 개비를 피웠을 것이라고 짐작했다. 나는 그들이 밤에 그저 몸을 녹이기 위해 바비큐 석쇠를 텐트 안으로 들여왔다고 생각했다. 제이는 자다가 깼을 때 아마 머리가 깨질 것 같은 두통, 메스꺼움 그리고 혼란을 느꼈을 것이다. 그는 토할 것 같아서 텐트 밖으로 나갔다. 어젯밤에 먹은 음식이 잘못됐거나 마리화나 때문이라고 생각했을 것이다. 제이는 아멜리아가 죽었다는 것을 몰랐을 것이다. 오히려 아멜리아가 건강하게 잘 자고 있다고 생각했을 가능성이 높다. 어느 쪽이든 그는 어둠 속에서 혼란스러운 정신 상태로 어떻게든 절벽 꼭대기로 돌아갔다. 그곳에 도착했을 때 그는 뛰어내렸을지도 모른다. 아니면 낭떠러지에서 발을 헛디뎌 떨어졌거나. 두 가능성 중에 나는 후자가 더 가능성이 높다고 생각했다.

십 대는 탐험하고, 보폭을 더 넓히고, 부모 그늘에서 전보다 더 완강하게 벗어나려는 성향이 있다. 그들은 가족의 규칙, 신념, 권위에 의문을 제기하고, 낯선 사람들이 가정만큼이나 자상하다고(또는 냉담하다고) 잘못 생각하는 경향이 있다. 그리고 그들은 부모가 하지 말라고 경고하는 것을 해본다. 십 대의 사망은 비록 그 수는 적지만, 탐험하고 독립하려는 욕구를 반영한다. 통계적으로, 사고와 자살은 이 연령대에서 다른 죽음보다 훨씬 더 흔하다. 실제로 자살은 현재 25세 미만의 가장 큰 사망 원인이다. 남녀 모두에서 꾸준히 증가해왔지만, 여성보다 남성의 자살이 훨씬 더 많다. 하지만 2012년 이후 젊은 여성의 자살률은 거의 두 배로 증가했다.

따라서 전적으로 통계에 근거한 가설은, 제이가 마리화나에 약간 취했을 때 아멜리아가 제이를 절벽 아래로 밀어 떨어뜨린 후 텐트로 돌아가 스스로 질식사했다는 것이다. 이 시나리오는 아무도 제안조차 하지 않았지만, 경찰의 살인 후 자살 가설만큼이나 많은 증거가 있다. 우리가 이 사실에서 배울 수 있는 점은 사망 통계에서는 어떤 합리적인 가설도 이끌어낼 수 없다는 것이다. 모든 사례는 저마다 독특하다.

사인 심문에서 검시관은 나, 경찰 그리고 두 십 대의 유족들 의견을 청취했다. 그는 제이가 자살했다는 평결을 내릴 만한 충분한 증거가 없다고 말했다. 소년이 뛰어내렸는지, 떨어졌는지, 아니면 밀침을 당했는지 분명하지 않았다. 그는 사인 불상 평결을 내렸다.

검시관은 또한 제이가 바비큐 석쇠로 아멜리아를 고의적으로 죽였을 가능성이 있는지도 판단해야 했다. 아니면 그녀가 스스로 목숨을 끊었는지. 아니면 그녀의 죽음이 사고였는지. 아마 제이의 부모는 아멜리아의 평결이 사고사로 나오기를 희망했을 것이다. 그래야 아들이 범인일지도 모른다는 언론의 의혹이 끝날 테니까. 법정에 앉아 있는 동안 나는 제이가 그들의 유일한 아이였다는 사실을 떠올렸다. 백짓장처럼 하얗고 눈이 움푹 들어간 그들의 얼굴을 보며 움찔하지 않으려고 노력했다. 마찬가지로, 정신적 충격에 빠진 아멜리아의 부모에게서도. 내가 증거를 제시하는 동안 그들은 서로를 꼭 붙잡았다. 사인 심문이 끝났을 때 그들은 모두 실망했다. 검시관은 아멜리아의 죽음에 대해서도 사인 불상 평결을 내렸다.

사인 불상 평결은 유족에게 그들이 소원하는 종결을 가져다주지 않는다. 그리고 끝없는 의혹의 문을 닫을 수 없게 만든다. 하지만 이 평결은 우리는 이따금 정확히 무슨 일이 일어났는지 결코 알 수 없다는 불쾌한 사실을 확실하게 기록으로 남긴다.

다음은 군인,
희한한 장담을 늘어놓고, 표범 같은 수염을 하고,
명예라면 양보를 모르며, 걸핏하면 싸우려 하고,
물거품 같은 명성을 위해서
대포 아가리에라도 뛰어듭니다.

안에서 보나 밖에서 보나

경찰관들 중 한 명이 부검실에 누워 있는 젊은 남자의 신원을 공식적으로 '앤드루 스타일러'라고 확인해주었다. 또 다른 경찰관은 앤드루의 나이가 스물네 살이라고 알려주었다.

"그는 무슨 일을 했나요?" 나는 경찰관들에게 물었다.

보통 부검 전에 이런 종류의 질문을 할 기회가 있다. 경찰들은 뜨거운 차를 마실 수 있는 직원 다과실이나, 슬픔에 젖은 유족들이 주변에 없을 경우 비교적 안락한 유족실에서 내게 사건에 대해 브리핑한다. 이곳에서 우리는 차갑게 식은 차를 마시고 부서진 비스킷을 먹는 동안 수조에서 물고기가 빙글빙글 도는 모습을 볼 수 있다.

그러나 오늘은 늦게 온 경찰관들이 바로 시작하고 싶어 했다. 우리는 옷을 갈아입고 곧장 부검실로 들어갔고, 내가 고인에 대해 알고 있는 사실은 그가 담장에서 떨어져 머리를 부딪쳤다는 것뿐이었다.

그는 우리 앞에 얼굴을 위로 한 채 누워 있었다. 수염을 깔끔하게 깎고 머리를 단정하게 자른 것으로 보아 외모에 신경 쓰는 남성인 듯 했다. 그의 이마와 뺨 한쪽이 눈에 띄게 긁혀 있었다. 내가 그를 유심히 살펴보는 동안 사진사가 자리를 잡았다. 그러고는 이상하고 눈부신 빛이 깜박이더니 벽, 금속 표면들, 시신 그리고 심지어 우리 얼굴에서도 빛이 반사되었다.

"다음은 머리인가요?"

그는 방금 전신을 찍었고 노련한 사람이었다. 사인이 머리 손상임을 금방 알아보았다. 얼굴의 긁힌 곳뿐만 아니라, 목에도 피가 보였고, 앤드루의 머리 위쪽에서 검은 머리카락으로 더 많은 피가 새어나온 것이 분명했다.

나는 말했다. "일단 그를 좀 살펴봅시다."

주검의 외관을 주의 깊게 살펴보면 내부에서 발견할 수 있는 것만큼이나 많은 것을 알 수 있다. 확실히 머리에 손상이 있었다. 하지만 그것이 사인인지는 두고 봐야 안다. 사인을 확신하고 바로 그 부분으로 가면, 관련된 다른 부분을 놓치기 쉽다. 몸의 나머지 부분을 면밀히 살펴보는 것이 중요하다. 사망 원인으로 의심되는 것에서 최대한 멀리 떨어진 곳에서 시작하는 게 좋다. 그래서 나는 당연히 앤드루의 발에서 시작했다. 발을 주의 깊게 살펴본 후, 초점을 천천히 북쪽으로 옮겼다. 멍, 찰과상, 싸움이나 실랑이가 벌어진 흔적 등, 그의 이야기를 들려줄 수 있는 모든 정보를 찾았다.

그의 손은 까져 있었다. 아마 떨어질 때 머리를 보호하려다 생겼을 것이다. 그밖에 다른 뚜렷한 손상은 없었다. 내 본능과 경험은 그에게 뭔가 문제가 있었다고 말하고 있었다. 그게 무엇일까?

나는 주검을 뒤집었다. 그의 어깨가 멍들어 있었다. 분명 머리부터 떨어지면서 딱딱한 바닥에 부딪혔다가 튕겨져 나간 것이었다. 얼굴에 까진 자국이 있었지만, 뒤통수가 부어오르고 약간의 출혈과 뚜렷한 찰과상이 있는 것으로 보아 뒤로 넘어진 것이 분명했다.

내 시선이 그의 몸을 따라 내려가다가 다리에서 멈추었다. 언뜻 보기에는 아주 정상으로 보였지만, 자세히 보니 두 다리가 각기 달랐다.

이제 검시관실 경찰관이 노트를 다 훑어보고 내 질문에 대답할 수 있었다.

"도시에서 일을 했나 봐요. 웨그너Wagners에 다녔어요. 무슨 회사예요?"

"보험회사예요." 형사들 중 한 명이 말했다.

나는 앤드루를 다시 뒤집었다. 사진사는 뒤로 물러나고 모두가 더 가까이 다가갔다. 나는 그의 머리카락을 다시 보았다. 이마에 내려온 곱슬머리가 살아 있을 때는 눈을 덮어 그를 성가시게 했을 것이다.

"그래서 우리가 그에 대해 아는 게 뭐죠?" 내가 물었다.

"어… 최근에 결혼했고 집에 아기가 있었지만 어젯밤에는 친구들과 함께 외출했어요."

"아, 친구들." 내가 말했다. 친구들은 놀랍도록 순식간에 서로에게 공격적으로 변할 수 있다. 심지어 특정 상황에서는 매우 친한 친구들끼리도 그럴 수 있다.

"동생도 함께 있었어요." 젊은 순경이 덧붙였다.

"아, 형제들." 내가 말했다. 형제들도 갑자기 공격적으로 변할 수 있다.

"두 형제의 친구들이 같아요. 둘은 연년생이거든요." 경위가 말했다.

"그를 밀친 건 동생이었어요." 순경이 거들었다.

순간 침묵이 흘렀다. 경위가 주검을 열심히 쳐다보더니 침을 꿀꺽 삼켰다.

"주장에 따르면요." 그가 말했다.

나는 사건에 대해 단편적으로 듣는 것을 싫어한다. 사전에 차 한 잔을 놓고 함께 앉아서 사건에 대한 모든 것을 들은 후 질문을 하는 것이 훨씬 더 생산적이다.

"그래서 실제로 무슨 일이 일어났는지 알고 있나요?"

경사가 나섰다. "음, 두 형제는 경쟁심이 심한 집안 출신이었던 것 같아요. 둘 다 운동을 잘했지만, 동생이 형인 앤드루를 능가하는 단계에 이르렀어요. 그래서 동생은 형에게 그 사실을 되새겨주려고 했어요. 두 형제가 뛰던 축구팀에서 앤드루가 탈락하자 동생은 걸핏하면 지분거렸죠. 또 앤드루가 아버지가 된 뒤로는 축구팀에서 공간만 낭비했다고 비난했어요. 앤드루가 거기에 대해 뭐라고 했는지는 아무도 듣지 못했지만, 그 말을 듣고 동생은 매우 화가 났어요. 그래서 이렇게 말해요."

경사가 너무 오래 말을 멈추자, 경위가 자신의 노트를 펼치고 동생

죽음을 해부하는 의사

이 한 말을 직접 읽었다. 비장한 말투였다. 그는 그다지 훌륭한 배우는 아니었다. "너를 죽일 거야. 나는 항상 널 죽이고 싶었어."

그런 말은 하지 않는 게 좋다. 특히 누군가를 죽일 계획이라면 더욱 그렇다. 하지만 설령 죽일 생각이 아니라 해도, 그런 말을 하면 언젠가는 많은 불편한 질문들에 직면할 수 있다.

경사가 계속했다. "동생은 최근에 파쿠르를 시작한 것 같아요."

마치 버튼이 눌린 것처럼 부검실에 있던 모든 사람이 끙 소리를 냈다. 예외는 둘뿐이었다. 하나는 당연히 앤드루였고 다른 하나는 나였다.

"파킹이라고 말했어요?"

"아뇨, 파쿠르요. 스포츠예요. 스포츠의 일종이죠. 여자들도 하지만 대체로 남자들이 해요. 달리기 시작하면 중간에 어떤 장애물이 있어도 멈추지 않아요. 그들은 돌아가는 것을 좋아하지 않아요. 그래서 장애물을 뛰어넘고, 기어오르고, 기어 내려가고…."

"지금보다 20년만 젊고 10배 건강했다면 나도 한번 해볼 텐데." 검시관실 경찰관이 말했다. "그들 사전에 멈추는 건 없어요. 정말 장관이랍니다."

"맞아요, 죽을 때까지 계속 달리죠."

나는 여전히 앤드루를 살펴보고 있었지만 이제 고개를 들었다. 그런 건 처음 들어봤다.

"그들은 벽, 나무 등 무엇이든 올라가요. 높은 난간을 따라 걷고, 이 기둥에서 저 기둥으로 건너뛰고, 울타리를 뛰어넘고…."

"리젠트 거리의 높은 건물 꼭대기까지 올라간 다음 지붕에서 지붕으로 점프하면, 어느새 그린 파크에 도착해 있죠. 그런 영상으로 유튜브에서 큰 돈을 버는 사람들도 있을 거예요."

나는 물었다. "일종의 경기인가요?"

그들은 고개를 저었다. "무술에 가깝죠. 진심인 사람들은 많은 훈련을 해요."

"다치진 않나요?"

"이따금 다치기도 해요." 보스가 말했다. "그들은 아주 튼튼하지만, 누구나 실수를 할 수 있으니까."

"한심한 건 아마추어들이에요." 검시관실 경찰관이 말했다. "맥주 몇 잔을 마시고 자기도 파쿠르를 할 수 있다고 생각하죠."

나는 앤드루의 오른쪽 허벅지 윗부분을 절개했다. 대퇴정맥에서 피를 채취해 독극물 검사를 보내기 위해서였다. 그가 죽기 전에 무슨 약물이나 술을 섭취했는지 곧 알 수 있을 것이다. 혈중 알코올 농도는 수많은 죽음의 원인이다. 그리고 살인 사건의 경우, 술은 가해자만큼이나 피해자에게도 영향을 준다.

"그들은 무엇을 입나요? 이 파쿠르 선수들 말이에요." 나는 물었다.

구급대원들이 심폐소생술을 시도하기 위해 앤드루가 입었던 옷 대부분을 찢었지만, 부검실로 실려 들어올 때 그는 양복의 남은 부분을 걸치고 있다.

"운동복을 입죠." 그들은 한 목소리로 말했다. "양복은 아니에요."

"그러면, 보험회사에서 일하는 한 남자가 동생을 포함한 한 무리

죽음을 해부하는 의사

친구들과 술 몇 잔을 마시고 파쿠르라는 것을 하기로 했다는 말씀이
군요…"

경사가 고개를 끄덕였다. "네, 앤드루의 동생이 파쿠르 훈련을 시
작했고, 그는 좀 뻐기고 싶었던 모양이에요. 형의 콧대를 납작하게 만
들려고 했죠."

"맞아요, 형을 계속해서 짓궂게 괴롭히다가 좀 공격적으로 변했나
봐요." 경위가 덧붙였다.

"그들은 담장을 따라 걷고 있었어요."

"달렸죠."

"얼마나 높았어요?"

"1.8미터? 어쩌면 그보다도 낮았을지도 몰라요."

"그들은 한 가게 지붕으로 올라가서 차고 지붕으로 뛰어내렸고, 그
런 다음에 이 담장으로 내려왔어요. 파쿠르의 기준으로는 어려운 일
이 아니에요. 그리고 나서 그들은 담장 위를 달리기 시작했어요. 담장
한쪽으로는 정원이 있고 다른 쪽에는 딱딱한 포장도로가 있었어요."

"그런데 동생이 담장에서 앤드루를 밀었다는 거죠?"

"적어도 세 명의 목격자에 따르면요."

나는 술 취한 젊은이들의 진술이 법정에서 얼마나 큰 비중을 지닐
지 확신하지 못했다.

"그리고." 경위가 말했다. "한 여자분이 자기 집 침실 창문에서 그
들을 지켜보고 있었어요. 그들이 올라간 곳이 여자분의 이웃집 담벼
락이었거든요. 그녀는 뒤에 있는 사람이 앞에 있는 사람을 밀치는 것

을 보았다고 확신해요."

경사가 말했다. "동생은 자신이 앤드루에게 손을 댔다는 건 부인하지 않아요. 하지만 그의 말로는…." 여기서 그의 어조가 조롱조로 변했다. "형을 붙잡아주려고 시도했대요."

젊은 순경은 이미 결론을 내렸다.

"그랬겠죠." 그의 목소리에 냉소가 진하게 배어 있었다.

내가 말했다. "그래서 동생을 과실치사로 기소할 건가요?"

"더 나쁠 수도 있죠." 경위가 말했다.

정황상 살인은 가혹한 혐의로 보였다. 나는 동생에게 불쌍한 마음이 들었다. 그는 앤드루에게 불친절하게 손을 대 1미터 남짓 아래로 떨어뜨릴 작정이었는지도 모른다. 하지만 그건 딱딱한 바닥에 머리를 부딪혀 죽도록 계획하는 것과는 매우 다르다.

"동생은 지금 어때요?" 내가 물었다.

순경이 말했다. "몹시 동요하고 있어요."

"후회한대?" 경위가 날카롭게 쏘아붙였다.

"아직 그 단계는 아니고요. 아직도 자기는 잘못한 게 없다고 말하고 있으니까요."

내가 말했다. "만일 앤드루가 술을 마셨다면 걸음걸이가 불안정했을 거예요. 기소가 어려울 수도 있어요."

경위가 고개를 가로저었다. "사실 우리는 그가 말짱했다고 생각해요. 그 패거리에 따르면, 앤드루는 가정을 꾸리고부터는 술을 줄였대요. 물론 그것 때문에도 동생에게 놀림을 당했죠."

죽음을 해부하는 의사

적어도 앤드루 사건에서는 무엇 때문에 소동이 벌어졌는지 알 수 있었다. 하지만 죽음을 부르는 언쟁의 원인은 대체로 드러나지 않는다. 비논리적인 주장, 쩨쩨한 양심, 사소한 명분. 이 모든 것은 죽음이라는 엄청난 사건 앞에서 증발해버릴 뿐이다.

나는 그들에게 경고했다. "앤드루가 떨어졌는지 밀침을 당했는지 내가 말해줄 수 있기를 바란다면 여러분은 실망할지도 모릅니다. 멍이 들 정도로 심하게 밀쳐졌거나, 아니면 악력에 의한 손상이 발견된다면 모를까."

하지만 나는 이미 알고 있었다. 설명할 수 없는 타박상도, 악력에 의한 손상도 없다는 것을. 이따금 이런 손상들이 죽은 지 며칠 후 나타나기도 한다. 그래서 나는 큰 기대는 하지 않고, 앤드루를 하루이틀 내에 다시 만나봐야겠다고 마음먹었다. 그의 몸을 열기 시작한 그 순간조차, 나는 그가 떨어졌는지 밀침을 당했는지 밝힐 만한 정보를 몸 안에서 발견할 수 있으리라는 기대를 하지 않았다. 밀쳤느냐 떨어졌느냐는 살인이냐 사고냐를 가르는 핵심이다. 이 접점은 매우 까다롭고 민감한 지점이다. 병리학은 매우 중요한 역할을 하지만, 그것은 사건의 전체 역사, 상황, 관련된 관계에 대한 분석 그리고 목격자 진술을 포함하는 더 넓은 그림의 일부다. 이 모든 정보가 있을 때조차 기소하기에는 증거가 부족한 경우가 많다.

나는 정중선을 절개하고 피부와 지방을 뒤로 접었다. 서구 사회의 거의 모든 사람들은 피부 밑에 지방이 붙어 있다. 심지어 건강한 젊은 남성도 그렇다. 이제 가슴 양쪽에 하나씩 있는 두 개의 큰가슴근이 나를 향해 불룩해졌다. 언뜻 보기에 이 근육들은 몸 안의 거의 모든 것들과 마찬가지로 거미줄 같은 결합조직에 둘러싸여 있다. 하지만 손가락으로 부드럽게 쓸어내자 그것은 마치 탈지면을 잡아당길 때처럼 맥없이 무너져 사라졌다. 그 아래 근육은 건강한 적갈색이었다. 사실 스물네 살의 앤드루의 몸은 더할 나위 없이 좋아 보였다.

큰가슴근은 손 모양이다. 손목이 상완골(위팔뼈) 상부와 만나고, 엄지손가락처럼 분리된 작은 부분이 쇄골 하부에 붙는다. 큰가슴근의 '손가락들'은 촘촘하게 붙어 있고, 가슴을 가로질러 흉골까지 부채꼴로 뻗어 있다. 흉골은 갈비뼈 중심을 따라 내려가는 뼈다. 이 부채꼴 형태가 큰가슴근을 긴 근육으로 만든다. 아마 10~15센티미터쯤 될 것이다. 앤드루의 경우는 두께 역시 약 1.5센티미터로 꽤 두툼했다. 큰가슴근은 여러 가지 팔 움직임에 필수적이지만, 더 중요한 것은 이 근육이 윗가슴의 윤곽을 극적으로 바꿀 수 있다는 점이다. 그래서 어떤 사람들, 특히 젊은 남자들은 이 근육의 발달을 중요하게 여긴다. 두께와 곡률을 볼 때 나는 앤드루가 체육관에서 역기를 들어 올리며 오랜 시간을 보냈거나, 아니면 가능성은 더 낮지만 동화작용제anabolic ateroid를 복용했을 수도 있다는 생각이 들었다. 그러면 이 모든 노력이 그의 근육을 바위처럼 단단하게 만들었을까? 몇 주, 몇 달, 심지어 몇 년 동안의 운동 덕분에 내 믿음직한 PM40 메스로도 그의 큰가슴근을 절단하기 어려웠을까? 천만에. 시간이 더 걸리지도, 노력이 더 필요하지도 않다. 어쨌거나 시체안치소에서 가장 튼튼한 송장이 되고 싶은 사람이 누가 있을까?

죽음을 해부하는 의사

우리가 먹는 고기는 동물의 근육으로 우리 몸 안의 근육과 외관상 거의 차이가 없다. 부검실에 처음 들어온 사람은 갑자기 스테이크가 떠올라 충격을 받곤 한다. 육안으로 보면 근육의 미세한 섬유들이 모두 같은 방향으로 뻗어 있다. 현미경으로 보면 이 섬유들은 다발을 이루고 있고, 다발 안에는 더 많은 다발이 있으며, 그 안에는(여기서부터는 정말로 현미경 수준에 이른다) 훨씬 더 많은 다발이 들어 있다. 이 것들은 근육이 할 수 있는 유일한 일을 완수할 수 있게 해준다. 바로 수축이다. 즉, 짧아지는 것이다. 오직 그것뿐, 다른 건 없다. 근육은 한 가지를 끝내주게 잘하는 녀석이다.

수축하라는 지시는 물론 뇌에서 오고('저 공을 던져!'), 신경을 통해 전달된다. 함께 있는 정맥이나 동맥과 마찬가지로 신경도 주변부로 갈수록 점점 더 작아지고 가지가 많아지며 마침내 목적한 근육에 도달해 그 위로 퍼져나간다. 신경은 작은 버튼으로 근육과 연결되어 있다. 신경과 근육이 깔끔하게 맞물려 있는 모습은, 내가 어린 시절에 자주 보던 컵과 걸쇠가 달린 직사각형 PP3 건전지를 연상시킨다. 공을 던지라는 지시가 근육 버튼에 전달되면, 칼슘 농도에 급격한 변화가 일어나 화학적·전기적 과정을 촉발하고, 그러면 근육은 목적한 기능을 수행할 수 있다. 즉 수축한다. 그리고 공은 어느덧 공중에 떠 있다.

근육은 표면의 질감과 색이 균일하기 때문에 밋밋해 보일 수 있다. 하지만 근육은 실제로 매혹적이다. 모양과 크기가 각양각색이며, 기능에 따라 수많은 방식으로 뼈와 결합하기 때문이다. 이는 근육이 가진 단 한 가지 간단한 재주인 수축만으로도 우리 몸이 획기적으로 구부리고, 늘리고, 회전하고, 비틀 수 있다는 것을 의미한다.

근육을 조사할 타당한 이유들이 종종 있지만, 그럼에도 병리학자에게 근육은 대개 몸의 더 흥미로운 부분에 도달하는 길목에서 치워야 하는 대상이다. 근육들은 빈 공간(강)과 기관과 뼈를 덮고 있는, 두껍지만 예측 가능한 조각 이불이다. 이불을 치우면 수많은 비밀이 드러난다. 나는 두 개의 큰가슴근과 그 친구들인 작은가슴근들을 치우지 않고는 갈비뼈 골절 조사를 시작할 수조차 없었다. 작은가슴근은 큰가슴근 밑에 놓여 견갑골(어깨뼈)을 움직인다.

앤드루의 몸에는 갈비뼈 골절도 타박상도 없었다. 그래서 나는 가장 명백한 손상 쪽으로 시선을 돌렸고, 놀랍지 않게도 두개골 골절과 뇌에 출혈이 있다는 사실을 발견했다.

두개골 밑에는 세 겹의 막이 있다. 막은 뇌 근처로 갈수록 얇아진다. 따라서 가장 얇은 막은 뇌 표면을 단단하게 감싸고 있고, 맨눈으로는 거의 보이지 않는다. 이것은 끈적끈적한 얇은 막에 의해 중간막인 거미막과 분리된다. 섬세한 반투명 시트인 거미막은 속이 훤히 들여다보이고, 그것을 핀셋으로 집어서 치우는 데는 어떤 특별한 기술도 필요치 않다. 그 위에는 경막이 있다. 뇌 깊숙한 곳에서 생산되는 특수한 체액인 뇌척수액이 경막과 거미막 사이에서 완충제 역할을 하고, 미세한 정맥들이 경막을 거미막과 연결한다.

두개골 내 출혈의 대부분은 외상으로 발생하지만, 저절로 발생하는 경우도 있다. 예를 들어 거미막 밑에서 일어나는 출혈은 주먹질이

죽음을 해부하는 의사

나 발차기로 인해 발생하는 것이 가장 일반적이지만, 식기세척기에 접시를 넣는 것 같은 무해한 일을 하고 있는 건강해 보이는 젊은이에게 느닷없이 닥칠 수도 있다. 물론 이유가 있고, 그것은 유전자가 저지르는 반칙의 또 다른 사례다. 환자는 일반적으로 자신이 두개골 내 동맥벽들 중 하나 이상에 약점을 가지고 태어났다는 사실을 알지 못한다. 뇌 바닥에는 둥그런 고리 모양의 동맥들이 있는데 그것을 윌리스 고리(대뇌동맥고리)라고 부른다. 이곳의 동맥벽은 선천적으로 약하게 태어나기 쉬운 구조다. 이 부위에서 작은 거품이 발생할 수 있는데, 거품이 터지면 거미막하 출혈을 일으켜 비참한 상황을 초래하고 이따금 즉사로 이어지기도 한다. 하지만 어떤 거품들은 절대 터지지 않는다. 나는 그것과 무관한 이유로 죽은 노인들의 몸에서 그런 거품을 발견하곤 한다(딸기처럼 생겨서 그것을 딸기형 동맥류라고 부른다). 이렇듯 그런 거품이 항상 치명적이지는 않고, 증상이 전혀 없을 수도 있다.

나는 윌리스 고리가 '고리'라는 말에서 기대하는 것보다 훨씬 더 많은 모서리를 가지기 쉽다는 점을 말해두고 싶다. 이 복잡한 혈관들의 매듭이 동맥류에 왜 그렇게 취약한지 이해하기 위해서는 초기 제트여객기를 떠올려보면 된다. 처음에는 안전했던 코멧호●들이 1950년대에 갑자기 추락하기 시작했지만 아무도 그 이유를 알 수 없었다. 그것은 코멧호의 네모난 창문과 관련이 있었다. 주택은 창문이

● 1952년 영국의 세계 최초 제트여객기.

사각형인데 비행기는 왜 그렇지 않을까? 마침내 그 제트여객기가 스트레스를 드러낼 만큼 충분한 시간을 비행했을 때, 창문의 날카로운 모서리가 비행기의 가장 약한 지점임이 밝혀졌다. 그것 때문에 동체에 금이 갔던 것이다. 비행기 창문이 곡선인 데는 이런 이유가 있다. 하지만 불행히도 인체를 날카로운 모서리가 적은 형태로 재설계할 기회는 없었다.

앤드루는 출혈로 사망했지만 그의 출혈은 다른 유형의 출혈이었다. 그것은 거미막과 경막 사이에서 발생했다. 경막하 출혈은 거의 항상 외상이 원인이다.

경막은 두개골 바로 밑에 있다. 뼈와 너무 가까워서 사실상 두개골에 붙어 있다. 두개골의 내부 표면에서 그것을 떼어내려면 엄청난 시간과 노력이 들어서 병리학자들의 입에서 욕이 나올 정도다. 이 경막은 회색을 띤 흰색이고 보이스카우트 텐트처럼 두껍지는 않지만 튼튼한 캔버스처럼 질기다. 그리고 탄력성이 전혀 없다. 그래서 경막이 마침내 두개골에서 떨어져 나올 때 뜯기는 독특한 소리가 날 수 있다.

앤드루는 거의 즉사했고, 따라서 정맥에서 피가 빠져나올 시간이 별로 없었다. 경막 밑 공간을 채우고 있는 작고 빽빽한 그 정맥들은 찢어져 있었다. 출혈 부위는 두께가 1센티미터였고 뇌 표면을 5센티미터쯤 덮고 있었다. 17세기에 시작된 의심스러운 의학적 습관이 있는데, 요리 용어로 신체, 질병, 이상을 묘사하는 것이다. 이 수상한 전통을 영구화할 위험이 있지만, 나는 경막하 출혈이 커다란 레드커런트 젤리 덩어리와 가장 비슷하다고 말하고 싶다.

죽음을 해부하는 의사

하지만 이 작고 찢어진 경막하 정맥들에서 뇌 표면으로 흘러나온 출혈 때문에 앤드루가 죽은 건 아니다. 그는 뇌 조직 자체에 가해진 외상으로 사망했다. 눈으로 보면 순식간에 일어난 사건인 추락을 슬로모션으로 재생하면, 머리가 땅에 부딪쳐 튕기기 전 뒤틀리고 회전하는 모습을 볼 수 있다. 사람들은 튕기는 순간은 보고 기억하지만, 중요한 부분을 놓치기 쉽다. 사람을 죽이는 것은 뒤틀림과 회전이다.

뇌는 많은 개별 영역으로 나뉘는데 저마다 외상에 대한 내성과 회복력이 다르다. 각기 다른 맛과 굳기를 가진 아이스크림 덩어리들을 콘에 퍼 담으면 콘이 심하게 흔들릴 경우 덩어리들이 분리될 것이다. 그런 일이 외상을 입은 뇌에 일어날 수 있다. 어떤 것이 다른 것보다 강한 서로 다른 뇌 구조들은 서로 다른 방식, 다른 속도, 다른 방향으로 움직인다. 이 부위를 통과하거나 그 사이를 지나가는 신경의 축삭은 찢어진다. 그리고 엄청난 속도로 회전할 때 찢어질 가능성은 훨씬 높아진다.

뇌 조직은 손상을 입으면 다른 모든 손상된 조직들과 마찬가지로 부어오른다. 하지만 두개골은 탄력이 전혀 없다. 이 단단한 상자에 둘러싸인 채 팽창하는 뇌는 갈 곳이 없고, 따라서 만일 한쪽에 손상이 가해지면, 뇌의 그쪽이 부어오르면서 공간을 더 확보하기 위해 두개골의 정중선을 가로질러 다른 공간으로 밀려날 수도 있다.

앤드루의 출혈은 육안으로도 확연하게 보였지만, 베이고 찢긴 곳은 그렇지 않았다. 경막하 출혈 덩어리와 골절 그 자체를 둘러싼 다른 작은 출혈들을 제외하면 그의 뇌는 멀쩡해 보였다. 이 단단하고

실로 아름다운 것을 손에 들었을 때, 나는 언제나 그랬듯 이 놀라운 해부학적 현상에 경탄했다.

성인 초기부터 노년에 이르러 위축되기 시작할 때까지 뇌의 겉모습은 거의 변하지 않는다. 격자 모양의 작은 혈관들이 뇌의 가장 바깥층인 피질 띠를 덮고 있다. 이 혈관들은 뇌의 특별한 지형을 따라 이어진다. 알프스 계곡을 따라 구불구불 나 있는 노새들이 다니는 길을 공중에서 내려다본 모습과 비슷하다. 비행 고도를 낮추면, 각각의 혈관이 광범위한 모세혈관 네트워크를 형성하고 있는 모습을 볼 수 있다. 이것을 보고 있노라면, 합리적인 혈관 시스템이 아니라 위대한 예술품을 보고 있다는 생각이 든다. 반 고흐의 그림에서와 같이, 단순히 기능적인 것을 뛰어넘는, 유기적이고 감성적인 무언가를 보고 있는 느낌이랄까.

동맥이 뇌에 혈액을 공급하고 정맥으로 혈액이 빠져나감으로써 경로가 완성되는 방식은 이 기관만의 고유한 특징이다. 뇌에 웅장한 외관을 제공하는 작은 혈관들의 복잡한 아름다움은 그 안에서 놀랍도록 다양한 과정들이 활약하고 있음을 암시한다. 자발적이고 비자발적인 행동, 이성적이고 비이성적인 생각, 학습 능력, 회상 능력, 창조하는 능력, 그리고 그밖에 수많은 일을 할 수 있는 능력. 어떤 기관도 안에서 보나 밖에서 보나 이보다 더 복잡하고 신비롭지 않다. 어떤 기관도 이보다 더 선과 악의 가능성을 품고 있지 않다. 어떤 기관도 이보다 더 아름답지 않다. 안에서 보나 밖에서 보나.

우리는 부검할 때 모든 신체 기관들을 꺼내서 무게를 달아 정상인지 확인한다. 뇌도 예외가 아니다. 건강한 젊은이의 뇌는 꽤 무겁다. 설탕봉지와 비슷하게 묵직하다. 뇌가 주는 느낌은 내가 아는 어떤 것과도 비슷하지 않다. 폭탄이 터진 후 살과 내장이 사방에 흩어졌을 때, 일부 흩어진 조직을 집어 들고 그것의 밀도와 색깔을 보면 여기에 성인의 뇌가 있다는 것을 대번에 알 수 있다. 그런 인식은 우리 뇌를 파고들어, 가장 예민한 형태의 공감이라고 부를 수 있는 느낌을 자아낸다.

뇌는 잘못 다루면 쉽게 손상될 수 있지만, 두개골에서 벗어나면 모양을 잃을 정도로 섬세하지는 않다.

뇌를 감싸는 경막과 뇌를 안전하게 담는 두개골은 경이로운 선물이지만, 뇌는 상자와 포장이 없어도 형태를 유지할 수 있을 정도의 밀도를 지니고 있다.

무게를 재기 위해 앤드루의 뇌를 들어 올렸을 때 내 손에 만져진 느낌은 말랑말랑함과 단단함의 독특한 조합이었다. 뻑뻑한 요거트와 비슷할까? 아니다. 그렇게 질척하지는 않다. 그렇다면 젤리? 절대 아니다. 뇌는 흔들거리지 않는다. 라이스 푸딩? 딱히 그렇지는 않다. 뇌는 집어서 내려놓고 뒤집어도 모양이 유지된다. 아니면 연성 치즈? 비슷하다. 어쩌면 뇌는 그냥 뇌일지도 모른다. 단순히 비교가 불가한 유일무이한 것.

여러분은 '앤드루가 뒤로 떨어졌기 때문에, 뒤통수에 가장 큰 손상을 입었을 것'이라고 짐작할지도 모른다. 사실, 떨어질 때의 충격은 두개골 꼭대기와 옆을 통과한 후 합쳐져 그의 두개골 바닥에 골절을 일으켰다. 이 모든 것을 살펴보고 촬영하는 데는 시간이 좀 걸렸고, 모두 끝냈을 때 나는 경찰관들이 집에 갈 준비를 하고 있다는 것을 느낄 수 있었다. 아니면 술집, 아니 사실상 부검실만 아니면 어디든지.

"그럼 그가 밀침을 당했는지 여부는 아직도 알 수 없는 건가요?" 경위가 지친 듯 한숨을 내쉬었다.

하지만 나는 이것이 끝이 아니며 우리가 아직 갈 길이 멀다는 것을 알고 있었다. 나는 앤드루의 다리를 다시 살펴보았다. 이제 내가 처음에 받았던 느낌을 해결할 때가 되었다. 맥주도, 텔레비전도, 따뜻한 차도 아직은 때가 아니다.

8

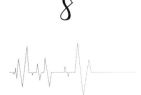

셰익스피어가 옳았다

"그가 축구를 많이 했다고 말했나요?" 내가 물었다.

경위는 초조해 보였다.

"그게 그의 머리 손상과 무슨 관계가 있나요, 박사님?"

나는 대답하지 않았다. 아직 확실하지 않았다.

경사가 말했다. "그는 주말에는 보통 축구를 했어요. 하지만 어젯 밤에는 동생이 상당히 공격적으로 굴면서 모든 사람들에게 형이 팀에서 탈락했다고 말했어요. 앤드루는 집에서 아기를 돌보고 싶어서 자발적으로 축구팀을 나오기로 했다고 말했죠. 그러자 동생이 뭐랬더라…." 그는 노트를 보았다. "완전 겁쟁이라고 했어요."

"앤드루가 팀에서 왜 탈락했는지 동생이 이유를 말했어요?" 내가 물었다.

"자, 그것 때문에 언쟁이 시작되었는데…." 경사가 노트를 살펴보는 동안 긴 침묵이 흘렀다. 마침내 그는 원하는 것을 찾았다. "아, 여기 있네요. 동생은 앤드루의 최근 축구 실력을 헐뜯었어요. 공이 가까이 올 때마다 공을 놓치고 넘어졌다고 계속 강조했어요.

"여기 누구 축구를 하는 분 계세요?" 내가 물었다.

침묵이 흘렀다. 이윽고 순경이 입을 열었다.

"스쿼시로 바꾸기 전까지 축구를 자주 했어요."

"축구가 다리에 무슨 영향을 끼쳤나요?"

순경이 나를 빤히 보았다.

"전혀요. 정말로요."

"당신은 장딴지가 아주 튼튼했나요?"

그는 생각에 잠긴 표정이었다.

"우리 엄마는 네 허벅다리를 보면 사람들이 럭비선수인 줄 알겠다고 말씀하시곤 했어요. 장딴지에 대해서는 별로 기억나는 게 없어요."

이제 모두가 앤드루의 다리를 보고 있었다.

"뭔가 눈에 띄는 점이 있나요?" 내가 물었다.

"왼쪽이 오른쪽보다 큽니다." 검시관실 경찰관이 이윽고 말했다.

"무릎 아래만요." 경사가 말했다. "이제야 제대로 봤는데 정말 이상하네요."

"장딴지가 엄청난데요!" 순경이 동의했다.

"그냥 큰 거야." 경위가 정정했다.

죽음을 해부하는 의사

나는 한 다리씩 차례로 줄자를 감았다.

"양쪽 장단지가 크고, 왼쪽이 좀 더 커요."

경위가 시계를 흘끗 보았다.

"하지만 그게 머리 손상과 무슨 관계가 있죠?" 그가 다시 물었다.

"확실한 건 몰라요." 내가 솔직히 말했다.

나는 그 왼쪽 다리가 의심스러웠다. 사실 오른쪽 다리도 마찬가지였다. 비대한 장딴지는 심부정맥혈전증을 암시하기 때문에 이것을 먼저 확인해봐야 했다. 심부정맥혈전증은 건강한 젊은 남자에게서는 흔치 않다. 왜냐하면 다리의 혈전은 다양한 요인으로 발생할 수 있지만 대개는 혈류가 느려진 결과이기 때문이다. 수술 후와 같이 오랫동안 활동을 하지 않았을 때 주로 그렇게 된다. 나는 앤드루가 컴퓨터 앞에서 움직이지 않고 오랜 시간 앉아 있는 일을 하는지 궁금했다.

"저는 딸을 보러 미국에 비행기를 타고 갈 때면 이렇게 꼭 끼는 양말을 신어요." 순경이 말했다. "그래서 저는 심부정맥혈전증에 걸리지 않아요." 나는 그녀가 수년 동안 부검을 지켜보며 혈전을 충분히 봐서 교훈을 얻었을 거라고 짐작했다.

"장거리 비행을 하며 가만히 앉아 있으면 확실히 위험해요." 내가 말했다. "특히 이코노미석에 끼어 앉을 경우에는요. 앤드루가 최근에 휴가를 다녀왔나요? 아니면 출장이라도?"

"기록에는 여행에 대한 말은 없어요." 경사가 보고했다. "그래도 가족에게 물어볼까요?"

"아직은 아니에요." 내가 그에게 말했다.

심부정맥혈전증DVT은 매우 위험하다. 혈전이 떨어져나와 정맥을 통해 폐로 가면 급사를 일으킬 수 있기 때문이다. 이런 일이 앤드루에게 일어났다면, 이미 발견했을 것이다. 하지만 그의 다리를 더 살펴보기 전에 심부정맥혈전증을 배제해서는 안 되었다. 나는 심부정맥혈전증을 수도 없이 많이 보았지만, 보았어야 할 때 보지 못한 적도 있을 것이다. 정맥을 봐야 할 명백한 이유가 없는 한 우리는 다리를 절개하지 않는다. 따라서 병리학자들은 눈에 잘 띄지 않는 심부정맥혈전증을 자주 놓칠 수 있다.

경찰관들은 맥줏집으로 향하는 대신, 내가 앤드루의 왼쪽 다리를 살펴보는 동안 인내심 있게 기다렸다. 정맥에 도달하려면 장딴지의 복잡한 근육을 잘라내야 했다. 이 근육들은 발을 움직이고 균형을 잡는 데 중요하다. 나는 이 근육들에 관심이 많지만 우선 정맥부터 확인해야 했다.

혈전은 길고 검붉은 핏덩어리로, 정맥의 모양과 일치하지만, 마치 뱀이 빗자루를 삼킨 것처럼 정맥 안에서 부풀어오른다. 앤드루에게 혈전이 없다는 것을 확인하기까지는 오래 걸리지 않았다.

이제 나는 근육으로 돌아갔다. 그리고 손을 대자마자 뭔가가 잘못되었음을 직감했다. 사람들은 내게 어떻게 하고 있는 일을 쳐다보지도 않고 말하고 일할 수 있느냐고 묻는다. 답을 하자면, 바쁘게 움직이는 손과 손가락 덕분이다. 내 손과 손가락은 느끼고, 만지고, 감지한다. 병리학의 대부분은 촉감이다. 그리고 뭔가가 올바르지 않으면 경보를 울린다. 내 손과 손가락들이 지금 경보를 울리고 있었다. 질감

죽음을 해부하는 의사

이 균일해야 하는 부위가 그렇지 않았다. 근육 조직이 단단하고 지방이 많고 섬유질인 지점이 몇 군데 있었다. 그밖에 다른 곳은 그렇지 않았다. 나는 재빨리 오른쪽 다리를 살펴보았다. 오른쪽도 비슷했지만 근육이 그 정도로 창백하고 얼룩덜룩하지는 않은 것 같았고, 지방도 적었다.

이윽고 나는 고개를 들었다.

"이제 알았어요." 나는 말했다. 그들이 일제히 나를 응시했다. "이 근육에 뭔가 아주 흥미로운 일이 일어나고 있어요. 그게 뭔지는 아직 확실하지 않아요."

"그러면 이제 끝난 건가요?" 맥주잔이 그들을 부르고 있었다.

"현미경 검사를 위해 근육 샘플을 좀 채취할 거예요. 하지만 내가 보기에는 앤드루의 혈중 알코올 농도에 많은 것이 달려 있는 것 같습니다. 만일 그가 술을 마셨다면, 설령 그가 엄밀한 의미에서 취하지 않았더라도, 여러분은 동생을 기소하지 못할 겁니다. 앤드루는 술에 취해 담벼락 위에서 흥청거리다가 비틀거리며 떨어진 겁니다." 나는 내 친구 사이먼의 웃는 얼굴이 떠올랐다. 자신이 원한다면 사이먼만큼 음주를 숨길 수 있는 사람은 없었다.

"그렇군요." 경위가 침울하게 말했다.

그 열정적인 순경이 말했다. "하지만 목격자들이 많아요!"

경사는 고개를 저었다. "만일 앤드루가 술에 취했다면, CPS(검찰청)는 누군가가 그를 밀었다고 증언하는 목격자가 아무리 많아도 그들의 말을 듣지 않을 겁니다."

"맞아요. CPS는 그가 술 몇 잔을 마시고 담벼락 위를 달리다 단순히 화를 자초했다고 말할 겁니다." 나는 동의했다.

여기서 살인자들이 참고해야 할 점이 있다. 피해자가 술에 취했다면 그를 밀쳤거나 밀었거나 떨어뜨려도 죄를 면할 확률이 높다. 나는 수년 동안 이런 사례를 많이 보았다. 하지만 여기에 지나치게 의존하지는 말기를.

"독극물 검사를 기다려보는 게 좋겠어요. 그의 혈중 알코올 농도가 진실을 알려주겠죠." 경위가 말했다. "결과를 보고 조치를 취합시다."

그는 CSI(과학수사대crime scene investigation)를 돌아보았다. "검사를 긴급으로 처리합시다."

하지만 나는 또 다른 일을 한 가지 했다. 내 짐작이 맞다면, 앤드루 가족을 위해 양심적으로 내가 꼭 해야 할 일이라고 느꼈다. 나는 그의 알코올 농도를 확인하기 위해 샘플을 제출하는 것 외에, 특수 검사를 위한 혈액 샘플을 몇 개 채취했다.

우리는 부검실을 떠났고, 결과를 기다리는 동안 각자의 삶을 이어나갔다. 하지만 나는 내가 그 사건에 몰두하고 있다는 사실을 깨달았다. 이십 대 중반이 되면 뇌가 완전히 발달하고, 이 무렵 젊은이들은 인생에 정말로 하고 싶은 일이 뭔지 결정하거나 적어도 앞날에 대해 진지하게 생각한다.

내 친구 사이민은 이 단세에서 꽤 진지해졌다. 그는 마침내 의학 공부를 시작했고 마취과 의사가 되고 싶다고 결심했다. 그는 피오나보다 훨씬 착한 여자 친구를 사귀었고, 그의 진로도 순조롭게 진행되고

죽음을 해부하는 의사

있었다. 십 대 후반에 그를 집어삼켰던 위기는 이제 먼 옛날 일이 된 것처럼 보였다. 그는 여전히 엄청난 양의 술을 마시곤 했지만, 말짱할 때는 나의 웃기고 재미있고 다정다감한 친구로 돌아왔다.

앤드루도 이 나이에 접어들면서 변한 것이 분명했다. 그는 더 이상 동생이 기억하는 술꾼이 아니었지만 인생의 안정기가 시작되려는 찰나 아내, 아기 그리고 도시에서 얻은 직장을 남겨두고 사망했다.

그리고 그런 안정을 찾지 못한 동년배들은 어떨까? 최근에 통계 수치는 20세부터 34세 사이의 자살률이 더욱 증가하고 있다는 것을 보여준다. 이 연령대에서 자살은 전체 남성 사망자의 28퍼센트 이상을 차지하고, 여성 사망자의 약 18퍼센트를 차지한다. 그다음으로 유력한 사인은 우연한 중독이다. 이는 잘못된 처방을 받는 것을 포함하는 포괄적인 표현이지만, 일반적으로 의도하지 않은 약물 과용을 뜻한다. 그다음은 자동차 사고이고, 살인이 뒤를 따른다. 셰익스피어가 옳았다. 젊은 남성들은 명예라면 양보하지 못하며 걸핏하면 싸우려 한다. 특히 약물이나 알코올의 영향 아래 있을 때는. 그래서 술은 20~34세의 다섯 번째로 큰 사망 원인으로 우리를 이끈다. 그것은 간경변이다.

젊은 여성들을 조사한 통계수치도 비슷하지만 한 가지 큰 차이가 있다. 유방암이 세 번째로 큰 사망 원인이 되었다는 점이다. 교통사고와 간경변이 그 뒤를 바싹 따른다. 이 마지막 원인은 21세기에 이 연령대 여성들에게서 큰 증가세를 보이고 있다.

이러한 통계는 성년 초기에 대해 우리에게 무엇을 말해줄까? 유년기를 지나며 우리는 자신의 삶을 통제하고, 따라서 자신의 죽음에 대한 책임도 점점 커진다. 물론 아무도 암에 걸리기를 선택하지 않지만, 싸움, 위험한 운전, 과도한 음주, 또는 약물 과다복용의 경우는 적어도 이론적으로는 우리가 통제할 수 있고, 따라서 젊은이들이 통제력을 행사하기로 마음만 먹는다면 얼마든지 예방할 수 있다. 하지만 우리 모두는 젊은 시절에는 영원히 살 것처럼 행동한다.

앤드루의 혈액 분석 결과들 중 먼저 나온 것은 내가 의뢰한 특수 검사인 크레아틴키나제 검사였다. 이 효소는 건강한 근육 세포에서 발견되지만, 혈액에도 상당한 양이 존재한다면 누출이 발생한 것이다. 그리고 누출이 있다는 것은 근육 세포가 손상되었음을 가리킨다. 앤드루의 경우 이 효소의 수치가 상당히 높게 나왔고, 이는 근육 손상이 상당하다는 증거였지만, 어떤 형태로 손상이 일어났는지는 알 수 없었다. 나는 다리 근육의 대사 과정에 문제가 생겼다고 의심했지만, 진단을 내리려면 갈 길이 멀었다.

마침내 앤드루의 혈중 알코올 농도가 나왔다. 100밀리리터당 50밀리그램을 약간 밑돌았다. 이것은 잉글랜드에서는 음주운전 제한선에 훨씬 미치지 못했고, 스코틀랜드에서는 운전할 수 있는 상한선이었다. 그의 친구들이 옳았다. 그는 사망한 날 저녁에 술에 취하지 않았다. 그의 동생은 이제 피고석에 한 발짝 더 가까이 다가갔다.

독극물 검사 결과가 나오자마자 나는 검시관 사무실에 연락해 앤드루의 다리 근육에 대한 내 가설을 확인해보고 싶다고 말했다. 사실 이미 조용히 비공식적으로 일을 추진하고 있었다. 나는 실험실에서

죽음을 해부하는 의사

포르말린으로 고정 처리한 샘플을 현미경 아래 놓고, 이용 가능한 모든 화학 염색약을 사용해가며 관찰하고 있었다. 나는 시료가 만들어내는 만화경 같은 색깔이 마음에 들었지만, 그것이 무슨 뜻인지 이해하기에는 역부족이었다. 그래서 전화 수화기를 집어들었다.

전화를 받은 검시관실 직원이 말했다. "어차피 경찰이 동생을 기소할 거고, 따라서 검시관님은 전문가에게 고액을 지불해가며 현미경을 들여다보라고 하실 리가 없어요. 나중에 검찰청에서 그 비용을 지불하게 될 수도 있잖아요."

"저는 이것이 중요한 증거가 될 수 있다고 생각합니다." 나는 고집을 부렸다.

"박사님도 아시다시피 검시기관도 예산이 있어요."

"검시관과 통화할 수 있을까요?"

"검시관님은 오늘 매우 바빠요."

"내일 전화해도 될까요?"

"통화 목록에 올려놓을게요." 검시관실 직원은 단호하게 말했다. "그러면 가능할 때 전화를 하실 겁니다."

이 검시관은 최근에 임명되었다. 수년 동안 나는 그의 전임자와 좋은 짝이었다. 그 사람이라면 즉시 전화를 걸었을 것이다.

"아시다시피 예산이 정해져 있어요." 새로운 검시관이 마침내 전화를 걸어와 말했다. "그리고 현미경 조사와 관련한 지불 규정은 아주 명확해요. 저는 더 이상 지불할 수 없습니다. 그리고 어쨌든 이 살인 사건의 수사는 이제 전적으로 경찰의 손에 달려 있어요."

그는 새로운 법정 검시관 중 한 명임이 분명했다. 그는 부검법에 대해서는 모든 것을 알고 있었지만 의학에 대해서는 잘 알지 못했고, 우리가 중요한 사실들을 어떻게 규명하는지에 대해서는 말할 것도 없었다.

내가 말했다. "경찰이 동생을 기소할 생각인 건 알지만…."

"맞아요. 그러니 경찰이 기소했을 때, 그들이 갖고 싶어할 만한 값비싼 증거가 있다고 생각되면 경찰이나 검찰청에 얘기하세요."

"이 젊은이는 담장에서 떨어졌어요. 사고 아니면, 동생이 민 겁니다."

"정확히 그것이 경찰이 생각하는 바입니다. 그리고 목격자들이 말하는 바이기도 하고요."

나는 바로 앞에서 금고 문이 쾅 하고 닫히는 소리를 들었다. 하지만 나는 뜻을 굽히지 않았다.

"저는 세 번째 가능성이 있다고 생각합니다. 고인의 다리에 근육 장애가 있었던 것 같아요. 하지만 전문가 확인이 필요합니다."

"그런 문제가 있었다면 왜 병원에 가지 않았죠?"

"본인도 몰랐을 겁니다. 아니면 모르고 싶었거나. 어떤 젊은이가 자기 다리를 제어할 수 없어서 축구장에서 넘어진다는 사실을 인정하고 싶겠어요? 그 외에는 건강 상태가 좋았을 겁니다."

상대는 한동안 말이 없었다. 검시관은 계산기를 두드리고 있었다.

"그 현미경 검사에 600파운드가 든다고 했나요?"

"네, 그 정도입니다."

죽음을 해부하는 의사

"만일 경찰이 돈을 지불하지 않으면, 검찰청에 시도해보는 게 낫지 않을까요?"

이 검시관은 지불하지 않겠다는 결정을 내렸다. 나는 그의 전임자라면 비용을 지불하는 데 동의했을 거라고 확신했다. 하지만 나는 법적 논쟁을 하고 싶지 않았고, 우여곡절 끝에 경찰을 설득해 이 분야에 조예가 깊은 교수에게 비용을 지불하고 그의 전자현미경으로 내 슬라이드를 살펴볼 수 있었다.

교수가 곧 내게 전화를 걸어왔다.

"정식 보고서를 제출하겠지만…." 그가 말했다. "기본적으로 그 친구는 근이영양증을 가지고 있었습니다."

근이영양증이라…. 어느 가족에게나 나쁜 소식이었다.

"어느 것을 말씀하시나요?" 내가 물었다. 이 잔인한 질환은 머리가 많은 뱀이기 때문이다.

"베커형 근이영양증입니다. 24세가 될 때까지 더 분명히 드러나지 않았다는 게 놀랍지만, 가족들과 이야기를 나눠보면 그가 한동안 걸음걸이가 약간 불안정했다는 말을 들을 수 있을 겁니다."

"그는 최근에 축구팀에서 탈락했어요." 내가 말했다.

"솔직히 그렇게 오랫동안 축구팀에 있었던 것도 대단해요."

"유전병일 가능성은요?"

"베커형 근이영양증이라면, 아마 어머니가 보인자일 겁니다. 그에게 형제들이 있습니까?"

"네. 사실 동생이 형을 살해한 혐의를 받고 있어요. 그들은 담장 위

를 달리고 있었고, 목격자들 말로는 동생이 형인 앤드루를 밀었다고
해요."

전문가는 도저히 믿을 수 없었는지 오래 딸그닥거리는 소리를 냈다.

"베커형 근이영양증을 가진 사람이 담장 위에서 껑충거리며 뭘 했
다고요?"

"보고서에 그렇게 쓰실 거예요?"

"그 사람이 거기까지 기어 올라간 것이 놀랍다고 쓸 겁니다."

"동생도 베커형 근이영양증 검사를 받아보고 싶을 거예요." 내가
말했다.

"당연하죠."

"그리고 고인은 최근에 아버지가 됐어요."

"음, 만일 아기가 여아라면 보인자겠군요. 하지만 아들에게는 장애
를 물려줄 수 없습니다." 전문가가 말했다.

베커형 근이영양증은 다른 몇몇 운동장애들과 달리 이른 나이에
나타나지 않을 수 있고, 사십 대까지, 종종 그 이후까지도 잘 지낸다.
하지만 그들은 점점 더 활동에 지장을 받게 된다. 원인이 무엇일까?
이번에도 유전자 복권에서 불운한 숫자에 당첨된 것이다. 이 돌연변
이는 인간의 가장 큰 유전자들 중 하나로 알려져 있는 DMD 유전자
에 발생한다. 이 유전자는 디스트로핀을 만드는 데 관여한다. 이 단백
질은 건강하고 튼튼한 근육을 유지하는 데 필수인 많은 단백질들 중
하나다. 베커형 운동장애를 지닌 사람들의 경우 대개 이 단백질이 만
들어지지 않아서, 시간이 지남에 따라 근육이 점점 손상되다가 결국

죽음을 해부하는 의사

약해져 죽게 된다. 앤드루의 경우 장딴지 근육에 가장 먼저 영향이 나타났지만, 그가 살아 있었다면 다른 근육들도 곧 뒤따랐을 것이다. 불행히도 많은 경우 근이영양증에 걸리면 결국 심장 근육에도 영향이 미친다.

베커형 운동장애는 X 염색체(여성은 X 염색체가 두 개이고 남성은 한 개뿐이다)를 통해 어머니에서 아들로 전달된다. 여성은 그 유전자를 지닐 수 있지만 그것을 아들에게 전달할 확률은 50퍼센트다. 하지만 스스로 증상을 보일 가능성은 거의 없다. 여성은 X 염색체가 하나 더 있어서 디스트로핀 부족을 만회할 수 있기 때문이다. 앤드루의 동생은 형이 다리 통제력을 상실한 것에 대해 그토록 잔인하게 조롱했지만, 그도 곧 똑같은 상실을 경험하기 시작할지도 모른다. 그 가족에게는 전문가 조언과 상담이 필요하다. 그들은 이미 아들을 하나 잃었다. 이제 다른 아들도 잃을 수 있는지 여부를 그들은 알고 싶을 것이다.

경찰의 주장은 앤드루의 진단이 나왔을 때 무너졌고, 물론 그의 동생을 기소하지 않았다. 검시관은 사인 심문을 진행하고 싶어 했다. 나는 그에게 전화를 걸어, 앤드루 가족에게 필요한 전문가 도움을 위해 자선기금 신청을 지원해줄 수 있는지 물었다. 그의 반응은 예상한 대로였다.

"그건 저와는 상관없는 일입니다!"

그래도 시도해볼 만한 가치는 있었다.

나는 마침내 앤드루의 부검감정서를 작성할 수 있었고, 그 보고서에서 유족은 다른 식구들이 같은 장애를 가지고 있을 가능성에 대해 전문가 상담을 받아야 한다는 조언을 담았다. 나는 검시관에게 이 사실을 유족에게 직접 설명하겠다고 말했고, 곧 앤드루의 부모가 나를 찾아왔다.

슬픔에 잠긴 유족이 내 사무실로 걸어들어오는 장면은 늘 보지만 아무리 봐도 무덤덤해지지 않는다. 사무실은 종이클립과 각종 목록, 달력에 따라 일을 매끄럽게 처리해야 하는 곳이지만, 이곳에는 이렇게 신중하게 설계된 사무 환경을 조롱할 정도로 압도적인 감정이 존재한다. 나는 마음을 다잡고 친절하지만 냉정하게 말했다. 그들은 부적절한 동정을 받으러 여기 온 것이 아니었다.

사실 앤드루의 어머니는 엄청난 분노에 휩싸여 있었다. 그의 아버지는 면담 내내 거의 말없이 앉아 있었다. 나는 그가 평소에도 말이 없는지, 아니면 슬픔이 그의 입을 다물게 했는지 궁금했다. 어머니는 키가 크고 강하고 근육질이었다. 그녀는 자기 방식대로 행동하는 사람이었고, 지금은 나를 탓하며 자신의 고통을 무마하고 있었다. 이성적인 방식은 아니었다. 그 일로 비난받을 사람은 여기에 아무도 없었으니까.

앤드루의 어머니는 가족 내에 유전되는 질환이 있을 가능성을 딱 잘라 부정했다. 그녀가 기억하는 한 이전 세대 중 어느 누구도 근이영양증을 앓지 않았다.

나는 유전자가 자연적으로 돌연변이를 일으킬 수 있다는 점에 동의했지만, 베커형 근이영양증의 경우 대체로 어머니가 보인자라는

　　　　　　　　　죽음을 해부하는 의사

사실을 지적했다. 말할 필요도 없이 그 말은 그녀를 더 화나게 했다. 나는 그녀에게 가족사에 대해 말해달라고 설득했다.

앤드루의 어머니는 두 딸 중 한명이었다. 언니의 아들들은 둘 다 삼십 대인데 근육 장애의 증후를 보이지 않았다. 그녀는 이 사실을 내 가설이 터무니없다는 증거로 제시했지만, 그건 단지 스타일러 부인이 언니보다 훨씬 운이 나쁘다는 사실을 확인시켜 줄 뿐이었다. 나는 아버지가 아직 생존해 있는지 물었다. 그녀는 자신이 아주 어렸을 때 교통사고로 돌아가셔서 기억도 안 난다고 말했다.

나는 교통사고에 대해 아는 게 있느냐고 물었다.

스타일러 부인은 잠시 생각했다.

"음, 그가 끔찍한 실수를 저질렀다고 들었어요. 브레이크를 밟아야 했을 때 가속페달을 밟았나 봐요. 그리고 물어보시기 전에 미리 말하는데 아버지는 그날 술은 입에도 대지 않았어요."

음주 때문으로 오해받을 수 있는 치명적인 행동. 이것이 세대를 건너 반복되고 있었다. 나는 그녀의 아버지가 진단받지 않은 베커형 운동장애가 있었을 가능성이 있는지 물어보지 않을 수가 없었다.

그녀는 내 물음에 불같이 화를 냈다. 그녀가 진정하자, 나는 오래전에 외인사로 죽은 다른 가족이 또 있었는지 물었다.

이번에는 그녀가 망설였다.

"어머니는 이 집안에 저주가 내렸나보다고 말하곤 했지만, 저는 이 집안 남자들이 단지 사고를 잘 당할 뿐이라고 생각했죠. 일종의 성향이라고. 아버지의 할아버지에 대한 이야기를 들었어요. 그는 정말 괴

짜였던 것 같아요. 하지만 일찍 죽었죠. 경주에서 이기려는 순간 말에서 떨어졌어요."

나는 유전병 상담사가 아니라서, 그녀가 가족사와 미신을 재해석하는 고통스러운 과정을 거치는 동안 조용히 듣고 있을 수밖에 없었다. 때때로 우리는 산 방식이 아니라 죽은 방식으로 기억된다. 그리고 분명히 그녀 가족에게는 이것이 패턴처럼 보였다.

면담은 성공이었다. 그녀가 마침내 가족 모두 검사와 상담을 받는 데 동의했기 때문이다.

그리고 나서 사무실을 나가려던 참에 그녀가 내게 또 다른 질문을 했다.

"이 유전자에 대한 박사님 말이 맞다면… 앤드루의 어린 아들도 그 유전자를 가지고 있을 위험이 있나요?" 그녀가 물었다.

쉬운 질문이었다. "없습니다."

"그러면 이안은요?"

이안은 앤드루의 동생이었다. 내가 두려워했던 질문이었다.

"그럴 가능성이 있습니다."

"얼마나요?"

나는 마지못해 확률은 50퍼센트라고 말할 수밖에 없었다.

"그러면 내가 아들들에게 저주를 내린 셈이군요." 그녀가 기어들어가는 목소리로 말했다. "내가 아이들을 낳았을 때 죽음도 준 거였어요."

나는 그것은 어떤 면에서 우리 모두에게 해당되는 말이라고 말하려

죽음을 해부하는 의사

고 했다. 하지만 그녀는 감정이 북받쳐 내 말을 들을 여유가 없었다. 그녀는 유전자 전문가의 이름을 물었고, 나는 한 사람을 추천했다.

나는 얼마 지나지 않아서 그 전문가와 우연히 마주쳤고, 그래서 그 가족의 결과에 대해 물어볼 기회가 있었다.

"애석하게도…." 그가 말했다. "살아남은 동생도 베커형 운동장애로 판명되었어요. 어머니가 두 아들 모두에게 운동장애를 주었다니, 운도 없지. 딸도 둘 있는데, 한 명이 보인자예요. 보인자인 딸에게는 이미 아들이 있어요. 가족은 아직 그 아들을 검사하지 않았는데, 그들은 검사하기를 원하지 않아요."

유전자는 무자비하다. 돌연변이는 대개 인생 초반에 드러나지만, 젊은이가 한창때에 이를 때까지 조용히 기다렸다가 공격하기도 한다. 앤드루의 남동생은 형의 쇠락하는 체력을 놀리며 못되게 굴었다. 축구와 파쿠르를 하는 동안 공개적으로 그를 따돌리고 모욕했다. 어쩌면 그는 자신의 근력이 쇠락하면서 생기는 작은 한계들을 이미 눈치 챘는지도 모른다. 어쩌면 그의 잔인함은 젊은이의 허세나 형제간의 경쟁심이 아니라 두려움의 표현이었는지도 모른다.

앤드루의 운동장애가 발각되지 않았다면, 그의 죽음은 이 연령대의 전형적인 죽음처럼, 욱해서 휘두른 폭력과 취해서 한 무모한 행동의 결과처럼 보였을 것이다. 내가 접하는 젊은 남성들의 죽음은 보통 한 번의 자상, 한 번의 총상, 또는 한 번의 펀치로 발생한다.

한 번의 펀치는 결코 살인을 의도한 것이 아니지만 아주 쉽게 그렇게 될 수 있다. 일반적으로 두 가지 방식이 있다. 먼저, 두 명의 젊은 남자가 술집 밖에 있는데 한 명이 매우 화가 났다고 치자. 술집이라는 점이 중요하다. 왜냐하면 알코올은 공격자의 분노를 증폭시킬 뿐만 아니라, 피해자의 목을 이완시키기 때문이다. 목 근육이 머리를 단단하게 잡지 못하는 것이 사망에 기여할 수 있다.

화가 난 남자가 피해자를 후려갈긴다. 대개 얼굴 정면이 아니라 측면을 친다. 공격자가 오른손잡이고 펀치가 턱 또는 윗목의 왼쪽을 가격한다고 하자. 피해자의 머리가 옆으로 휙 젖혀지는 동시에 오른쪽으로 회전한 후 뒤로 꺾인다. 나는 이 과정을 CCTV 영상을 느리게 재생하며 수차례 보았다. 두개골이 이렇게 갑자기 비정상적으로 움직이면(특히 회전하면) 척추 가장자리에 있는 특별한 구멍들을 통해 뇌로 가는 작은 동맥들이 찢어질 수 있다. 이 구조는 동맥을 보호하기 위한 것이지만, 머리가 흔들리는 동안 실제로는 동맥을 잡아 끌고 당길 수 있다. 그 동맥들은 손상되면 당연히 피가 난다. 출혈은 보통 뇌를 둘러싸는 중간막 밑 공간인 거미막하 공간으로 올라간다.

거미막하(지주막하) 출혈은 즉사를 초래할 수 있다. 법정에서 목격자들은 종종 피해자가 "감자 자루처럼 바닥으로 푹 쓰러졌다"라고 묘사한다. 하지만 죽음이 반드시 그 자리에서 일어나는 것은 아니다. 의식 명료기가 있을 수 있다. 이때 피해자는 걷고 말하며 정상으로 보이지만, 실제로는 동맥에서 새어나오는 피가 머릿속에 축적됨으로써 두개내압이 증가하고 있다. 처음에는 두통이 생긴다. 그런 다음에는 목이 뻣뻣해지고, 속이 메스꺼워지며, 그러다 마침내 의식을 잃는다.

죽음을 해부하는 의사

단 한 번의 펀치로 사람을 죽일 수 있는 두 번째 방법은 딱딱한 땅에 뒤로 떨어지는 것이다. 앤드루 스타일러는 펀치를 맞지는 않았지만 이런 식으로 사망했다. 추락하는 동안 중력이 그를 아래로 잡아끌면서 그의 머리가 빠르게 떨어졌다. 그러고 나서 머리가 포장도로에 부딪히며 갑자기 멈춘다. 목격자들은 이 소리를 보통 "구역질 날 정도로 끔찍한 쿵 소리"로 묘사한다. 두개골은 멈추었지만 그 안에서 뇌는 계속 움직인다. 타박상이나 골절이 발견된 곳의 반대쪽에서는 보통 감속 손상이 나타난다. 이것이 반대측 손상contra-lateral이다. 맞충격 손상contra coupe으로 더 흔히 알려져 있다. 두개골 바로 밑에 있는 두껍고 고정된 막(경막) 아래에서 미세한 혈관들이 움직이는 뇌에 의해 찢어져 경막하 출혈을 일으킨다. 그리고 정맥 출혈이 동맥 출혈보다 더 천천히 일어나기 때문에, 훨씬 더 길고 더 기만적인 의식 명료기가 있을 수 있다.

사람들은 흔히 골절된 두개골이 사망 원인이라고 추정하지만, 그런 경우는 좀처럼 없다. 두개골 안에서 움직이는 뇌가 치명적인 손상을 일으킨다.

나는 토요일 밤마다 수백 명의 사람들이 주먹질을 한다고 감히 말할 수 있다. 수백 명이 술에 취하거나 고주망태가 된 채 쓰러진다. 그 결과로 죽는 사람은 극소수이지만, 이런 식으로 죽으면 남겨진 가족들은 항상 이렇게 묻는다. 이런 일이 왜 우리에게 일어난 거죠? 앤드루의 어머니는 내게 이것을 묻고 또 물었다. 아무리 자세한 의학 지식으로 사망 원인을 파악해도, 부검감정서가 아무리 자세해도, 병리학자와 형사, 전문가들이 사망자와 사망을 둘러싼 정황을 아무리 오래 분석해도, 그런 죽음에는 과학적으로 정량화하거나 검토하는 것이 불가능한 한 가지 매우 중요한 요소가 늘 있다. 그것은 운이다.

죽음을 해부하는 의사

위험한 모험, 어설픈 계획

나는 삼십 대를 과잉의 시기로 간주하게 되었다. 치기 어린 행동은 떠나보냈지만 여전히 젊음을 누리는 시기, 우리를 위협하는 자연적 사인이 거의 없는 이 연령대의 사인은 대개 극단적인 행동이다.

삼십 대가 되면 가족을 꾸리고, 집을 사고, 막대한 빚을 떠안고, 경력이 쌓이거나 깨진다. 이 스트레스는 어쩌면 누군가를 극단으로 내몰아 삼십 대를 완료하지 못하게 할지도 모른다. 또 누군가에게는 이십 대에 이따금씩 하던 무모한 행동이 어느덧 습관으로 굳어졌을지도 모른다. 어쩌면 자극을 유지하기 위해 그 습관이 더 극단적이 되었을지도 모른다.

개러스 윌리엄스는 2010년 사망 당시 32세를 눈앞에 두고 있었다. 그는 매우 똑똑한 남성으로 정보기관에서 일하고 있었다. 그러다 보니 실제로든 상상으로든 많은 비밀이 그의 죽음을 둘러쌌고, 이 비밀들은 '가방 속의 스파이'로 알려진 사건에 대한 수많은 음모 이론을 뿌리내리게 했다.

그는 주민들이 서로 가깝게 지내는 웨일스 북서부의 작은 섬인 앵글시 출신이었고, 가족과도 매우 가까이 지냈던 것 같다. 개러스는 일찍이 수학 천재로 두각을 드러냈다. 10살 때 O레벨 시험을 치렀고, 17세에 뱅거 대학교를 수석으로 졸업했다. 그리고 이듬해 맨체스터 대학교에서 컴퓨터과학 석사학위를 받았다. 그는 곧 영국 정보통신본부GCHQ에 취직했다. 영국 정보통신본부는 영국 정부에 보안 정보를 제공하는 첼튼엄에 기반을 둔 정보기관으로, 암호를 해독하고 감청하는 것이 주 업무였다.

개러스는 체격이 왜소했지만 강했다. 그는 사이클을 열심히 탔고 암벽 등반과 언덕 걷기를 즐겼다. 하지만 다른 사람들과 함께 아웃도어 활동을 한 후에는 그들과 어울려 술을 마시러 가지 않았다. 그는 음악을 좋아했고 미술에 관심이 많았다. 최근에는 빅토리아 앨버트 박물관에서 열린 그레이스 켈리 전시회에 다녀오기도 했다. 그는 친구가 거의 없었다. 사인 심문에서 그의 여동생은 오빠가 사람을 쉽게 사귀지 못했다고 말했다. 그는 확실히 사회생활을 거의 하지 않는 개인주의자였고, 유난히 조용하고 내성적인 남자였다.

물론 아주 어렸을 때부터 학업 능력이 범상치 않았고, 그래서 자신의 학년 그룹에서 월반하여 더 나이 많은 학생들과 함께 공부했다. 그것은 쉽지 않았을 것이고, 우리는 아마도 그가 몸을 낮추는 법

죽음을 해부하는 의사

을 배웠으리라고 추정할 수 있다. 그가 사사로이 어떤 생각과 감정을 품었든, 알려진 성격으로 보면 그것을 남들과 좀처럼 나누지 않던 것 같다.

그가 첼튼엄에서 일하고 있던 사망 3년 전의 어느 밤, 개러스의 집주인은 도와달라는 그의 비명소리에 잠을 깬 적이 있었다. 집주인은 남편과 함께 그를 도와주러 달려갔다. 개러스는 밧줄이나 수갑이 아니라 (피부에 깊이 박히는) 직물을 사용해 자신의 손목을 침대 기둥에 묶은 채 꼼짝하지 못하고 있었다.

집주인 부부는 개러스를 풀어주었고, 개러스는 집주인에게 도망칠 수 있는지 알아보는 실험을 하고 있었다고 설명했다. 그가 하는 일의 성격에도 불구하고 집주인 부부는 그 말을 믿지 못했다. 그들은 이것을 성적인 사건으로 받아들였다. 그는 다시는 그런 위험한 일을 하지 않겠다고 약속했다.

개러스는 2009년 4월에 첼튼엄을 떠나 런던으로 이사했다. M16(영국 비밀 정보국)으로 3년간 임시파견을 나가게 된 것이다. 그는 새로운 일에 큰 기대를 걸었지만 곧 불행해졌다. 사인 심문에서 그의 여동생은 (개러스는 누구보다도 여동생과 가까웠던 것 같다) 그가 M16 요원들의 '가식적이고 저속한' 문화에 적응하지 못했다고 말했다. 불쾌한 사무실 정치가 있었다는 암시들도 있다.

개러스 윌리엄스가 맡은 정확한 업무에 대해 정보기관은 아무것도 밝히지 않았다. 전해지는 바에 의하면 그는 암호해독가였고, GCHQ에 재직하는 동안 암호학 분야에 대한 공로로 큰 상을 받은 팀의 일원이었다고 한다. M16으로 옮겼을 때 그는 '스파이'가 되었을까? 여러 보도에 따르면 그는 전문 해커였지만, 이때부터는 컴퓨터 화면만 보고 있지는 않았던 것 같다. 국한되지 않았던 것 같다. 이름을 밝히지 않은 한 M16 증인은 개러스의 사인 심문에서 검시관에게, 개러스가 두 명의 비밀 요원과 함께 '작전' 수행 중이었다고 말했다.

하지만 런던에서 겨우 1년을 지낸 후 개러스는 첼튼엄으로 돌아가게 해달라고 고용주를 설득했다. 대개 그렇듯이 그의 죽음은 인생의 분기점 중 하나에서 일어났다. 그는 일주일쯤 후 런던을 떠나기 위해 준비하고 있었다. 그의 아파트는 지나치게 깔끔했지만 이삿짐을 꾸리는 분위기를 풍겼다. 그리고 불과 일주일 전에 그는 미국 서부로 출장을 갔다가 돌아왔다.

개러스의 동료들은 일이 끝났을 때 집으로 돌아왔지만, 그는 출장에 이어 휴가를 보냈다. 그가 이 시기에 어디에 갔고 무엇을 했는지는 밝혀지지 않았지만, 어마어마한 신용카드 청구서가 날아온 모양이다. 그의 고용주들을 제외하고는 아무도 이 카드명세서를 본 적이 없는 것 같은데, 고용주들이 그것을 어떻게 확보했는지는 분명치 않다. 하지만 M16은 청구서를 가져가서 대금을 지불했고, 사인 심문에서 개러스가 동료의 호텔 비용을 대납했기 때문이라고 설명했다. 큰 조직이 어떻게 돌아가는지 알고 있으며 타인의 경비를 청구해본 사람이라면 누구나 이 설명이 믿기지 않을 것이다.

개러스는 8월 11일에 미국에서 돌아왔다. 그때부터 15일까지의 행적은 거의 기록되어 있지 않거나 알려지지 않았다. 하지만 8월 13일

죽음을 해부하는 의사

에 비스트로테크 클럽에서 찍힌 CCTV 영상이 존재한다. 이곳은 이스트 런던에 있는 세련된 창고 스타일 레스토랑에 딸린 카바레 룸이었다. 코미디언, 배우, 드래그 퀸의 예술적이고 자유분방한 혼합물인 조니 우가 '복장 도착자 텐트'라고 알려진 곳에서 자주 공연을 했다. 개러스는 늦게까지 머무르지는 않았다. 그는 자정 전에 집으로 돌아갔고, CCTV 영상은 그가 혼자 집에 있었다는 것을 확인해준다.

8월 15일에는 쇼핑을 갔고, 전날 입었던 빨간색 티셔츠와 치노 팬츠를 입고 있는 모습이 CCTV에 잡혔다. 이날 23시 30분에 그의 휴대폰 중 하나가 사실상 지워졌다. 공장 초기화된 것인데, 이것을 다른 누군가가 원격으로 했는지 개러스가 스스로 했는지는 확실치 않다.

8월 16일 월요일에 그는 첼튼엄으로 돌아가기 전 M16에서 마지막으로 간단한 임무를 시작할 예정이었다. 하지만 그는 출근하지 않았다. 아무도 그의 결근을 조사하지 않았다는 사실은 많은 것을 말해준다. 그의 아파트는 핌리코(런던의 한 지역)에 마련된, 보안장치가 된 '안전가옥'이었고, 그가 떠난 후 입주할 예정이었던 다른 요원이 그날 저녁 19시에 약속한 대로 집을 보러 왔다. 다음 날인 화요일 그 요원이 개러스에게 전화를 걸었지만 응답이 없었다. 그 후 다시 전화하지는 않은 것 같다.

거의 일주일 후인 다음 주 월요일 아침에 결국 개러스의 여동생이 GCHQ에 전화를 걸어, 오빠와 며칠 동안이나 연락이 닿지 않아 걱정이 된다고 말했다. 그날 오후 늦게 GCHQ의 누군가가 경찰에 연락했다. M16에 있는 그의 사무실에서는 아무도 누군가에게 알릴 정도로 그의 부재에 관심을 갖지 않았던 것 같다. 개러스가 출근하지 않은 때로부터 한참이 흘러서야 시신이 발견된 점은 검시관과 개러스의 가족 모두로부터 큰 비난을 샀고, M16의 대표는 그제야 관심을 보이지 않은 것에 대해 사과했다.

개러스가 실종되었다는 보고가 들어온 지 약 45분 후, 존 갤러퍼 순경이 아파트에 도착했다. 그는 가장 먼저 불이 켜져 있는 점에 주목했고, 두 번째로 마치 불타는 것처럼 부자연스럽게 붉은 색의 긴 여성 가발이 부엌 의자 등판에 걸려 있는 것을 눈여겨보았다.

아파트는 잘 정돈되어 있었고 침입의 흔적이 전혀 없었다. 위층에 있는 여분의 침실에 차곡차곡 포개져 놓인 타월과 큰 손가방들이 이삿짐을 싸는 중이었음을 알려주었다. 침실에는 몇 벌의 옷이 가지런히 놓여 있었으며, 바닥에는 목욕 가운과 침대 시트가 다소 어지럽게 널려 있었다.

갤러퍼 순경은 안방에 딸린 욕실 문을 열었다. 그곳은 창문이 없었고 불이 꺼져 있었다. 그리고 매우 강하고 역한 냄새가 났다. 방은 더웠다. 8월 치고는 이상할 정도로 중앙난방이 높은 온도로 돌아가고 있었다. 그리고 욕조 안에는 커다란 빨간색 노스페이스 손가방이 있었는데, 지퍼가 채워져 맹꽁이자물쇠로 잠겨 있었다.

순경은 가방을 들어 올리려 했지만 겨우 20센티미터 정도만 옮길 수 있었다. 그는 거무스름하고 지독한 악취를 풍기는 액체가 스며 나오고 있는 것을 알아차리고 곧바로 도움을 요청했다.

가방에는 벌거벗은 채 부패하고 있는 개러스 윌리엄스의 시체가 들어 있었다. 그는 무릎을 가슴에 대고 팔을 가슴 앞에 포갠 태아 자세로 등을 대고 누워 있었다. 가방 안 시신 밑에 열쇠 두 개가 고리에 달린 채 놓여 있었다. 이것은 가방 제조업체가 제공한 자물쇠 열쇠들로 밝혀졌다.

나는 개러스를 조사한 세 번째 병리학자로, 그가 죽은 지 한 달 후 부검을 실시했다. 나는 목 부위에 외상이 전혀 없고 몸을 관통한 물체도 없음을 확인해줄 수 있었다. 사실 치명적일 수 있는 외상의 흔적은 전혀 없었다. 왼쪽 상완에 멍이 있었고, 양쪽 팔꿈치 끝에 꽤 두드러진 찰과상이 보였다. 왼쪽 눈 안쪽에도 가벼운 찰과상이 있었다. 자연적 질환이 그의 죽음에 기여한 것으로는 보이지 않았다.

첫 번째 병리학자인 벤 스위프트가 의뢰한 독물 검사 결과 개러스의 간에서 GHB가 검출되었다. GHB는 데이트 강간 약물로 더 잘 알려진 하이드록시부틸산이다. 물론 이 정보는 많은 추측을 불러일으켰지만 상황은 그리 간단치 않다. GHB는 부패하는 시체에서 발견되는 자연 발생하는 화학물질이며, 혈액과 소변 모두에서 농도가 매우 낮게 나왔기 때문에 독물학자는 그것을 사후 변화로 쉽게 설명할 수 있다고 경고했다.

개러스의 위에는 음식물이 있었고, 벤 스위프트는 유일하게 믿을 수 있는 이 수단에 의거해 사망 시간을 추정했다. 존재하는 극소수의 증거는 개러스가 8월 15일에서 16일로 넘어가는 밤 새벽 1시 이후에 사망했다는 모든 사람들의 짐작을 확인시켜주는 것 같았다. 이 시간에 그가 마지막으로 패션 사이트와 기술 사이트에 접속한 기록이 있었다.

부패가 상당한 정도로 진행되었다는 점과 외부 손상이 전혀 없다는 점 때문에 벤은 개러스의 사인을 결정할 수 없었다. 따라서 그는 '사인 불상'으로 기록했다.

그사이에 두 번째 법의병리학자가 불려왔다. 밀폐된 공간에서의 죽음을 다루는 전문가인 이언 콜더였다. 그는 벤 스위프트의 조사 결과를 모두 확인해주었으며 같은 결론에 도달했다.

당시 검시관이었던 폴 냅먼 박사가 이례적으로 내게 세 번째 부검을 요청한 이유가 무엇인지는 분명치 않다. 아마도 이때쯤 언론에 개러스 윌리엄스가 기괴하게 살해되었다는 추정이 널리 퍼지고 있었기 때문이었을 것이다.

나는 개러스의 시신을 자세히 조사한 후, 수많은 의문에 답하기에는 부패 정도가 너무 심해서 병리학적 관점에서 정확한 사인은 '불상'으로 분류할 수밖에 없다는 데 동의했다. 하지만 죽음에는 병리학적 측면 외에 훨씬 많은 것이 있으며, 전체적인 상황을 고려할 때 유력한 사인은 질식이라는 느낌이 들었다. 그렇다 해도 나는 그가 독살되었을 가능성을 염두에 두어야 한다는 데 동의할 수밖에 없었다. 만일 시신에 독극물이 존재했다면, 언론이 이미 완전히 확신하고 있던 '두 번째 사람의 개입'이 유력시되었을 것이다. 하지만 부패가 심해서 독물학자들은 독물을 제대로 식별하기 어려웠다. 그래서 이런 저런 시도를 해봤음에도 불구하고 결국, 독물이 발견되지는 않았지만 어떤 독물이 존재했을 가능성을 완전히 배제할 수는 없다고 말할 수밖

죽음을 해부하는 의사

에 없었다. 증거 수준을 낮추면 확률적으로 어떤 독물도 존재하지 않았다고 말할 수 있었다. 진실의 수준을 더 높여도 그렇다고 말할 수 있었을까? 즉 어떤 독물도 존재하지 않았다는 것을 합리적 의심의 여지가 남지 않도록 밝혔다고 할 수 있을까? 대답은 '아니요'이다.

수사의 분기점은 타인들의 가담 여부를 밝히는 것이었다. 그들이 개러스를 살해해 가방에 넣었을까? 그를 가방 안에 억지로 밀어 넣었을까? 아니면 그들은 그가 알 수 없는 이유로 가방 안에 들어가는 것을 지켜보았고, 그런 다음에 모종의 사고가 일어나자 아파트를 떠났을까? 개러스가 이스트 런던에서 열린 조니 우의 공연에 참석했다는 사실이 알려졌을 때 이 마지막 가능성이 널리 주목받았다. 언론의 원색적인 상상 속에서는, 여장 남성이 출연하는 예술 공연에 참석한 것과 누군가를 집에 초대해 섹스 게임을 즐기다 일이 잘못되는 것은 한 끗 차이였다.

오해를 불러일으키는 일부 초기 정보에도 불구하고, 아파트나 가방, 또는 욕조에 타인의 존재를 나타내는 법의학적 증거는 전혀 없었다. 오직 개러스의 DNA만 검출되었다. 물론 프로파일링이 불가능할 정도로 DNA 샘플이 적었을 수도 있다고 생각한다. 이 글을 쓰는 시점에, 실제로 업데이트된 프로파일링 기법을 적용하자는 논의가 일어나고 있다. 하지만 달리 증명되지 않는 한 그 DNA가 다른 사람보다는 개러스의 것일 가능성이 더 높아 보인다. 욕조 안에는 지문도 발자국도 없었다. 심지어 개러스의 것조차 발견되지 않았다. 이 경우 개러스의 사망 시점에 그의 아파트에 다른 누군가가 있었음을 확인하는 것은 법의학적으로는 불가능했다.

빈 방에서 발견된 비슷한 가방 세 개는 맹꽁이자물쇠에 열쇠들이 그대로 달려 있었던 반면, 개러스가 죽은 가방의 열쇠 네 개는 분리되어 있었다. 두 개는 가방 안 시신 밑에 있었고, 나머지 두 개는 그의 침대 옆 테이블 위에 놓인 금고 안에 있었다. 다른 누군가가 그 열쇠들을 건드렸음을 가리키는 DNA나 지문 증거는 없었다. 하지만 DNA가 검출되지 않았다고 해서 유전적 증거가 없다는 뜻은 아니다. 그것은 단지 결론을 내릴 수 없다는 뜻일 뿐이다. 그리고 물론 증거의 부재가 부재의 증거는 아니다.

어떤 사람들은 아파트의 온도가 높았던 이유는 방문객이 일부러 부패를 앞당김으로써 병리학자들에게 혼란을 주기 위해 아파트를 떠나기 전에 난방을 올렸기 때문이라고 생각한다. 하지만 기록을 보면, 2010년 8월 15일 런던 날씨는 낮 최고 기온이 섭씨 22도였지만 한밤중에는 13도까지 떨어졌다. 개러스는 무더운 미국 서부에서 막 돌아온 터였다. 따라서 그가 추위를 느껴서 스스로 난방을 올렸을 가능성이 충분히 있다.

실질적인 증거가 없으면 음모론이 무성해지기 마련이다. 이 사건에 대한 가장 인기 있는 가설은, 개러스가 업무를 진행하는 과정에서 해킹한 곳들이 그를 달갑지 않게 여겼으며 개러스가 다른 사람들을 위협하는 정보를 손에 넣었기 때문에 살해당했다는 것이다. 영국 정부, 특히 그의 직속 상사가 용의자 목록에 포함되었다는 추측이 나돌았다. 개러스가 영국 은행을 사이버 자금 세탁으로부터 보호하고 있

죽음을 해부하는 의사

었고, 따라서 테러리스트나 알려지지 않은 외국 유력자들이 그를 죽였다는 주장도 있다. 또 한 가지 가설은 이스라엘이나 아프가니스탄이 자국의 이익을 위해 그를 제거했다고 주장한다. 그리고 개러스가 사망한 지 5년 후 영국으로 망명한 한 러시아 요원이 러시아 정부가 개러스를 이중 스파이로 포섭하려 했다고 발표했을 때는 러시아 개입설이 널리 퍼졌다. 그 요원은 개러스가 그 제안을 거절했지만 제안을 받으면서 다른 이중 스파이들에 대한 너무 많은 정보를 입수했기 때문에, 탐지할 수 없는 독극물을 그의 귀에 주입한 요원들에 의해 제거되었다고 말했다.

나는 왜 비교적 혈관이 없는 귀, 또는 엇비슷하게 혈관이 없는 발가락 사이 공간이 항상 이런 치명적인 약물 주입의 경로로 거론되는지 잘 모르겠다. 병리학자들이 그런 지루하고 별 볼일 없는 신체 부위까지는 살펴보지 않는다고 생각하기 때문일까? 천만에. 우리는 귀, 발가락, 그리고 여러분이 언급조차 하지 않는 곳을 포함해 모든 곳을 샅샅이 살펴본다.

이 모든 가설들에 대해 후속 수사가 이루어졌고, 정보기관과 영국 경찰청의 다양한 부서들이 수사 주도권과 절차를 둘러싸고 상당한 알력 다툼을 벌였던 것 같다.

하지만 이 사건에는 수사가 필요한 또 다른 영역이 있었다. 바로 개러스의 사생활이다.

나는 다음과 같은 사항들을 고려해야 한다고 생각한다. 이건 다른 종류의 부검, 즉 심리적 부검이다. 하지만 그것은 병리학적 부검만큼이나 많은 정보를 드러낼 수 있다.

개러스는 세인트 마틴 대학에서 패션 디자인 저녁 강좌를 두 개나 들었고, 실제로 사망 당시 옷장에 걸려 있던 디자이너 의상에 수천 파운드를 썼다. 그는 키 173센티미터에 체중은 60킬로그램이 조금 넘었고 체지방지수가 겨우 20에 그칠 정도로 왜소했다. 정확한 옷 사이즈를 모르기 때문에 그 옷들이 그에게 얼마나 잘 맞았는지는 알 수 없지만, 몇 벌을 빼고는 모두 입지 않은 채 포장 그대로 있었기 때문에, 나는 그에게 중요했던 건 소유이지 사용이 아니었을 거라고 생각한다.

그는 또한 값비싼 (많은 디자이너 브랜드의) 여성 신발을 26켤레나 가지고 있었다. 옷처럼 대부분이 포장도 풀지 않은 새 상품이었다. 단 네 켤레만 신은 흔적이 있었다. 사이즈는 6과 1/2로, 그가 신기에 그리 작지는 않겠지만 아마 꽉 끼었을 것이다. 그러면 사용보다 소유가 중요했다는 점이 그 남자와 그의 인생에 대해 무엇을 말해줄까?

그의 아파트에는 많은 여성 가발이 있었는데, 경찰이 부엌 의자 등받이에서 발견한 것만 빼고는 모두 시신이 발견된 가방과 유사한 가방 안에 넣어 자물쇠로 채워놓았다.

화장품과 액세서리들도 있었지만 그중 어느 것도 사용한 흔적이 없었다.

아파트 곳곳에 떨어진 정액에서 DNA 증거가 발견되었는데 모두 개러스의 정액이었다. 단, 옷에서는 전혀 검출되지 않았다. 일부는 욕조 옆 욕실 바닥에서 나왔다.

죽음을 해부하는 의사

죽기 1년 전 그는 묶고 즐기기/판타지/페티시 관련 웹 사이트 네 곳을 반복적으로 이용했다. 한 묶고 즐기기 사이트는 회원가입을 해야 했다. 개러스는 묶고 즐기기에 관심이 있었던 것이 분명하지만 다른 사람을 끌어들인 증거는 없다. 그가 가장 자주 이용한 사이트 중 하나는 '틈새 추구' 사이트였다. 좁은 장소에 갇혀 있다가 거기서 탈출하는 성적 판타지를 말한다.

많은 사람들에게 이것은 이해할 수 없는 행위로 보일 것이다. 이런 행위는 성적 만족감을 위해 두려움, 심지어는 공포를 느끼고 싶어 하는 욕구에 뿌리를 두고 있다. 아드레날린은 현재 투쟁-도피 반응●을 일으킨다고 알려져 있지만, 빅토리아 시대에 이전에는 '투쟁, 도피, 놀이 호르몬'이라는 더 폭넓은 애칭을 가지고 있었다.

자율신경계(우리 의지로 통제할 수 없는 신경들)의 두 측면은 성적 오르가슴에 이르는 데 필수적이다. 하나는 부교감 신경계로, '휴식 및 소화' 시스템으로도 알려져 있다. 부교감 신경은 몸을 이완시키고 나아가 편안하게 만들어 성적 흥분을 느낄 수 있게 한다. 일단 흥분이 일어나면(남성의 경우 대개 발기를 뜻한다) 이때부터는 교감 신경계가 나선다. 그 결과 호르몬들 중에서도 아드레날린이 분비되어 맥박이 빨라지고, 모세혈관들이 수축하고, 혈압이 상승하며, 호흡이 거칠어진다. 이 때문에 심각한 관상동맥 질환을 앓는 사람이 성행위를 하면

● 호르몬 변화 및 생리학적 반응을 통해 위협에 맞서 싸우거나 안전을 위해 달아나는 것.

위험해질 수 있다. 나는 이런 순간적인 아드레날린 분출과 관련이 있는 죽음을 많이 보았는데, 그 가운데 다수가 혼외 상황에서 발생했다는 점을 말해두고 싶다. 사망 원인은 부정맥*일 수 있고, 실제로 놀랍도록 많은 경우가 그렇다. 부정맥을 일으키는 건 호르몬과 신경 활동의 폭발적 증가인데, 오르가슴이 바로 그런 상태다. 오르가슴 후에는 부교감 신경계가 교감 신경계로부터 바통을 이어받아 진정과 수면으로 이끈다.

더 큰 성적 자극을 얻고자 아드레날린 수치를 올리기 위해 사람들은 다양한 방법을 쓴다. 성적 흥분을 위해 남들이 '정상'이라고 부르는 것 외의 방법을 사용하는 것을 도착이라고 하고, 도착의 범위는 폭넓다. 특정 복장을 갖추는 것이 스펙트럼의 한쪽 끝에 있다면, 다른 쪽 끝에는 좁은 장소에 자신을 가두는 방법이 있다. 거기서 탈출하는 데 실패하면 목숨이 위험할 수 있다. 자기색정적 도착**은 널리 퍼져 있고, 대체로는 아무런 피해를 끼치지 않는다. 어디까지나 일이 잘못되기 전까지는 말이다.

도착 관련 웹 사이트들은 비록 위험한 내용을 담고 있긴 해도 대부분 심각한 건강 관련 경고를 포함하고 있으며, 나는 그런 경고들을 다시 한 번 강조한다. 자기색정적 도착은 정의상 응급상황이 발생해

---

* 불규칙적으로 뛰는 맥박.
** 혼자 기구나 장치를 이용해서 성적 쾌감을 즐기는 것을 '자기색정'이라고 하고, 그 과정에서 죽음에 이르는 것을 '자기색정사'라고 한다.

죽음을 해부하는 의사

도 도와주러 올 사람이 주변에 없기 때문에, 비상 시 곤란에서 빠져 나올 수 있는 최후 수단, 즉 안전장치가 있어야 한다. 물론 안전장치가 있다고 생각하면 위험한 행위의 흥분이 줄어들 수 있다. 아마 이 때문에 내가 목격한 자기색정사에서 안전장치가 미온적이거나 부적절했을지도 모른다. 몇몇 잘 설계된 장치들은 지난번에는 분명 제대로 작동했겠지만 무슨 이유인가로 이번에는 작동하지 않았다. 효과적인 안전장치가 많이 존재한다고 감히 말할 수 있지만, 내가 본 장치들은 그렇지 않았다.

질식 도착은 보통 비닐봉지를 사용하거나 목을 매는 행위를 수반하기 때문에 가장 위험한 변종일 수 있다. 목을 매는 행위는 모든 자기색정사의 70~80퍼센트를 차지한다. 많은 남성들이 이런 식으로 죽는다. 여성은 소수에 그치는데, 그 수가 너무 적기 때문에 여성의 죽음이 자기색정사처럼 보이면 일단 의심부터 해봐야 한다.

자기색정이 이따금 치명적인 행위로 변하는 것은 그저 우연일지도 모른다. 재료나 매듭을 바꾸거나, 단지 목 동맥을 압박하는 결박 위치를 바꾸었을 뿐인데 운명이 달라질 수 있다. 그 사람은 전에 여러 번 성공한 것처럼 변화된 의식의 쾌락 상태로 천천히 들어가는 대신, 빠르게 치명적인 무의식에 이른다.

뇌에 산소 공급이 심각하게 줄어들면 성적 감각을 포함해 모든 감각이 날카로워진다고 알려져 있다. 하지만 당연하게도, 이런 쾌락에는 의식이 희미해지면서 일어나는 통제력 상실이 동반된다. 일부 사람들은 환각을 경험하기도 한다. 상황을 얼마나 잘 관리하느냐에 생사가 달려 있을 때 빠질 만한 상황은 아니다. 물론 애초의 의도는 의식이 너무 희미해지기 전에 죄는 장치를 푸는 것이다. 의식이 희미해져 가면, 예를 들어 밧줄 등을 쥐는 힘을 풀어 목에 가해지는 압력을 줄여야 한다. 이것이 많은 자기색정적 도착자들의 계획이지만, 내가 법의병리학자로서 경험한 바로는 항상 계획대로 되는 건 아니다.

심리학자들에 따르면 성적 도착에는 세 가지 요소가 있다. 계획, 행위, 그리고 이후 다시 체험하기다. 만족감을 구성하는 세 번째 요소가 가장 달성하기 어렵다. 사진과 영상을 찍는 방법을 많을 이용하지만, 그 필름을 현상하기 위해 동네 화학자나 사진관을 찾아갈 사람은 거의 없다. 하지만 휴대폰이 모든 것을 바꾸었다. 에로틱한 행위와 자기색정 행위에 카메라가 널리 사용되면서, 그게 아니었다면 비밀에 싸여 있었을 인간 행동의 한 단면을 새롭게 볼 수 있게 되었다. 현재 이 현상에 관심이 있는 전문가는 의식이 사라지기까지 시간이 얼마나 걸리는지 알 수 있다. 그리고 피학-가학 포르노그래피를 촬영하는 동안 일어난 재앙에 가까운 한 사건 덕분에 (그 사건은 관련자가 결코 의도하지 않았을 목적으로 교과서에 등장한다), 우리는 질식 상태에서 되살아날 가능성에 대해 많은 사실을 알게 되었다.

포르노 스타가 고전적인 올가미를 목에 걸고 의자에서 발을 떼는 장면이 카메라에 잡히면 스톱워치를 누른다. 그녀는 바닥에서 약 30cm 떨어진 곳에 매달려 있다. 14초가 지나자 그녀는 의자에 다시 발을 디디려고 발버둥 치는 것처럼 보인다. 오른발은 의자에 닿지 않고, 1초 뒤 왼쪽 발도 실패한다. 15초가 지나자 그녀는 의식을 잃는

죽음을 해부하는 의사

다. 몸이 뒤쪽으로 활처럼 휘어지고, 16초째에는 오른발로 의자를 걸어찬다. 그녀가 강직-간대성 발작을 일으키고 있기 때문이다. 이는 전신을 떠는 발작을 말한다. 17초가 지날 무렵 그녀의 팔이 뻣뻣해지고 팔꿈치가 접힌다. 손은 움켜쥐고 발은 아래로 굽는다. 이것들은 보통 신경외과 중환자실에서나 볼 수 있는 증상들로, 좀 더 발달된 '인간다운' 뇌 부위인 피질에 산소가 매우 부족하다는 것을 나타낸다. 포르노 스타는 이제 산소가 거의 고갈된 것이 틀림없고, 뇌세포는 제대로 작동하지 않는다. 전문용어로 이 상태를 피질제거강직이라고 한다.

18초째가 되자 그녀의 가슴과 복부가 들썩이기 시작한다. 이는 호흡을 하려는 시도가 점점 필사적이 되고 있다는 뜻이다. 그때 정말 다행스럽게도 그 방에 있던 남자가 뭔가가 매우 잘못되었다는 것을 깨닫는다. 이 장면은 필름에 들어가야 할 것이 아니었다.

그는 밧줄을 잡고 배우를 내려놓지만, 여성의 발이 바닥에 놓였을 때 스톱워치는 40초를 가리킨다. 44초가 지났을 때 그녀는 엎드려 있다. 올가미는 풀렸고, 목에는 더 이상 어떤 압박도 없다. 하지만 45초가 되어도 상황은 나아지지 않는다. 실제로는 점점 더 나빠지고 있다. 그녀의 팔다리가 이제는 다른 자세를 취하고 있다. 이 이상하고 뒤틀린 자세는 산소 부족이 뇌 겉쪽의 고도로 발달한 피질에서 안쪽에 있는 원시 뇌로 퍼졌음을 보여준다. 그곳은 심장 박동과 호흡을 조절하는 부위다.

그녀의 몸은 이제 뻣뻣하게 굳어서, 다리와 발이 안쪽으로 돌아가고 팔꿈치는 펴져 있다. 손은, 팁을 받는 여종업원처럼 안과 뒤로 동시에 굽는 독특한 모양을 하고 있다. 이 상태를 대뇌제거강직이라고 한다. 중환자실이었다면 오래 전에 누군가가 경보 버튼을 눌렀을 것이다.

여러분은 이 단계에서는 회생이 불가능하다고 생각할지도 모른다. 많은 의사들도 정확히 그렇게 생각할 것이다. 하지만 50초가 되자 그녀의 대뇌제거강직이 한 걸음 뒤로 물러나고 다시 피질제거강직 상태로 돌아왔다. 그리고 76초 만에 그녀의 몸이 다시 중립 자세로 이완되었다. 놀랍게도 92초가 되자 포르노 스타는 의식을 되찾는다. 그녀는 일어나서 걸어 나간다. 어떤 악영향도 없어 보인다. 정말 운이 좋은 여성이다. 홀로 있었다면 그녀는 확실히 죽었을 것이다.

여기서 우리는 질식이 놀랍도록 가역적일 수 있음을 알 수 있다. 녹화된 자기색정사를 살펴본 다른 연구들은 이 포르노 스타가 질식에 처하는 각 단계의 타이밍이 꽤 일반적이라는 것을 보여준다. 물론 어떤 사람들은 진행이 훨씬 빠르지만, 평균적으로 의식 상실은 10초 만에 시작될 수 있다. 5초가 되기 전에 의식을 잃는 사람들도 있다. 확신은 절대 금물이다.

구조할 사람도 없고 안전장치도 없다면, 실제로 사망하는 시점은 언제일까? 의식을 상실한 후 얼마 지나지 않아서임이 확실하다. 녹화된 기록들은 몸이 평균 3~5분 동안 무작위로 경련을 계속하는 모습을 보여준다. 이 마지막 경련이 생명의 끝을 의미할까? 우리는 모른다. 우리가 아는 것은 목을 매거나 어떤 종류의 질식에 처하면 빠르게 의식을 잃을 수 있다는 것이다. 하지만 이것이 빠르게 죽는다는 말은 아니다.

의식을 상실하기 직전 저산소증에 처하는 짧은 시기는 자기색정적 모험을 추구하는 사람들에게 매우 흥분되는 순간인 동시에 극도로 위험한 순간인 듯하다. 따라서 대부분은 질식을 세밀하게 계획하고, 계획은 그 자체로 만족감을 준다. 한 예로, 어떤 남성은 자신의 부츠를 바닥에 있는 거대한 금속판에 볼트로 고정시키고, 목에 올가미를 걸고, 그 올가미 밧줄의 다른 쪽 끝을 차고문 자동장치에 부착했다. 이는 세밀한 계획이 필요한 일이었다. 그는 리모컨으로 목에 가해지는 압박을 조절할 수 있었다. 그가 의식을 잃고 발작을 일으켰는지는 결코 알 수 없다. 우리가 아는 건, 그가 차고문 모터 장치를 몇 번 성공적으로 제어한 후 어떤 이유로 리모컨이 그의 손이 닿을 수 없는 바닥에 떨어졌다는 것이다. 다른 안전장치는 없었기 때문에 그는 차고문 모터를 멈출 수 없었다. 몇 초간 그는 자신이 아직도 손에 쥐고 있다고 생각한(아니 희망한) 리모컨의 상상의 버튼을 계속해서 누르려고 했다. 목숨을 끊기에 좋은 방법은 아니다. 그리고 가족에게는 엄청나게 충격적인 죽음이다.

법의병리학자들은 모든 종류의 페티시를 목격하지만, 우리가 목격하는 것들은 모두 치명적으로 끝난 행위들이다. 그리고 자기색정증이 죽음을 초래할 때, 십 대를 제외하고는 이번이 첫 번째 시도인 경우는 거의 없다. 치명적인 행위는 안전하게 완료되어 수위를 점점 높여갔던 긴 모험의 끝인 경우가 대부분이다. 중독이 다 그렇듯, 같은 효과를 얻기 위해서는 점점 강도를 높여야 한다. 그래서 만족감을 위해 판타지를 점점 더 복잡하게 설계해 결국 화를 부르게 된다.

법의심리학자 아닐 아그라월은 페티시즘의 단계들에 대한 연구 조사를 실시했다. 첫 번째 단계는, 욕망이 생기는 것이다. 이는 가벼운 선호로 드러난다. 그다음은 탐닉 단계로, 가능할 때마다 그 대상을 사용하고자 하는 욕구다. 이렇게 해서 페티시(성적 충동을 일으키는 대상물)가 탄생한다. 세 번째 단계는 페티시 없이는 섹스가 불가능하다. 마지막 단계는 페티시가 성 파트너를 대체한다. 여기서 중요한 점은 아주 가벼운 접촉이나 냄새만으로도 그 과정을 시작하고 (아마) 완료할 수 있다는 것이다.

성도착은 널리 퍼져 있다. 아마 한때 성행위를 억압했던 종교적 도덕적 문제들에서 많은 사람들이 자유로워졌기 때문일 것이다. 자신의 성을 탐구하라고 권하는 요즘 세상에서 속박이나 기타 판타지에 탐닉하는 건 부끄러운 일이 아니라고 생각할지도 모른다. 하지만 이런 식으로 죽는 사람들의 가족들은 큰 수치심을 느낀다.

나는 혼자 사는 남성이 분명하지 않은 상황에서 사망한 현장에 도착할 때면, 사망자 가족이 (그들은 외출했다 돌아왔다가 아버지가 목을 맨 것을 발견한다든지, 아침에 방에서 십 대 자녀의 시신을 발견한다) 포르노그래피나 여장 같은 증거를 숨기기에 급급해 충격을 받을 여유조차 없는 건 아닌지 의문이 들곤 했다. 그들은 자기색정사를 시인하기보다 오히려 살인 평결, 심지어는 자살 평결이 내려지기를 바라며 진실이 밝혀지는 것을 꺼린다. 그리고 가끔은 자기색정사와 자살을 구

죽음을 해부하는 의사

별하는 것이 실제로 어려울 수 있다. 예를 들어 기술적으로 생존 가능성이 거의 없거나, 성적 요소에 대한 부수적인 증거가 없는 경우가 그렇다. 유서가 없을 때, 포르노 잡지가 발견될 때, 고인이 눈에 띄는 상처를 남기지 않기 위해 결박 부위에 뭔가를 대려고 시도한 증거가 있을 때는 모두 자기색정사를 의심할 수 있지만, 그렇다 해도 많은 사건이 사인 불상으로 결론 내려진다. 검시관 법정에서 그런 사건들은 언론의 취재를 피하기 위해 그날의 첫 번째 사건이나 유일한 사건으로 배정된다.

청부 살인자들이 본인들의 가담 사실을 감추기 위해 죽음을 자기색정사 또는 자살로 위장하는 경향이 있다는 믿음이 널리 퍼져 있는 것 같다. 이 대목에서 개러스 윌리엄스 사건을 다시 생각해보자. 그 경우 어떤 용의자도 밝히지 못했고, 수사는 본질에서 벗어난 각종 가설들에 시달렸다. 사고인지 살인인지 양자택일해야 하는 상황에 놓인 경찰은 개러스가 타인의 도움 없이 스스로 가방에 들어가 지퍼를 잠그고 자물쇠를 잠글 수 있는지 시연을 통해 입증해보기로 했다.

두 명의 감금 전문가(여러분은 그런 전문가가 있는지도 몰랐을 것이다)가 똑같은 가방으로 들어가 지퍼를 채운 다음 자물쇠를 잠그려고 시도했다. 이 중년 남성 둘은 성공하지 못했다. 하지만 두 명 다 개러스보다 몸집이 세로로나 가로로나 더 컸기 때문에 나는 이 증거를 증명으로 받아들일 수 없다. 그 뒤에 개러스보다 키가 작지만 개러스만큼 운동신경이 뛰어난 한 젊은 여성이 유튜브에서 자신이 똑같은 가방에 50초 내에 들어갈 수 있다는 것을 보여주었다. 지퍼를 채우고 안에서 그것을 잠그는 데 추가로 2분이 더 걸렸다.

개러스의 사망에 대한 수사는 오랜 시간이 걸렸지만 진전이 없었고, 조직 내부에서 왈가왈부해봐야 아무 소용이 없었다. 그 사이에 폴 내프만 박사가 은퇴하고 피오나 윌콕스가 검시관으로 왔고, 그녀는 사인 심문을 더 이상 미룰 수 없다고 판단했다. 이 사건에는 배심원도 없었고, 대부분의 경우 증인도 없었는데, 외교부 장관 윌리엄 헤이그가 국가 안보상의 이유로 M16은 특정 질문에 답할 수 없다는 공익 면책 증서에 서명했기 때문이다. 소수의 M16 동료와 직원이 증거를 제시했지만, 그들은 가림막 뒤에 앉아 있었다.

만일 개러스의 가족이 자기색정을 큰 수치로 여겼다면, 개러스의 자세한 사생활이 공개적으로 방송을 탔기 때문에 개러스의 가족이 겪은 고통은 엄청났을 것이다. 물론 그의 아파트에서 발견된 여성복이 큰 관심을 끌었는데, 증거를 제공한 한 여자 친구는 그 옷과 신발들은 자신과 여동생 세리를 위한 선물이었을 거라고 말했다.

여동생도 그 증언에 동의했다. 여동생 세리는 증인으로 등장하면서 일종의 패션 아이콘이 되었다. 그녀는 오빠를 흠모한 것이 분명했다. 그녀의 묘사에 따르면, 개러스는 매우 위험 회피적인 성격이었다. 등반을 앞두고 지도와 장비를 점검하며 꼼꼼하게 준비했으며, 기상조건이 안전하지 않다고 판단하면 정상에 거의 다 왔을지라도 돌아갔다.

이렇게 사랑스럽게 묘사된 개러스와, 알몸으로 작은 가방에 들어가 스스로 자물쇠를 채울 정도로 엄청난 위험을 감수할 수 있었던 개

죽음을 해부하는 의사

러스. 이 두 개러스를 같은 사람으로 보기는 어려웠다. 검시관은 그것이 불가능하다고 판단한 것 같다. 윌콕스 박사는 사인 없이 사건의 정황을 제시하는 진술형 평결narrative verdict를 내렸다. 그의 평결은 즉시 신문 헤드라인을 장식했다.

검시관 윌콕스는 개러스의 죽음을 만족스럽게 설명하는 건 불가능하지만 확률상 그가 불법적으로 살해되었으며 그의 사망에는 '범죄가 개입되었을' 가능성이 있다는 결론을 내렸다. 윌콕스는 개러스가 가방에 들어갈 때 살아 있었다고 생각했다. 그리고 '제3자'가 가방을 욕실로 옮겼고, '확률적으로' 그들이 가방에 열쇠도 채웠을 것이라고 '확신한다'고 말했다. 그리고 비밀 정보기관이 연루되었는가는 따져봐야 할 정당한 질문이라고 덧붙였다.

이 평결은 음모 이론가들에게는 선물과도 같았다. 개러스의 고통받는 가족들은 즉시 추가 조사를 요구했고, 경찰청의 살인 부서는 다시 1년 동안 그 사건을 수사했다. 마침내 그들은 이렇게 발표했다. 비록 제3자의 개입을 "의심의 여지없이, 근본적으로" 배제할 수는 없지만, 개러스가 가방에 스스로를 가두었을 가능성이 있으며, 혼자서 그렇게 하다가 사고로 사망한 것으로 보인다고 생각한다고 발표했다.

음모론은 결코 사라지지 않을 것이다. 하지만 나는 이 사건과 이와 비슷한 죽음들에 대한 내 지식을 토대로 개인적으로 경찰청의 최종 결론을 지지한다. 개러스라는 남성을 두루 살펴볼 때 그가 자기 인생에 타인을 친밀하게 끌어들인 증거는 없다. 그리고 다른 누군가가 그의 아파트에 있었다는 증거도 없다. 누군가가 그런 접촉의 증거를 제거하려고 시도했다면 개러스의 지문과 함께 DNA까지도 지웠을 것이다.

죽은 사람을, 아니 단순히 의식이 없는 사람이라도 옮겨봤다면, 그 정도 몸무게가 나가는 사람을 옮기는 것이 얼마나 힘든지 알 것이다. 하물며 가방 안에 가지런히 포개 넣는 것은 말할 나위도 없다. 집중 치료실에서 의식이 없는 상태의 코로나 환자 한 명을 뒤집는 데 최대 아홉 명이 필요하다는 보도도 있다. 나는 누군가가 개러스를 죽인 다음에 가방에 넣었을 가능성은 없다고 생각한다. 무엇보다 시신에 멍이 남아 있지 않기 때문이다. 60킬로그램짜리 남성을 그런 가방에 넣어 이층으로 그리고 욕실로 옮긴다고 생각해보라. 우리 대부분은 휴가를 떠날 때 20킬로그램짜리 수트케이스를 드는 것도 쩔쩔맨다. 건장한 남성 둘이 달라붙어도 그 정도 무게가 나가는 시신을 욕실로 옮기는 건 고사하고 가방 안에 넣는 데만도 엄청난 어려움을 겪었을 것이다. 내 경험상 아장아장 걷는 아이를 욕조에 넣는 것만도 충분히 힘들다.

다른 누군가가 가담했다는 확실한 증거는 없다. 하지만 개러스가 구속당하는 데 관심이 있었다는 증거는 있다. 많은 사람들이 간과하고 있지만, 나는 2007년에 그가 침대에 묶여 있는 것을 집주인이 발견한 사건과 2010년에 가방 안에 웅크리고 죽은 그를 경찰이 발견한 사건 사이에 직접적인 연관이 있다고 생각한다. 나는 그의 아파트에서 그가 깔끔하고 단정한 남자라는 인상을 받았다. 아마도 지나치게 깔끔한 남자였을 것이다. 하지만 바닥 곳곳에 떨어진 정액은 그가 섹

죽음을 해부하는 의사

스를 혼자서 왕성하게 즐기는 사람임을 말해주었다. 어쩌면 그것은 그가 독립성을 표현하는 행위였을지도 모른다.

그의 여동생은 오빠가 신중하고 위험 회피적인 계획가였다고 말했다. 여동생의 말은 그가 위험한 일을 할 사람이 결코 아니라는 뜻이 아니라, 단지 그가 위험을 신중하게 계획한다는 뜻으로 해석할 수 있다. 따라서 그는 위험에 대한 평가를 분명히 해봤을 것이고, 산소 부족 또는 이산화탄소 축적으로 숨이 막히기 전에 자물쇠를 열고 지퍼를 내릴 시간이 있다고 판단했을 것이다. 그런 자신감의 근거는 이미 성공한 경험이었을 것이다. 하지만 우리는 진실을 결코 알 수 없을 것이다.

딱딱하지 않은 가방을 안에서 잠그고 여는 건 언뜻 불가능해 보인다. 하지만 그런 가방에 손바닥만 한 구멍을 내는 건, 두 개의 마주보는 지퍼가 자물쇠로 고정되어 있다 해도 그리 어렵지 않다. 이건 공항 절도범들이 오랫동안 해왔던 일이다. 나는 공항에서 내 수화물이 도난 위험에 노출될 수 있다는 경고를 받을 때 이 사실을 알았다. 아마 개러스도 훈련 중에 그 사실을 접했을 것이다.

그런 자물쇠는 잠그기는 쉽지만 열기 위해서는 열쇠가 필요하다. 열쇠는 개러스의 시신 밑에서 발견되었다. 어째서일까? 지난번에는 무사히 탈출한 그가 이번에는 자신감이 생겨서 더 자극적인 도전을 감행하기로 했을까? 그래서 가방 안에 들어가기 전에 먼저 열쇠를 던져 넣었을까? 아니면 단순히 실수였을까? 사전에 고려하지 못했거나 계획하지 않은 리스크였을까? 가방에 자물쇠를 채운 후 실수로 열쇠를 떨어뜨렸을까? 나는 그의 양 팔꿈치에 있던 꽤 심한 찰과상에 의미를 둔다. 그것은 물질에 쓸릴 때 전형적으로 나타나는 손상이다. 이는 정확히 그가 열쇠를 집으려고 필사적으로 버둥거릴 때 입었을 법한 종류의 손상이다. 의식이 점점 희미해지는 가운데 그의 머릿속에는 딱 단 하나의 너무 큰 위험이 떠올랐을 것이다.

이 사건을 둘러싼 여러 변칙적인 상황들이 의심스러워 보이는 이유는 수사에 비밀이 끈질기게 따라다녔기 때문이다. 음모 이론이 더 흥미로운 사람도 있겠지만, 내가 보기에 개러스 윌리엄스의 안타까운 죽음은 삼십 대에 흔히 나타나는 패턴과 일치한다. 즉, 위험한 모험을 즐기며 똑같은 효과를 얻기 위해 수년에 걸쳐 행위의 수위를 점점 높여가다가 결국 불운이나 어설픈 계획으로 죽음을 맞이하는 것이다.

개러스의 성적 관심은 우리가 아는 한 자신 외에는 아무에게도 해를 끼치지 않았다. 그가 죽음에 이른 방식이 그가 살아생전에 이룬 커다란 성취를 어떤 식으로든 축소시키지는 않는다. 그것이 그의 총명함이나 인격을 공격하지도 않는다. 그는 너그럽고 친절하다는 평판을 받았다. 성은 우리 대부분이 그렇듯이 그의 인생에서 사적이며 매우 개인적인 부분이었지만 그의 경우 불행히도 이것이 비극적 사고로 이어졌다고 생각한다.

죽음을 해부하는 의사

죽음과 폭음

나는 런던의 값비싼 동네에 위치한 한 아파트로 들어갔다. 들어가자마자 내가 가장 먼저 알아차린 것은 고인의 시신이 아니라 술 냄새였다. 경찰은 이것이 살인 사건이라고 생각했고 과학수사팀이 바쁘게 움직였지만, 그들이 샘플을 채취할 수 없었던 한 가지는 바로 그 의미심장한 냄새였다.

그 아파트는 아름다운 고급주택 단지 안에 있었지만, 집 안은 더럽고 지저분했다. 집이 텅 비다시피 했기 때문에 난장판이라고 묘사할 수는 없었다. 의자 한 개만이 집주인이 좀처럼 앉을 일이 없었던 것처럼 벽 쪽으로 밀쳐져 있었다. 의자 주위에는 병들이 있었는데, 몇 개만 똑바로 서 있고 대부분은 옆으로 쓰러진 채였다. 마치 재활용품 회수용기 밖으로 병이 흘러넘치는 것을 보고 있는 것 같았다. 위스키,

진, 알 수 없는 동유럽산 리큐어, 와인. 병 하나는 아직 4분의 1이 남아 있었다. 그리고 마치 누군가가 깔고 앉은 것처럼 이상하게 찌그러진 스페셜 브루 캔 6개가 있었다.

방 한구석에는 커다란 수납장이 있었다. 수납장 문은 활짝 열려 있었고 그 밖으로 청구서, 진술서, 갈색 봉투에 든 불길한 편지 등, 필요하지만 지루한 서류들이 흘러나와 있었다. 대부분이 개봉도 되지 않은 것이었다. 아마 캐비닛에 처박혀 그대로 잊혔거나, 바닥의 그곳에만 널부러져 있는 것으로 보아 곧장 밖으로 튕겨져 나왔을 것이다.

방 한가운데쯤에 나이를 알 수 없는 여자가 누워 있었다. 나는 그녀가 50세쯤 되었을 거라고 생각했지만 나중에 35세라는 것을 알았다. 그녀는 멍투성이였고 생식기와 항문 주위에는 멍이 특히 심했다. 그리고 장화를 신고 있었다. 근처에는 묶고 즐길 때 사용하는 벨트가 놓여 있었다.

내가 이 모든 것을 살펴보고 있는 것을 한 형사가 지켜보았다.

"범인은 합의된 성관계였다고 주장할 거예요."

"죽는 데 합의하지는 않았을 텐데요." 나는 고인의 체온을 재기 위해 몸을 굽히며 말했다.

"얼마나 받았을지 궁금하지 않아요?" 근처에 있던 한 과학수사대원이 큰 소리로 말했다.

"뭐 얼마나 받았겠어요." 젊은 형사가 말했다. "다른 방에 있는, 침대로 쓰는 물건 봤어요?"

성노동자들은 물론 극도로 취약한 생활을 하지만, 선임 수사관은 고개를 저었다.

"고인이 매춘부였는지는 확실하지 않아."

"그런 것 같아요." 다른 사람이 말했다. "집 내부가 형편없지만 그런 일을 하기엔 고급스러운 주소죠."

나는 여자를 살펴보았다. 퉁퉁하게 부은 얼굴이 붉은 자줏빛을 띠었다. 폭풍이 올 것 같은 해 질 녘 하늘을 제외하고는 자연적으로는 거의 볼 수 없는 색깔이었다. 뺨은 부풀어 올라 있었다. 왼쪽에는 바닥에 세게 눌려 일그러진 곳이 있었다. 손상이 심했지만 생명을 위협할 정도는 아니었다.

"주방에 음식이 하나도 없어요." 또 다른 과학수사대원이 우리에게 말했다. "먹을 게 전혀 없어요."

"술병뿐이라고요?" 나는 물었다.

그녀가 고개를 끄덕였다. "빈 술병들뿐이에요."

내가 주검을 열자 알코올 냄새가 시체안치소를 압도했다. 지켜보던 모든 사람들이 한발 물러섰다.

한 경찰관이 고인의 이름이 '펠리시티 베켄도르프'라고 했다

들어본 이름이었다.

"베켄도르프는 고급 보석상이 아닌가요?"

"베켄도르프는 고인의 성이에요. 부모님은 벨그라비아●에 살고, 형제는 맨해튼에 살아요."

● 런던의 고급 주택지구.

"집에서 보석은 별로 보지 못했는데." 또 다른 형사가 말했다.

"위스키를 사기 위해 전당잡았을 거야." 모두가 동의했다.

나는 펠리시티의 보라색 얼굴을 보았다. 얼굴이 심하게 부어서 눈은 파묻히고 이목구비도 알아보기 어려웠다. 아파트에서 그녀를 보자마자 나는 이것이 비극적인 사건임을 감지했다. 여기 있는 이 여성은 맹렬한 매질에 자신을 내맡겼다. 돈 때문이었거나, 성적 쾌락을 추구하기 위해서였을 것이다. 하지만 그렇게 잔인하고 폭력적인 취급을 정말로 즐길 수 있었을까? 술이 혹시 고통뿐 아니라 쾌락까지 마비시켰을까?

우리가 술을 마시면 위와 소장으로 빠르게 내려온다. 소장은 알코올이 주로 흡수되는 장소다. 알코올은 소장 내막을 통해 곧장 혈류로 가며, 그 혈류를 타고 빠르게 온몸으로 이동해 무엇보다 뇌로 간다. 따라서 흡수는 술에 취하는 첫 번째 단계다. 하지만 동시에 알코올이 간에 도달해 제거되기 시작한다. 과학적으로 어느 한 시점의 혈중 알코올 농도로 표현되는 술 취한 상태는 흡수와 제거 사이의 끊임없이 변하는 균형이라고 말할 수 있다.

우리는 저마다 알코올을 흡수하는 속도가 다르고, 같은 사람도 그때그때 다르다. 예를 들어 알코올은 체액을 통해 확산되지만 지방에는 거의 녹지 않는다. 따라서 같은 양을 마셔도 과체중인 사람들이 마른 사람보다 혈중 알코올 농도가 높을 것이다. 건강한 상태에서 애초에 남성보다 더 많은 지방을 가지고 있는 여성도 마찬가지일 것이다.

죽음을 해부하는 의사

소장 내벽을 통과해 혈류와 뇌로 가기 전에 알코올은 대개 위에 머문다. 만일 위가 텅 비어 있다면, 소장이 알코올을 100퍼센트를 흡수하는 데 약 10분이 걸릴 것이다. 하지만 음식과 함께 마시거나 음식을 먹은 후 마시면, 음식물이 충분히 소화될 때까지 흡수가 지연된다. 그 음식이 지방질이거나 유제품이면 지연 시간이 더 길어질 수 있다.

알코올 도수는 확실히 흡수에 중요한 요인이다. 셰리주, 포트, 진토닉, 또는 내가 가장 좋아하는 위스키와 소다는 알코올 함량이 약 20도이고, 따라서 흡수율이 높다. 맥주는 훨씬 더 천천히 흡수된다. 맥주는 양이 일단 많기 때문에 알코올이 위벽에 잘 접근하지 못해서 혈류에도 늦게 도달한다. 그리고 맥주는 탄수화물로 가득해서 이것이 추가로 흡수를 늦춘다. 따라서 위스키를 맥주와 같은 도수로 희석해도 여전히 더 빨리 취하는 것처럼 느껴진다.

몸 자체는 강한 술의 흡수를 지연시키려고 한다. 알코올을 소화기관을 통해 밀어내는 근육의 움직임이 늦어지고, 위벽이 자극을 받아서 더 두툼한 점액 장벽을 만들어 흡수를 지연시킨다. 수많은 요인이 흡수율에 영향을 미치기 때문에 경험칙을 제시하기는 매우 어렵지만 대략적으로 소비한 알코올의 60퍼센트가 60분 내에 흡수된다.

그러면 음주 방정식의 다른 쪽, 즉 몸이 알코올을 제거하는 과정은 어떨까? 이 쪽은 거의 전적으로 간이 담당하고 변수가 훨씬 적은 과정이다. 하지만 간이 더 큰 사람들이 있고, 여성이 남성보다 알코올을 약간 더 빨리 제거한다. 그리고 늘 그렇듯 유전자가 어떤 역할을 한다. 특정 유전자를 지닌 사람들은 술을 마시면 행복, 자유, 환희를 느끼기 한참 전에 홍조와 울렁거림 같은 불쾌한 부작용을 겪는다. 그런 사람들은(유대인과 동아시아 집단에 가장 많다) 술을 마시는 즉시 고통스러워진다. 결과적으로 그런 유전자들은 알코올 의존성을 막는 방패로 여겨진다. 하지만 환경 요인들도 여전히 매우 중요하다. 1980년대에 일본에서 사교 음주가 크게 증가했을 때 그런 방패 유전자를 지닌 알코올 중독자의 비율도 네 배 이상 증가했다는 연구 결과가 있다.

간의 효소들은 3단계 산화 과정을 통해 알코올을 이산화탄소와 물로 분해한다. 이 과정은 얼마나 걸릴까? 연구 결과는 많고 다양하다. 정기적으로 술을 마시는 사람, 즉 만성 알코올 중독자는 가끔 마시는 사람보다 알코올을 세 배나 빨리 제거할 수 있다. 알코올 '단위'는 건강 교육을 위해 고안된 단위이지 과학적 측정단위가 아니다. (알코올 한 단위는 영국에서는 순수한 알코올 약 8그램에 해당하고, 미국에서는 약 14그램에 해당한다). 아주 대략적으로, 성인은 한 시간 동안 알코올 한 단위를 제거할 수 있다. 영국에서 알코올 한 단위는 맥주 반 파인트 (약 300밀리리터), 증류주 한 잔, 또는 와인 한 잔이다. 남녀 모두에게 적정 권장량은 일주일에 14단위 미만이고, 술을 마시면 며칠 간 금주함으로써 바쁜 간에 회복기를 주어야 한다.

알코올 단위는 거의 마법의 고무줄처럼 보인다. 즉 인간은 지난주나 어제, 심지어 오늘 밤에 소비한 알코올 단위수를 엄청나게 과소평가한다는 말이다. 우리가 술을 마시는 동안 혈중 알코올 농도에 대해 이성적인 결정을 내려야 할 기관이 불행히도 알코올에 지대한 영향을

죽음을 해부하는 의사

받는 탓이다. 알코올은 혈액에 실려 빠르게 뇌로 가서 혈액과 뇌 사이의 장벽을 쉽게 넘는다. 순식간에 신경세포들이 화이트 와인에 잠겨 이상하게 행동하기 시작하는데, 많은 사람들이 이 감각을 즐긴다.

알코올이 신경세포에 미치는 영향은 산소가 부족할 때와 비슷해서, 신경세포의 스위치를 끄거나 둔감하게 만든다. 혈중 알코올 농도는 혈액 100밀리리터에 알코올이 몇 밀리그램 포함되느냐로 측정한다. 혈중 농도가 30mg/100ml일 때 어떤 사람들은 신경망 둔화로 고삐가 풀리기 시작한다. 운전을 포함해 복잡한 조작이 필요한 일을 할 때는 버벅거릴지도 모른다. 50mg/100ml에서는 더 많은 사람들이 이것을 경험한다. 스코틀랜드에서는 혈중 알코올 농도가 50mg/100ml 이상이면 운전할 수 없다. 영국의 나머지 지역에서는 80mg/100ml이다. 하지만 이 단계가 되면 일부 음주자들은 (특히 술에 익숙하지 않거나, 아무것도 먹지 않았거나, 체지방 비율이 높을 경우) 이미 얼근하게 취한 느낌이 들 것이다. 대부분이 어느 정도 억제력 상실을 경험하고, 그래서 평소보다 말을 더 많이 하고 더 많이 웃게 된다.

이 농도에서는 대뇌피질의 더 정교하고 전문화된 세포들이 영향을 받는다. 하지만 간의 제거 능력을 크게 초과하는 속도로 술을 계속 마시면, 혈중 농도가 올라가면서 중뇌의 신경 세포들까지 마비된다. 그래서 100~150mg/100ml의 알코올 농도에서는 말이 어눌해지며 비틀거리고 일부 사람들은 메스꺼움을 느끼기 시작할 수 있다.

200mg/100ml이 되면 많은 사람들이 구토를 한다. 이 정도로 취한

사람들은 휘청거리며 걷고, 무슨 말을 하는지 알아들을 수 없다.

혈중 알코올 농도가 여기서 더 올라가면 의식이 혼미해지고 때로는 혼수상태에 빠지기도 한다. 신경세포 불활성화가 수질(상부의 지시와 무관하게 독립적으로 생명 활동을 조절하는 우리 뇌의 원시적인 부위)까지 퍼지기 때문이다. 300mg/100ml에 이르면 습관적인 음주자라도 사망할 위험이 있다. 취한 사람은 종종 치명적인 외상을 겪는다. 많은 살인이 술로 인한 공격성 때문에 일어나고, 음주로 인한 교통사고는 훨씬 더 흔하다. 그밖에도 계단에서 굴러 떨어지거나, 우연히 일어난 불에 화상을 입거나, 추운 밤에 공원에서 잠들어 저체온증에 빠지거나, 집에 가는 길에 소변을 보려고 멈추었다가 강에 빠지는 일이 일어날 수 있다. 물론 의식이 없거나 부분적으로 의식이 있는 상태에서 위 자극이 일으킨 토사물을 흡입하기도 한다.

나는 젊고 의욕 넘치는 병리학자일 때 런던을 종횡무진 누비며 갑작스럽지만 의심의 여지가 없는 죽음에 대해 하루에도 수차례 부검을 실시했는데, 그 시절 각 시체안치소에 도착할 때마다 평범한 뇌졸중과 심부전뿐만 아니라 술 때문에 저세상으로 불려간 사람들을 보았다. 세계보건기구는 전 세계 사망자의 5퍼센트 이상이 술과 관련이 있으며 20~39세 연령대에서는 놀랍게도 13.5퍼센트가 '알코올로 인해' 사망한다고 추산한다. 그런데 취약한 취객을 죽이는 것이 싸움, 계단, 불, 추위, 강, 또는 토사물이 아니라 알코올 그 자체일 수도 있다.

알코올 농도가 300mg/100ml를 넘으면 뇌 깊숙한 곳에서 심장과 호흡을 조절하는 신경세포들이 활동정지에 가까운 상태가 된다. 심장박동은 이제 너무 느려져서 산소를 운반하는 혈액이 중요 장기에 도달하지 못한다. 또 뇌는 몸에 이산화탄소가 축적되고 있으며 따라서 더 많은 산소를 흡수하려면 더 깊은 호흡이 필요하다는 사실을 인식하지 못할 수 있다. 그래서 음주량이 이 수준을 넘어 계속 증가하면, 사망이 처음에는 심각한 가능성이었다가 곧이어 충분히 일어날 수 있는 일이 되고, 그다음에는 피할 수 없는 것이 된다.

나는 독물검사 보고서가 나올 때까지는 펠리시티 베켄도르프가 얼마나 마셨는지 알 길이 없었다. 그녀가 정기적으로 엄청난 양을 마셨다는 데는 의문의 여지가 없었다. 그녀의 간은 바다를 미끄러지듯 지나가는 날렵한 노랑가오리 같은 건강한 모습이 아니었다. 그보다는 바다 밑바닥에 오랫동안 놓여 있어서 따개비와 구멍으로 뒤덮인, 쭈그러들고 부식된 무언가에 더 가까웠다. 술은 현명하게 사용하면 인생의 활력제가 될 수 있지만, 정기적으로 술을 마시는 사람이라면 알코올의 삶을 증진하는 효과와 단축시키는 효과 사이에서 방향 조정을 잘 해야 한다. 술은 간 손상과 간경변을 일으킬 뿐만 아니라 다양한 암을 유발하는 중요한 위험 인자다. 또 고혈압과도 강력한 관계가 있는데, 고혈압은 심장병을 일으킬 수 있고, 아마도 치매를 유발하는 듯하며, 확실히 뇌졸중을 일으킬 수 있다.

내 친구 사이먼은 A레벨 시험을 통과하고 의과대학에 가면서 부모를 한숨 놓이게 했고, 마침내 마취과의사가 되기 위한 자격을 갖추었다. 우리는 서로 다른 전공을 시작한 후에도 계속 좋은 관계를 유지했지만, 시간이 갈수록 만나는 횟수가 줄었다. 나는 우리 둘 다 바쁘기 때문이라고 애써 생각했지만, 어쩌면 진짜 이유는 그의 음주에 보조를 맞출 수 없기 때문이었을 것이다. 나는 술을 입에도 대지 않는 사람이 결코 아니었지만, 사이먼을 만나면 늘 엄청나게 퍼마시거나 그가 퍼마시는 것을 지켜봐야 했다. 그것은 어느새 꽤 불편한 일이 되어버렸다.

사이먼은 병원 당직이었던 어느 날 응급실에서 호출이 오는데도 응답하지 않았다. 유감스럽게도 그는 술에 취해 인사불성인 상태로 발견되어 그 자리에서 해고되었다. 비극은 오래 가지 않았다. 얼마 후 그는 뇌졸중으로 즉사했다. 당시 서른두 살이었다.

젊은이의 뇌졸중은 생각보다 자주 발생하지만, 노년에 발생하는 것과는 원인이 다를 수 있다. 대부분은 동(맥)정맥 기형에 따른 출혈과 관련이 있다. 동정맥 기형은 선천성 이상으로, 새 둥지 또는 부엌 서랍 뒤에서 발견되는 얽히고설킨 끈과 놀랍도록 닮았다. 그것은 혈관 덩어리로 이루어져 있다. 작은 동맥들, 정맥들, 그리고 때로는 둘의 이상한 해부학적 잡종까지 모든 것이 한 덩어리로 뒤엉켜 있다. 코, 간, 비장과 같은 몸의 다른 부위에서도 동정맥 기형이 생길 수 있지만, 뇌에서 가장 자주 심각한 문제를 일으킨다. 가끔 나는 다른 원인으로 죽은 노인의 뇌에서 동정맥 기형을 발견한다. 그것은 80년 이상 그곳에 웅크리고 있으면서 아무런 문제도 일으키지 않았다. 이런 사람들은 생명의 변덕스러운 복권의 승자들이다. 왜냐하면 뇌에 그런 이상한 혈관 뭉치가 있으면 보통 혈액 순환에 큰 지장이 생기기

죽음을 해부하는 의사

때문이다. 그리고 어느 시점에, 특히 삼십 대부터 그 혈관 뭉치가 파열되어 출혈을 일으킬 수 있다.

부검에서 사이먼의 뇌졸중은 파열된 동정맥 기형 때문인 것으로 밝혀졌다. 나는 지금도 그가 그립다. 나는 가끔 무언가를 보고 웃을 때가 있는데, 그럴 때 나와 함께 웃을 사람은 누구보다 사이먼임을 안다. 돌이켜 생각해보면 그의 우울증과 음주는 금발머리 소녀가 머리카락을 넘기던 시절보다 더 깊은 어딘가에 뿌리를 두고 있었을지도 모른다. 어쩌면 내가 그토록 행복한 집이라고 여겼던 곳은 그리 행복한 집이 아니었을지도 모른다. 하지만 그런 생각을 해봤자 너무 늦었다. 늙으면 과거를 돌이켜보게 되고, 이 과정에서 우리는 흔히 오래 전에 했어야 하는 질문을 한다.

사이먼의 음주가 혈관 파열에 기여했을까? 그럴지도. 과도한 음주는 동정맥 기형이라는 유전적 약점에 추가로 압박을 가할 수 있는 한 가지 요인이다. 코카인 사용도 혈압을 극적으로 높임으로써 압박을 가할 수 있지만, 사이먼이 첫사랑을 끝내고 다른 약물로 넘어간 것 같지는 않다.

그의 죽음에 술이 어떤 역할을 했을 가능성이 있었지만, 전국 사망 통계에 그의 죽음은 자연사로 기록되었다. 잉글랜드와 웨일스에서는 삼십 대 사망자가 매년 6,000명쯤 발생하는데, 이는 사십 대 사망자의 절반에도 미치지 못하는 수치이며, 주요 원인들은 자연사가 아니다. 나는 펠리시티 베켄도르프의 죽음도 비록 비자연적인 원인이었지만 살인은 아니었다고 확신했고, 누가 봐도 부상이 그리 심각하지 않았기 때문에 경찰도 수사를 중단했다. 펠리시티도 사이먼처럼 뇌졸중을 일으켰을 가능성이 있었고, 물론 나는 이 가능성을 조사할 작정이었다. 하지만 나는 그녀가 사망 통계에 부합하는 경우일 거라고 짐작했다. 즉 이 나이에 사망하는 사람들 대다수는 사고나 자살, 또는 알코올 남용이 원인이다.

하지만 알코올 남용의 성격이 변하고 있다.

21세기 들어 젊은이들 사이에서 알코올성 간질환으로 인한 사망률이 감소해왔다. 이는 최근 세대의 젊은이들에게 만성적인 음주가 우리 세대만큼 뿌리내리지 않았을 가능성을 나타낸다. 하지만 알코올 중독, 사실상 폭음에 의한 사망은 상황이 다르다. 그리고 늘 그렇듯이 사망 통계는 사회 변화를 반영한다.

이번 세기 초만 해도 술집 폐점 시간은 엄격하게 단속되었고 슈퍼마켓은 아직 술을 미끼상품으로 취급하지 않았다. 상황이 바뀌었을 때 음주 패턴도 변했다. 주류판매법이 완화되자 음주는 더 이상 값비싸고 강력한 규제를 받는 사회 활동이 아니었다. 상점에서 살 수 있는 술은 매우 저렴해져서 집에서 술을 마시는 사람들이 점점 늘어났다. 그리고 최근 코로나 19로 인한 봉쇄로, 이전에는 집 밖에서 술을 마셨던 사람들조차 집에서 술 마시는 습관을 들였다.

나는 집에서 술을 마시는 사람이라서, 저녁에 퇴근해 위스키 한 잔을 마시기를 즐긴다. 젊은 사람들도 이런 가정 음주 습관을 가지고 있지만 그들은 폭음을 즐긴다. 그 결과 사십 대 미만의 알코올 관련 사망자가 2011년부터 급격히 증가하기 시작했다. 사회공학 실험이

죽음을 해부하는 의사

이런 증가세를 꺾을 수 있을지, 현재 모든 사람들의 시선이 스코틀랜드에 이어 웨일스에 집중되고 있다. 2018년에 스코틀랜드는 세계 최초로 알코올 단위에 대한 최저 가격을 도입했다. 단위당 50펜스로 책정되었고, 그 결과 알코올 관련 입원이 적어도 연간 1,500건씩 감소할 것으로 추산되었다.

그러면 펠리시티 베켄도르프는 한 번의 폭음 후 사망했을까? 아니면 장기간의 알코올 남용 때문에, 즉 술을 너무 많이, 너무 자주 마셨기 때문이었을까? 그녀의 간은 확실히 만성 알코올 중독 상태였지만 아직 죽음을 초래할 만큼 병들지는 않았다. 나는 그녀가 하룻밤의 과음으로 인한 급성 알코올 중독으로 사망했을 가능성이 높다고 결론 내렸다. 하지만 혹시 어떤 다른 이유가 있었을까?

알코올은 광범위한 질환 및 증세를 일으키는 위험 요인이다. 무엇보다 영국에서 가장 흔한 암인 유방암을 일으킨다. 사실 술은 여성이 가장 쉽게 통제할 수 있는 유방암 위험 인자다. 그래서 펠리시티가 비록 젊은 나이였지만 그녀의 유방을 검사하는 동안 왼쪽에 딱딱하고 흰 무언가가 들어 있는 걸 발견하고도 별로 놀라지 않았다.

유방은 주로 노란색 지방이지만 그 속으로 얇고 하얀 띠 조직이 지나가는데, 여기에 젖을 생산하는 분비선들이 들어 있다. 종양은 구슬 크기였고 손가락으로 만졌을 때 거의 딱딱했다. 주변 조직과는 사뭇 다른 새하얀 색깔이 위협적으로 보였다. 육안으로 보기에도 여기 있어서는 안 될 존재임이 분명했다.

암cancer은 게를 뜻하는 라틴어다. 고인의 유방에서 퍼져나가는 이 악성 종양은 실제로 게를 닮아 있었다. 지방조직이 섞인, 게처럼 딱딱한 다리와 집게발들이 몸통에서 뻗어나와 분비선들을 따라 퍼져나가고 있었다. 분열하고 증식하며 실처럼 점점 더 멀리 뻗어나가는 성장하는 세포들인 이 집게발들은 이미 2센티미터나 확장했고, 펠리시티는 틀림없이 혹의 존재를 알아차렸을 것이다. 혹시 그녀가 병원을 찾아가 생명을 연장하려고 시도했을까? 그렇게 하지 않았을 것이다. 아직 간과 뼈처럼 이차 종양이 잘 생기는 몸의 다른 부위로 전이되지는 않은 것으로 보이지만, 치료받지 않았다면 그녀는 1년 안에 사망했을 것이다.

인체의 많은 세포들이 재생되지 않는다. 우리는 그 세포들을 가지고 태어나고, 보통 이십 대 중반이 되면 이 대체 불가능한 세포들이 죽기 시작한다. 평생에 걸쳐 세포들이 사라지며 생물학적 노화가 진행된다. 우리는 이런 쇠퇴 과정, 이런 노쇠와 맞서 싸울 수는 있어도 그것을 피할 수는 없다. 하지만 일부 세포들은 끊임없이 교체된다.

세포들이 활발하게 분열하는 곳은 어디든 원발암primary cancer이 발생할 수 있다. 피부세포는 항상 복제되고 있다. 복제는 몇 층 아래쪽에서 시작되고, 새로운 세포들은 오래된 세포들이 떨어져나감에 따라 표면으로 이동한다. 간세포는 어젯밤 파티로 생긴 구멍을 채우기 위해 열심히 재생한다. (하지만 펠리시티의 간세포들은 파티와의 싸움에서 패배한 지 오래였다). 그리고 유방 조직의 세포들도 재생된다. 이 세포들의 복제는 정상적인 과정이며, 제대로만 통제된다면 건강에 아무 문제가 없다. 하지만 한 곳에서 복제가 유독 왕성하게 일어나면

죽음을 해부하는 의사

조만간 암이 될 수 있다.

나는 펠리시티의 종양 조직 샘플을 현미경으로 보았다. 세포들은 왓퍼드 고등학교 교실에서와 같이 가지런한 패턴으로 줄지어 늘어서 있지 않고, 한 미치광이가 교실의 모든 책상을 뒤집어 난장판으로 만들어놓는 것처럼 보였다. 정확히 무엇 때문에 세포들이 통제 불능으로 증식하기 시작하는지 정확히 알지는 못하지만, 유방 조직에서는 대개 호르몬에 대한 세포 반응이 방아쇠가 되는 것 같다. 유방은 여성의 일생동안 수많은 호르몬의 표적이 된다. 사춘기에 이를 때, 난자 방출 주기가 시작될 때마다, 그리고 나중에 임신할 때, 수유할 때, 그리고 폐경에 이를 때까지 호르몬들의 조류가 상승하고 하강하고, 증가하고 감소한다. 그리고 호르몬의 구성도 항상 미묘하게 변한다. 난소에서 만들어지며 임신 중에는 태반에서도 만들어지는 에스트로겐과 프로게스테론이 가장 잘 알려져 있지만, 그밖에도 성장 호르몬, 인간 융모성 생식선자극 호르몬, 프로락틴 등이 있다. 꼭 필요한 세포 증식을 자극하는 호르몬들이 이따금 불필요하고 원치 않는 복제를 자극하기도 한다. 요컨대 호르몬은 친구이자 적이다.

여성의 인생 초반에 암을 일으키는 발암물질에 특히 취약한 시기가 있으며 이 시기는 아마도 유방 세포가 빠르게 증식하는 소녀 시절일 거라고 생각하는 과학자들도 있다. 하지만 많은 위험 요인이 존재하고, 그 대다수는 개인이 통제할 수 없는 것이다. 가장 큰 위험 요인은 여성이라는 것이다. 영국에서 매년 약 5만 5,000명의 여성이 유방암 진단을 받는 반면 남성은 약 300명에 불과하다. 나이는 그다음으로 중요한 요인이다. 50세 여성은 30세 여성보다 유방암에 걸릴 위험이 10배 높다. 지리적 요인도 집단유전학을 통해 어떤 역할을 하는 듯하다. 북서유럽의 유방암 발생률은 세계에서 가장 높다. 네덜란드가 1위를 차지하며 영국이 그 뒤를 바짝 뒤따른다. 발병률이 가장 낮은 곳은 동아시아와 남아메리카다. 이런 지역 요인은 평생 작용하므로, 태어난 장소가 지금 살고 있는 장소만큼이나 중요할 것이다.

특정 유전자 돌연변이의 발생률이 높은 집단에 속할 경우 유방암에 걸릴 확률이 더 높다. 예를 들어 아쉬케나지 유대인은 유방암과 관련된 돌연변이들 중 두 가지인 BRACA1과 BRCA2를 지니고 있을 가능성이 높다. 반대로 유방암에 걸릴 위험이 훨씬 낮은 집단들도 있다. 영국에서 흑인과 아시아계 여성은 발병률이 절반에 불과하지만, 연구에 따라 편차가 있다. 그밖에 다른 (위험성이 낮은) 요인들로는 도시에 사는 것, 키가 큰 것(165센티미터 이상), 부유한 것(또는 기득권), 출생 시점의 체중이 높은 것, 월경을 일찍 시작하거나 폐경이 늦는 것, 그리고 아이를 낳지 않거나 늦은 나이에 출산하는 것 등이 있다.

선진국에서 여성 8명 중 1명이 인생의 어느 시기에 달갑지 않은 유방암 진단을 받는다. 좋은 소식은 생존율이 크게 올라가고 있다는 것이다. 하지만 왜 전 세계의 그렇게 많은 여성들에게서 유방 세포가 악성으로 변할까? 그리고 왜 종양 발생률이 증가하고 있을까?

DNA는 경이로운 분자다. 사실 DNA는 우리가 인간으로서 필요한 것에 비해 넘치도록 커서 한 번에 일부만 켜진다. 일생 동안 DNA 분자 내의 이런 저런 부분들이 저절로 켜졌다 꺼졌다 하면서 사춘기나

죽음을 해부하는 의사

폐경 같은 변화들을 일으킨다. 하지만 그중 많은 부분이 무의미하며 정상적으로 켜지지 않는다.

이 분자는 우리 건강에 매우 중요해서, 세포들 안에 든 특별한 복구 효소들이 그 분자를 조절한다. 그런 효소들은 DNA가 흠 없이 잘 작동하게 관리하지만, 그 효소들을 만들어내는 것이 바로 DNA다. 따라서 만일 효소를 만드는 DNA 부위에 오류가 있다면 그 효소가 제대로 작동하지 않을 것이다. 자기 복구 메커니즘은 엄청난 양의 일을 수행할 수 있지만 자기 자신은 고치지 못할 수 있다.

DNA 돌연변이는 후대로 유전될 수 있고, DNA가 방사능 같은 환경 위험에 노출되면 손상되기도 한다. 또는 돌연변이가 저절로 일어날 수도 있다. 오래 살수록 돌연변이가 발생할 기회가 많아진다. 이는 왜 나이가 들면 유방암 위험이 높아지는지 대략적으로 설명해준다. 그런데 35세였던 펠리시티가 속한 집단은 좀 다른 이야기를 들려준다. 유방암 발생률은 전반적으로 증가하는 추세지만, 젊은 사람들 사이에서 더 빠르게 증가하고 있는 듯하다.

지난 십 년 동안 유방암으로 새로 진단받은 젊은 (즉 35세 이하) 여성들의 수는 나이든 여성들 사이의 증가율보다 두 배 이상 증가했다. 이는 이 책을 쓰는 시점에 이용 가능한 통계에서 명백히 드러난다. 그런데 그 통계는 안타깝게도 잉글랜드만을 대상으로 했다. 어쩌면 이것은 일시적인 현상일지도 모른다. 왜냐하면 통계는 사례 수가 적을수록 신뢰도가 떨어지는데, 이 경우 사례 수가 다행히도 적기 때문이다. 또한 유방암 발생률이 증가한 결과를 설명할 때 검사 및 진단율이 높아졌다는 점도 고려해야 한다. 영국에서는 50세와 70세 사이의 모든 여성에게 정기적인 유방 엑스선 검사를 제공하는데, 유전적 위험이 있는 사람들은 보통 30세부터 검사를 받고, 때로는 더 일찍부터 검사를 받기도 한다. 젊은 여성들의 유방 조직은 매우 치밀해서 엑스선 촬영으로 정확히 판별할 수 없는 경우가 더러 있고 그럴 경우에는 MRI 검사를 권한다. 이것이 훌륭한 서비스라는 데는 의문의 여지가 없지만, 진단율 증가가 초기 유방암의 증가 추세를 충분히 설명해줄 수 있다고 확신하지는 못하겠다. 혹시 생활방식의 변화가 젊은 여성들 사이의 발병률 증가를 이끌고 있을까?

영국 암연구소에 따르면, 유방암 사례의 약 4분의 1이 예방 가능하다. 그럼 어떻게 하면 유방암에 걸릴 위험을 줄일 수 있을까? 위험 요인으로 제안된 것은 많지만 그 대부분이 방정식을 약간만 바꾼다. 좋지 않은 생활습관을 많이 가지고 있다고 해서 자동적으로 유방암에 걸리는 게 아니듯, 위험 요인을 적극적으로 줄인다고 해서 자연발생적인 것이든 유전적인 것이든 마구 날뛰는 유전자 돌연변이를 막을 수는 없다.

유방암 위험 요인 중 최고는 펠리시티가 보여주듯 알코올이다. 모든 연구 조사가 이 점에 동의하고, 실제로 알코올 소비의 확실한 안전 수준은 없는 것 같다. 이 분야의 연구가 거의 없는 탓에, 폭음이 낮은 수준의 규칙적인 음주보다 더 해로운지는 현재 불분명하다. 여성이 유방암 위험을 낮추려면 술을 끊어야 할까? 아마 그것은 음주가 그 사람의 인생에 미치는 영향과 그 사람이 보유한 위험 요인들이 무

죽음을 해부하는 의사

엇이냐에 달려 있을 것이다.

체중도 중요한 요인이다. 폐경 전 유방암 발생률이 과체중인 여성들 사이에서 더 낮다는 사실을 알면 많은 사람들이 놀랄 것이다. 높은 BMI는 수많은 건강 문제를 일으킬 수 있어서, 특히 젊은 여성들의 경우 체지방과 유방암 위험률 감소 사이의 연관성은 적극적으로 알려지지 않았다. 이 관계는 몸이 여분의 지방을 저장하기 위해 어떤 호르몬 생산을 억제하기 때문이라고 설명할 수 있을 것이다. 실제로 18세부터 30세까지의 과체중은 수년 동안 유방암 위험을 줄여준다. 하지만 성인기 내내 과체중이거나 30세 이후 체중이 증가하는 여성들은 폐경 후 결국 대가를 치르게 된다. 성인기 내내 높은 BMI, 그리고 특히 폐경 후 높은 BMI는 훗날 유방암 발병 위험을 높인다.

우리 모두는 무엇이 건강한 식생활인지는 알고 있다. 지방을 줄이고 과일과 채소를 많이 먹는 것이다. 사실 지방과 설탕을 줄이면 많은 이점이 있지만, 그것이 유방암 위험을 낮춘다는 증거는 없다. 하지만 유제품에 든 칼슘(보충제는 같은 효과를 일으키지 않는다)은 도움이 되며, 녹황색 과일과 채소를 평생, 적어도 12년 동안 섭취하면 도움이 된다.

좋은 식생활뿐만 아니라, 운동, 수면, 스트레스와 이완의 균형, 사회적 교류, 개인 위생도 건강한 생활습관을 이루는 중요한 요인들이다. 하지만 이것은 현대에 생긴 개념이고, 우리가 통제하려는 DNA 분자는 수천 년 동안 자연선택을 받아왔다. 현대 생활과 식생활의 복잡성을 고려하면, 애초에 수렵채집인의 달리기 능력을 위해 진화한 분자가 예전처럼 유익한 효과를 낼 수 없는 것인지도 모른다.

나는 유방암의 주요 위험 요인들 중 몇 가지를 거론했지만, 젊은 여성들 사이의 특별히 증가세는 대체로 한 가지 요인과 관련이 있다고 생각한다. 이 요인은 젊은 사람들의 사망 통계에서도 비슷한 상승 추세를 보이고 있는 '폭음'이다.

펠리시티의 혈액 샘플에 대한 독물 검사 결과가 나왔을 때 그것은 놀라운 사실을 보여주었다. 사망 시점 그녀의 알코올 농도는 혈액 100밀리리터당 540밀리그램이었다. 잉글랜드에서 80mg/100ml이면 운전을 할 수 없다는 사실을 고려하면, 합리적으로 300mg/100ml에서는 죽을 수도 있다. 펠리시티 베켄도르프가 심폐기능 부전에 빠지지 않고 540ml/100ml에 이를 때까지 계속 술을 마실 수 있었다는 것이 놀랍다.

나는 급성 알코올 중독을 사인으로 제시했다. 그런 혈중 알코올 농도를 보고 어떻게 다른 사인을 제시할 수 있었겠는가?

펠리시티의 죽음은 특히 슬픈 경우였다. 가족이 정서적·재정적으로 모든 지원을 끊었을 때 고인은 매춘으로 술값을 마련했다고 한 경찰관이 알려주었다. 그녀는 모든 면에서 유리하게 태어난 것처럼 보이지만, 술 때문에 자존감을 잃은 채 고통스럽고 굴욕적인 죽음을 맞았다. 아니면 그 반대였을까? 과거에 겪은 어떤 트라우마가 오직 술로만 채울 수 있는 구멍을 만들었을까?

나는 펠리시티 인생의 지각판을 움직여 이른 나이에 사망에 이르게 한 '가족 단층선'이 무엇인지 궁금했다. 어쩌면 가족이 사인 심문

죽음을 해부하는 의사

에서 이것을 말해줄지도 모른다고 생각했다. 하지만 사인 심문은 슬프고도 짧게 끝났다. 나는 검시관에게 증거를 제시했고, 신참 경찰관도 증거를 제시했다. 그밖에는 아무도 오지 않았다. 베켄도르프 부부는 법원에 보낸 진술서에서 자신들은 오래 전에 딸을 알코올 중독에 잃었다고 생각한다고 말했다. 그들은 딸을 재활기관에 여러 번 보냈지만 그녀는 술을 끊지 못했고, 그래서 몇 년 동안 연락을 끊고 지냈다고 했다. 또한 그들은 딸의 사망 소식을 들어서 유감스럽게 생각하지만 어떤 식으로든 도움을 주지는 못할 것 같다고 알려왔다.

나는 이 사건을 담당하는 경찰관에게 편지를 써서, 펠리시티가 유방암에 걸렸다는 사실을 베켄도르프 부부에게 알려달라고 부탁했다. 유방암에는 유전적 요인이 있을 수 있으므로 가족에게 알리는 게 옳았다. 유방암은 그녀의 죽음에 어떤 식으로든 기여하지 않았지만, 가족력이 있었을 수도 있기 때문에 그건 중요한 발견이었다. 그래서 나는 검시관 외에는 아무도 읽을 것 같지 않은 부검보고서에 그 사실을 포함시켰다.

펠리시티의 음주는 이른 나이에 이미 손을 쓸 수 없는 지경에 이르렀다. 어쩌면 그녀는 아주 어려서 중독되었을지도 모른다. 젊은 사람들은 위험을 알아차리고 생활습관을 바꾸는 것이 어렵다. 죽음이 먼 일이라고 생각하기 때문이다. 충분히 알 만큼 나이를 먹었고 오랜 음주의 결과에 직면할 날이 머지않은 사람들도 과음을 멈추지 못하는데, 사십 대 이하가 위험을 알아차리고 습관을 바꿀 것이라고 기대하기는 어렵다. 삼십 대는 성적으로나 사회적으로나 지나친 행동을 해도 당장에는 큰 영향이 없어 보인다. 주변의 많은 사람들이 그러고도 잘 사는 것처럼 보인다. 하지만 사십 대가 되면 모든 것이 변하기 시작한다.

죽음을 해부하는 의사

다음은 법관.
좋은 고기를 먹어 배는 근사하게 불룩 나오고,
엄한 눈초리에 수염은 격식대로 깎았습니다.
각종 격언과 진부한 문구에 막힘이 없습니다.
그렇게 남자는 자신의 배역을 해냅니다.

어떤 결혼 생활의 끝

"조이를 만났을 때 첫눈에 반했어요. 우린 결혼한 지 12년이 되었죠. 제 생각에 결혼 생활은 문제가 없었던 것 같아요. 약 1년 전 아내가 섹스에 싫증났다고 말하기 전까지는."

"이번 달 초까지만 해도 조이가 바람을 피운다고 생각하지 않았어요. 아내는 아름다운 빨강 머리 때문에 어디를 가든 모두가 한 번씩 돌아봐요. 관자놀이가 약간 희끗희끗해지고는 있었지만 그건 중요하지 않았어요. 아내도 신경 쓰지 않는 줄 알았는데, 어느 날 갑자기 관자놀이 주위를 염색하기 시작했어요. 저는 이상하다고 생각했죠. 그러다 한번은 퇴근해 집에 왔을 때 아내가 욕실로 들어가는 것을 봤어요. 수건으로 화장을 지우는 것 같았어요. 아내에게 물어봤더니 아니라고 했지만, 수건을 보니 화장품이 묻어 있었어요. 저는 누구 만나

          죽음을 해부하는 의사

는 사람 있느냐고 슬쩍 떠봤죠. 아내는 부인했어요. 그리고 이렇게 말하더라고요. '당신을 더 이상 사랑하지 않아, 마크.' 둘째 딸이 엿듣고 울기 시작해서 더 이상은 아무 말도 못했어요."

"다음 날 퇴근 후 아내에게 계속 같이 살 건지 물었어요. 아내는 나를 사랑하지만 내가 원하는 방식은 아니라고 하더군요. 우리는 그 정도로 끝냈어요. 다음 날 아침 우리 둘 다 기분이 좋았고, 아내는 제게 자신의 절친한 친구를 만나보겠냐고 물었어요. 제가 그 여자 분을 보고 싶다고 말했더니, 아내는 여자 분이 아니라 남자 분이라고 말했어요. 그때서야 퍼즐이 맞춰졌죠."

"만난 지 1년쯤 된 것 같았어요. 아내는 그 친구 이름은 게리이고 자신의 가장 친한 친구라고 하면서, 그가 자신을 도와주었고, 제가 화가 나서 말을 걸 수 없을 때 얘기를 들어줬다고 말했어요. 아내는 관계를 부인했어요. 하지만 저는 아니라는 걸 알았죠. 출근하려 했지만 너무 화가 나서 집에 올 수밖에 없었어요."

"조이가 직장에 있는 동안 저는 그녀의 소지품을 뒤져 게리의 전화번호를 찾아냈어요. 그 번호로 전화를 걸었더니 그가 받더군요. 조이와 가장 친한 친구라고 들었다고 말하니 그가 언제 술 한잔하자고 말했어요. 전 미안하지만 그럴 생각이 없다고 말했죠. 그는 괜찮다면서, 조이가 필요할 때 옆에 있어줬을 뿐이라고 말했어요."

"오후 2시에 조이의 직장으로 전화를 걸었지만 조이는 이미 나가고 없었어요. 아내는 오후 5시 45분이 되어서야 집에 왔어요. 게리와 있었던 것 같아요. 부끄러운 행동이지만 저는 약 한 달 동안 저녁마다 아내의 속옷을 확인했고, 여섯 번쯤 팬티에서 정액을 발견했어요."

"다음 날은 토요일이었어요. 아침에 조이는 제가 목욕하는 중인 줄 알고 문자메시지를 보내더군요. 저는 게리한테 보내는 거냐고 물었고, 휴대폰을 봤더니 '걱정 마. 괜찮을 거야'라고 적혀 있었어요. 조이는 게리가 괜찮으냐고 물어본 게 다라고 말했어요. 그래서 저는 속옷에서 발견한 증거에 대해 말했죠."

"토요일 오후에 조이는 낮잠을 잤고, 저는 조이의 부모님을 만나 뵙고 아내의 불륜 사실을 말했어요. 장인어른이 격노해서 장모님이 진정시켜야 했죠. 나중에 장모님이 조이를 만났는데, 조이는 울고불고하면서 게리와는 정신적 관계라고 말했어요."

"다음 주 저는 조이가 바람피운다는 증거를 또 하나 발견했어요. 가령 시간을 벌기 위해 온라인 쇼핑을 한다든지 하는. 경찰이 게리의 집을 수색할 필요가 있다고 생각해요. 조이가 거기 간 적이 있고 제가 미친놈이 아니라는 게 밝혀질 테니까. 저는 미치지 않았어요."

"화요일에 출근했지만, 조이가 쇼핑하러 간다고 말했기 때문에 조퇴하고 조이의 뒤를 밟았어요. 그날 아내는 루비의 선생님과 학부모 면담을 했고, 그런 다음에는 보통 세인즈버리 마켓에 가요. 그런데 그날은 세인즈버리에 가지 않고 대신 여동생 집으로 갔어요. 그런데 여동생이 집에 없어서 차를 돌려 큰길로 향했어요. 그 길은 웨이트로즈 마켓으로 가는 도로이고, 게리가 사는 동네로 가는 길이기도 해요. 도로가 혼잡해서 저는 조이의 차를 놓쳤고, 웨이트로즈 주차장을 샅샅이 뒤졌지만 아내 차를 찾을 수 없었어요. 나중에 집에 갔더니 아내는 웨이트로즈가 너무 붐벼서 다시 세인즈버리로 되돌아갔다고 말했고, 실제로 집 안 여기저기에 세인즈버리 쇼핑백들이 있었어요. 제가 미행하는 걸 본 것 같아요. 하지만 미행했다고 말하니까 저더러 병원에 가보라면서 예약을 잡아주겠다고 했어요. 저는 병원에서 무슨 알약을 처방받아 왔어요."

"그날 밤 결혼 앨범을 보다가 눈물이 터졌어요. 조이가 깨서, 저는 조이에게 당신과 애들 없이는 못 산다고 말했어요. 아내는 그런 일은 없을 거라고 했죠. 하지만 저는, 당신이 나를 더 이상 사랑하지 않기 때문에 그렇게 될 거라고 말했어요. 아내는 너무 피곤해서 자야겠다고 말했어요. 저는 부엌으로 갔지만 눈물이 멈추지 않았어요. 머릿속으로 생각하고 또 생각해도 뾰족한 수가 없더군요. 오전 6시에 조이를 깨워서 얘기 좀 하자고 했어요. 그녀는 피곤하다고 했죠. 저는 차를 끓이겠다고 말하고 부엌으로 들어갔어요."

"주전자를 올려놓고 나서 저는 왜 그랬는지 모르겠지만 부엌칼을 잠옷 소매에 넣고 다시 침실로 들어갔어요. 그리고 조이를 깨워 당신 없이는 살 수 없으니 죽어버리겠다고 말했죠. 그러고 나서 칼을 꺼내 배에 대고 조이의 눈을 쳐다봤어요. 그녀는 희미하게 웃었어요. 비웃는 것 같았죠. 그리고 이렇게 말하더군요. '내 탓 하지 마!' 조이가 일어나 앉자, 저는 그녀의 배에 칼을 찔러 넣었어요. 조이는 누워서 숨을 거칠게 쉬기 시작했어요. 저는 일어나 서성거리다가, 침대 옆에 있던 전화기를 들고 어머니에게 전화를 걸어 조이를 찔렀다고 말했어요."

"어머니가 뭐라고 했는지는 기억나지 않아요. 수화기를 내려놓고 침대로 올라갔더니 조이는 잠들어 있었어요. 저는 그녀에게 입맞춤을 하며 우리는 이제 함께 있을 거라고 했어요. 그리고는 칼을 제 배에 대고 밀어 넣으려 했어요. 하지만 잘 안 됐어요. 칼을 더 높이 들어야 했어요. 그리고 다시 밀어 넣었는데 들어가는 느낌이 났어요. 그때 바로 전화벨이 울렸고, 칼을 꽂은 채로 전화를 받았는데 어머니였어요. 저는 어머니에게 서두르라고 말했어요. 전화를 끊고 나서 조이 옆에 누웠어요."

"딸들이 들어오는 걸 보고, 엄마는 지금 없으니 가서 텔레비전을 보라고 말했어요. 다음으로 기억나는 장면은 어머니가 저를 내려다보며 서 있는 거였어요. 그리고 다음 날 병원에 깨어날 때까지 아무것도 기억나지 않아요."

"조이가 칼에 여러 번 찔렸다고 들었는데, 제 기억으로는 분명히 한 번만 찔렀고, 그런 다음에 조이는 잠들었어요. 몸싸움을 한 기억도 없어요. 조이가 '내 탓 하지 마'라고 말하던 순간의 눈동자와 표정을 기억해요. 그 순간 저는 깨달았죠. 조이는 내가 죽든 말든 상관이 없다는 것을. 그녀는 정말 아무 상관없었던 것 같아요."

조이의 시신이 부검실로 들어올 때 시체안치소 조수가 나를 쳐다보았다.

"저 지경을 만들어놓고 어떻게 한 번만 찔렀다고 주장할 수 있는지 이해가 안 되요."

죽음을 해부하는 의사

나는 시트를 들어올렸다. 조이는 매력적인 사십 대 여성이었다. 긴 머리카락이 불타는 것처럼 붉었고, 관자놀이 부근은 약간 희끗희끗했다. 머리카락은 그녀를 볼 때 가장 먼저 눈에 띄는 부분이었다. 죽었을 때뿐만 아니라 살아생전에도 그랬을 것이다. 나도 수많은 자상보다 먼저 그 머리카락에 눈이 갔다.

"미친놈이에요. 아니면 저럴 수 없어요." 부검실에 있던 경찰관 한 명이 말했다. "그래도 과실치사로 끝나겠죠."

많은 경찰관들은 과실치사를 살인에 비해 훨씬 가벼운 죄로 여긴다. 죄목이라기보다는 가해자가 심신미약을 가장해 빠져나갈 수 있는 허점이라고 생각한다.

시체안치소 조수는 말했다. "그가 미쳤다고 말해줄 착하고 말 잘 듣는 정신과의사만 찾으면 되겠죠."

"그러면 과실치사예요. 몇 년 살고 나오겠죠." 그 경찰관이 동의했다. "그런데 왜 죽였대요? 이혼이 뭐 대수라고? 둘 다 좋은 직업에, 돈도 잘 벌겠다, 애들도 둘이나 있고…."

"엄마는 죽고 아빠는 감옥에 가면 딸들은 어떻게 되는 거예요?" 시체안치소 조수가 슬프게 물었다. 우리는 고개를 저었다.

조이는 2주 전에 사망했다. 이번은 두 번째 부검이었다. 시신을 부검하는 첫 번째 병리학자는 보통 경찰이 부르고, 그래서 대체로 기소를 위한 증거를 제공하게 된다. 고발을 당하면, 피고 측 변호사가 일반적으로 두 번째 부검을 요청한다. 두 번째 부검은 첫 번째 부검과는 많이 다르다. 부검실은 훨씬 조용하고 사람도 없다. 형식적으로 경찰관 한 명만 참석하고, 그밖에는 아무도 없이 나와 시체안치소 조수들만이 있기 때문이다. 시신은 사망한 지 시간이 좀 지났기 때문에, 냉동고에 넣어두었다 해도 부패가 진행되고 있을 것이다. 당연히 절개와 해부가 이미 이루어진 상태고, 때로는 전문가들이 검사할 수 있도록 중요한 장기들을 따로 보관하기 때문에 뇌나 심장 같은 핵심 장기가 없을 수도 있다.

두 번째 병리학자는 1차 부검과 범죄 현장에서 찍은 사진에 주로 의존한다. 나는 마크와 조이의 침실 사진들을 이미 살펴보았다. 그들은 부유한 전문직 부부였다. 널찍하고 통풍이 잘 되는 방은 깔끔하게 정돈되어 있었다. 침대 옆에는 푹신한 슬리퍼 한 켤레가 가지런히 놓여 있었고, 화장대 위의 작은 쟁반에 화장품이 정리되어 있었다. 하지만 침대는 혼돈의 도가니였다. 누비이불이 바닥에 절반쯤 떨어져 있었고, 침구의 나머지는 마치 회오리바람이라도 지나간 것처럼 뒤엉켜 있었다. 그중 어느 것도 붉은색이 아니었지만, 피가 많이 묻어서 원래 붉은색이었던 것처럼 보였다. 조이의 머리카락과는 다른 빨강. 더 밝고 더 충격적인 빨강이었다.

조이는 옅은 색 잠옷을 입은 채 어색한 자세로 누워 있었다. 한쪽 팔은 쭉 뻗고 다른 쪽 팔은 몸을 반쯤 덮고 있었다. 머리는 뒤로 젖혀져 있었다. 그 자세는 그녀가 살기 위해 싸웠음을 말해주었다.

내 첫 번째 일은 고인을 살펴보고 동료의 결과를 확인하는 것이었다. 사망에 관한 의학적 사실에서 두 병리학자 사이에 의견불일치가 있을 수도 있지만 그건 이례적인 경우다. 일단 병리학적 판단이 일치

　　　　　　　　　　　　　죽음을 해부하는 의사

하면, 그 사실들을 다른 해석의 관점에서 새롭게 살펴보는 것이 피고 측이 요청한 병리학자의 일이다.

나는 첫 번째 병리학자의 보고서에 기술된 모든 손상을 확인할 수 있었다. 목에 하나, 가슴 앞에 셋, 가슴 뒤에 넷, 다리에 둘, 팔에 일곱 군데였다. 게다가 사후 변화 때문에, 동료 병리학자가 부검을 마친 후 조이의 다리, 팔, 그리고 등에 더 많은 멍이 생겼다. 그중 어느 것도 피고 측에 도움이 되지 않았다.

나는 시신을 보러 오는 유족이 눈치 채지 못하도록 신경 쓴, 동료 병리학자의 능숙한 해부와 시체안치소 조수의 깔끔한 봉합에 감탄했다. 그래도 조이의 복부를 열기 위해서는 봉합을 뜯을 수밖에 없었다. 이전 부검에서 주검이 한 번 훼손된 터라 손상의 흔적을 추적하기가 훨씬 어려웠다. 그럼에도 척추에 어떻게 칼자국이 났으며 갈비뼈가 군데군데 어떻게 부러졌는지 분명히 보였다. 이는 칼이 엄청난 힘으로 몸을 뚫었음을 암시했다. 피부와 근육은 뚫기가 상당히 쉽지만, 뼈를 절단하기 위해서는 힘이 필요하다. 뼈가 잘렸다면 그 누구도 칼이 어쩌다 몸으로 미끄러져 들어갔다고 주장할 수 없다.

나는 사인은 심장, 대동맥, 간, 비장을 관통하는 손상이라는 동료의 부검보고서에 동의했다. 그리고 폐에 있는 손상도 치명적이었을 가능성이 있다고 덧붙였다.

양쪽 팔의 손상들은 아마 방어하다가 생긴 것일 테고, 오른쪽 정강이에 있는 특이한 베인 자국 또한 침대에서 몸싸움을 하는 와중에 생긴 방어흔으로 추정되었다. 이 모든 손상은 가해자와 피해자 사이에 상당한 몸싸움이 있었다는 증거였다. 조이는 맞서 싸운 게 분명하며, 남편이 진술한 것처럼 한 번 찔린 후 그대로 '잠들지' 않았다.

"피고 측에 그다지 도움이 되지 않겠군요." 경찰관이 말했다.

그의 말이 옳았다. 나는 동료 병리학자가 길이 20센티미터, 폭 3.5센티미터로 측정한 피 묻은 부엌칼 사진을 살펴보았다. 그것은 주검에 보이는 손상들을 입히기에 알맞은 크기와 모양이었다.

나는 부검보고서에서, 주검에 보이는 손상들은 마크의 진술과 달리 지속된 공격에 의한 것이라는 첫 번째 병리학자의 의견에 전적으로 동의할 수밖에 없었다. 두 병리학자가 동의하면 증인석에 둘 다 부를 필요가 없으므로 나는 마크의 재판에 가지 않았다. 하지만 변호사들이 내게 소식을 알려주었다. 검사는 마크의 '병적 질투'에 대해 설명했고, 피고 측은 마크의 자세한 정신건강 병력을 제공했다. 놀랍지 않게도 이런 문제들이 참작되어 마크는 살인이 아니라 과실치사로 유죄판결을 받았다. 판사는 6년 형을 선고했다. 나는 그가 실제로 몇 년을 복역했는지는 모른다.

마크가 자신의 행동을 범죄로 생각하지 못한 점, 그리고 범행 당시 그의 심리 상태는 중년 부부의 살인 사건에서 전형적으로 나타나는 특징인 것 같다. 이 시기, 즉 삶이 중간쯤 흘렀을 때 남편과 아내가 서로를 죽일 가능성이 가장 높기 때문이다. 이따금 두 사람이 동시에 죽기도 한다. 즉 살인 후 자살이다. 더 나중으로 가면 동시 사망의 원인이 좀 다르지만, 중년의 살인 사건에서 두 구의 시신이 발견되면 살인 후 자살이 유력하다. 실제로 마크는 조이뿐 아니라 자신도 죽일

죽음을 해부하는 의사

뻔했다. 그는 자신의 몸 세 곳을 깊이 찔러서 12일 동안 입원 치료를 받았다. 몇몇 놀라운 예외가 있지만, 살인 후 자살을 계획한 사건 대다수에서 살인자는 계획대로 자살을 완료하지 못한다는 사실을 말해두고 싶다.

모살과 과실치사는 둘 다 살인이다. 정확한 혐의는 범인의 의도에 달려 있고, 감정이 끊임없이 요동치는 결혼 생활 속에서 이런 의도를 분리해내는 것은 검찰에게도, 궁극적으로는 배심원들에게도 어려운 일이 될 수 있다.

나는 이슬비 내리는 어느 날 오후, 거리에서 습격당한 남자를 부검하기 위해 또 다른 시체안치소로 불려갔다. 로버트 카길은 단신이었고 보기 안쓰러울 정도로 말라서 얼굴이 마치 해골 같았다. 관자놀이 주변으로 흘러내린 검은 곱슬 머리카락이 피로 흠뻑 젖어 있었다.

한 경찰관이 그의 신원을 공식 확인해주었고 나이는 45세라고 했다.

"길에서 발견되었어요?" 시신에서 올라오는 술 냄새가 부검실 구석구석으로 퍼져나가는 동안 나는 경찰관들에게 물었다.

"아뇨, 자기 집 거실에서요." 그들이 말했다.

나는 눈썹을 치켜올렸다.

"이 몸으로 도대체 어떻게 집 안으로 들어갔죠?"

"부인 말로는, 남편을 찾으러 나갔다가 그가 울타리 밑에 엎어져 있는 것을 발견했대요. 그는 아내의 부축을 받아 비틀거리며 간신히 집으로 들어갔어요. 부인이 그를 바닥에 눕혔고, 그는 괜찮을 거라고 말했죠. 부인은 잠을 자러 갔는데, 나중에 일어났더니 그가 죽어 있었답니다."

남자의 손상을 보았을 때 나는 믿을 수가 없었다.

"왜 구급차를 부르지 않았답니까?" 내가 물었다.

경찰관들이 서로 눈짓을 주고받았다.

"부인은 술에 취해 있었어요." 그들이 말했다.

"999에 전화하는 것조차 할 수 없었대요? 주변에 전화를 걸어줄 다른 사람도 없었고요?"

그들은 어깨를 으쓱해보였다.

"애가 한 명 있지만 겨우 여섯 살이에요." 한 사람이 말했다.

"부인이 그 울타리를 보여줬나요?"

"네, 길을 따라 몇 집 내려가면 나와요."

"하지만 이 남성을 보세요!" 언뜻 봐도 두개골이 심하게 골절된 것을 알 수 있었다. 그리고 얼굴은 사람의 주먹으로는 그 지경이 될 수 없을 만큼 심하게 맞은 상태였다. 공격자는 무거운 금속 무기를 가지고 있었음이 틀림없다.

"도로나 울타리에 몸싸움의 흔적이 있었나요?" 내가 물었다.

그들은 고개를 저었다. 그들도 부인의 진술을 믿지 못하는 눈치였고, 내가 자신들의 심증을 굳혀주기를 기다리고 있었다.

그러기까지는 오래 걸리지 않았다. 우선 혈액침강(적혈구 세포들이 중력에 의해 아래로 내려가는 현상으로, 사후 시신의 자세를 알려주는 감출 수 없는 표지)은 그가 앉아서 죽었고 그 후에도 한동안 그 자세를 유지

죽음을 해부하는 의사

했음을 나타냈다. 시신에 가해진 손상들을 볼 때 나는 아무리 아내의 부축을 받았다 해도 그가 어떻게 길을 걸어올 수 있었는지 알 수 없었다. 얼굴의 멍과 찰과상 밑으로는 광범위한 골절이 있었다. 골절 부위는 두개골 좌측, 왼쪽 광대뼈, 그리고 왼쪽 턱이었다. 뇌는 멍이 들었고 지주막하 출혈로 피투성이였다. 양손도 심하게 멍들어 있었는데, 나는 그가 자신을 방어하기 위해 몸부림치다가 생긴 것이라고 꽤 확신했다.

"그래서 결론은요?" 내가 부검을 마치자 경찰관들이 물었다.

"술에 취해 인사불성일 때 가격을 당한 것 같아요. 여러분은 술 냄새를 맡을 수 있을 테고, 간을 봤을 거예요. 독물 검사에서 혈중 알코올 농도가 매우 높게 나올 거라고 확신해요. 사용된 무기가 이곳에 분명한 자국을 남겼어요…. 그 무기가 뭔지 추측해보라고 한다면, 저는 머리가 둥근 망치라고 말하겠습니다. 반복적으로 큰 힘을 가해 쳤어요. 이 지경이 되었는데 일어나 걸어 들어왔을 리가 없어요."

"그러면… 그가 자기 집에서 죽었다고 생각하세요?" 그들이 물었다.

나는 고개를 끄덕였다.

"의자에 앉아 있는 동안에요. 그 후 부인이 그를 어떻게 바닥에 눕혔는지는 모르지만, 왼쪽 귀 주위에 보이는 이 손상은 다른 것과 좀 달라요. 제가 보기에는 그가 바닥에 누워 있을 때 누가 얼굴을 밟은 것 같아요."

그들은 말을 하지 않았다.

"다른 누군가가 집에 있었다는 증거가 있나요?" 내가 물었다. "아이 빼고요?"

침묵이 흘렀다.

"아니요." 마침내 선임 수사관이 말했다.

그들은 카길 부인과 다시 얘기해보고 내게 연락하겠다고 말했다. 실제로 그들은 부인의 자백 녹취록을 보내왔다.

"제가 버는 돈으로 주택담보대출금을 갚기에 충분했어요. 하지만 바비가 술 때문에 직장을 잃자 저는 담보대출금을 식비로 써야 했어요. 바비는 멀리건스에서 일자리를 구했지만, 어느 날 집에 왔더니 집 밖에 멀리건스 밴이 세워져 있었어요. 다시 술을 마신 거죠. 회사는 이미 여러 번 기회를 주었기 때문에 밴을 보았을 때 저는 바비가 잘렸다는 걸 알았어요. 밴은 며칠 동안 집 밖에 세워져 있었어요. 멀리건스에서 사람이 왔을 때 바비는 그 사람에게 차 키를 주지 않아 결국 견인을 했어요."

"저는 길 건너편에 사는 남자에게 자주 돈을 빌려야 했어요. 그는 매우 좋은 사람이었어요. 그리고 바비의 어머니도 돈을 주셨고, 그의 형도 돈을 좀 빌려주었어요. 하지만 바비는 일자리를 구하지 않았고, 저는 청구서가 날아오는데 낼 돈이 없어서 전전긍긍하기 시작했어요. 봉투를 열어보기도 겁났죠. 저는 직업을 바꿔서 청소부가 되었어요. 야근을 많이 할 수 있었기 때문이죠."

"제 지갑에서 이따금 지폐가 몇 장씩 사라지는 걸 알아챘지만, 바비는 그때마다 가져가지 않았다고 잡아뗐어요. 그는 술을 많이 마셨고 도박도 하고 있었어요. 그리고 화물운송 임시직을 구했어요. 저는 시간 외 근무로 돈을 꽤 벌고 있었고 바비도 돈을 좀 가져왔지만, 그가 술에 취해 일을 나가지 않으면 돈을 한 푼도 주지 않았고 이런 상태가 한 번에 몇 주씩 이어졌어요. 어느 토요일에 저는 장을 보러 가려고 하다가 지갑에서 100파운드가 없어진 걸 알았어요. 바비에게 묻자 자기는 가져가지 않았다면서 제 여동생들이 가져갔다는 거예요. 여동생 한 명이 집에 들러서 그에게 따지자 그제야 털어놨어요. 경마 실적이 좋지 않은 말에 대한 정보를 얻는 데 썼다고 말했죠. 하지만 그때부터 저는 그를 믿을 수 없었어요."

"그는 수차례 폭력을 휘둘렀어요. 1년 전쯤에는 프라이팬으로 제게 뜨거운 기름을 끼얹겠다고 하더군요. 그리고 몇 번은 목을 조르려고 시도했어요. 한번은 그가 아이를 때리지는 않을 거라는 생각에, 제가 아들을 제 앞에 세운 적도 있어요. 저는 경찰을 불렀고, 경찰들은 그에게 주의를 줬어요. 그밖에는 문제를 아무에게도 말하지 않았죠. 상처를 치료하러 병원에 가지도 않았어요.

"한두 주 전 토요일에는 돈이 떨어졌어요. 그가 저더러 술을 좀 훔쳐다 달라고 했어요. 저는 세인즈버리 마켓에 가서 보드카와 고기를 훔쳤지만 붙잡혔어요. 체포되자 충격에 빠졌죠. 저는 저항하지 않았어요. 그 무렵 우리는 담보대출금을 내지 못한 지 1년이 넘어가고 있었죠. 은행이 우리를 고소했지만 소송은 지연되었어요. 바비의 어머니가 대금을 지불하라고 돈을 좀 주셨지만, 바비는 그 돈으로 술을 샀어요. 가스가 끊겼는데도 말이죠. 지금도 저는 청소부로 일하고 있어요. 바비는 음주운전으로 붙잡힌 후 운송회사에서 잘렸어요."

"이번 주 토요일 오후 4시에 그가 담배를 사러간다고 나가더니 밤 10시 30분이 되어서야 들어왔어요. 그가 들어올 때 저는 거실에 있었어요. 그는 먼저 부엌에 갔다가 거실로 왔어요. 저는 그에게 어디 갔었는지 물었고, 그는 대답하지 않았어요. 몸을 제대로 가누지도 못하더군요. 그는 벽난로 위에 열쇠를 올려놓고 안락의자에 앉아 꾸벅꾸벅 졸았어요."

"저는 그가 술을 가져왔다고 확신했어요. 그는 종종 술을 숨겼거든요. 찬장 위나 침대 밑에서 빈 병들을 발견하곤 했어요. 저는 부엌에 가서 살펴봤지만 토요일에는 술을 찾지 못했어요. 하지만 부엌 찬장에 망치가 보였던 걸로 기억해요. 저는 그것을 집어 들었죠. 당시 개한테 물려서 항생제를 먹고 있었는데, 이게 다 항생제 때문이었을 거예요. 저는 누군가를 해칠 사람이 아니에요. 그리고 그를 사랑했기 때문에 너무 슬퍼요. 그는 일을 제대로 한 적이 없지만, 그래도 그를 죽일 생각은 없었어요."

"저는 망치를 들고 거실로 와 그 사람 앞에 서서 소리쳤어요. 그를 수차례 내리친 것 같지는 않아요. 피를 본 기억도 없어요. 저는 잠든 것 같아요. 깨어났을 때는 그 사람도 자고 있는 줄 알았지만, 가서 만져봤더니 죽어 있었어요. 저는 어떻게 해야 할지, 어찌할 바를 몰랐어요. 주위가 온통 피투성이어서 그것을 닦아내기 시작했어요. 커튼에도 피가 튀어서 커튼을 빨아 마당의 빨랫줄에 널었어요. 망치가 그 사람 옆에 있었어요. 저는 그것을 부엌 찬장에 집어넣었다가, 다시 꺼내 씻어서 캐리어 가방에 넣었어요. 그리고 그 가방을 마당 창고에

　　　　　　　　　　죽음을 해부하는 의사

가져다 놓았어요. 입고 있던 옷도 벗어서 세탁바구니에 넣고 바구니를 빨랫줄 옆에 두었어요. 그를 옮겨서 바닥에 눕히려고 했지만, 너무 무거워서 의자에서 겨우 *끄집어냈어요.*"

"저는 길을 따라 내려갔지만, 다시 생각한 후 마음을 바꾸고 집으로 돌아와 청소를 더 했어요. 곧 누군가에게 알려야 한다고 생각하면서도 저는 아무것도 하지 않았어요. 제정신이 아니었죠."

"마침내 여동생에게 전화를 걸었어요. 동생은 경찰에 연락했고 저는 경찰에게 거짓말을 했어요. 울타리 안에서 바비를 발견했고 강도를 당했다고 말했죠."

계속되는 심문 끝에 카길 부인이 진술에서 중요한 뭔가를 빠뜨렸다는 사실이 밝혀졌다. 바로 본인의 음주 사실이었다. 그녀는 친구들과 가족들뿐 아니라 경찰에게도 남편처럼 술고래로 통했다. 그녀는 이렇게 진술했다. "저는 알코올 중독자가 아니지만, 그가 저를 그렇게 되도록 몰아가고 있다고 느꼈어요. 저는 최근에 평소보다 술을 많이 마시고 있었어요."

추가 심문에서 그녀의 분노에 불을 댕긴 원인 한 가지가 밝혀졌다. 그건 남편이 그날 토요일 오후에 설명도 없이 사라진 것이 아니라, 남편이 집에 오는 길에 그녀가 마실 술을 가져오지 않았기 때문이었다. 더 구체적으로, 그녀는 남편이 집에 돌아와 술병을 찾지 못하도록 부엌에 일부러 숨겼다고 믿었다. 그녀의 생각이 맞았다. 그는 보드카를 가져왔지만, 안락의자에서 잠들기 전에 그것을 찬장 위에 숨겼다. 그녀는 부엌을 뒤졌지만 찾지 못했고, 그러자 수년간의 고통스러운 결혼 생활에 더해, 남편이 자신을 속여 술도 못 마시게 한다는 것이 분했다. 그것이 그녀를 무너뜨렸다. 술병을 찾지 못하자 그녀는 망치를 움켜쥐었다.

부인이 남편을 죽인 후 잠이 들었다는 사실이 흥미롭다. 그녀는 그날 낮에 술을 마신 것이 분명하지만, 그 순간에는 무엇보다도 안도감으로 잠이 들었을 것이다. 남편은 죽었고, 이제는 그로 인한 고통과 걱정이 끝났기 때문이었다. 일어나 정리를 한 후 경찰에 전화를 걸기 전, 그녀는 사라진 술병을 발견하고 상당 부분을 마셨다.

경찰이 도착했을 때, 그 경찰관은 일주일 전 절도 사건으로 잡혀왔던 카킬 부인을 알아보고 이름을 부르며 인사했다. 그녀는 별 반응을 보이지 않았다. 그 경찰관은 이렇게 진술했다. "부인은 술에 취해 휘청거렸고 눈이 풀려 있었어요. [부인을 체포하기 위해] 저는 부인이 시신을 넘어가도록 도와줘야 했어요. 하지만 걸음걸이가 너무 불안정해서 오른쪽 신발 뒤꿈치가 고인의 이마에 걸렸어요."

이 경찰관의 진술과 함께 다음과 같은 질문이 도착했다. "바비 카킬의 얼굴에 있던 발에 밟힌 손상이 이것 때문일까요?"

나는 그럴 수 있다고 말했다.

많은 사람들이 카킬 부인의 행동을 용납할 수는 없어도 충분히 이해할 것이다. 바비가 폭력을 행사했다는 부인의 주장은 가족과 이웃들에 의해 입증되었다. 이런 학대, 그리고 벌어온 돈을 남편이 술로 탕진하는 동안 가족을 먹여살리기 위해 고군분투하는 생활은 법 체계를 잘 아는 유능하고 교육받은 여성이라면 벌써 문제를 삼고도 남

죽음을 해부하는 의사

을 일이었다. 하지만 저임금 노동으로 힘겹게 살아가는, 이혼은 생각할 수도 없었던 아내가 경찰과 법적 수단을 이용해 남편으로부터 자신을 보호할 가능성은 거의 없었다.

그리고 부인이 그렇게 했다면 법이 그녀를 보호해줬을까? 피해자가 여성인 살인 사건의 약 40퍼센트에서 파트너 또는 전 파트너가 용의자로 지목된다. 그리고 이런 살인 사건은 학대, 가정폭력, 경찰 출동, 법원 명령으로 얼룩진 오랜 결혼 생활 끝에 발생한다. 심지어 아내를 폭행한 혐의로 고발당한 후 보석으로 풀려난 남성이 집에 돌아가 배우자를 살해하는 일조차 있다.

한 남자가 남성이든 여성이든 배우자를 죽일 때, 내 경험상 그것은 대개 헤어지겠다는 배우자의 협박 또는 결심에 대한 반응이다. 마크가 조이를 죽이기 전 조이를 학대했다고 말한 사람은 아무도 없었다. 범행 동기가 사랑이었다는 마크의 주장(즉 그들은 죽어서 함께할 것이라는 말)은, 새 출발을 하겠다고 협박하는 파트너를 놓아주지 않으려는 의도에서 비롯된 가정 내 살인에서 흔히 들을 수 있는 말이다. 마크는 조이를 죽이면 그녀가 떠나는 것을 막을 수 있고 어떤 식으로든 그들의 결혼을 지킬 수 있다고 착각했다. 이런 범죄에서는 거의 항상, 가해자가 피해자인 것처럼 행세한다.

학대하는 사람들은 죽인다. 하지만 학대받는 사람들도 죽인다. 이는 학대에 대한 반응임에 틀림없지만, 자기방어 행위인 경우는 좀처럼 드물다. 그리고 일반적으로, 오랫동안 가정폭력, 또는 (그리고) 참을 수 없는 수준의 강압적 통제를 받으며 살다가 일어난다(2015년 영국에서 폭력을 동반하지 않는 통제 행위가 범죄로 인정되었다). 내 부검 파일에서도, 여성이 남성을 살해한 사건들 뒤에는 대개 그런 사연이 있다. 하지만 이런 사건은 흔하지 않다. 살인 사건 수사에서 남성 파트너는 보통 첫 번째 용의자인 반면, 여성 파트너는 남성 살해 사건의 4퍼센트에서만 용의자로 지목된다.

부인이 남편의 죽음이 가져올 해방에 대해 생각해보지 않았다면 오히려 놀라운 일일 것이다. 남편이 자연사로 죽기를 꿈꾸는 것에서부터, 직접 행동에 나섬으로써 그토록 바라던 해방을 이루는 데까지는 한참인 것 같지만 잠깐일 수도 있다. 행동은 느닷없이 일어나는 것처럼 보인다. 거의 모든 진술에 '나는 누군가를 죽일 사람이 아니다', '항생제를 먹어서 비정상적인 행동을 했다', '고인을 사랑했다' 등 카길 부인이 주장한 것과 같은 표현이 나온다. 하지만 실제로는 분노, 술, 고통, 오랜 고생, 또는 이 네 가지 모두가 작용해 통제력 상실을 유발할 수 있으며, 이는 의식 수준으로 올라오지 못한 오래된 환상이었을 것이다. 그리고 행동에 나서지 않았을 뿐 오래 꿈꾸어왔던 일이다. 이런 배경은 의도를 판단하는 일을 매우 복잡하게 만들고, 2010년에 장기간의 가정폭력을 견디며 사는 압박감을 인정하는 개정된 법이 나오기 전까지, 학대자를 공격한 학대당한 배우자는 과실치사가 아니라 살인 혐의에 직면하기 쉬웠다. 다행히 카길 부인은 그렇지 않다. 부인이 망치를 수차례 내리쳤다는 사실은 어떤 계산에 따라 살인을 저질렀다기 보다는 순간적으로 자제력을 잃었다는 부인의 주장을 뒷받침했다. 그녀는 과실치사로 짧은 형량을 선고받았다.

죽음을 해부하는 의사

셰익스피어가 "진부한 격언과 최근 판례에 막힘이 없다"고 묘사한 부유하고 존경받는 법관과 결혼한 여성이 왜 남편에 대한 세상의 존경에 동참하지 않고 실제로는 남편을 살해하고 싶었을지 이유를 제시하기 전에, 나는 죽음을 부를 만큼 험난한 중년 결혼 생활의 어두운 미로로 다시 한 번 여러분을 안내할 것이다.

12

심장과 확신

우리는 시체안치소에 앉아 차를 마시며 현장 사진을 살펴보고 있었다.

"고인은 이곳에 살았어요…." 신참 형사가 크고 훌륭한 빅토리아 시대풍 타운하우스가 찍힌 사진 한 장을 넘겨주며 이렇게 말했다. 모든 표면이 티끌 하나 없이 말끔하게 정돈된 매우 깨끗한 집이었다. 그곳에는 꽤 비싼 현대적인 가구들이 있었다.

"아이는 몇 명이에요?" 그의 동료가 물었다.

"둘이에요." 그가 침실들이 찍힌 사진을 건네주었다. 침실들은 나머지 공간에 비해 어수선했다. 각 침실의 바닥에는 벗은 옷들이 널브러져 있고 전선과 전자기기들이 여기저기 어지럽게 널려 있었다.

"십 대들이에요." 그가 굳이 하지 않아도 될 설명을 덧붙였다.

누군가에게는 선의의 시간이었지만 또 다른 누군가에게는 살인의

죽음을 해부하는 의사

시간이었던 12월. 거실에는 나무 한 그루가 있었고, 세로로 긴 홀더에 크리스마스카드가 가지런히 놓여 있었다. 누군가가 부엌에서 카드를 보낼 목록을 체계적으로 작성하고 있었다. 테이블 위에 놓인 상자는 열려 있었다. 각각의 카드는 "평화로운 크리스마스 보내세요!"라고 외쳤다. 봉투들은 밀봉되어 우표가 붙은 채로 한쪽 옆에 가지런히 쌓여 있었다.

12월의 여느 가정집과 다르지 않은 풍경이었다. 욕실, 부엌, 거실, 복도가 모두 피투성이였다는 것만 빼고는. 거의 모든 문손잡이가 붉게 물들어 있었고, 계단 난간과 층계에는 피에 흠뻑 젖은 수건들이 놓여 있었으며, 욕실 바닥은 핏물로 흥건했다.

"대니얼의 시신은 왜 사진에 없어요?" 내가 물었다. "구급대원들이 그를 살릴 수 있다고 생각했나요?"

"구급대원들이 먼저 그곳에 도착했고 의사가 헬리콥터를 타고 뒤따라갔어요. 의사는 도착하자마자 그곳에서 수술하겠다고 말했어요."

"욕실 바닥에서요?"

"넵."

용감한 의사다.

"구급대원들은 의사가 대니얼을 살릴 줄 알았어요. 가장 가까운 외상 병원이 근처에 있어서 그를 이동 침대에 실었지만 급격히 나빠졌어요. 몇 분 후 응급실 입구에서 사망했어요."

"아내는 뭐래?" 선임 경찰관이 물었다.

"아무 말도 안 해요."

그 경찰관이 눈썹을 치켜올렸다.

"구급대원들이 도착했을 때 부인이 문을 열어줬는데 손에 여전히 칼을 쥐고 있었어요."

"부인은 어디 있지?"

"경찰서에 있어요. 말을 거의 안 해요."

"충격을 받았나 보군." 선임 형사가 사려 깊게 말했다.

"남편만큼이야 충격 받았겠어요?" 검시관실 경찰관이 머그잔을 내려놓고 일어섰다.

"사람을 죽여 놓고 자기가 충격에 빠지는 사람이 어찌나 많은지." 우리가 옷을 갈아입으러 우르르 나갈 때 또 다른 경찰관이 말했다.

"그래서 체포하기가 훨씬 쉽지." 선임 형사가 동의했다.

대니얼은 부검실에 누워 우리를 기다리고 있었다. 그는 45세였다. 키는 크지 않았지만 날씬하고 강건했다. 얼굴은 수척했고, 몇 년 전만 해도 매끈했을 눈가와 입가에는 군데군데 깊은 주름이 패어 있었다. 짙은 곱슬머리에 언뜻언뜻 새치가 보였고, 관자놀이 부근에서는 이미 흰 머리카락이 검은 머리카락과의 싸움에서 이기고 있었다.

대니얼을 살리려고 필사적으로 노력한 흔적이 여기저기 남아 있었다. 기관 내 튜브가 삽입된 그대로 있었고 수많은 정맥 주사 자리가 보였다. 하지만 무엇보다 눈에 띄는 점은 가슴을 가로지르는 커다란 절개 부위('조개껍데기' 절개라고 불린다)가 커다란 바늘땀으로 느슨하게 봉합되어 있는 모습이었다.

자상들은 즉시 눈에 띄었고 모두 몸 앞쪽에 있었다. 하나는 왼쪽 유두 가까이에 있었고 바로 옆에 또 하나가 있었다. 이 두 곳의 자상은 깊어 보였다. 세 번째 자상은 약 1센티미터 떨어져 있었는데 매우 얕아서 피부를 겨우 뚫었을 정도였다. 그리고 비슷하게 얕은 손상이 왼쪽 손목을 가로질러 수평으로 나 있었다. 시신을 뒤집어 보니 왼쪽 어깨 뒤쪽에 복잡하게 얽힌 좀 이상한 찰과상들이 있었다.

대니얼은 자기 관리를 잘했던 사람이었다. 단정한 머리카락은 가늘어진 흔적이 전혀 없었으며 근육 톤으로 보아 체력을 잘 유지해왔던 것 같다. 하지만 그의 몸은 모든 몸과 마찬가지로 25세 무렵에 정점에 달했을 것이다. 그때부터 느리지만 피할 수 없는 노쇠가 20년 동안 진행되었다. 그 20년 동안 대체되지 않는 세포들이 죽어갔다.

우리 몸의 일부 세포들은 평생 재생되지만 이 능력조차 시간이 갈수록 감소할 수 있다. 많은 세포들은 단순히 사라지고 만다. 가장 중요한 점은 심장이 세포를 재생하지 않는다는 것이다. 대부분의 뇌세포들도 마찬가지이고, 신장의 몇몇 중요한 부위들도 마찬가지다. 이 손실을 메우기 위해 우리는 심장을 필요한 것보다 약간 더 가지고 있고, 뇌는 필요한 것보다 꽤 많이 가지고 있으며, 신장은 필요 이상으로 훨씬 많이 가지고 있다. 이런 과잉은 노화에 맞서 약간의 회복력을 제공한다. 하지만 그럼에도 우리는 늙는다.

우리는 햇빛에 노출되면 피부 탄력이 떨어진다는 사실을 안다. 피부 세포들은 재생되며 대체로 많은 복구 작업을 할 수 있지만, 이러한 노출의 한 가지 장기적 결과는 누가 뭐래도 주름이다. 하지만 두 사람이 정확히 똑같은 양의 햇빛에 수년 동안 노출되어도 한 명은 40세에 주름진 피부를 갖고 다른 한 명은 80세까지 주름이 없을 수도 있다. 물론 이 차이는 유전자에서 온다. 그리고 몸 밖에서 이런 일이 일어날 수 있다면, 몸 안에서도 비슷한 일이 일어나 다양한 세포가 죽는 속도를 조절한다고 가정해도 무방하다. 개인의 노화 시간표는 유전적으로 결정되는 것이 틀림없지만, 환경과 생활방식이 그런 사전 결정에 큰 영향을 미칠 수 있다.

대니얼도 우리 대부분과 마찬가지로 자신의 몸에서 노화의 눈에 띄는 영향을 찾을 수 없다고 주장했을 것이다. 마흔다섯이지만 스물다섯 때와 똑같이 느낀다고 말했을지도 모른다. 하지만 그의 복부에는 지방이 얇게 축적되어 있었다. 아마 10년 전에는 이 지방이 눈에 잘 띄지 않았고 더 고르게 분포했을 것이다. 게다가 글씨를 읽으려면 이미 안경이 필요했을 것이고, 시력 검사를 받아봐야 할지 고민하고 있었을지도 모른다. 그는 육체적으로 건강했기 때문에, 이런저런 작은 부상을 겪은 흔적도 가지고 있었을 것이다. 그리고 만일 그에게 추궁해봤다면, 아마 생각보다 잘 낫지 않는 사소한 병들에 대해 치료를 받아왔다는 사실을 인정했을지도 모른다. 또는 소화가 잘 안 된다거나 치과에 갈 일이 점점 늘어나고 있다고 사적으로 털어놓았을 수도 있다.

이 가운데 어느 것노 그의 인생에 큰 영향을 미치지는 않았을 것이다. 그리고 병리학적으로, 그의 몸에 남겨진 노화에 대한 증거 대부분은 미시적 수준이었다. 예를 들어 신장은 복잡하고 기발한 여과 과정

죽음을 해부하는 의사

을 통해 혈액 속에서 우리에게 필요한 성분을 유지하고 독소와 과도한 화학물질을 제거한다. 혈액은 사구체라고 하는, 여과용 모세혈관들이 뭉쳐진 작은 다발을 통해 밀려나간다. 대니얼의 경우 대부분의 사십 대가 그렇듯이 이 사구체의 일부가 사라지고 있었다. 오래 전에 감염을 겪었을 수도 있고, 그가 알게 모르게 소비한 환경 독소에 노출되었을 수도 있다. (우리 뇌가 우리에게 섭취하라고 꼬드기는 술, 담배, 기타 물질들에 노출되면 노폐물 처리를 담당하는 모든 신체 부위가 고통받을 수 있다.) 하지만 이 나이가 되면 신장 여과 시스템이 군데군데 산발적으로 사라져버린다.

대니얼의 심장을 살펴봤을 때 나는 나이의 분명한 흔적을 발견했다. 바로 리포푸신이다. 이것은 세포가 이것을 원치 않거나 필요치 않아도 제거가 불가능한, 재미있고 반짝이는 색소다. 이 색소가 쌓이면 문제가 생기는 상황들이 있지만(눈의 황반변성에 어떤 역할을 할 수 있다), 이 현미경적으로 아름답고 병리학적으로 예쁜 쓰레기는 일반적으로 수년 동안 다양한 기관에 해를 주지 않고 축적된다. 고고학자들이 쓰레기 더미의 크기를 보고 어느 야영지에 얼마나 오랫동안 사람들이 살았는지 평가할 수 있는 것처럼, 리포푸신의 양은 나이를 알려주는 꽤 정확한 지표일 수 있다. 대니얼 나이에는 그것이 마치 작고 반짝이는 색종이가 심장을 가로질러 흩날린 것처럼 자유롭게 흩어져 있다.

그는 이런 미시적 변화들 중 하나라도 알았을까? 물론 아니었다. 내가 발견한 심장 판막 문제를 그도 알았을까? 아마 아닐 것이다. 그의 주치의가 보낸 진료 기록에는 그 문제에 대한 언급이 없었다. 판막 문제는 그가 여기 누워 있는 이유가 아니고 그의 죽음에 직접적인 역할을 하지도 않았지만, 그럼에도 불구하고 그것은 부검보고서에서 내가 지적해야 할 중요한 부분이었다.

우리는 네 개의 판막을 가지고 있다. 각각의 판막은 이 놀라운 기관의 다른 방 또는 혈관으로 가는 길목의 문지기이며, 저마다 그 자체로 대단한 공학적 위업이다. 판막들은 서로 협력해서 혈액의 흐름을 안내하고, 혈액이 역류하지 않도록 해준다. 심장 판막들은 비칠 정도로 얇아서 한쪽에 손가락을 갖다 대면 반대쪽에서 손가락의 색깔을 볼 수 있을 정도다.

판막은 직경이 약 1인치에 불과하고, 역할에 딱 맞게 설계된 얇은 결합조직으로 이루어져 있다. 판막의 임무는 압력이 떨어졌다 올라갔다 하는 동안 열렸다 닫히고 접혔다 풀리기를 1분에 70회씩, 길게는 100년 동안 반복할 수 있을 만큼 강인함과 유연함을 유지하는 것이다. 급격하고 가파르게 상승했다가 다시 떨어지기를 평생 수억 번씩 반복하는 것이 얼마나 엄청난 일인지는 강풍이 부는 동안 바다 옆에 서 있어 보면 안다. 심장 판막은 정말로 특별하다.

심장의 왼쪽이 더 힘든 일을 하고 따라서 가장 큰 압력을 받는다. 폐에서 산소가 가득한 혈액을 받으면, 판막이 그것을 몸의 주요 동맥으로 밀어 보냄으로써 혈액 순환의 여정이 시작된다. 이 여정에서 혈액이 통과하는 첫 번째 판막인 승모판은 가장 큰 압력 변화를 겪는다. 하지만 두 번째 대동맥 판막 역시 매우 질겨야 한다. 판막에 문제

죽음을 해부하는 의사

가 있다면 대개 이 둘 중 하나이고, 둘 다인 경우도 있다. 반대쪽 심장에서는 산소가 제거된 혈액이 몸의 주요 정맥들(두 개의 대정맥)에서 들어와 폐로 돌아간다. 이때의 압력은 훨씬 낮아서 판막도 더 얇고 마모와 파열도 덜하다.

수년 동안 우리는 오직 죽은 사람들의 정지된 장기를 연구함으로써 판막 질환에 대해 알아냈다. 지금은 판막 질환의 원인이 다양하다는 것을 알고 있다. 하지만 오랫동안, 승모판에 문제가 있을 경우 유년기 류머티즘열이 일으킨 자가 면역 반응을 한 가지 원인으로 추정했다. 류머티즘열은 지금도 영국에서 간간이 보고되지만, 의학이 덜 발전된 지역에서 온 이민 1세대를 제외하고는 거의 발생하지 않는다.

인후염에 항생제를 처방하면서 영국에서 류머티즘열이 감소했지만 내 어머니에게는 너무 늦었다. 어머니가 유년기를 보낸 1920년대는 항생제가 사용되기 전이었다. 따라서 나는 승모판에 심각한 결함이 생기면 어떤 일이 일어나는지 몸소 지켜본 산증인이다. 내 어머니의 경우는 소녀 시절에 성홍열을 일으키는 세균에 감염된 후 심장 판막에 염증이 반복되면서 승모판에 결함이 생겼다.

내가 태어났을 때 어머니는 삼십 대 후반이었는데, 어린 시절에 어머니는 집 안에 있어도 없는 것 같았다. 힘이 없어서 아침에 일어날 수 없거나, 일어난다 해도 내가 학교 가는 것을 배웅한 후에는 다시 누웠다. 어머니가 47세의 나이로 사망했을 때 부검이 이루어졌고, 내가 의대생이 되었을 때 아버지가 쭈뼛거리며 부검보고서를 보여주었다. 그 보고서에는 어머니의 승모판이 너무 두껍고 뻣뻣해져서 제대로 열리고 닫히지 않았다고 적혀 있었다. 어머니의 심장은 혈액을 온몸으로 효율적으로 펌프질할 수 없었다.

물론 이 일을 계기로 나는 평생에 걸쳐 심장 판막에 대해 관심을 갖게 되었고, 심장의 노고에 큰 존경심을 품게 되었다. 판막은 두세 개의 굽은 엽으로 이루어져 있다. 나는 로마의 분수대에서 이 모양을 재현한 것을 보고 무척 반가웠다. 판막이 열렸다 닫히는 방식은 내가 모르는 생소한 문화를 떠올리게 한다. 바로 멋진 서부극들에 어김없이 등장하는 장면인, 술집 문을 통해 악당이 들이닥치는 순간이다. 판막은 휙 열리며 혈액을 통과시킨 다음 뒤에서 탁 하고 닫힌다. 하지만 대니얼의 '술집 문'을 열심히 살펴보던 나는 그 판막들이 탁 하고 닫히는 기능을 잃었다고 확신했다.

"이거 참 흥미롭군요." 나는 경찰관들에게 말했다. "그는 심장 판막에 문제가 있었어요."

부검실에 실망감이 감돌았다.

"대니얼이 판막 때문에 죽었다고 말씀하실 건 아니죠?" 선임 형사가 놀라서 말했다.

"아내가 칼을 손에 쥐고 있었다고요!" 신참 형사가 다시 한 번 강조했다.

"아닙니다. 그게 사인은 아닙니다." 내가 말했다. "하지만 그렇다 해도 흥미로워요."

주변의 초초한 얼굴들을 보며 나는 더 이상 심장 판막을 조사하지 않기로 했다. 지금은 아니었다.

나는 두 곳의 큰 자상이 지나간 궤적을 추적했다. 그중 하나는 위쪽으로 올라갔다가 왼쪽으로 가면서 흉강을 완전히 비껴나 흉벽 근육에 10센티미터쯤 박혔다. 당연히 매우 고통스러웠을 테지만 그것이 대니얼을 죽인 건 확실히 아니었다.

또 하나의 자상은 첫 번째 자상에서 겨우 1센티미터 떨어져 있었다. 하지만 그것은 다른 방향으로 들어가 좌심방 앞 벽에 치명상을 입혔다. 욕실에서 수술을 감행하면서까지 대니얼의 생명을 살리려던 의사가 자상의 궤적을 훼손했기 때문에 나는 그 이상은 알 수 없었다.

자동차를 타고 급히 도착하거나, 심지어 헬리콥터를 타고 근처의 좁은 구역에 더 빨리 멋지게 착륙하는 응급의학과 의사들은 언제 무엇이든 할 준비를 갖추고 있어야 한다. 하지만 집으로 들이닥쳐 욕실 바닥에서 환자의 가슴을 여는 행동은 누가 뭐래도 용감한 것이다. 그리고 상황을 감안하면, 만일 어떤 병리학자가 그런 응급의학과 의사에게 다음번에는 법의학적 증거를 훼손하지 않도록 신경써달라고 간청한다면 무례한 일일 것이다. 하지만 나는 평소에 잘 알고 지내던 그 응급의학과 의사에게 전화를 걸어 이 사건에 대해 묻고 우리의 서로 다른 역할을 상기시켰다.

"잊지 마세요. 손상의 궤적을 추적하는 일은 점과 점을 연결해 그림을 완성하는 퍼즐처럼 간단하지 않아요." 내가 이렇게 말하자 그는 웃었다.

"맞아요, 그의 몸을 열었을 때 저는 자상을 관통해 절개했다는 사실을 깨달았어요. 촌각을 다투는 순간이었고, 화장실은 피터지게 좁았죠."

정말 피투성이였다.

명백한 자상을 피해 0.5센티미터만 옆으로 절개했다면 모든 게 달라질 수 있었음을 그는 나만큼이나 잘 알고 있었다. 그랬다면, 환자가 사망할 경우에 죽음을 법의학적으로 이해하는 일이 훨씬 수월했을 것이며, 그것 때문에 수술의 성공 가능성이 달라지지도 않을 터였다. 물론 외과의사는 환자가 살 거라는 생각에 여기까지 생각하지 못한다. 대니얼의 경우 수술은 실제로 성공할 뻔했다. 심장의 자상은 거의 봉합되었고, 약간의 아드레날린과 더 많은 수혈, 그리고 큰 운이 따랐다면 성공할 수 있었을 것이다.

"정말 그를 살릴 수 있을 줄 알았어요." 응급의학과 의사가 구슬프게 말했다. "급격히 좋아졌지만 결국에는 그를 잃고 말았어요."

경찰관들이 이제 심장을 보기 위해 더 가까이 다가왔다.

"욕실 바닥에서 이뤄진 수술 때문에 칼자국이 어떻게 지워졌는지 보이시죠? 대니얼이 살았다면 훌륭한 의술이었지만, 어쨌든 그것 때문에 부검보고서에 제가 원하는 만큼 세세하게 적을 수 없게 됐어요."

"촌각을 다투는 순간이었으니까요." 그들 모두가 동의했다.

선임 형사가 한 마디 덧붙였다. "어쨌든 지금 우리에게는 그리 많은 과학 수사가 필요치 않습니다, 박사님. 부인을 수감했으니 곧 자백할 겁니다."

죽음을 해부하는 의사

그 순간, 전화를 받던 그의 동료가 내 곁에 다시 나타났다.

"지금 부인이 진술하는 중인데 본인이 하지 않았대요." 그가 말했다.

"제발, 부인이 저녁을 준비하고 있었는데 남편이 발을 헛디뎌 칼 위로 넘어졌다는 말은 하지 마세요!" 검시관실 경찰관이 비웃었다.

"누군가가 칼 위로 넘어질 때마다 1파운드를 받는다면…."

"이웃들이 부인에 대해 뭐라고 하는지 들어보셨어야 해요." 그의 동료가 말했다.

나는 이 말을 듣고 놀랐다.

"이웃이 뭐라고 했는데요?"

"아이들이 집에 있을 때는 싸우지 않는 부부였대요. 그러다 아이들이 나가면 시작되었죠. 부인이 소리를 너무 크게 질러서 동네 사람 절반이 들을 수 있을 정도였대요."

나는 게임기와 입지 않은 옷들로 미어터지는 십 대들의 침실 사진을 떠올렸다. 자식을 위해 함께 산다고 말하는 부부들은 정말 자식들이 괜찮을 거라고 생각할까?

"착한 애들도 좋은 아내도 아니었어요." 그 경찰관이 계속해서 말했다. "항상 대니얼에게 소리치고 욕을 했어요. 그는 절대 언성을 높이지 않는 사람이었던 것 같아요."

우리는 일제히 미동도 없는 대니얼을 흘끗 보았다. 그는 조용한 남자였을까? 심지어는 수동적인 남자였을까? 하지만 표정 없는 그의 얼굴은 아무것도 말해주지 않았다.

"아이들도 소리를 질렀어요?" 내가 물었다.

"길가 양쪽에 가정집들이 있어서… 목격자가 많아요. 옆집에 사는 한 남자는 애들이 끔찍했대요. 아빠한테보다 개한테 더 잘해줬다고 하니까 말 다했죠. 아빠한테 욕하고 소리 지르고. 그러다 애들이 나가면 애들 엄마가 시작했대요. 누구 말을 들어봐도, 부인은 자기만 옳은 독불장군이었어요. 오늘 아침에는 애들을 조부모집에 보내고 부부가 집에 남아 엄청난 크리스마스 선물 더미를 포장하고 있었어요. 애들이 나가자마자 이웃들은 그 사실을 알았죠. 애들 엄마가 소리를 지르기 시작했으니까요."

"동네 순경의 기록에 따르면 그가 승진에서 누락되었대요." 신참 경찰관이 덧붙였다.

"그게 어떤 기분인지 알지." 그의 동료 중 한 명이 중얼거렸다.

"게다가…." 신참 경찰관이 계속 말했다. "부인이 남편을 죽이겠다고 협박하는 소리를 들은 사람이 둘, 아니 셋이나 있어요."

나는 눈썹을 치켜올렸다.

"그래요? 확실해요? 부인이 뭐라고 말했는데요?"

"어….' 그는 기록을 넘겨보았다. '당신을 죽이고 싶어.' 다른 증인은 이렇게 말했어요. '당신을 죽여 버렸으면 좋겠어.' 왼쪽 옆집에 사는 부인은 '죽여버릴 거야'라고 들었어요.

"부인은 뭐라고 해요?" 내가 물었다.

"남편이 스스로 찔렀다고 말하고 있어요."

여기저기서 비웃음 소리가 들렸고, 신참 형사는 경찰서에서 선배들에게 배웠을 법한 공허한 웃음소리를 냈다.

　　　　　　　　　　　　　　죽음을 해부하는 의사

"사실은 저 역시 그가 스스로 그랬을 가능성이 높다고 생각해요."
내가 말했다.

그 순간은 부검실의 모든 경찰관이 실망과 의아함을 넘어 불신의
표정으로 나를 돌아보는 경우 중 하나였다. 내가 정확히 그들이 듣고
싶지 않은 것을 말했기 때문이다.

검시관실 경찰관은 하마터면 웃을 뻔했다.

"스스로 찔렀다고요? 아내가 지켜보고 있는데서?"

"아니… 자신을 찌를 거라면, 아내가 크리스마스카드를 쓰고 있는
동안 그러지는 않죠." 선임 형사가 말했다.

나는 그들을 돌아보았다. "그의 몸에 있는 손상들은 모두 스스로
가한 것처럼 보여요."

"말도 안 돼요, 박사님."

"하지만 부인이 그냥 서서 지켜만 봤겠어요?"

"아이들이 집에 없었어요." 내가 말했다. "그래서 부모는 서로 싸우
기 시작해요. 그들은 매우 화가 났고, 부인이 남편에게 당신을 죽이고
싶다고 말해요. 그 말을 듣자 남편은 이렇게 말하죠. '그럼 죽여!'"

"허세를 부렸다고요?"

"아니면 정말 죽고 싶다고 생각했을지도 모르죠. 아내가 칼을 가져
왔지만 남편이 그것을 빼앗았을지도 몰라요."

부엌칼이 증거 상자에 단단히 밀봉된 채로 시신 옆에 놓여 있었다.
상자에 비닐 창이 뚫려 있어서 볼 수는 있지만 만질 수는 없었다. 칼
은 피로 얼룩져 있었다. 나는 그 칼이 자상을 입힌 칼이 맞다고 확신

했다.

"그가 칼을 아내에게 건넸을 수도 있잖아요. 그리고 이렇게 말해요. '나를 죽이고 싶으면 그렇게 해.' 그러자 아내가…."

전화를 받고 있던 경찰관이 내 말을 가로막았다.

"정말로… 방금 나온 진술에 따르면 부인이 칼을 가져왔고, 그러자 대니얼이 이렇게 말했대요. '이렇게 사느니 차라리 죽는 게 낫겠어.'"

"그래서 부인이 뭐라고 했대요?"

"'그러지 마'라고 애원했대요."

신참 형사는 목격자 진술을 훑어보았다.

"부인이 애원하는 걸 실제로 들은 사람은 없어요…." 그가 말했다. "이웃들 말에 따르면, 그가 칼을 가지고 아내를 위협하고 있었던 게 틀림없어요. 부인은 아마 이렇게 진술하겠죠. 칼을 빼앗으려고 실랑이를 벌였고, 칼을 손에 넣었을 때 그것을 자기방어를 위해 썼다고."

"아니야." 전화를 받은 경찰관이 말했다. "부인의 진술은 달라."

신참 형사가 몇 페이지를 넘겨보더니 한 대목을 읽기 시작했다. "여기 이웃들의 증언이 있어요. '그래, 어디 해봐, 죽으라고. 어서.' 한 이웃남자는 부인이 이런 말도 한 것 같다고 말했어요. '나를 위해 죽어줘!' 하지만 또 다른 이웃은 이렇게 들었어요. '애들을 위해 죽어줘!'"

그 형사는 사람들의 얼굴을 죽 둘러보았고, 긴 침묵이 이어졌다. 인간 영혼의 어두운 진흙탕에 발을 들여놓는 게 내 일이지만, 주저하고 불안해하는 사람이 죽음으로 뛰어들 때까지 높은 장소에서 내려다보

죽음을 해부하는 의사

며 조롱하고 소리치고 자극하고 부추기는 구경꾼들보다 더 나쁜 건 거의 없다고 생각한다. 이웃들이 한 말이 사실이라면 그의 아내도 대니얼에게 비슷한 짓을 한 것이다. 나는 이 마지막 도전의 방아쇠를 당긴 분노, 상처, 앙심, 실망, 과거, 불행했던 세월에 대해 생각해보았다. 물론 이 부부는 마흔이 넘었다. 그렇게 엉망진창이 되는 데는 그만큼의 시간이 걸린다.

"그가 스스로 찔렀다고 그렇게 확신하시는 이유가 뭔가요, 박사님?" 검시관실 경찰관이 물었다.

"모든 자상에 자해의 전형적인 특징들이 나타납니다. 그리고 왼쪽 손목을 가로지르는 얕은 상처는 일종의 경고였어요. 즉, 누가 대니얼을 칼로 찔렀다면 그의 손목이 잘렸을 수는 있지만 그런 식으로 가로로 잘리지는 않았을 겁니다."

우리는 일제히 시신을 쳐다보았다. "주검에 있는 손상을 보며 사건의 순서를 확실히 알아내는 건 불가능해요." 내가 말했다. "하지만 추측은 할 수 있어요."

많은 형사들은 병리학자가 셜록 홈스 시늉을 하는 것을 좋아하지 않는다. 그들은 추론은 자신들의 일이지 내 일이 아니라고 생각한다. 그래서 내가 무슨 일이 일어났는지 상당히 확신할 때조차 그 말을 귀담아 듣고 싶어 하지 않는 경찰관들이 있다. 코난 도일이 수사할 때 경찰이 아니라 의사의 말을 근거로 삼았다는 사실을 안다면 좋을 텐데. 하지만 이 경찰관들은 호기심을 보였다. 그들은 심지어 참여하기까지 했다.

"손목이 먼저였을 거예요." 한 명이 말했다.

나는 동의했다.

그러자 신참 경찰관이 말했다. "마지막은 그를 죽인 자상이었음이 분명해요."

나는 고개를 저었다. "꼭 그렇지는 않아요. 그 자상으로 당장 죽지는 않았을 테니까요. 아내가 죽으라고 하자 그는 손목을 그으려고 시도했지만 그것이 얼마나 어려울지, 그리고 얼마나 드라마틱하지 않을지 깨달았어요. 그는 지금 아내가 원하는 대로 해주려고 하지만 아내가 고통받기를 원해요. 그래서 셔츠를 찢고 자기 가슴에 칼을 찔러 넣어요. 칼은 심장으로 곧장 들어갑니다. 잠시 동안은 아무 일도 일어나지 않아요. 그러고 나서 피가 솟구치고 부인은 공포에 질려요. 부인은 수건을 들고 바닥을 훔치려고 해요. 그는 아내를 밀어내고 비틀거리며 집 안을 돌아다녀요. 부인이 그에게 수건을 주지만 그는 그것을 바닥에 떨어뜨리죠. 그러면서 사방에 피가 묻어요."

"이제 대니얼은 자신이 죽을 때가 되었다고 생각해요. 하지만 죽지 않자, 그는 칼이 심장을 비껴났다고 생각해요. 그래서 일을 끝내기로 결심하고 칼을 다시 찔러 넣어요. 이제 공포가 더 커지고 수건이 더 많아지죠…. 그때 그가 욕실 바닥에 쓰러져요. 부인은 여전히 피를 닦고 있어요. 하지만 사실 두 번째 자상은 흉벽까지만 들어갔어요. 그는 첫 번째 시도에서 성공했지만 그 사실을 몰랐죠. 부인은 구급차를 불러요…. 부인이 뭐라고 말했대요?"

경찰관 중 한 명이 기록을 찾아보았다. "음…. 부인은 이렇게 말했어요. '남편이 가슴에 칼을 꽂고 피를 흘리며 죽어가고 있어요.'"

선임 형사는 생각에 잠긴 표정이었다. "그가 칼을 스스로 찔렀다고 말하지는 않았어요."

젊은 형사가 말했다. "글쎄요, 박사님 말이 맞는다면, 그러니까 이웃들이 들은 대로 부인이 그를 자극했다면 사실상 부인이 그를 찌른 거나 마찬가지죠."

"법적으로는 그렇지 않지." 선임 형사가 말했다.

검시관실 경찰관이 물었다. "박사님, 심장에 칼이 꽂히면 죽기까지 얼마나 걸립니까?"

나는 어깨를 으쓱해보였다.

"칼이 정확히 어디로 들어가느냐에 달려 있어요. 많은 사람들이 그 자리에서 쓰러져 죽지만, 일부는 100미터를 달리기도 합니다. 좌심방에 보이는 것 같은 손상을 입었다고 꼭 즉사하는 건 아니에요. 왜냐하면 피가 빠져나가고, 혈압이 떨어지고, 혈액 순환이 줄고, 심장이 출혈과의 싸움에 지기까지는 시간이 걸리기 때문이죠. 두 번째 칼은 그의 심장을 빗나갈 수밖에 없었을 거예요. 그때쯤에는 힘이 거의 없어졌을 테니까요."

"이 모든 걸 얼마나 확신하십니까?" 선임 형사가 물었다. "그러니까, 대니얼이 손목을 긋긴 했지만 거기서 멈추었다면요? 그때 부인이 칼을 빼앗아 그를 찔렀다면요?"

나는 그 가능성에 대해 생각해보았다. 내 동료들 중에는 언제나 확신에 차 있는 사람들이 있다. 그건 성격 탓일까, 아니면 젊음 탓일까?

나는 젊었을 때도 100퍼센트 확신할 수 없었다. 언제나 여러 가지 선택지, 이런저런 변수들, 그리고 다양한 관점을 고려해야 했다. 나는 지금도 독단적이지 못하다. 그동안 겪은 인생의 비일관성, 뜻밖의 상황, 반전, 우연, 모순을 생각하면 내게 완전한 확신은 언제나 무리다. 그래서 나는 법정에서 확신에 찬 변호사가 진지하게 제안한 어떤 극단적인 시나리오도 이론상으로는 가능하다고 인정할 수밖에 없다. 그다음에는 배심원들에게 그 시나리오가 맞을 확률은 로또 당첨만큼이나 희박하다는 점을 어떻게든 상기시켜야 한다.

"물론, 절대적 확신은 불가능합니다." 나는 말했다. "이 자상들에서 제가 본 것을 말할 수 있을 뿐입니다. 첫째, 자상의 위치들은 모두 그의 손이 닿을 수 있는 곳에 있어요. 둘째, 오른손잡이인 사람이 스스로 가슴을 찌르면 칼의 경로가 대개 위로 올라갔다가 왼쪽으로 갑니다. 두 자상 모두 실제로 그렇습니다. 그리고 왼쪽 손목을 가로지르는 벤 상처는 그 사람의 의도를 나타낸다고 볼 수 있어요. 상처가 미미하기 때문에 그것이 마지막 상처였을 가능성은 매우 낮습니다. 하지만 아내가 칼을 빼앗아 그를 찔렀을 가능성을 완전히 배제할 수는 없어요."

"등에 있는 그 이상한 상처는 뭔가요?" 신참 형사가 물었다.

"거기에는 의심스러운 점이 전혀 없습니다. 그가 넘어지면서 뭔가에 부딪혔을 뿐입니다. 이 사진들을 보면 금방 알 수 있어요."

긴 침묵이 흘렀다.

"저는 부인을 기소할 겁니다." 선임 형사가 결론을 말했다. "부인이

죽음을 해부하는 의사

남편을 자극했다면 실제로 칼을 잡지 않았더라도 그를 찌른 거나 마찬가지예요. 게다가 박사님 말처럼 그녀가 칼을 빼앗았을 가능성도 있다면….”

형사들은 부검실을 떠나면서도 계속 이 문제를 논의했다. 그들은 이제 필요한 모든 정보를 얻었다. 나는 해부를 좀 더 하기 위해 시체 안치소 조수들 및 사진사와 함께 뒤에 남았다.

이제야 대니얼의 심장, 특히 승모판을 자세히 볼 수 있었다. 나머지 판막들은 엽이 세 개이지만 승모판은 두 개다. 아마도 그런 극심한 압력 변화를 평생 견디기 위해서는 더 강한 힘이 필요하기 때문일 것이다. 나는 자상을 살펴보기 위해 헬리콥터를 타고 온 의사가 해놓은 봉합사를 이미 제거했고, 그래서 판막을 정밀하게 조사하는 것이 더 쉬웠다.

하지만 판막의 엽이나, 그것을 근육에 고정시키는 작은 버팀줄에는 아무 문제가 없는 것 같았다. 그 버팀줄들은 부풀어 오르는 낙하산에 스카이다이버들이 부착하는 줄과 매우 비슷하다. 버팀줄들은 모두 멀쩡했다. 그래서 판막 문제의 영향은 분명했지만, 문제가 무엇인지는 명백하지 않았다.

좌심방은 심장의 첫 번째 방으로 일컬어진다. 즉 혈액이 온몸을 순환하는 여정을 시작하는 지점이다. 좌심방은 폐에서 산소를 공급받은 혈액을 담고, 방이 가득차면 그 혈액을 승모판을 통해 다음 방인 좌심실로 펌프질한다. 좌심실에서 혈액은 대동맥으로 밀려나가 온몸을 순환하는 여정을 시작한다. 나는 대니얼의 좌심방 내벽이 정상이 아니라고 확신했다. 내벽에는 조직이 두꺼워져 있는 작은 흰색 부위가 보였다.

이것을 제트 병변(심내막 섬유화)이라고 한다. 헐렁한 승모판을 통해 피가 역류해서 생기는 손상이다.

나는 싱크대에서 실험을 해보기로 했다. 그의 심장을 수도꼭지 아래 놓고 대동맥에서 좌심실로 물을 흘려보냈다. 다시 말해, 정상적인 혈류와 정반대 방향으로 흘려보냈다. 나는 심장이 새지 않도록 자상 부위에 손가락을 대고 좌심실이 채워지는 것을 지켜보았다. 좌심실이 완전히 차야 혈액을 밀어내 순환을 시작할 수 있는 압력이 생긴다. 하지만 대니얼의 경우 승모판이 위쪽 좌심방 쪽으로 불룩해지더니 쉿 하고 새는 소리가 났다. 물줄기가 좌심방 벽의 하얗게 두꺼워진 그 부위로 뿜어져 들어왔다. 그렇다. 진단은 양성이었다. 수년 동안 작은 혈류가 승모판 두 가장자리 사이의 틈을 통해 좌심방 벽에 부딪히고 있었던 것이다. 이 질환은 내 어머니의 경우처럼 감염에 의해 발생할 수 있지만(심장 판막은 박테리아를 끌어들이는 덫으로 악명 높다) 대니얼은 항생제 시대 영국에서 태어났다. 그의 경우는 선천적인 문제일 확률이 매우 높았다.

승모판에 결함이 있는 많은 사람들이 평생 아무 증상 없이 살다가 다른 원인으로 사망한다. 하지만 이 제트 병변은 곧 신경을 쓸 수밖에 없었을 것이다. 문제는 점점 악화되었을 것이고, 대니얼이 자신의 심장 문제를 눈치 챘을 거라고 짐작될 만큼 병변이 이미 충분히 악화된 상태였다.

죽음을 해부하는 의사

아니나 다를까, 아내의 진술서에는 그가 최근 가슴 두근거림 때문에 큰 불편을 겪었다고 적혀 있었다. 그의 아버지는 대니얼 나이인 45세에 원인을 알 수 없는 심장 질환으로 사망했다. 대니얼은 자신의 증상이 갈수록 걱정되었다. 너무 걱정이 되어서 병원에 가보지도 못하고 두려움 속에 문제를 방치했다. 병원에 갔더라면 좋았을 텐데. 내 어머니가 받은 개심술은 1950년대 초에 선구적인 것이었지만 당시는 인공 판막이 없었다. 지금은 있고, 따라서 나는 어머니가 몇 년만 더 살았다면 이 발전의 혜택을 받았을 것이라고 확신한다.

그래서 이 남성은 병원에 가기도 두려운 고질병에 대한 걱정과, 45세에 죽은 아버지처럼 자신도 곧 죽을 거라는 불길한 예감으로 심한 스트레스를 받았다. 최근 직장에서의 승진 실패, 평화와는 거리가 먼 가정, 문제 있는 가족 관계를 감당하는 것도 점점 더 힘들어지고 있었다. 이 모두가 합쳐져 자살의 심리적 전조가 되었다.

이웃들은 분명 아내가 그를 자극했다고 비난했지만, 그가 자살하고 싶었을 경우만 아내의 의도가 통했을 것이다. 어떤 자살은 고통을 가한 사람들에게 고통을 주도록 계산된다. 나는 이 사건도 그런 경우인지는 모른다. 또한 그의 아내가 자책해야 마땅한지도 모르고, 그녀가 실제로 자책했는지도 모른다. 검찰청과 함께 고심한 끝에 경찰은 부인을 기소하지 않기로 결정했다.

사인 심문에서 대니얼의 아내는 전형적인 비통한 미망인으로 모든 사람들에게 정중한 대우를 받았다. 검시관만은 예외였는데, 부인이 그날의 사건을 증언하기를 단호히 거부했기 때문이다.

자살 평결은 높은 수준의 증거(합리적 의심의 여지가 남지 않도록)에 도달해야 하는 몇 안 되는 평결 중 하나다. 검시관은 이 사건의 증거가 그런 수준에 도달하지 않는다고 결론 내렸다. 그는 사인 불상 평결을 내렸다.

13

러시안 룰렛

나는 최근에 지각판 지도를 보면서, 느슨하게 연결된 멀리 떨어진 단층선들에 일어나는 작은 움직임들이 어떻게 큰 지진을 일으킬 수 있는지 이해하기 시작했다. 중년 초기에 수많은 인생과 결혼이 무너지는 이유도 비슷한 맥락에서 찾을 수 있다고 생각한다.

마흔이 되면 우리 대부분이 책임에서 자유롭지 못하다. 그리고 병, 사별, 파산, 이사, 이혼, 정리해고, 그 밖의 부담들은 이제 하나씩 일어나지 않는다. 이들은 속 썩이는 십 대 자녀, 늙은 부모, 직업 전망의 제한, 삐걱거리는 결혼 생활, 빚과 같은 '피로 골절•' 네트워크로 연결되어 있다. 인생의 전반기에 우리를 행동하게 만드는 것은 대개 미래

• 반복되는 자극으로 스트레스가 쌓여서 발생한, 뼈가 완전히 부러지지 않은 골절.

에 대한 기대다. 하지만 그 미래는 이제 도착했다. 그리고 그것은 우리가 상상했던 것과는 실망스러울 정도로 다를 수 있다.

나는 인생의 이 단계에 이르렀을 때 비행을 배우는 것으로 그런 압박감을 해소했다. 마침내 나는 비행기를 올려다보는 것을 그만두고 그 대신 비행기 앞 창문으로 밖을 내다보기 시작했다. 직업과 늘어나는 가족에서 오는 부담이 상당했지만, 그것은 일주일에 단 한 시간 멋진 탈출 시간을 만들어 거기에 돈을 쓸 구실이 되어주었다. 돌이켜보면 나의 작은 일부는 그 금요일 오후를 위해 살았던 것 같다. 그 시간이 얼마나 신나는 시간이었는지는 말로 다 표현할 수 없을 정도이다. 나는 연습하고, 준비하고, 온 신경을 모았다. 그러고 나서 이윽고 바퀴가 활주로에서 덜컹거리기를 멈추고 앞코가 위를 향하고, 땅과 하늘을 잇는 접경지대에서 특별한 정적의 순간을 맞이한다. 무한한 약속의 순간. 심장이 멈추고 숨이 멎을 것 같았다. 나는 더 이상 지상에 있지 않고 위로 오르고 있었다.

나를 둘러싼 공간이 활짝 열렸다. 나는 일주일 내내 완전히 포위되어 있었지만 사방을 둘러싼 벽들이 사라지기 시작할 때까지 그 사실을 깨닫지도 못했다. 시야가 점점 확장되면서 눈앞에 지평선이 펼쳐졌다. 그것은 완벽하게 설계된 무언가처럼 휘어져 있었다. 그리고 끝이 없었다. 나는 공기와, 다정한 이웃처럼 둥둥 떠내려가는 구름 몇 조각을 빼고는 아무것도 없는 절대적 무에 둘러싸였다. 거기서 내려다본 세상은 얼마나 광대하고 아름답고 멋진 곳이었던가. 얼마나 평온했던가. 높이 올라갈수록 인생의 잡다한 일들은 점점 작아져 아무

　　　　　　　　　　　　　죽음을 해부하는 의사

것도 아닌 것이 되었다. 나는 무슨 생각을 했을까? 아무 생각도 하지 않았다! 물론 비행기를 조종하는 것만 빼고. 죽은 자(그들의 주검, 그들의 비밀)는 아득히 멀리 있었다.

하지만 얼마 지나지 않아 지상의 요구들이 금요일의 내 시간을 앗아갔다. 비행의 부재는 예리하게 느껴졌지만 비행을 못하는 나날이 몇 년간 이어졌다. 그러다 마침내 다시 비행기에 올랐다. 지구 대기의 이 층으로 돌아올 때 나는 우주비행사들이 반대 방향에서 이곳으로 돌아올 때 틀림없이 느낄 법한 기쁨을 느꼈다. 훨씬 더 나중에 내 삶의 단층선이 끊어졌을 때 나는 궁금했다. 금요일 오후의 탈출구가 없었다면 지진이 더 일찍 발생하지 않았을까. 더 자주 비행했다면 지진이 아예 발생하지 않았을까.

다른 사람들은 중년의 중압감을 어떻게 피할까? 많은 사람들이 화학적 수단에 기대 고통을 완화하려 한다. 그밖에도 우리가 살아가는 방식에 대해 많은 것을 말해주듯이, 사망 통계가 그것을 보여준다. 특히 이 연령대의 약물 과다 복용이 기록적으로 증가하고 있다는 점을 언급하고 싶다. 일부 통계에 따르면 약물 오남용으로 사망하는 여성은 남성보다 의도적으로 사망에 이를 가능성이 훨씬 더 높지만, 대부분의 경우 치명적인 결과는 의도하지 않은 것으로 여겨진다.

영국 통계청은 그래프상에 나타나는, 이른바 X세대와 관련한 가파른 상승세에 주목한다. 그들은 20세기 말에 꽃을 피운 광란의 파티에서 마약을 접했다. 그때 형성된 습관이 이후 심각한 약물 사용이나 의존으로 이어졌고, 이 세대가 중년이 되어 몸이 회복력을 잃고 있는 지금 피해가 나타나고 있는 것으로 추정된다. 이런 사망의 절반 이상이, 항상 그랬듯 아편 때문이지만, 2015년과 2018년 사이에 코카인에 의한 사망이 두 배로 증가했다. 마약 사망률이 감소한 유일한 범주가 파라세타몰에 의한 죽음인데, 이는 아마 1988년부터 판매를 더 엄격히 통제했기 때문일 것이다.

그리고 내가 중압감을 잊기 위한 또 다른 방법으로 선택한 약물인 알코올은 어떨까? 알코올 관련 사망은 인생 후반기에 정점을 찍지만, 영국에서 40~45세의 연령대는 알코올 관련 사망이 모든 연령대 평균보다 일곱 배나 높다는 점에 주목할 필요가 있다.

우리 중 다수가 사십 대가 되면 스스로를 매듭으로 묶어 놓고, 매듭이 죄어오는 동안 이대로 살 것인지, 느슨하게 풀고 다시 묶을지, 아니면 완전히 끊어버릴지 사이에서 선택에 직면하는 것 같다. 자살은 매우 중요한 사망 원인이지만(실제로 이 연령대에서 가장 높다) 이 무렵 또 다른 현상이 나타나기 시작한다.

내가 불려간 작은 오두막집에서 한 남자가 부엌 바닥에 반쯤 쓰러져 있었다. 식탁 다리에 엉덩이를 대고, 상체는 얼굴을 밑으로 한 채 의자 위에 있었다. 얼굴 밑에는 피에 흠뻑 젖은 쿠션이 놓여 있었고, 이마 왼쪽은 눈까지 피범벅이었다. 뺨을 타고 흘러내린 피가 곳곳에 떨어져 있었다. 이 처참한 광경 속에서도 왼쪽 관자놀이의 외상이 곧바로 눈에 들어왔다. 근처 식탁에는 자동차 키와 재가 흘러넘치는 재떨이뿐만 아니라, 한 측면에 파이프가 삽입된 플라스틱 병, 알루미늄초, 라이터 여러 개가 있었다. 틀림없는 마약 도구들이었다. 이 모든

죽음을 해부하는 의사

것 밑으로 고인의 왼손 옆에 콜트사의 리볼버(회전식 연발 권총)가 바닥에 놓여 있었다.

내가 현장을 살펴볼 때 법의학팀의 총기전문가가 나와 함께했고, 경찰이 현장에 남아 고인이 왼손잡이인지 여부를 확인하는 동안 우리는 시신을 따라 가장 가까운 시체안치소로 갔다. 이곳의 밝은 조명 아래서 대규모 경찰 팀이 지켜보는 가운데 우리는 외상 부위를 세척했다. 그러자 총알이 관자놀이 한가운데로 들어갔다는 것을 알 수 있었다. 구멍은 직경이 약 0.5센티미터였고 그을음으로 둘러싸여 있었다. 그을음은 총상 주변으로 약 2센티미터 정도 타원형으로 흩뿌려졌다.

그을음은 중앙에는 빽빽했지만 가장자리 쪽은 듬성듬성했다. 이는 발사가 근접 거리에서 일어났음을 가리켰다. 무기가 피부에 직접 닿을 경우, 총알을 따라 총구 밖으로 나오는 뜨거운 가스와 연기의 압력 때문에 피부가 방사상으로 찢어지면서 너덜너덜하게 돔 모양으로 솟는다. 하지만 이 경우는 그렇지 않았다.

총알은 머리 위쪽을 향해 올라가 남자의 뇌를 관통했다. 그것은 두개골 꼭대기 중앙에 충격을 가했다. 거기서부터 방사상으로 불규칙한 골절이 발생했다.

경찰은 기소를 서둘렀다. 그들은 남자의 전 애인을 체포했는데, 그녀는 시신이 발견된 지 약 다섯 시간 후에 제 발로 나타났다. 그 여성의 주장에 따르면, 그녀가 집에 와 있을 때 그가 리볼버를 꺼내 본인 머리에 겨누고 방아쇠를 당겼다고 한다. 그런데 아무 일도 일어나지 않았다. 잠시 끔찍한 침묵이 이어지는 동안 그들은 총이 발사되지 않았으며 그가 아직 살아 있다는 것을 깨달았다. 그러자 그는 웃으며 러시안 룰렛을 하고 있다고 설명했다. 그녀는 즉시 그에게서 리볼버를 빼앗으려 했지만, 그가 그녀를 뿌리치고 총을 다시 머리에 겨누더니 두 번째 방아쇠를 당겼다고 한다.

경찰은 남자의 애인에게 고인이 왼손잡이였는지 오른손잡이였는지 물었다. 그녀는 주저 없이 그가 왼손잡이였다고 대답했다. 어쨌든 경찰은 그녀를 체포했다.

러시안 룰렛은 내 법의학자 인생에서 잊을 만하면 한 번씩 등장했다. 고인은 항상 남성이고, 대부분 40에서 50세 사이이며, 실제로 그렇게 느꼈든 아니든 살아야 할 이유가 없다는 걸 증명하고 싶어 한다. 이 죽음의 게임의 동기가 삶이 너무도 무의미해서 죽고 싶은 것이라는 말이 아니다. 그들의 생각은 보통 이런 식으로 흘러간다. '만일 내가 죽지 않는다면 뭔가 살아야 이유가 있을 것이다. 틀림없이 이유가 있다. 그리고 죽는다면, 알게 뭐람. 안 그래?' 독자들은 이런 될 대로 되라 식 사고에 술이나 마약이 어떤 역할을 할 거라고 생각할 것이다. 나 역시 독물 검사 결과를 관심을 가지고 기다렸다.

고인은 술을 전혀 마시지 않은 것으로 밝혀졌다. 그는 말랐고, 꽤 건강해 보였으며, 중독자의 명백한 징후를 전혀 보이지 않았다. 하지만 그의 집은 쓰레기와 마약 도구로 가득했고, 집 전반에 내가 흔히 중독과 관련짓는 혼돈이 보였다.

독물학자는 고인이 사망 두 시간 이내에 식탁 위에 있는 파이프로

죽음을 해부하는 의사

크랙(코카인의 일종)을 피웠다고 말했다. 어쩌면 사망 직전일 수도 있고, 아마 여러 번 피웠을 것이다. 크랙은 환희에 젖게 한다. 위스키와 소다는 비교도 되지 않는다고 들었다. 문제는 그 환희가 오래 지속되지 않고, 약기운이 떨어지면 비참한 기분이 말도 못하게 끔찍하다는 것이다. 많은 사용자들은 그 기분을 달래기 위해서라면 무슨 짓이든 할 것이다. 크랙을 더 많이 사거나 끔찍한 기분을 누그러뜨릴 다른 물질을 사기 위해 강도나 도둑질을 한다. 이 물질들 중 가장 효과적인 것은 헤로인이다. 하지만 나락으로 떨어지는 공포를 줄이기 위해서라면 신경안정제든 술이든 대마초든 없는 것보다는 낫다.

독물학자는 고인이 정확히 그렇게 했다고 생각했다. 고인은 크랙을 많이 피우지 않았고, 이후 기분을 좋게 하기 위해 고용량의 헤로인뿐 아니라 약간의 대마초도 사용했다. 러시안 룰렛을 하면 좋겠다는 생각이 들기 시작했을 때 그가 이 셋의 영향 아래 있었다는 점에는 의문의 여지가 없다. 나는 그가 황홀감, 나락, 평탄기를 거치는 약리적 과정에서 어디에 있었을지 궁금하다. 그는 여전히 크랙의 끔찍한 나락을 응시하고 있었을까? 그 경우 인생이 적어도 일시적으로는 무의미해졌을 것이다. 아니면 헤로인과 대마초가 효력을 발휘해서 온화하고 이완되고 편안하며 안전한 느낌이 들었을까? 마치 총을 머리에 겨누고 방아쇠를 당겨도 아무 일이 일어나지 않을 것처럼.

경찰은 고인이 크랙이나 헤로인에 취해 무력해져 있을 때 전 애인이 그를 쐈고 그다음에 현장을 정리한 후 러시안 룰렛을 생각해냈을 가능성에 집착했다. 애인의 진술이 맞는지 알아보기 위해 그녀의 옷이 즉시 총상 잔여물 전문 법의학자에게 넘겨졌다.

총상 잔여물 전문가는 보고서에서, 탄약이 발사될 때 연소하는 추진제가 총 주위에 구름처럼 잔여물을 생성하는데, 그것이 총을 쏜 사람의 피부와 옷뿐 아니라 가까이 있는 사람들과 주변 표면에 내려앉는다고 설명했다. 또 다 쓴 탄약, 최근 발사된 무기, 또는 오염된 표면을 만지거나 그것에 닿기만 해도 잔여물이 묻을 수 있다고 했다. 하지만 각각은 다른 종류의 패턴을 남긴다.

그 전문가는 고인의 양손에 뇌관 잔여물, 총알 잔여물, 그리고 추진제까지 총상 잔여물이 많이 묻어 있는 것을 발견했다. 양손의 잔여물 양을 비교하면 오른손보다 왼손이 약 50퍼센트 더 많았다. 고인의 옷과 부엌 찬장에도 잔여물이 있었다.

전 애인의 손이나 옷에는 총상 잔여물이나 총 그을음(총검정)이 남아 있지 않았지만, 경찰이 지적했듯이 그녀는 손을 씻고 옷을 갈아입을 시간이 충분했다. 이 전문가도 뇌관 잔여물은 배출 후 대개 1~2미터 이내에 침전되는 매우 미세한 가루 형태를 띠기 때문에, 잔여물 대부분이 발화 후 몇 시간 내에 양손과 옷에서 소실된다고 말했다.

총상 잔여물 전문가의 결론은 무엇이었을까? 고인의 전 애인이 총을 다루었다는 증거는 전혀 없었고, 고인이 양손으로 총을 다루었다고 볼 만한 이유는 차고 넘쳤다. 실제로 이 전문가는 고인이 왼손뿐 아니라 양손으로 총을 잡고 있을 때 총이 발사되었을 가능성이 있다고 보았다.

현장에 도착한 법의과학자, 즉 잔여물 전문가가 아니라 총기 자체

　　　　　　　　　　　　　죽음을 해부하는 의사

전문가의 의견은 어땠을까?

그는 그 32구경 콜트가 녹슬고 상태가 좋지 않았으며 제대로 작동하지 않았다고 말했다. 원래는 단일 액션과 이중 액션 모드가 모두 있었지만, 단일 액션 모드에서는 전혀 작동하지 않았다. 이중 액션 모드에서는 작동은 했지만 제대로 작동하지 않았다. 방아쇠를 당기면 실린더가 회전해 여섯 개의 챔버가 차례로 배럴(총열)과 정렬되어야 했다. 하지만 그 전문가가 방아쇠를 당겼을 때 한 개 이상의 챔버(약실)가 전진했고, 이따금 한 개의 약실도 전진하지 않아서 리볼버가 발사를 위해 제대로 정렬되지 않았다.

이중 액션 발사는 길고 지속적인 12lb 압력이 방아쇠에 가해져야 한다. 하지만 전문가는 이 리볼버에 필요한 압력이 10에서 16lb 사이로 다양하다는 것을 발견했다. 확실한 것은 리볼버가 저절로 발사될 수는 없었다는 것이다.

시험 발사 후 탄환에 생긴 요철은 러시안 룰렛을 한 고인을 죽인 탄환에 있는 것과 일치했다.

우리는 고인이 러시안 룰렛에 당첨되기 위해 몇 번의 시도를 했는지 모른다. 이론상 당첨 확률은 그가 방아쇠를 당긴 여섯 번 중 한 번이고, 그다음에는 다섯 번 중 한번으로 떨어진다. 하지만 그의 총은 결함이 있었다. 그리고 우리는 그가 두 번째 시도에서 죽었다는 건 알지만 과거에 몇 번이나 시도했는지는 모른다. 만일 그가 정말로 방아쇠를 두 번만 당겼다면 그는 운이 나빴다. 그리고 확실히 어리석었다.

전 애인은 기소되지 않았고 그녀의 진술은 받아들여졌다. 그녀가 나타나기 전까지의 시간 지연, 옷을 갈아입었을 가능성, 그녀의 진술에 몇 가지 이상한 점이 있었다는 점, 그리고 경찰이 도착하기 전 그녀가 자신이 마약을 사용한 증거를 현장에서 치웠을 가능성에도 불구하고 말이다.

사인 심문에서 검시관은 이것이 고의적 행동이었으며, 약물의 영향에도 불구하고 고인은 방아쇠를 당기면 죽는다는 사실을 알고 있었다고 확신했다. 검시관은 자살 평결을 내렸다.

나는 검시관의 판단이 옳았다고 생각한다. 하지만 내게 이 죽음은 그보다 더 복잡했다. 나는 그가 계속 살지 죽을지 사이에서 고민했다고 생각한다.

사는지 죽는지 어디 한번 보자라는 식의 사고는 중년의 특징이다. 그들은 자신이 계속 살고 싶은지 전적으로 확신하지 못하고, 살고 싶지 않은지도 전적으로 확신하지 못한다.

실제 자살에는 아마 더 강한 확신이 실릴 것이다. 자살은 중년 여성의 주요 사망 원인이지만, 유방암이 자살보다 여성을 죽일 가능성이 두 배 이상 높다. 중년 남성의 경우는 자살이 약물과용과 함께 사망률 차트의 꼭대기를 차지한다. 인생을 절반쯤 살았을 때 어떤 사람들은 지난날을 고통스럽게 돌아보고 앞날을 희망 없이 내다본다. 그래서 계속 살지 않기로 결정한다.

나는 자살 또는 이 사건과 같은 미온적 자살을 조사하는 것이 특히 슬프다. 친구들과 가족친지의 극심한 고통을 마주할 때면, 고인은 자신이 주변 사람들에게 어떤 의미인지 몰랐을 거라는 생각이 든다. 주

죽음을 해부하는 의사

변 사람들이 그들을 얼마나 그리워할지도.

그들의 죽음이 그들을 아는 사람들 인생의 지각판을 얼마나 많이
이동시킬지도.

중년의 위기와 음모론

다음은 남편이 죽기 전의 행동을 기술한 한 여성의 진술에서 발췌한 것이다.

A. "그는 휴일에도 잘 쉬지 못했어요. 늘 대기 중이었죠. 항상 휴대전화를 켜놓고 있었어요…. 그는 부쩍 말이 없어졌어요. 말을 걸기가 점점 더 어려워졌고, 신경이 더 날카로워 졌고, 점점 혼자 있으려고 해서 식구들을 걱정시켰어요."

Q. "대략 언제부터입니까?"

A. "6월 마지막 주부터였던 것 같아요. 그는 피곤해 보였고 부쩍 늙어 보였어요. 갑자기 폭삭 늙은 것 같았어요. 그의 변화가 유독 커보였던 게 바로 그 6월 마지막 주였어요….

죽음을 해부하는 의사

어느 날 저를 좀 걱정시키는 일이 있었어요. 그날 저녁, 혼자 무슨 고민에 사로잡혀 있는 것 같더니 갑자기 의자에서 벌떡 일어나 2층으로 올라가서 옷을 갈아입었어요. 평소 집에 있을 때보다 훨씬 세련되게 차려입고 내려왔어요. 동네 맥줏집에 갈 때보다 훨씬 잘 입었더라고요. 그는 길 건너편 맥줏집에 간다고 말하더니 나갔어요. 어딘가에 정신이 팔려 있는 것처럼 보였어요…. 30~40분쯤 지났을 때 그가 돌아왔고, 저는 '빨리 왔네'라고 말했죠. 그는 이렇게 대답했어요. '생각할 게 좀 있어서 산책을 했어.' 그의 말투가 뭔가 꺼림칙했어요. 아주 느릿느릿 말했거든요."

이 남자의 위기를 촉발한 건 일이었다. 그는 자신이 조사와 비판의 대상이 되었다는 사실을 알았고, 이로 인해 지금까지 쌓아온 자신의 뛰어난 업적에 흠집이 났다고 느꼈다. 그는 고용주가 자신을 지지하지 않는다는 것을 깨달았다. 지지를 받지 못하자, 저평가되고 있다는 기존의 느낌이 더 강해졌다. 그는 이미 연금과 연봉 서열과 관련해 이상 기류를 감지했던 터였다.

그의 아내는 심문에서 그 점을 확인해주었다.

"그는 자신이 해야 하는 일보다 약간 낮은 직급의 일을 하고 있다는 사실을 여러 번 알아챘어요…. 원래 정책 결정 같은 더 높은 단계 일을 해야 했는데 말이죠."

그는 자신의 위기를 친구들에게는 말하지 않은 것 같다. 그의 아내는 그의 친구관계에 대해 이렇게 설명한다.

"그는 정말 열심히 일했어요. 사실상 모든 면에서 일 중독자였죠. 그의 가까운 친구의 대부분은 정기적으로 함께 일하는 사람들이었어요. 따라서 그가 누군가에게 정기적으로 브리핑을 한다면, 그 사람은 가까운 친구인지는 몰라도 어쨌든 친구일 거예요."

그의 딸은 아버지가 중요한 미팅을 앞두고 보인 행동에 대해 다음과 같이 진술했다. 이 진술에는 딸이 느낀 위기감이 반영되어 있다.

"아버지는 어마어마한 스트레스를 받고 있는 것처럼 보였어요. 그 말밖에는 표현할 방법이 없군요. 아버지는 뭔가에 사로잡혀 있었어요. 저는 아버지가 내일 일을 고민하고 있나 보다 생각했지만, 아버지는 내일 일을 생각하는 것이 고통스러운 듯 보였어요. 아버지는 매우 의기소침했고, 저는 아버지가 몹시 걱정되었어요."

그의 가족에게 이렇게 큰 걱정을 끼치고 있었던 사람은 바로 데이비드 켈리 박사였다. 나는 그의 주검을 조사한 병리학자가 아니었지만, 이후 사건이 진행된 방식과 (켈리 박사에 대한 사인 심문을 대신함으로써 논란을 불러일으킨) 허튼 조사위원회에 대해 비판이 쏟아지자, 이 사건을 검토해달라는 요청을 받았다.

죽음을 해부하는 의사

이 자살 사건은 국가적·국제적으로 큰 파장을 불러일으켰으며 수많은 음모론을 낳았다. 그래서 나는 이 슬프고도 특별한 이야기로 자세히 들어가기 전에 먼저 약간의 배경을 제시하려고 한다.

상황은 데이비드 켈리 박사가 죽기 10년 전쯤으로 거슬러 올라간다. 이라크 통치자 사담 후세인이 1990년에 쿠웨이트를 침공했을 때 그는 국제 연합의 제지를 받았고, 유엔이 그의 무기 제조 프로그램을 감시하기 위해 사찰단을 파견했다. 영국의 생물학 전쟁 전문가인 데이비드 켈리는 그 사찰단 중 한 명이었다. 그는 제1차 걸프전이 끝날 때부터 1998년까지 7년간 이라크를 37번 방문했다.

1998년에 후세인이 사찰단을 내쫓기 시작하면서 수년간 교착상태가 이어졌을 때, 국제사회는 이라크의 무기를 조사해야 한다고 주장했고 이라크는 대체로 그것을 피했다. 국제사회는 사찰과 비밀 정보통으로부터 이라크의 무기 제조에 대한 정보를 입수했다. 비밀 정보는 당연히 신뢰성을 평가하기가 어렵다. 데이비드 켈리는 계속 영국 정부를 위해 일하면서 이라크에서 입수한 정보를 검토하고 해석했다. 기자단에 비보도를 전제로 정보를 제공하는 것은 그가 하는 업무의 일부였다.

2001년 9월 11일 뉴욕에서 수많은 사람들의 목숨을 앗아간 테러리스트들이 이라크와 연관이 있다는 의심은 아마도 21세기 초 이라크를 침공하기로 한 결정에 한 가지 요인으로 작용했을 것이다. 하지만 가장 중요한 명분은 일각에서 후세인이 가동하고 있다고 주장하는 무기 프로그램을 저지하는 것이었다. 이 작전은 국제사회로부터 폭넓은 지지를 얻지 못했다. 사실, 전 세계에서 전쟁 가능성에 반대하는 시위가 일어났다.

2003년 3월, 미국은 유엔의 승인 없이 영국을 포함한 몇몇 동맹국의 지원을 받아 이라크를 침공했다. 침공은 4월 30일에 끝났지만 충돌은 계속되었다. 후세인은 자국에 대한 통제력을 잃었고, 사회적·정치적·군사적으로 복잡하게 얽힌 이라크 장기 점령이 시작되었다. 영국 정부는 계속해서 침공의 필연성을 주장했다. 그 이유가 침공 6개월 전인 2002년 9월에 작성된 한 문서에 분명하게 명시되어 있었다. 토니 블레어 총리는 그 문서의 서문에 이렇게 썼다.

"최근 몇 달 동안 나는 이라크 내부에서 입수한 증거에 점점 더 놀라움을 느끼고 있다. 사담 후세인은 제재에도 불구하고, 전력에 피해를 입었음에도 불구하고, 유엔안전보장이사회의 결의가 그것을 명시적으로 금지했음에도 불구하고, 그리고 그의 부인에도 불구하고, 대량살상무기를 계속 개발하고 있으며 이를 통해 그 지역뿐 아니라 전 세계의 안정에 실질적인 피해를 입힐 수 있는 능력을 갖추고 있다…. 그의 군사 계획은, 대량살상무기의 일부를 사용 명령 45분 내에 배치할 수 있게 하는 것이다."

2003년 5월 22일, 이라크 전쟁이 여전히 신문 헤드라인을 도배하고 있을 때, 데이비드 켈리 박사는 BBC 기자 앤드루 길리건에게 비공식 정보를 제공하는 데 동의했다. 길리건은 5월 29일, 라디오 4 채

죽음을 해부하는 의사

널의 영향력 있는 프로그램인 〈투데이Today〉와 인터뷰를 진행하며, 그 9월 문서에 대해, 특히 후세인이 단 45분 안에 대량살상무기를 배치할 수 있다는 주장에 대해 다음과 같이 말했다.

"그 주장은 블레어 씨를 계속해서 괴롭혀 왔습니다. 왜냐하면 대량살상무기가 그렇게 쉽게 손닿는 곳에 있다면 지금쯤이면 발견되었을 테니까요. 그런데 정말 실수였을 수도 있지만, 제가 입수한 정보에 따르면 정부는 전쟁이 일어나기 전부터, 심지어 문서에 그 주장을 쓰기 전부터 그 주장이 의심스럽다는 것을 알고 있었습니다.

저는 그 문서를 작성하는 데 관여한 영국의 한 공직자와 이야기를 나눴는데, 그분은 제게, 문서가 발표되기 일주일 전까지만 해도 정보기관이 작성한 초안에는 이미 공개된 내용에 별다른 내용이 추가되지 않았다고 말했습니다. 그분은 이렇게 말했습니다. '발표되기 일주일 전 문서가 좀 더 선정적으로 바뀌었다. 대표적인 예가 바로 대량살상무기를 45분 안에 배치할 수 있다는 발언이다. 그 정보는 원래 초안에는 없었다. 그것은 신뢰할 수 없는 정보였기 때문에 우리는 넣지 않기를 바랐지만 그럼에도 포함되었다. 그 문서에 적힌 대부분의 내용은 이중 출처를 통해 확인한 내용이지만, 그 정보는 단일 출처에서 나왔고, 우리는 그 출처가 틀렸다고 생각했다.'"

"이 관계자는 다우닝가의 요청에 따라 문서가 수정되었다고 말하며 이렇게 덧붙였습니다. '정보기관에 있는 대부분의 사람들은 그들이 제시하는 심사숙고된 견해가 반영되지 않는다는 이유로 그 문서를 탐탁지 않게 여겼다.'"

이 인터뷰는 이라크 전쟁의 정당성과 영국 정부의 신뢰성에 흠집을 냈다. 인터뷰 내용은 언론의 큰 주목을 받았고, 그로 인해 정부와 BBC 사이에 한바탕 소동이 일어났다. 이 모두는 데이비드 켈리를 점점 더 좌불안석하게 했다. 그가 이 인터뷰에 등장하는 정보원 중 한 명이라는 것이 점점 더 분명해졌기 때문이다. 그리고 그다음에는 그 정보원이 그로 특정되었다.

켈리 박사는 앤드루 길리건에게 실제로 뭐라고 말했을까? 아마 본인이 의도했던 것보다 많이 말했을 것이고 길리건이 주장한 것보다는 적게 말했을 것이다. 우리는 진실을 알 수 없다. 심지어 길리건을 공개적으로 비판한 허튼 조사위원회조차 정확한 진실을 확인할 수 없었다. 이 BBC 보도로 인해 데이비드 켈리는 견딜 수 없는 수준의 압박을 받았다. 그의 고용주들은 그에게 정식으로 알리지도 않은 채 그가 취재원이라는 것을 밝히기로 결정했다. 당연히 켈리는 완전히 배신당했다고 느꼈을 것이다. 수년간 성실하게 일했음에도 공개적으로 질책을 받자 그는 폄훼되는 기분이 들었다. 그는 두 개의 의회 조사위원회에 출두하라는 명령을 받았다. 한 위원회에서는 그가 느끼기에 질문이 심하게 무례하고 공격적이었다. 게다가 끔찍하게도 전 과정이 텔레비전으로 중계되었다. 그것은 견딜 수 없는 시련이었다. 조사위원회의 한 위원은 심지어 이런 질문도 했다. *'언론뿐만 아니라 이 위원회에게까지 늑대의 먹잇감으로 던져진 것이 분명한데 왜 [출*

죽음을 해부하는 의사

석] 요청에 응해야 한다고 생각했나요?'

일 중독자에다 지독한 개인주의자였던 켈리는 어느 날 갑자기 대중의 따가운 눈총에 처했다. 직업은 위태로웠고 평생 해온 일은 평가 절하되었다. 그의 죽음을 조사하기 위해 설치된 허튼 조사위원회의 모든 위원들이 데이비드 켈리가 그렇게 느껴 마땅했다고 생각한 건 아니었지만, 그의 그런 기분이 자살을 초래했다.

두 조사위원회 앞에서 시련을 겪은 후 데이비드 켈리는 집으로 돌아왔다. 사망한 날인 다음 날 아침, 그는 평소처럼 서재로 갔다(그는 주로 집에서 일했다). 그의 아내는 허튼 위원회에서 이렇게 회고했다.

Q.　　　"7월 17일은 목요일입니다. 그날 부인은 몇 시에 일어나셨나요?"

A.　　　"8시 반쯤이었어요. 평소보다 좀 늦었죠."

Q.　　　"그는 어때 보였나요?"

A.　　　"피곤해 보였고 가라앉아 있었지만, 우울하지는 않았어요. 정말 모르겠어요. 그는 이 모든 일을 겪는 동안 우울해하진 않았어요. 매우 피곤해했고 가라앉아 있었긴 해도요."

그날 아침 데이비드 켈리는 의회 질문들이 줄줄이 적힌 이메일을 받았다. 이 질문들은 베너드 젠킨 의원이 국방국무장관에게 제기한 것으로, 의회식 표현으로 말하면, 데이비드 켈리와 앤드루 길리건의 만남을 조사할 것과 켈리 박사에게 징계 조치를 내릴 것을 요구했다.

켈리 박사는 이것이 쉽게 끝날 문제가 아니며 오히려 문제가 점점 더 커지고 있다는 것을 분명히 알았을 것이다.

그는 아내와 함께 말없이 커피를 마시고 나서 서재로 돌아갔다. 그리고 지지를 보내준 여러 동료들에게 이메일을 썼다. 그 메일에서 그는 무척 힘든 시간을 보내고 있으며, 이라크로 돌아가 하던 일을 계속하고 싶다고 말했다. 그는 책상에 오래 머물지 않았다. 재니스 켈리 부인은 심문에서 이 사실을 확인해주었다.

A. "몇 분 후 그가 거실로 나와 말없이 혼자 앉아 있었는데, 그건 그 사람에게는 꽤 이례적인 일이었어요."

Q. "그게 언제쯤이었나요?"

A. "12시 30분쯤부터였던 것 같아요···. 그는 그냥 앉아 있었고 정말 피곤해 보였어요. 이때쯤 저는 머리가 지끈지끈 아프기 시작했고, 몸이 안 좋아졌어요. 사실 그 무렵 저는 그가 너무 절망적으로 보여서 몇 번이나 앓아누웠어요."

Q. "그는 점심을 먹었나요?"

A. "네, 먹었어요. 아무것도 먹고 싶지 않다고 했지만 점심을 조금 먹었어요. 저는 샌드위치를 만들었고, 그는 물 한 잔을 마셨어요. 우리는 테이블에 마주앉았어요. 그리고 제가 대화를 시도했어요. 저는 몹시 비참했고 그도 마찬가지였어요. 그는 심란하고 의기소침해 보였어요."

Q. "이 시점의 그를 어떻게 묘사하시겠습니까?"

죽음을 해부하는 의사

A. "오, 그는 마치 실연당한 것 같았어요. 뭐랄까…. 자기 안으로 점점 움츠러들고 있었어요. 그는 움츠러든 것처럼 보였지만, 그때만 해도 전 그가 그런 짓을 할 거라고는 생각하지 못했어요. 정말 몰랐어요."

Q. "점심을 먹으며 얘기를 많이 했나요?"

A. "아뇨. 그는 두 문장을 이어가지 못했어요. 그는 전혀 말을 할 수 없었어요."

Q. "그날 몸이 안 좋다고 하셨죠?"

A. "맞아요."

Q. "부인은 뭘 하셨나요?"

A. "저는 점심을 먹은 후 방에 가서 누웠어요, 늘 하던 일이었죠. 관절염 때문에요. 저는 그에게 '이제 뭐할 거야?'라고 물었고, 그는 '산책을 나가려고'라고 대답했어요."

Q. "기억을 최대한 떠올려보신다면, 부인은 몇 시에 2층으로 올라가셨나요?"

A. "아마 1시 반쯤…. 2시 15분 전이었을 거예요."

Q. "그는 그 시간에 어디에 있었나요?"

A. "서재로 들어갔어요. 그런데 제가 눕고 나서 얼마 안 돼 그가 방에 들어오더니 괜찮으냐고 물었어요. 저는 '응, 괜찮아질 거야'라고 말했죠. 그는 그러고는 가서 청바지로 갈아입었어요. 낮에 집에 있을 때는 보통 운동복 차림이었죠. 그래서 그는 옷을 갈아입었고 신발을 신었어요. 그다

음에 저는 그가 밖에 나간 줄 알았어요."

Q. "그가 산책을 하러 간다고 말해서요?"

A. "네. 그는 늘 하던 대로 산책을 나갈 계획이었어요. 허리가 안 좋았기 때문에 허리 건강을 위해 산책을 했죠."

Q. "그가 실제로 곧바로 산책하러 나갔나요?"

A. "음, 잠시 후 전화벨이 울렸어요. 저는 그가 이미 나간 줄 알았는데…. 알고 보니 조용히 전화를 받고 있었어요."

Q. "이때 그는 어디에 있었습니까?"

A. "서재에 있었어요."

Q. "이때가 몇 시였나요?"

A. "아마 거의 3시쯤이던 것 같아요."

Q. "켈리 박사는 산책을 나갔나요?"

A. "3시 20분에는 집에 없었어요."

Q. "그럼 3시에서 3시 20분 사이에 그가 산책을 나갔나요?"

A. "맞아요, 그랬어요."

집에서 나왔을 때 데이비드 켈리는 개를 산책시키던 이웃 노인을 만났다. 그 이웃이 이어서 심문을 받았다.

Q. "그에게 뭐라고 말씀하셨나요?"

A. "그가 '안녕하세요, 루스'라고 인사해서 저는 '오, 안녕하세요, 데이비드, 어떻게 지내세요?'라고 말했어요. 그는

죽음을 해부하는 의사

'그럭저럭 지내요'라고 했죠. 거기 몇 분 동안 서 있었는데, 제 개 버스터가 목줄을 잡아끌며 가고 싶어 하기에 제가 말했죠. '이제 가야할 것 같아요, 데이비드.' 그는 '또 봐요, 루스'라고 말했고, 우리는 헤어졌어요."

Q. "그는 어때 보였나요?"

A. "그냥 평소 모습 그대로였어요. 예전과 별로 다르지 않았어요."

그녀는 데이비드 켈리와 마지막으로 이야기를 나눈 사람이었다. 그리고 켈리는 산책에서 돌아오지 않았다. 그의 아내는 곧 이상한 낌새를 챘고, 그를 찾기 위해 딸들이 왔다. 재니스 켈리는 다음과 같이 말했다.

A. "경찰이 수색을 시작했을 때 데이비드가 돌아오면 오히려 문제를 키울 것 같아서, 우리는 경찰에게 연락하는 것을 미뤘어요. 그렇지 않아도 그는 이미 충분히 힘든 상황이었으니까요. 그래서 우리는 좀 기다려보다가 밤 12시가 되기 20분 전에 경찰에 연락했어요."

Q. "경찰이 연락을 받고 출동했나요?"

A. "세 명이 실종자 양식을 들고 왔어요. 저는 데이비드가 처한 상황을 설명했고, 그러자 곧바로 서장에게로 보고가 올라가는 것 같았어요…. 그리고 수색이 시작되었죠. 그 무

럼 템스 벨리 헬리콥터는 근무를 끝낸 상태였기 때문에, 그들은 벤슨 헬리콥터를 수소문해야 했어요."

Q.   "저게 RAF 벤슨입니다 그렇죠? 그럼 저 헬기가 수색에 참여했나요?"

A.   "수색견들도 있었을 거예요."

Q.   "헬리콥터 소리가 들렸나요?"

A.   "네, 헬기가 왔고, 데이비드가 산책을 시작한 지점인 우리 집 위치를 표시하기 위해 경찰차가 파란 등을 켰어요."

Q.   "그날 밤 경찰과 이야기를 나눴나요?"

A.   "네, 밤새도록이요. 그때 한 차량이 커다란 통신 안테나를 싣고 도착해 길가에 주차를 했고, 새벽에 15미터쯤 되는 안테나를 우리 집 정원에 하나 더 세웠어요."

Q.   "경찰의 통신을 위해서였나요?"

A.   "네, 맞아요. 그리고 수색견을 우리 집으로 들여보냈어요. 새벽 5시 20분 전쯤(4시 40분), 개가 우리 집을 수색하는 동안 저는 잠옷 차림으로 정원 잔디에 앉아 있었어요."

　　나는 자살한 것으로 의심되는 실종자의 가족들이 걱정으로 지새운 그런 끔찍한 밤들에 대한 보고를 수없이 읽었다. 그들은 혹시 모를 한 가닥 희망에 매달리지만, 나는 그들이 아직 인정하지 못할 뿐이지 진실을 알고 있었다고 생각한다. 남편이 죽음에 이르는 시간 동안, 심지어는 남편이 집을 나서기 전에도 켈리 부인이 힘들고 아팠던 것은

　　　　　　　　　　　　죽음을 해부하는 의사

아마도 앞으로 닥칠 일에 대한 예감과 공포 때문이었을 것이다.

약 40명의 경찰관이 수색에 참여했고 일부는 그 지역을 잘 아는 사람들이었다. 또 그 지역 수색구조견 견주 협회에서 나온 자원봉사자들도 있었다. 다음 날 아침 9시 15분경, 이 개들 중 한 마리가 데이비드 켈리의 시신을 발견했다. 그 개의 주인은 켈리 박사가 자주 산책하던 숲에서 시신을 발견했다. 시신을 발견한 순간에 대한 개 주인의 진술은 중요하다.

A. "그는 머리와 어깨가 뒤로 젖혀진 상태로 나무 밑에 기대 있었어요."

Q. "다리와 팔은 어느 위치에 있었나요?"

A. "다리는 몸 바로 앞쪽에 있었고, 오른팔은 옆에 있었어요. 왼팔에는 피가 흥건했고 이상한 자세로 뒤로 구부러져 있었어요."

Q. "다른 곳에도 핏자국이 있었나요?"

A. "왼쪽 팔과 몸 왼쪽에만 있었어요."

Q. "그가 경찰이 찾는 사람이 맞는지 알 수 있었나요?"

A. "네, 우리가 받은 인상착의와 일치했어요."

이 자원봉사자가 보기에 데이비드 켈리는 확실히 죽은 것 같았고 그를 돕기 위해 자신이 할 수 있는 일은 아무것도 없어 보였다. 이 자원봉사자는 시신에서 몇 발짝 물러났고, 동료 자원봉사자가 경찰 수

색팀에 전화를 걸었다. 그 동료는 현장에 혹시 있을지도 모를 증거가 훼손될까봐 시신 가까이에 가지 않고 멀리서만 지켜보았다.

경찰은 자원봉사자들에게 약 10분 거리에 있는 차로 돌아와서 그곳에서 만나자고 말했다. 그런데 약 2~3분 후 그들은 두 명의 형사와 마주쳤다. 그들 역시 시신이 이 근방에 있을 것이라고 의심하기 시작했던 것이다. 그 형사들은 자원봉사자들과 함께 곧장 데이비드 켈리에게로 돌아갔다. 허튼 조사위원회는 두 수색구조견 견주에게 이것을 묻지 않았지만, 그들이 현장으로 되돌아가기 전 2분 동안 시신이 홀로 있었을 가능성이 있는 것 같다. 하지만 코이 순경은 현장을 약간 다르게 기술한다.

Q. "시신이 어떻게 놓여 있었나요?"

A. "등을 대고 누워 있었어요. 시신은 큰 나무 옆에 머리를 나무줄기 쪽으로 두고 누워 있었어요."

Q. "시신에 눈에 띄는 점이 있었나요?"

A. "네."

Q. "뭐였나요?"

A. "왼쪽 손목 둘레에 피가 묻어 있었어요. 그리고 칼을 보았어요. 가지치기용 칼처럼 생긴 칼이었어요. 그리고 시계가 있었어요."

Q. "시신이 엎드려 있었나요? 아니면 똑바로 누워 있었나요?"

죽음을 해부하는 의사

A.	"누워 있었어요."
Q.	"시계는 어디 있었죠?"
A.	"제 기억이 맞는다면 칼 바로 위쪽에 있었어요."
Q.	"그러면 칼은 어디 있었죠?"
A.	"시신 왼쪽, 왼쪽 손목 근처에 있었어요."
Q.	"옷에 뭐가 묻어 있었나요?"
A.	"왼쪽 팔목 소매에 피가 묻어 있었어요."
Q.	"또 다른 곳은요? 얼마나 가까이서 살펴봤나요?"
A.	"그냥 똑바로 서서 봤어요. 몸을 숙여 들여다보지는 않았어요…. 저는 현장을 살펴봤어요."
Q.	"시신에서 얼마나 멀리 떨어져 있었죠?"
A.	"2~2.5미터 정도였어요."
Q.	"현장에서 얼마나 머물렀나요?"
A.	"다른 경찰관들이 와서 폴리스라인을 칠 때까지요. 그 근방에서 25~30분쯤 머물렀던 것 같아요."

나는 왜 목격자들이 시신이 놓인 자세를 서로 다르게 묘사하는지 설명할 수 없다. 어쨌든 모순된 진술이 수많은 음모론에 기름을 부은 것은 확실하다. 어떤 평자들은 데이비드 켈리가 발견될 때는 앞선 진술에서와 같이 나무에 털썩 기대 있었지만 자원봉사자들이 경찰을 만나러 가고 있던, 정확한 시간은 알 수 없는 그 몇 분 동안 누군가가 그를 옮겼다고 추정했다.

하지만 나는 이 가설에 위배되는 결정적인 증거들이 있다고 생각한다. 두 자원봉사자는 형사들과 마주칠 때가지 숲에서 인적을 발견하지 못했고 수색견 역시 다른 사람의 냄새를 맡지 못했다. 나는 시신을 치우기 전과 후의 모든 현장 사진을 샅샅이 살펴보았지만 시신을 잡아끈 흔적은 전혀 없었다. 잎으로 덮인 무른 땅에서 무거운 시신을 끌거나 옮기면 자국이 남기 마련이다. 또한 땅에 보이는 혈흔은 데이비드 켈리가 죽은 장소에 죽은 자세 그대로 누워 있었음을 가리킨다.

구급차가 도착했을 즈음 현장에는 많은 경찰들이 있었고, 도로에서 시신으로 가는 길은 이미 봉쇄되어 있었다. 구급대원들은 데이비드 켈리의 가슴에 전극 네 개를 붙이고 생명 징후가 없음을 확인했다. 모니터는 평평한 선만을 보여줄 뿐이었다. 허튼 조사위원회에서 첫 번째 구급대원은 다음과 같은 사실을 지적했고, 나중에 두 번째 구급대원이 그 점을 반복해서 말했다.

Q.   "켈리 박사가 사망 경위와 관련하여 이미 알려진 사실 외에 판사에게 도움이 될 만한 뭔가를 알고 있습니까?"

A.   "현장 주위에 피의 양이 비교적 적어 보였다는 것뿐입니다. 그의 오른쪽 무릎에 작은 얼룩이 있었지만 동맥 출혈은 없어 보였습니다. 옷에도 피가 튄 자국이나, 다량의 혈액 손실이 있었던 흔적은 없었습니다."

Q.   "한 경찰관이 바닥에 피가 좀 묻어 있었던 것 같았다고 말

했습니다. 그걸 봤나요?"

A.   "본 것 같습니다. 시신 왼쪽 쐐기풀에 묻어 있었어요. 바닥
       에 피가 고여 있진 않았던 것 같습니다. 왼쪽 손목에 피가
       말라붙어 있었지만…. 상처나 다른 흔적은 없었습니다. 그
       냥 말라붙은 피였습니다."

Q.   "상처는 보지 못했나요?"

A.   "상처는 보지 못했습니다. 기억을 떠올려보면, 왼팔이 시
       신 왼쪽으로 뻗어 있었습니다. 손바닥을 위로 둔 채로, 아
       니 약간 옆으로요[손짓으로 가리킴]. 재킷 가장자리에서
       손 쪽으로 소매 쪽에 피가 말라붙어 있었지만, 벌어진 상
       처라든지, 제가 서 있는 위치에서 볼 수 있는 어떤 명백한
       상처는 없었습니다."

Q.   "손목을 살펴봤나요?"

A.   "아뇨, 살펴보지 않았습니다."

Q.   "피가 흘렀는지 땅을 살펴보았나요?"

A.   "아뇨."

　

구급대원 중 누구도 데이비드 켈리의 팔이나 시신 주변 땅을 세밀
하게 살펴보지 않았음에도 불구하고, 이 진술은 음모론에 기름을 부
었다. 가장 널리 퍼진 음모론은 이런 식이었다. '현장에 이 죽음을 설
명할 수 있는 충분한 혈흔이 없었던 이유는 그가 다른 장소에서 살해
되어 옮겨졌기 때문이다. 살인은 자살처럼 보이도록 위장되었다.'

한 남자가 산책하다가 낯선 사람에게 묻지 마 살인을 당했다는 말
이 아니다. 이 가설에 함축된 의미는 데이비드 켈리가 정부의 거짓말
(정부가 영국의 이라크 침공을 정당화하기 위해 짜낸 거짓말)을 폭로한 결
과로 살해되었다는 것이다.

실제로 이라크에서는 45분 내에 발사할 수 있는 무기는 고사하고
어떠한 대량살상무기도 발견되지 않았다. 이라크전 참전에 관한 진
상조사위원회가 작성한 칠콧 보고서는(2016년이 되어서야 공식 발표되
었다) 온건한 표현을 사용해 그 유명한 9월 문서를 비난했다.

[정보기관이 작성한 그 보고서는]… 증거에 필요 이상의 무게가 실리
지 않도록 신중한 표현을 사용했다. 각료 성명의 내용을 작성할 때 특정
주장을 제시하기 위해 증거를 구성하면 상당히 다른 문서가 나오게 된
다…. 정보의 한계를 인정하지 않고 정보가 확실한 사실인 것처럼 전달
함으로써 정부의 진술을 뒷받침하는 문서를 작성하는 데 정보가 사용되
었다.

칠콧 경은 나아가 그 9월 문서가 여론에 영향을 미친 방식을 강조
했다.

2002년 9월에 작성된 그 문서는 여론에 영향을 미침으로써 이라크의
무장해제를 위한 군사 행동의 '명분을 확보할' 목적으로, 이라크의 전력
과 의도에 관한 증거를 확실한 것처럼 과장했다는 것이 많은 사람들 사

죽음을 해부하는 의사

이에 널리 퍼진 인식이다. 이는 특히, 독립적으로 검증하는 것이 불가능한 첩보에 의존하는 정부 성명에 대한 신뢰와 확신을 약화시키는 등 해로운 유산을 남겼다.

데이비드 켈리가 해로운 유산을 남긴 그 '널리 퍼진 인식'에 일정한 역할을 한 것은 분명한 사실이며, 그로 인해 정부의 심기를 매우 불편하게 했다는 점에는 의심의 여지가 없다. 하지만 이런 점이 그가 살해되었다는 주장의 신뢰성을 높여줄까? 7월 18일 오전 10시쯤 구급대원들이 켈리의 죽음을 확인한 숲으로 다시 가보자.

그날 수사 책임자였던 경찰서장 페이지는 이렇게 말했다.

"우리는 처음부터… 이 일련의 상황에 최고 단계의 수사를 적용하기로 했습니다. 살인 수사를 시작했다는 말이 아니라, 이 수사가 그 정도로 중요했다는 뜻입니다."

공통 진입로를 설정한 후, 경찰은 시신 주위에 지름 10미터의 원을 만들고 그 원 안에서 지문 수색을 실시했다. 누구도 시신을 만지지 않았다. 경찰은 법의병리학자와 법의생물학자들이 모든 것을 있는 그대로 보기를 원했다. 경찰서장 페이지는 이렇게 말했다.

"켈리 박사를 처음 보았을 때, 이 수색의 심각성을 잘 알고 있었던 저는 몸싸움을 벌인 흔적을 찾았지만, 켈리 박사 시신 주변의 초목은 흐트러진 흔적 없이 똑바로 서 있었고, 어떤 형태로든 몸싸움이 있었던 흔적은 전혀 없었습니다."

12시 35분에 도착한 법의병리학자 니콜라스 헌트 박사는 처음에는 켈리가 사망한 것만 확인하고는 물러났다. 그는 데이비드 켈리의 체온을 측정하거나 켈리를 좀 더 살펴보거나 하지 않고 법의생물학자와 그 조수가 현장을 조사할 때까지 기다렸다. 그가 마침내 수색 구역에 다시 투입된 것은 14시가 막 지났을 때였다. 그 무렵 시신 위에는 천막이 설치되어 있었다. 사람들이 이 사건과 관련해 여러 가지 문제 제기를 했는데, 그중 하나는 헌트 박사가 왜 도착하자마자 시신의 체온을 측정하지 않았느냐였다. 체온은 사망시각 추정에 필수적인 정보로 여겨진다. 하지만 헌트 박사가 그렇게 한 데는 정당한 이유가 있었다. 체온을 재려면 옷을 벗겨야 했지만 아직 현장 조사가 끝나지 않아서 방해하지 않고는 의복을 제거하는 것이 불가능했기 때문이다.

먼저 데이비드 켈리에게서 섬유와 지문 같은 미세 증거를 찾는 조사가 이루어졌고, 그다음에 헌트 박사가 의복을 제거했다.

A.   "[그는]… 바버 재킷 스타일의 녹색 왁스 재킷을 입고 있었습니다. 앞섶의 지퍼와 버튼은 잠그지 않은 상태였습니다. 재킷 하단의, 물건을 넣으면 부풀어 오르는 형태의 주머니 안에는 휴대폰과 이중초점 안경이 들어 있었습니다.

죽음을 해부하는 의사

또 열쇠고리가 있었고, 가장 중요한 점으로 코프록사몰이
라는 약이 총 세 팩 있었습니다. 한 팩에 알약이 10개씩 들
어 있었기 때문에 총 30알을 사용할 수 있습니다."

Q.   "팩에는 알약이 몇 개나 남아 있었습니까?"

A.   "하나 남아 있었습니다."

헌트 박사는 옷을 제대로 살펴볼 수 있었을 때 옷에서 광범위한 혈
흔을 발견했다. 셔츠 앞, 왼쪽 소매 부분을 포함한 바버 재킷 위, 그리
고 바지 오른쪽 무릎에 혈흔이 있었다. 데이비드 켈리의 팔, 특히 왼
팔이 피로 얼룩져 있었다. 왼팔 팔꿈치 뒤쪽과, 오른손 손바닥 및 손
가락도 마찬가지였다. 피 묻은 칼은 왼손 옆에 있었고, 피 묻은 손목
시계도 마찬가지였다.

Q.   "현장 부근에서 다른 혈흔이 발견되었나요?"

A.   "시신 왼쪽으로, 덤불과 흙을 가로지르는 혈흔이 있었고,
       최대 길이가 약 1미터로 추정되었습니다."

Q.   "현장에서 검사를 실시했습니까?"

A.   "네. 미세증거 채취를 끝낸 후 직장 온도를 측정했습니다."

Q.   "측정한 시각이 몇 시였습니까?"

A.   "19시 15분이었습니다."

광범위한 비판이 제기되었지만, 데이비드 켈리의 죽음은 분명히

살인 사건을 염두에 두고 그에 걸맞은 프로토콜에 따라 신중하고 법의학적으로 세심하게 다루어졌다. 현장 조사는 오랫동안 세밀하게 이루어졌고, 추후 과학적 분석을 위해 광범위한 표본이 채취되었다. 이 모두는 켈리가 사망한 시점에 고인 근처에 누군가가 있었는지, 특히 몸싸움이 있었는지 확인하기 위한 조치였다. 시신의 체온을 19시 15분이 되어서야 측정한 것도 이상할 게 전혀 없다. 이는 그 시각까지 현장 조사와 시신 검안이 꼼꼼하게 실시되었다는 방증이다.

그런 다음에 시신을, 오염이나 무단 취급을 방지하기 위해 내부 비닐 시트가 들어 있는 밀봉된 시신 가방에 넣었다. 부검은 21시 20분에, 완전한 장비를 갖춘 옥스퍼드의 존 래드클리프 병원 시체안치소에서 목격자들이 참석한 가운데 실시되었다. 의심스러운 사건에서만 실시되는 고도로 정밀한 해부가 이루어졌다. 이렇게 하면 모든 손상, 심지어 피부 겉면에서는 보이지 않는 손상까지도 찾아낼 수 있다. 손목에 있는 절단된 동맥을 포함한 분명한 손상들뿐 아니라, 머리 왼쪽에 작은 찰과상이 몇 군데 있었고, 왼쪽 정강이와 오른쪽 무릎 밑, 흉부의 왼쪽 하부, 그리고 오른쪽 등 하부에 작은 타박상이 있었다.

이런 경미한 손상들은 신체 건장한 중년 남성인 데이비드 켈리가 사망 당시나 사망 전후에 신체 구속을 당했다고 보기에는 확실히 불충분했다. 그가 제3자에 의해 무력화된 것 같지도 않다. 꼼꼼하게 살폈는데도 주삿바늘 자국은 발견되지 않았으며, 피부에는 테이저건 같은 전기충격장치가 남겼을 법한 자국도 없었다.

하지만 부검에서 한 가지 놀라운 사실이 발견되었다. 데이비드 켈

죽음을 해부하는 의사

리는 진행된 관상동맥 질환을 앓고 있었다. 실제로, 막힌 관상동맥으로 인해 작은 심장마비를 일으켰던 흔적이 있었다. 그는 병원에 가지 않았고, 아마 소화불량이라고 생각했을 것이다.

심장에 혈액을 공급하는 관상동맥들 중 오른쪽 관상동맥이 한 곳에서 거의 완전히 막혀 있었다. 혈액과 산소가 심장에 도달하지 못하면 심장이 계속 뛸 수 없기 때문에, 여러분은 이 경우 생명이 위험하다고 생각할지도 모른다. 실제로 생명이 위험할 수 있다. 하지만 혈관이 수년에 걸쳐 천천히 막혔다면 얘기가 다르다. 그럴 때는 막힌 곳을 돌아가는 부수 혈관들이 생길 시간이 있고, 이런 혈관들을 통해 심장 근육에 혈액이 공급된다. 고속도로가 폐쇄된 후 지방도로가 얼마나 붐비는지 생각해보라. 그리고 이 작은 도로들이 얼마나 좁고, 목적지까지 얼마나 돌아가는지, 또 통행이 가능하다 해도 길이 얼마나 불확실하고 믿을 수 없는지도 생각해보라.

또 다른 주요 관상동맥인 좌전하행동맥은 60~70퍼센트 막혀 있었다. 이 동맥의 폐색은 실제로 서구 사회의 가장 큰 사망 원인 중 하나다. 심장의 3대 혈액 공급로 중 마지막 공급로인 휘돌이 동맥도 비슷하게 좁아져 있었다. 요컨대 데이비드 켈리는 자신의 심장병을 몰랐지만 병이 많이 진행된 상태라서 언제든 자연적 원인으로 사망할 수 있었다.

이 질환이 그의 사망에 어떤 역할을 했을까?

손목 손상 부위에서 출혈이 계속 일어나 그의 몸에 있는 혈액 양이 줄어들면서 아드레날린이 일을 시작했을 것이다. 이 호르몬은 몸에서 필수적이지 않은 혈관들을 수축시켜서 혈압을 유지한다. 하지만 심장으로 가는 동맥은 확장시킨다. 그러면 심장 박동이 빨라진다. 심장이 더 열심히 일하면 혈류가 증가해서 산소가 더 많이 필요하지만, 관상동맥 질환이 있다면 심장은 필요한 증가분을 거의 공급받지 못할 것이다. 그가 손목 절단에 따른 통증을 완화하기 위해 복용한 진통제인 코프록사몰의 한 가지 성분도 그의 심장에 영향을 미쳤을 수 있다. 이 성분은 특히 혈압이 낮을 때 심장을 비정상적으로 뛰게 한다. 따라서 데이비드 켈리는 심혈관계질환으로 사망하지는 않았지만 이 병이 그의 사망을 앞당겼을 가능성이 매우 높다.

심각한 기저 질환에도 불구하고 그가 어떤 심장 문제도 호소하지 않았다는 점은 전혀 특이한 것이 아니다. 아마 아무런 증상이 없었을 것이다. 아니면 증상이 있었어도 참고 넘겼을 수도 있다. 혹은 스트레스나 우울증 탓에 자기 몸에 대한 관심이 전혀 없었을지도 모른다.

헌트 박사는 사망 원인을 아래와 같이 제시했다.

1-a. 출혈

1-b. 왼쪽 손목의 절창●

2. 코프록사몰 복용과 관상동맥경화증

나는 헌트 박사의 의견에 전적으로 동의한다. 하지만 소수의 의료계 종사자들을 포함한 각계각층에서 데이비드 켈리의 죽음을 둘러싼

● 끝이 예리한 물체에 의하여 입는 신체 표면의 상처.

죽음을 해부하는 의사

음모론을 끊임없이 제기한다.

나는 이 자리를 빌려 헌트 박사의 결론에 대한 비판과 이의 중 일부에 답하고자 한다.

- 가족의 말에 따르면 데이비드 켈리는 오른손잡이였다. 오른손잡이인 사람들은 보통 왼쪽 팔목에 손상을 입힌다. 그리고 그렇게 하기 위해 그들은 방해가 되는 의복이나 기타 물건을 제거한다. 데이비드 켈리의 손목시계가 그의 옆 바닥에 놓여 있었다. 그렇게 할 만큼 사려 깊거나 깔끔한 살인자는 거의 없다.

- 손목의 자동맥을 절단하면 죽을 수 있다. 어떤 동맥을 절단하든 마찬가지다. 이 점에 의문을 제기한 의사들은 죽은 자의 의사가 아니라 산 자의 의사들이다. 그들은 아마 자살보다는 사고로 절단된 자동맥을 치료해왔을 것이다. 사고로 손목에만 단독으로 손상이 발생하면, 주변에 있는 누군가가 지혈을 시도한다. 일반인의 상당수가 지혈대를 만드는 지식 또는 본능을 지니고 있다. 하지만 자살을 시도하는 사람은 피가 흐르는 것을 막지 않는다. 오히려 그 반대다. 자살하는 사람들은 출혈이 극대화되도록 상처를 낼 것이며, 혈액 응고를 막기 위해 손목을 구부리는 것과 같은 적극적인 조치를 취할 수도 있다.

- 고인과 함께 발견된 칼은 손목에 절창을 입히기에 충분했다. 사람들은 묻는다. 왜 칼에 지문이 없는가? 그건 원래 그렇기 때문이다. 우리는

손끝의 두툼한 부분이 아니라 손가락 중간으로 칼을 잡는다. 이 부위는 지문을 남기지 않는다. 하지만 누군가를 죽이고 자살로 위장하고 싶다면, 나라면 칼에 죽은 사람의 지문이 남도록 조치할 것이다.

- 헌트 박사는 사망 시각을 계산할 때 특정 요인들을 고려하지 않았다는 비난을 받았다. 이건 사실이다. 그는 그러지 않았다. 하지만 사망 시각 추정에는 원래 변수가 너무나 많고 결함도 많아서, 나는 헌트 박사가 그렇게 했어도 아무 상관이 없다고 생각한다. 시간, 체온, 주변 온도, 기타 수많은 요인들이 영향을 미칠 수도, 미치지 않을 수도 있다.

이 비난에 따르면, 헌트 박사는 데이비드 켈리가 껴입은 옷을 감안하지 않았다. 하지만 당시는 뜨거운 7월이었고, 켈리 박사의 체온이 측정되기 전에 하룻밤이 지나고 다음 날이 밝았다. 그리고 그 무렵 그의 시신은 사람들이 작업하기 위해 쳐놓은 천막 안에 있었다. 또한 혈액 손실은 열 손실을 초래할 수 있다. 그밖에도 수많은 요인들이 있을 수 있다.

그리고 이 모든 요인을 일일이 빠짐없이 고려한다 해도, 병리학자가 추정할 수 있는 최선의 사망 시각 추정은 다섯 시간 안팎이다. 정확한 사망 시각에 대한 논쟁은 이 정도로 끝내자.

내가 헌트 박사의 작은 계산 착오가 중요하지 않다고 생각하는 이유는 이것이다. 대부분의 법의병리학자들은 클라우스 헨스게가 만든 표를 사용해 사망시각을 계산한다. 지금부터 나는 잘난 체를 좀 하려고 한다. 헌트 박사의 부검 결과를 살펴보다가 나는 우리 모두가 사망시각을 추정하기 위해 의존하는 영국 법의병리학 표준 교과서에서 헨스게표의 인쇄 오류를 발견했다.

복잡한 동심원, 선과 숫자들이 있는 헨스게표는 신비로운 점성술 도표처럼 생겼다. 나는 그 교과서를 찍은 인쇄업자들이 지면에 깔끔하게 들어가도록 헨스게표에 손을 댔다는 것을 알아차렸다. 변화는 눈에 잘 띄지 않았지만, 실용적인 목적에서 볼 때 표를 완전히 왜곡해 결과를 무용지물로 만들었다. 즉, 그 버전의 헨스게표를 사용한 모든 사건의 모든 결과가 쓸모없게 되었다는 뜻이다. 거의 모든 병리학자가 이 똑같은 교과서를 사용했으므로, 이 발견에 영향을 받는 사건은 무수히 많았다.

나는 내무부에 편지를 썼고 이후 상당한 소동이 뒤따랐다. 유무죄 판단에 사망 시각이 중요한 요인이었던 모든 사건을 재검토해야 했다. 그리고 법의병리학자들은 이제 다른 판의 헨스게표를 참조해야 한다. 내무부가 내 법의병리학자 동료들에게 보낸 편지는 이렇게 시작했다. "누군가가 다음과 같은 사실을 포착했다…." 나는 지금 자존심을 내세우지 않으려고 최대한 노력하고 있지만, 그래도 이렇게 썼다면 어땠을까 싶다. "리처드 셰퍼드 박사가 다음과 같은 사실을 포착했다…." 왜냐하면 나는 이 오류를 찾아낸 것이 나의 가장 큰 ('유일한'은 아니기를) 법의병리학적 업적이라고 생각하기 때문이다.

어쨌든 헌트 박사도 거의 모든 병리학자들과 마찬가지로 왜곡된 헨스게표를 사용했던 게 거의 확실하다. 그리고 그는 책을 복사해서 작업했을 수도 있는데, 이는 더 큰 왜곡을 야기한다. 실제로, 그 교과서의 모든 후속 판에는 헨스게표 옆에 이 책을 사망 시각 계산에 사용하지 말라고 조언하는, 붉은색으로 적힌 주석이 있다.

그러므로 헌트 박사가 추정한 사망시각이 틀렸다는 비난은 타당할지도 모른다. 하지만 사망 시각을 누군들 알 수 있었을까? 그는 주어진 상황에서 자신이 할 수 있는 최선의 추정을 했고, 사후에 인체가 식는 방식의 가변성이나 헨스게표의 인쇄 오류에 대해 그에게 책임을 물을 수 없다. 어느 것도 음모론을 가리키지 않는다. 두 요인 모두 음모론을 뒷받침하지 않는다.

- 일부 비판자들은 데이비드 켈리가 근처에 있던 에비앙 생수병에 담긴 소량의 물로는 통증을 덜기 위해 그렇게 많은 코프록사몰을 복용할 수 없었을 것이라고 주장했다. 하지만 내 견해로는 29알을 복용하는 데는 물 300밀리리터면 충분하다.

- 나는 시신을 처음 발견한 사람들이 왜 그가 나무에 기대 있었다고 말했는지는 설명할 수 없다. 나중에 현장을 찍은 사진들에서는 분명히 그런 자세를 하고 있지 않다. 하지만 나는 그가 옮겨졌음을 나타내는 어떤 법의학적 증거도 찾을 수 없었다. 특히 시신이 발견된 후 지켜보는 사람 없이 방치된 시간은 고작 몇 분이었기 때문이다. 신뢰할 만한 목격자 증언이 서로 상충하는 것은 내가 참여했던 모든 재판의 특징이었다. 그렇지 않다면 변호사가 어떻게 돈을 벌겠는가? 내가 보기에는 텔레비전 범

죽음을 해부하는 의사

죄물에서 증거가 일치하는 것이 오히려 드라마의 신빙성을 떨어뜨리는 것 같다.

- 현장에 떨어진 혈액 양을 측정하기 위해 땅 위의 식물, 토양, 떨어진 잎을 회수했어야 한다고 말하는 일부 비판자들의 의견에 나는 동의하지 않는다. 나는 이렇게 해본 적이 없으며 그렇게 했다는 예를 들어본 적도 없다. 그것은 비현실적이고 비과학적인 일로 보이며, 식물에 묻은 혈액을 정확하게 측정하는 건 불가능하다. 혈액의 흔적이 충분하지 않았다는 구급대원의 진술이 그런 비판을 촉발한 것이 틀림없다. 하지만 구급대원들은 자신들이 시신이나 현장을 제대로 조사하지 않았다는 것을 시인했다. 반면에 헌트 박사는 시신과 현장을 조사했고, 현장과 의복에서 많은 피를 발견했다.

- 나는 데이비드 켈리가 피를 흘리기 시작했을 때 두 번 구토했다는 것을 현장 사진에서 추정할 수 있다. 구토한 곳은 그의 왼쪽 어깨와 머리 옆쪽이다. 그의 청바지 오른쪽 무릎에 묻은 핏자국은 그가 이곳에 구토하기 위해 왼쪽으로 몸을 돌려 무릎을 꿇었을 때 생겼을 것이다. 나는 일부 사람들이 제안한 것처럼 그가 복용한 알약의 수를 토사물 조사로 확인할 수 있다고 생각하지 않으며, 그렇게 했어야 한다고도 생각하지 않는다. 데이비드 켈리의 혈액에 대한 완전한 독물 분석이 실시되어 그가 복용한 진통제의 수를 확인할 수 있었다.

• 켈리 박사는 오래 전에 입은 부상 때문에 동맥을 절단할 정도로 오른 팔에 힘이 없었을 것이라는 지적이 있다. 나는 그의 의료 기록에서, 그 부상이 치유되지 않아서 행동에 약간이라도 제약이 있었음을 암시하는 증거를 전혀 찾을 수 없었다. 사후에 근력을 판단하는 것은 불가능하지만, 그의 오른팔에서 근육 소실의 흔적은 발견되지 않았다.

• 부검에서 켈리 박사의 체중은 59킬로그램으로 기록되었고, 사망 직전의 체중은 79킬로그램으로 기록되어 있었다. 이 차이의 대부분은 쉽게 설명할 수 있다. 첫째, 생전에 켈리 박사는 옷을 입고 체중을 잰 것이 거의 확실하다. 둘째, 혈액은 리터당 1킬로그램이 넘는다. 따라서 혈액 손실이 상당할 경우 체중이 크게 줄 것이다. 세 번째 이유는 평범하다. 시체안치소 저울은 부정확하기로 악명 높다.

• 나는 데이비드 켈리의 안경이 텅 빈 진통제 팩과 함께 그의 주머니에서 발견되었다는 점도 중요하다고 생각한다. 피습당한 사람이 살해되기 전에 안경을 벗어 주머니에 넣었을 리는 없고, 가해자가 그렇게 했다는 말도 들어본 적이 없다.

나는 다른 어떤 죽음보다 데이비드 켈리 박사의 죽음에 대해 자주 질문을 받는 것 같고, 그의 죽음은 의문의 여지가 없는 자살이라고 말할 때마다 주변 분위기가 확실히 썰렁해지는 것을 느낀다. 그의 이름은 슬프게도 그의 빛나는 경력이 아니라 정부의 은폐 의혹과 동의

죽음을 해부하는 의사

어가 되었다.

음모론자들은 일반적으로 두 정부 중 하나가 그의 죽음에 책임이 있다고 생각한다. 첫째, 그는 러시아 스파이로 활동했다는 비난을 받았기 때문에 어떤 사람들은 러시아 정부가 그를 처분하기로 결정했다고 추측했다. 나는 숲에서 살해한 뒤 자살로 위장했다는 가설은 알렉산더 리트비넨코의 죽음(2006년에 폴로늄 210에 의해 독살됨)이나 죽음 직전까지 갔던 세르게이 스크리팔의 사례(2018년에 노비촉에 의해 독살)와는 거리가 있다고 생각한다.

하지만 영국 정부가 더 자주 비난을 받는다. 나는 개인적으로 정부가 그런 살인으로 무엇을 얻을 수 있는지 모르겠다. 켈리 박사는 이미 '늑대에게 던져진' 먹잇감이었다. 켈리가 외교 위원회에 출석했을 때 그 늑대들 중 하나가 넌지시 말했듯, 정부를 수년간 충실하게 보필해온 사람의 명예를 실추시키고 그를 버려 자살로 이끈 것만으로도 충분히 비난을 받을 텐데, 그 사람을 살해했다는 비난까지 자초할 이유가 뭔가? 그 정도 비난으로는 충분하지 않다는 뜻인가?

나는 사건 검토 보고서에 데이비드 켈리의 죽음에 대한 이런 생각들을 담았다. 물론 보도된 배경 사건들에 대해 개인적인 의견이 없지는 않다. 하지만 나는 그것을 무시하고 법의학적 사실만을 가지고 내 법의학적 결론을 이끌어내야 한다. 그리고 법의학적 사실들은 한 방향을 가리킨다. 그것은 자살이다.

나는 이 책에서의 내 분석이 음모론을 막는 데 큰 도움이 될 거라고 생각하지 않는다. 음모론은 끈질기다. 특히 괴로워하는 유족에게는 지나치게 끈질기다. 몇몇 신문 보도에 따르면, 누군가 데이비드 켈리의 무덤에 손을 댔다는 증거가 발견된 후 유족이 켈리의 시신을 발굴해 화장한 후 다른 곳에 다시 매장했다고 한다.

우리는 데이비드 켈리의 죽음에서 음모론에 대해서보다 자살에 대해 더 많은 것을 배울 수 있다. 가족이 묘사한, 켈리의 마지막 몇 주 동안의 행적은 주변 사람의 자살을 겪은 사람이라면 누구나 고개가 끄덕여지는 것이며, 울컥한 심정을 느끼게 한다. 이 남성은 점점 심각해지는 상황에서 빠져나갈 방법이 그것 말고는 없었던 것이다. 사망한 날 아침에 그가 의회 질문지를 받았다는 사실을 떠올려보라. 그 질문들은 내가 보기에도 그렇고 그가 보기에는 틀림없이, 공개적으로 질책받도록 악의적으로 설계된 것이었다. 그 메일을 받은 후 켈리 박사는 예전의 삶으로는 결코 돌아갈 수 없다고 느꼈을 것이다.

데이비드 켈리의 죽음에 관한 진상을 밝히기 위해 설치된 허튼 조사위원회에 정신과의사이자 옥스퍼드 대학 자살연구소 소장인 호튼 교수가 증인으로 출석해 중요한 말을 했다. 호튼 교수가 받은 질문은 "데이비드 켈리가 죽으려고 숲으로 걸어가던 길에 마주쳤던 이웃은 그의 행동이 평소와 같았다고 증언했는데 이것을 어떻게 봐야 하는가?"였다.

A.   "이웃의 증언은 그가 숲으로 가기 전에 목숨을 끊기로 결심했다는 사실과… 모순되지 않는다고 생각합니다…. [목숨을 끊을 생각을 하고 있는 누군가와] 마주친 사람들이

죽음을 해부하는 의사

그 사람이 전보다 더 좋아보였다고 말하는 건 이례적인 일이 아닙니다…. 어떤 의미에서는 문제를 해결할 방법을 결정한 것이고, 그것이 일종의 평온을 가져다주는 것 같습니다."

Q. "어떤 유형의 사고방식이 자살과 가장 관련이 깊습니까?"

A. "가장 많은 증거가 존재하는 사고방식은 어려운 상황에 직면했을 때 희망이 없다고 느끼는 경향입니다…. 덫에 빠진 느낌, 견딜 수 없는 상황에서 빠져나갈 방법이 없다는 느낌이죠. 고립도 한 가지 요인일 수 있습니다. 주변에 아무도 없는 실제적인 고립이든, 성격 때문에 주변 사람들과 소통하지 못하는 상대적 고립이든."

Q. "[켈리 박사가] 무기 조사원이었다고 들었습니다. 그는 그 일을 하면서 온갖 종류의 어려운 상황에 처했을 것입니다. 목숨을 끊을 생각을 하게 된 상황도 그 경우와 비슷했을까요?"

A. "아닙니다. 중요한 차이가 있다고 생각합니다. 켈리 박사가 이라크에서 직면했던 상황에 대해 들은 적이 있는데, 정말 끔찍한 상황이었다는 생각이 들었습니다. 그는 그런 상황에서도 놀랍도록 잘 대처할 수 있었던 것 같습니다. 그가 죽기 직전에 직면했던 문제들은 그의 정체성, 자존감, 자기 가치, 자기 이미지에 타격을 주었다는 점이 중요하다고 생각합니다…. 높은 평가를 받는 성실한 직원이자

중요한 과학자라는 이미지 말이죠…. 추측건대 [그의 자살에 기여한] 주된 요인은 자존감의 심각한 상실이었을 것입니다. 신뢰를 잃었다는 느낌, 그리고 언론에 노출되는 것에 대한 환멸이 그의 자존감을 무너뜨렸을 겁니다."

Q. "그것을 주된 요인으로 꼽는 이유가 뭘까요?"

A. "음…. 그렇게 개인주의적인 사람이라면 대중에게 이런 식으로 노출되는 상황이 끔찍하게 싫었을 것입니다. 어떤 의미에서는, 그가 그것을 공개적 망신으로 간주했을 거라고 생각합니다…. 그의 자살과 아주 관련이 깊은 또 하나의 요소는… 그의 개인주의적인 성격이었습니다. 그는 개인적인 문제와 감정을 다른 사람들과 공유하는 것을 싫어하는 성격이었죠. 여러 조사 기록에 따르면, 그는 사망 직전에 점점 더 자신에게로 침잠해 들어갔습니다. 따라서 그는 사람을 훨씬 덜 만나게 되었고, 더욱더 자신의 문제를 다른 사람들과 의논하지 못하게 되었을 것입니다."

Q. "그밖에 어떤 요인들이 그의 자살과 관련이 있었다고 생각하십니까?"

A. "방금 말한 주제의 연장선상에서 생각해 보면, 그는… 무엇보다도 하던 일을 계속할 수 있는 가능성이 확실히 줄어들고 있다고 생각한 것이 분명합니다. 사실 저는 그가 직업을 완전히 잃을까봐 두려워하기 시작했을 것이라고 생각합니다."

죽음을 해부하는 의사

Q.   "그것이 그에게 어떤 영향을 미쳤을까요?"

A.   "상당한 절망감에 빠졌을 것입니다. 그리고 어떤 의미에서는 자신이 평생 해온 일이 그저 소용없어진 것을 넘어, 완전히 망쳐졌다는 느낌을 받았겠죠."

데이비드 켈리의 죽음에는 자살이 아니라 살인임을 가리키는 법의학적 증거가 전혀 없다. 그가 스스로 목숨을 끊었음을 보여주는 가장 유력한 증거를 호튼 교수의 증언과 켈리 가족의 증언에서 찾을 수 있다. 그의 죽음은 전형적인 중년 남성 자살의 비극적인 사례였다. 죽음에 이르기까지 그가 밟은 궤적은 많은 사람들이 특히 중년에 맞닥뜨리는 위기의 특징이며, 그의 죽음에 정부가 연루되었다는 점과 죽기 전 마지막 몇 달 동안 그가 수행한 임무의 국가적 중요성은 이 사실을 조금도 바꾸지 않는다.

여섯 번째 단계는
슬리퍼를 끄는 빼빼 마른 노인네로 바뀝니다.
콧잔등에 안경을 걸치고 허리에 돈 주머니를 찼습니다.
젊었을 때 입던 바지는 잘 아껴뒀지만 정강이가 줄어들어 헐렁헐렁,
사내다웠던 우렁찬 목소리는 다시 새된 애들 목소리가 되어
피리나 호루라기 소리처럼 삑삑거립니다.

15

고귀한 것과 무모한 것

알프레드 후프는 66세였다. 그는 키가 작고 살집이 있었다. 희끗희끗
한 머리는 숱이 별로 없었고, 얼굴은 비록 그 순간에는 엉망이었지만
깔끔하게 면도되어 있었다. 손가락은 니코틴에 절어 있었다. 치아가
많이 빠져서, 몇 개를 새로 해 넣었음에도 웃을 때마다 흰한 잇몸이
드러나 보였음이 틀림없다. 오른쪽 상완과 양쪽 팔뚝에는 문신이 새
겨져 있었다. 그 나이대 남자들에게 문신은 종종 바다와 인연이 있음
을 나타내는데, 나는 그가 옛날에 선원이었을 거라고 생각했다. 한 경
찰관의 기록에서 그가 젊은 시절에 항만노동자였으며 런던의 마지막
항만이 폐쇄되었을 때 건설 현장에서 일했다는 사실을 확인할 수 있
었다. 그는 1년 전 은퇴했지만 이따금 돈이 필요하면 현장으로 돌아
가 아르바이트를 했다.

그의 몸은 다사다난하고 이따금 난폭했던 인생 이야기를 들려주었다. 한쪽 눈은 불투명한 물체처럼 이상하게 뿌옇다. 복부와 가슴 그리고 목에는 수술 흉터가 여기저기 있었다. 그런 흉터들이 다양한 나이대에 생겼다는 사실을 몰랐다면 그가 끔찍한 사고의 희생자라고 넘겨짚기 십상이었을 것이다.

의료 기록이 도착했을 때, 사십 대가 그에게 가장 힘든 10년이었음을 알 수 있었다. 43세에는 교통사고를 당해 가슴에 꽤 심각한 부상을 입었다. 그는 그 부상에서 회복했지만, 얼마 후 불안하게 운전하다가 경찰에게 잡혔다. 경찰은 분명 음주 운전자를 검거했다고 생각했을 테지만 당시 알프레드는 맨정신이었다. 경찰은 그의 한쪽 눈이 아예 보이지 않는다는 사실을 알았다. 조사 결과, 이십 대에 일어난 어떤 사고로 (자세한 내용은 알려지지 않았다) 각막에 흉터가 생겼고 그 뒤로 수년에 걸쳐 서서히 시력을 잃었다는 사실이 밝혀졌다. 시력은 신기한 성질이 있다. 눈에 결함이 있어도 뇌가 곧 적응을 하기 때문에, 시력을 상당히 잃을 때까지 그 사실을 모를 수 있다. 아니면 알프레드는 시력을 잃어가고 있는 걸 알았지만 인정하지 않았을지도 모른다. 기록에는 그의 눈이 보이지 않고 "미용상 보기 좋지 않다"라고 묘사되어 있었다.

47세에는 등에 칼을 맞았다. 더 상세한 내용은 의료 기록에 나오지 않았다.

알프레드는 힘든 육체노동으로 살아가는 사람들이 대개 그렇듯 수년에 걸쳐 작은 상처를 끊임없이 입었다. 넘어져 생긴 팔꿈치 골절부

죽음을 해부하는 의사

터 못을 밟아서 생긴 감염까지 많은 상처가 있었다. 그는 의사에게 진단서를 반복적으로 요청했으며, 주로 업무와 관련한 작은 불상사에서 얻은 감염 치료를 위해 항생제가 자주 필요했다.

나는 알프레드의 일이 몹시 고되었으며 그가 호전적인 남자였다고 추정했다. 상처와 흉터만 빼면 그는 젊었을 때 매우 강하고 건강했던 사람의 육체를 지니고 있었다. 그러나 지금은 체중이 상당히 불어나 있었다. 겨우 66세였음에도 그는 노인처럼 보였다.

언제 중년이 끝나고 노년이 시작될까? 중년을 초기와 후기로 나누면, 요즘에는 육십 대 초반에서 심지어 중반까지도 중년 후기로 볼 수 있다. 하지만 나는 더 이상 육십 대 중반이 아니며, 내 세대와 알프레드 세대에 속한 사람들은 지금쯤이면 그 누구도 원하지 않는 사실을 인정했어야 한다. 우리는 그 사실을 입 밖으로 말하지 않기 위해 스스로를 베이비붐 세대라고 부르지만, 우리는 늙었다. 그리고 여기서부터는 죽 내리막길이다.

짐작건대 알프레드 후프도 자신이 늙었다고 생각하지 않았을 것이고, 60세가 넘은 사람들이 거울 속에서 자신의 젊은 모습을 보는 건 얼마든지 가능한 일이다. 나이가 들었음을 나타내는 가장 명백한 지표는 체중 증가이고, 알프레드처럼 나도 몸이 불어나고 있다. 뚱뚱하다는 말은 듣고 싶지 않지만, 반쯤 은퇴한 이후 몇 년간 살이 쪄서 체질량지수(BMI)가 27로 정상의 상한선보다 두 단계나 높은 건강하지 못한 상태가 되었다. 그래서 나는 태어나 처음으로 공식적으로 '과체중'이 되었다. 과체중의 위험(코로나 19로 과체중이 될 가능성이 크게 증가했다)을 알고 있지만, 아직까지 이 문제를 해결하는 데 많은 시간을 할애하지 않았다.

이 연령대 사람들은 건강에 신경을 많이 쓰고 기회만 있으면 건강 이야기를 꺼낸다. 베이비붐 세대는 자기 관리라는 새로운 산업을 키웠다. 우리는 생명을 연장하고 삶의 질을 높이기 위해 적지 않은 돈과 시간을 소비하고, 그러면서 관리에 쓰는 시간이 관리가 벌어주는 시간을 초과하지 않기만을 바란다. 나는 지금 치과의사, 치위생사, 치실, 잇몸 자극기, 값비싼 칫솔, 발 치료 전문가, 발 교정용 신발 삽입물, 헤어트리트먼트, 보톡스, 성형수술, 건강 검진, 인체공학 의자, 특수 독서등, 정골의학•, 지압전문가, 안경사, 처방 선글라스, 안경, 콘택트렌즈, 지지 양말, 무릎 교정기, 요가 수업, 자석 치료 팔찌 등을 말하는 것이다. 그리고 이 모두는 꽤 건강하다고 느끼는 사람들을 위한 것이다. 이 연령대의 많은 사람들은 (단지 부유층만을 말하는 것이 아니다) 지금 직장을 떠나고 있으며, 이들은 퇴직금과 연금의 대부분을 신체 기능 저하를 막는 데 쓰고 있다.

자기 관리에 이렇게 많은 관심을 쏟는데도 불구하고 우리는 기본에 충실하지 못하고 있다. 즉, 우리 중 소수만이 건강 체중을 유지한다. 66세에서 74세 사이 연령대의 4분의 3이 비만이거나 과체중이다. 좀 젊은 베이비부머들도 나을 게 없지만, 전후 세대라도 1950년대 중반 이전에 태어난 사람들이 가장 뚱뚱하고, 비만과 직간접적으로 관

• 근육조직과 뼈를 물리적으로 제자리에 넣는 일을 강조하는 대체의학의 일종.

죽음을 해부하는 의사

련된 원인으로 병원에 입원할 가능성이 가장 높다. 물론 그 돈을 대는 것은 더 젊은 납세자들이다.

나이와 상관없이 비만에는 큰 불평등이 존재한다. 특정 민족, 저소득, 낮은 교육 수준은 모두 과체중과 관련이 있다. 남성이 여성보다 과체중이 될 가능성이 높지만, 여성은 남성보다 비만이 될 가능성이 높다. 그리고 상당히 높은 비율의 여성들이 허리둘레가 굵어진다. 허리둘레는 당뇨병과 심혈관계 질환 등 많은 건강 문제의 위험성을 나타내는 좋은 지표이기 때문에 중요하다. 바람직한 허리둘레는 여성은 80센티미터 이하고 남성은 94센티미터 이하다. 키가 아주 큰 사람들의 경우 이 기준이 터무니없이 높게 들린다면 허리둘레가 키의 절반이면 충분히 건강한 것이다. 베이비부머들 중 여성은 85퍼센트, 남성은 74퍼센트가 건강한 허리둘레를 초과하고, 유감스럽게도 나 역시 비록 최근의 일이지만 그 다수 집단에 포함되었다.

우리는 팔스타프●의 동년배지만, 우리 베이비부머들은 어릴 때는 확실히 날씬했다. 그 시대의 아동 비만율은 미미한 수준이었다. 오래된 가족사진만 봐도 우리가 얼마나 말랐었는지 확인할 수 있다. 아마 성인이 되어서도 말랐을 것이다. 내 부검 파일은 1987년에 시작하는데, 당시 사진에 찍힌 시신들은 같은 나라 사람들이라고 믿기 어려울 정도로 빼빼 마른 체격을 보여준다. 고인의 나이나 사인과 무관하게 그렇다. 베이비붐 세대가 어렸을 때 그들을 보살핀 부모들은 확실히

● 베르디 오페라 〈팔스타프〉의 주인공으로 몰락한 귀족이자 주정뱅이 뚱보.

오늘날 성인들보다 키는 1~2인치 작았지만 체중이 훨씬 덜 나갔다. 당시 아버지들의 평균 체중은 65킬로그램이었고 어머니들은 55킬로 그램이었다. 극소수 사람들만이 비만이었다.

이제 전 국민의 체중이 증가했고 그 이유를 우리는 알고 있다. 전체적인 상황은 복잡하지만, 간단히 말하면 앉아서 생활하는 습관과 값싼 간편 식품 때문임이 분명하다. 그런 식품 대부분이 지방과 당을 많이 함유하는데, 우리 입맛을 만족시켜 더 많이 사게 만들어야 하기 때문이다. 하지만 모두가 공평하게 뚱뚱하지는 않다. 그래프는 나이가 들어감에 따라 체중이 꾸준히 증가하는 양상을 보여준다. 이 현상은 필연적일까? 내 연령대가 가장 뚱뚱한 이유는 단순히 우리가 늙고 쪼그라들기 전의 마지막 연령대이기 때문일까?

나이가 들면 체중이 증가하기 쉬운 신체적·대사적 이유가 몇 가지 있지만, 섭취하는 칼로리와 소모하는 칼로리 사이의 방정식은 언제나 동일하다. 우리는 나이가 든다고 덜 먹지 않지만 대개 활동량은 줄어든다. 65세인 사람들 중 계단을 뛰어 올라가는 사람을 몇 명이나 알고 있는가? 많은 사람들이 운동을 따로 하기보다는 걷기를 운동으로 취급한다. 그리고 코로나 19로 인한 봉쇄는 이 습관을 악화시켰다. 우리가 칼로리를 적게 태우는 이유는 단순히 앉아 있는 시간이 길어졌기 때문이고, 아마도 운동을 하면 아프지 않던 곳이 아프기 때문일 것이다. 그런데도 우리는 먹는 양을 조정하지 않는다. 내 연령대에서 체중이 증가하는 근본적인 이유는, 우리가 변했다는 사실을 알아차리지 못하거나 받아들이지 않기 때문이다.

죽음을 해부하는 의사

나이의 한계를 인정하지 않는 것은 위험하다. 이런 사람들은 아마 살이 쪄도 그것을 무시할 것이다. 혹은 체중 증가에 깜짝 놀라 운동을 시작하지만 20년 전 또는 10년 전에 즐기던 운동을 한다. 그러다 부상을 입고 나서야 10년 전 자신이 될 수 없다는 걸 깨닫는다. 더 이상 젊지 않다는 사실은 충분히 가혹하지만, 이 사실을 인정하지 않을 때의 결과는 더 가혹하다. 알프레드 후프는 66세의 나이에 싸우다 죽었지만, 그의 몸은 오래 전의 많은 싸움들을 증언하고 있었다. 혹시 그의 죽음이 아직 젊다는 망상에 빠진 탓이었을까?

그의 간은 상태가 매우 좋았다. 그래서 지난날의 싸움이 술 때문이었다고 추정하는 건 위험했다. 그는 어쩌면 성질이 매우 급한 사람이었을지도 모르고, 어쩌면 음주량이 간의 회복 능력을 초과하기 오래 전에 술을 끊었을지도 모른다.

시신에서는 술 냄새가 나지 않았지만, 부검실에 있던 경찰들은 독물 검사 결과가 나오면 그가 술을 많이 마셨다는 사실이 밝혀질 거라고 확신했다. 경찰은 거구의 세 젊은이를 구치소에 넣었고, 알프레드의 죽음을 주정뱅이들의 흔한 주먹질의 결과라고 보았다. 경찰들에게서 어떤 불쾌감이 느껴졌다. 그들은 '또 술에 취해 싸우다 사람을 죽인 사건이군'이라고 생각하는 듯했다.

형사가 사건의 자세한 내막과 목격자 진술을 가지고 도착할 때까지는 그랬다. 형사가 사건의 진실을 들려주었을 때 부검실에 모인 경찰관들의 분위기가 지루한 무관심에서 연민과 슬픔으로 바뀌었다.

알프레드에게는 정신연령이 8세인 삼십 대 장애인 아들이 있었다.

아들의 행동에서 분명 그가 남들과는 다르다는 것을 쉽게 알 수 있었을 것이다. 어떤 사람들은 연민을 갖지만, 어떤 사람들은 불행히도 그것을 약점으로 보고 조롱이나 공격의 빌미로 삼는다.

알프레드와 그의 아내는 아들을 성심껏 보살폈다. 법정 증언에서 알프레드는 자상하고 자애롭고 친절한 아버지로 회자되었다. 사망 당일 그는 큰마음을 먹고 아들을 음악회에 데려갔다. 그들이 유명한 공연장 밖에 줄을 서서 기다리는 동안, 덩치 큰 세 젊은이가 아들에게 다가와 담배를 요구했다. 아들은 담배를 가지고 있지 않았고 이것이 그들의 화를 돋우었다. 그들은 아들을 조롱하기 시작했다. 그러더니 담배를 주지 않은 것에 대해 다짜고짜 사과를 요구하면서 아들을 밀치기 시작했다.

아들은 겁에 질려 중얼거리며 사과를 했지만, 불량배들은 이제 그를 주먹으로 때리기까지 했다. 알프레드는 즉시 그들에게 맞섰다. 이 늙은 투사는 다시 한 번 싸워야 했다.

알프레드는 몇 년 전만 해도 세 놈을 상대할 만큼 빠르고 강했을 테지만 지금은 아니었다. 그가 아들을 보호하려 한 것을 나무랄 사람은 없지만, 가해자들의 젊음과 공격성을 고려할 때 그가 순식간에 바닥에 쓰러진 것은 전혀 놀랄 일이 아니다. 목격자들은 가해자들이 알프레드의 머리와 가슴을 밟았다고 진술했다.

경찰이 구급차보다 먼저 도착했다. 알프레드의 얼굴은 피투성이였고 맥박이 만져지지 않았다. 경찰은 심폐소생술을 시도했지만 소용이 없자, 그를 옆으로 굴린 후 경찰관 중 한 명이 입 안에서 파편과 체

죽음을 해부하는 의사

액을 퍼냈다. 그러고 나서 다시 심폐소생술을 시도했다. 이번에는 알프레드의 가슴 안에서 쐐 하는 소리와 삐걱거리는 소리가 들렸다. 긍정적인 신호였다. 실제로 그의 가슴이 다시 올라갔다 내려갔다 하기 시작했다. 하지만 그 움직임은 몇 분 후 멈추었다.

"뭔가가 기도를 막고 있었던 것 같다. 더 이상 그의 가슴을 부풀릴 수 없었다." 경찰의 보고서에는 이렇게 적혀 있었다. 경찰은 알프레드의 몸을 다시 옆으로 굴리고 입 안의 물질을 제거한 후 CPR를 계속 시도했다. 곧 구급차가 도착했다.

구급대원들도 진술을 제공했다. 한 명은 이렇게 말했다. "저는 경찰관으로부터 기도를 확보하려고 하고 있으며, 입안에서 파편을 제거했다는 보고를 받았습니다… 제가 보았던 술집 주먹다짐과 비교했을 때, 이 늙은 남성의 부상은 10배나 심했습니다. 타박상의 정도가 끔찍해서 엄청난 충격을 받았던 걸로 기억합니다."

구급차 안에서 구급대원들은 모든 수단을 동원해 맥박을 되돌리려 했고, 처음에는 성공한 것처럼 보였다. 그들은 병원으로 급히 달려갔으며 구급대원과 경찰관이 가는 내내 CPR을 실시했다. 하지만 맥박은 있어도 알프레드는 자가 호흡을 하지 못했다. 병원 직원들이 환자를 받기 위해 대기하고 있다가 자신들이 할 수 있는 모든 것을 한 후, 그를 집중치료실에 자리가 있는 가장 가까운 병원으로 이송했다.

집중치료실 의사는 이렇게 기록했다.

"후프 씨가 뇌에 심각한 손상을 입었다는 것을 즉시 알 수 있었다. 그는 혼수상태였고 통증에 반응하지 않았다… 우리는 뇌 손상이 심정지나

머리 부상으로 인한 무산소증(산소 부족) 때문이라고 판단했다. 나는 가족에게 상황의 심각성을 알렸고, 그들에게 세 가지 가능성을 말했다. 첫째, 후프 씨가 기저 심장질환을 앓고 있었던 것 같고 그래서 폭행을 당했을 때 심장마비를 일으켰을 가능성이 있다. 둘째, 체내의 출혈로 인해 산소가 심장에 도달하지 못했고 그 결과 심정지가 일어났다. 세 번째, 머리 부상을 입고 의식을 잃었고, 그에 따른 호흡 곤란으로 심정지를 일으켰다."

산 자의 의사들은 추측할 수 있을 뿐이지만, 나 같은 죽은 자의 의사는 몸을 열어 수수께끼를 풀 수 있다. 적어도 나는 그렇게 생각했다.

알프레드의 심장은 멈추었다가 집중치료실에서 한 번 더 뛰기 시작했지만, 의사들은 결국 가족들에게 더 이상의 심폐소생술은 의미 없다고 말했다. 그는 폭행 후 약 24시간 만에 사망했다. 이제 경찰은 모든 사실을 알았고, 구금한 세 가해자를 기소하려 했다.

그때 나는 우리 모두가 거친 항만 노동자 같은 겉모습만 보고 알프레드를 오판했다는 사실이 떠올랐다. 경찰은 그가 술에 취해 싸움을 벌였다고 생각했지만 이제는 이 추측이 틀렸음이 명백하게 입증되었다. 특히 독물 검사 결과는 그가 술을 전혀 마시지 않았음을 알려주었다. 나는 그의 체격과 흉터를 보고 그가 성급한 성질 때문에 자주 문제를 일으켰던 호전적인 남자라고 추측했지만, 곧 쏟아져 나온 목격자 진술들은 알프레드가 아들을 공격한 사람들에게 한참을 간청하다가 마지막 순간에 맞공격을 가했다는 사실을 밝혀주었다. 그리

　　　　　　　　　　　　　　　　　죽음을 해부하는 의사

고 ICU 의사들은 알프레드가 과체중이고 흡연자였기 때문에 그가 기저 심장질환을 가지고 있었을 거라고 의심하면서 그것이 그런 상황에서 죽음을 재촉했다고 생각했다. 하지만 내가 알프레드의 심장을 살펴본 결과 상태가 아주 양호했다. 이전에 심장마비를 겪은 흔적은 전혀 없었고, 심장에 문제가 있었음을 암시하는 비대화도 보이지 않았으며, 판막도 건강했고, 심낭도 마찬가지로 건강했다. 그뿐 아니라 그 나이대 남자에 비해 동맥의 죽종이 놀랍도록 미미했다. 하지만 런던 동부의 산업화된 지역에서 살면서 수년 동안 하루에 담배 20개비를 피운 탓에 그는 폐기종(점점 악화되는 장기적인 폐질환으로, 지금은 만성 폐쇄성 폐질환이라는 두루뭉술한 질환의 일부로 분류된다)을 가지고 있었다. 나 역시 겉만 보고 그를 노인으로 판단했다. 하지만 그의 몸 안에서는 노쇠가 전혀 진행되지 않았다.

요컨대 우리 모두는 알프레드의 겉모습을 보고 그에 대해 이런저런 추정을 했지만 내부 검시는 이를 전혀 뒷받침하지 않았다. 나는 배움에는 끝이 없다는 교훈을 얻었다.

그런데 알프레드가 실제로 어떻게 죽었을까? 얼굴에 있는 멍의 일부는 확실히 폭행 때문이었지만, 나머지 멍은 발에 밟혀서 생긴 것일 가능성이 높았다. 핏자국에서 신발 자국에 가까운 것을 볼 수 있었다. 이것이 그의 죽음에 기여했을 것이 분명했다. 머리에 다른 손상은 없었다. 그는 뒤로 넘어진 듯했고 이는 대개 치명적이지만, 열상(찢어진 곳)은 전혀 보이지 않았다. 미스터리였다.

알프레드의 몇몇 장기를 현미경으로 살펴봤을 때 나는 사인을 짐작할 수 있었다. 병원 의사들은 심각한 뇌 손상이 있다고 확신했지만, 사인은 머리와는 아무 관계가 없었다. 내 짐작을 뒷받침할 증거가 없음에도 불구하고, 나는 곧장 신경병리학자에게 그의 뇌를 검사해달라고 요청했다. 신경병리학자는 알프레드가 산소 부족으로 뇌에 광범위한 손상을 입은 건 맞지만 외상성 두부 손상은 확실히 아니라는 결론을 내놓았다.

이제 나는 확신했다. 알프레드의 폐는 급성 흡인 및 흡인성 폐렴의 흔적을 보였다. 흡인성 폐렴은 소화기로 가야 할 물질이 호흡기로 갈 경우 매우 빠르게 발생할 수 있는 감염이다.

흡인이 일어났다는 사실은 알프레드의 기도에서 파편을 제거했지만 기도가 다시 막힌 것처럼 보였다는 경찰의 설명과 확실히 일치했다. 나는 경찰이 파편이라고 말한 것이 실제로는 토사물이었음을 확신했다. 구타당할 때 구토하는 건 드문 일이 아니다. 토사물은 산성이라서 호흡기에 닿으면 자극을 일으킨다. 음식물이나 어떤 이물질은 폐를 빠르게 감염시킬 수 있지만, 건강한 사람은 삼키거나, 기침을 하거나, 구역질을 해서 음식물을 강제로 내보낸다. 또는 운이 좋으면 구급대원이 하임리히 기법으로 도움을 줄 수 있다. 알프레드는 운이 좋지 않았고, 의식을 잃은 상태였기 때문에 삼키거나 기침을 하거나 구역질을 할 수 없었다. 결국 토사물이 기도를 막아 뇌와 심장에 산소가 공급되지 않았고, 그 결과 심장이 멈추었다. 심장이 다시 뛰긴 했지만, 기도에 남아 있던 토사물이 이후 몇 시간에 걸쳐 기도와 폐를 자극해 폐렴을 일으켰다. 그리고 이 연쇄적인 사건들이 그의 사망을

죽음을 해부하는 의사

초래했다. 나는 사인을 다음과 같이 제시했다.

1a. 대뇌 무산소증

1b. 위 내용물 흡인으로 인한 폐렴

　세 가해자는 이제 살인 혐의로 기소되었고, 그들의 변호인단은 내 부검보고서를 적극적으로 이용했다. 그들은 알프레드의 기관지 폐렴을 치료하지 않은 병원에 잘못이 있다는 주장을 펼쳤다. 그리고 심지어는 알프레드의 폐기종이 이 상황에 결정적인 역할을 했다고 강력하게 주장했다. 그들은 그 작은 소동이 벌어지는 동안 가해자들이 어떻게 이 약점을 알 수 있었겠느냐고 반문했다.

　아주 건강한 폐조차 감염에 빠르게 무너질 수 있으므로, 폐기종에 대한 이런 주장은 의학적으로 말도 안 되는 소리였다. 하지만 내 경험상, 말도 안 되는 소리라도 일리 있게 들리는 한 변호사를 막을 수는 없다.

　늘 그렇듯 나는 사망 며칠 후 알프레드에게 또 다른 멍이 나타났는지 보려고 시체안치소로 돌아왔다. 그리고 피고 측의 또 다른 주장에 대해 조사해달라는 요청을 받았다. 그것은 아주 이례적으로 피해자의 무릎과 관련이 있었다.

　한 목격자가 알프레드가 가격당해 넘어진 것이 아니라 마치 한쪽 무릎이 관절염에 무너지듯 푹석 주저앉았다고 진술했다. 그 목격자는 자신도 관절염을 앓고 있어서 갑자기 무릎이 내려앉는 경험을 한

적이 있었고, 그래서 알프레드도 싸움 도중에 비슷한 방식으로 바닥에 주저앉았다고 생각했다. 알프레드가 머리를 바닥에 부딪쳤는데도 뒤통수에 열상을 전혀 입지 않았다는 사실에 이미 놀라지 않았었다면, 나는 이 진술을 대수롭지 않게 넘겼을지도 모른다.

재검사에서 나는 몇 개의 새로운 멍이 나타난 것을 발견했지만 부검보고서를 바꾸게 할 만한 것은 없었다. 다음으로 나는 그의 무릎을 열었다. 법의병리학자들은 무릎을 열 일이 거의 없는데, 무릎이 사건의 사실 관계와 관련이 있는 경우가 거의 없기 때문이다. 알프레드의 무릎은 그가 실제로 관절염을 앓았음을 보여주었다.

관절염은 관절이 마모되어서 생긴다. 나는 오래 전 사십 대일 때 내가 나중에 체중을 지탱하는 관절에 관절염을 겪게 될 거라고 예감했다. 양쪽 검지의 마지막 마디에서 두 개의 작은 결절을 발견했기 때문이다. 지금도 버티고 있는 그 결절들은 혹과 덩어리에 이름을 붙이는 의학의 관습에 따라 헤르베덴 마디라고 불린다. 그것은 작은 뼈가 자라난 것으로, 나는 그로 인해 아팠던 기억이 없지만 어떤 사람들은 통증을 겪는 듯하다. 이 결절이 처음 생겼을 때 나는 나 자신을 흥미로운 케이스로 여기고 관찰했다. 중년에 손가락에 결절이 생기면 나중에 엉덩이나 무릎에 골관절염이 생긴다는 가설이 단순히 미신인지 아닌지 확인할 수 있으리라 생각했다.

그건 미신이 아니었다. 나는 지금 정말로 무릎에 골관절염이 생겼다. 관절염은 젊은 시절의 과욕과 실수에 대해 어떤 질환보다 잔인하게 복수한다. 실제로 나도 알프레드 후프도, 그리고 아마 이 나이대

죽음을 해부하는 의사

대부분 남성이 청구서를 받기 40~50년 전, 또는 그보다 훨씬 전에 어떤 이유로든 손상을 입었을 것이다.

나는 학창시절에 운동을 잘하진 못했지만 즐겼다. 그러다 혼쭐이 난 적도 몇 번 있었다. 학교 밖에서 가장 크게 다친 일은 술에 취해 춤을 추다가였다. 하지만 버스를 타려고 뛰다가 엎어지거나 친구들과 공을 차다가 무릎을 접질리는 일은 일상 다반사였다. 이런 사건들은 사소하고 빠르게 잊히지만, 한 곳에 약점을 초래할 수 있다. 이는 일시적인 증상처럼 보이지만, 사실은 계속 약한 부위로 남는다. 특히 무릎의 경우가 그렇다. 무릎은 매일 사용하는 곳이라서 스트레스를 많이 받는다. 회복이 느린 데다, 무릎에 가해지는 지속적인 스트레스가 회복을 방해한다. 장기적으로 이것은 무릎이 이길 수 없는 싸움이다. 내 경우, 부검대 앞에 오랜 시간 서 있는 것과 개들을 데리고 가파른 언덕을 빠르게 올라다닌 것이 회복을 방해했다. 알프레드 후프는 건강과 안전에 거의 신경을 쓰지 않는 젊은 시절에 힘든 육체노동을 시작했으니 작은 사고와 스트레스를 수없이 겪었을 것이다. 그는 서서 일했음이 틀림없고 그래서 그의 무릎은 쉴 틈이 없었을 것이다. 그리고 중년 이후에 체중이 증가하면서 그의 무릎에 가해지는 부담은 더욱 커졌을 것이다.

무릎은 지는 싸움을 하지만 그래도 싸운다. 조직은 손상을 입으면 화학 신호를 보내 백혈구에게는 복구를 서두르라는 지시를 내리고, 다른 세포들에게는 잔해를 치우라는 지시를 내린다. 복구 작업이 진행되는 동안에도, 무릎 관절의 뼈와 뼈 사이에서 쿠션 역할을 하는 연골은 손상된 지점에서 계속 얇아진다. 이로 인해 하중이 실리는 지점이 관절 가장자리로 약간 이동한다. 복구 작업에도 변화가 일어난다. 관절 가장자리에서 새로운 연골이 형성되고, 이는 전혀 필요하지 않은 부위에서 새로운 뼈 성장을 자극한다. 그렇기 때문에 골관절염이 생기면 뼈가 두꺼워지면서 작은 뼈가 튀어나오는 반면 관절 내부의 연골은 계속 얇아진다. 항상 그렇듯 여기서도 유전자가 어떤 역할을 한다. 일, 놀이, 그리고 전반적인 체중이 연골에 직접적인 영향을 주지만, 아마 연골이 얼마나 잘 닳는지는 적어도 어느 정도까지는 우리가 어찌할 수 없는 유전적 요인에 의해 결정될 것이다.

나는 물론 내 무릎 연골을 볼 수 없지만, 아마 군데군데 눈에 띄게 닳아 있을 것이다. 연골은 신기한 물질이다. 보드카와 토닉과 비슷한 탁한 회색이고, 거의 투명하다. 마치 젤리처럼 보이지만, 막상 잘라보면 엄청 단단하다. 사실 젤리보다는 매우 강한 플라스틱에 더 가깝다. 연골은 아주 날카로운 칼로만 자를 수 있다.

건강한 연골은 두께가 4~5밀리미터이고 크리켓 경기장처럼 매끈하다. 마모의 첫 번째 징후는 이 겉모습의 변화다. 아무도 이 운동장을 평평하게 고르러 오지 않는다. 그래서 거칠어진 표면의 약한 부분들이 서서히 얇아진다. 나는 두께가 겨우 0.5밀리미터인 연골을 본적도 있다. 알프레드의 오른쪽 무릎에서는 연골이 1.5밀리미터까지 얇아져 있었지만, 다른 곳들은 5밀리미터로 두꺼웠다. 마치 나방이 좀 먹은 러그 같았는데, 66세 남성에게 그것은 전혀 특이한 현상이 아니다. 그는 불평을 늘어놓는 성격이 아니었던 것 같지만, 그의 오른쪽

죽음을 해부하는 의사

무릎은 분명히 가끔 아팠을 것이다. 특히 너무 오랫동안 가만히 앉아 있으면 아팠을 것이다. 또 침대에서 일어날 때 무릎이 뻣뻣했을 것이고, 어떤 날은 일어나 걸을 수 있을 때까지 몇 분이 걸렸을 것이다.

내가 그걸 어떻게 아느냐고? 한 10년 전쯤 범죄 현장을 살펴보기 위해 무릎을 꿇었다가 무릎이 너무 아파서 일어날 수밖에 없었다. 이후로도 그런 일이 반복되었고 그 후로는 더 이상 무릎을 꿇지 않았다. 몇 년 후에는 의자에서 일어날 때나 침대에서 일어날 때면 마치 무릎 관절이 잠긴 것처럼 뻣뻣해지는 것을 느꼈다. 그러다 몇 분 동안 움직이면 괜찮아졌지만 말이다. 나는 내 연골이 점점 더 닳고 있다는 것을 알았다. 무릎을 효율적으로 움직이는 데 필요한 매끄러움이 사라지고 있었다. 즉 두 뼈가 얼음 위를 미끄러지는 대신, 얼음이 녹아 드러난 흙바닥에서 서로 부딪히고 있었다.

물론 증상은 점점 심해졌다. 나는 아침에 일어나면 잠시 선 채로 내 무릎이 걸을 수 있을 때까지 기다린다. 그러고 나서 계단 난간을 잡고 아래층으로 내려간다. 꽉 잡는 건 아니다. 어쨌든 아직은 아니다. 내 손은 난간 위를 가볍게 미끄러진다. 지하철 에스컬레이터에서도 마찬가지다. 나는 난간을 잡기 위해 오른쪽 줄로 슬며시 들어간다. 연골이 훨씬 적어진 내 무릎이 점점 불안정해지기 시작했고 어느 날 갑자기 무너질 수 있다는 것을 나는 잘 알고 있다. 아직은 그런 일이 일어나지 않았지만 언제든 일어날 수 있다. 나는 내가 어떤 식으로든 비틀거리는 것처럼 보이지는 않는다고 생각한다. 내 다리 안에 아주 늙은 무릎이 있다는 사실은 나 혼자만 알고 있다.

나는 다행히도 관절염으로 인해 아직 아프지는 않다. 내 무릎은 그저 불편한 정도다. 활동에 제약이 있고 짜증이 나지만 통증은 거의 없다. 물론 앞으로 더 퇴행할 가능성이 있다. 어떻게 하면 그것을 막을 수 있을까? 무릎 주위의 근육을 키워 지지대를 만들어주는 것이 한 가지 방법이다. 나는 무릎이 뻣뻣해지는 것을 막기 위해 운동을 계속할 것이다. 운동이 관절염의 원인이 된다는 걸 알지만 어쩔 수 없다. 이건 위험과 이익 사이에서 균형을 잡는 일이다. 어쩌면 늙는다는 것 균형 잡기일지도 모른다.

연골이 사라지는 와중에도 끝까지 제 기능을 수행하려고 하는, 관절염에 걸린 뼈의 모습은 어떨까? 우리는 뼈가 흰색이라고 생각한다. 핼러윈이나 해부학 수업에서 보는 골격이 항상 흰색이기 때문이다. 그런데 그런 골격들은 모두 용제에 담가 탈색한 것이다. 뼈는 실제로는 그다지 매력적이지 않은 탁한 흰색을 띤다. 이따금 회색으로 보이기도 한다. 연골이 심하게 닳아서 쿠션 역할을 하지 못하는 곳에서는 뼈가 뼈를 문지른다. 이것은 옛날 물방앗간에서 함께 맞물려 곡식을 가는 거대한 화강암 바퀴들을 연상시키는, 생각만 해도 고통스러운 장면이다.

이렇게 수년이 흐르면 뼈가 반들반들해지면서 상아처럼 노르스름한 광택이 도는 흰색이 된다. 알프레드의 오른쪽 무릎도 연골이 닳아 없어진 곳에서 바로 그 상아색을 띠었다. 그것을 상아질화라고 한다.

그는 한쪽 무릎 몇 군데에만 관절염이 심했지만, 나는 (양쪽 무릎 모두에!) 알프레드보다 관절염이 더 심할지도 모른다는 끔찍한 의심이

　　　　　　　　　　　　　죽음을 해부하는 의사

든다. 그래서 나는 알프레드가 관절염 때문에 저절로 주저앉았을 것 같지 않았다. 오히려 폭행을 당했으므로 맞아서 땅에 쓰러졌다고 추정하는 게 훨씬 더 합리적이다. 하지만 그 당시 나는 그의 머리에 충격의 흔적이 거의 보이지 않은 이유를 설명할 수 없었고, 그건 지금도 마찬가지다. 하지만 더 많은 목격자 진술을 통해 나는 알프레드가 두꺼운 스카프를 두르고 있었으며 그것이 알프레드보다 먼저 땅바닥에 떨어졌다는 사실을 알게 되었다. 땅에 떨어진 스카프가 그가 쓰러진 순간의 충격을 약간 완화해주지 않았을까 하는 것이 내 추측이다. 그래서 병리학자는 현장 사진을 갈망한다. 하지만 살아날 실낱같은 희망이라도 있는 곳에서는 어느 누구도 사후에 필수적일 수 있는 법의학적 증거에 신경 쓰지 않는다. 혹시 휴대폰으로 사건 현장을 촬영한 사람들이 있었다 해도 안타깝게도 아무도 나서지 않는다.

알프레드를 폭행한 젊은이들은 법정에서 무죄를 호소하며, 자기방어를 위해 알프레드를 때릴 수밖에 없었다고 주장했다. 그들은 단지 담배를 얻기 위해 알프레드의 아들에게 다가갔을 뿐인데 알프레드가 자신들을 때렸다는 것이었다.

그들의 항변은 배심원들에게 통하지 않았다. 검찰은 그 젊은이들이 가해자임을 확인해주는 목격자를 충분히 확보했다. 젊은이들은 살인죄로 유죄판결을 받고 종신형을 선고받았다.

알프레드가 세 젊은이와 싸우기로 한 것은 고귀하지만 무모한 행동이었다. 나이가 들면 힘과 싸우는 능력이 쇠퇴한다는 사실을 인식하지 못한 것이다. 그런데 나는 가끔씩 고인을 알고 있다는 이상한 느낌에 휩싸인다. 물론 삶에서가 아니라 그들의 주검에 새겨진 자서전을 통해서이지만. 그리고 그들의 이야기는 성격과 상관관계가 있다. 나는 알프레드 후프를 좋아한 것 같다. 아들을 지키기 위해 세 불량배와 싸우기로 한 그의 결정은 그다운 것이라서, 나이가 몇이었든 의학적 조건이 어떠했든 그는 그렇게 했을 것이라는 생각이 든다. 그의 죽음은 흔히 그렇듯 그 자신의 독특한 캐릭터의 산물이었을지도 모른다.

죽음을 해부하는 의사

깨달음은 늦게 온다

알프레드 후프의 부검을 끝내고 부검실에 머물며 시체안치소 조수와 잡담을 나누고 있던 나는 경찰관 한 명이 아직도 거기 있다는 걸 알았다.

"박사님, 제가 좀 곤란한 상황에 처했어요." 그가 어색하게 말을 꺼냈다.

"평범한 사건은 맡지 않으신다는 걸 알지만, 혹시 박사님이 여기 계시는 동안…."

나는 눈썹을 치켜올렸다.

"제가 실례를 무릅쓰고 검시관 사무실에 문의했는데, 박사님이 맡아주시기만 한다면 자기들은 상관없답니다. 부검이 끝나면 박사님이 검시관 사무실에 전화를 걸어주셔야 합니다."

물론 모두와 마찬가지로 나도 집에 가고 싶었지만, 경사의 곤란한 처지가 내 발걸음을 멈추어 세웠다. 이유를 알 수 없는 갑작스러운 사망 사건이 발생하면 경찰이 자연사임을 확신해도 사인을 확인받아야 한다. 이때 전문 법의병리학자가 꼭 필요하지는 않고 보통은 일반 병리학자가 그 일을 맡는다(게다가 비용도 적게 든다!). 그리고 부검보고서는 경찰이 아니라 검시관에게만 통보된다. 하지만 사망에 의심스러운 점이 있을 경우 경찰은 우리를 부른다. 지금 이 형사는 바로 법의학 전문가에게 부검을 부탁하고 있었다.

나는 빨개진 그의 얼굴을 살폈다. "더 말해 봐요."

덜시 맥밀런은 67세였다. 그녀는 바쁜 직업 화가로 낮에는 초상화를 그렸다. 하지만 밤에는 웨스트엔드에서 극장에 달 그림을 그리거나 다시 채색하곤 했다. 덜시가 특별한 이유 없이 출근하지 않자 동료들이 경찰에게 연락했고, 경찰은 덜시의 자택 문을 따고 들어가 바닥에서 그녀를 발견했다.

"보세요, 박사님." 형사는 마치 나와 논쟁을 벌이고 있기라도 한 듯 방어적으로 말했다. "집은 엉망이었지만 그건 예상할 수 있는 일이에요. 덜시는 화가였으니까요. 벽 쪽에는 그림이 쌓여 있고, 빈 커피 잔들이 여기저기 널려 있었으며, 바닥은 1969년 이후로는 청소기 구경도 못해본 것 같은 꼴이었어요."

"침입의 흔적은 없었나요?"

"전혀요. 그래서 저는 그냥 고인이 살림에는 재주가 없었고, 꽤 나이가 많았으니 바닥에 쓰러져 죽었다고 생각했죠."

죽음을 해부하는 의사

나는 고개를 끄덕였다. "사진이나 법의학 증거도 없나요?

"아무것도 없어요. 부검을 위해 시신을 보냈고, 고인의 조카에게 알린 게 다예요."

"그런데 왜 마음이 바뀐 거죠?"

"고인의 친구가 전화를 했어요. 그 친구는 이웃사람이기도 했어요. 지난주에 어떤 놈들이 찾아와 고인의 집 앞에 있는 나무의 가지를 쳐 주겠다고 했대요. 고인은 '고맙지만 괜찮다'고 말했죠. 그런데 며칠 후 또 다른 무리가 나타나 뭔가를 고쳐주겠다고 했어요. 고인은 그들을 돌려보냈지만, 집 밖에서 뭔가를 발견했어요. 문설주에 분필로 선이 그려져 있었어요. 고인은 그것이 이 사람들이 서로에게 남기는 표시라고 생각했어요. 그래서 선을 지웠어요. 그런데 며칠 후 보니 또 그려져 있었죠. 고인은 그 이웃에게 자신이 표적이 된 것 같다고 말했고… 그러고는 죽었어요."

"그 이웃은 덜시가 그 사람들을 집 안으로 들여보냈다고 생각하나요?"

"문을 열어준 것 같아요. 문에는 체인이 걸려 있지 않았거든요. 저는 엉망진창이 된 집 안을 다시 한 번 살펴보기로 하고 그 집으로 갔어요. 하지만 조카가 와서 이미 청소를 한 뒤였죠."

그는 절망적으로 보였다.

"박사님, 보통은 이런 부탁을 하지 않는데, 요즘 이 사건 때문에 걱정이 되어 밤에 잠을 못자요. 누군가가 고인의 머리를 때렸다는 사실이 밝혀지면 저는 큰 곤경에 처할 거예요."

"알았어요." 내가 말했다. "일단 마음부터 가라앉혀요. 시체안치소 직원에게 딜시의 주검을 가져오라고 할게요."

그는 안도의 표정을 지었다.

"정말 고맙습니다, 박사님."

시체안치소 직원들이 쨍그랑 소리를 내며 왔다 갔다 하는 동안 내가 물었다. "딜시의 병력에 대해 뭐 아는 게 있나요?"

"일반적으로 매우 건강했어요. 하지만 조카 말로는 그들이 함께 카레를 먹은 적이 있는데, 그것을 먹고 고인이 심한 속쓰림을 호소했다고 해요. 상태가 좋지 않아서 직장에 아프다고 전화를 했을 정도로요. 조카는 혹시 그게 나쁜 징조였는지 궁금하다고 했어요."

"그들이 카레를 먹은 게 언제죠?"

그는 골똘히 생각했다.

"어디 보자. 제가 소식을 전했을 때 조카가 이렇게 말했어요. '딜시를 본 지 일주일 밖에 안 됐어요.'"

그때 딜시의 주검이 도착했다.

"조카가 그렇게 말해서…." 형사는 여전히 방어적으로 말했다. "저는 고인이 심각한 위장병을 앓고 있었던 게 틀림없다고 생각했어요. 고인의 집 여기저기에서 알카셀처Alka-Seltzer(물에 타 마시는 소화제)를 보기도 했고요."

시트를 빗기자 딜시의 주검이 드러났다.

고인은 작고 통통한 여자였다. 잿빛 머리카락에 숱이 많은 단발 머리였다. 한쪽 손목 안쪽 피부에 볼록하게 솟은 부분이 잠시 수상하다

죽음을 해부하는 의사

고 여겼지만 그것은 쉽게 떨어졌다. 물감이었다. 번트시에나(적갈색) 같았다. 오른손 손톱 밑에는 코발트블루(암청색) 물감이 끼어 있었다. 상처나 멍이 있는지 자세히 살펴봤지만 전혀 없었다.

"폭행을 당한 흔적은 없어요." 내가 말했다. "그리고 확실히 머리를 다치지는 않았어요."

형사가 안도하며 씩 웃었다.

나는 메스를 들었다. "안을 한번 봅시다."

덜시의 시신은 사인을 숨기려는 시도를 전혀 하지 않았다. 나는 정중선을 따라 절개했고 몸을 열어젖히자마자 사인을 볼 수 있었다.

"세상에!" 형사가 말했다. "저게 뭐지?"

심장이 있어야 할 곳에 거대한 남색 풍선이 있었다.

"저건 심장을 고정하는 심낭이에요. 보통은 안을 들여다볼 수 있어요. 안개 낀 창문을 통해 보는 것처럼 말이죠. 하지만 덜시의 심낭은 피로 꽉 차 있어요."

"왜죠, 박사님?"

"심장 근육이 파열된 게 틀림없어요."

나는 그 얇은 막을 자를 준비를 했다. 칼에 심장을 찔리면 그나마 좋은 점이 딱 한 가지 있다. 칼이 심낭을 관통할 것이고, 그 상처로 인한 피가 어느 정도는 심낭을 빠져나올 수 있기 때문에 눈곱만큼이라도 살 기회가 있다. 하지만 덜시의 심낭은 잘리지 않았다. 그것은 팽팽하게 팽창했을 뿐 새어나오는 피를 충실하게 꽉 쥐고 있었다. 심낭이 점점 차오르면서, 심장 박동이 멈출 때까지 보아뱀처럼 심장을 꽉

틀어줘었다.

"정말 고통스웠을 것 같아요!" 형사는 움찔했다.

"아뇨, 그렇지 않아요. 덜시는 곧바로 의식을 잃고 조용히 죽음을 맞았을 겁니다." 나는 그를 안심시켰다. "우리 모두가 이렇게 가기를 바라야 해요."

심낭은 덜시의 피를 보유함으로써 탄력성을 보였지만, 이제 내 PM40 메스에 저항하지 못했다. 사망 후 심낭 안에 갇힌 혈액은 응고 되었고, 이 핏덩어리는 심장 주위에 완벽한 글을 형성했다. 단단하지 만 깨지기 쉬웠기 때문에, 나는 흔들거리는 심장 모양의 구멍을 아주 조심스럽게 잡고 들어올렸다.

형사가 그 안에 숨어 있던 심장을 응시하는 동안 나는 응고된 핏 덩어리를 한쪽으로 치웠다. 앞쪽 벽에 찢어진 부분이 확연하게 보였 다. 마치 선홍색 천 조각이 찢어진 것처럼 보였다. 길이는 약 1센티미 터였다. 사후 심장은 더 이상 압력을 받지 않았기 때문에, 찢어진 부 위는 덜시가 사망할 당시처럼 벌어져 있지는 않았지만, 나는 그 안으 로 메스의 뭉툭한 끝을 쉽게 질러넣을 수 있었다. 그 주변을 죽은 근 육이 둘러 싸고 있었다. 그 근육은 부어올랐고, 단단했으며, 노란색이 었다. 이렇게 말해서 유감이지만, 이 상태의 심장 근육에 가장 가까운 것은 계란 커스터드다.

"알카셀처는 덜시에게 도움이 되지 않았을 거예요." 내가 말했다.

형사는 혼란스러워 보였다. "심장 근육이 나갔는데 왜 속이 쓰렸는 지 이해할 수 없어요."

"속이 쓰린 게 아니었어요. 덜시가 그렇게 생각했을 뿐이죠."

우리는 스스로를 놀랍도록 잘 속인다. 덜시는 67세였고 과체중이었다. 나는 덜시의 부모 중 한 사람이 심장 문제로 사망했다 해도 전혀 놀라지 않을 것이다. 하지만 출근할 수 없을 정도로 갑자기 속이 심하게 쓰렸을 때 덜시는 제산제를 복용했고 틀림없이 카레 때문일 거라고 생각했다. 심장마비가 왔다는 생각이 스쳐지나갔을지도 모른다. 하지만 의심만 했을 뿐 분명히 아무런 조치를 취하지 않았다. 이런 주저함이 덜시를 죽였다. 그것이 적어도 병리학자에게는 도움이 되었지만 말이다.

심장은 근육 덩어리고, 우리가 심장마비라고 말할 때 그것은 심장 어딘가에 있는 근육이 필요한 산소를 공급받지 못해서 죽었다는 뜻이다. 전문용어로 그것을 경색이라고 한다. 하지만 만일 한 환자가 즉사했는데 원인이 심장마비라 해도 그것을 증명할 만한 증거는 놀라울 만큼 적다. 우리는 다른 모든 설명을 배제해야 하고(뇌졸중, 폐렴, 폐색전증, 천공된 궤양 또는 감염이다), 화학적 검사도 도움이 되지만, 병리학자들의 생각대로라면, 모든 사람은 심장마비 후 최소 세 시간은 살아있다. 세 시간 후쯤이면 심장 근육의 초기 허혈성 변화가 눈에 보이거나 적어도 만져진다.

손상된 심장 근육은 붓고 단단하다. 조직이 죽으면 몸이 그 잔해를 치우기 위해 청소 세포들을 보내기 때문이다. 또한 그 부위에 작은 미세 혈관들을 성장시켜서 복구 작업을 시작한다. 만일 환자가 일주일을 산다면, 손상된 부위가 괴사하기 시작하면서 노랗고 붉은 색으로 얼룩덜룩해진다. 한 달이 지나면 색이 옅어지기 시작한다. 약 6개월이 지나면, 진주처럼 하얗고 가느다란 형태의 초기 흉터를 볼 수 있다.

덜시의 경우 심장마비를 무시한 채로 약 7일이 흘러, 청소 세포들이 잔해를 대부분 치웠으나 자가 복구 작업은 아직 시작되지 않은 위험한 시점에 도달해 있었다. 근육의 손상 부위는 이 단계에서 가장 취약하다. 그리고 가장 약해져 있는 바로 그 순간 덜시의 심장 근육이 완전히 무너졌다. 정상적인 심장 박동으로 인한 내부 압력 때문에 심장 근육이 한계 이상으로 늘어나면서 파열된 것이었다. 그 결과 심낭으로 피가 쏟아져 들어왔을 것이고, 심낭은 그 피를 그대로 담고 있었다. 따라서 피가 심장을 압박해 심장이 뛰지 못하게 되었다. 파열된 곳 주변 근육의 노랗고 빨간 상태는 심장마비가 약 일주일 전에 일어났음을 가리킨다. 이는 이른바 속쓰림이 나타난 시점과 일치했다.

근육 파열은 불운한 일이었다. 심장 근육의 일부가 죽은 후에도 살아남았던 덜시는 훨씬 더 오래 살 수 있었을지도 모르기 때문이다. 심장은 작지만 충성스러운 기관으로, 산소 부족이 심해져도 아랑곳없이 더 이상 뛸 수 없을 때까지 뛴다. 하지만 심장이 제대로 작동하려면 두근-두근 리듬을 맞추어 조화롭게 뛰어야 한다. 두 개의 심방-심실 간 판막이 닫히며, 근육이 수축해 혈액을 폐로 가는 동맥, 또는 온 몸으로 가는 동맥으로 밀어낸다. 한편 심장 꼭대기에 있는 두 개의 큰 방(좌심방과 우심방)은 혈액으로 가득 찬다. 그러면 이제 동맥으

죽음을 해부하는 의사

로 가는 길목의 문지기 역할을 하는 판막이 탁 하고 닫혀서 역류를 막고, 심방과 심실 간 판막이 열려 피가 심실로 밀려 들어온다. 두근-두근. 두근-두근. 심장은 평생에 걸쳐 일 년에 약 4,000만 번씩 뛴다. 이 조화로운 리듬을 완전히 파괴할 정도로 근육 세포가 죽을 때까지, 그래서 심장이 최초로 그리고 유일하게 오랜 세월 몸바쳐온 목적을 잃고 헤매다 멈출 때까지. 그러면 죽음이 찾아온다.

덜시의 사망에 기여한 첫 번째 요인을 찾으려면 일주일 전 심근에 문제를 일으켜 파열을 초래한 것이 무엇인지 알아내야 했다.

심장이 계속 뛰기 위해 필요한 혈액을 공급하는 동맥은 세 개가 있다. 하나는 좌심실 앞쪽 벽에 혈액을 공급하고, 또 하나는 좌심실의 뒤쪽과 옆쪽에 공급하며, 나머지 하나는 우심실에 공급한다. 덜시의 세포들이 죽은 곳은 좌심실 앞쪽 벽이었고, 그래서 나는 좌전하행동맥이라고 부르는 동맥이 막혔다는 것을 즉시 알았다.

덜시가 이 동맥이 막혀서 즉사한 건 아니었다. 실제로 사람들이 단한 번의 갑작스러운 심장 문제로 쓰러져 죽는 일은 드물다. 그런 일이 일어날 수 있지만, 우리가 심장마비라 부르는 심근경색은 생각보다 훨씬 오랜 시간에 걸쳐 천천히 진행되는 과정이다. 그래서 눈을 치우던 남자가 심장을 부여잡고 쓰러졌을 때, 부검을 해보면 그 수일 전, 심지어는 수주 전에 심장 근육 일부에 손상을 입고 죽어가고 있었음을 발견할 수 있다. 눈을 치우는 격렬한 활동을 하자 이미 좁아지고 있던 동맥이 충분한 산소를 공급할 수 없었고, 그래서 죽어가던 세포들이 최후의 위기를 맞았던 것이다. 고인은 몰랐거나 적어도 말하지 않았던, 수년에 걸쳐 여러 차례 일어난 심장마비에 대한 추가 증거를 목격할 가능성도 있다. 나는 죽은 근육이 남긴 흰색 흉터로 완전히 뒤덮이다시피 한 심장도 본 적이 있다. 그것을 보며 고인이 그 상태로 어떻게 그렇게 오래 살 수 있었는지 궁금했다.

뇌에 혈액을 공급하는 경동맥(목동맥)이 막히면 급성 뇌졸중이 발생하거나, 시간 스펙트럼의 반대쪽 끝에서는 혈관성 치매가 발생할 수 있다. 만일 노인이 걸을 때마다 심한 통증을 느낀다면 관절염 때문이 아닐 수도 있다. 경련을 일으키며 꼼짝을 하지 못한다면 좁아진 다리 동맥 때문일지도 모른다. 하지만 어디보다 좁아지기 쉬운 곳은 심장에 혈액을 공급하는 동맥인 관상동맥으로, 실제로 관상동맥 문제는 영국인의 주요 사망 원인이며, 특히 중년 후반 남성이 취약하다. 여성은 관상동맥이 훨씬 덜 막히는데, 이는 가임기가 끝날 때까지 자연적인 보호 장치가 작동하기 때문이다. 하지만 폐경에 이르면 호르몬 수치에 변화가 일어나 남성의 발병률을 따라잡기 시작하고, 그들이 육십 대나 칠십 대가 되는 10~20년 이내에 관상동맥 심장질환으로 죽는 여성이 남성만큼이나 많아지게 된다.

관상동맥 질환(관상동맥 심장병 또는 허혈성 심장병이라고도 한다)은 전 세계 주요 사망 원인으로, 특히 서구 사회에서 문제가 심각하다. 일본은 다른 선진국들보다 발병률이 월등히 낮지만 일본인들이 미국으로 이주하면 발병률이 치솟기 시작하는데, 이는 유전자뿐만 아니라 식습관이 이 질환에 영향을 미치는 중요한 요인임을 암시한다.

동맥은 어떻게 막힐까? 주범은 콜레스테롤이다. 콜레스테롤은 일

죽음을 해부하는 의사

종의 지방, 즉 지질로, 몸 안에서 여러 중요한 화학물질을 만드는 필수적인 물질이다. 콜레스테롤은 세포벽을 유지하는 역할도 한다. 콜레스테롤이 꼭 필요하기 때문에 인류는 이 물질이 포함된 식품을 즐기도록 진화했다. 바쁜 간은 지방을 콜레스테롤로 바꾸어 혈류로 내보냄으로써 필요한 모든 세포로 콜레스테롤이 갈 수 있게 한다. 물론 지방은 대개 불용성이지만 콜레스테롤은 단백질과 함께 일한다. 그래서 지방이 함유된 음식을 먹은 후 약 일곱 시간 동안 마이셀(미소결정 입자)이라 불리는 지방, 소금, 단백질로 이루어진 거품 같은 구조가 몸 전체로 수송된다. 몸이 필요로 하는 양보다 많은 지방을 섭취하면 이 지방 거품들이 순환하는 혈액 속에 더 오래 머물게 된다.

동맥의 안쪽 표면은 랩처럼 얇고 투명하다. 온몸을 순환하는 지방 거품들은 이 밑으로 새어나가 동맥벽에 고여서 끈적끈적한 기름 덩어리가 된다. 이것을 죽종이라고 한다. '죽종'이라는 단어는 그리스어로 '죽'이라는 뜻이고, 죽종은 정확히 죽처럼 생겼다. 죽종이 동맥벽을 따라 퍼져나가면서 더 큰 덩어리가 되는데 이를 플라크라고 부른다.

동맥의 거미줄처럼 얇은 내막을 통해 플라크를 들여다볼 수 있다. 플라크는 보통 흰색과 노란색이 섞여 얼룩덜룩한데, 얼마나 노란지는 플라크가 생긴 지 얼마나 되었는가와 지방 함량에 달려 있다. 플라크가 생긴 지 오래되지 않았다면 질퍽질퍽할 것이다. 하지만 시간이 흐를수록 플라크가 경화된다. 얇은 서리가 내린 후 아이들이 밟아서 부수고 싶어 하는 얼음 막 같은 것으로 플라크를 덮는 과정이라고 생각하면 된다. '백태가 낀' 동맥이라고 하면 주전자 내면을 상상하기 쉽지만, 이는 플라크의 모습이 전혀 아니다. 플라크는 겉면에 바삭바삭한 흰색 아이싱을 얇게 씌운 옅은 색 버터에 더 가깝다.

건강한 동맥은 쉽게 구부릴 수 있는 매우 유연한 관이다. 전선보다 훨씬 손에 감기 쉽다. 실제로, 이번에도 식품에 비유하자면 그것은 알 덴테로 익힌 스파게티와 비슷하다.

대부분의 동맥은 흰색을 띠지만, 심장에서 곧장 나오는 주요 동맥인 대동맥은 눈에 띄게 노랗다. 병든 동맥은 노화되고 뻣뻣해지면서 좀 더 노란색을 띠게 된다. 우리는 '동맥 경화'라는 말을 사용하는데, 내 첫 번째 법의병리학 선생님은 동맥의 상태를 알려면 그것을 자르며 소리를 들어보기만 하면 된다고 말하곤 했다. 실제로, 너무 뻣뻣하고 경화된 동맥이 내는 탁탁 소리를 종종 들을 수 있다. 그 단계에 이르면, 포장에서 건조된 스파게티를 꺼낼 때와 같은 소리가 난다. 철저한 부검은 오감을 모두 사용해야 하는 일이고, 그러므로 동맥의 소리에 귀 기울일 가치가 있다는 데 동의한다. 하지만 나는 촉감에도 집중한다.

"왜 안 보세요!" 부검을 하는 동안 내가 눈을 감고 동맥을 따라 촉감을 느낄 때 사람들은 이렇게 소리치곤 한다. 하지만 내게는 촉감이 시각이나 청각만큼이나 중요하다. 건강한 몸 부위들이 어떤 감촉인지 알면 문제를 찾아내기 쉽다. 동맥의 경우 나는 뚜렷한 덩어리나 갑자기 뻣뻣해지는 부위를 감지해 어디에 문제가 있는지 알아낼 수 있다.

죽음을 해부하는 의사

"막힌 곳을 금방 찾을 수 있을 것 같군요." 나는 형사에게 말했다.

과거에 우리는 동맥을 자르기 위해 특수한 작은 가위를 사용했지만 그렇게 하면 그 부위를 막고 있을지도 모르는 혈전을 밀어내버릴 가능성이 있다. 그래서 요즘에는 약 2밀리미터 또는 1밀리미터 간격으로 혈관의 단면을 자른다. 좌전하행동맥은 서구에서 가장 자주 막히는 동맥이므로, 나는 대동맥에서 시작해 덜시의 좌전하행동맥을 조심스럽게 만지며 잘랐다. 자를 때마다 아침에 먹는 시리얼처럼 가벼운 바삭 소리가 들렸다.

죽종은 처음에는 (덜시의 경우는 이 과정이 수년 전에 시작된 것 같았다) 동맥 내막을 이루는 세포들 밑에 차곡차곡 쌓인다. 평생 쌓일지도 모르지만 대체로는 플라크가 확장할 때까지다. 이따금 플라크는 군데군데 부분적으로만 쌓인다. 딱 한 군데만 빼고는 완전히 깨끗한 동맥도 볼 수 있다. 하지만 이 경우도 치명적일 수 있는데, 사슬이 아무리 튼튼해도 가장 약한 고리가 끊어지면 그만이듯 동맥도 가장 좁아진 곳이 막히면 아무리 깨끗한 동맥이라도 피가 흐를 수 없기 때문이다. 게다가 두 강이 합류하는 곳에서는 물살이 거세어져 둑이 약해지듯, 동맥의 좁아진 곳에서는 혈류가 거세어져 동맥 내막에 손상이 생기기 쉽다.

대동맥은 위로 올라가다가 꺾여 심장과 왼쪽 폐의 기관지 위를 지나간다. 그 후 척추 앞쪽을 껴안으며 아래로 내려가면서 더 작은 동맥들에 혈액을 공급하고, 이 작은 동맥들은 복부 장기들에 혈액을 공급한다. 성인 초기에 플라크가 가장 먼저 쌓이는 곳들(그리고 성인 후

반기에 가장 심각하게 플라크가 쌓이는 곳들)은 이 작은 동맥들이 대동맥에서 갈라져 나가는 곳들이다. 척추 맨 아래, 즉 대동맥이 둘로 갈라져 장골 동맥을 이루며 각각의 다리에 혈액을 공급하는 부위는 플라크가 잘 형성되는 또 다른 부위다. 그리고 윗다리의 대퇴 동맥 시스템은 매우 복잡하게 얽혀 있어서 난류가 심하게 일어난다. 따라서 이 부위의 여러 장소에서도 플라크가 나타날 수 있다.

그래서 죽종이 잘 쌓이는 주요 부위는 대동맥과, 거기서 뻗어 나와 장, 신장, 다리, 심장, 뇌에 혈액을 공급하는 혈관들이다. 나는 그 밖의 다른 곳에서는 좀처럼 플라크를 보지 못한다. 예컨대 팔은 일반적으로 깨끗하다. 그리고 정맥은 플라크가 쌓이지 않는데, 그건 정맥의 혈압이 훨씬 낮기 때문일 것이다.

확장하는 플라크가 이따금 동맥벽의 중간층으로 퍼져나가며 그곳에 손상을 주기도 한다. 동맥벽 중간층은 탄성을 지닌 근육이며 구조적으로 중요하다. 이 중간층은 심장의 펌프질에 따라 압박과 이완을 끊임없이 반복하기 때문에, 플라크가 침투하면 심각하게 약해질 수 있다. 한 번 약해지면 박동이 뛴 후 원래 모양과 크기로 돌아가지 못하고 늘어난 상태 그대로 머물면서 동맥이 파티에 사용하는 길고 가느다란 풍선처럼 부풀어 오른다. 이것이 동맥류다. 그리고 파티 풍선처럼 너무 많이 부풀어 오르면 터질 수 있다. 터지면 혈액이 복부로 쏟아져 들어와 대개 급사로 이어진다.

플라크는 동맥벽 안쪽에 잘 쌓인다. 그러면 동맥벽을 붙잡아주는 내막이 안쪽으로 불룩하게 솟아오르면서 혈액이 지나가는 통로를 좁힌다. 이렇게 해서 심장병이 시작된다. 하지만 처음에는 증상이 없다. 문제는 숨어 있다. 그러다 나중에 오르막길을 걸을 때 숨이 차거나, 협심증으로 가슴이 조이는 듯한 불쾌한 통증이 나타날 것이다. 또는 다리에 경련이 일어나거나 어지럼증이 나타날 수도 있다. 나는 덜시가 이런 증상들 중 일부를 겪었다고 장담한다. 그녀는 협심증을 겪었지만 그것이 속쓰림이라고 생각했고, 그러고는 문제를 완전히 무시했다.

플라크가 쌓여 동맥이 좁아지면 혈액은 좁은 길을 억지로 빠져나가야 하므로 더 많은 난류가 발생할 수밖에 없다. 그러면 동맥의 매우 얇은 내막이 점점 더 타격을 받다가 결국 파열되고, 이때 밑에 있던 죽종이 떨어져 나온다.

이 경우 두 가지 일이 일어난다.

첫째, 끈적끈적한 지방 덩어리가 혈류를 따라 떠돌아 다니면서 작은 동맥들을 막을 것이고, 따라서 그 동맥들이 혈액을 공급하는 곳은 산소를 공급받지 못할 것이다. 둘째, 내막이 파열되면 그 밑에 있던 더 딱딱한 죽종이 노출된다. 몸은 이 부위를 즉시 밀봉하며, 밀봉 과정은 여러 층의 혈전으로 마무리된다.

응고 시스템은 대단히 효율적일 뿐만 아니라 아주 열심히 일하기 때문에 이따금 지나치게 많은 혈전을 만들 수 있다. 손가락을 벤다면 이것이 문제가 되지 않지만, 작은 동맥 내부에서 이런 일이 발생하면 큰일 날 수 있다. 그래서 혈전은 하나의 문제를 해결하는 과정에서 실제로는 훨씬 더 심각한 문제를 일으킬 수 있다. 동맥이 바로 그 자리에서 막힐 수도 있고, 혈전이 혈액에 떠밀려 내려가면 하류 쪽이 막힐 수도 있다.

결국 동맥이 심하게 막히면, 심장 근육의 너무 많은 부분이 죽어서 심장의 효율이 떨어지거나 박동이 불규칙해진다. 또는 심장이 완전히 멈추기도 한다.

덜시의 경우 대동맥에서 약 1센티미터 떨어진 곳에서 침착된 플라크의 단단한 덩어리가 만져졌다. 마치 쥐를 삼킨 작은 뱀을 만지는 느낌이었다. 그곳을 자르니, 플라크 상부가 깎여나가고 혈전이 형성되어 있었다. 혈전이 동맥을 완전히 막고 있었다. 혈전은 진하고 반짝이는 적갈색이었다. 그것은 잼 덩어리처럼 잘 보이고 잘 만져졌지만, 동맥에서 치약처럼 짜낼 수 있을 정도로 제법 단단했다.

나머지 두 관상동맥들을 살펴보았을 때 나는 여기가 병든 세 관상동맥 혈관들 가운데 단연코 가장 심각한 부위임을 알았다. 덜시가 속쓰림으로 병원을 찾아갔다면 간단한 심전도ECG 검사만으로도 관상동맥 문제를 알 수 있었을 것이고, 그러면 심장전문의가 금속 스텐트를 집어넣어 그곳을 확장하자고 했을 것이다. 아니면 외과의사가 우회술을 실시하자고 했을지도 모른다.

하지만 이런 심각한 죽종이 실제로 죽음을 부를까? 데이비드 켈리의 사례에서도 그렇고 내가 본 수많은 사례에서도 그렇듯이 그런 가정은 불가능하다. 서구 사회에서 50세 이상, 어쩌면 40세 이상은 거의 모두가 죽종을 어느 정도 가지고 있다. 어떤 사람은 미미한 수준이지만 그런 사람들은 소수에 불과하다. 실제로 죽종은 너무나도 흔

죽음을 해부하는 의사

해서, 고인의 동맥이 아주 깨끗한 드문 사례를 보면 나는 곧장 악성 종양을 찾기 시작한다. 암과 관상동맥 심장병은 상호배타적인 것처럼 보인다. 이는 아마 유전적 이유 때문일 것이다. 아니면 일부 종양이 대사율이 지나치게 높아져서 찾을 수 있는 모든 지방을 분해하기 때문이다.

관상동맥에 침착된 죽종이 항상 죽음을 부르지는 않으며, 훨씬 더 흔한 결과는 단순히 심장 근육의 효율을 떨어뜨리거나 심부전을 일으키는 것이다. 심부전은 죽음의 동의어처럼 들리지만, 실제로는 많은 사람들이 오랫동안 안고 사는 질환이다. 만일 덜시가 병원에 갔다면 그런 사람들 중 한 명이 되었을 것이다. 심부전은 단지 심장이 우리가 요구하는 일을 전부 다 해내지 못한다는 뜻일 뿐이다. 그것이 집 대문까지 두 계단을 오르는 것처럼 사소한 일이든, 마라톤을 하는 것처럼 힘든 일이든. 그래서 중년부터는 우리 모두가 어느 정도의 심부전을 가지고 있는 셈이다.

하지만 우리는 마음만 먹으면 건강해질 수 있다고 믿는 경향이 있다. 심장이 기능을 제대로 못하기 시작했다는 사실을 인정하면 식생활과 생활방식을 바꾸고 자신이 죽을 수도 있다는 사실을 깨달아야 한다. 하지만 자발적으로 그렇게 하는 사람은 극소수에 불과하며, 덜시는 확실히 그 극소수가 아니었다. 그래도 덜시가 최근에 담배를 끊은 걸 보면 자신이 죽을 수도 있다는 것을 한 번은 수긍했을 것이라고 확신한다.

덜시의 혈관에 쌓인 플라크와 폐를 뒤덮은 작은 거품들은 그녀가 오랫동안 흡연자였다는 사실을 말해주었다. 그래도 지금은 손가락이 니코틴에 절어 있지 않았다. 하지만 치아는 어떤 치위생사도 닦아낼 수 없을 누런 색조를 띠고 있었다.

심장 건강은 유전자, 운, 그리고 생활방식의 결합으로 결정된다. 이 중 가장 중요한 요인은 물론 생활습관이다. 하지만 적어도 500개의 유전자가 콜레스테롤 수치를 높인다고 알려져 있다. 한 가족의 식구들은 모두 똑같은 유전자를 가지고 있을 것이고, 모두가 이례적으로 높은 콜레스테롤 수치를 보이지만, 누군가가 비자연적 원인으로 조기 사망하기 전까지는 그 사실을 모른다. 심지어는 청소년이 갑자기 뚜렷한 이유 없이 죽는 비극적인 사례도 있다. 그때서야 비로소 고인의 동맥 플라크가 드러나고, 고인의 형제자매가 콜레스테롤 수치가 크게 높다는 사실이 밝혀진다.

하지만 모든 유전자가 나쁜 건 아니다. 미시시피에서 실시된 15년에 걸친 조사에서 과학자들은 '나쁜' 지방인 저밀도 지질단백질LDL의 수치를 낮춘다고 알려진 유전자를 가지고 있는 집단의 구성원들을 표적으로 삼았다. 참가자들은 45세부터 64세 사이였다. 그 유전자는 관상동맥 심장병을 무려 88퍼센트나 줄이는 것으로 밝혀졌다. 그런데 이 참가자들의 절반 이상이 고혈압이었고, 3분의 1이 흡연자였고, 약 5분의 1이 당뇨병을 가지고 있었다. 이 모두는 심장병의 고위험 인자들이다. 이 조사를 실시한 과학자들은, 그 유전자는 LDL 콜레스테롤 수치를 겨우 28퍼센트 감소시켰지만 이것이 관상동맥 심장병 발생률을 크게 떨어뜨리는 것 같다고 말한다. LDL 콜레스테롤 수

죽음을 해부하는 의사

치를 15퍼센트 떨어뜨린 또 다른 유전자는 관상동맥 심장병을 50퍼센트 감소시키는 것으로 밝혀졌다. 따라서 조사를 실시한 과학자들은 평생에 걸쳐 '나쁜' 지방을 약간만 줄여도 큰 효과를 얻을 수 있다고 추측했다. 그들은 한 걸음 더 나아가 이 연구 결과는 플라크 축적의 영향은 훨씬 나중에 나타나도 축적 자체는 더 일찍 시작된다는 널리 알려진 이론을 어느 정도 뒷받침한다고 주장했다. 모든 연령대 사람들을 조사해본 내 경험에 비추어 나는 중년까지는 운명이 결정되지 않는다고 생각한다.

심혈관계 문제를 일으키는 우리가 바꿀 수 없는 위험 요인이 많이 있다. 일반적으로 남성이 훨씬 더 위험하다. 아직 모르는 어떤 이유로 키 작은 사람들도 마찬가지다. 세계 일부 지역, 특히 아시아에서는 인구 전체가 유전적 소인을 가지고 있는 것 같다. 영국에서는 저소득층이나 사회적으로 취약한 지역에 사는 사람들이 심혈관계 질환 발생률이 높았다. 당뇨병에 걸리면 죽종이 더 많이 생기는 것이 거의 확실하고, 젊은 사람들도 자신의 상태를 조심스럽게 조절하지 않으면 이 효과를 피할 수 없다. 여러 신장 문제와 특정한 간 문제들도 심혈관계 질환에 영향을 미칠 수 있다. 자궁 안에서 어떤 이유로 산소 부족을 겪은 태아들(아마 어머니가 자간전증이거나, 비만이거나, 아니면 조심해야 할 시기에 감염에 걸렸거나)도 나중에 심혈관계 질환에 걸릴 위험이 높은 것 같다. 이런 의심을 촉발한 계기는 1918년에 스페인 독감이 세계적으로 유행한 시기에 자궁 안에 있었던 사람들을 대상으로 실시된 장기 조사였다. 혼잡한 도로 근처에 사는 사람들도 심혈관계 질환에 걸릴 위험이 높다. 대기 오염이 심장 건강에 유의미한 영향을 미치는 것으로 밝혀졌지만, 소음이 유발하는 낮은 수준의 지속적인 스트레스도 혈압에 영향을 줄 수 있다. 마지막으로, 우울증과 외상 후 스트레스 증후군 또한 위험 인자로 인정되고 있다.

다행히 우리가 적어도 어느 정도까지는 관리할 수 있는 위험 요인들이 몇 가지 있다.

분노는 증상 없는 심장 문제를 악화시킬 수 있다. 스트레스도 마찬가지다. 특히 장시간 근무, 잘못된 식습관, 불규칙한 수면 패턴과 관련한 스트레스는 위험하다. 담배가 심장 질환을 유발한다는 사실은 흡연자라면 내가 굳이 상기시킬 필요도 없을 것이다. 하지만 내 자신에게는, 하루 5단위 이상, 일주일에 14단위 이상의 알코올이 혈압과 체중을 증가시킬 수 있다는 사실을 이따금 상기시킬 필요가 있다. 두 가지 모두 심장병의 중요한 위험 요인이며, 규칙적인 운동으로 위험성을 낮출 수 있다. 운동은 또한 혈액 속의 '좋은' 지질도 높인다. 먹을 것이 넘쳐나는 서구 사회에 사는 사람들은 서구 사회에서는 식단을 오랫동안 꼼꼼히 살펴보고 칼로리 함량뿐만 아니라 칼로리의 구성까지 검토한다면 도움이 될 것이다.

물론 나부터도 이 조언을 잘 지키지 않는다. 젊은 사람들이 위험한 행동 또는 지나친 행동으로 위험을 자초하는 건 이해할 수 있다. 왜냐하면 그로 인해 어떤 결과가 생길지 모르기 때문이다. 하지만 나머지 사람들, 즉 나나 덜시 같은 사람들이 왜 알면서도 자신의 심장 건

죽음을 해부하는 의사

강을 해치는지는 이해하기 어렵다. 내 결론은, 그런 위험 요인들을 직면하지 않으려는 것은 인간이 원래 그런 존재기 때문이라는 것이다. 우리 대부분은 자신의 생활습관이 불러올 위험을 잘 알면서도 대체로 이 정보를 무시한다. 예를 들어, 건강 교육을 아무리 많이 실시해도, 하루에 과일 또는 채소를 5단위씩 먹는 인구 비율은 거의 증가하지 않았다. '하루 5단위' 주문을 외기 시작한 지 10년이 넘었는데도 말이다. 어떤 인구 집단에서는 하루 5단위를 먹는 비율이 더 낮아졌다. 지금 당장은 우리 심장이 뛰고 있고, 동맥이 아무리 불평을 해도 우리는 그 목소리를 들을 수 없기 때문이다. 가장 큰 위험 요인 중 하나와 마주칠 때 비로소 그동안 건강에 대해 안이하게 생각했던 것을 후회하기 시작한다. 그 요인은 바로 나이다.

나는 덜시의 부검을 완료했고, 형사는 매우 고마워했다.

"형사님의 마음이 편안해진 것 같아 기쁘군요." 내가 말했다.

"그런데 그렇지가 않아요, 박사님."

나는 눈썹을 치켜올렸다. "자연사임이 확실해졌는데 왜죠?"

"동맥이 좁아져도 그 사실을 알 때는 너무 늦다고 하신 말씀 말이 마음에 걸려서요. 제 식생활에 대해 생각해봤어요. 게다가 저는 담배도 피웠어요. 그러니까 오늘부터 다시 시작해서 이번에는 제대로 해보고 싶어요. 그동안 제가 동맥에 축적해놓은 쓰레기를 치우기 위해 할 수 있는 일이 있을까요?"

"미안하지만 그런 건 없어요." 나는 말했다. "생활방식을 바꾸면 동맥이 좁아지는 속도를 늦추거나 좁아지는 것을 막을 수는 있지만, 불행히도 심혈관계 건강에 관한 한, 두 번째 기회는 없습니다."

그의 얼굴이 어두워졌다. 깨달음은 언제나 너무 늦다. 나는 그 사실을 누구보다 잘 안다.

죽음을 해부하는 의사

11

우리가 잘 아는 남자

나는 기억력이 떨어지고 있다는 사실을 되도록 생각하지 않으려고 한다. 하지만 이따금 정보를 불러오는 속도가 느려졌다는 것을 알아차린다. 게다가 간혹 잘못된 정보를 불러올 때도 있다. 내가 이 책 앞부분에서 숨도 쉬지 않고 묘사했던, A레벨 시험을 치르고 있을 때 실시된 콩코드와 레드애로의 시험 비행은 어떤가? 나는 그 일을 마치 어제 일어난 일인 것처럼 기억한다. 하지만 나중에 알았지만 그런 일은 없었다. 콩코드는 1970년에 처음으로 히드로 공항에 착륙했고 나는 분명 그 일을 떠올렸지만, 내 기억이 거기에 레드애로를 끼워 넣었다. 레드애로는 거기 없었다. 알고 보니 콩코드와 레드애로가 함께 비행한 것은 그 뒤로 몇 년이 지나서였고, 내가 이것을 실제로 목격한 것은 2002년이었다. 당시 여왕 즉위 50주년을 맞아 런던 상공에서 시험 비행이 있었다.

　내 기억이 그런 식으로 나를 속이고 있다는 사실을 아는 건 유쾌하지 않다. 물론 나는 그것을 드문 오류로 받아넘길 수 있다. 그 오류가 점점 더 잦아질 가능성은 떠올리고 싶지도 않다. 하지만 이 책을 쓰기 시작한 직후 있었던 사소한 실수를 아무렇지 않은 척 넘기기는 쉽지 않다.

　나는 꿀벌을 기른다. 매혹적이고, 긴장 해소에 도움이 되며, 무엇보다 토스트에 바를 달콤한 물질을 얻기 위해서다. 따뜻하고 화창한 여름 날 벌들이 습관처럼 떼를 지어 몰려왔다. 이것이 그들의 번식 방식이다. 다행히 여왕과 그 추종자들은 멀리 가지 않았다. 나는 벌통 근처의 한 나무에서 축 늘어져 꿈틀거리는 덩어리를 발견했다. 그것은 약 2.5미터 높이의 나뭇가지에서 윙윙거리며 진동하면서 꿀을 떨어뜨리고 있었다. 그쯤은 양봉가에게는 쉬운 일이다. 1단계, 사다리를 댄다. 2단계, 골판지 상자를 받친다. 3단계, 나뭇가지를 빠르게 흔든다. 4단계, 새로운 벌통을 담는다. 그러면 끝.

　1단계와 2단계는 성공적으로 완료되었지만, 그 후 몇 분이 내 인생에서 사라졌다. 정확히 몇 분인지는 모른다. 3단계부터, 내가 눈을 떠 구급대원이 나를 굽어보고 있는 것을 발견한 순간까지다. 나중에 계산해보니 10분쯤 의식을 잃은 것 같았다. 나는 골판지 상자를 들고 벌떼를 향해 손을 뻗은 후 사다리가 넘어지는 줄도 몰랐다. 3만 마리의 성난 벌들에 둘러싸여 땅바닥에 쓰러져 있는 나를 아내가 발견했다는 사실도. 아내가 이웃에게 도와달라고 소리치며 999에 전화를

　　　　　　　　　　　죽음을 해부하는 의사

걸었다는 사실도 몰랐다. 의사인 아내의 판단으로 내 호흡이 짧은 시간 동안 임종 때 보이는 형태(고통스럽고, 헐떡거리고, 불규칙한 호흡)였다는 것도, 구급차가 사이렌을 울리며 왔다는 것도, 구급대원이 이런저런 검사를 하고 심전도 검사를 실시했다는 것도 몰랐다.

나는 아무것도 몰랐고 그 시간들은 그냥 사라졌다. 만일 내가 기절하는 대신 죽었다면, 나는 내가 죽어가고 있는 줄도 몰랐을 것이다. 어쩌면 죽음은 그렇게 올지도 모른다. 사다리에서 떨어지는 것처럼 말이다. 죽음인지도 모르고 겪는 고통 없는 사건. 그냥 갑자기 찾아오는 '무'의 상태. 그럴 경우 죽음은 두려워할 것이 전혀 아니다.

그날 늦게 나는 동네 응급실에서 집으로 돌아왔다. 요추 횡돌기(척추 측면에 돌출된 스파이크)에 작은 골절을 입었고, 희미한 두통이 있었으며, 얼굴이 매우 붉었다. 어떻게 사다리에서 떨어질 정도로 멀리 손을 뻗는 멍청한 짓을 할 수 있었을까? 20년 전과 다름없이 날씬하고 유연하다고 생각했을까? 그 사고는 나이 들고 있다는 것을 인식하지 못한 탓이었을까? 나는 부검실에서 늙음을 인식하지 못하는 것이 늙음 자체보다 훨씬 더 위험하다는 것을 얼마나 자주 깨달았던가?

나는 회복했다. 그것도 상당히 빠르게. 하지만 응급실행으로 인해 예상치 못한 일이 또 하나 생겼다.

나는 응급실에 있는 동안 관례대로 외상이 있는지 알아보기 위해 CT를 찍었다.

의사는 CT 사진을 보고 나서 이렇게 말했다. "본인의 간 상태를 알고 계십니까?"

당시 내게 이것만큼 공포를 불러일으키는 말은 없었다. 남들은 사고나 심장마비, 심지어 살인을 두려워할지 몰라도, 내게 공포스러운 일은 갑작스러운 죽음이 아니라 간경변이었다. 나는 만성 간질환의 장기적인 고통을 견디며 살고 싶지 않았다.

그렇게 두려우면 술을 끊으면 되지 않느냐고 말할지도 모른다. 당연한 말씀이다. 하지만 솔직히 말하면, 사다리 사고를 당한 당시, 그러니까 코로나 때문에 봉쇄가 길게 이어지던 2020년 여름 동안 나는 음주량이 놀랍도록 늘었다.

나는 하루 종일 일했지만 밤에는 쉬려고 애썼다. 분주한 하루 일과가 끝났을 때, 개들이 산책을 나갔을 때, 그리고 저녁식사가 준비되고 있을 때 나는 즐겨 술을 따랐다. 내가 위스키와 소다수를 좋아하게 된 것은 맨섬에서 장인과 함께 휴가를 보내던 시절로 거슬러 올라간다. 미국이 영국으로부터 독립하기 전인 식민지 시대 사람이었던 장인은 매일 저녁 편하게 기댈 수 있는 사람이었다. 우리가 맨섬에 머무는 동안 내게도 그랬다. 그때부터 나는 술을 멋진 인생, 잘 살아온 인생과 연관시키기 시작했다. 술은 날이 저물고 고요한 시간이 찾아오면 생각나는 것, 힘든 일과를 끝낸 보상이었다. 술은 즐거움, 긴장 해소, 그리고 훌륭한 유머와 관련이 있었다.

그래서 매일 저녁 나는 술을 따랐다. 내가 얼마나 마셨는지 세어 봤을까? 당연히 아니다. 내가 마시는 유리잔에는 디자인의 일부인 선이 있는데, 거기까지 차면 따르기를 멈추었다. 나는 가끔 그 선까지 마시면 위스키 잔으로 몇 잔이 나올지 궁금했다. 확실히 한 잔은 더 나올

죽음을 해부하는 의사

것이다. 나는 두 잔일 거라고 생각했다.

나는 천천히 마셨다. 그러면서 긴장을 풀었다. 그리고 다 마시면…
대개 한 잔을 더 따랐다. 책을 읽거나 대화를 나누거나 텔레비전을
보고 있을 때도, 내 손에는 대개 유리잔이 들려 있었다. 저녁 식사를
하는 동안 나는 와인 반병을 마셨다…. 사실 이따금씩 반보다 좀 더
마셨다.

나는 시간이 한참 흐른 후에야 잔을 세기 시작했고, 그때도 술꾼
들이 그렇듯 내 자신에게 솔직하지 않았다. 더블 위스키를 두 번 마
시면 4단위이고, 와인 반병은 5단위다. 따라서 하룻밤에 총 9단위를
마셨다. 나는 일주일 내내 매일 밤 이렇게 마셨다. 9단위를 일주일에
7일…. 아냐, 설마. 모든 술꾼은 일주일이 4일밖에 없다고 주장할 수
있지만. 솔직해지기 위해 나는 내가 일주일에 63단위를 마시고 있었
음을 인정했다. 이는 권장량 최대치의 네 배가 넘고, 간이 쉴 수 있는
날도 없었다는 뜻이다.

나는 변해야 한다는 것을 알았다. 그래서 적어도 일주일 동안은 술
을 끊기로 결심했다. 하지만 그날 저녁 7시가 되자 비참했다. 내가 술
을 마셔서 무슨 문제라도 일으켰던가? 위스키는 집에서 즐기기 때문
에 음주운전은 문제가 되지 않았다. 나는 확실히 비틀거리거나 싸움
을 걸지 않았다. 나는 자신이나 다른 사람들에게 위험을 끼치지 않았
으며, 다음 날 아침에는 항상 멀쩡하게 깨서 출근할 준비를 했다. 대
체 뭐가 문제인가? 나는 갈등을 끝내고 술병을 집었다.

어느 날 밤 나는 텔레비전 뉴스를 보다가 중얼거리는 목소리를 들

었다. 실제 목소리였을까? 그게 내 목소리였을까? 평소의 나라면 그렇게 분명하게 말하지 않았을 것이다. 어쨌든 그렇게 강하게 말하지는 않았을 것이다. 며칠 후 나는 내가 무슨 말을 큰 소리로 말했는지, 아니면 그저 생각만 했는지 기억이 나지 않아서 아내에게 물었다. 내가 큰 소리로 말한 모양이었다.

나는 항상 숙면을 취하지 못했고, 아침에 일어나면 머리가 맑지 않아서 와인이라도 마시지 말 걸 하고 후회했다. 하지만 저녁에 의식처럼 술을 마시지 않으면, 주중 (실은 일주일 내내) 일과가 끝난 후 긴장을 해소하는 과정의 매우 중요한 부분인 편안함과 보상을 느끼지 못했다. 내게 술은 파괴적으로 느껴지지 않았고, 오히려 인생을 증진하는 것처럼 느껴졌다. 계층, 재정 상태, 나이에 따라 다양한 음주 패턴이 존재한다. 나는 가정 음주가 사회적으로 완전히 용인되는, 나이든 전문직의 세계에 살았다. 그리고 우리는 코로나로 인해 봉쇄 중이었다. 나는 모두가 나처럼 하고 있다고 스스로를 안심시켰다.

봉쇄가 일시적으로 풀려서 나는 더 나이든 가족, 친지와 시간을 보내느라 며칠 동안 술을 한 방울도 마시지 않았다. 집을 멀리 떠나 있었기 때문에, 내 머릿속에서 오후 7시 종이 울리지 않았다. 금주는 나를 더 날카롭고 총명하게 만들었다. 실제로 머리가 정말 맑아져서, 나는 집으로 돌아가면 위스키를 마시는 습관을 끊겠다고 다짐했다. 그리고 이 결심을 한 후 나는 솔직해지기로 결심했다. 전에도 솔직했지만 그건 술꾼의 솔직함이었다. 이제 나는 술을 끊을 것이고, 그래서 진실을, 오직 진실만을 말할 수 있을 것이다.

죽음을 해부하는 의사

나는 자주 더블 위스키를 두 잔 이상 마셨다는 것을 스스로 인정했다. 사실 일반적으로 세 잔을 마셨다. 그래서 지난주와 그해 여름 내내, 나였던 남자는 일주일에 총 63단위가 아니라 77단위라는 끔찍한 양을 마시고 있었다. 그 남자는 나를 경악시켰다. 그는 거의 일주일 권장량의 최대치에 해당하는 양을 매일 밤 마시고 있었다. 그가 아무리 저녁 음주를 즐길 자격이 있다고 생각해도 나는 그를 더 이상 알고 싶지 않았다.

하지만 그는 곧 돌아왔다.

나는 결심이 약해진 이유가 길고 더운 여름날 저녁 정원에서 진토닉을 마시는 아내의 모습 때문이었는지, 아니면 내가 가장 좋아하는 위스키를 세인즈버리 마켓이 엄청나게 할인해준 덕분이었는지 기억나지 않는다. 얼마 지나지 않아 빈 병을 재활용 수거함에 넣으려다 아내에게 들켰고, 아내가 잠시 자리를 비우면 몰래 잔을 채우기도 했다. 어느 날 밤 나는 스스로 끔찍한 질문을 하고 있었다. 내가 알코올 중독일까?

중독의 널리 통용되는 정의는 술 또는 약물 의존으로 일상생활을 제대로 할 수 없는 상태다. 나는 확실히 그렇지는 않았다. 또 다른 정의는 그 물질을 소비할 때까지 완전히 정상으로 느껴지지 않는 것이다. 즉 섭취해서 생기는 유익한 '고양감'은 없고, 섭취하지 않으면 부족함과 '우울감'이 생긴다. 그 부족함을 채우면 정상으로 인식되는 상태를 회복한다. 나는 내가 그 경우일 수 있다고 생각했다. 전에도 이런 난처한 상태에 처한 적이 있었던가? 맞다. 담배를 끊으려고 했던 시절이었다.

나는 담배의 위험을 충분히 알고 있었다. 결국 병든 폐와 과로한 심장을 검사하는 게 내 일이었으니까. 아침에 일어나면 번번이 오늘은 달라질 거라고 결심했다. 스스로를 설득하고, 데드라인을 정했고, 내 뇌와 습관이 거래를 했고, 나 자신을 자주 훈계했고, 며칠, 몇 주, 심지어 몇 달 동안 담배를 끊었지만… 언제나 다시 담배를 피우기 시작했다. 중년의 어느 날까지는 그랬다. 그날 나는 이번에는 꼭 끊고 싶다고 생각했다. 정말로. 그리고 그냥 끊었다.

그리고 이제 나는 같은 방식으로 술을 끊어야 할 때라고 생각했다. 문제의 정도를 솔직히 인정했고, 정말 끊고 싶었으며, 모두가 오기를 바라는 팬데믹 이후 세계에 알코올 의존증을 안고 들어가고 싶지는 않았다.

나는 노력했다. 하지만 봉쇄 때의 습관을 버릴 수 없었다. 내 음주량은 완강하게 높은 상태를 유지했다. 이제는 화가 났다. 나 자신이 싫어지기 시작했다. 내가 아니라 위스키가 술을 마시기로 결정하고 있는 것만 같았다. 통제력을 잃는다는 건 정말 무섭고 수치스러운 일이었다.

그래서 사다리에서 떨어지는 바람에 병원에서 의사에게 CT 결과 간에 이상이 있다는 말을 들었을 때, 나는 공포의 순간을 맞이했다. 그 순간 나와 진실 사이에 어떤 식으로든 놓여 있던 막이 갑자기 걷혔다.

물론 내 간에는 뭔가 문제가 있었다! 나는 술잔의 눈금까지 따르면

죽음을 해부하는 의사

더블(두 배) 위스키로 그치지 않는다는 사실을 잘 알고 있었다. 확인해봤더니 쿼드러플(네 배) 이상이었다. 따라서 위스키 세 잔을 마시면 하루 12단위이고 거기다 와인 5단위를 더하면 매일 밤 17단위가 되고, 일주일이면 119단위였다. 나는 아침에 일어날 때 머리가 맑은 척은 할 수 없었지만 일반적인 예상과 달리 머리가 깨질 것처럼 아프지는 않았다. 이는 내 간이 알코올 홍수를 다루는 일에 익숙해지고 있다는 뜻이었다. 그리고 분명히 말하는데 그건 좋은 징조가 아니다. 특히 술을 마시는 사람이 간이 복구할 시간도 주지 않고 날마다 마실 만큼 어리석다면.

나는 그동안 내가 본, 푸아그라처럼 지방으로 가득한 간들을 떠올렸다. 부풀어 오르고 창백해진 간들의 모습을. 그건 발효시킨 후 아직 굽지 않은 거대한 밀가루 반죽처럼 보였다. 기름기로 반질반질한 반죽이었다. 에휴. 그리고 지금 의사는 내 간도 그렇다고 말하려는 참이었다. 지방간이 되었고, 어쩌면 부풀어 올랐을지도 모른다.

오, 이런 위선이 있을까. 거울 속에는 서양 의학을 신뢰하고 예방접종을 포함해 질병 예방과 치료의 놀라운 발전을 높이 평가하는 남자가 있었다. 하지만 그 남자는 동시에, 술을 너무 많이 마시면 몸에 해롭고 건강이 나빠진다는 과학적 증거를 외면한다. 나는 지각 있는 인간이 어떻게 그럴 수 있는지 이해할 수 없었고, 그래서 커튼이 쳐진 응급실 침대에 누워서 바로 그 자리에서 술을 끊기로 했다.

"내 간에 무슨 문제가 있나요?" 나는 공포를 애써 숨기며 의사에게 물었다.

"낭종이 있어요." 그가 말했다.

순간 안도가 밀려왔다. 그것은 따뜻한 욕조에 몸을 담그는 것과 같은 느낌이었다.

"오, 그냥 낭종이군요!" 나는 기뻐서 말했다. 무엇 때문에 낭종이 생겼는지는 몰라도 술이 원인은 아니었다.

"확인해 보시겠어요?" 그가 물었다.

나는 거의 웃을 뻔했다.

"아뇨, 그냥 낭종이라면… 아마 태어날 때부터 있었을 거예요!"

나는 방금 사다리에서 떨어진 사람치고는 무척 행복한 기분으로 집에 돌아왔다. 물론 술이 필요했다. 그날 밤 내 손은 위스키 병 위를 맴돌았다. 딱 1초 동안. 술은 대개 포상이었지만, 이런 하루를 보낸 날에는 보상이었다. 나는 그 병만 비우고 더 이상 술을 사지 않겠다고 스스로 약속했다. 그리고 2주간 이 약속을 지켰다. 내가 가장 좋아하는 상표가 특가로 나올 때까지는.

"그냥 적당히 마시면 안 돼?" 아내가 물었다. 아내는 저녁 내내 진토닉을 만들어줄 수 있는 여자였다.

해봤는데 그건 불가능했다. 그래서 내가 할 건 하나뿐이었고 그건 완전히 술을 끊는 것이었다.

나는 끊지 못했다.

그때 병원에서 서류가 도착했다. 간 사진을 찍으라고 했다.

나는 깜짝 놀라 병원에 즉시 전화를 걸었다. 실은 부검을 실시하고 있었기 때문에 병원 예약일에 갈 수가 없었다. 나는 병원 측이 다른

죽음을 해부하는 의사

날로 다시 예약을 잡지 않기를 바랐다. 하지만 불행히도 상담원은 다시 예약을 잡아주겠다고 했다.

"어… 예약을 잡으라고 시킨 사람이 누군가요?" 내가 물었다.

상담원은 그 병원의 간 전문의 이름을 대며 내게 초음파를 찍게 될 거라고 말했다.

"꼭 그래야 합니까?" 내가 물었다. "그냥 낭종일 뿐인데요."

상담원은 한숨을 내쉬며 전문의는 필요한 검사만 한다고 장담했다. 나도 알고 있었다. 그리고 응급실에서 내 주치의에게 간 CT 결과지가 갔다는 사실을 알아내는 데는 그리 오래 걸리지 않았다. 지나치게 경계심이 많은 내 주치의가 간 낭종을 발견하고 CT를 찍었던 병원에 나를 다시 의뢰한 것이었다.

병원에 가기가 얼마나 두려웠던가. 나는 초음파 영상에서 썩 매력적이지 않은 간을 보게 될 것이다. 그 후 전문의와 상담이 있을 것이고, 그는 내게 이렇게 물을 것이다. "술을 얼마나 마십니까?" 그다음에는 내 저녁 동반자인 위스키와 소다수에서 나를 떼어놓으려 하겠지.

나는 초음파 사진이나 전문의 때문에 술을 끊고 싶지는 않았다. 내가 스스로 하고 싶었다.

그래서 이번에는 정말로 술을 끊었다. 완전히. 그리고 6주 후 나는 체중이 4킬로그램 이상 빠지고 혈압도 평상시보다 낮아진 상태로 간 클리닉에 갔고, 화면에서 건강한 간을 볼 수 있었다. 내 간은 금주 기간을 이용해 자신에게 꼭 필요한 복구를 수행했다. 낭종은 세 개였다. 우리는 낭종이 생길 수 있는 원인들에 대해 농담을 나눴다. 전문의는 재미삼아, 그리고 나는 불안에서 벗어나기 위해, 감염을 일으키는 내가 아는 세균들에 대해 이야기했다.

나는 말했다. "어… 포충낭hydatid cyst은 아니었으면 좋겠네요."

"그건 농부들한테서만 봤어요. 가축을 기르십니까?"

"아뇨."

"안심하세요. 환자분의 낭종은 선천적이라서 위험하지 않습니다."

그날 저녁 축하주 한잔 생각이 스쳤지만 그저 스쳐지나가는 생각일 뿐이었다. 매일 마셨던 날들을 돌아보니 과음하는 기간 동안에는 스스로 괜찮다고 주장했지만 실제로는 그리 괜찮지 않았다. 알코올의 영향은 꼬리가 길었고 그 꼬리는 다음 날 아침까지 이어졌다. 내 생산성은 적어도 10퍼센트는 떨어졌을 것이다. 실제로 나는 하루의 시작을 즐기기 못했다. 물론 지금도 원하면 와인 한 잔을 마실 수 있고, 술 한 잔이 식사를 얼마나 기분 좋게 해주는지 안다. 하지만 다시는 알코올의 교활한 속성에 나를 맡기고 싶지 않다.

술로 보상하려는 내 연령대의 성향은 술로 인해 죽는 사람들의 수에 반영되어 있다. 하지만 그 수는 (여전히 상당하지만) 중년 후반에 정점을 찍고 그때부터는 떨어지기 시작한다. 내 동년배들의 경우는 더 큰 수가 또 다른 악덕으로 죽는다. 그건 니코틴이다.

전시 영국은 흡연자들의 나라였고 그 후로도 수년 동안 그러했다. 내가 태어났을 무렵인 1950년대 초, 선구적인 역학자 리처드 돌이 흡연이 건강에 미치는 영향에 대해 세상의 이목을 끌고 있었다. 이 소식은 엄청난 저항에 부딪혔다. 코로나 봉쇄 기간의 내 음주가 증명했

　　　　　　　　　　　　　　　　죽음을 해부하는 의사

듯이, 어떤 것이 해롭다는 것을 아는 것과 중독 습관을 바꾸는 건 별개의 문제다.

우리 세대는 대체 왜 담배를 피웠을까? 운 좋게도 우리는 담배를 피우기도 전에 흡연의 위험성을 알았던 첫 번째 세대였는데 말이다. 답은, 남들이 피우니 따라 피웠다는 것이다. 그리고 우리는 광고에 현혹되었다. 나는 거친 풍경 속에서 야성적인 남자가 말을 탄 채 먼 곳을 응시하고 있는 광고를 생생히 기억한다. 뭔가를 환기시키는 그 장면에는 당연히 담배가 꼭 필요하다. 많은 배우들이 그 유명한 광고를 찍었고, 그들은 거의 모두 폐암 또는 만성 폐질환으로 사망했다.

나는 내 아버지가 나쁜 본보기를 보였다는 비난도 할 수 없다. 우리 집은 흡연하지 않는 가정, 사실은 흡연에 반대하는 가정이었다. 하지만 집 밖에서는 담배를 끊을 마음이 없는 사람들 속에 둘러싸여 있었다. 우리는 젊은 시절 내내, 그리고 인생의 대부분 동안 담배 연기를 위안, 행복, 어른의 징표로 여겼다. 집에서만 나가면, 모든 버스나 기차, 모든 카페나 술집, 모든 길거리에서 담배를 피웠다. 직장에도, 사무실에도, 복도에도, 심지어 병원에도 담배연기가 자욱했다. 병동 밖에는 흡연자들을 위해 특별히 마련된 휴게실이 있었다.

나는 의과대학에 들어가면서 담배를 피우기 시작했다. 아이러니가 아닐 수 없다. 흡연 습관에서 벗어나기까지 20년 넘게 걸렸고, 다른 많은 사람들은 아직도 담배를 끊지 못했다. 그 흡연자 집단은 영국 통계에서 존재감을 드러낸다. 그들은 현재 다양한 암과 흡연이 일으키는 만성 폐질환으로 죽어가고 있다. 또 일부는 심혈관계 질환 수치 뒤에 숨어 있다. 앞으로 수년 동안 흡연과 관련한 암이 주요 사망 원인의 자리를 잃을 것으로 예상되는데, 이는 흡연하는 사람들, 특히 젊은 흡연자가 줄고 있기 때문이다. 그런데 현재 선진국은 흡연 인구가 매우 낮은 수준이지만 다른 곳은 그렇지 않다. 영국으로 이민 온 사람들은 영국에서 태어난 흡연자들이 수년 동안 그랬듯이 습관을 고수하고, 이는 앞으로 한동안 사망 통계에 반영될 것이다.

이 주제에 대한 리처드 돌의 발언은 기념비적이다.

늙어 죽는 건 필연이지만 늙기 전에 죽는 건 그렇지 않다. 이전 수백 년 동안 70세가 인류에게 할당된 수명으로 여겨졌고, 다섯 명 중 한 명 정도만 그 나이까지 살았다. 하지만 요즘 서양 국가에 사는 비흡연자들의 경우 상황은 반전되어 다섯 명 중 한 명만이 70세 전에 죽고, 비흡연자 사망률은 계속 감소하고 있다. 적어도 선진국에서는 70세 이전에 사망하는 일이 드문 세상이 되었다. 이런 세상이 정말 오게 하려면 현재 담배가 일으키고 있는 막대한 피해를 제한하고, 선진국의 수백만 명에게만이 아니라 다른 지역의 훨씬 더 많은 사람들에게도, 흡연을 계속하면 기대수명이 얼마나 줄어드는지 깨닫게 할 방법이 필요하다.

내가 살아온 인생이 바로 이 위대한 역학자의 말을 확인시켜 준다. 내가 태어난 해에 평균 기내 수명은 69.17세였다. 여성이 좀 더 많았고 남성은 좀 더 적었다. 나는 아직 그 나이가 되지 않았으므로 내가 69.17세가 되었을 때(그날은 2022년 11월 21일이다) 이미 죽었을 가능

죽음을 해부하는 의사

성도 있다. 하지만 그동안 위험 요인들을 잘 피했고 담배를 끊었으며 68세에 도달한 지금, 내 기대 수명은 무려 83세까지 치솟았다.

나는 담배를 너무 오래 피웠고 술을 너무 많이 마셨기 때문에 심장병 위험 요인들을 안고 있지만, 다행히도 피할 수 있었던 위험 요인이 하나 있다. 그 요인은 임상적으로는 인정되지만 일반적으로 잘 이해되어 있지 않다. 그리고 노령 인구에 영향을 미치는 경향이 있다. 하지만 그것은 팬데믹으로 인한 봉쇄 기간 동안 장기간 고립되었던 모든 사람과 특히 관련이 있을 수 있다. 그것은 바로 고독이다. 우리 대부분은 인생에서 가족과 친구가 중요하다는 점을 인정한다. 가족과 친구가 없다면 내 세상은 훨씬 줄어들 것이 분명하다. 하지만 내 연령대의 특징은, 인생의 변화의 상실로 인해 이미 많은 사람들이 완전히 혼자가 되었다는 것이다.

관상동맥 심장질환과 고독 사이의 신비롭지만 입증된 연관성을 고려할 때, 내가 다룬 초기 사례 중 하나에서 고독이 사망 원인이었을 것이라고 추측해볼 수 있다. 물론 추측만 할 수 있을 뿐이다. 2만 3천 건이 넘는 부검을 실시한 후 나는 그 대부분을 잊어버렸지만 이 사례만큼은 잊지 않았다.

1990년에 나는 수년간의 공부와 훈련을 실전에 적용해보기를 열망하는 젊은 병리학자였다. 전화벨이 울릴 때마다 서둘러 달려갔는데, 어느 날 오후 서리의 시체안치소로 불려갔다. 전날 밤 강풍이 불었고, 나는 도심을 벗어나는 동안 쓰러진 나무의 가지들을 갈라 길가에 쌓아둔 것을 보았다. 하지만 내가 연락을 받은 이유가 강풍 때문임은 짐작하지 못했다.

검시관실 경찰관과 하급 경찰관 한 명만이 시체안치소에서 나를 기다리고 있었고, 그들 주위로 이런저런 상자와 플라스틱 봉지들이 놓여 있었다. 일반적으로 보이는 봉인된 증거물 봉지는 없었다. 이 점과 경찰관이 한 명밖에 오지 않은 것에서 나는 강풍의 여파로 자원이 빠져나갔고, 누군가가 고인도 이 사건도 별로 중요하지 않다고 판단했다는 사실을 알아차렸다.

검시관실 경찰관은 강풍에 쓰러진 나무 밑둥에서 사람의 뼈가 발견되었다고 설명했다. 숲은 도킹●과 가까웠지만 인적이 거의 없었다. 한때는 웅장한 경관과 거대한 정원의 일부였지만 지금은 그 모두가 허물어졌고, 시신이 발견된 곳에는 잡목이 무성하게 자라고 있었다. 오늘 현장에 다녀간 사람은 지난 밤 강풍으로 인해 나무가 쓰러진 것을 조사했을 뿐이었다.

나는 처음에 냉소적으로 반응했다. 이런 경우 병리학자들이 건네받는 뼈는 거의 건설업자들이나 스스로 집을 고치는 사람들이 발견한 것이다. 업자들은 이것이 바이킹의 뼈로 판명되기라도 하면 고고학자들이 조사하는 동안 공사를 멈추어야 한다는 사실을 알고 있기 때문에 마지못해 뼈를 제시한다. 집을 확장하기 위해 땅을 파다가 뼈를 발견한 개인들은 미궁에 빠진 살인 사건의 실마리를 찾을 수 있을 거라고 생각해서 적극적으로 뼈를 내민다. 이런 식으로 발견된 뼈들

● 영국 서리주의 도시.

　　　　　　　　　　　　죽음을 해부하는 의사

은 거의 항상 동물 뼈로 밝혀진다. 하지만 이 사건의 경우 검시관실 경찰관은 첫 번째 발견물이 인간 두개골이었으므로 실수가 없을 것이라고 장담했다.

경관이 내게 건넨 현장 사진들을 빠르게 훑어보니, 숲 바닥에 두개골이 있었고 근처에 긴 뼈 몇 개가 흩어져 있었다. 허벅지에 있는 큰 뼈인 대퇴골이 가장 눈에 띄었지만 다른 뼈들도 있었다.

마침내 옷이 눈에 들어왔지만, 옷은 주변 경관과 거의 구분이 되지 않았다. 경찰들은 처음에는 조심스럽게 발굴했지만, 그다음에는 내가 분류하도록 그들이 발견한 모든 것을 일단 봉지와 상자에 담았다.

나는 현장 사진을 좀 더 살펴보았다. 만일 나무가 그 위로 자라기 전에 시신이 있었다면? 나는 그렇지 않았을 거라고 판단했다. 나무는 가파른 비탈면에서 자랐고 거기서 쓰러지면서 작은 산사태를 일으켰다. 이 산사태 때문에 시신이 드러났던 것이다.

나는 증거물 상자들을 흘깃 보고 흙냄새를 맡아 보았다. 이 골격이 아주 오랫동안 그 자리에 있었다는 것을 알 수 있었다. 이번에는 사진을 보며 시신이 얕은 무덤에 묻혔는지 알아내려고 시도했다. 그럴지도 모른다. 하지만 꼭 그렇다고는 할 수 없었다. 고인이 이곳 나무 근처에서 죽었고 그다음에 수년에 걸쳐 나뭇잎과 기타 숲 잔해들에 서서히 덮였을 가능성도 있었다. 나무 한 그루가 뿌리째 뽑히면 숲 바닥에 엄청난 구조적·생태적 교란이 일어나기 때문에, 교란이 일어난 부분과 땅을 파낸 부분을 구별하는 것이 매우 어렵다.

나는 먼저 유품을 살펴보기로 했다. 봉지 속의 모든 것이 뭉쳐져 있었고, 흙에 싸여 있는 모습으로 미루어 오랫동안 한 곳에 뭉쳐져 있었던 것이 분명했다.

원래 초록색이었던 것으로 보이는 트위드 바지가 있었다. 단추가 외줄로 달린 짙은 색 재킷은 안감이 군데군데 떨어질락 말락 했지만 한쪽 소매 안에는 팔뼈가 아직 있었다.

"으악, 공포 영화를 보는 것 같아요." 젊은 경관이 말했다.

나는 뼈에서 재킷을 조심스럽게 떼어냈다. 그 끝에는 손이 없었다. 손발이 노출되면 보통 들쥐나 생쥐가 갉아먹어 짧아진다.

해체되고 있는 모직 점퍼는 지금은 흙빛이 되었지만 원래는 옅은 황갈색이었을 것이다. 라벨은 없었고, 점퍼 아래쪽 주머니에는 동전 몇 개가 들어 있었는데 가장 최근 것이 1975년 발행된 것이었다. 그 밖에 열쇠 두 개가 달린 키링, 깡통 담뱃갑과 성냥, 튼튼한 갈색 레이스업 신발 한 켤레가 있었다. 신발 한 짝은 아직 그 안에 몸이 있는 것처럼 바지와 함께 발견되었고, 다른 한 짝은 좀 떨어진 숲의 표면 근처에서 발견되었다. 둘 다 끈은 사라지고 없었다. 하지만 두 짝 모두, 삭은 양말 안에 작은 발 뼈들이 들어 있었다.

이 모두는 고인이 남성일 가능성을 말해주었다. 그리고 옷과 소지품으로 볼 때 사망 당시 중년 후반이나 좀 더 늙은 남자였던 것 같다. 의복의 스타일과 보존 상태는 그가 튜더 왕조 시대 자작농이 아니라, 20년 전에 살았던 사람임을 나타냈다. 그러므로 만일 고인이 살인 피해자였다면 살인자가 아직 살아 있을 가능성이 있었다.

그가 누구였든 간에 경찰은 이 남자를 이미 포기한 것 같았다. 나는

죽음을 해부하는 의사

이 신통치 않은 유골과 유품을 통해 살인의 증거가 있는지 확인하는 것이 내 일이자 의무라고 생각했다. 지금까지는 어떤 증거도 없었다. 예를 들어 의복에는 칼에 찔렸거나 몸싸움이 있었음을 나타내는 찢긴 흔적이 없었다.

하지만 한 가지 흥미롭고 도움이 될 만한 특징이 있었다.

바지 주머니 안감에 초록색 마커 펜으로 'N HAMILTON LYTT'라고 적혀 있었고 그 밑에는 25-3-75라는 숫자가 있었다.

이것은 우리 세 사람에게 이런 저런 추측을 불러일으켰다. 누군가가 주머니에 이름을 썼다면 이유가 뭘까? 그리고 날짜는 무엇을 뜻할까? 1975년이 그의 주머니에 든 가장 최신 동전이 발행된 해였다는 점을 고려하면, 그 숫자는 그가 죽은 날짜를 뜻할까? 이 경우, 사고나 심장마비가 아니라 아주 이상한 살인 사건이거나, 또는 좀 더 유력한 가능성으로 자살을 생각해볼 수 있었다. 자살하는 사람이 하기에는 이상한 행동처럼 보였지만 말이다. 자신의 뼈가 수년 후 발견될 때를 위해 이름과 날짜를 남겨 경찰에게 몇 가지 단서를 제공한 것일까?

그 남자의 이름은 이제 N 해밀턴 리트로 추정되었고(어떤 이유에서인지 우리는 그를 닐이라고 부르기로 했다), 경관은 그에 대해 알아내는 데는 오래 걸리지 않을 거라고 자신했다. 그는 그 정보를 들고 즉시 경찰서에 전화를 걸었다. 하지만 그동안에도 추측은 계속 이어졌다.

개인적으로 나는 그 이상한 신원 정보는 닐이 치매 또는 어떤 정신 건강 문제를 겪고 있었음을 나타내는 게 아닐까 생각했다. 그가 길을 잃을 경우에 대비해 요양보호사가 그곳에 그의 이름을 적어놓은 것이라면? 만일 그가 1970년대 후반이나 1980년대 초에 죽었다면, 그는 대형 기관들 중 하나에서 지냈을지도 모른다. 서리주에는 그런 곳이 몇 곳 있었다. 그런 기관은 취약한 사람들을 보호했지만 이따금 가두기도 했다. 1980년대에 지역사회 돌봄으로의 전환이 일어나면서, 그런 기관들에서 지내던 많은 수감자들이 난생처음으로 더 넓은 세계로 나왔다. 그리고 일부는 전혀 적응하지 못했다. 닐도 그중 하나였을까?

만일 그가 돌봄을 받는 대상이었다면, 나는 '리트'가 이름이 아니라 시설 명칭을 나타내는 약자일 수도 있다고 추측했다. 물론 다른 누군가의 이름이었을 가능성도 배제할 수 없었다. 고인은 노숙자였거나, 구세군에게 옷을 받았을지도 모른다. 후자라면 N 해밀턴 리트는 그 옷의 전 주인이었을 수도 있다.

이런 추측은 우리가 모르는 게 얼마나 많은지 말해줄 뿐이었다. 그리고 앞으로도 알 수 없을 터였다. 그래서 나는 내가 할 일인 분류와 조사를 계속했다.

뼈 대부분이 상자 안에 들어 있었다. 나는 꼼꼼하게 조사한 후 그 뼈들이 모두 한 사람의 것이라고 확신했다. 이것을 확정하는 건 중요한 일이었고, DNA가 널리 이용되기 전인 1990년에는 그 일이 과학적 분석이 아니라 판단의 문제였다. 뼈들은 확실히 동일인에게서 온 것처럼 보였고 중복되는 뼈가 없었으므로 그렇게 추측해도 무방해 보였다.

뼈들은 흙과 같은 갈색이었다. 과학수사팀은 다른 신체 조각들은

죽음을 해부하는 의사

찾지 못했다. 뼈를 제외한 모든 것이 썩었거나 동물들에게 먹힌 탓이었다. 경찰 측이 이 사건이 부족한 자원을 끌어다 쓸 만큼 중요하지 않다고 판단한 것은 안타까운 일이었다. 4세제곱미터만 꼼꼼히 수색했더라도 훨씬 더 많은 것을 찾아낼 수 있었을 것이고, 더 작은 뼈들이 나왔을지도 모른다. 그랬다면 더 많은 사실이 드러날 수 있었을 것이다.

우리는 싱크대에서 뼈들을 깨끗하게 문질러 닦기 시작했다.

닐의 두개골은 아래턱이 없었고, 위턱에는 치아가 없었다. 하지만 나는 사망 시점에는 치아가 있었다는 것을 치조를 통해 알 수 있었다. 어깨와 팔의 뼈들은 양쪽 모두 존재했다. 골반뼈도 있었다. 또한 왼쪽 갈비뼈 10개와 오른쪽 갈비뼈 9개도 있었다. 관절로 연결된 24개 척추뼈 중 19개가 있었다. 오른쪽 다리는 대부분이 보존되어 있었지만 왼쪽 다리는 전혀 없었다. 손은 사라지고 없었지만, 발의 작은 뼈들은 가지런히 보존되어 있었다.

나는 흰 종이 위에 마치 직소퍼즐을 맞추듯 골격을 늘어놓았다. 이것은 내가 좋아하는 일이고 지켜보는 경찰관들은 매료되었다. 인간의 골격은 2차원으로 표현하면 이상하면서도 아름다워 보인다. 위에서부터 바깥쪽으로 뻗어나가는 갈비뼈와 중심에서 줄기처럼 이어지는 튼튼한 척추뼈는 기묘하면서도 사랑스러운 나무와 비슷했다.

두개골은 내가 옷에서 알아챈, 이것이 남자의 시신이라는 직감을 확인시켜 주는 듯했다. 눈 위의 두덩, 즉 우리 눈썹이 얹히는 곳인 안와 위 융기는 보통 남자들에서 더 두드러지고, 그것은 유양돌기*도 마찬가지다. 물론 이런 특징들에 전적으로 의존해 골격의 성별을 결정하는 것은 위험하다. 수많은 변이가 있을 수 있기 때문이다. 예를 들어 아프리카계 카리브해 여성들은 흔히 큰 안와 위 융기를 가지고 있다. 하지만 나는 닐이 남성임을 거의 확신했다. 여성 두개골은 남성의 것보다 모양이 더 둥글고 매끄러우며 크기도 약간 작은 편이다.

초보자가 인간의 골격을 보면, 아무 의미 없는 덩어리, 혹, 홈, 각도가 제멋대로 놓여 있는 것처럼 보인다. 하지만 각각은 저마다 특별한 이유로 거기 있으며, 만일 여러분이 뼈를 읽을 수 있다면 그것들은 매혹적인 이야기를 들려줄 것이다. 특히 그 골격이 남성인지 여성인지 확인하려고 한다면.

가장 먼저 골반뼈를 조사해 큰궁둥구멍**의 모양을 판단해야 했다. 여성이 남성보다 구멍이 크다. 닐은 확실히 남성이었다. 다음으로 골반 전면의 각도, 즉 두덩결합***을 확인했다. 그것은 첨탑처럼 날카로웠다. 따라서 이 역시 남성임을 가리켰다. 그리고 마지막으로 골반 구멍을 통해 아래를 내려다보며 전체적인 모양을 확인했다. 닐의 골반뼈는 아기의 머리가 통과할 수 있는 타원형이 아니라 완전한 'O'자 모양이었다. 그는 남자였다. 그리고 나는 특수 골측정 보드에서 나

- 귓바퀴 바로 뒤쪽에서 아래로 뻗은 관자뼈의 돌기.
- ● 대좌골공. 골반 뒤쪽에 있는 구멍.
- ●●● 치골결합. 좌우 볼기뼈가 서로 결합하는 곳.

머지 긴 뼈들의 길이를 측정하고 표준 공식을 적용한 결과 그의 키가 167~176cm 사이였다고 추정했다.

우리는 그의 죽음에 대한 단서가 더 있는지 현장 사진을 다시 한 번 꼼꼼하게 조사했지만 아무것도 나오지 않았다. 그저 흙투성이 의복과 갈색으로 변한 오래된 뼈들뿐이었고 이마저 흩어진 채 땅과 구별되지 않아서 알아보기 어려웠다. 뼈들이 사라지고 흩어진 이유는 물론 포식자들 때문이다. 그리고 다양한 포식자들이 존재한다. 어떤 것들은 여우와 개처럼 큰 동물이다. 또한 들쥐와 생쥐처럼 작은 동물들도 있고, 훨씬 더 작은 것들도 있다. 곤충과 박테리아는 우리를 흙으로 되돌리는 중요한 과정에 많은 기여를 한다. 이렇게 우리는 흙에서 와서 흙으로 돌아간다. 큰 포식자들은 시신이 너무 깊이 파묻혀 있지만 않다면 몸 일부를 표면으로 끌고 갈 수 있고, 실제로 그렇게 한다. 포식자들이 항상 그 자리에서 먹는 건 아니다. 대개는 뼈를 가져가서 멀리서 갉아 먹음으로써 병리학자들의 분노를 자아낸다. 반면 작은 포식자들은 굴 안쪽에 깔 수 있는 옷 파편이나 털에도 감지덕지한다.

남아 있는 뼈들에는 동물의 이빨 자국이 선명했지만, 닐이 사고를 당하거나 암살자를 만났음을 나타내는 흔적은 전혀 없었다. 혹시 그가 넘어졌다가 단순히 저체온증으로 죽었다 해도, 남아 있는 뼈에서 그것을 알아낼 방법은 없었다. 만일 그가 칼로 공격을 당했다면 가해자의 비밀도 닐과 함께 사라졌을 것이다. 그때 나는 닐의 갈비뼈들 중 하나에서 약간 부어오른 곳을 발견했다. 이는 그곳이 과거에 부러진 적이 있음을 암시했다. 만일 그가 누구인지 알게 된다면, 이것은 사망 시점에 폭력이 있었다는 증거일 수 있고, 이 경우 경찰이 좀 더 흥미를 느낄지도 몰랐다. 하지만 나는 그것을 이리저리 돌려본 후 오래된 골절이라고 판단했다. 죽기 1년 전쯤에 생긴 골절이었을 것이다. 그 골절이 닐의 사망 원인일 가능성은 거의 없었다.

나이를 판단하는 것은 좀 더 어려웠다. 고인이 이십 대 초반을 넘겼다면 항상 그렇다. 한쪽 무릎에 관절염이 약간 있었다. 그리고 치아는 모두 돋아난 상태였다. 세 번째 어금니(사랑니)가 들어가는 치조도 있었다. 나머지 치아들도 대부분 텅 빈 치조만 남아 있었고, 일부는 살아생전에 빠졌지만 턱은 아물어 있었다. 남아 있는 소수의 치아는 상태가 좋지 않았다. 마모되었고, 뿌리 근처에는 반지처럼 치아를 빙 둘러싸는 치석이 있었다.

골다공증이 약간 있는 뼈, 초기 관절염, 마모된 치아…. 심지어 깡통 담뱃갑조차 나이와 관련이 있어 보였다. 이 모두를 종합해 나는 닐이 사망 당시 60에서 70세 사이였다고 추정했다.

경찰이 알고 싶은 중요한 질문은 '그가 죽은 지 얼마나 되었는가?'였다. 조사할 온갖 종류의 유품이 있었다. 만일 경찰이 성냥이나 담배 전문가에게 돈을 지불할 마음이 있었다면(분명 그런 전문가들이 있을 것이다), 닐이 지니고 있던 담뱃갑의 내용물이 도움이 되었을 것이다. 어쩌면 의복의 생산 시기도 알 수 있었을지도 모른다. 하지만 경찰은 이 매우 어려운 질문에 대한 답을 오직 내게만 의존하고 있었다.

나는, 부패가 완전히 진행되었고, 표면에서 발견된 뼈들이 그 정도

　　　　　　　　　　　죽음을 해부하는 의사

로 풍화되었다면 닐이 죽은 지 적어도 5년이 지났음이 틀림없다고 확신했다. 그의 주머니에 있던 최신 동전의 발행연도는 1975년이었고 이는 15년 전이었다. 나는 이 두 가지 가능성의 중간 지점에 무게를 싣고 그가 10년 전인 1980년에 사망했을 것이라고 추정했다. 아마도(이 사례는 너무 오래되었고, 고인이 오래 전에 사망했으며, 연고가 없는 것으로 보였기 때문에 나는 스스로의 규칙을 깨고 그를 알아볼 수 있는 정보를 공개하기로 했다).

물론 나는 사인을 '불상'으로 제시해야 했다. 내 파일에는 닐의 번호가 있었고 파일의 이름은 'BONES'로 했다. 나는 조만간 그의 신원이 밝혀지리라고 확신했다. 분명 누군가가 N 해밀턴 리트가 실종되었다고 신고했을 것이고, 경찰이 실종자 파일을 샅샅이 뒤져보면 보호자, 친구, 이웃, 또는 식구를 찾을 수 있을 것이다.

시간이 흘러 N 해밀턴 리트의 이름을 추적하던 형사들은 마침내 영국에는 1975년에 살아 있던 그 이름을 가진 사람이 없다고 보고했다. 그는 어떤 목록이나 명부에도 존재하지 않았다. 그리고 닐에 대해 우리가 알고 있는 인상착의와 일치하는 남자가 실종되었다고 보고한 사람도 없었다.

놀랍게도 그때 경찰이 두개골로 3차원 얼굴을 복원하기로 결정했다. 그 무렵 3차원 복원이 크게 유행했는데 값이 싸지 않았다. 대부분의 복원은 점토로 공들여 창조되었으며, 일부는 섬뜩할 정도로 정확해서 실종자의 신원을 밝혀내기도 했다. 하지만 나는 회의적이었다. 10년 전에 죽은 것으로 추정되는 사람의 두개골 주요 부분은 있었지

만 턱이 없었고 치아도 몇 개뿐이었다. 그런 복원이 얼마나 정확할
수 있을까?

닐의 이미지는 원래 3차원으로 복원되었지만, 나는 2차원 사진을
제공받아 컴퓨터에서 두개골 사진 위에 겹쳐놓았다. 그것으로 내 의
심은 끝이었다. 그 사람은 분명 닐이었다. 복원된 2차원 사진과 두
개골 사진이 겹쳐지고 두개골에 얼굴이 자연스럽게 맞춰지면서 마
치 누군가의 삼촌을 찍은 흑백 스냅사진처럼 보였다. 그는 점퍼와 셔
츠를 입고 넥타이를 매고 있었다. 당시 나이든 남자들은 평상복으로
도 그렇게 입었다. 닐은 우리가 아는 남자처럼 보였다. 잘 알지는 못
하지만 꽤 자주 본 사람. 매일 아침 기차에서 〈데일리 익스프레스〉
를 읽던 온화한 남자. 또는 개를 산책시키며 정기적으로 몇 마디씩
주고받던 사람. 아니면 이웃들 옆에 늘 있던 조용한 형제…. 그 사진
에서 나는 여우들에 이리저리 차인 후 숲에서 반쯤 남은 두개골로 발
견된 사람이 아니라 실제로 살아 숨 쉬는 남자를 보았다.

나는 그 사진을 유포하면 닐의 친척이나 친구가 나타날 거라고 확
신했다.

그런데 아니었다.

닐의 뼈와 주머니에 새겨진 의문의 문자 N HAMILTON LYTT는
지금도 국가 범죄국 실종사건수사팀 목록에 있다. 그를 안다고 말하
거나 그가 누구였는지 알 것 같다고 나서는 사람은 아직 없었다. 그
는 살아서는 투명인간이었고 죽어서는 잊혔다. 하지만 내게는 잊히
지 않았다. 나는 오랫동안 많은 신원불명자의 시신을 조사했다. 일반

죽음을 해부하는 의사

적으로는 결국 신원이 확인된다. 예를 들어, 닐보다 조금 앞서 닐이 발견된 곳에서 그리 멀지 않은 곳에서 발견된 한 남자는 페이스메이커로 신원이 확인되었다. 페이스메이커는 일련번호가 있어서 소유자의 이름을 추적한 결과 이 남자가 산책을 나갔다가 돌아오지 않은 동네 사람임을 쉽게 알아낼 수 있었다. 그는 9개월 전에 아내에 의해 실종 신고가 되었다.

우리는 닐이 적어도 말년에는 떠돌이 생활을 했고 따라서 살던 장소에서 사라져도 아무도 경각심을 갖지 않았다고 추정할 수밖에 없었다. 이따금 노인들이 자택에서 부패된 시신으로 발견된다. 이웃은 오직 냄새로 낌새를 챈다. 아무도 외부 세상에서 그들이 사라진 것을 알아채지 못하고, 그들이 전화를 받지 않아도 아무도 걱정하지 않기 때문이다. 이런 경우 부패가 진행되어 죽음이 자연적 원인으로 일어났는지 확인하는 것이 불가능하다. 항상 혼자 있는 노약자에게는 많은 일이 일어날 수 있다. 잔인한 사기꾼이 그들의 취약함을 이용할 수 있고, 도움을 요청해도 아무도 듣지 못하며, 문제가 심각해도 도움의 손길을 내밀 사람이 없을 것이다.

이 남성이 도시와 그렇게 가까운 외딴 산비탈에서 죽은 이유가 뭘까? 살아생전에 주변 사람들의 관심에서 벗어난 이유가 뭘까? 닐은 살아 있을 때 유령이었고 그의 죽음은 아직도 나를 따라다닌다.

18

의존이라는 증후

나는 비싸고 매력적인 집으로 불려갔다. 큰 도로와 철로 근처에 있는 번화한 주거 지역에 있었지만 잘 가꾸어진 정원 안에 자리 잡고 있어서 소음이 거의 들리지 않는 집이었다. 차도 양옆으로는 아잘레아(진달래속)가 심어져 있었는데, 5월이어서 꽃이 만개하여 울긋불긋했다.

경찰은 내게 시신이 두 구임을 미리 알려주었다. 남편과 아내였다. 이 말을 듣고는 곧바로 살인 후 자살을 예상했다. 대개는 단순명쾌한 사건들이다. 만일 여자가 등에 칼을 꽂고 부엌 바닥에 누워 있고, 남자는 근접 거리에서 쏜 총상을 입고 거실에 쓰러져 있으면 누구도 비독 소사이어티•에 자문을 구할 필요가 없다.

하지만 그러고 나서 경찰관은 부부가 상당히 고령이라고 덧붙였다. 나는 이 사건이 예상보다 복잡하다는 것을 단번에 알아챘다. 살인

죽음을 해부하는 의사

후 자살은 아직 열정이 남아 있는 부부에게 일어나는 일이다. 어떤 이유로든 예전처럼 사랑받지 못할까봐 두려워하는 사람과 그 파트너, 즉 욕정과 관련이 있다. 노인 부부들은 다양한 감정을 겪지만 극단적인 열정은 그들 영역이 아니다. 그들은 그게 아니라도 감당해야 할 일이 너무나도 많다. 자, 이제 진짜 노년이라는 필연적인 단계를 검토할 차례다. 노쇠가 아니라, 젊은 노년에서 늙은 노년으로 넘어가는 티핑포인트를 지난 시점을 말하는 것이다. 티핑포인트는 인식하기 어려운데, 한 가지 이유는 매우 점진적으로 다가오기 때문이고, 또 한 가지 이유는 어떤 사람에게는 늦게, 또 어떤 사람에게는 놀랍도록 일찍 오기 때문이다.

어쩌면 진짜 노년이란 독립성을 전부까지는 아니라도 일부나마 잃는 일로 정의할 수 있을 것이다. 또는 인생에 제약이 생기기 시작하는 때라고도 말할 수 있다. 이 연령 집단에 진입하면 지금껏 바쁘고 활동적이었던 많은 사람들이 신체적 고통과 질병, 또는 수년에 걸쳐 슬금슬금 다가와 안락의자를 점점 자주 찾게 만드는 피로감으로 인해 생활에 제약을 받게 된다. 정원 가꾸기와 같은 즐거웠던 취미도 이제 마지못해 하는, 또는 대신해줄 누군가를 찾아야 할 귀찮은 잡일일 뿐이다. 한때는 걱정 따위 없이 기대를 품고 계획했던 휴가는 성인 자녀들과 함께일 때만 진정한 휴식이 된다. 그렇다 해도 일상을 벗어나는 것이, 또는 필요한 뭔가(가까이 있는 화장실, 점심이나 저녁 전

- 경찰관과 프로파일러들의 모임.

에 마시는 음료수, 믿을 만한 동네 의사)가 곁에 없을까봐 불안하다.

젊은이들은 저마다 자기 인생의 복잡한 거미줄을 치느라 거미처럼 바쁘기 때문에 노인의 스트레스를 일일이 처리해줄 수 없고, 그래서 노인들은 전전긍긍한다. 필요가 충족되지 못할까봐, 또는 새로운 신체적·정신적 한계가 자신의 능력을 넘어설까봐 불안하다. 30년 전만 해도 산업 역군이었던 사람들은 이제 기차 갈아타기처럼 간단한 일도 심리적으로나 신체적으로 힘들다. 오래된 질환으로 인한 만성 통증이나 주기적으로 찾아오는 단기적 문제는 의존으로의 추락을 가속화한다. 어려서는 세계가 점점 커지다가 이십 대에 이르면 세상이 자기 것이 된다. 그리고 진정한 노년에 이르면 세계는 축소된다. 우리는 시간의 대부분을 쇠락하는 육체를 관리하는 데 할애한다. 그리고 어렸을 때처럼 다시 타인에게 의존하기 시작한다.

그래서 경찰관이 노인들이 사는 집에서 두 사람이 동시에 사망했다고 알렸을 때, 나는 상실, 한계, 의존으로 뒤엉킨 매듭을 만나게 되리라 예상했다. 손질하지 않아 웃자란 정원, 포장이 벗겨진 길, 군데군데 떨어져나간 페인트, 녹조가 창문을 뒤덮은 온실. 이런 것들은 흔히 안에 노인이 사는 집임을 가리키는 밖으로 드러나는 흔적들이다.

하지만 이 집은 그렇지 않았다. 정원은 잘 손질되어 있었고 창문은 깨끗했으며, 창틀과 문틀은 도색한지 얼마 되지 않은 듯했다. 불길한 조짐을 보여주는 깃은 대문 옆 외측 벽에 세워놓은 지팡이뿐이었다.

그 집에서 나는 경찰관을 만나 간단한 보고를 들었다. 그는 천천히 현관문을 열었다. 나는 그가 왜 그렇게 조심스럽게 행동했는지 곧 이

죽음을 해부하는 의사

해했다. 현관문 바로 앞에 놓인 시신에 발이 걸려 넘어질까 봐서였다.

"메이슨-그랜트 부인입니다." 그가 말했다.

노부인은 트위드 스커트, 알맞은 신발과 타이츠로 말쑥하게 차려입고 있었다. 얼굴을 위로 한 채 누워 있었는데, 발이 문 바로 안쪽으로 향했고, 머리는 계단 층계가 시작되는 곳에서 몇 미터 떨어져 있었다. 구급요원들이 카디건과 블라우스를 벗기고 파란색 ECG 패드를 가슴에 붙여 놓았다. 타이츠는 잘려 있었는데 아마 과학수사관이 체온을 재기 위해 그렇게 했을 것이다. 그렇다면 잘한 일이었다. 사망 시점에 대한 질문이 많을 것으로 예상되었다.

나도 메이슨-그랜트 부인의 체온을 쟀다. 시신이 발견된 시간은 그날 오전 10시였다. 그 직후에 과학수사관이 다녀간 것 같고, 과학수사대가 하루 종일 분주하게 일했다. 지금은 오후 5시가 넘은 시각이었다.

과학수사대가 우리를 지나가고 있었다.

"방 온도를 기록하지는 않았죠?"

나는 이렇게 묻고는, 상대방의 영문을 모르는 표정을 예상했다.

마스크를 쓴 남성이 나를 흘긋 보았다.

"박사님!" 그가 말했다. "본부에서 하신 지난번 범죄현장 강의에 갔었어요. 강의를 들은 후로는 항상 방 온도부터 잰답니다."

나는 눈썹을 치켜올렸다. 내 말에 실제로 귀 기울이는 사람이 있다고?

"강도 사건에서도요!" 그가 덧붙였다. "바로 이 장소에서 온도를 잿고, 2층에 있는 남편 옆에서도 쟀어요. 두 곳 모두 우리가 여기 도착한 뒤로 매 시간 쟀어요."

그와 악수라도 하고 싶은 심정이었다.

나는 어떤 명백한 손상이 있는지, 복도에 놓인 시신을 잠시 살폈다. 아무것도 없었다. 하지만 이런 빠른 검안으로도 부인이 얼마나 말랐는지 알 수 있었다.

부인 옆에는 뚱뚱한 격자무늬 가방이 놓여 있었다. 가죽 손잡이가 닳은 것으로 보아 수많은 쇼핑에 동반했음을 알 수 있었다. 아마 메이슨-그랜트 부인은 내가 이 집에 오는 길에 지나쳐온 편의점에 다녀왔을 것이다. 나는 쇼핑백 안을 보았다. 아하. 부인은 아침마다 똑같은 길을 오갔던 것 같다. 차도를 내려가서 모퉁이를 돌아 신문과 우유… 그리고 보드카 두 병을 샀다. 나는 경찰관을 쳐다보았지만 그는 눈썹을 치켜올릴 뿐 아무 말도 하지 않았다.

그는 나를 거실로 안내했다. 과학수사대는 일을 거의 마쳤고, 그들이 떠나자 집이 더 횡하고 조용해졌다.

"과학수사대는 침입의 증거를 전혀 찾을 수 없었답니다." 경찰관이 내게 말했다. "우리는 메이슨-그랜트 부인이 집에 돌아와 문을 열 때 누군가 밀고 들어왔을 가능성을 생각해보고 있어요…."

"시신에 몸싸움의 흔적은 전혀 없어요." 내가 말했다.

"2층을 보고 말씀하시죠."

거실은 호화로웠다. 멋진 앤티크 가구와 비싼 커튼으로 장식되어 있었다. 매우 깔끔했다. 오래 전에 찍은 흑백 결혼식 사진이 보였다.

죽음을 해부하는 의사

아마 메이슨-그랜트 부부의 결혼식일 것이다. 신랑은 군복을 입고 있었다.

"그가 군대에 있었나요?"

"메이슨-그랜트 대령인가 그랬어요." 경찰관이 내게 말했다.

피아노 위에는 더 작은 사진들이 놓여 있었다. 어떤 사진은 오래 전에 죽은 사람의 사진들인 듯 희미했지만, 몇몇은 선명했고 아이들이 찍혀 있었다. 나는 그들이 손자들이 아니라 메이슨-그랜트 부부의 자식일 거라고 생각했다. 모두 아들이었고, 사진마다 학교 교복을 입고 뻣뻣하게 서 있었다. 자연스러운 함박웃음이라든지, 진흙투성이 축구 선수 같은 건 없었다. 이 소년들은 지금쯤 어른이 되었을 텐데 열두 살 즈음 이후로는 사진이 없었다. 매우 모범적인 가정 같았다. 자식들이 죽었을까? 아니면 모범적인 성인으로 자라지 않아서 사진을 찍을 수 없었을까? 피아노 위에는 먼지 한 톨 없었지만, 누군가 실제로 피아노를 치는 모습은 잘 상상되지 않았다. 피아노를 치다가 음을 놓치는 일은 더더욱 상상할 수 없었다.

팔걸이의자들 중 한 개는 옆에 신문을 보관하는 칸막이 책장이 있었다. 신문은 저마다 완성한 십자퍼즐이 보이도록 정확히 접혀 있었다. 쇼핑백에서 본 신문인 〈텔레그래프〉였다. 나는 메이슨-그랜트 부인이 날마다 펜을 들고 의자에 앉아 있는 모습을 상상했다. 방금 내가 면밀히 살펴본 그 의자는 팔걸이 부분이 닳아 있었다. 부인이 신문을 읽고 십자퍼즐을 완성한 다음 그것을 칸막이 책장에 넣는 장면을 쉽게 떠올릴 수 있었다. 사이드테이블에는 어떤 음료가 있을까?

차? 아니면 쇼핑백에 담긴 보드카는 부인이 먹으려고 산 것이었을 까? 이 일상이 왜 오늘 느닷없이 끝나버렸을까?

부엌은 아일랜드 식탁을 둘 수 있을 정도로 넓었다. 티끌 하나 없이 깔끔했고 모든 표면에는 거의 아무것도 놓여 있지 않았다. 최근에 요리를 했거나 식사를 한 흔적이 전혀 없었다.

습관과 정해진 일과를 충실하게 따르는 질서정연한 집이었다. 이층으로 올라가니 객실들이 있었다. 하나는 사용 중이었다. 싱글 침대는 이불을 접어 깔끔하게 정돈해놓았다. 침대 옆 테이블에 놓인 밝은 분홍색의 소형 자명종 시계가 조용히 째깍거리며 빈약한 방에 생동감을 주었다. 자명종은 오전 6시에 맞춰져 있었다. 다른 방들은 한동안 아무도 사용하지 않은 것이 분명했다. 하나는 다림질 방으로 쓰였다. 침대 위에는 잘 개켜진 깨끗한 빨래가 단정하게 쌓여 있었다.

다음으로 우리는 안방에 들어갔다. 그곳은 모든 게 달랐다. 눈을 감고도 알 수 있을 것처럼 난장판이었다. 나는 어질러진 바닥을 가로질러 방 한가운데에 파자마 차림으로 얼굴을 위로 한 채 누워 있는 노인에게로 갔다.

이번에도 구급대원들이 다녀간 흔적을 남겼다. 파란색 심전도 패드. 이번에도 시신에서는 어떤 손상도 발견할 수 없었다. 그리고 이번에도 매우 마른 몸이 눈에 띄었다.

나는 메이슨-그랜트 대령의 체온을 잰 다음 주위를 둘러보았다.

뒤집힌 스툴, 뒤엉킨 이불, 바닥에 어지럽게 널린 빨랫감이 눈에 들어왔다.

죽음을 해부하는 의사

"몸싸움이 있었던 걸까요?" 경찰관이 기대하는 표정으로 물었다. 나는 고개를 저었다. 모든 표면이 어지럽게 흩어져 있긴 했다. 하지만 어질러진 물건들은 전부는 아니라도 대부분 의료 도구였다. 휴지, 붕대, 가위, 점착 석고, 크림, 연고 튜브, 네일 파일, 펜, 골프 트로피, 군인용으로 보이는 배지, 그리고 난데없는 작은 에펠탑 조각상. 이 방은 한때 체계가 잡혀 있었지만, 어떤 이유에서인지 흐트러진 후 영영 제자리로 돌아가지 못한 것 같았다. 뭔가가 휘저어놓고 간 것이 틀림없다. 이 방에 보이는 것은 침입자가 남긴 혼돈과는 다른 종류의 광기였다.

화장대 위로 텅 빈 보드카 병 두 개가 보였다. 이 병들은 아무것도 모른다는 듯 화장품 용기와 의약품 병들에 둘러싸여 있었다. 마치 소매치기가 군중 속에 섞이려고 하듯이.

나는 침실에 병이 더 있는지 찾아봤지만 발견하지 못했다. 아마 복도에 있던 가득 찬 보드카 두 병이 들어오고, 빈 병 두 개는 밖으로 나갈 예정이었던 모양이다. 이 혼돈의 바다에서 지켜진 일종의 질서라고나 할까. 그리고 두 개의 항아리가 있었다. 하나는 화장대 위에, 다른 하나는 침대 옆에 있었다. 둘 다 시커먼 점액 물질이 담겨 있었다. 어떤 노폐물, 노인이 뱉어냈을 것 같은 물질로 보였다.

이제 가능한 시나리오가 떠오르기 시작했다. 이 정도면 충분히 보았다. 이제 부검으로 더 많은 것을 찾아내야 할 차례였다. 하지만 이미 7시였고 나는 이미 부검을 두 건이나 한 터였다. 형사들은 다음 날 아침에 시체안치소에서 다시 모이는 데 동의했다.

다음 날 내가 시체안치소에 도착했을 때, 직원은 대령과 메이슨-그랜트 부인의 시신이 부검실 밖에 준비되어 있다고 말했다.

"메이슨-그랜트 부인 먼저 합시다. 사건의 열쇠를 부인이 쥐고 있을 확률이 높아요." 나는 이렇게 말하고 반대 방향의 유족실 쪽으로 갔다. 그곳에는 다행히 유족이 없었다. 그 대신 경찰들이 앉아 찻잔 위로 몸을 구부린 채 부서진 '나이스Nice' 비스킷이 든 비스킷 상자 뒤쪽의 커스터드 크림•을 쳐다보고 있었다.

그들은 자신들이 아는 모든 것을 일목요연하게 말했다. 노인은 어제 아침 세 아들 중 한 명에 의해 발견되었다. 아들은 열쇠가 없었지만 여러 번 문을 두드려도 응답이 없자 현관문을 밀어보았고, 문이 잠겨 있지 않은 것을 알고 놀랐다. 일반적으로 그의 부모는 무작정 찾아오는 것을 무척 싫어했다. 내가 그 집에서 본 질서는 노부부가 관계를 맺는 방식에까지 영향을 미쳤던 것이 분명했다. 사전에 약속해야만 방문할 수 있었고, 자주 방문하는 것도 허락되지 않았으며, 아무도 오래 머물지 않았다. 모든 아들들과 그들의 식구들은 이 규칙을 알았고 그것을 매우 엄격하게 지켜왔다.

아들 중 한 명이 주말에 부모에게 안부 전화를 걸었지만 전화를 받지 않았다. 이례적인 일은 아니었다. 하지만 두세 번 전화를 해도 아무도 전화를 받지 않자 아들은 걱정이 되었다. 그래서 다른 형제들에게 알렸고, 그들 역시 전화를 걸었다. 하지만 응답은 없었다. 이쯤 되

•   영국에서 인기 있는 샌드위치형 비스킷.

　　　　　　　　　　　　　죽음을 해부하는 의사

면 어느 아들이든, 적어도 같은 동네에 살고 있는 아들이라도 월요일 아침쯤에는 찾아와봤을 만도 하다. 하지만 그들은 지나치게 훈련이 잘 되어 있었다. 사전에 알리지 않고 찾아가서 부모를 화나게 하고 싶지 않았던 그는 전화만 계속했고, 나머지 아들들도 마찬가지였다.

화요일 밤, 세 아들은 다음 날은 허락 없이 찾아가도 된다고 의견을 모았다. 가장 가까이 사는 아들이 아침에 부모 집으로 가기로 했다. 하지만 너무 일찍은 안 되고 10시에 가라. 그 시간쯤이면 메이슨-그랜트 부인이 쇼핑을 마칠 시간이었다. 하지만 이런 갑작스러운 방문에 불쾌함을 보인다면 즉시 돌아가기로 했다.

우리는 서로를 쳐다보며 비스킷을 우적우적 씹었다.

"무서운 부모였나 봐요." 형사들 중 한 명이 말했다.

자식과의 관계치고는 이상해 보였다. 아무리 자식들에게 보이고 싶지 않은 모습이 있거나, 누군가를 집 안에 들여놓기 전에 반드시 해야 할 준비가 있다 해도 말이다.

"아들들은 부모의 건강 상태에 대해서는 뭐라고 말해요?" 나는 물었다.

"어머니는 약 1년 전 암 진단을 받았어요···." 그는 사건 기록을 확인했다.

"대장암이에요. 하지만 수술을 받았고, 약 6개월 전에 완치 판정을 받은 이후로는 괜찮았어요."

"아버지는요? 알코올 중독이었나요?"

"워워, 기다려 봐요, 박사님. 아무도 그렇게 말하지 않았어요!"

아버지는 대령이었다. 그의 가족은 그가 통솔하는 연대가 아니었을까.

"아들은 아버지가 나이가 들면서 좀 약해진 줄로만 알아요. 실제로 그는 아버지를 병약자라고 표현했어요. 아버지에게 정확히 무슨 문제가 있는지는 모르는 눈치였어요."

"대령의 나이가 몇이었죠?"

"부모 둘 다 74세였어요."

놀라웠다. 메이슨-그랜트 부부는 그보다 더 늙어보였을 뿐 아니라, 부유한 중산층인 그들이 그렇게 일찍, 그 정도로 약해졌다는 건 전혀 예상 밖이었다. 기저 질환이 있다면 모를까. 내가 어렸을 때는 74세면 확실히 노령이었지만 지금은…. 어쩌면 내가 나이를 먹으며 인식이 바뀌었을지도 모른다. 아니면 더 활동적이고 정신이 또렷한 74세가 내 주변에 많은 것인지도.

이 안타까운 부부 중 부검실로 먼저 들어온 사람은 아내였다. 손상이나 공격의 흔적은 전혀 보이지 않았다. 하지만 겉으로만 봐도 부인이 저체온증으로 사망했다는 걸 짐작할 수 있었다. 엉덩이, 팔꿈치, 무릎과 손 등, 몸의 몇몇 부위에서 피부색이 군데군데 뚜렷한 적갈색으로 변해 있었다. 저체온증에서만 나타나는 모습이었다.

"집 안이 무척 썰렁했어요." 경찰관들이 입을 모아 말했다. "5월 치고는 너무 추웠죠."

그들 중 한 명이 노트로 손을 뻗었다.

"과학수사대가 여러 차례 온도를 측정했는데, 사건 당일 어느 시간

　　　　　　　　　　　　　　죽음을 해부하는 의사

이나 집 안 어느 곳이나 13도를 넘지 않았어요." 그는 잠시 말을 멈추고 몇 페이지를 넘겼다. "과학수사대는 어… 박사님, 알록달록한 그래프로 보여드릴까요, 아니면 그냥 목록만 보여드릴까요?"

그는 씩 웃었다.

"오, 알록달록한 그래프로 부탁해요." 나는 말했다. 내가 그 강의에서 방 온도를 측정하는 일을 너무 강조했나 보다.

"그러면 화씨로 표시된 그래프로 드릴까요, 아니면 섭씨로 된 그래프, 아니면…."

경감이 그의 농담을 잘랐다.

"전 도무지 이해할 수가 없어요. 왜 난방을 켜지 않았을까요? 가난한 것도 아니었는데."

우리는 어깨를 으쓱했다. 어쩌면 메이슨-그랜트 부부는 4월 말부터 10월까지는 날씨가 어떻든 관계없이 난방을 하지 않는 부류였을지도 모른다. 나는 메이슨-그랜트 부인의 얼굴을 흘깃 보았다. 엄격한 표정이었다. 아니면 코가 너무 날카롭고 입술이 얇아서 그렇게 보였을지도 모른다.

검시관실 경찰관은 이렇게 말했다. "납득이 안 됩니다. 날씨가 춥긴 했지만 여기가 북극도 아니고. 노부인이 쇼핑을 하고 집으로 걸어와 추워서 죽었다고요?"

하지만 꼭 북극에서만 저체온증에 걸리는 건 아니다. 나이가 많거나 몸을 움직일 수 없다면 집 안에서도 저체온증으로 죽을 수 있다. 섭씨 10도 정도면 충분히 죽을 수 있다. 특히 바람이 불거나, 외풍이 있거나, 몸이 젖어있다면. 나는 메이슨-그랜트 부인이 쇼핑을 마치고 돌아왔을 때 부인을 추운 복도의 한 장소에 붙들어 둔 일이 있었을 거라고 추정했다.

몸을 열자 처음에는 건강한 여성처럼 보였다. 호흡기는 양호했고, 심장도 멀쩡했다. 동맥에 쌓인 죽종도 놀랍도록 적었다. 사실 그 연령 대 치고는 너무 깨끗해서 오히려 의심이 들기 시작했다. 암은 이따금 인체를 죽이는 게임의 경쟁자인 심혈관계를 청소하는 호의를 베푸는 척하며 우리를 조롱한다. 나는 메이슨-그랜트 부인의 대장암이 정말 사라진 게 맞는지 궁금했다.

먼저 위를 살펴보니 저체온증의 징후가 뚜렷이 보였다. 위 내벽이 좀먹은 것처럼 까맣게 변해 있었다. 마치 짙은 색 페인트가 튄 것처럼 보였다. 저체온 상태에서는 혈액이 진득진득해져서 많은 장기의 모세혈관을 흐르는 혈액이 슬러지처럼 된다. 위 내벽은 대사율이 높다. 게다가 다량의 산에 노출되기 때문에 세포들이 수시로 파괴되어서 교체되어야 한다. 이 과정의 연료가 되는 혈액이 느리게 공급되거나 공급되지 않으면, 세포 교체가 제대로 안 되어 위 내벽에 좀먹은 것처럼 틈이 생긴다.

위를 조사하는 동안 나는 근처에 있는 간을 쳐다보지 않으려고 애썼지만 그것을 계속 의식했다. 부인의 간은 거대하고 알록달록했다. 까치가 있어야 할 둥지에 들어온 거대한 뻐꾸기처럼, 불청객 같은 뭔가가 곁눈질로 보였다. 위를 다 살펴보았을 때 더 이상 간을 외면할 수 없었다. 나는 간을 들어올렸다.

죽음을 해부하는 의사

"저게 뭐예요?" 가장 어린 형사가 물었다.

"마치 달 표면 같아요!" 그동안 수많은 간을 보았던 검시관실 경찰관이 말했다.

"간경변인가요?" 그의 동료가 물었다. "보드카는 결국 부인이 마셨던 건가요?"

나는 고개를 저었다.

"아뇨. 보드카는 2층의 남편에게 가져다줄 거였어요. 부인의 간은 2차 종양으로 가득해요. 전이예요."

가장 어린 형사는 그 이상하고 일그러진 장기에서 눈을 떼지 못했다. 종양의 크기는 다양했다. 어떤 것은 강낭콩만큼 작았고, 한두 개는 크리켓 공만큼 컸다. 종양이 간 전체에 점점이 퍼져 있었다. 이따금 종양들이 너무 가까이 모여 있어서, 마치 서로를 밀치는 풍선들처럼 종양의 가장자리가 납작하게 눌려 있었다. 색깔은 화려했다. 노란색, 빨간색, 흰색, 또는 이 세 가지가 모두 섞인 것도 있었다. 종양들이 어울려 내는 효과는 굉장했다. 괴물들이 나오는 놀이공원에 와 있는 느낌이었다고나 할까. 간의 무게는 3,000그램이 넘었다. 정상적인 간 크기의 두 배가 넘는 것이었다.

나는 메이슨-그랜트 부인의 대장을 확인했다. 종양을 제거한 수술 자리가 보였다. 수술은 분명히 성공적이었다. 그곳에는 암의 흔적이 없었기 때문이다. 부인은 완치 판정을 받았지만 아무도 몰래 종양이 혈류나 림프절을 타고 대장 밖으로 빠져나갔던 것이다. 종양은 그렇게 간으로 향했다. 하지만 메이슨-그랜트 부인은 아마 그것을 짐작했을 것이다. 나는 부인의 주치의를 통해, 부인이 최근에 몸이 좋지 않아서 병원을 찾아왔다가 그 자리에서 CT를 찍었다는 사실을 알았다. CT 사진은 간에 생긴 종양들을 보여주었다…. 하지만 메이슨-그랜트 부인은 결과를 보러 주치의를 다시 찾지 않았다. 그녀는 그 사실을 짐작했을 테지만 의사에게 직접 듣지는 않았다.

"간에 암이 퍼지면 그런 식으로 즉사할 수 있나요? 한 형사가 물었다.

나는 설명했다. "이 지경이 되면 체내 화학 작용이 제대로 작동하지 않을 겁니다. 암이 너무 진행된 상태라, 작은 문제만 생겨도 위험한 상황으로 갔을 거예요."

"그러면 박사님의 가설이 뭔가요?" 검시관실 경찰관이 물었다.

"전혀 멀쩡하지 않은데 멀쩡한 척하고 싶어 하는 가족이 여기 있습니다. 메이슨-그랜트 부인은 매일 아침 쇼핑을 갔지만, 그날 아침은 사실 많이 아팠던 게 틀림없습니다. 하지만 부인은 하기 싫어도 이를 악물고 정해진 틀을 따르는 세대죠. 부인은 한동안 힘이 없고 메스꺼웠을 것이고, 복부에 심한 통증을 느꼈을 겁니다. 하지만 쇼핑을 다녀온 후에는 한결 낫다고 생각했을지도 몰라요. 물론 실제로는 점점 더 나빠지고 있다고 느꼈을 테지만."

형사들 중 한 명이 말했다. "맞아요. 부인이 다녀간 가게 주인과 이야기를 나눠봤는데, 메이슨-그랜트 부인에게 무슨 문제가 있느냐고 묻더라고요. 그날 말을 한마디도 하지 않았대요. 평상시에는 친근하지는 않았지만 적어도 예의 바른 사람이었는데 말이죠."

죽음을 해부하는 의사

"흥미롭게도 부인은 황달을 보이지 않는군요." 나는 말했다. "병이 이렇게 진행된 걸 감안하면 놀라운 일이지만 그럴 수도 있습니다. 어쨌든 부인은 집에 돌아왔을 때 몹시 아팠어요. 집에 가자마자 눕고 싶은 기분을 모두 알 거예요."

경찰관들이 고개를 끄덕였다.

"부인은 현관문까지 무사히 와서 지팡이를 외벽에 내려놓은 채 문을 열었어요. 하지만 그것을 두 번 다시 집지 못했죠. 부인은 집에 들어와 문을 닫고, 쇼핑백을 내려놓고는… 쓰러졌어요. 그러고는 움직일 수 없었죠. 어쩌면 움직이고 싶지 않았을지도 모르죠. 사실 부인은 빠르게 의식을 잃었을 거예요. 바닥에는 냉기가 흐르고, 문에서는 아마 외풍이 들이치고 있었겠죠. 그래서 몸이 점점 더 차가워졌고, 결국에는 추위가 부인의 체내 시스템을 완전히 장악했어요. 간이 마수를 뻗치기 전에 추위가 선수를 친 거죠. 하지만 간발의 차이였을 거예요. 어쩌면 둘이 동시에 닥쳤을지도 몰라요."

"그러면 부인이 죽기 전 그곳에 얼마나 오래 누워 있었을까요?" 가장 어린 형사가 물었다.

"한 시간 정도였을 거예요." 내가 말했다.

"100퍼센트 확신하시나요?" 형사들 중 한 명이 입을 열었다. 이 질문에 대한 대답은 언제나 '아니요'이다. 나는 어떤 것도 좀처럼 100퍼센트 확신하지 않는다. "부인이 문 앞에 찾아온 침입자에게 밀침을 당하거나 공격당하지 않았다고 100퍼센트 확신하십니까?"

나는 말했다. "글쎄요, 그랬을 수도 있지만 증거는 없어요. 제 말은,

멍이나 머리 손상이 없다는 뜻입니다…."

"당연하지만 아들들은 난리가 났어요…. 부모 둘이 동시에 사망했다면 분명 침입자가 있었다고 말하고 있어요."

"그들은 어떤 일이 있었다고 생각하는 거죠?"

"그걸 확인하러 오늘 부모님 집에 가본다고 했어요."

나는 제3자가 개입하지 않았다고 확신했지만, 아들들이 부모가 동시에 사망했다면 폭행치사가 있었음이 틀림없다고 생각하는 이유를 이해할 수 있었다.

젊은 형사도 똑같은 생각을 하고 있었다.

"부인이 남편을 죽이고 스스로 죽었을 수도 있잖아요! 심지어는 쇼핑을 나서기 전에 죽였을지도 몰라요!"

모두가 일제히 그를 쳐다보았다. 좋은 지적이었다.

우리는 이제 메이슨-그랜트 대령을 살펴볼 때가 되었다고 입을 모았다.

메이슨-그랜트 부인이 부검실에서 실려 나가고 남편이 들어왔다.

"뼈만 앙상하네!" 검시관실 경찰관이 우리 앞에 놓인 허약한 시신을 응시하며 말했다.

"대령도 암에 걸렸을지 몰라요." 형사가 지레 짐작했다.

"부부가 동시에 암에 걸려 죽었다고? 제발!" 그의 동료들이 고개를 저었다.

나는 먼저 벤 자국이나 멍이 있는지 살펴보았다. 그런 흔적이 있다면 제3자가 집 안에 있었거나, 그 형사가 지적했듯이 부인이 그를 공

죽음을 해부하는 의사

격했을 수도 있으니까.

그의 가슴에 오래된 멍이 두 군데 있었다. 왼쪽 관자놀이에도 희미한 멍 자국이 보였다. 그러고는 관자놀이 뒤쪽을 보았는데, 겉으로 나타나는 것보다 훨씬 크고 깊은 멍이 있었다. 그리고 두피 안쪽을 조사하다가 머리 밖에서는 잘 보이지 않는 또 다른 멍을 발견했다. 위치가 뒤통수 정중앙이었다.

"머리를 가격당한 게 틀림없어요!" 형사들 중 한 명이 흥분한 목소리로 말해했다.

"그럴지도 모르죠." 나는 동의했다. "하지만 카펫에 뒤로 쓰러졌을 가능성이 더 높아요. 그는 얼굴을 위로 하고 누워 있었어요."

메이슨-그랜트 대령은 피부에 저체온증을 암시하는 붉은 부위가 한 군데도 없었다. 나는 손을 포함해 저체온증의 흔적이 있는지 꼼꼼하게 조사했다.

"손톱 좀 보세요!" 검시관실 경찰관이 말했다. "저런 꼴로 연병장에 나타나지는 않을 거예요."

노병의 손톱은 길고, 더럽고, 굽어 있었다. 그런 증상을 가리키는 의학 용어가 있다. 손발톱굽음증(조갑구만증)으로, 양의 뿔처럼 생긴 손톱이라는 뜻이다.

"집에서 한 발짝도 나가지 않은 게 틀림없어요." 누군가가 말했다. "저 몰골로 나갔을 리 없어요."

나는 검시관실 경찰관의 말이 옳다고 생각했다. 메이슨-그랜트 대령은 살아생전에 그의 아들 말에 따르면 병약자 행세를 했다. 그가 사전 약속 없이는 아들을 볼 수 없었던 이유는 자리에서 일어나 준비하고… 아마 술을 깨야 했기 때문일 것이다.

"그의 문제가 뭔가요…?" 형사들 중 한 명이 혼란스러운 어조로 물었다. "누구 아는 사람 있어요?

"노령이죠." 또 다른 형사가 말했다.

"노령은 과거에나 사인이었지 지금은 아니에요. 노령은 질병이 아닙니다." 나는 그 형사에게 사실을 상기시켰다. "그래서 지금까지는 아무 문제도 찾을 수 없습니다. 호흡기도 멀쩡하고, 심장도 괜찮고, 혈관도 건강해요. 하지만 봅시다…."

나는 그의 위를 조사하기 시작했다. 아니나 다를까, 그에게도 아내와 정확히 똑같은, 페인트가 튄 것 같은 검은 병변이 있었다.

"오, 희한하군요!" 한 형사가 말했다.

"아내가 어떤 독극물을 줘서 그의 위가 얼룩덜룩해졌을지도 모르잖아요? 그런 다음에 자기도 마셨다면요?" 젊은 형사가 따졌다. 그는 살인 현장에 너무 많이 간 것이 분명했다.

"저체온증에서 나타나는 전형적으로 나타나는 병변을 일으키는 독극물은 제가 알기로는 없어요." 나는 말했다.

정적이 흘렀다.

"부부가 똑같은 이유로 죽었다는 말씀만큼은 제발 하지 마세요." 검시관실 경찰관이 말했다.

나는 메이슨-그랜트 대령의 위를 조사했다. 부인과는 다른 심각한 병에 걸린 간이 나를 기다리고 있음을 곁눈질로 알 수 있었다. 이제

죽음을 해부하는 의사

간을 볼 차례였다. 그의 간은 아내의 간 크기의 3분의 1에도 미치지 못했다. 부인의 간처럼 울퉁불퉁했지만 확실히 줄어든 상태였다.

"매우 진행된 간경변입니다." 나는 그들에게 말했다. "흉터*와 섬유증** 사이의 전투를 보여주고 있어요. 간이 재생하려고 필사적이었다는 뜻이죠. 결절들이 보이세요? 현미경 아래 놓고 보면 정말 끔찍할 거예요."

"그러면… 사인은 저체온증인가요, 아니면 간경변인가요?"

"아마 둘 다일 거예요."

하지만 두 형사는 이제 고개를 젓고 있었다.

"아내와 똑같네요? 그런 우연이 있을 리 없잖아요, 박사님." 그들은 진지하게 말했다.

"여기에 우연은 없습니다. 대령은 분명 알코올 중독자였고, 간경변으로 조만간 죽었을 거예요. 그의 아내는 남편이 술을 계속 마실 수 있도록 해준 공모자였어요. 부인은 아마 결혼 생활 내내 남편이 시키는 대로 했을 거예요. 남편이 가게에 다녀오라고 시켰고, 그러면 우유와 이것저것을 사서 돌아왔어요. 그러던 어느 날 부인은 2층에 올라가지 못했어요."

"그럼 독극물 검사 결과가 나오면 대령이 알코올 중독으로 죽었다는 사실이 밝혀질 거라고 생각하세요?"

- 재생 능력이 떨어져서 생긴다.
- 회복되는 과정에서 표면이 딱딱하고 울퉁불퉁해지는 현상.

The Seven Ages of Death

"아뇨. 독극물 검사에서는 아마 혈중 알코올이 낮게 나오거나 아예 나오지 않을 거예요."

그들은 잠시 메이슨-그랜트 대령을 내려다보았다. 마치 무슨 일이 일어났는지 그가 설명이라도 해줄 것처럼.

"알코올 중독자가 술을 마시지 못하면 어떻게 되는지 본 적이 있습니까?" 내가 물었다.

"그럼요. 금단 증상을 보이죠. 끔찍해요. 그들은 몸을 떨고 때로는 발작을 하기도 해요." 가장 나이 많은 형사가 말했다.

"대령도 그랬을 거예요. 그는 아내가 술을 사서 돌아오는 소리를 들었어요. 하지만 아내는 명령을 어기고 2층에 나타나지 않았죠. 그는 침대에 누워 큰 소리로 명령을 했어요. '당장 2층으로 올라와!' 하지만 아내는 오지 않았어요⋯."

"하지만 대령에게는 큰 문제가 없었어요. 박사님이 말씀하셨다시피!" 젊은 형사가 외쳤다. "집이 추웠다면 난방을 켜지 못할 이유가 없었어요. 그리고 술을 마시고 싶었다면 아래층으로 내려와 가져가면 되지 않나요?"

내가 대답하기 전에 그의 동료가 말했다. "대령은 뇌가 완전히 썩었을 거야. 부인이 그를 돌보았지. 부인이 집안 모든 것을 관리하고, 정원사에게 일을 시키고, 청소부에게 할 일을 지시했지. 대령은 코빼기도 비치지 않았어. 부인이 모든 일을 도맡아 했지. 그는 무력했어."

"하지만 그는 간을 제외하고는 아무 문제가 없었어!" 젊은 형사가 같은 말을 되풀이했다.

죽음을 해부하는 의사

"간경변이 이 정도로 진행되었다면 뭔가 문제가 있었음이 틀림없어요. 그는 아마 알코올성 정신 이상을 보였을 거예요." 내가 말했다.

"그는 늘 술에 취해 있었고 부부는 그것이 부끄러웠을 거예요." 검시관실 경찰관이 말했다. "부부는 자기 아들들에게도 사실을 솔직히 말하지 못했어요. 그래서 자식들이 부모를 보기 위해 집에 오려면, 먼저 남편을 침대에서 일으켜 옷을 입히고 손톱 손질을 해서 의자에 앉혀야 했어요."

나는 말했다. "아내가 2층으로 올라오지 않자 그가 아래층으로 내려가려고 시도했을지도 몰라요. 보드카를 손에 넣는 것만큼 그가 올라오지 않는 아내의 안부를 궁금해하거나 걱정했는지는 모르겠지만요. 하지만 그는 침대에서 일어난 후 한 발짝도 가지 못했어요. 그 자리에서 쓰러졌죠. 그는 아마 발작을 일으켰을지도 몰라요. 어쨌든 머리를 바닥에 부딪친 건 분명해요. 그리고 아마 그 자리에 오랫동안 먹지도 마시지도 못한 채 누워 있었을 거예요. 추위 속에서 떨면서. 죽을 때까지."

"그러면… 부부는 둘 다 간 때문에 쓰러졌군요. 그리고 추위 때문에 죽은 거고요." 선임 형사가 천천히 말했다.

"음, 의학적 사실에 부합하기만 한다면 그밖에 여러분이 떠올릴 수 있는 어떤 시나리오도 환영합니다."

침입자가 있었을 가능성에 대해 좀 더 토론이 벌어졌지만, 별로 그럴듯하지 않자 경찰관들은 내가 제시한 시나리오를 받아들이기 시작하는 것 같았다.

"한 집에서 부부가 똑같이 간에 문제를 안고 살았군요." 나는 수술복을 벗으며 말했다.

다음 날 아침 수사관이 내게 전화를 걸어 세 아들을 만나보겠느냐고 물었다. 그들은 아직도 침입자가 있었다고 믿었다. 하지만 그들은 집에서 없어진 것이 아무것도 없다는 점을 인정할 수밖에 없었다.

우리는 병원의 내 사무실에서 만났다. 세 아들은 서로 매우 달랐다. 장남은 도시에서 일했고, 양복 차림이었고, 낮은 목소리로 진지하게 말했으며, 행동이 억제되어 있었다. 아마 아버지를 쏙 빼닮았을 것이다. 둘째는 찢어진 청바지를 입었고, 몸 여기저기에 문신과 피어싱을 하고 있었다. 그것은 부모에 대한 모종의 반항이었을 것이다. 부모는 겉치레를 중시하는 사람들이었을 테니까. 막내아들은 느긋하고 친근했다. 그는 영화 회사에서 일한다고 말했고, 면담이 진행되는 동안 눈물을 흘렸다. 부모의 죽음에 감정적 반응을 보일 수 있었던 유일한 아들이었다. 세 아들 중 누구도 아버지를 이어 군대에 가지 않았다. 나는 그것이 부모를 실망시키지 않았을지, 그리고 부모가 그 실망을 표현하지 않았을지 궁금했다.

세 아들은 매우 달랐지만, 부모가 동시에 사망하는 일은 제3자의 침입으로만 설명할 수 있다는 주장에서는 한 목소리를 냈다. 나는 메이슨-그랜트 대령과 그 부인이 실제로는 동시에 사망하지 않았다는 점을 부드럽게 지적했다. 그들의 아버지는 어머니가 죽은 지 수 시간 후 사망했다. 하지만 두 시신은 아직 부패의 작은 흔적조차 보이지 않았고 둘 다 다리에만 사후 경직이 나타났기 때문에, 나는 그들

죽음을 해부하는 의사

이 둘 다 화요일에 사망했다고 확신했다. 또는 추위를 고려하면 월요일일 수도 있었다.

이 말을 듣고 막내아들은 엄청난 충격을 받았다. 지금까지 그는 부모가 주말에 사망했다고 추정했다. 하지만 진실이 드러나자, 자신이 월요일에만 부모님 집을 방문했더라면 제때 구할 수 있었다는 사실을 깨달았기 때문이다. 물론 그의 부모는 평소에 아들들에게 그렇게 해서는 안 된다는 신념을 주입했다. 그들의 죽음은 모든 죽음이 대체로 그렇듯이 인생관과 성격의 산물이었다. 하지만 막내아들에게 그 말은 위로가 되지 않았다. 그는 비통함을 견딜 수 없었다. 둘째 아들이 재빨리 동생을 위로했고, 장남은 어쩔 줄을 몰랐다.

"여러분이 할 수 있는 일은 없었어요." 나는 말했다. 죄책감으로 괴로워하는 애끓는 유족들을 안심시키기 위해 내가 저 말을 얼마나 자주 했던가. "어머니는 간암이 상당히 많이 진행된 상태였어요."

"왜 그 사실을 말씀해주지 않았을까요?" 막내아들이 울부짖었다.

"어머니는 뭐든 말하는 법이 없었으니까." 둘째 아들이 말했다. "어머니는 50년 동안 아버지 대변자로만 살았어."

"여러분 가족은 힘들어도 버텨야 한다는 생각에 얽매여 있었던 것 같아요." 나는 말했다. "그리고 솔직히 말하면 어머니는 정확한 사실은 몰랐어요. CT를 찍기만 했지…."

"어머니는 우리한테 말하지 않았어요!"

"…결과를 들으러 가지 않았어요. 하지만 가봤자 뾰족한 수가 없었을 거예요. 어머니의 주치의는 이 단계에서는 치료가 불가능하며 살

날이 얼마 남지 않았다고 말했을 거예요."

"어머니도 짐작했을까요?"

"아마도요. 어머니는 몹시 아팠을 거예요. 편의점에 다녀온 것 자체가 놀랍습니다. 아버지의 경우는… 여러분도 알고 있었으리라 생각하는데, 알코올 중독자였어요."

그들은 대답하지 않았지만 표정을 보니 온 가족이 알고 있었던 것이 분명했다. 모두가 아닌 척했지만 말이다. 그들은 자신들이 방문할 때 아버지가 허울처럼 둘러쓴 노인의 허약함을 순순히 받아들였던 것이다. 이것이 고통스러운 상황을 다루는 가장 덜 고통스러운 방법이라는 결론에 각자 이르렀을 테니까.

"아버지가 집안의 대장이었고, 어머니는 아버지의 명령을 수행했어요." 둘째 아들이 말했다. 그의 목소리에 분노가 서려 있었다. "어떻게 해도 바꿀 수 없었을 거예요."

"어머니가 아버지를 혼자서 감당하도록 내버려두는 게 아니었어!" 막내아들이 말했다.

"어머니가 고집을 부렸어." 장남이 지난 일을 상기시켰다. "그건 어머니의 선택이었어."

"부모님 두 분 다 매우 아팠다는 사실을 말씀드리고 싶습니다." 내가 말했다. "아버지의 간은 간경변으로 제대로 기능할 수 없었고, 얼마 살지 못하셨을 것이 거의 확실합니다. 어머니는 수술이 불가능했어요. 간암이 진행되는 걸 지켜볼 수밖에 없었죠. 여러분이 그 주에 일찍 도착해서 두 분이 저체온증에 빠지지 않았다 해도, 어차피 간

죽음을 해부하는 의사

때문에 얼마 못 사셨을 거예요. 덧붙이자면, 저체온증으로 죽는 건 그리 끔찍하거나 고통스러운 죽음이 아닙니다."

막내아들은 콧방귀를 뀌었다. 나는 그에게 인생의 거대하고 필연적인 주기와, 부모의 죽음은 그 주기의 중요한 한 부분임을 되새겨주고 싶었다. 부모의 죽음은 비통한 사건이지만, 인생의 주기가 잠시도 쉬지 않고 돌아가고 있으며 조만간 우리도 나이 들어 죽는다는 사실을 떠올리고 받아들이는 시간이라는 점을.

하지만 곧 그는 눈물을 터뜨렸다. 둘째 아들이 그를 안아주었고, 장남은 매우 불편해보였다. 지금은 인생의 위대한 주기를 이야기하기에 적절한 순간이 아니었을지도 모른다.

부모가 동시에 죽는 일은 드물지만 생각만큼 드문 일은 아니다. 이런 일은 노인이 의존도가 높은 상태에 이를 때 가장 자주 발생한다. 둘 중 더 강한 사람이 갑자기 쓰러지면, 더 약한 쪽은 스스로 살아가야 한다. 주로 침실에서만 지내는 더 약한 쪽이 더 강한 배우자의 소리가 들리지 않아서 무슨 일인지 알아보기 위해 익숙하지 않은 보폭으로 아래층으로 급히 내려가다가 목이 부러지면 이따금 동시 죽음이 일어난다. 이와 같은 동시 사망은 의존이라는 병증의 증후이며, 의존은 달갑지 않지만 필연적으로 닥치는 늙음의 증후다.

나는 언젠가 진짜 노년이 가져올 한계들을 이미 인정하고 대비하고 있다. 무릎이 아파서 멀리 걷지 못할 때, 인지 기능이 저하되어 경비행기를 조종할 수 없을 때를 대비해 한 가지 관심사를 개발했다.

다행히도 내가 하고 싶은 일이 있고 그건 따뜻한 환경에 앉아서도

할 수 있다. 바로, 오래된 시계를 고치는 일이다. 이미 아름다운 시계 몇 개를 수리했고, 지금은 시계 기술자가 되기 위해 공부하고 있다. 이 새로운 세계에 몸담고 그것에 대해 배우는 것은 내게 큰 즐거움이다. 육체적 쇠약으로 인해 세상과 멀어질 때에도 시계는 내가 생산적으로 즐기고 몰입하게 해줄 것이다. 어디까지나 손 관절염이 나를 멈추게 할 때까지겠지만.

죽음을 해부하는 의사

세 노인의 죽음

지금부터 소개하는 세 사례는 고인이 모두 노인이다. 그리고 이제 막 노년에 접어든 젊은 노인이 아니다. 나는 이 세 가지 사례를, 수백 건까지는 아니라도 수십 건의 비슷한 사례들 중에서 거의 무작위로 골랐다. 이 사례들은 모두 의학적으로는 간단명료해 보인다. 하지만 도덕적으로나 법적으로는 (물론 이 둘이 항상 똑같지는 않다) 훨씬 복잡하다.

첫 번째 사례는 81세였던 고드프리 올리버다. 그는 아내와 함께 바다 근처에 살았고, 어느 날 저녁 막 잠자리에 들려는 순간 누가 문을 두드렸다. 올리버 부인이 문을 열자 침입자가 집 안으로 밀고 들어왔다. 그는 부엌칼을 들고 있었다. 침입자는 큰 소리를 지르며 올리버 부인을 위협했고, 그다음에 거실로 갔다. 그곳에는 올리버 씨가 소파에 앉아 있었는데, 침입자는 뚜렷한 동기도 없이 주먹과 칼로 올리버 씨를 공격하기 시작했다. 침입자는 올리버 부부가 먼 이웃 정도로만 알고 있었던 사람으로, 당시 정신 질환을 앓고 있었거나 매우 취해 있었음이 분명하다. 실제로 그는 매우 취한 상태였다.

그렇게 누군가가 갑자기 쳐들어와 마구잡이로 포악하게 공격하면 누구나 겁을 먹기 마련이지만, 올리버 부인은 침착하게 경찰에 연락했고, 그 시점에 침입자는 비틀거리며 어둠 속으로 달아났다.

경찰과 앰뷸런스가 도착했을 때 그들은 고드프리 올리버가 칼에 벤 상처와 타박상을 입었고, 그의 아내는 골반에 가벼운 자상을 입은 것을 발견했다. 물론 둘 다 큰 충격을 받은 상태였다.

부부의 부상은 모두 심각할 가능성이 있었지만, 지역 병원이 빠르게 확인한 결과 어떤 부상도 심각하지 않았다. 하지만 그들은 그런 사건이 노인의 생명을 얼마나 불안정하게 만들 수 있는지 깨달았다. 올리버 부인의 병력은 기록되어 있지 않지만, 부인의 남편은 입원해 부상에 대한 치료를 받았고, 그 후 관찰 병동이 있는 근처의 또 다른 큰 병원으로 이송되었다. 그는 분명 정신적으로 충격을 받은 동시에 육체적으로 아팠던 것 같고, 거의 한 달 동안 병원의 간호와 관찰을 받다가 상태가 악화되어 사망했다.

경찰은 침입자를 폭행죄만이 아니라 이제는 살인죄로도 기소할 생각이었다. 여러분은 이 경우 과실치사가 더 적절하다고 생각할지도 모른다. 침입자는 올리버 씨에게 커다란 신체적 피해를 입히지 않았으며, 올리버 씨가 폐암으로 크게 쇠약해져 있었다는 것을 알 방법

죽음을 해부하는 의사

이 없었기 때문이다. 하지만 그것은 영국법에서 피고를 변호할 이유가 되지 못한다. 영국법에 따르면, 가해자는 "피해자에게 발생한 모든 결과를 있는 그대로 책임져야 한다." 즉, 누군가를 폭행했는데 그 사람이 뒤이어 사망할 경우 가해자가 피해자의 건강 상태를 몰랐다 해도 살인죄로 간주된다는 뜻이다.

부검에서 내가 고드프리 올리버를 보고 가장 먼저 알아차린 건 극도로 마른 몸이었다. 키는 작지 않았지만 몸무게가 불과 32kg로 열 살짜리 아이의 평균 몸무게와 크게 다르지 않았다. 외견상으로는 공격을 당한 물리적 증거를 찾을 수 없었다. 그의 부상은 치유된 것이 분명했다. 하지만 몸 안에는 아직 완전히 회복되지 않은 작은 뇌출혈이 있었다.

그의 심장은 나이에 비해 나쁘지 않았으며 관상동맥이 막힌 정도도 양호했다. 하지만 대동맥의 딱 한 부위에 눈에 띄는 플라크가 쌓여 있었다. 이 부위에서 동맥벽이 복부 쪽으로 부풀어 오르고 있었다. 그것은 동맥류였고, 파열되는 것은 시간 문제였다.

하지만 그의 건강을 악화시킨 근본 원인은 파열되기 일보직전인 동맥류가 아니라 그의 폐였다. 먼저 종양이 있었다. 종양의 크기는 6센티미터에 달했지만, 어디까지가 종양이고 어디서부터 폐 조직이 시작되는지 알 수 없을 정도로 윤곽이 분명하지 않았다. 내가 이미 말했듯이 종양은 게를 닮았다. 올리버 씨의 종양은 사방으로 집게발을 뻗고 있는 매우 심술궂은 게였다. 딱딱하고 위협적이며, 흰색과 노란색으로 얼룩덜룩한 바탕에 빨간색과 검은색 반점이 찍혀 있었다.

중심 쪽 세포들은 이미 죽어서 분해되고 있었다. 암세포가 너무 빨리 성장해서 혈관 생성이 그 속도를 따라잡을 수 없었기 때문이다. 그리고 퇴화가 일어나고 있는 부분에서 종양은 말랑말랑하고 눅진한 덩어리였다.

올리버 씨는 몇 달 전 암 진단을 받았다. 완치가 불가능하다는 사실은 받아들였지만, 그는 수명을 연장하기 위해 방사선 치료를 받기로 했다. 그가 사망한 달에 방사선 치료를 시작하기로 되어 있었다.

종양도 상당히 진행되었고 동맥 질환도 있었지만, 올리버 씨는 거기에 더해 매우 심각한 폐기종을 가지고 있었다. 그가 산업 직종에서 일한 것이 원인이었을 수도 있지만, 주된 원인은 과도한 흡연일 가능성이 더 높다. 폐기종이 생긴 폐는 언뜻 보기에 구멍 숭숭 뚫려 있는 것처럼 보인다. 건강한 폐는 단단한 분홍색 목욕 스펀지처럼 보인다. 아이들의 폐가 이런 모습이지만, 간혹 오염되지 않은 시골 환경에서 살아온 일부 비흡연자 노인들도 분홍색 목욕 스펀지 같은 상태를 평생 유지하는 경우가 있다.

폐기종이 생긴 곳에서 이 스펀지는 크기가 제각각인 구멍으로 점점 뒤덮이게 되는데, 구멍의 일부는 크리켓 공만큼 크다. 폐기종이 생긴 폐의 가장자리를 집게로 집어 올려서 폐를 똑바로 살펴보면, 마치 더러운 행주를 보고 있는 것처럼 느껴진다.

폐기종이 생긴 죽은 폐는 처량하고 풀죽은 모습이고, 무너진 수플레처럼 납작하다. 나는 간단히 포르말린을 주입해 살아 있는 폐를 시뮬레이션할 수 있었다. 포르말린을 주입하자 순식간에 구멍이 부풀

죽음을 해부하는 의사

어 올라 고정되었다. 마치 올리버 씨가 심호흡을 한 다음에 숨을 참고 있는 것 같았다.

2차원 구멍이 3차원 거품이 되자, 작은 공기 주머니들(폐포) 사이의 조직이 어떻게 무너졌는지, 그리고 공기 주머니들이 어떻게 결합해 점점 더 큰 거품을 만들었는지 분명하게 보였다. 올리버 씨의 폐는 사실상 거품들에 불과했다. 완두콩, 골프공, 그리고 크리켓 공만 한 거품도 있었다. 그는 숨을 쉴 때마다 얼마나 힘들었을까. 공기주머니의 거품화가 점점 진행되면, 총 표면적이 감소해 결국에는 가스 교환을 전혀 할 수 없게 된다.

폐를 실제로 검사하는 가장 좋은 방법은 얇은 조각으로 자르는 것이다. 그러면 경이로운 것을 볼 수 있다. 나는 쓰레기더미 꼭대기에서 자라는, 화려한 빨간 열매가 매달린 사과나무를 엿보는 것과 같은 기쁨을 느꼈다. 종양, 만성 폐쇄성 폐질환, 폐기종에 걸린 폐가 아무리 흉측하다 해도, 그건 자연이 가장 흉측한 장소를 골라 자신의 위대한 아름다움을 드러내는 방식이다.

횡단면에서 올리버 씨의 폐는 레이스로 뜬 것처럼 보였다. 직경이 저마다 다르고 모양이 균일하지 않은 수많은 거품들이 만들어낸 가느다란 선들은 독특하고 기이하게 사랑스러웠다. 레이스 장인은 미치광이였고, 어쩌면 술에 취했을지도 모르지만, 뛰어난 재능을 가지고 있었다. 그리고 폐 조각의 한쪽에 흰색, 노란색, 빨간색, 검은색으로 반짝이는 종양이 있었다. 종양은 장갑을 낀 우아한 손가락 같은 촉수를 섬세한 레이스 속으로 뻗었다.

올리버 씨는 자기 폐가 이렇게 아름다운지 알 수 없었을 것이고, 그 아름다움이 그를 죽일 때 의식을 잃었다. 그런데 정확히 말하면 그의 삶을 끝낸 것은 암도 폐기종도 아니었다. 진짜 살인마는 '노인의 친구'로 알려져 있는 폐렴이었다. 나는 그의 폐를 만지자마자, 현미경으로 보지 않고도 그가 병원에서 기관지 폐렴에 걸렸다는 것을 알았다. 마치 마른 완두콩이 양쪽 폐에 흩어져 있는 것 같은 느낌이었다. 설탕 크기의 알갱이들은 서로 결합해 완두콩 크기가 될 때까지 커진다. 하지만 골프공이나 크리켓 공만큼 커지지는 않는다. 이들은 말하자면 전쟁터에 버려진 대포알이다. 즉 올리버 씨의 백혈구 세포들이 박테리아 감염으로부터 그를 지키기 위해 열심히 싸운 증거들이다. 하지만 그의 백혈구 세포들은 결국 전투에서 패배했다.

그가 너무 오랫동안 움직이지 않아서 폐렴이 생겼을까? 어쨌든 폭행을 당한 후 병원 침대에 누워만 있었으니까. 아니면 그의 기저 폐암이 폐렴을 일으켰을까? 이것은 확실히 배제할 수 없는 가능성이었다.

다시 말해, 술에 취해 칼을 휘두른 침입자가 올리버 씨의 집에 갑자기 들이닥친 것과, 그로부터 거의 한 달 후 일어난 고드프리 올리버의 사망은 얼마나 직접적인 관련이 있을까? 그런 공격이 없었다면 그가 죽었을까?

여러분은 죽지 않았을 것이라고 생각할지도 모른다. 올리버 씨는 비록 건강이 좋지 않았지만 침입자가 들이닥치지 않았다면 몇 달은 살 수 있었을 거라고 주장할 수 있다. 게다가 예정된 방사선 치료를

죽음을 해부하는 의사

받고 행운까지 따라주었다면 1년도 살 수 있었을 것이라고.

그런데 경찰이 검찰청에 이렇게 주장했다면 경찰은 실망했을 것이다. 검찰청은 살인 혐의는커녕 과실치사 혐의조차 법정에서 인정받지 못할 것이라고 판단했다. 실제로 침입자는 덜 심각한 죄인 폭행 혐의로 기소되었을 뿐, 고드프리 올리버의 죽음으로 기소되지 않았다.

사례 2는 에마누엘 아데비요의 사례다. 어느 더운 날 그는 펑크 난 자동차 타이어를 교체한 후 피곤하고 흐트러진 모습으로 집에 가고 있었다. 그의 나이는 79세였다. 나는 옆집에 사는 이웃들이 이때 아데비요 씨에게 싸움을 건 이유가 뭔지는 알아내지 못했지만, 경찰 기록에 따르면 아데비요 씨는 의심할 여지없이 그 싸움의 무고한 피해자였다.

그 이웃들은 그에게 점점 더 심한 폭언을 했고, 이어서 그중 한 명이 꽤 험악하게 주먹을 휘둘렀다. 아데비요 씨는 비틀거렸지만 울타리를 붙잡아 넘어지지는 않았다. 독실한 기독교 신자였던 그는 공격자들을 처다보며 차분하게 용서한다고 말할 수 있었다. 하지만 그러고 1분도 지나지 않아 쓰러졌다.

다툼이 벌어지는 동안 그의 아내는 두려워 집 밖으로 나가지 못한 채 경찰에 신고했다. 경찰은 아데비요가 땅에 쓰러진 직후 현장에 도착했다. 아데비요 부인이 밖으로 나왔을 때 경찰은 심폐소생술을 시도하고 있었다.

구급차가 환자를 곧바로 병원으로 이송했고, 병원에서는 심폐소생술 전담팀이 대기하고 있었다. 그들은 이미 아데비요의 기록을 보았고, 그가 고혈압을 앓고 있으며 2년 전에 심장 부정맥 치료를 받았다는 사실을 알았다.

심폐소생술 전담팀은 그를 소생시켜 심혈관계를 안정시켰지만 그는 깊은 무의식에 빠졌다. 의식은 글래스고 코마 척도GCS를 사용해 측정하는데, 눈뜨기, 언어 반응, 운동 반응을 평가한다. 최대 점수는 15점이고 최소 점수는 3점이다. 아데비요 씨는 3점이었다.

심폐소생술 전담팀은 아데비요 씨가 폭행의 결과로, 아니면 쓰러질 때 머리를 부딪쳐서 머리에 손상을 입었을 가능성을 우려했다. 그러나 CT 검사에서 두개골 내부의 골절이나 출혈은 발견되지 않았다. 그의 GCS는 계속 3에 머물렀다. 동공은 고정되고 확장되어 빛에 반응하지 않았다. 목소리에도 반응하지 않았다. 그리고 운동 반응도 보이지 않았다. 그는 인공호흡기를 떼면 숨을 쉴 수 없는 상태였다.

다음 날 고문 신경과 의사들과 신경외과 의사가 그의 침대 주위에 모였다. 그들은 상황, CT 사진, 그리고 현재 그의 임상적 증세를 검토한 후 가망이 없다고 선언했다. 그리고 의사들은 어떤 반응이 있는지 알아보기 위해 뇌간 검사를 지시했다. 이러한 검사는 의사 두 명이 각각 개별적으로 수행하며, 오류와 공모를 방지하기 위해 첫 번째 검사로부터 몇 시간이 지난 후 두 번째 검사를 실시한다.

검사 결과 아데비요 씨는 뇌사 상태였고 회복 가능성이 없는 것으로 확인되었다. CT상의 변화는, 뇌 전체에 광범위한 손상과 부종을

죽음을 해부하는 의사

보여주었다. 의사들은 이 뇌 손상을 일으킨 원인은 타격 자체가 아니며, 심지어는 넘어져 머리를 부딪친 것도 아니라고 판단했다. 그들은 경찰과 구급대원들이 도착해 심폐소생술을 시작하기 전에, 아데비요 씨가 심정지에 빠져 그의 뇌가 산소 부족을 겪었기 때문이라고 생각했다.

인위적인 방법으로만 생명을 연장할 수 있을 뿐이었다. 역시 독실한 기독교인이었던 아데비요 씨 가족은 이런 상황에 처한 많은 사람들과 마찬가지로 기적을 바라고 있었다. 그러나 그들은 기계적으로 수명을 연장하는 것은 의미가 없으며 누구에게도 도움이 되지 않는다는 말을 들었다. 이제 그의 가족은 특별히 어려운 결정에 직면했다. 튜브와 인공호흡기만 없다면 그는 잠든 것처럼 보였다.

주먹질을 당한 지 정확히 5일 후 아데비요 씨 가족은 병원 원목과 가족이 다니는 교회 목사의 도움으로 아데비요 씨의 뇌 손상이 돌이킬 수 없는 것이라는 사실을 받아들일 수 있었다. 가족이 입회한 가운데 생명 보조 장치를 제거하자 아데비요 씨는 숨을 거두었다. 그 순간 그 이웃들의 혐의는 살인 미수에서 살인으로 바뀌었다.

나는 첫 번째 부검을 실시했다.

피해자의 왼쪽 뺨에 겉으로 보이는 희미한 멍은 그가 얼굴을 주먹으로 맞은 증거가 분명했다. 안쪽에서는 이 멍이 깊고 뚜렷했으며, 크기는 약 7제곱센티미터였다. 뒤통수와 등 왼쪽에는 치유되고 있는 찰과상이 있었다. 그리고 이 모든 찰과상 밑으로 깊은 멍이 보였는데, 이것은 등을 대고 쓰러질 때 전형적으로 나타나는 흔적이다.

두개골을 열어 보니, 산악 지형을 닮은 뇌 겉면이 마치 빙하가 휩쓸고 지나간 것처럼 밋밋해져 있었다. 몸이 아직 살아 있을 때 뇌에 산소 부족을 겪은 사람에게서 정확히 이런 모습을 볼 수 있다. 그러나 뇌의 표면이나 심부에서 출혈의 증거는 전혀 찾지 못했다.

그밖에 아데비요 씨는 딱 한 가지를 제외하고는 모든 면에서 건강한 79세였다. 그 한 가지는 관상동맥, 즉 좌전하강동맥이었다. 이 동맥은 세 개의 관상동맥 중에서 가장 잘 막히는 곳이다. 아데비요 씨의 좌전하강동맥은 한 곳이 죽종으로 90퍼센트가 막혀 있었다. 그리고 막힌 곳 맨 윗부분에 혈전이 있었다. 이것은 보통 관상동맥 죽종 위에 전형적으로 형성되는 관상동맥 혈전이었다. 혈전이 형성되었을 때, 틀림없이 그 관상동맥을 통해 혈액을 공급받는 심장 근육 부위에 갑자기 산소가 가지 않았을 것이다.

또 한 가지 발견은 최근에 갈비뼈 골절을 당한 흔적이었다. 하지만 이것은 불길한 조짐은 아니었다. 실제로 경찰이나 구급대원들이 필사적으로 심폐소생술을 시도할 때 갈비뼈가 흔히 부러진다.

뇌 손상이 주먹질이나 쓰러진 것 때문이 아니라 아데비요 씨의 심장이 멈춘 시간 동안 뇌가 산소 부족을 겪었기 때문이라는 신경과 의사들의 의견에 나는 동의했다. 엄밀하게 따지면, 그의 궁극적인 사인은 뇌 손상이라고 말할 수 있을 것이다. 그렇다 해도 관상동맥이 막혀서 심근경색과 심장마비가 일어났고, 결국 이것 때문에 그의 심장이 멈추었다. 관상동맥은 그의 죽음으로 이어지는 사건들의 사슬에서 첫 번째 고리였다.

죽음을 해부하는 의사

따라서 관건은 당시 무슨 일이 일어났느냐가 아니라 언제 일어났느냐였다. 심근경색이 일어난 시점은 그가 사망하기 정확히 5일 전, 그러니까 폭행이 일어난 날로 추정할 수 있었다.

싸우는 동안, 또는 그 무렵에 심장마비가 일어났다는 이 암시는 검찰청CPS가 이제 살인 혐의를 적용할 수 있다는 뜻이었다. 나는 아데비요 씨에 대한 첫 번째 부검을 실시했으며 경찰에 조언한 사람으로서, 검찰 측 전문가 증인으로 법정에 서게 되었다. 나는 완강한 반대 심문이 있을 것이라고 추측했고, 그래서 이 사건에 대한 내 입장을 일찍, 즉 검찰 측 변호사가 진행하는 첫 심문에서 제시할 계획이었다. 영국법은 가해자는 피해자에게 발생한 모든 결과를 있는 그대로 책임져야 한다고 말하지만, 변호사들은 여전히 이 법조문을 요리조리 빠져나가려고 시도하고 때로는 성공하기도 한다. 내가 경험한 바에 따르면, 쓰러진 후 죽기까지의 시간 간격이 길수록 기소에 성공할 가능성이 낮아진다. 이 사건의 경우 5일이 지났기 때문에 나는 난관을 예상할 수 있었다.

물론 피고 측 변호인은 내 부검보고서를 읽은 후 이웃의 행동이 아데비요 씨의 죽음에 거의 기여하지 않았다고 열심히 주장했다. 피고 측은, 관상동맥이 막혔기 때문에 아데비요 씨는 죽을 날을 기다리고 있는 상황이었다고 주장했다.

나는 반대 심문에서, 아데비요 씨가 언제든 심각한 심장 질환으로 사망할 수 있었다는 사실에 동의했다. 하지만 그가 수년을 더 살 가능성도 있었다고 재빨리 덧붙였다. 나는 다른 원인으로 사망한 사람들과 아데비요 씨보다 훨씬 나이가 많은 사람들의 시신을 부검한 적이 있는데, 그들의 죽종은 아데비요 씨만큼 심하거나 심지어 더 심했다.

나는 앞서 검찰 측 변호사의 요청으로 스트레스 상황에서 우리 몸이 어떻게 아드레날린을 분비하는지 설명했다. 이 호르몬은 혈액의 흐름을 극대화하기 위해 꼭 필요하지는 않은 신체 기관들로 가는 혈액 공급을 줄이며, 우리가 살기 위해 도망치거나 싸워야 할 경우에 대비해 골격근, 뇌, 심장으로 산소를 보낸다. 그리고 심장은 산소가 정말로 절실히 필요하다. 아드레날린 덕분에 심장이 훨씬 더 빨리 뛰기 때문이다. 두려울 때 심장이 큰 소리로 두근거린다는 것을 우리 모두는 잘 안다.

심장이 심하게 뛸 때, 동맥이 막혀 심장에 혈액을 원활하게 공급하지 못하면 심장 근육의 일부분에 산소가 부족해질 수 있다. 그러면 심장이 위험할 정도로 불규칙하게 뛰게 된다. 아데비요 씨 사례에서와 같이, 부정맥●은 졸도를 일으킬 수 있다. 이는 물론 머리에 충격을 일으킬 것이다. 사망이 즉각적일 경우 심장 근육에 명백한 손상이 나타나지 않는다. 하지만 아데비요 씨는 중환자실에서 5일 동안 '살았고', 그래서 그 기간 동안 그의 손상된 심장 근육에서 복구 작업이 계속되었다.

피고 측 변호인은 아데비요 씨에게 더 큰 스트레스 요인이 무엇이었는지 알고 싶어 했다. 언어폭력인가, 아니면 얼굴 가격이었는가. 나

● 불규칙적으로 뛰는 맥박.

는 언어폭력으로도 아드레날린 수치를 위험할 정도로 높일 수 있었을 가능성이 있지만, 폭행의 고통 또한 위험한 양의 아드레날린을 분비하게 했을 것이라고 말했다. 아드레날린은 통증을 무마하기 때문이다.

'더운 날씨는 어떤가요?' 변호사가 집요하게 물었다. '펑크 난 타이어는요?', '그 모두가 스트레스 요인이 아니었나요?' 나는 욕설과 주먹질의 스트레스에 비하면 그건 아무것도 아니라고 주장했다.

'그렇다면 왜 피해자가 폭행당하자마자 곧바로 쓰러지지 않았을까요?', '아드레날린이 심장 박동을 그렇게나 증가시켰다면, 그가 쓰러지기 전에 공격자들과 대화할 충분한 시간이 있었다는 건 어떻게 설명할 수 있을까요?' 나는 스트레스를 유발하는 사건이 중단되었을 때조차 아드레날린이 계속 분비됐을 것이라고 말했다. 그리고 오랫동안 아드레날린은 자신의 역할인 심혈관계 변화를 계속 야기했을 것이다. 나는 심한 진동 후, 심지어는 비외상성 스트레스 후에도 맥박 상승, 심장 두근거림, 그리고 공포감이 수분 동안 계속될 수 있다고 지적했다.

하지만 변호사는 개처럼 뼈를 물고 놓지 않았다. 그는 얼굴을 찡그리며, 못 믿겠다는 듯 로스쿨에서 배웠을 법한 만화 같은 표정을 지었다. 그는 내가 싸움으로 인한 스트레스와 폭행으로 인한 스트레스를 확실히 구별할 수 있을 것이라고 말했다.

그건 터무니없는 주장이었지만 법정 다툼은 한동안 계속되었다. 법정에서 질문에 대한 대답을 거부하는 건 전문가 증인의 선택지가 아니다. 아무리 바보 같은 질문이라도 대답해야 한다. 나는 다중 부정 접근법을 선택했다.

"폭행이 없었다면 그가 쓰러지지 않았을 것이라고 확신할 수는 없습니다."

내 말에 변호사는 회심의 미소를 지었다. 그때 나는 두 사건이 시간적으로 너무 밀접하게 연관되어 있어서 분리해 생각하는 것이 불가능하기 때문에 사건을 전체적으로 고려해야 한다고 덧붙였다.

하지만 변호사는 입맛을 다시느라 정신이 없었던 것 같다.

나는 평소에 잘 쓰지 않는 강한 표현을 써서 다음과 같이 말했다. "하지만 폭언만으로도 죽음을 피할 수 없었을 것이고 따라서 폭행을 사인에서 배제할 수 있다는 주장은 완전히 잘못된 것이라는 말도 해두고 싶습니다. 둘 다 관련이 있는 것이 틀림없습니다."

이때쯤 변호사는 먼지투성이 도서관에서 가져온 오래된 의학 교과서를 흔들고 있었다. 그는 '조용한 경색'에 대한 부분을 읽었고, 심장마비를 일으키고도 한동안 알아채지 못할 수도 있다는 수 있다는 것을 알았다. 변호사는, 나는 아데비요 씨가 심장마비를 일으킨 시점을 사건 당일로 추정했지만, 동네 이웃과의 싸움이 시작되기 전에, 즉 그가 무자비하게 내리쬐는 한여름 태양 속에서 펑크 난 타이어를 교체하는 동안 그가 심장마비를 일으키지 않았다는 것을 내가 어떻게 아느냐고 물었다. (많은 변호사들이 그렇듯이 그는 소설가 지망생이었다.) 물론⋯ (여기서 그는 또다시 만화 같은 교활한 표정을 지었다) 내가 심장마비가 일어난 시간을 분 단위까지 특정할 만큼 유능하다면 모를까.

　　　　　　　　　　　　　　　　　　죽음을 해부하는 의사

나는 말했다. "심장 손상 부위가 너무 커서 통증을 느끼지 않았을 가능성은 아주 낮습니다. 그러므로 경색은 조용히 진행되지 않았을 것입니다."

변호사가 말을 하려고 입을 떼었지만 내가 빨랐다.

"그리고 아데비요 씨는 심장이 제대로 작동하지 않기 시작했을 때 숨을 쉴 수 없었을 것입니다. 그가 그런 문제를 알아채지 못했을 것이라고는 생각하지 않습니다."

변호사는 오래 잠자코 있더니 다시 시작했다. 그는 지칠 줄을 몰랐다. 나는 생명이 처할 수 있는 모든 가능성을 겸손하게 인정하는 것이 중요하다고 생각한다. 이 철학은 그동안 법정에서 나를 무수한 곤경에 빠뜨렸다. 때에 따라서는 과장되고 완고하고 고집스러운 사람들이 법정에서 이기는 것처럼 보였다. 그런데 나는 그런 사람이 아니다.

아데비요 씨가 타이어를 교체하는 동안 조용한 경색을 일으켰을지도 모른다는 변호사의 계속된 주장에 대해 나는 마침내 이렇게 말했다. "언쟁이 벌어지기 전에 심장 근육에 저절로 손상이 발생했을 가능성을 완전히 배제할 수 없습니다. 그러나 현미경 수준에서 그러한 손상의 증거는 없었고, 손상된 근육의 면적은 한 차례의 큰 사건으로 일어난 경우와 일치합니다."

최종 변론에서 피고 측 변호인은 자신의 변론에 매우 만족하는 것처럼 보였다. 판사는 배심원들에게 이웃들이 아데비요 씨의 죽음에 책임이 있다는 점에 조금의 의심이라도 든다면 피고들을 유죄로 인정해서는 안 된다고 상기시켰다. 배심원들은 의심이 들었고, 그래서 이웃들에게 무죄를 선고했다.

그 사건이 끝났을 때 나는 내 자신에게 화가 났다. 변호사의 자극에 말려들었다는 생각이 들었기 때문이다. 어쩌면 내가 배심원들에게 복잡한 병리학적 사실을 충분히 설명하지 못했을지도 모른다. 물론 의학을 세세하게 아는 의사들로만 구성된 배심원단이었다 해도 결정에 이르기까지 충분히 힘든 시간을 보냈을 것임을 안다. 하지만 사건이 끝났을 때 나는 아데비요 부인이 불쌍했다. 그 이웃들과 계속 살아야 한다는 것이 얼마나 끔찍했을까.

세 번째 사건은 슈퍼마켓 주차장에서 일어난 사고에서 시작되었다. 근처에 사는 78세의 어니스트 콜브룩은 쇼핑을 마치고 집으로 가던 중이었다. 주차장을 통과하는 길이 지름길이었다. 어니스트는 당연히 지름길을 택했을 것이다. 어느 모로 보나 그는 허약한 노인이었으니까.

같은 시간에 26세의 리처드 화이트도 쇼핑을 마쳤다. 그는 친구 집에 머무는 동안 술이 유혹하는 소리를 듣고 차를 빌려 럼주 한 병과 담배 한 갑을 사러 급히 나갔다. 그는 슈퍼마켓에서 직원들에게 무례하게 굴어 이목을 끌었고, 이제 뒤를 살피지도 않고 주차 공간에서 빠르게 후진하고 있었다. 턴을 거의 완료했을 때 그는 어니스트를 쳤다.

사건 후 그는 이 사실을 몰랐다고 말했다. 모든 사건이 CCTV에

죽음을 해부하는 의사

녹화되고 있는 가운데 그는 주차장을 빠르게 빠져나갔다.

행인들이 어니스트를 돕기 위해 달려왔다. 구급차가 출동했고 경찰도 도착했다.

다행히도 어니스트는 부상으로 고통과 큰 불편을 겪었지만 생명에는 지장이 없었다. 무릎에서 발목까지 이어지는 오른쪽 정강이뼈가 무릎 바로 밑에서 골절되었는데, 이는 전형적인 '범퍼 바' 부상이었다. 어니스트는 골절을 붙이는 수술을 받고 며칠 동안 입원했다. 퇴원할 때는 물론 석고 깁스를 해서 움직임에 많은 지장이 있었다. 움직이지 않는 것은 심부정맥혈전증의 주요 원인 중 하나다.

정맥은 혈액을 심장으로 되돌릴 수 있는 자체 펌프가 없다. 그래서 몸의 움직임, 즉 근육 수축에 의존하는데, 이때 역류를 막는 일련의 나비형 판막들을 통해 혈액이 밀려 올라간다. 한동안 근육이 움직이지 않으면 정맥이 압축되지 않아서 혈관에 피가 고일 수 있다. 고여 있는 정체된 혈액은 혈전을 만들기 쉽다.

요즘은 VTE(정맥혈전색전증)라고도 부르는 DVT(심부정맥혈전증)에는 여러 위험 인자가 존재한다. 대체로 움직임이 없는 것이 가장 중요한 원인이다. 일부 사람들은 혈전이 잘 생기는 유전적 소인을 지니고 있지만, 코로나19와 같은 감염에서부터 암과 비만에 이르기까지 거의 모든 것이 혈전의 발생을 유발할 수 있다. 어떤 징후가 있다면 첫 번째가 다리가 붓고 붉어지는 것이다.

혈전은 신체 어느 부위든 어느 혈관에서든 위험하다. 정맥에서 혈전은 혈관 벽에서 떨어져 나온 후 점점 커지는 혈관들을 따라 심장으로 이동하여 우심실을 통과한다. 다음 단계인 폐로 가는 여정에서는 혈관이 점점 작아진다. 곧 혈전은 혈관과 같은 크기가 된다. 이 시점에 혈전은 혈관에서 꼼짝 못하게 되고 그래서 폐로 가는 혈액의 흐름을 막는다. 이것이 폐색전증으로, 생명이 위험할 수 있다. 심부정맥혈전증에 뒤따라 폐색전증이 일어나는 건 낮이 저물면 밤이 오는 것처럼 확실하지 않다. 하지만 '심부정맥혈전증'이라는 말을 들은 사람은 폐색전증이 발생할 가능성이 높다는 것을 알아차려야 한다.

어니스트 콜브룩의 경우는 정말로 낮이 저물자 밤이 왔다. 그가 다리에 깁스를 한 채 꼼짝 없이 집에 앉아 있을 때, 보호자들은 혈전증이 생길 가능성에 더 주의했어야 했다. 아마 그의 왼쪽 다리가 석고 밑에서 벌겋게 부어 있었을 것이다. 하지만 나는 나중에 그의 오른쪽 다리에서도 심부정맥혈전증을 발견했다. 왜 누군가가 다리를 체크했어야 했을까? 그는 이미 다리 정맥에 혈전이 생기는 경향을 보였기 때문이다.

5년 전 그는 일련의 경미한 폐색전증을 겪었고, 재발을 막기 위해 혈액을 희석하는 약물인 항응고제를 처방받았다. 5년 동안은 효과가 있었다. 하지만 이제는 아니었다. 그는 한 군데가 아니라 두 군데에 심부정맥혈전증을 가지고 있었고, 이 혈전이 떨어져 나와 그의 폐에 박혔다. 경찰은 보험 없이 운전해왔던 리처드 화이트가 마음에 들지 않았고, 그래서 위험한 운전으로 사망을 초래한 것을 혐의 목록의 맨 앞에 올려놓고 싶어 했다. 하지만 경찰은 술이 기소에 성공할 확률을 높이기보다는 줄인다는 사실을 알고 실망했다. 알고 보니 알코

죽음을 해부하는 의사

올은 이 사건과 생각보다 많은 관련이 있었다. 리처드 화이트는 차 안에 럼주 한 병을 싣고 있었고 음주 측정 검사도 양성이었지만, 혈액 검사에서 그의 혈중 알코올 농도는 잉글랜드의 에탄올 허용 한도인 80mg/100ml보다 약간 낮은 것으로 밝혀졌다. 게다가 콜브룩 씨의 쇼핑백에는 매우 독한 맥주와 값싼 와인이 가득 들어 있었다. 콜브룩 씨가 병원에 도착했을 때 그의 혈중 알코올 농도를 측정한 사람은 아무도 없었지만, 한 간호사는 그의 입에서 술 냄새가 났던 것 같다고 말했다.

피고 측이 간호사의 진술과 콜브룩 씨의 쇼핑백에 든 내용물을 충분히 활용할 것이 분명했다. 그들은 어니스트 콜브룩이 후진하는 차 뒤에서 술에 취해 비틀거렸다고 주장할 것이다. 피고 측은 또한 내가 어니스트 콜브룩의 부검보고서에 적은 간에 대한 평가도 이용할 터였다. 그의 간은 매우 커져 있었고, 음주와 관련이 있는 만성적인 지방간 상태를 보여주었다. 게다가 그의 대동맥에는 죽종이 너무 많이 쌓여, 한 곳에서는 동맥류가 위험할 정도로 부풀어 오르고 있었다. 이번에도 파열이 일어나는 건 시간 문제였다. 그의 심장은 장기간의 고혈압 때문에 심하게 비대해져 있었고, 실제로 최근은 아니지만 과거의 심장마비가 남긴 흉터도 보였다.

어니스트 콜브룩은 주차장 사건 13일 후 사망했다. 내가 보기에는, 못 하나가 없어서 결국 나라가 망했다는 영국의 민요처럼 일련의 사건들이 꼬리에 꼬리를 물고 연결되어 있는 것이 분명했다.

리처드 화이트의 자동차가 콜브룩 씨를 친 직접적인 결과로 콜브룩 씨의 다리가 부러졌다. 다리 골절의 직접적인 결과로 그는 꼼짝 못하게 되었다. 움직이지 못한 것의 직접적인 결과로 심부정맥혈전증이 생겼다(그에게 혈전증 병력이 있었던 것은 사실이지만). 심부정맥혈전증의 직접적인 결과로 폐색전증이 생겼다. 그리고 이 폐색전증의 직접적인 결과로 그는 사망했다.

나는 영국 검찰청으로부터 편지 한 통을 받았다. 검찰청의 일은 국가가 승소할 가능성이 있는지, 아니면 기소한다면 가망 없는 대의명분에 세금만 낭비하게 될지 판단하는 것이었다.

검찰 측 변호사는 '가해자는 피해자에게 발생한 모든 결과를 있는 그대로 책임져야 한다'는 법조문을 고려할 시간이 전혀 없었다. 그 변호사는 판례에 따르면 시초가 된 사건이 '실질적 사인'임이 틀림없다고 지적했다. 그리고 사건 13일 후 폐색전증으로 사망했을 때 다리 골절을 실질적 사인으로 부를 수 있는 사람은 아무도 없다고 생각했다.

나는 한숨을 내쉬었다. 내 부검보고서가 충분히 명확하지 않은 것이 분명했다. 왜냐하면 그 변호사는 다리 골절에서 심부정맥혈전증을 거쳐 폐색전증으로 이어지는 직접적인 인과관계를 이해하지 못했기 때문이다. 편지 말미에 그녀는 모든 기소는 공공의 이익에 부합해야 한다는 사실을 상기시켰다.

개인적으로 나는 리처드 화이트를 기소하는 것이 공공의 이익에 부합한다고 느꼈지만, 내 부검 소견을 설명하기 위해 그 변호사에게 전화했을 때는 의학적 사실에만 충실했다.

죽음을 해부하는 의사

"하지만 다리 골절이 실제로 콜브룩 씨의 사망에 얼마나 직접적인 책임이 있나요?" 변호사가 재차 물었다.

나는 다리를 친 자동차에 적어도 80퍼센트의 책임이 있다고 생각한다고 말했다. 내가 20퍼센트를 뺀 것은 이전에 발생한 어니스트의 심부정맥혈전증이 죽음에 기여하지 않았다고 완전히 확신할 수 없었기 때문이었다. 그가 자동차에 치이지 않았다면 지금 살아 있을까? 거의 확실히 그렇다. 나는 변호사에게 80퍼센트 정도면 충분히 실질적인 사인으로 볼 수 있다고 말했다.

"잠깐만요. 지금 '거의 확실하다'고 말씀하셨나요? 그가 살아 있었을 것이란 점을 '거의' 확신할 뿐인가요?"

나는 말했다. "음, 그는 심각한 심장 질환을 앓고 있었어요. 하지만 무언가를 완전하게 확신할 수 있는 사람이 누가 있을까요? 제가 오늘 밤 집에 안전하게 도착할 것이라고 저는 100퍼센트 확신할 수 없어요. 그렇죠?"

하지만 그때쯤 나는 결과를 짐작하고 있었다. 아니나 다를까, 곧이어 경찰이 매우 실망하여 전화를 걸었다. 경찰은 검찰이 리처드 화이트를, 콜브룩의 죽음이 아니라 보험 없이 운전한 죄로 기소할 예정임을 알려왔다고 전했다.

이 세 사건 모두에서 죽음은 가해자로 추정되는 사람이 가한 신체적 손상과는 균형이 맞지 않거나 그것과는 무관한 반응처럼 보인다. 하지만 도발 없는 죽음은 노인들이 쉽게 당하는 것이다. 도발이 없었다는 것이 가해자의 죄를 경감시킬까?

그런 것 같다. 왜냐하면 세 사건 중 어느 경우도 죽음에 원인을 제공했을지도 모를 누군가가 기소되거나 어떤 식으로든 책임을 지지 않았기 때문이다. 각 사례에서 시초가 된 사건이 일어나지 않았다면 피해자는 거의 확실히 살아 있을 텐데도.

누구에게나 똑같은 규칙이 적용되지만, 사실을 말하자면 이런 종류의 사건에서 피해자는 대개 노인이다. 왜 노인의 죽음에 대해서는 가해자들에게 좀처럼 책임을 추궁하지 않을까? 노인의 생명은 소모해도 되는 것이라고 여기기 때문일까? 아니면 단지 인간이 노령에 이를 무렵에는 수많은 체내 시스템이 고장 나 있기 마련이라서, 사망 원인이 가해자의 행위와 피해자의 약한 육체 사이의 어색하고 혼란스러운 접경지대에 놓이기 때문일까?

죽음을 해부하는 의사

20

노인을 위한 나라는 없다

요전 날 나는 부엌 싱크대 밑의 누수를 고치고 있었다. 수도관을 올려다보기 위해서는 누워야 했다. 싱크대 밑에 눕기 위해서는 시간이 좀 걸렸고 여러 가지 꼴사나운 동작이 필요했다. 게다가 바닥에 눕자마자 나는 끔찍한 실수를 저질렀다는 것을 알았다. 누수는 해결했지만, 일어서기 위해서는 몸을 굴려 무릎을 대고 웅크린 자세로 손의 도움을 받아가며 한 번에 한 다리씩 움직여야 했다.

또 어젯밤에는 병뚜껑을 열려고 하는데, 손가락의 헤베르덴 결절 (20년 전 나타나 초기 관절염을 암시했던, 손톱에 가까운 손가락 끝부분의 관절에 발생한 결절) 때문에 뚜껑을 꽉 잡을 수 없었다. 진땀을 흘리고 욕을 했지만 그래봤자 아무 소용이 없었다. 결국 나는 문과 문틀 사이에 병뚜껑을 끼워서 겨우 열 수 있었다. 내 몸이 내가 내리는 명령을 수행할 수 없을 수도 있다는 것을 다시 한 번 깨달은 순간이었다.

나는 마침내 올 것이 왔다고 생각했다. 진정한 노년이 말이다.

지난 2년간 관절염만 악화된 게 아니었다. 나는 전립선암 치료도 받았다. 전립선암은 매우 흔한 암이다. 병리학자가 되기 위해 수련받을 당시 나는 80세 이상 남성의 80% 이상은 전립선에서 암세포를 발견할 수 있다는 경험칙을 얻었다. 전립선암은 분명히 악성이지만 대체로 무해해서 사망 원인이 되는 경우는 드물다. 하지만 공격적인 형태가 분명히 있고, 전립선암의 정확한 진로를 결정하는 건 유전자다.

내 아버지는 육십 대에 전립선암 진단을 받고 팔십 대에 사망했다. 형도 육십 대에 전립선암에 걸렸지만 아직까지 잘 살고 있다. 나는 가족 중 전립선암에 걸리지 않는 유일한 남성일 거라는 망상에 빠져 전립선 특이 항원 검사를 받지 않았다. 그러던 어느 날 염증이 생겨 소변을 볼 때마다 엄청난 고통에 시달렸다. 나는 지역 보건의를 찾아갔고, 그가 처방해준 항생제를 먹으면 곧 괜찮아질 거라고 생각했다. 하지만 그렇지 않았다.

"이상하네요." 보건의가 말했다. "소변에서 세균이 나오지 않았거든요. 검사를 다시 해봅시다. 소변 샘플을 놓고 가세요."

보건의는 일련의 다른 항생제들을 처방했다. 느낌이 좋지 않았다. 나는 열이 나서 침대에 그대로 쓰러져 아무 생각도 하고 싶지 싶었다. 그래서 세 번째 진료를 받았고, 항생제계의 도메스토스(영국 청소세제)를 먹자 전립선염이 가라앉기 시작했다. 병이 낫자마자 나는 그 일을 잊으려고 했다.

죽음을 해부하는 의사

그러나 감염이 잘 치료되지 않을 때 그걸 위험 신호로 받아들였어야 했다. 내 전립선은 이렇게 적힌 큰 표지판을 들고 있었던 것이다. '나를 검사해서 암이 있는지 알아봐!' 병원은 암 검사를 하고 싶어 했지만 나는 그 표지판을 외면하고 싶었다. 그냥 아무 일도 없었던 것처럼 살고 싶었고, 실제로 괜찮은데 굳이 긁어 부스럼을 만들 여유도 없었다.

그래도 결국에는 전립선 특이 항원 검사PSA를 받았는데, 수치가 매우 높게 나왔다. 심한 감염을 앓고 난 뒤에는 그럴 수 있다. 전립선은 방광 바로 아래 있는 크기가 호두만 한 샘(분비선)으로, 사정에 필요한 정액을 만든다. 정자뿐만 아니라 소변도 전립선을 통과해 밖으로 나간다. 전립선은 호르몬의 명령을 받는데, 그 호르몬은 물론 테스토스테론이다. 따라서 대부분의 분비선과 마찬가지로 전립선에서는 세포 재생이 왕성하게 일어난다. 세포 분열 속도가 빠를수록 실수가 일어날 여지가 많고, 암은 그중 커다란 실수에 해당한다.

불행히도 높은 PSA 수치는 내려가지 않았다. 이제 보건의는 암을 강력하게 의심하고 있었다. 걱정해주는 의사에게 감사해야겠지만 나는 사실 MRI 검사에 동의하기를 몹시 주저했다.

MRI 영상에서 내 전립선은 정상으로 보이지 않았다.

나는 생각했다. 음, 이건 단지 감염으로 생긴 흉터일 뿐이야.

모든 상황이 몹시 짜증스러웠다. 하지만 결국 나는 조직검사에 동의할 수밖에 없었다.

암에 걸렸다는 말을 들었을 때 나는 내가 얼마나 헛된 망상에 젖어 살았는지 깨달았다. 나는 암에 걸리지 않기를 바랐고, 암에 걸리고 싶지 않았다. 그러므로 암에 걸리지 않을 줄 알았다. 게다가 전립선염에 걸린 뒤로 모든 신호가 암을 가리킬 때도 나는 '부정'이라 불리는 강을 따라 노를 계속 저었다.

이 무렵 나는 전립선암의 공격성을 평가하는 척도인 글리슨 등급제에서 거슬릴 정도로 높은 점수를 받았다. 글리슨 등급제는 조직 검사를 통해 암의 강도(한 종양 안에서도 다양할 수 있다)를 질적·양적으로 평가하는 것이다. 이 등급제가 처음 도입되었을 때는 등급을 1에서 10까지로 매겼지만, 지금은 정리되어 6에서 9까지의 보다 실용적인 척도로 축소되었다. 내 등급은 7이었다.

글리슨 등급 7은 2급 암에 해당한다. 2급이면 꽤 온건하고 치료할 수 있는 암이지만 1급이면 더 좋았을 것이다. 고집, 헛된 희망, 부정으로 시간을 낭비하지만 않았다면 1급을 받았을 텐데.

나는 방사선 치료와 수술 중 하나를 선택할 수 있었다. 수술복을 입고 마스크를 쓴 누군가가 내가 부검대 앞에서 죽은 사람을 보듯이 메스를 들고 서서 날 내려다본다고? 사양하겠다. 나는 방사선 치료를 선택했다. 처음에는 마취를 한 상태에서 컴퓨터로 제어되는 방사능 주사바늘로 전립선에 충격을 주는 당일 수술을 받았다. 그다음에는 정교한 엑스레이 기계로 2주간 매일 방사선 치료를 받았는데, 거의 방사선 치료팀과의 사교 행사가 되었다. 이제는 2년 전의 일이고, 지금은 건강하다. 그리고 나보다 더 끈질기게 내 건강을 신경 써준 NHS에 감사하고 있다.

죽음을 해부하는 의사

마지막 추적 검사에서 완치 판정을 받았을 때 나는 상황이 종료되었다고 생각했다. 그런데 몇 달 전 어느 날 화장실 휴지에 묻은 피를 보고 욕이 나왔다. 방사선 치료의 부작용인가? 이번에는 당장 조치를 취했다.

출혈은 방사선 치료의 합병증이 아니라 완전히 별개 문제였다. 이번에는 장이 문제였고, 나는 대장내시경 검사의 굴욕에 얌전하게 굴복했다. 내시경 검사에서 양성 용종이 발견되었다. 그래도 어떤 세포든 지나치게 성장하면 암으로 변할 수 있기에 그것을 제거하기로 했다. 나는 매혹적인 전 과정을 화면으로 지켜볼 수 있었다. 외과의사가 내 장의 안쪽에 작은 문신을 남겨 표시하는 것을 보았을 때 나는 속으로 환호했다. 인생의 또 다른 작은 미스터리가 풀렸기 때문이다. 그동안 부검을 하면서 장에서 이따금씩 이런 작은 파란 자국을 볼 때마다 의아했다. 거기에 대체 어떻게 자국을 남긴 걸까? 하지만 의문이 풀렸다. 외과의사들은 용종이 더 생길 경우를 대비해 제거 지점을 표시한다.

인정하고 싶지 않지만, 나는 육십 대 중반에 접어들면서 건강 문제가 쌓이기 시작했다는 사실을 인정할 수밖에 없다.

인간이 인간에게 행하는 비인간적인 행위를 목격하는 일인 내 평생의 작업은 마침내 단층선이 끊어지면서 절정에 이르렀다. 이 과정의 자세한 내막은 다른 책에서 말했다. 내 인생에 지진이 일어나고 외상 후 스트레스 장애로 진단받았을 때 나는 자살을 심각하게 고민했다. 나는 그동안 스스로 목숨을 끊은 사람의 시신을 내려다보면서 어떻게 사랑하는 사람들에게 이런 고통을 줄 수 있는지 궁금했다. 그런데 이제 알 것 같았다. 자살하는 사람들은 자신의 고통이 너무 커서 사랑하는 사람들을 의식하지 못한다. 나도 기차 앞에서 스스로 목숨을 끊을 생각을 할 때, 이렇게 하면 기관사에게 평생 고통을 안겨주게 된다는 것을 누가 넌지시 말해주기 전까지 스스로 의식하지 못했다. 나는 이런 식으로 죽은 많은 사람들을 부검했으며, 그런 죽음이 시신은 물론 기관사에게도 얼마나 참혹한지 알고 있었음에도 그 순간에는 그런 생각이 전혀 들지 않았다. 그것은 남들은 모르는 자살의 세계다. 나는 운 좋게도 충분한 도움을 받아 행복한 다른 세계로 건너올 수 있었다.

그런 다음에 낮은 등급의 쉽게 치료할 수 있는 전립선암에 걸렸고, 장 용종을 그 자리에서 제거했고, 바보같이 사다리에서 떨어져서 뇌진탕을 겪었고, 관절염이 악화되었으며, 웃기게도 술에 놀아났다. 그리고 가장 최근에는 간에 낭종이 생겨서 검사를 받았다. 나는 이 목록을 읊으며 회한에 잠긴다. 병원을 거의 찾아가지 않은 채 60년을 살았으니 나이가 들어 몸에 하나씩 문제가 생기는 것은 어쩔 수 없는 일이었다. 불편한 증세가 줄을 잇고, 노화의 로드맵이 펼쳐지기 시작했으며, 앞으로 닥칠 일의 전조가 나타나기 시작했다. 10년 전 누군가가 이런 일련의 작은 불운이 차곡차곡 쌓일 거라고 알려주었다 해도 나는 믿지 않았을 것이다. 이 나이가 되면 그것이 당연한 일인데도, 우리 중 누구도 그런 일이 자신에게는 일어나지 않을 거라고 생각한다.

죽음을 해부하는 의사

노화를 속일 수 있다고 생각한다면 그건 자신을 속이는 것이다. 젊음을 유지하기 위해 하루 몇 시간씩 운동하거나 성형수술에 엄청난 돈을 지불하는 연예인들이 있지만, 사실 우리는 그들의 나이를 한눈에 알아본다. 우리가 노화의 흔적을 지우기 위해 뭘 하든 나이는 우리 몸에 새겨져 있기 때문이다. 피부는 탄력을 잃으면서 주름이 생기고, 손에는 색소 변화가 나타나고, 체모를 잃고, 아마 머리카락도 빠질 것이다. 또 대개는 체중이 증가한다. 체중이 늘지 않아도 지방이 몸의 다른 곳으로 이동해 몸매가 변하고, 근육의 모습이 달라지고, 움직임도 바뀐다.

그런데 몸의 내부는 언뜻 보면 훨씬 더 젊은 몸과 비슷하다. 그리고 변화가 있다면 대체로 우리가 선택한 것이다. 플라크와 죽종이 쌓여 파열되기 일보직전인 불룩한 동맥벽? 식생활을 관리했다면 막을 수 있었겠지만 우리는 그렇게 하지 않았다. 그다음은 지방간. 우리는 술을 덜 마실 수 있었으면서도 그렇게 하지 않았다. 그리고 구멍이 숭숭 뚫린 회색 폐는 어떤가. 우리는 담배를 끊을 수 있었지만 끊지 않았다. 물론 이 대부분이 유전자의 영향을 받는다. 하지만 전부는 아니다. 나이가 들면, 인생사와 습관, 행동과 호불호가 우리 몸 안에서 그동안 우리가 어떻게 살아왔는지 말하고 우리가 어떻게 죽을 것인지를 예언한다.

나는 86세였던 도린 로 부인의 주검을 보며 고인의 몸에 새겨진 이야기를 읽어보았다. 자궁은 고인이 적어도 두 명의 아이를 낳았음을 알려주었고, 난소는 출산이 오래 전 일이라고 말했다. 사라진 비장,

왼쪽 갈비뼈의 골절 흔적, 그리고 해결된 뇌출혈이 남긴 붉은 흔적은 고인이 과거에, 아마 중년 때 사고를 당했음을 말해주었다. 교통사고였을까? 치아와 심혈관계는 고인이 특히 케이크와 페이스트리처럼 버터가 많이 들어간 달콤한 음식을 즐겼음을 말해주었다. 간은 고인이 술을 조금밖에 마시지 않았다는 것을 확인해주었다. 분홍색 폐는 고인이 런던처럼 더럽고 오염된 도시에 산 적이 없으며, 담배를 피운 적도 없다고 자랑했다. 고관절 관절염은 고인이 말년에 잘 움직일 수 없었고 이로 인해 아마도 체중이 증가했을 것이라고 말했다. 이 무게의 상당 부분이 복부에 실려 있었다.

로 부인이 처음 부검실로 실려 들어왔을 때 몸의 외관이 내게 보여준 정보도 있었다. 고인은 편안하고 질서 있는 인생을 산 것이 분명했다. 손톱은 깨끗하고 손질이 잘 되어 있었고, 단정한 은빛 머리는 미용실에 정기적으로 다녔음을 말해주었으며, 옷도 말끔했다. 고인은 탁한 눈동자를 가지고 있었는데, 노인들의 홍채 주변에 가끔 나타나는 하얀 고리인 노인환이 보였다. 노인환은 무엇보다 콜레스테롤로 이루어져 있지만 그것이 심혈관계 질환을 예측하는 인자가 아니라는 것이 대규모 연구들을 통해 증명되었다. 하지만 로 부인은 노인환과 심장병을 둘 다 가지고 있었다.

마지막으로 나는 부인의 사건 파일을 펼쳐보았다. 거기 적힌 내용들은 그림을 완성해주었다.

바쁜 여성이었음. 약으로 심장병을 관리했음. 자주 외출해 돌아다

　　　　　　　　　　　　　　죽음을 해부하는 의사

녔으며, 최근에서야 건망증 징후를 보였음. 2년 전 아들과 함께 지내기 위해 프랑스로 갔고, 정기적으로 친구들을 만났고, 관절염 때문에 최근에는 활동이 약간 줄었지만 여전히 매우 사교적이었음.

도린 로는 이제 여기 누워 있었다. 완전히 건강한 여든여섯 살은 아니었지만 노령에도 여전히 잘 살아가고 있던 여성이었다. 그러면 부인은 왜 이곳 시체안치소에 오게 되었을까?

부인이 어느 날 저녁 집에 있는데, 어떻게 들어왔는지는 확실하지 않지만 갑자기 세 명의 젊은 남자가 들이닥쳤다. 정확히 무슨 일이 일어났는지는 아무도 모른다. 언어폭력과 어떤 끔찍한 위협이 있었던 건 확실하다. 로 부인이 완강하게 대응한 것도 확실하다. 그들이 지갑을 달라고 해서 부인은 지갑을 내어주었다. 젊은 남자들이 그밖에 다른 것은 가져가지 않았으며 로 부인을 건드리지 않고 아파트에서 도망친 것을 보면, 그들은 지갑으로 충분했던 것 같다. 부인의 몸에는 이후에 시도한 심폐소생술로 쉽게 설명할 수 없는 것 외에는 멍이 없었다.

로 부인은 그런 일을 겪은 후에도 대단한 침착하게 999 응급 구조 전화에 즉시 연락했다. 곧 도착한 경찰은 부인이 의자에 충격을 받은 채 앉아 있는 것을 발견했다. 부인은 콜 담당자에게 무슨 일이 일어났는지 말했지만 경찰에게는 아무 말도 못하고 쓰러졌다. 소생 시도는 모두 실패했다.

로 부인이 경찰에 전화를 걸어 콜 담당자에게 무슨 일이 일어났는지 소상히 말하고, 침입자들의 인상착의를 묘사했으며, 심지어 남자들 중 한 명이 다른 사람을 뭐라고 불렀는지 이름까지 제공할 수 있는 힘을 준 건 물론 아드레날린이었다. 그 결과, 세 사람은 로 부인의 지갑을 여전히 지닌 채 근처의 다른 아파트로 들어가려다가 붙잡혔다. 그들은 즉시 체포되었다. 로 부인이 소생할 수 없다는 게 분명해졌을 때 그들은 살인 혐의로 기소되었다.

그들은 부인을 건드리지도 않았다고 주장했다. 부인은 그들에게 그냥 가면 지갑을 주겠다고 재빨리 협상을 했고, 그들은 알았다고 하고 떠났다. 게다가 부인이 즉사할 것을 그들이 어떻게 알 수 있었겠는가?

86세가 되면 우리의 근육들 중 다수가 위축된다. 온갖 종류의 이유로(주된 이유는 관절 통증이다), 근육을 예전만큼 많이 사용하지 않기 때문이다. 그 나이가 되면 체중이 줄고, 잠이 늘고 운동은 거의 하지 않는다. 그래서 근육의 부피가 줄고, 튼튼한 근육의 혈기왕성한 붉은색이 점점 옅어져 거의 분홍색에 가까워진다.

장기들도 위축된다. 간에서와 같이 세포가 여전히 재생되고 있는 곳에서는 위축이 그렇게 뚜렷하지 않을 수 있다. 하지만 예를 들어 새롭게 교체되지 않는 심장 근육 세포가 죽으면 심장이 작아진다. 운동을 통해 심박수를 높이면 이 과정을 조금이나마 늦출 수 있지만, 노 젓는 운동기계를 사용하는 86세 노인은 거의 없다. 그리고 로 부인은 아마 운동을 위한 운동을 한 적이 없을 것이다. 짐작건대 고인은 직장, 가정, 아이들 건사로 바빴을 것이다. 체육관까지 갈 필요가

죽음을 해부하는 의사

없었다. 체육관에 갔다 해도 오래 전 일이었을 것이다. 따라서 부인의 심장은 할 일이 많지 않았다. 결과적으로 심장은 쪼그라들거나 위축되어 크기가 2센티미터쯤 줄었다. 이는 그 위를 지나가며 혈액을 공급하는 관상동맥에 문제를 일으켰다. 관상동맥이 감싸고 있는 기관의 크기가 훨씬 작아지자, 관상동맥은 좁아진 표면적에 맞추기 위해 굽이굽이 흐르는 강처럼 몸을 비틀어야 했다. 관상동맥의 희고 노란 섬유들은 연약하고 오래된 심장 위에서 이쪽저쪽으로 방향을 바꾸었다.

86세 여성의 경우 이제는 필요가 없어진 생식 시스템도 위축된다. 그들의 난소는 씹다 버린 껌을 닮았다. 자궁은 호두보다 작은 크기로 줄어든다. 아이를 둘 이상 낳았다면 좀 더 클 것이다. 할 일이 없어진 자궁은 오그라들어 회색을 띠는 단단한 공이 된다. 로 부인의 자궁 내벽에는 양성 폴립이 있었다. 많은 여성들이 자궁근종이 있다는 사실을 전혀 모르는 것처럼 로 부인도 그것을 몰랐을 것이다.

기록에 따르면 고인은 자가 면역 질환인 류마티스성 다발근육통도 앓고 있었다. 이 질환에 걸리면 어깨가 심하게 아파서 팔을 들기도 힘들어질 수 있다. 그밖에도 내가 일부러 찾으려 한 건 아니었지만, 고인의 주치의가 보고한 울혈성 심부전의 흔적을 쉽게 찾을 수 있었다. 고인의 승모판은 두꺼워졌고 약간 석회화되어 있었다. 로 부인은 다리가 붓고 피로하고 숨이 차면서 심부전을 겪었을 것이다. 부인의 심장은 할 일이 별로 없었음에도 더 이상 온 몸으로 혈액을 제대로 펌프질할 수 없었다.

도린 로 씨의 심장 문제는 이게 다가 아니었다. 오른쪽 관상동맥에 심각한 죽종이 있었다. 심장 벽의 흉터에서 나는 고인이 적어도 1년 전쯤에 작은 심장마비를 겪었음을 알 수 있었다. 또한 대장에서 가벼운 게실 질환*을 발견했으며, 간에서는 낭종을 확인했다.

부인은 크고 작은 건강 문제들을 꽤 많이 가지고 있었고, 이 정도는 노인에게 드문 일이 아니다. 하지만 이 문제들 중 무엇이 그 끔찍한 침입 후 실제로 부인의 죽음을 초래했을까?

사실 도린 로 씨는 심한 심장병을 앓고 있었기 때문에 언제든 사망할 수 있었지만, 이 사건 직후, 약 10분 만에 사망했다. 침입자들의 등장으로 부인의 몸에서 아드레날린이 급격히 증가했고, 이에 따라 심장 근육이 감당할 수 없을 정도로 심장 박동 수가 급격히 증가한 결과, 심장의 리듬을 지속 불가능한 수준으로 교란시켰을 것이다. 로 부인은 세 젊은이가 한 행동의 직접적인 결과로 사망했으며, 내가 여기서 거론한 사망 사례들 중에서 가해자가 기소된 유일한 사건이었다.

기소의 열쇠는 사건과 그로 인한 사망까지의 시간 간격이 매우 짧은 것이다. 간격이 매우 짧으면, 변호인은 의뢰인의 행동이 아니라 고령이 주요 사망 원인이라고 주장하는 것이 훨씬 어렵다.

나는 내가 가해자들에게 미안함을 느끼고 있다는 사실을 깨닫고 놀랐다. 앞서 소개한 세 사건의 다른 피고인들과 달리, 그들은 피해자를 한 대도 때리지 않았으며 손가락 하나 대지 않았다. 그들은 모

● 장벽이 늘어나 꽈리 모양의 주머니가 생기는 것.

죽음을 해부하는 의사

두 18세 미만이었고, 자신들의 위협이 취약한 노인에게 얼마나 큰 충격을 주는지를 몰랐거나 안중에 없이 철없는 장난을 쳤다. 나는 앳된 얼굴과 충격 받은 표정을 한 채 피고인석에 서 있는 그들을 지켜보면서, 만일 누군가가 그들에게 오늘 저녁 누군가를 죽일 거라고 말해주었다면 모두가 차라리 집에 있겠다고 말하지 않았을까 하는 생각을 지울 수 없었다. 그러나 이것은 노인을 괴롭히기로 할 때 누구에게나 닥칠 수 있는 위험이다. 영국 검찰청이 내게 거듭 말하듯, 가해자는 피해자에게 발생한 모든 결과를 있는 그대로 책임져야 한다.

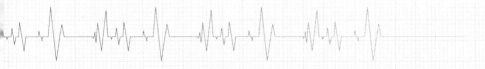

이 파란만장한 인생 연극을 종결짓는
마지막 장면은
제2의 유년이자, 완전한 노망의 단계입니다.
이도 없고, 보이지도 않고, 입맛도 없고, 아무것도 없지요.

21

치매를 피하는 법

누구나 오래 살기를 바라지만 노망날 때까지 살고 싶은 사람이 있을까? 나는 아니다.

내가 젊을 때 모든 노인은 뇌졸중을 두려워했다. 뇌졸중은 현재는 노인의 가장 큰 사망 원인이 아니지만 여전히 정신적·신체적 장애를 일으키는 중요한 원인이다. 뇌졸중은 뇌 기능에 갑작스럽고 충격적인 장애를 초래하는 큰 사건일 수 있다. 대략 절반이 결국에는 사망하고, 생존한 사람들 중 오직 10퍼센트만이 정상으로 돌아온다.

뇌졸중은 몇 가지 면에서 심장마비와 비슷하다. 일반적으로 심장마비는 중요한 기관의 한 부위에 혈관이 막혀서 그곳으로 피가 흐르지 못해 세포들이 죽는 것이다. 뇌졸중은 그 중요한 기관이 뇌인 것만 다르다.

여러 가지 형태로 혈관이 막힐 수 있다. 하나는 혈전이다. 그것은 플라크 또는 죽종 덩어리로, 혈관에 쌓여 있다가 떨어져 나와 혈류를 따라 흐르다가, 혈관의 폭이 그 덩어리만큼 좁아진 곳에서 멈춘다. 또는 동맥벽이 약해져 풍선처럼 늘어난 곳인 동맥류가 높은 혈압 때문에 터질 때 뇌로 혈액이 새어나올 수 있다.

부검에서는 막힌 혈관보다 파열된 혈관으로 인한 뇌졸중을 훨씬 더 쉽게 볼 수 있다. 막힌 곳의 하류에 있는 뇌세포들은 약 일주일 후 창백하고 말랑말랑하게 변한다. 만일 환자가 뇌졸중에서 살아난다면, 산소와 혈액이 부족한 그 조직은 분해된다. 그리고 그곳에 구멍, 균열, 틈이 생긴다. 뇌졸중이 매우 심각했던 곳에서는, 뇌의 절반이 붕괴해 비대칭성을 띠는 충격적인 모습을 보일지도 모른다.

혈액 누출이 있는 뇌졸중은 혈관 폐색으로 인한 뇌졸중과는 다른 모습을 보인다. 그곳에는 갈색, 노란색, 황금색을 띠는 핏자국이 영원히 사라지지 않고 남는다.

따라서 뇌졸중의 한 가지 큰 위험 요인은 고혈압이다. 흡연, 당뇨병, 음주, 고지방 식이, 운동 부족, 스트레스, 그리고 유전자도 마찬가지다. 나는 이러한 위험들 중 일부가 내 인생에도 존재할까봐 두렵다. 나처럼 자기 행동이 몸에 미치는 영향을 충분히 알고 있고, 수백만 명의 다른 사람들에 비해 호화로운 환경에서 사는 의사조차 위험 요인을 제대로 관리하지 않는다면, 빈곤 속에 사는 사람들이 이 괴물을 물리칠 가능성이 얼마나 될까? 빈곤은 내가 언급하지 않은 위험 요인이다. 빈곤과 심장병 및 뇌졸중 사이의 연관성은 역학자의 분야

죽음을 해부하는 의사

이지 병리학자의 분야가 아니다. 하지만 통계적으로 그 연관성은 존재한다.

요즘 노인들은 예전만큼 뇌졸중을 두려워하지 않는다. 그들은 다른 것을 더 두려워한다. 치매는 현재 영국에서 가장 큰 사망 원인이다. 뇌졸중과 치매는 같은 것이 아니다. 뇌졸중은 치매를 유발할 수 있지만, 치매는 갑작스러운 큰 사건이 아니라 만성 질환이며 여러 가지 원인이 있을 수 있다.

치매에 걸리면 가장 먼저 단기 기억이 사라진다. 그 다음에는 언어 능력을 일부 잃게 되고, 이어서 의사 결정 장애가 생긴다. 병이 계속 진행되면 불안이 동반될 수 있다. 이 과정이 진행되고 있다는 점, 그것이 퇴행성이라는 점, 그리고 사실상 그것을 멈출 방법이 없다는 점을 알 때 우울증이 뒤따를 수 있다. 나중에 병이 더 많이 진행되면 환자는 더 이상 자의식의 부담을 짊어지지 않는다. 우리는 평생 주변 사람들의 분위기를 파악해 자신의 행동과 반응을 조절하지만, 더 이상 그럴 수 없다. 우리는 자기만의 세계에 홀로 남겨진다. 우리는 공허 속에 홀로 남겨진다. 기억이 사라짐에 따라 딸은 여동생이었다가 어머니였다가 마침내 모르는 사람이 된다.

우리는 서서히 부모가 가르쳐준 것들을 잊는다. 말하는 법, 양치질하는 법, 아침에 옷 입는 법, 걷기까지도. 고등한 기능이 사라지면 더 원시적인 뇌 부위의 뉴런들이 죽기 시작한다. 그때가 되면 도움 없이는 앉을 수 없고, 침대에서 몸을 뒤척일 수도 없다. 그리고 그렇게 만드는 것은 늙어가는 몸이 아니라 늙어가는 뇌다. 우리는 음식을 씹는 능력을 잃고, 심지어는 음식이 액체일 때도 질식하지 않고 삼킬 수 없다.

마지막으로, 꼼짝할 수 없게 된 우리는 볼 수 있어도 보이는 것을 이해하지 못할 것이다. 들을 수 있지만, 아마도 음악을 제외한 모든 소리는 의미가 없을 것이다. 부드러운 감촉을 느낄 수 있고, 얼굴에 햇빛이 닿는 것을 느낄 수 있고, 향긋한 향수 냄새를 맡을 수 있고, 바라건대 쾌감도 약간 경험할 수 있지만, 그 감각적 경험을 정의할 수도, 인식할 수도, 기억할 수도 없다. 처음에는 먼 과거의 기억은 남아 있지만 최근 일은 모두 잊고, 미래에 대한 지식도 사라진다. 심지어 지금 여기조차 실감하지 못할지도 모른다. 만일 심혈관계 문제가 치매에 기여했다면 그것이 결국 죽음을 초래할 것이다. 하지만 가장 유력한 사인은 기관지 폐렴이다. 이것은 쇠약하고 영양이 부족하며 움직이지 못하는 치매 환자를 친절하게 데려간다.

늙은 뇌는 독특하다. 무엇보다 크기가 작기 때문이다. 노령에 이르면 뇌세포들이 많이 사라져, 두개골 밑에 있는 몇 겹의 내막과 쭈그러든 뇌 표면 사이에 꽤 큰 공간이 생긴다. 이 공간 안에서 뇌가 흔들거리는 것을 막을 수 있는 것은, 자세히 보면 다수의 작은 종유석들처럼 보이는, 마구잡이로 느슨하게 짠 리넨 조각들밖에는 없다. 이들은 작은 연결정맥들●인데, 이제 뇌가 축소되었기 때문에 그 정맥들은 두개골 내막과 뇌 사이의 단순한 틈이 아니라 넓은 심연을 가로질러

● 정맥과 정맥을 연결하는 정맥.

죽음을 해부하는 의사

뻗어나가야 한다. 이 정맥들은 나이가 들면 연약해지고 예전보다 훨씬 더 멀리 뻗어나간다. 그러니 취약할 수밖에 없다. 가볍게 넘어지기만 해도 두개골 안에서 축소된 뇌가 움직이며 그 작은 혈관들을 쉽게 찢을 수 있다. 물론 이때 출혈이 일어나는데 그것이 경막하 출혈이다.

흥미롭게도 출혈이 잘 일어나게 만드는 그 공간이 고통을 완화해줄 수 있다. 새어나오는 피가 갈 곳을 마련해주는 것이다. 우리 대부분에게 경막하 출혈은 끔찍한 일인데, 그것은 좁은 공간 안에 피가 고여 견딜 수 없는 압력을 유발하기 때문이다. 하지만 나이든 몸에서는 뇌가 줄어서 생긴 공간에 피가 고일 수 있다. 심지어는 출혈을 알아채지 못할 수도 있다. 나는 부검 때 황갈색 핏자국에서 오래된 뇌출혈의 유령이 숨어 있는 것을 본다. 그 뇌출혈은 이미 치매를 앓고 있던 누군가에게 눈에 띄는 증상을 거의 일으키지 않았을 것이고, 그래서 검사도 하지 않았을 것이다.

또 어느 곳에서 경막하 출혈을 볼 수 있을까? 인생의 다른 쪽 끝, 즉 잔인하게 흔들린 아기의 뇌에서 볼 수 있다. 하지만 최종 결과는 매우 다르다. 노인의 경우에는 그런 출혈이 일어난 후 의식이 명료하지 않은 상태로 몇 년을 살 것이다. 하지만 뇌가 흔들린 아기는 대개 죽고, 죽지 않아도 수십 년 동안 지속적인 뇌 손상을 겪는다.

노화된 뇌는 눈에 띄게 작을 뿐 아니라 표면이 확연히 다르다. 젊은 시절의 그 아름다운 알프스 산맥과 계곡은 어떻게 됐을까? 우리는 여전히 알프스 산맥에 있지만, 지금은 낮은 곳에 내려와 있다. 그곳에는 강이 흐르면서 깎아놓은 탁 트인 넓은 계곡이 있다. 계곡의 양 측면

이 맞닿아 있던 건 오래 전의 일이다.

단면을 잘라보면 그 계곡들이 얼마나 넓은지 알 수 있고, 더 많은 구멍들을 볼 수 있다. 뇌 내부에는 뇌실이라는 큰 공간이 네 개 있다. 뇌 조직이 사라지면 뇌실의 벽들이 붕괴되면서 이 공간들이 서서히 커진다. 뇌를 둘러싸고 있는 무균 유체인 뇌척수액이 뇌실들 안에서 만들어지므로, 뇌척수액이 넓어지는 공간을 즉시 채운다. 따라서 이제 뇌실들은 지하 동굴 시스템처럼 보인다. 거대한 굴들은 모두 액체로 채워져 있다.

노화가 계속되면 백질, 즉 신경 섬유 다발이 감소한다. 뇌의 어느 곳이든, 특히 뇌 중앙에 있는 원시적인 부위인 기저핵 주변에 작은 구멍들로 가득한 곳이 있을 것이다. 고대 문명이 남긴 폐허들처럼, 이 구멍들은 이곳이 한때 기능했던 거대한 뉴런 다발이 있었던 곳임을 보여준다. 그리고 이제 그 구멍들은 액체로 채워져 있다.

그러면 뇌 변화는 정상적일 뿐 아니라 피할 수 없는 것일까? 뇌 조직은 어느 정도 축소할 수밖에 없지만, 유전자와 다양한 생활습관 요인들이 이것을 바꿀 수 있다. 어떤 뇌세포들은 나이가 들면 서서히 사라지고 우리는 전반적으로 새로운 뉴런을 만들 수 없다는 사실을 받아들이는 게 중요하다. 전반적으로 그렇다는 얘기다. 하지만 좋은 소식이 있는데, 뇌의 특정 부위에서는 평생 동안 세포가 새로 만들어진다는 것을 최근 연구가 보여준다.

해마는 크기가 작고 숨어 있다. 동물 해마와 비슷하게 생겨서 그렇게 이름 붙여졌다. 해마는 기억을 다른 곳에 저장하기 전에 기억

죽음을 해부하는 의사

을 처리하고, 필요할 때 그 기억에 접근한다. 따라서 해마는 길 찾기에 도움이 된다. 해마가 없다면 우리는 집에 가는 길을 절대 찾지 못할 것이다. 해마는 또한 감정과 감각을 기억과 연결한다. 프루스트는 차를 마시고 마들렌을 먹는 즐거움을 이렇게 묘사했다. "따뜻한 액체와 빵 부스러기가 입천장에 닿자마자 나는 몸서리를 쳤다…. 그리고 감각의 짜릿한 쾌락을 경험했다." 그 쾌락은 눈앞의 환경에서 온 것이 아니라, 맛을 통해 어린 시절 그가 이모와 함께 차와 마들렌을 먹었던 기억을 떠올린 것이다. 이것은 열심히 일하는 해마의 가장 유명한 사례다.

집으로 가는 길을 잃고, 새로운 기억을 저장하기는커녕 복잡한 기억을 떠올리지 못하는 것은 치매의 징후다. 그러므로 새로운 뇌세포를 만드는 해마는 우리 모두가 탐내 마땅한 것이다. 최신 연구들에 따르면 운동을 하면 이런 해마를 노년을 포함해 평생 동안 가질 수 있는 듯하다. 기본 가정은, 치매의 징후를 전혀 보이지 않는 노인에게서 해마가 1년에 1~2퍼센트씩 줄어들 수 있다는 것이다. 그런데 한 이탈리아 연구에 참여한 피험자들에게 유산소 운동을 1년간 시켰더니 해마가 실제로 2퍼센트 증가했다. 게다가 불과 세 달 후에는 기억력이 크게 개선되었다. 다른 연구들도 강한 체력이 인지력 저하 및 치매 위험을 줄이는 것과 연관성이 있음을 밝힘으로써 이 연구를 확인해주는 것 같다. 따라서 운동은 뇌에 예비 용량을 약간 확보해주는 것 같다.

그 이탈리아 연구 논문의 저자들은 아직 우리가 해마에 대해 알지 못하는 것이 많다는 점을 인정하면서 다음과 같은 결론을 내린다.

> 고령까지 생존하는 성인의 수가 증가할 것이라는 예상과, 신경 쇠퇴와
> 기분 장애를 겪는 노인들을 돌보는 데 드는 막대한 비용을 고려할 때,
> 신체 활동은 신경인지 기능과 감정 기능을 개선하기 위한 간단하지만
> 효과적이고 비용이 적게 드는 치료적 개입일 수 있다. 게다가 신체 활
> 동은 대부분의 성인이 쉽게 접근할 수 있으며, 약물 치료에서 흔히 발견
> 되는 참을 수 없는 부작용도 없다.

과거에 우리는 노령을 죽음의 원인으로 받아들일 수 있었다. 건망
증과 약간의 육체적 장애는 허용되었으며 정상적인 노화로 간주되었
다. 하지만 내가 법의병리학자로 일하는 동안, 노령의 자리에 치매가
들어왔다. 이전에는 '치매'라는 단어가 기능과 인지 능력을 너무 이른
나이에 잃은 환자들을 표현하기 위해 쓰였다. 이번 세기에 치매를 앓
는 사람들이 급증한 것은 단지 우리가 더 오래 살기 때문만은 아닐지
도 모른다. 어쩌면 우리가 나이와 관계없이 죽음은 항상 너무 이르다
고 생각하기 때문일지도 모른다. 그래서 정의를 바꾸어 노년을 인생
의 또 다른 단계가 아니라 질병으로 만들고 싶기 때문일지도 모른다.
또는 치매를 질병으로 부르는 것은 치매를 이해하고 언젠가는 예방
및 치료로 나아길 수 있는 첫 걸음일지도 모른다.

〈랜싯〉의 2020년 치매 위원회는 치매 원인에 관한 모든 증거를 검
토하는 흥미로운 연구 보고서를 펴냈다. 그 보고서는 전 세계에서

5,000만 명이 이 질환을 겪고 있다고 말했고, 지금의 비만, 당뇨병, 활동 부족 수준을 고려할 때 호모 사피엔스의 예후는 좋지 않다고 덧붙인다. 여기서 우리는 비만이 치매의 주요 위험 요인 중 하나라는 결론을 얻을 수 있다. 다른 예측 가능한 요인들로는 흡연(또는 간접흡연) 음주, 그리고 그리 명백하지는 않지만 대기오염이 있다.

치매 위원회는 치매 예방을 시작하기에 너무 이르거나 너무 늦은 때는 없다고 강조한다. 이 요인들 중 일부는 실제로 유년기에 시작되고, 중년의 행동 습관은 더 나중에 건강이 건강이 악화되는 것을 막아줄 것이다. 따라서 40세가 되면 수축기 혈압(모니터가 처음 알려주는 수치)을 가급적 130mmHG 이하로 유지하도록 하라. 고혈압은 혈관에 큰 부담을 준다. 이로 인한 결과는 몸 전체에 걸쳐 많고도 다양하지만, 뇌에서는 작은 혈관들이 그냥 끊어져버릴 수 있다. 그 결과 국소적 뇌 손상이 일어나고, 그 혈관들과 혈액을 공급하는 조직들이 죽는다. 단순히 노년에 혈압을 재며 혈압이 낮아졌다고 자축하거나 체중이 줄었다고 좋아하는 건 바람직하지 않다. 이 단계에서는 그런 변화들이 건강에 좋지 않다는 신호일 수 있기 때문이다. 반면 중년에는 그런 변화들이 거의 보편적으로 바람직한 지표다.

평생 시끄러운 소음으로부터 귀를 보호하는 것도 중요하다. 청력 병력이 없어도 청력이 떨어지기 시작하면 그것을 인정하고 보청기를 사용하라. 청력 손실의 여파는 매우 심각하다. 이것과 인지력 저하 사이에는 직접적인 상관관계가 있다. 이 관계는 보청기를 착용한 사람들에게는 나타나지 않는다. 왜 그런지는 아무도 확실히 모르지만, 청력 손실과 관련한 고립과 자극 감소가 한 가지 설명이 될 수 있다.

치매를 피하기 위해서는 어릴 때를 포함해 머리 부상을 피해야 한다. 물론 누구나 이렇게 하려고 노력한다. 자동차 충돌 사고를 일부러 당하는 사람은 아무도 없다. 하지만 복싱, 레슬링, 축구, 럭비, 미식축구, 아이스하키 같은 특정 스포츠는 특히 선수들 수준에서 치매 위험을 높인다. 예를 들어 축구 선수들이 헤딩을 할 때 머리에 가해지는 반복적인 타격은 만성 외상성 뇌염증을 초래할 수 있다고 알려져 있다. 이것은 알츠하이머병과 유사한 증세를 보이는 신경 퇴행성 질환이다.

〈랜싯〉 치매 위원회는 중년이 머리 외상에 특히 좋지 않은 시기라고 말한다. 하지만 좋은 시기가 있을까? 내가 바보같이 사다리에서 떨어져 뇌진탕에 걸린 일은 가벼운 외상성 머리 부상으로 분류될 뿐이지만, 그래도 내가 치매에 걸릴 위험을 두 배 높인 듯하다.

어릴 때부터 그리고 가능하면 오랫동안 배우는 것은 훗날 뇌 건강을 위해 매우 중요할 수 있다. 이것은 부모와 정부가 귀담아 들어야 할 중요한 정보로, 저소득 국가와 중간 소득 국가에서 증명되고 있다. 그런 국가들에서 유년기에 교육을 많이 받지 못했던 노년 세대의 기대수명이 증가하고 있는데, 그중 몇몇 국가에서 치매가 급격히 증가하고 있다. 그리고 영국에서는 오늘날 노년 세대 여성들이 젊은 시절 교육 불이익을 받은 것이 그들의 높은 치매 발생률에 반영되어 있을 것이다. 교육의 중요성은 뇌를 사용함으로써 인지적 예비력을 축적하는 데 있는 듯하고, 나와 그밖의 많은 사람들은 이런 활동이 평생

죽음을 해부하는 의사

지속되어야 한다고 생각한다. 그래야 뇌가 병들어 불리하게 작용하기 시작해도 일상적인 기능을 유지할 수 있는 적응력을 가질 수 있기 때문이다.

다양한 연구들은 중년부터 수면이 중요하다는 점을 강조한다. 모든 종류의 치매 위험이, 하룻밤에 다섯 시간 이하 또는 열 시간 이상 자는 사람들에게서 증가한다. 그리고 마지막으로, 새롭고 달갑지 않은 위험 요인이 하나 있다. 우리는 코로나 19 팬데믹의 장기적 영향이 무엇인지 모르지만, 그것이 촉발하는 면역 반응이 뇌에 상당한 염증을 일으킬 수 있다는 추측이 있다. 이는 코로나 19 환자들 중 일부에서, 뇌가 노화됨에 따라 기억과 인지력에 곤란을 초래할지도 모른다. 이 글을 쓰는 시점에, 주요 사망 원인이 코로나 19인 사망진단서에서 가장 흔한 기저 질환으로 기재된 병이 치매라는 점은 흥미롭다.

치매에 걸릴까봐 두려워하는 사람들에게 〈랜싯〉 위원회의 보고서는 한 줄기 희망을 준다. 그들의 추산에 따르면 치매의 40퍼센트가 예방 가능하다.

22

'좋은' 죽음이란 무엇인가

치매 환자의 고통이 얼마나 큰지 우리는 모른다. 환자가 증세를 알아차리지 못할 정도로 병이 진행되면 어느 정도 마음의 평안을 가지고 살 수 있을까? 우리가 확실히 아는 건, 품위를 잃은 치매 환자와 병 이전의 그 사람을 비교하는 것이 타인들에게 상당한 불행을 야기할 수 있다는 것이다.

따라서 환자 가족과 그들의 불안과 감정을 관리하는 것이 환자의 필요를 관리하는 것 못지않게 중요할 수 있다. 내가 참여하는 법률 사건 중, 고인이 매우 고령이고 병약한 사건들은 거의 모두가 가족의 불평에 따라 경찰에 넘겨진 것이다. 일반적인 혐의는 관리 부족, 또는 심지어 과실치사다.

늙은 아버지 앨버트 캐닝턴이 사망한 후 내가 가족에게 받은 분노

죽음을 해부하는 의사

로 가득한 진술의 일부를 공개한다. 캐닝턴 씨는 9월 3일 지역 종합 병원에 입원해 췌장암 진단을 받았다. 그는 건강 상태가 양호하고 위급한 상태가 아니라고 기록되어 있었고, 항암 치료를 권고받았다.

그의 가족은 영국의 다른 지역에 살고 있어서 아버지를 그곳으로 옮기겠다고 요청했지만, 그렇게 하면 항암 치료를 늦출 뿐이라는 말을 들었다. 캐닝턴 씨는 있던 곳에 머물렀고, 그의 아들이 9월 19일에 아버지를 보러 먼 길을 왔다. 그다음 주, 그러니까 그의 85세 생일이었던 9월 26일에 네 자녀가 아버지의 침상 옆에 모두 모였다.

"아버지는 말라보였지만 정신은 말짱했다. 우리는 아버지가 치매에 걸려서 걱정했지만 아버지는 우리 모두에게 가족 안부와 직장의 근황을 물었다. 나는 아버지에게 항암 치료를 마치면 우리와 가까운 병원으로 옮길지도 모른다고 말했고, 아버지는 그 말을 듣고 매우 기뻐했다. 우리는 그곳에 두 시간 동안 머물렀고 그는 어떤 통증도 호소하지 않았다."

"10월 5일에 한 간호사가 전화를 걸어 아버지의 상태가 악화되었고 현재 위독하다고 말했다. 나는 가족이 잉글랜드 전역에 뿔뿔이 흩어져 살고 있으며 모든 자녀가 적어도 320킬로미터는 떨어져 있다고 설명하면서 아버지가 곧 죽을 수도 있다는 말이냐고 물었다. 간호사는 규칙에는 어긋나지만 말을 해주겠다면서, 아버지가 며칠밖에 살지 못할 것 같다고 했다."

"나는 남동생과 여동생들에게 전화를 했고 모두가 곧장 병원으로 왔다. 우리는 아버지가 침상에서 잠들어 있는 것을 보고 깨우지 않았다. 그리고 당번을 정해 한 명씩 그곳을 지켰다."

"10월 6일에 우리는 의사를 보게 해달라고 요청했다. 의사는 아버지가 췌장암을 앓고 있으며 말기라고 말했다. 나는 아버지가 잡담을 하고 일어나 앉을 수 있으며 죽을 사람으로는 보이지 않는다고 말했다. 실제로 우리가 본 아버지는 강하고, 말이 많고, 정신이 또렷했다. 그는 이보다 훨씬 더 나쁜 상황에서도 항상 이겨냈다. 하지만 의사는 이렇게 말했다. '여러분 아버지는 의식이 종종 흐려집니다. 식사를 중단하셨고요. 또 체중이 급속도로 빠지고 있어요. 곧 코마에 빠질 것이고 깨어나지 못할 겁니다.'"

"나는 아버지가 수액을 맞을 수 있는지 물었지만 의사는 안 된다고 했다. 또한 내가 사는 지역 가까이로 아버지를 옮기는 건 바람직하지 않다고 말했다. 내 딸이 밖으로 나가 과일 주스, 우유, 캄플란(건강 음료), 빨대가 달린 컵을 사왔다. 아버지는 그것을 꽤 많이 맛있게 드셨다."

"하지만 그는 깊은 수면에 들기 시작했고, 허공에서 있지도 않은 것을 잡으려고 하는 등 이상한 행동을 계속했다. 간호사는 이것이 디아모르핀* 때문이라고 말했다."

"다음 며칠 동안 아버지는 잠을 잤다. 병원 측은 그것이 코마이며 곧 사망할 거라고 말했다. 그들은 마지막 의식을 할 시간이라는 데 동의했고 신부님이 오셨다."

* 헤로인으로 잘 알려진 약물.

죽음을 해부하는 의사

"하지만 아버지는 이따금 깨어나 소리를 지르거나 울었다. '도와줘, 나를 도와 줘!' 한번은 불이 났다고 생각하기도 했다. 그럴 때마다 우리는 아버지가 얼마나 무서워하는지 알 수 있었고, 그것을 지켜보면서 가슴이 아팠다."

"우리는 아버지가 치료받고 있는 방식이 마음에 들지 않았다. 왜냐하면 실제로는 치료를 전혀 받고 있지 않았기 때문이다. 그의 맥박은 강했고 악력도 강했다. 그래서 우리는 그의 배에 부착된 펌프가 계속해서 디아모르핀을 투여하고 있는 것을 걱정했다. 우리는 계속 링거를 요구했지만 그들은 안 된다고 했고, 의사들도 거의 와보지 않았다."

"10월 9일에 나는 가족의 친구이자 개인 병원 의사인 케이 박사에게 전화를 걸었다. 나는 그녀에게 와달라고 간청했고, 그녀는 이곳에 도착해 아버지의 피부를 보더니 그가 심한 탈수 상태라고 말했다. 병동 의사는 케이 박사에게 아버지가 췌장암을 앓고 있고 그의 흉부에도 암이 퍼졌다고 말하며 그가 곧 죽을 거라고 알렸다. 병원은 우리에게 흉부에 대해 말한 적이 없었다. 병동 의사는 모르핀이 들어가고 있어서 고통을 느낄 수 없을 테니 링거는 필요 없다고 말했다. 하지만 케이 박사는 병동 의사에게 수분은 생명에 필수적이며 사실상 인간의 권리라고 말하며 링거를 놓아달라고 요청했다. 그녀는 그렇게 하면 환자의 고통을 더는 데도 도움이 될 거라고 생각했다."

"케이 박사는 아버지를 진찰해도 되는지 물었다. 병동 의사는 동의했다. 그래서 케이 박사는 침대 커버를 들어 올렸는데, 뼈만 앙상한 모습에 우리는 모두 충격을 받았다. 정말 끔찍했다. 그때 케이 박사는 우리에게 그의 왼쪽 엉덩이에 있는 크게 벌어진 상처를 보여주었다. 거기서 고름이 흘러나오고 있었다. 그녀는 이것이 감염된 욕창이라고 말했다. 드레싱은 되어 있지 않았다."

"나중에 케이 박사는 이렇게 말했다. '이렇게 말해서 유감이지만, 병원이 준 디아모르핀이 아버님을 죽이고 있어요.'"

병원은 캐닝턴 씨에게 링거를 놓아주지 않았다. 다음 며칠 동안 가족들은 점점 더 화가 났다. 간호사는 가족들을 의사와 연결해주었다. 의사들은 가족을 만나기로 해놓고 나타나지 않거나, 몇 마디 나누지도 않고 금방 가버렸다. 케이 박사는 여러 번 전화를 걸어 링거를 놓아주겠다는 약속을 받았지만 링거는 없었다. 마침내 캐닝턴 씨의 아들은 링거에 대해 논의하기 위해 한 대리 의사•와 맞대면했다.

"대리의사는 우리에게 이렇게 말했다. '여러분 아버지는 죽어가고 있으며 더 적극적인 치료는 죽음을 지연시킬 뿐입니다.' 그는 디아모르핀이 죽음을 재촉하지는 않는다고 말했다. 나는 우리는 아버지를 사랑하며 아버지는 이렇게 죽기에는 강한 사람이라고 말했다. 우리 모두가 아버지가 살기를 바랐고, 그래서 우리는 8일 동안 지속적으로 링거를 요구했다. 아버지가 링거를 맞기를 원했다."

• 의사의 휴가 때 그 일을 대신하는 의사.

　　　　　　　　　　　　　죽음을 해부하는 의사

더 많은 대립과 전화 통화가 있은 후 마침내 캐닝턴 씨는 링거를 맞았고, 가족의 집요한 요구로 수분만이 아니라 영양분도 공급하기 위해 링거에 비타민을 넣었다. 곧 케이 박사가 다시 한 번 먼 거리의 병원으로 왔다. 그녀는 가족에게 그들의 아버지가 위독하다고 말했다. 그의 호흡은 매우 불안정했다. 그건 체인-스토크스 호흡으로 알려져 있는 패턴으로, 이따금 죽음에 앞서 나타난다. 가족은 케이 박사에게 아버지를 그 병원에서 꺼내달라고 간청했고, 그녀는 자신과 캐닝턴 씨 장남이 사는 지역의 한 암센터에 캐닝턴 씨의 자리를 마련해 주었다. 민간 구급차로 환자를 이송할 예정이었다. 병원은 마뜩지 않은 표정으로 가족에게 면책 조항에 서명할 것을 요청했고, 캐닝턴 씨가 이송 중 죽을 수도 있다고 경고했다.

"나는 그 의사에게 아버지가 여기 계속 있으면 분명히 죽을 거라고 말했다." 아들은 진술서에 이렇게 썼다.

10월 15일에 그들은 병원을 출발했다. 식구 중 두 명이 구급차에 동승했고, 나머지는 차로 뒤따라갔다. 암센터에 도착했을 때 그들은 처음으로 캐닝턴 씨의 욕창을 볼 수 있었다.

아들은 이렇게 적었다. "정말 충격적이었고, 그것을 보니 정말로 괴로웠다. 어깨, 등, 엉덩이, 허벅지, 다리, 발에 욕창이 있었다. 케이 박사가 아버지의 관리를 맡았다. 보통 일이 아니었지만, 그녀는 아버지의 존엄성을 회복시켰으며 아버지는 더 이상 두려움에 시달리지 않았다. 그녀는 아버지를 자상하게 보살폈다. 정말 친절하고 인정 많은 의사였으며, 정중했다. 그녀는 많은 시간 동안 아버지를 돌보았고 우리는 그녀에게 영원히 감사할 것이다."

캐닝턴 씨는 10월 29일에 사망했다. 그 시점에 이 사건은 경찰로 넘어갔다.

이 슬픈 이야기를 이 일에 관련된 다른 사람들의 관점에서 다시 한 번 살펴볼 가치가 있다.

우선 케이 박사의 시점이다. 그녀는 분명히 인정 많고 경험이 풍부한 의사였다. 가족과의 관계 때문에 그녀는 감정적으로 힘든 시기를 겪고 있는 가족의 요구를 들어줄 수밖에 없었다. 그들은 아버지에 대한 걱정으로 아버지에게 필요하다고 생각하는 것을 제공하고 싶어했다. 케이 박사는 경증 환자들을 돌보는 의사여서, 환자의 생존을 기대할 수 없을 경우 이러한 필요가 어떻게 달라지는지에 대한 전문 지식을 갖추고 있지 않았지만, 그녀는 분명히 그 가족을 헤아릴 수 없을 만큼 많이 도왔다.

케이 박사는 캐닝턴 씨가 먼 길을 달려 암센터로 온 후 극도로 허약한 그의 관리를 맡았고, 디아모르핀 용량을 반으로 줄여야 한다는 가족의 요구를 들어주었다. 그녀의 기록에 따르면, 영양제 링거를 투여했고, 두 시간마다 몸을 뒤집었으며, 욕창에 드레싱을 했다. 또한 경구용 액체를 제공했고, 감염 치료를 위한 구강액과 항생제도 주었다. 그리고 굴곡 있는 매트리스를 사용해 편안함을 높이고 욕창에 가해지는 압박을 줄였다.

그는 고열이 점차 내렸고, 불규칙한 박동에 대해 약물 치료를 처방받았다.

죽음을 해부하는 의사

이 모든 조치가 이루어지는 내내 환자는 비록 말은 할 수 없었지만 가족과 함께 있으면서 그들의 손을 쥐고 고개를 끄덕여 반응했다.

죽음이 가까워지자, 케이 박사는 캐닝턴 씨의 신장이 기능을 상실해가고 있으며, 이제는 해줄 수 있는 일이 별로 없다고 설명했다. 가족은 자신들이 신뢰하는 의사가 이렇게 말했을 때 죽음이 불가피하다는 것을 마침내 받아들였음이 분명하다. 여러 의사들이 지역 호스피스에 연락했지만, 아들은 아버지가 자기 집(아들 집)에서 눈을 감아야 한다고 단호하게 주장했다. 캐닝턴 씨는 10월 26일에 마지막으로 이동했다. 케이 박사가 지역 간호사들의 도움을 받아 계속해서 그를 돌보았다. 3일 후 캐닝턴 씨가 사망했을 때 케이 박사는 사망 진단서를 발급할 수 없다고 느꼈고, 그 대신 치료 과정에 대한 가족들의 우려를 고려해 검시관에게 연락했다. 검시관은 경찰에 연락했다.

이제 병원 측의 이야기를 들어보자. 우리는 정신없이 바쁜 직원들, 관련 분야 고문 의사●의 오랜 부재(그 의사는 장기 휴가 중이었다), 그리고 병원에 상주하며 점점 분노를 키워가는 가족으로 인해 병원이 어떤 압박을 받고 있었을지 충분히 짐작할 수 있다.

의료 기록에 따르면 캐닝턴 씨는 췌장암으로 입원했다.

항암 치료는 완화 치료를 위한 좋은 선택지로 고려되었지만, 준비하는 데 너무 오랜 시간이 걸렸기 때문에 10월 5일에 의사는 너무 늦었다고 판단했고, 그래서 캐닝턴 씨의 상태는 크게 악화되었다. 그

●　병원의 상급 의사.

는 종종 정신이 흐려졌으며 알약을 먹을 수 없었기 때문에, 미리 정해진 한도까지 디아모르핀을 투여하는 휴대용 의약품 투입 펌프를 장착했다.

어쩌면 그 단계에서 병원은 가족의 비판을 두려워했을지도 모른다. 그들이 방어적인 태도를 취하고 있었던 것처럼 보이기 때문이다. 의사는 의료 기록에 이렇게 적었다. "그의 가족은 더 빨리 치료했다면 악화를 피할 수 있었는지 물을 것이다. 나는 설령 치료를 시작했더라도 이렇게 되었을 거라고 생각한다."

캐닝턴 씨의 증세가 악화되자 병원은 모르핀 용량을 높였다. 10월 10일에 한 의사는 이렇게 썼다. "상태가 매우 좋지 않고, 말에 반응해 눈을 뜨지만 언어 반응은 없다. 엉덩이와 천골부에 욕창이 심각하다. 움직이면 통증이 있다. 더 이상의 조치로 생명을 연장하는 건 비윤리적이다."

다음 날 의사가 가족을 만났을 때 가족들은 수액을 요구했다. 선임 병동 의사는 이렇게 썼다. "나는 적극적 관리를 더 진행해도 예후는 달라지지 않을 것이고 환자의 안락에도 아무 도움이 되지 않을 것이라는 에디슨과 지로 박사의 의견에 동의한다. 이 단계에서 적극적인 개입은 비윤리적일 뿐만 아니라 캐닝턴 씨의 존엄성을 모독하는 일이 될 것이다. 또한 나는 케이 박사의 연락을 받았는데, 그 사람은 이 환자의 관리에 영향력을 행사하려는 것처럼 보인다. 이것 또한 부적절하고 비윤리적인 일이며, 선임 스텝이 달리 지시하지 않는 한, 필요시 통증 완화제를 적정 용량으로 투여하는 것을 제외하고는 캐닝턴

죽음을 해부하는 의사

씨의 관리에 변경은 없을 것이다."

의료 기록은 좀 더 개인적인 어투로 계속 이어진다.

"주의. 우리는 캐닝턴 씨의 가족이 마지막 며칠이 되어서야 환자를 찾았다는 사실을 알게 되었고, 그래서 가족이 죄책감을 느꼈을지도 모른다는 의심이 든다. 어쩌면 그런 죄책감 때문에 그들이 의료진과 간호사들을 밤낮으로 괴롭혔을지도 모른다. 나는 개인적으로, 캐닝턴 씨의 안락과 존엄성을 유지하는 것이 우리 책임이라고 생각하며, 가족을 달래기 위해 이것을 희생하지는 않을 것이다. 나는 이 점을 [고문 의사와] 논의했는데 그녀도 같은 생각이다."

캐닝턴 씨의 아들도 이 만남을 기록했다. "의사는 아버지가 몇 주 동안 병원에 있었다고 말했고, 내게 왜 더 일찍 오지 않았는지 물었다. 우리가 아버지를 신경 쓰지 않는다는 말을 하고 싶었던 것 같다. 나는 매우 화가 났고, 그에게 우리는 영국 전역에 흩어져 살고 있으며 어쨌든 아버지 생일에 찾아왔다고 말했다."

이쯤 되면 가족과 의사 양측의 신뢰가 깨진 건 분명하다. 그들의 관계는 캐닝턴 씨의 증세가 악화될 때마다 따라서 악화되고 있었다. 다음 날 캐닝턴 씨가 몸을 돌릴 때 무척 고통스러워해서 디아모르핀 용량을 다시 높였다. 이틀 후 가족과 추가 면담 끝에 병원은 큰 아들 집에서 가까운 320킬로미터 떨어진 암센터로 환자를 이송하는 것에 마지못해 동의했다.

이 사건을 모두의 관점에서 보는 건 그리 어렵지 않다.

사랑하는 아버지의 더디고 불쾌한 죽음을 보며 가족이 얼마나 고통스러웠을지, 그리고 아버지가 사실상 굶어죽고 있는 것을 지켜보는 것이 그들에게 얼마나 힘들었을지 알기란 어렵지 않다. 극심한 체중 감소는 암 환자에게는 통상적인 것이지만, 가족에게는 결코 통상적이지 않으며 매우 걱정되는 일이 아닐 수 없다. 예외적인 일은 아니지만, 캐닝턴 씨 가족은 환자가 말라가는 것을 관리 부족이라고 생각했고, 욕창도 마찬가지라고 여겼다.

병원이 왜 캐닝턴 씨의 통증 완화 용량을 계속 높이기로 했는지를 알기는 어렵지 않다. 욕창을 완화하기 위해 몸을 돌리려면 그가 욕창을 느낄 수 없어야 했기 때문이다. 하지만 어쩌면 직원의 부족과 담당 고문의사의 오랜 부재와 같은 현실적인 이유도 이런 결정에 영향을 미쳤을 것이다. 병원 측의 기록을 보면 확실히 캐닝턴 씨에 대한 관리에는 소홀함이 없었던 것 같다. 그들은 계획대로 해나갔으며 가족의 요구를 무작정 들어주지 않았다.

죽어가는 사람에게 음식이나 수분을 투여하는 문제는 문화적·윤리적·의학적으로 지뢰밭이다. 호스피스는 보통 죽음을 앞두고는 수액을 투여하기 위해 인위적 수단을 사용하지 않는다. 죽음을 향해 가면서 신체 기능이 정지되는 환자들은 배고픔이나 갈증을 거의 느끼지 않으며, 임종기 환자를 돌보는 사람들 대부분은 이 과정을 가능한 한 방해하지 않는 것을 원칙으로 한다. 실제로, 환자에게 필요 이상의 먹을 것이나 마실 것을 제공하면 불편을 초래할 수 있다는 증거가 있다. 구강용 면봉이나 스프레이처럼, 튜브나 링거의 간섭 없이 수분에 대한 작은 필요를 충족시킬 수 있는 부드러운 방법들이 있다. 환

죽음을 해부하는 의사

자가 죽음을 향해 조용히 나아가고 있을 때 인위적으로 음식을 공급하면 생명을 불필요하게 연장시킬 수 있다. 또한 인위적인 수액 투여가 '말기 동요'를 일으킬 가능성을 높인다는 연구 결과가 있다. 이것은 일부 환자들이 종말이 가까워짐에 따라 경험할 수 있는 불안의 한 형태이며, 환자와 힘든 가족 모두를 안심시키는 침착한 관리가 필요하다.

호스피스는 탁월한 말기 관리에 대한 철저한 실무 지식을 갖추고 있는 반면, 병원의 역할은 일반적으로 생명을 연장하는 것이다. 병원이 캐닝턴 씨에게 수분을 공급하지 않기로 결정한 것은 호스피스의 관행과 일치했다. 아마도 호스피스의 기준에서 볼 때는 병원이 수분 공급을 좀 일찍 끊은 것 같다. 그들은 그가 죽기 전에 죽을 것을 예상했고, 죽음을 예측하는 건 누가 뭐래도 위험한 일이다. 하지만 가족의 요구에 따라 캐닝턴 씨에게 추가로 영양분과 수분을 공급하지 않았다면 그의 죽음이 예상한 시기에 일어났을지도 모른다.

멀리서 보면 각자의 관점이 쉽게 보이지만, 이 사건의 핵심 문제는 아무도 캐닝턴 씨의 죽음을 다른 누군가의 관점에서 볼 수 없었다는 점이다. 그리고 물론 환자는 자신의 의사를 표현할 수 있는 처지가 아니었다.

경찰에 보낸 진술서에서 장남은 이렇게 말한다. "병원 의사들과 그밖의 직원들이 아버지를 관리하는 데 소홀했다고 생각하고, 그의 욕창만 봐도 이것이 사실임을 알 수 있다."

그런 다음에 그는 좀 더 세게 나갔다.

"나는 병원 의사들이 아버지의 죽음에 책임이 있다고 생각한다. 나는 그들이 아버지의 목숨을 끊기 위해 고의적인 결정을 내렸다고 생각한다. 아버지는 필요한 양보다 훨씬 많은 디아모르핀을 투여받았다. 또한 그들이 아버지를 일부러 탈수시켰다고 생각한다. 아버지에게 수액을 주지 않은 건 인간의 기본적인 필요와 권리를 박탈한 것이다."

실제로 이런 상황에서 가족들이 의료진이 죽음을 재촉하고 있거나, 심지어 죽어가는 환자를 실제로 죽이고 있다고 믿는 건 드문 일이 아니다. 이런 비난은 가족의 부정과 밀접한 관련이 있다. 많은 호스피스는 이런 매우 감정적인 시기에 가족을 관리하는 방법을 배운다. 이때의 긴장은 거의 견딜 수 없는 수준이며 가족은 가슴이 찢어지는 것 같은 심경을 느낀다. 호스피스는 식사나 수액을 제공해도 환자는 이전 상태로 회복할 수 없다는 것을 처음부터 설명할 뿐 아니라, 가족들에게 환자의 신체적 필요를 다른 방법으로 맞춰주도록 권한다. 몇몇 호스피스들은 이 일을 가족과 자세히 논의해야 하며 여러 번 반복해야 한다는 것을 깨달았다. 부정하는 가족은 쉽게 믿을 수 없기 때문이다. 하지만 캐닝턴 씨의 경우에는 병원과 가족 간의 모든 의사소통이 실종되었다.

처음에는 병원의 병리학자가 경찰이 지켜보는 가운데 부검을 실시했다. 그리고 나서 경찰은 이 사건을 내게 가져왔다. 그래서 캐닝턴 씨가 내 부검대에 도착하게 되었다.

그는 예상대로, 만찬 접시만큼 커다랗고 시꺼먼 욕창을 지닌 가련

죽음을 해부하는 의사

할 정도로 마른 노인이었다. 욕창은 모두 몸 뒤쪽에 있었다. 앞쪽은 팔, 손, 다리의 일부가 거대한 보라색 얼룩으로 덮여 있었다. 이것들은 매우 나이든 사람에게서만 발견되는 일종의 멍이다. 그것을 노인성 자반증이라고 부른다. 이는 폭력의 결과처럼 보이지만, 피부가 얇고 탄력이 없기 때문에 일상적인 관리에서 일어나는 가벼운 접촉으로도 생길 수 있다.

나는 캐닝턴 씨의 췌장암을 금방 발견할 수 있었다. 아주 친숙한 딱딱하고 하얀 게 췌장의 꼬리에 둥지를 틀고 있었다. 하지만 심각한 병은 췌장에만 있지 않았다. 좌심실에서 대동맥으로 나가는 곳이, 수년에 걸쳐 석회화되어 더 이상 제대로 기능할 수 없는 노화된 대동맥 판막에 의해 심각하게 좁아져 있었다. 그 결과 열심히 일하던 그의 심장은 점점 좁아지는 이 구멍으로 피를 힘겹게 내보기 위해 비대해졌다. 나는 대동맥 저 아래쪽에서 심각한 죽종이 있는 장소를 두 곳 더 발견했다. 죽종은 신장으로 가는 동맥을 부분적으로 막고 있었다. 병원이 종양 수술을 완전히 배제한 건 놀라운 일이 아니었다. 그런 동맥 질환이 있다면 캐닝턴 씨는 어떤 수술도 이겨낼 수 없었을 것이다.

그의 간은 건강했지만 오래된 심부전과 관련 있는 변화를 보여주었다. 그의 방광은 감염된 상태였다. 나이가 많은 데다 죽종이 신장 동맥을 막은 결과, 그의 신장은 작았고 구멍이 많았으며 상태가 나빴다. 신장은 더 이상 맡은 일을 해낼 수 없었다. 그의 폐를 조사하자마자 나는 기도에서 새어나오는 고름을 보았고, 기관지 폐렴으로 인한 결절들이 얼어붙은 콩알처럼 만져졌다.

이보다 큰 수많은 단단한 덩어리들이 보였는데, 나는 그것이 의미하는 건 딱 한 가지임을 수 알고 있었다. 그 덩어리들을 현미경으로 살펴보았다. 병원의 판단이 옳았다. 캐닝턴 씨의 폐는 암 덩어리로 가득했다. 그것은 췌장암에서 전이된 것들이었다.

경찰은 물론, 병원 측이 캐닝턴 씨에게 디아모르핀을 필요 이상으로 투여해 그의 죽음을 일부러 재촉했다는 가족의 비난에 대해 내가 언급해줄 것으로 기대했다. 그의 의료 기록에 적혀 있는 용량은 꽤 높았지만, 누군가 죽어가고 있을 때 정확한 한계는 존재하지 않으며, 캐닝턴 씨가 앓고 있었던 암은 극도로 고통스럽다고 알려져 있다. 나는 그에게 처방된 수준의 통증 완화가 그를 죽이기 위해 설계되었다고는 생각하지 않았다. 통증을 완화하는 것과 의식을 유지하는 것 사이에서 균형을 잡는 건 아슬아슬한 외줄 타기에 가깝다. 특정 시점을 지나면 의식을 유지하는 것이 물론 불가능하다. 하지만 처방된 수준은 당일 환자의 정확한 상태에 기초하는 임상적 판단이고, 그것은 병리학자가 사후에 판단할 수 있는 문제가 아니라서 나는 판단하기를 거절했다.

하지만 나는 다른 비난, 즉 관리 부족에 대한 비난은 다룰 수 있었다. 가족은 병원이 아버지에게 수분과 영양분을 제공하지 않은 것에 대해 오해했다. 병원의 조치는 현재의 말기 환자 지침에 맞춰진 것이었지만 제대로 전달되지 않아서 훨씬 큰 고통을 초래했다.

하지만 그 욕창은 어떤가? 욕창이 환자를 죽인 것은 아니지만, 그것은 관리가 소홀했음을 보여주는 것일까? 캐닝턴 씨는 매우 아픈 상태에서 입원했다. 췌장암과 그의 심각한 동맥 질환은 그가 이미 한동안 움직이지 못했음을 암시했고, 따라서 그는 초기 욕창을 지닌 채 병동에 들어왔을 것이다. 물론 아닐 수도 있다. 동맥 질환을 앓고 있으며 침대를 떠날 수 없는 반-의식상태의 환자의 경우 욕창은 빠르게 나타나 뿌리내릴 수 있다. 때로는 하루만에도 생길 수 있다. 욕창은 적절한 관리가 부족했다는 증거일 수 있지만, 모든 인력이 갖춰져 있으며 자주 몸을 돌려주는 것을 포함해 지속적인 간호를 제공한다 해도 병동에서도 욕창의 진행을 항상 막을 수는 없고, 욕창은 한 번 생기면 없애기가 매우 어렵다.

나는 캐닝턴 씨의 사인을 다음과 같이 제시했다.

1a. 신부전 및 기관지 폐렴
1b. 전이된 췌장암

가족은 내가 '관리 부족'이라는 문구를 포함하기를 바랐을까? 어쨌든 나는 그렇게 할 수 없었다. 검시관만이 모든 정보를 바탕으로 이 결정을 내릴 수 있다. 검시관은 캐닝턴 씨가 자연적 원인으로 사망했다는 것을 정확히 이해했다. 가족의 격렬한 요구에도 불구하고 그는 사인 심문을 열지 않았고, 아들에게 병원에 직접 불만을 제기할 것을 제안했다. 나는 그가 불만을 품은 이유가 있다고 생각했지만, 그것은 의료상의 문제라기보다는 의사소통의 문제였다. 병원 측은 그 문제를 철저히 조사해야 할 것이다.

나는 수년간 사랑하는 가족을 잃은 유족들을 많이 만났다. 처음 이 일을 시작할 때는 그들의 공포와 감정이 두려웠다. 도대체 내가 어떻게 그런 큰 슬픔을 감당할 수 있었을까? 유족을 보자마자 나도 감정이 북받치기 시작했다. 물론 그것은 가족을 잃은 사람들에게 전혀 도움이 되지 않았다. 결국 나는 유족에게 가족의 죽음에 대한 사실을 담담히 말하고, 설명하고, 안심시키는 것이 내가 베풀 수 있는 가장 큰 친절임을 알았다. 나는 수천 명은 아니라도 수백 명에 이르는 비통한 유족을 만났는데, 그들은 저마다 다르고 그들의 슬픔도 제각기 다른 형태를 띤다.

나는 캐닝턴 씨 가족을 만나지 않았다. 내가 아는 건 진술서 내용, 의사들의 기록, 캐닝턴 씨의 몸에 적힌 이야기들뿐이다. 내 느낌에 캐닝턴 씨는 그 가족의 제왕이었고, 강한 성격의 소유자로 아들과 딸이 어렸을 때부터 무적의 존재로 여겨졌다. 그리고 아마 이것이 이따금 반감을 불러일으켰을 것이다.

이 가족의 모든 행동은 그들의 주장대로 사랑과 걱정에서 비롯되었을지도 모른다. 하지만 아닐 수도 있다. 그들은 아버지에게 생명을 1초라도 더 주기 위해 싸웠지만 그때마다 아버지의 고통은 가중되었다. 내가 이 사건이 불편하게 느껴지는 이유가 거기 있다. 나는 그들의 염려하는 행동의 밑바닥에는 잔인한 의도가 있었을지도 모른다는 작은 의심을 억누를 수 없었다. 나는 그들이 아버지의 고통을 가중시킨 것이 거의 확실하다고 느꼈다. 그들의 마음속 깊은 곳에 그런 바

죽음을 해부하는 의사

람이 있었을까?

물론 이 가족을 관통하고 있던 단층선이 무엇이었는지 내가 알 수는 없다. 하지만 나는 기록을 다시 읽어보았고 의사와 간호사들의 초기 소견과 가족의 연락처에서 병상을 지키던 캐닝턴 씨의 파트너에 대한 기록을 발견했다. 그녀의 이름도 있었다. 하지만 캐닝턴 씨의 파트너는 아무에게도 언급되지 않았고 아들에게는 확실히 언급되지 않은 채 단순히 그 이야기에서 사라졌다. 그것은 가족의 분열과, 점점 힘을 잃어가는 남성을 둘러싼 작은 권력 다툼을 암시할까? 가족들은 처음부터 아버지를 먼 곳으로 옮기겠다고 했다. 어쩌면 그들은 그 파트너에게서 아버지를 떼어놓고 싶었는지도 모른다. 어떤 싸움이 벌어졌든 아버지의 파트너는 그 싸움에서 금방 진 것이 분명하다.

또한 애초에 병원이 가족들에게 전화를 걸어 캐닝턴 씨가 아파서 입원했다는 사실을 알려야 했다는 점도 중요해 보인다. 나는 병원 직원들도 뭔가를 눈치 챘다는 점에 주목했다. 통보를 했는데도 캐닝턴 씨 가족은 2주 동안 방문하지 않다가 2주 연속 주말마다 찾아왔고, 그중 한 번은 아버지의 생일이었다. 그들은 아버지가 입원한 지 한 달 후 임종이 임박했다는 사실을 통보받았고, 그때부터 24시간 병상 곁을 지키며 의사들과 기 싸움을 벌이기 시작했다.

나는 내 아버지가 늙고 병들었을 때 우리 남매가 어떻게 아버지와 연락을 주고받았는지 기억했다. 우리 중 누구도 새어머니를 많이 좋아하지 않았지만, 우리는 그 관계를 기쁘게 받아들였다. 내가 가장 가까운 곳에 살았기 때문에 걱정할 일이 생기면 새벽 4시에 일어나 런던에서 데번까지 왕복 여행을 했는데, 그때마다 새어머니의 존재가 걸림돌이 된 적은 없었다. 우리 모두 자주 정기적으로 전화를 걸었고, 세 자녀 모두 아버지의 건강에 대해 진지하고 진심어린 관심을 가졌다.

우리가 특별한 자식들은 아니다. 하지만 아버지가 입원했는데도 병원에서 알려주기까지 아버지가 아프다는 사실을 몰랐다는 건 우리에게 상상할 수 없는 일이었다. 그리고 적어도 우리 중 한 명, 또는 우리 모두가 아버지를 즉시 보러 가지 않는 것도 마찬가지로 상상할 수 없는 일이었다. 또 아버지의 죽음이 임박한 순간에 인위적으로 생명을 연장하겠다고 주장하는 것도, 말기 단계에서 320킬로미터나 떨어진 곳으로 아버지를 옮기는 것도, 아버지가 죽기 직전에 우리 중 한 명이 의사들과 호스피스에 아버지가 다른 곳이 아닌 우리 집에서 죽어야 한다고 말하는 것 역시 상상할 수 없는 일이었다.

나는 내 기준으로 타인을 평가하지 않으려고 노력하고, 이 가족이 아버지에게 느낀 진짜 감정이 뭔지 내가 의심을 품는 건 부당하다고 생각한다. 하지만 여기에는 엄연한 사실들이 있다. 캐닝턴 씨는 죽어가고 있었다. 그가 꼼짝하지 못하고 무력하게 반의식 상태로 누워 있는 동안, 그를 둘러싸고 격렬한 분노와 언쟁이 일어났다. 그의 사망 시점이 여기에 영향을 받았다고 생각하지는 않지만, 이것이 누군가가 죽는 방식이어서는 안 된다.

'좋은' 죽음에 대한 우리의 이해가 최근 코로나 19 팬데믹으로 인해 도전받고 있다. 병원 집중치료실에서 죽은 사람들이 '나쁜' 죽음

죽음을 해부하는 의사

을 맞았다고 가정해서는 안 된다. 그들은 보살핌을 잘 받았고, 진정제와 인공호흡기의 도움으로 무의식 상태에서 죽음을 맞았다. 결국 죽음은 옆에 누가 있든, 우리 모두가 언젠가 홀로 떠나야 하는 여행이지만, 이 환자들의 가족이 겪은 고통은 엄청났다. 그들을 보살핀 병원 직원들의 고통도 마찬가지였다. 병원에 갈 수 없어서 불안한 가족과 그들이 사랑하는 죽어가는 사람 사이에 소통의 통로를 열기 위해 많은 사람들이 초인적인 노력을 기울였다.

병상 곁을 지킬 수 없다는 건 가족에게 끔찍한 일이었다. 그들은 힘을 잃어가는 손을 잡아줄 수 없었고, 마지막 말을 해줄 수 없었고, 위안과 사랑을 제공할 수 없었으며, 작별 인사를 할 수도 없었다. 환자는 완전히 평화롭게 죽음을 맞이했을지도 모르지만, 코로나 19는 필연적이고 불가피하게도 가족들에게 많은 '나쁜' 죽음을 초래했다. 앨버트 캐닝턴의 가족이라면 전적으로 동의할 테지만, 임종의 과정에는 환자가 떠나는 것만 있지 않다. 남겨진 가족에게 미치는 영향도 중요하다.

죽음은 과정이다

사람들은 종종 내게 죽는 게 어떤 느낌인지 묻는다. 마치 내가 알기라도 하는 것처럼. 마치 누군가는 아는 것처럼.

죽었다가 소생한 사람들은 어떤 종교적 믿음을 가졌든 비슷한 경험을 묘사하며, 이러한 묘사는 거의 보편적으로 유래한 사건에 대한 것이다. 생존자들이 묘사하는 아름다운 빛, 재회, 사랑의 회복에 대해서는 생리학적 설명이 있을 수 있지만, 구태여 그런 설명을 찾을 이유가 있을까? 그들의 묘사는 죽음이 거의 짜릿하게 달콤한 과정이라는 나 자신의 강한 의심을 확인시켜준다. 어떻게 죽든 이 과정은 일단 시작되면 해방의 과정임이 틀림없다.

우리는 인생의 많은 나날을 걱정하고, 미래를 두려워하고, 과거를 후회하고, 밀당을 하고, 기대하고, 후회하느라 보낸다. 가족의 형태와

죽음을 해부하는 의사

그 안에서의 우리 역할이 변해감에 따라 우리는 수많은 시간을 쇼핑하고, 요리하고, 청소하고, 유지 관리하는 데 쓴다. 우리는 수많은 순간을 정리하고, 계획하고, 구축하고, 공고히 하면서 보낸다.

이 얼마나 부산한 나날들인가. 그리고 마지막 순간에 우리는 다 내려놓는다. 비로소 소란함이 멈춘다. 약간의 한숨, 그리고 아마도 덜커덕 하는 소리와 함께 우리는 생명을 내려놓을 것이다. 그리고 선택의 여지가 없다는 사실을 깨닫고 나면 어떻게 그 해방이 즐겁지 않을 수 있을까? 우리는 잠잘 때조차 죽음이 가져다주는 그런 완전한 이완에 굴복하지 않는다. 나는 그런 해방감이 살아서 성취할 수 있는 것이라고 생각하지 않는다. 그리고 그것은 때 이른 폭력적 죽음을 맞든, 아니면 병원 침대에서 몇 주 동안 조용히 죽음을 준비했든 마찬가지다.

죽은 사람의 얼굴이 공포나 충격 또는 두려움을 드러낸다는 건 범죄소설 작가의 오류다. 사실은 그렇지 않다. 죽음이 어떻게 일어났든 고인의 얼굴은 조용하고 평화로운 안식을 보여준다. 죽음은 과정이지 갑작스러운 사건이 아니라는 점을 기억하기를 바란다. 변화의 순간이 있지만 죽는 과정은 수분이 걸릴 수 있다. 시스템이 정지하는 동안 세포들이 서서히 죽는다. 어쩌면 그것은 따뜻한 욕조에 몸을 담그고 천천히 이완하는 것과 같은 느낌일지도 모른다.

나는 내가 떠날 때 기쁨을 느낄 시간이 있었으면 좋겠다. 나이가 들어 죽음에 대해 예전만큼 걱정하지 않게 되면서, 나는 삶이 얼마나 경이로운 경험인지 점점 더 깨닫게 된다. 좋은 것과 나쁜 것, 두려움과 행복, 실수와 승리. 심지어는 고통과 상실까지도. 물론 황무지와

산, 호수와 바다의 웅장한 아름다움도 있지만, 일상조차 아름다움으로 나를 눈부시게 할 수 있다. 어느 비 내리는 아침에 투팅●에서 직장으로 가는 버스를 탈 때 나는 내가 언젠가 젖은 레인코트의 냄새, 계단을 오르는 발자국 소리, 버스가 느려질 때 벨이 두 번 울리는 소리, 길거리를 수놓은 알록달록한 우산들, 김이 서린 창밖으로 뿌옇게 흐려진 색감을 즐겁게 기억하게 될 줄은 전혀 몰랐다. 그때는 무심코 보고 지나쳤던 이 모든 세세한 일상을 나는 지금 강렬하게 기억한다. 그리고 그 안에 있는 그때는 보지 못했던 아름다움을 이제는 알아본다.

나는 내 가족과 내가 사랑하는 사람들에게서 똑같은 아름다움을 본다. 그리고 작은 비행기를 타고 이륙할 때, 고요한 비행 소리를 들을 때, 땅이 지평선까지 펼쳐지는 것을 볼 때, 비행기가 옆으로 기울었다가 다시 일어서며 세상이 똑바로 설 때, 나는 그것이 어떤 화가도 재현할 수 없는 디테일과 강렬함을 가진 최상의 그림임을 깨닫는다. 그리고 나는 그 아름다움을 몸과 마음으로 경험한다. 삶의 최상급에 몰입하는 경험은 죽음에 대한 모든 두려움을 무찌를 만한 기쁨을 가져다준다.

이 책에서 여러분은 살인, 자살, 사랑, 잔인함, 광기, 불운으로 죽은 사람들에 대해 읽었다. 그것이 법의병리학자의 세계다. 하지만 우리 대부분의 죽음은 그렇지 않다. 내 아버지의 죽음처럼, 우리에게 죽음

● 런던 남부에 있는 지역.

죽음을 해부하는 의사

은 인생은 살 가치가 있으며 우리가 사랑받았다는 것을 아는 가운데 조용히 온다. 나는 의자에서 책을 읽다가 죽고 싶지만, 한 가지 확실한 것은 잠들고 싶지 않다는 것이다. 인생에서 가장 멋진 경험일 수도 있는 무언가를 놓칠 수도 있으니까.

감사의 말

많은 사람들이 내 인생에 영향을 주었고 이 책에도 마찬가지다. 누구는 언급하고 누구는 언급하지 않는 건 불공평하지만, 나는 여기서 특히 세인트 조지 병원 의과대학의 법의병리학과에서 내 첫 번째 멘토이자 스승이었던 분을 기억하고 싶다. 루푸스 콤프턴 박사는 내가 이 책을 쓰고 있을 때 안타깝게도 코로나 19로 돌아가셨다.

내가 법의병리학자로 일하는 동안 영국 전역, 실제로는 전 세계의 수많은 동료들(과학수사대, 법의학자, 독물학자, 경찰관, 변호사, 검시관)이 나를 돕고 안내했다. 그들은 다양한 경우에, 다양한 방법으로 그렇게 했다. 그분들이 베풀어준 우정, 지식, 정직, 배려, 지원에 늘 진심으로 감사한다. 그리고 내가 이상한 구멍에 빠지지 않게 안내해준 것에 대해서도!

하지만 책은 그냥 나오지 않는다. 책도, 저자도 키우고 뒷바라지할 필요가 있다. 나는 이 프로젝트를 진행하는 동안 모든 단계에서 나를 돌보고 도와준 마이클 조지프 출판사 팀을 어떤 일로도 탓할 수 없다. 그들의 방법은 협박, 사랑, 감언이설, 단순한 지원을 버무린 것이었고, 특별히 롤랜드 화이트, 루스 앳킨스, 새라 데이, 로라 니콜, 스리야 바라다잔에게 감사한다. 물론, 마크 루카스와 그를 뒤에서 지원한 니암 오그래디에게도 감사한다. 그들이 없었다면 나는 아마 아직도 헤매고 있을 것이다. 단어와 종이가 마법처럼 결합해 흥미로운 뭔가를 만들어주기를 바라면서.

그다음으로 내 가족을 언급하고 싶다. 현재 영국 전역과 전 세계에 흩어져 살고 있는 가족들은 내가 드라마의 한가운데 있을 때면 항상 위기를 연출해내 자리를 잊지 않게 만든다. 가족들 없이 내가 뭘 할 수 있을까? 그들은 지금도 수많은 방법으로 나를 '젊게' 유지하기 위해 궁리한다. 크리스와 안나가 이 세상에 왔을 때 나는 정말 젊었다. 이 아이들은 헤아릴 수 없이 많은 방법으로 기쁨을 주었으며, 내게 많은 것을 가르쳐주었다. 그리고 두 녀석 모두 이 책을 쓰는 동안 귀중한 조언을 해주었다. 언젠가 내가 녀석들의 지혜와 연민에 의지하게 될 줄을 누가 짐작이나 했겠는가? 그리고 세 명의 '엑스트라'에게도 감사한다. 라파엘, 사라, 그리고 리디아는 각자 수많은 방법으로 내 인생에 여러 가지 '여분의 차원'을 더해주었다.

그리고 운 좋게도 우리 집에는 영원한 벗이자 개인 트레이너인 아치와 버티가 있다. 바로 나의 충견 잭 러셀 테리어들이다. 그들은 내가 글을 쓰는 동안 언제나 내 곁에 있다. 내 얘기를 하도 많이 들어서 졸린 것처럼 보이지만, 내가 움직일 때마다 졸졸 따라 다닌다. 그리고 마지막으로 내 사랑스러운 여인이자 멋진 아내 린다가 남았다. 린다는 벌 떼와 부러진 사다리와 중력이 공모해 나를 데려가려 했던 날 내 목숨을 구해주었다. 이 멋진 여정에 동참해준 고마움을 어떻게 다 표현할 수 있을까?

죽음을 해부하는 의사

옮긴이의 말

리처드 셰퍼드 박사는 2만 3,000건 이상의 부검을 수행한 영국 최고의 법의병리학자다. 9/11 테러와 다이애나 비 사망 사건 등 유명한 사건을 다룬 그의 전작은 베스트셀러가 되었고, 이 책은 그의 두 번째 작품이다. 이 장르의 다른 책들처럼 그의 부검 이야기도 부검대에 놓인 주검의 비밀이 퍼즐처럼 맞춰지는 과정이 흥미진진하고 매력적이다. 하지만 이 장르의 다른 책들과 달리 셰퍼드 박사의 책에는 작가의 삶에 대한 탐구가 들어 있는데, 이 특징은 전작에서부터 계속 이어진다.

평생 죽음 옆에서 살아가는 일이 결코 만만치 않았으리라는 건 쉽게 짐작할 수 있다. 외상 후 스트레스 장애와 자살 충동에 빠지기도 했던 그는 힘든 현실에서 빠져나가는 탈출구로 경비행기 조종을 즐겼다. "공기와 (…) 구름 몇 조각을 빼고는 아무것도 없는 절대적 무에 둘러싸였다. 거기서 내려다본 세상은 얼마나 광대하고 아름답고 멋진 곳이었던가. 얼마나 평온했던가." 병으로 일찍 돌아가신 어머니, 아버지와의 까다로운 관계, 친구와 사촌의 죽음이 그의 인생에 미친 영향은 그가 다루는 사건들과 유기적으로 얽혀 죽음을 둘러싼 이야기를 더욱 입체적으로 만든다.

그에게 주검은 '사건' 그 이상이다. 그의 따뜻한 연민의 시선이 없었다면 죽음을 둘러싼 잔인한 현실과 상세한 법의학적 묘사를 감당하기 힘들었을지도 모른다. 그는 "많은 사람들이 시신을 보러갈 때 느끼는 두려움이나 혐오감이 내게는 없다. (…) 모든 주검은 생명이 자연적 원인으로 끝났든 비자연적 원인으로 끝났든 내게 인간의 취약한 면모를 보여준다. 망자는 내게 연민을 불러일으킨다"라고 말한다.

한편 이 책의 빼놓을 수 없는 또 한 가지 매력은 인체 내부를 화가의 솜씨로 그려내는 그의 능력이다. 그의 시선을 통과하면 암조차도 아름답게 느껴진다. 레이스로 뜬 것 같은 폐 조직, 그 속에서 흰색, 노란색, 빨간색, 검은색으로 반짝이며 "장갑을 낀 우아한 손가락 같은 촉수를 섬세한 레이스 속으로 뻗는" 종양.

이 책은 윌리엄 셰익스피어의 희곡 〈뜻대로 하세요〉에 나오는 "세상은 무대이고 세상의 모든 사람은 배우"라는 유명한 대사에서 영감을 얻어, 인생의 각 단계에서 발생할 가능성이 가장 높은 죽음의 종류를 다루는 구조를 취하고 있다. 젊은 남성의 경우는 셰익스피어의 말대로 "걸핏하면 싸우려 드는" 것이 주요 사망 원인 중 하나이고, 꿈

죽음을 해부하는 의사

이 시들어가는 것을 받아들여야 하는 중년에 이르면 배우자 살인과 자살이 더 흔하다. 한편 노년기는 자신의 능력이 감소하고 있다는 사실을 받아들이지 못해서 위험하다.

아이와 젊은이의 죽음은 말할 것도 없지만, 사실 어느 연령대든 모든 죽음은 관련자에게 '때 이른' 죽음이다. 그러면 우리는 죽음을 어떻게 받아들여야 할까? 셰퍼드는 마지막 장에서 죽음은 우리가 잠을 잘 때도 완전히 얻지 못하는 진정한 해방의 순간이며, 삶의 최상급에 몰입할 때의 기쁨은 죽음에 대한 모든 두려움을 물리쳐 준다고 말한다. 이 책의 원서에는 '삶의 여정'이라는 부제가 붙어 있는데, 죽은 자의 의사가 쓴 책에 왜 그런 부제가 붙어 있는지 이 책을 다 읽을 무렵에는 알 수 있을 것이다. 어쩌면 모든 죽음이 그렇지 않을까 싶지만, 이 책은 죽음을 통해 삶을 생각해보게 하는 책이다.

2023년 8월

김명주

THE SEVEN AGES OF DEATH